악녀 카루나가 작아졌어요

문이경 장편소설

I

동아

악녀 카루나가 작아졌어요 I

초판 1쇄 인쇄일 | 2020년 02월 21일
초판 1쇄 발행일 | 2020년 02월 28일

지은이 | 문이경
펴낸이 | 박성면
펴낸곳 | (주)동아

출판등록 | 제406-2007-000071호
주소 | 경기도 파주시 문발로 115, 세종출판벤처타운 201-A호
전화 | (031)8071-5201
팩스 | (031)8071-5204
E-mail | bear6370@hanmail.net

정가 | 12,000원

ISBN 979-11-6302-305-0 (04810)
979-11-6302-304-3 (set)

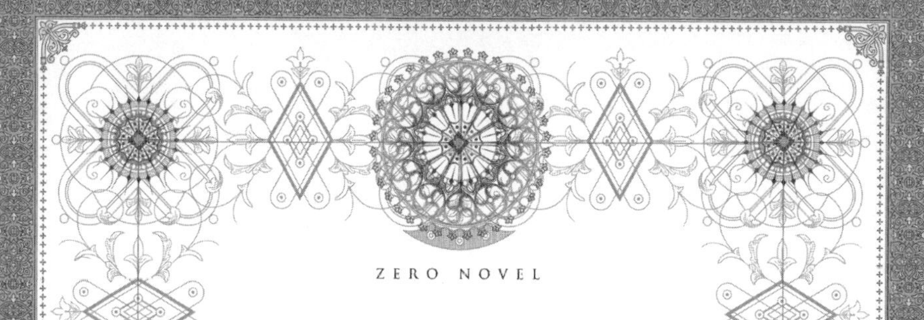

ZERO NOVEL

악녀 카루나가 작아졌어요

문이경 장편소설

I

목 차

Prologue

우물쭈물 살다 내 이렇게 될 줄 알았지.

배에 칼빵을 맞은 채, 수도의 어느 번화가 뒷골목에 쓰러진 카루나는 생각했다.

'역시 진작 보석을 좀 챙겨서 도망가야 했어.'

물론 그런 계획 및 시도를 안 해 본 건 아니었다. 언제나 실패해서 문제였지.

바로 오늘까지 그녀의 이름은 클레이엔이었다. 클레이엔 리돌로프스코 폰 마카레나. 파라 제국의 명문 귀족 가문, 마카레나 백작가의 무남독녀 외동딸. 아니, 외동딸인 척하는 대역이었다.

그리고 오늘, 그녀는 10년간 클레이엔의 대역으로 살아왔던 삶을 끝내고 새로운 신분으로 살게 될 예정이었다.

'뭐, 이렇게 될 줄 몰랐다는 건 거짓말이고.'

피가 철철 흘러넘치는 배를 두 손으로 움켜잡고, 10년간 자신의 아버지였던 마카레나 백작을 생각했다. 비쩍 마른 생쥐같이 생겨서는 속이 시커멓고 음험하던 귀족 나리.

카루나를 대역으로 써먹는 10여 년 내내, 마카레나 백작은 언제나 긴장을 늦추지 않았다. 카루나가 언제 도망칠까, 딴짓을 하진 않을까, 혹은 배신을 할까 감시했다.

'역시 귀족은 아무나 하는 게 아니구나.'

어릴 적, 뒷골목에서 도둑질로 근근이 먹고살며 세상의 쓴맛 단맛을 다 봤던 카루나도 혀를 내두를 만큼 철저한 인간이었다.

그래도 인간적으로 10년 이상 부려 먹었으면 미안해서라도 곱게 살려 보내 주진 않을까 믿었건만. 아니, 믿고 싶었건만. 역시나 마카레나 백작은 상도덕 따위가 없는 귀족이었다.

'애초부터 귀족 나리가 나 같은 천것한테 의리를 지킬 리가 없지.'

쿨럭쿨럭. 카루나는 피를 한 움큼 쏟아 냈다. 오물로 얼룩진 거리에 피 웅덩이가 고였다.

'내 몸에 이렇게 피가 많았구나.'

단도가 꽂힌 배에서 콸콸 피가 새어 나오는데, 또 입에서 피를 뿜다니.

"하하, 흐윽……."

이 꼴을 하고서도 웃음이 나왔다. 우스웠다. 지금의 자신이, 이 모든 상황이. 조금 전까지만 해도 카루나는 수도에서 가장 아름다운 귀족 영애였다. 오늘 밤 황궁에서 열리는 무도회의 주인공은 그녀였다.

황태자와 첫 춤을 췄다. 무도회에 참석한 모든 귀족의 아부와 영혼 없는 찬사 속에 파묻혔다. 그렇게 클레이엔 대역으로서 그녀의 역할이 끝났다. 그녀는 약속대로 무대를 내려왔고, 약속과 다르게 칼빵을 맞았다.

'젠, 장……'

* * *

염색해 만든 붉은 머리를 높이 틀어 올려 진주와 비취 장식으로 고정했다. 하얀 분을 바른 얼굴엔 금가루를 뿌렸다. 그녀의 녹색 눈과 잘 어울린다며 하녀들이 속살거렸다.

귀에는 알이 큰 다이아몬드 귀걸이가 달랑였다. 목에는 마카레나 백작가에 대대로 전해지는 화려한 다이아몬드 목걸이를 걸었다. 너무 눈이 부셔서 직접 다이아몬드 개수를 세어 보았더니, 새끼손톱만 한 다이아몬드가 무려 백구십구 개가 박혀 있었다. 깨알만 한 다이아몬드는 셀 수도 없었다.

드레스는 마담 마돌레나의 드레스 가게에서 특별히 맞춘 것이었다. 바다 건너 저 멀리 동방의 어느 나라에서 가져왔다는 푸른 비단에 은실로 자수를 놓았고, 섬세한 무늬를 짠 레이스를 치맛자락에 둘렀다. 곳곳에 비취도 박았다. 한껏 부풀린 치맛자락은 걸을 때마다 사락, 사락, 소리를 냈다.

구두는 크리스털과 비취를 꽃 모양으로 장식한 유리 구두였다. 걸을 때마다 발가락과 발꿈치가 바스러질 듯 아팠지만, 요즘 최신의 유행이라 버텨야 했다.

카루나는 그 누구보다 아름답고 화려하게 꾸몄다. 오늘 제국 황성에서 열리는 무도회의 주인공이 바로 그녀였기 때문이다.

오늘은 귀족파의 대표 마카레나 백작의 외동딸 클레이엔 영애가 황태자의 약혼녀가 될 것을 선포하는 날이었다. 그동안 끈질기게 약혼을 거절하며 회피하려 했던 황제파가 패배하는 날이었다. 또한, 카루나의 대역 계약이 완료되는 날이기도 했다.

그랬기에 카루나는 기꺼이 가슴이 깊이 파인 드레스를 입었다. 마담 마돌레나의 드레스는 가슴을 한껏 끌어 올리고, 코르셋을 잔뜩 조여야 하는 고통스러운 스타일의 드레스였다.

평소에는 입기 싫어 도망 다녔지만. 오늘은 순순히 뒤집어썼다. 마지막 하루쯤은 입어 주리라.

'오늘이 마지막이니까.'

제국의 귀족들은 두 패로 갈려 싸우고 있었다. 황제파와 귀족파. 그렇게 두 편으로 갈려 치고받고 싸운 지 수십 년.

현 마카레나 백작은 아예 황제파의 중심을 파괴할 계획을 세웠다. 자신의 딸을 황태자의 약혼녀로 밀어 넣으려는 것이었다. 그 계획은 그의 어린 딸 클레이엔이 황태자를 보고 첫눈에 반했기에 시작된 것이었다. 황태자와 결혼하겠다고 울고불고 난리를 치는 딸을 행복하게 해 주고, 정치적으로도 승리할 수 있는 길을 걷고자 한 것이다.

그 계획을 현실로 만들기 위해선 꽤 오랜 시간이 필요했다. 하지만 지루할 틈은 없었다. 물 아래에서 치열한 싸움이 계속됐으니까.

그렇게 10년이 걸렸다.

끝내 귀족파는, 마카레나 백작은 성공했다. 바로 오늘, 황제는 침통한 표정으로 귀족들 앞에 섰다. 황태자는 황제의 명을 받아 황제의 칙서를 읽었다. 제국의 건국 이래 대대로 황실에 충성을 바쳐 온 마카레나 백작과 황실이 혼사를 맺고자 한다는 내용이었다.

'드디어!'

카루나는 치맛자락 속에 숨긴 손을 불끈, 주먹 쥐었다. 입가에 슬며시 떠오르는 웃음을 감추려, 다른 한 손에 든 부채를 열심히 흔들었다. 파닥파닥.

기쁜 기색을 너무 과하게 드러내지 말고, 우아하게. 카루나는 평소의 모습을 유지하며, 사방에서 쏟아지는 축하를 즐겼다. 앞으로의 영광은 진짜 클레이엔의 것이 될 것이다. 하지만 오늘, 지금 이 순간의 찬사와 축하는 카루나의 것이었다.

계획은 마카레나 백작이 세웠지만, 그 계획을 성공으로 이끈 것은 카루나였다. 카루나는 마카레나 백작의 후계자로서 활약했다. 대놓고 자신을 드러내지는 않았지만, 백작의 그림자 아래에서 귀족파의 승리를 이끌었다.

오늘의 무도회가 끝나면 카루나와 마카레나 백작과의 계약도 끝이었다.

10년간의 대역 생활의 끝.

기분이 싱숭생숭했다.

'깊게 생각하지 말고 마지막 밤이니까 즐기자.'

카루나는 자신에게 말하며 떨리는 마음을 다독였다.

'이 밤의 끝이 어떻게 끝나든 그건 일단 그때 가서 애쓰면 돼.'

슬며시 고개를 쳐드는 두려움을 유리 구두를 신은 발로 꾹꾹 눌렀다. 그리고 누구와 첫 춤을 출지 고민했다.

예법대로라면 약혼자가 될 황태자와 첫 춤을 춰야 한다. 하지만 카루나는 굳이 첫 춤을 황태자와 출 생각이 없었다. 예법에 따라 춤을 신청하러 다가오는 황태자를 보고는 슬며시 자리를 피했다. 황태자의 얼굴이 파사삭 구겨지는 걸 보니, 기분이 좀 나아졌다.

카루나는 아버지인 마카레나 백작이나 귀족파 내에서 힘 좀 쓰는 가문의 영식과 춤을 추고자 했다. 그게 약혼자가 될 황태자에게 무례를 범하는 일이었으니까.

'마지막까지 기꺼이 황태자의 얼굴에 먹칠을 해 주마.'

카루나는 그렇게 유종의 미를 장식할 생각이었다.

그런데 누군가의 시선이 그런 그녀의 생각을 바꿔 버렸다. 범인은 황제파 귀족들의 수장 격이라 할 수 있는 바이켈드 공작이었다. 그는 홀 한편에 서서 그녀를 노려보고 있었다. 주변에 몰려든 귀족들이 그와 말 한마디라도 나누려 애를 썼지만, 그는 그들을 모두 무시했다. 그의 붉은 눈은 오직 카루나만을 바라보고 있었다.

'뭘 봐. 졌으면 알아서 꼬리를 말고 구석에 처박혀 있어야지.'

카루나는 그의 눈을 피하지 않고 마주하며 활짝 웃어 주었다.

라크안 프레이트 자크셀 폰 바이켈드. 까마귀 깃털처럼 까만 머리카락. 루비처럼 붉은 눈동자. 한 번 보면 쉬이 잘 잊히지 않는 싸늘한 인상의 미남. 이제 고작 스물두 살인 미혼 공작이었다.

젊은 나이임에도 불구하고 파라 제국 유일의 공작 가문의 주인이었다. 수백의 귀족들을 거느리며 황제파를 이끌고 있었다. 귀족파 가문의 영애들조차도 그를 보면 얼굴을 붉히며 말이라도 한마디 섞으려 애를 쓰곤 했다. 물론 카루나는 그와 말 한마디도 섞지 않으려 애를 썼다. 그게 쉽진 않았지만.

바이켈드 공작과 카루나는 오랜 정적 관계였다. 바이켈드 공작과 마카레나 백작의 관계라고 말해야 하겠지만. 실상 서로 암살자를 보내고, 독약을 보내며 치고받고 싸우는 건 그와 카루나였다.

바이켈드 공작은 카루나가 황태자와 약혼하고자 애쓸 때마다 사사건건 훼방을 놓았다. 때문에 카루나는 마카레나 백작에게 무능하다는 소리를 들어야 했다.

'네 딸을 생각해 보시죠? 나보다는 천배 더 무능하고 멍청할 텐데?'

마카레나 백작의 후계로서 귀족파를 이끌며 유능하게 일하는 그녀로서는 억울하기 그지없는 일이었다. 하지만 황태자와의 약혼이 잡힐 듯 잡히지 않으니, 그런 소리를 들어도 반박할 수가 없었다.

'이게 다 바이켈드 공작 때문이야!'

바이켈드 공작만 아니었으면 클레이엔은 옛날 옛적에 이미 황태자와 결혼하여 애가 적어도 둘 이상은 됐으리라. 하지만 이제 모든 게 끝났다. 끝내 카루나는 클레이엔과 황태자와의 약혼을 쟁취해 냈다. 바이켈드 공작은 카루나의 모략과 음모를 막아 내지 못하고 꺾였다. 그러니 지금 저렇게 무시무시한 눈으로 노려보고 있는 것이었다.

그의 눈빛을 한 몸에 받으니 문득, 그를 더욱 열 받게 하고 싶어졌다. 그럴 수 있는 방법은 이미 알고 있었다.

카루나는 바이켈드 공작에게 등을 보이고 걸었다. 사람들 사이를 헤치고 걸으며, 제가 피했던 황태자를 찾았다. 그리고 황태자의 앞에 서서 살짝 무릎을 구부려 인사했다.

'빨리 나한테 춤 신청해.'

첫 춤을 추기 위해 카루나를 쫓았으면서, 막상 카루나가 눈앞에 나타나자 황태자의 얼굴이 시꺼메졌다. 세상에서 가장 고귀한 남자를 괴롭히는 일이 이렇게나 쉬웠다. 그녀의 존재 자체가 황태자에게는 고통이었다. 바이켈드 공작은 등 뒤에서 열심히 그녀를 저주하고 있을 터.

'짜릿해! 늘 새로워! 높은 분 괴롭히는 게 최고야!'

카루나와 황태자는 모든 귀족이 보는 앞에서 우아하게 인사하고 양손을 맞잡았다. 첫 춤의 시작이었다.

빛나는 금발에 푸른 눈. 앞에서 봐도 옆에서 봐도 참 잘생긴 황태자는 내내 굳은 얼굴이었다. 얼굴엔 '널 경멸한다. 지금 너랑 춤을 추는 이 순간이 혀를 깨물고 죽어 버리고 싶을 만큼 싫다.'라고 쓰여 있었다.

"나랑 결혼한다면 그대는 불행할 거요. 나는 결단코 그대를 사랑하지 않을 테니. 우리의 부부 생활에 신의와 애정 따위는 없겠지."

황태자는 카루나의 귓가에 대고 속삭였다. 귀족파의 압력에 패배해 클레이엔을 황태자비로 세울 수밖에 없는 황태자의 마지막 발버둥이었다.

클레이엔의 오랜 짝사랑은 사교계에 소문이 날 대로 난 상태였다. 클레이엔의 대역인 카루나도 그 소문을 좇아 황태자를 좋아하는 척 따라다녔다. 황태자가 다른 귀족 영애와 가깝게 지내면 슬퍼하는 척하며 갖은 방법을 써서 황태자와 귀족 영애를 괴롭혔다. 그 때문에 황태자는 그녀가 자신을 좋아한다고 믿어 의심치 않았다.

'모자란 놈. 황태자면 다냐? 이유야 어떻든 저랑 결혼하는 여자한테 그런 협박이나 하고.'

찌질한 놈. 머저리 새끼. 카루나는 속으로 황태자에게 욕을 퍼부었다.

"아, 네."

하지만 겉으로는 방긋 웃어 보였다.

"그대는 그래도 괜찮은가?"

황태자는 충격을 받은 듯했다.

"네에. 그럼요."

그러거나 말거나 또 방긋, 카루나는 행복이 넘치는 미소를 선보였다. 어차피 황태자와 애정 없는 부부 생활을 해야 하는 건 그녀가 아니었다.

'아, 진짜 클레이엔은 울지도 모르겠네.'

일곱 살 때 처음 본 황태자에게 반했다고 했다. 황태자와 결혼 못 하면 콱 굶어 죽어 버리겠다며 두 끼를 굶고 기절하기까지 했다고. 클레이엔 리돌로프스코 폰 마카레나. 카루나가 이 자리에서 황태자와 춤추게 만든 장본인인 그녀라면 분명 황태자의 사랑을 갈구하리라.

'하지만 난 아닌데?'

카루나와 마카레나 백작의 계약은 어디까지나 클레이엔을 황태자와 약혼시키는 것이었다. 약혼한 둘이 좋아 죽든 싫어 죽든 그건 카루나가 알 바 아니었다. 이후 제자리로 돌아올 클레이엔이 해야 할 일이었다.

카루나는 떨떠름한 표정으로 자신을 보는 황태자를 뒤로하고 무도회장을 누볐다. 뒤통수에 따라붙는 바이켈드 공작의 눈빛은 철저히 무시했다. 기다리고 기다리던 계약 종료의 날이 아닌가. 지긋지긋하던 이 화려한 귀족 영애 생활도 이제 마지막이었다.

까짓것, 마음껏 즐겨 주리라.

예비 황태자비에게 잘 보이고자 나서는 귀족 영식은 많았다. 카루나는 체력이 허락하는 선에서 그들이 내미는 손을 모조리 잡았다. 유리 구두를 신은 발이 퉁퉁 부어올랐지만, 카루나는 다리에 감각을 잃은 사람처럼 춤을 췄다.

마지막 왈츠는 아버지, 마카레나 백작과 함께했다. 한 곡의 춤을 추며 둘은 화기애애하게 대화를 나누었다.

그리고 그날 새벽.

카루나는 그 대화의 내용대로 남몰래 침실에서 빠져나와 마카레나 저택의 후문으로 나섰다. 무도회에서 입은 화려한 드레스 차림은 온데간데없었다. 염색물을 뺀 머리를 낡은 수건으로 감싸고, 두꺼운 후드를 뒤집어써 화장을 지운 얼굴을 가렸다.

후문에는 낡은 짐마차가 한 대 서 있었다. 마카레나 백작은 없었다. 하녀장과 집사만 서 있을 뿐이었다.

하녀장은 카루나의 몸을 더듬었다. 카루나는 저항하지 않고 그녀에게 몸을 내맡겼다. 혹시나 카루나가 백작가의 귀한 물건이나 서류를 빼내 갈까 봐 검사하는 것이었다. 가슴과 허리를 뒤지는 손길이 조심스러웠다.

아직 하늘은 밝아지지 않았지만 새벽빛에 하녀장의 얼굴이 보였다. 그동안 같이 지낸 세월이 허송세월은 아니었던 듯, 그녀의 눈가에 물기가 맺혀 있었다.

그러고 보면 10년 전, 열 살의 카루나가 백작가로 납치되듯 끌려왔을 때. 그녀를 살뜰하게 챙겨 준 건 하녀장이었다. 물론 처음 만났을 때는 무시하고 사람 취급도 안 해 줬지만. 곧 마음을 바꿔 카루나를 불쌍히 여겨 주었다.

하녀장이 아무 이상 없다고 말하자, 집사는 카루나에게 두꺼운 주머니를 건넸다. 꽤 무거웠다. 카루나는 집사의 앞에서 주머니를 열어 내용물을 확인해 보았다. 믿지 못하겠다는 듯한 태도에 집사는 눈살을 찌푸렸다.

'내가 뭐라도 훔쳐갈까 봐 몸을 뒤진 건 그쪽이라고.'

주머니엔 금화가 가득했다. 알이 잘긴 했지만 다이아몬드도 한 주먹 있었다. 제일 위에는 신분증이 있었다. 카루나는 그녀의 새 신분을 증명하는 신분증을 확인했다.

에일린 소냐. 스무 살. 동부 유이라 평원 슐렌 자작령 어느 마을 출신.

슐렌 자작의 도장이 찍힌 신분증명서는 진짜였다. 카루나는 주머니를 로브 안쪽에 매달고 마차에 올라탔다.

"다시는 만나지 말아요. 죽어도 수도에는 돌아오지 않을게요."

카루나는 10년 동안 자신을 클레이엔 아가씨로 모셔 온 하녀장과 집사에게 눈을 찡긋했다. 하녀장은 고개를 숙여 인사했다. 집사는 입을 꾹 다물고 꼿꼿하게 서 있을 뿐, 그녀에게 잘 가란 인사 한 마디 하지 않았다.

집사는 그동안 카루나를 진짜 클레이엔을 모시듯 깍듯하게 대했다. 그래서 내심 정이 들었건만. 헤어질 때는 참으로 냉담했다. 카루나는 살짝 서운했지만 그런 집사를 이해했다. 어차피 집사는 마카레나 백작가의 사용인이었다. 고작 10년 함께 지낸 그녀를 아쉬워할 이유가 없으리라.

카루나는 아쉬움 따위는 힘차게 짓밟아 버렸다. 지체하지 않고 마차의 문을 닫았다. 그녀에게는 새로운 신분으로 시작할 밝은 내일이 기다리고 있을 테니까. 아마도.

'부디 기다리고 있는 거였으면 좋겠네.'

마차는 바로 출발했다. 그리고 얼마 가지 않아 멈춰 섰다. 본래대로라면 꼬박 며칠간 달려야 했다. 제국의 국경에 그녀를 내려 줘야 했으니까. 고작 한 시간도 지나지 않아 제국의 드넓은 영토를 가로질러 변경에 도착했을 리 만무했다. 하지만 마차는 멈췄다.

"아가씨, 잠시만 내리시죠."

마부는 무례하게 문을 두드렸다.

'결국 이렇게 되는 건가?'

짐작했지만, 또 아니길 바랐지만.

카루나는 한숨을 푹 내쉬었다.

"아가씨? 순순히 갑시다. 괜히 번거롭게 하지 말고."

쾅쾅, 마부가 문을 부술 듯 두드려 댔다.

'번거롭게 하는 게 뭘까.'

카루나는 마부의 협박이 우스웠다. 자신이 안 내리고 버티면 마차 문을 부수고라도 들어올 테니, 마차 문을 부수는 수고를 하지 않게 해 달라고? 아니면, 자신이 마차 안에서 죽으면 마차에 흐른 핏물을 닦기 번거로울 테니, 그런 수고를 하지 않게 해 달라고?

이리 죽으나 저리 죽으나, 어차피 죽게 될 텐데. 자신이 굳이 마부의 수고로움을 덜어 줄 필요가 있나?

그렇게 생각했으면서도 카루나는 순순히 마차 문을 열었다. 마차 안에서 버티고 있다가 열 받은 마부에게 난도질당해서는 안 됐다. 이왕 칼을 맞아야 한다면 흥분하지 않은 암살자에게 치명타를 맞아야 했다. 가슴, 혹은 배.

문이 열리자마자 우악스러운 손이 카루나를 끌어냈다. 카루나는 끌려나와 바닥을 뒹굴었다. 주위를 둘러보니 어두침침한 골목길이었다. 아예 인적이 없을 만한 골목이었다. 바닥엔 오물이 가득했다. 양옆으로 선 건물들은 사람이 살지 않는 폐건물이었다.

등불 하나 없는 어두침침한 이곳에서 카루나는 '처리'당했다.

마부는 여러 번 해 본 솜씨로 손쉽게 카루나를 찔렀다. 왼쪽 가슴을 한 번 푹. 딱딱한 무언가에 걸리자 곧바로 카루나의 배에 단도를 박았다.

군더더기 없이 깔끔한 손길이었다.

칼에 배를 관통당하는 순간 눈이 뒤집혔다. 잘 익은 토마토가 되어 반으로 잘리는 기분이었다. 온몸에 흐르는 피가 배꼽 위로 줄줄 흘러나가는 느낌에 절로 눈물이 났다.

"흡!"

카루나는 비명조차 지르지 못했다. 마부가 카루나의 입을 틀어막았다. 카루나는 그 손바닥을 물어뜯었지만 마부는 꿈쩍도 하지 않았다.

얼마 안 가 카루나는 마부의 손바닥을 물고 있는 것조차 할 수 없었다. 낡은 로브를 뒤집어쓴 몸이 축 늘어졌다. 마부는 카루나를 땅바닥에 버리고 로브 안쪽을 더듬었다. 곧 그의 손에 집사에게 받은 주머니가 딸려 나왔다.

그는 그것을 들고 유유히 사라졌다. 다음 생에는 마카레나 백작을 만나지 말라거나, 네 인생 참 가련하다 등 죽인 사람에게 인사라도 하고 돌아서도 되련만. 전문가 중의 전문가인 그는 흔한 덕담 한마디 하지 않았다.

금세 마차 소리가 멀어졌다.

'아파. 너무 아파.'

충분히 예상했던 상황이었다. 하지만 어떻게 해서든 피할 수 없는 상황이기도 했다.

카루나는 10년간, 마카레나 백작가의 클레이엔 영애로 살아왔다. 황제파는 그녀를 새롭게 피어나는 악의 꽃이라며 손가락질하고 두려워했다. 그녀는 그게 좋았다. 한낱 평민이 황제와 귀족들이 두려워하는 무시무시한 악녀가 될 수 있다니.

마카레나 백작을 돕는다는 이유를 들어, 클레이엔을 황태자비에 올리겠다는 핑계로, 그녀는 마음껏 패악을 부렸다. 귀족파의 귀족들은 그런 그녀를 귀족파의 차세대 수장감이라며 치켜세웠다. 그것이 마카레나 백작의 의심을 돋웠을지 모른다. 그녀를 살려 두면 안 되겠다는.

카루나 나름대로 그녀에게 충성하는 사람들을 만들려 노력을 안 해 본 건 아니었다. 하나 언제나 마카레나 백작에게 차단당했다. 아침에 눈을 뜨면서부터 밤에 잠들기까지, 아니 잠들고 나서도. 언제나 그녀는 마카레나 백작의 손바닥 안에 있었다.

그녀를 돌보는 하녀장과 하녀들, 비서에서부터 더러운 일을 대신해 주는 음지의 수족들에 이르기까지, 모두가 결국 마카레나 백작에게 충성하는 사람들이었다.

때문에 카루나는 이런 핏빛 결말을 예상했다. 그녀의 쓰임이 다하면 마카레나 백작이 그녀를 무사히 살려 두지 않으리라. 그래서 그 전에 도망치려고도 노력했다. 이렇게 당하지 않을 수 있는 방법을 찾으려 애를 썼다.

하지만 도무지 방도를 찾을 수 없었다. 그녀는 마카레나 백작이 움직이는 꼭두각시 인형이었다. 성질머리가 좀 더럽고 사나웠을 뿐, 결국 마카레나 백작의 손아귀 위에서 움직였다. 마카레나 백작의 눈을 피해 겨우 할 수 있는 거라고는 왼쪽 가슴과 배에 보호대를 설치하는 것뿐이었다.

마카레나 백작이 거느린 암살자는 흔적을 남기지 않는 걸 좋아했다. 심장 혹은 배. 일격을 가해 치명상을 입혀 죽이고 조용히 사라지는 것이 일반적인 방식이었다.

카루나는 자신의 유일한 재산인 낡은 브로치를 왼쪽 가슴에 고정시켰다. 또 밤마다 몰래 모은 얇은 비단 조각을 여러 겹 덧대 바느질했다. 바느질한 것을 배에 여러 겹 둘렀다. 이 보호대 때문에 조금이라도 칼이 덜 박혔길 바랄 따름이었다.

카루나는 쿨럭, 피를 뱉어내며 입을 벌렸다. 덜덜 떨리는 손가락으로 이빨 뒤쪽을 더듬어 작은 유리병을 꺼냈다. 내내 물고 있던, 미용 금가루를 담아 놓던 작고 얇은 유리병이었다.

새끼손가락 손톱만 한 병 안에 든 마법의 약을 목구멍으로 흘려 넣었다. 피비린내가 입 안에 가득한데도 시큼한 맛이 났다. 너무 맛이 없어서 눈물이 났다. 무서워서가 아니라, 정말 맛이 없어서 눈물이 났다.

"흐으……."

이게, 고작 이게 그녀의 마지막 대비였다. 아니 도박이었다. 그간 몰래 한두 개씩 장신구를 빼돌려 모은 돈으로 마탑에서 시간을 연구하는 마법사에게 마법의 약을 사는 게.

'시간을 되돌려 주는 마법의 약입니다. 물론 효능은 있겠지만……. 저, 정말로 있을 겁니다. 아마? 아주 장담은 못 해요. 수식과 이론은 완벽한데, 진짜 실험을 해 보진 못했거든요. 일단 8년 하고 5일, 다섯 시간 전으로 돌아가도록 만들긴 했는데. 괜찮으시겠어요?'

마탑에서도 괴짜 취급을 받는다는 마법사였다. 그는 재작년, 황궁으로 초대되어 황태자와 귀족들 앞에서 자신의 연구를 발표했다. 자신의 연구를 지원해 줄 후원자를 찾고자 나선 것이었다. 하나 황태자와 귀족들은 그를 어릿광대 취급했다. 그들은 허황된 마법사의 이론을 들으며 웃어댔다.

웃지 않은 건 카루나뿐이었다.

그날 이후 카루나는 남몰래 그를 지원했다. 아니, 남몰래라고 해도 마카레나 백작은 알고 있었을 것이다. 그는 카루나가 쓸데없는 희망을 품는다고 생각했을지도 모른다. 혹은 카루나가 그 출신에 걸맞은 천박한 취향을 지우지 못하고 유흥거리를 찾는 거로 생각했을지도 모른다.

그 결과물이 이 한 모금도 안 되는 마법의 약이었다.

스스로 생각하기에도 어이없는 일이었다. 태어나자마자 버려져 뒷골목의 소매치기로 살아온 10년. 마카레나 백작의 눈에 들어 클레이엔의 대역으로 살아온 10년. 더없이 현실적인 삶이었다. 하루하루, 살아남기 위해

치열하게 살아왔다. 그런데 죽음의 문턱 앞에 선 그녀가 손에 쥔 건, 너무도 비현실적인 기적에 대한 소망이었다.

"커흑, 흐, 흐흐……."

웃음이 났다. 웃음을 타고 코와 입에서 꾸역꾸역 피가 흘렀다. 시야도 점차 흐려지기 시작했다.

톡.

카루나의 손에서 유리병이 떨어져 바닥에 떨어졌다.

해가 떠오를 텐데, 이상하게도 온 세상이 까맸다.

* * *

"카루나, 이쪽도 좀 부탁할게."

손님으로 북적대는 여관의 1층 음식점 안. 한 무리의 손님들이 떠나자, 빈 그릇이 그득한 테이블만 덩그러니 남았다. 밀려오는 손님을 테이블에 안내하던 중년의 여성이 큰 목소리로 카루나를 불렀다. 고함에 가까운 부름은 왁자지껄한 주변 소리를 헤치고 카루나에게 닿았다.

"네, 제시 아줌마. 얼른 갈게요."

자기 얼굴보다 큰 접시를 양손에 들고 나오던 소녀가 목청껏 대답했다.

이곳은 여관 '달의 호수'로 1층은 음식점으로 운영되었다. 인근에 목공소와 채석장이 있는 터라 들이닥치는 손님들로 온종일 정신없이 바빴다.

카루나는 이곳에서 여급으로 일하고 있었다. 제 몸에 큰 셔츠와 바지를 끈으로 고정하고, 낡은 재킷을 잘라 내 그 위에 걸쳐 입었다. 커다란 앞치마도 둘렀다. 제시가 쓰던 앞치마를 받은 거라 치마처럼 무릎 아래까지 내려왔다.

카루나는 여관을 찾는 목공이나 석공들의 키에 반이나 될까 싶을 정도로 작았다. 팔다리는 비쩍 마르고 가슴도 판판해서 자세히 보지 않으면 소년이라 보일 법했다. 옅은 갈색 머리카락을 사내아이처럼 짧게 잘라 더욱 그렇게 보였다.

그 작고 여리한 몸이 1층 곳곳을 뛰어다녔다. 커다란 테이블과 우락부락한 손님들 사이를 헤치고 다녔다. 그러면서 제 얼굴보다 큰 접시와 맥주잔을 들고 뛰었다. 접시를 여러 겹 쌓아 단번에 들어 올리는 모습은 가히 경이로울 정도였다.

"비켜요, 비켜!"

카루나가 접시를 들고 우다다 달리면, 손님들은 '이크!' 놀라며 뒤로 물러섰다.

손님들은 자신들의 키의 반도 안 되는 소녀를 꽤 좋아했다. 카루나가 자기 얼굴보다 큰 맥주잔을 들고 와 테이블 위에 올리는 걸 보며 킬킬댔다.

"언제 클래? 밥은 먹고 다니니?"

간혹 손님들은 자신들이 시킨 빵과 고기를 집어 그녀에게 주었다. 그러면 카루나는 거절하지 않고 냉큼 받아먹었다.

"아저씨들이 여기 매상을 많이 올려 줘야 제가 밥을 많이 먹을 수 있어요. 그러니까 돈 아끼지 말고 팍팍들 시키세요!"

또 손님 음식에 손을 대냐며 도끼눈을 뜨는 제시를 위해, 영혼 없는 말을 하기도 했다. 손님들은 그런 카루나를 제 딸처럼 대했다. 조막만 한 아이가 큰 눈을 데굴데굴 굴리며 뚱한 표정으로 조잘거리는데, 어찌 좋아하지 않을 수 있을까.

음식점을 찾는 손님 중 대부분은 인근 목공소와 채석장에서 나무를 자르고 돌을 깎는 목수와 채석공이었다. 그들은 어제 오고, 오늘도 오고, 오늘 저녁에도 술 마시러 오고, 내일도 왔다. 그들의 삶은 하루하루가 고단한 것이었다. 카루나는 그들의 삶에 있어 작은 유희였다.

카루나는 단골들뿐 아니라 여관 주인 부부에게도 예쁨을 받았다. 여관 주인인 제시와 남편 플루는 그녀를 부릴망정 학대하지는 않았다. 일하는 중 약간의 쉬는 시간도 주지 못하는 건, 가게가 바빠 어쩔 수 없는 일이었다. 여관에서의 일은 고되지만 삼시 세끼는 모두 먹을 수 있었다. 잠자리도 제공되었다. 약간이긴 하지만 주급도 받았다.

이제 '열두 살'이고 신분증이 없는 카루나에게는 최고의 직장이었다.

하루 종일 음식을 날랐다. 성문이 닫힌다는 종이 울려 가게 문을 닫은 후에는 바닥을 물걸레질했다. 그러고 나면 하루의 일과가 끝났다. 카루나는 제시에게 빵 반 덩이와 얇게 썬 치즈 세 조각, 물을 많이 탄 포도주 한 잔을 받아 여관의 2층 구석 창고 방으로 올라갔다.

온갖 잡동사니가 쌓인 창고 방의 구석에 그녀의 잠자리가 있었다. 짚을 두툼하게 쌓아 올리고 낡은 리넨 천을 덮은 게 전부였지만 그녀에게는 최고의 침대였다.

"으아아-."

잠자리에 누우니 팔다리가 뻐근하게 저렸다. 온종일 서서 뛰고, 걷고, 접시를 나르고, 테이블을 치운 대가였다. 팔이 천근만근 무거웠다. 겨우겨우 빵을 집어 입에 쑤셔 넣을 수 있었다.

'벌써 다섯 달째인가?'

어느새 익숙해진 천장의 물 샌 얼룩을 보며 카루나는 날짜를 셈했다.

오늘은 카루나가 열두 살이 된 지 여섯 달째가 되는 날이었다. 불과 다섯 달 전, 카루나는 스무 살이었다.

배에 칼침을 맞고 죽어 가던 카루나는 마탑의 마법사에게 산 마법의 약을 먹었다. 시간을 되돌려 준다는 약이었다. 그 약을 먹은 후 카루나는 바로 정신을 잃었다. 다시 눈을 떴을 때 카루나는 놀랍게도 아직 살아 있었다. 그뿐이 아니었다. 배에 단도가 박혀 있지 않았다. 하얀 뱃가죽 어디에도 단검이 관통한 상처 자국이 없었다.

다만 로브에는 핏자국이 선명했다. 드레스와 배에 두른 비단 천에도 칼자국이 나 있었다. 드레스 안쪽에 고정했던 브로치의 녹색 돌은 반쯤 쪼개져 있었다. 그 자국들이 칼에 찔려 죽을 뻔했었다는 걸 증명해 주었다.

정신을 차리고 주변을 둘러보니 어젯밤에 보았던 그 골목이었다. 하늘을 쳐다보니 해가 머리 꼭대기에 떠 있었다. 한낮에도 골목엔 사람 하나 얼씬거리지 않다니. 얼마나 외진 골목인지 새삼 실감이 났다.

'시체를 확인하러 올지 몰라. 그 전에 도망가야 해.'

죽지 않고 살았다는 기쁨도 잠시, 카루나는 마음이 급해졌다. 자신의 시체를 확인하러 올 마카레나 백작의 수하, 혹은 그들의 연락을 받은 수도 경비대를 피해야 했다. 그래서 벌떡 일어섰는데,

후드득- 입고 있던 옷들이 흘러내렸다. 그 틈에서 피 묻은 단검도 데굴, 떨어졌지만 카루나는 미처 보지 못했다.

"꺄악!"

비명을 지르며 옷자락을 추켜올리는데 뭔가 이상했다. 로브가, 드레스가, 구두가 헐렁했다. 마치 어린애가 어른의 옷을 입은 듯이.

급한 마음에 일단 흘러내리는 옷을 몸에 휘감고 두 손으로 잔뜩 움켜쥐어 골목을 벗어났다. 한참을 걷다 보니 점차 사람들이 보였다. 카루나는 혹여 마카레나 백작가의 사람과 마주칠까 봐 고개를 푹 숙였다. 그래서 지나치는 사람들이 자신을 이상하게 '내려다보고' 있는 것을 알지 못했다.

한참을 걷던 중 길바닥 위에 고인 물웅덩이가 보였다. 카루나는 별생각 없이 물웅덩이를 들여다보았다. 이제 열 살? 많이 잡아 봐야 열둘이나

되었을까 싶은 아이가 서 있었다. 그 아이는 녹색 눈을 크게 뜨고 카루나를 바라보고 있었다.

"뭐야? 누구야?"

카루나는 깜짝 놀라 뒤를 돌아보았다. 물에 비친 어린아이는 보이지 않았다. 다시 물웅덩이를 바라보았다. 비쩍 마른 아이가 몸에 안 맞는 큰 옷을 움켜쥔 채 서 있었다.

"설마…… 나야?"

카루나는 두 손으로 제 얼굴을 더듬더듬 만져 보았다. 물웅덩이에 비친 아이도 제 얼굴을 주물러 댔다. 그러느라 놓친 옷자락이 주르륵 흘러내렸다. 가느다란 어깨와 판판한 가슴이 드러났다.

"으악!"

카루나는 다시 옷을 추켜올리며 물웅덩이 앞에 주저앉았다. 그리고 하염없이 물에 비친 자신을 들여다보았다. 물에 비친 게 분명 자신이라고 확신한 뒤에야 마탑 마법사의 말이 떠올랐다.

마법의 약은 정확히 8년 하고도 5일, 다섯 시간을 되돌려 준다고 했다.

"그렇다면 지금은 제국력 481년인 건가?"

회귀에 성공했다. 그냥 순순히 죽을 수는 없기에 마지막 발버둥으로 삼켰던 마법의 약이 정말로 그녀를 8년 전으로 보내 준 것이다.

"우와!"

카루나는 두 주먹을 불끈 움켜쥐며 탄성을 질렀다.

'8년 전으로 돌아왔는데 백작가에 묶이지 않은 채라니, 그럼 내가 한창 백작가에 있다가 뽕 사라져 여기에 나타나게 된 건가? 그럼 얼른 벗어나야 하는 거 아냐? 아니, 어디에 숨어 있어야 하는 걸까?'

열두 살 때의 자신이 무엇을 하고 있었는지 기억을 더듬어 보았다.

그녀는 열 살에 마카레나 백작저로 들어갔다. 열두 살 전까지 클레이엔이 되기 위한 훈련을 받았다.

그리고 열두 살.

열두 살의 카루나는 클레이엔으로서 본격적인 사교 활동을 시작했다. 제법 능숙하게 사교 활동을 해내 마카레나 백작의 신임을 샀다. 그뿐만 아니었다. 그녀는 이 시기에 또래의 귀족 영애들을 괴롭히며 악녀로서 악명을 쌓기 시작했다.

모임에서 자신을 견제하려 드는 다른 귀족 영애들을 온갖 방법으로 괴롭히고 짓밟았다. 귀족 영애들을 골리는 일 따위, 카루나에겐 숨 쉬는 것만큼이나 쉬운 일이었다. 카루나는 귀족 영애들은 생각조차 하지 못할 거리 뒷골목의 지저분한 방법을 알고 있었다.

귀족 영애들은 하나같이 오래 버티지 못했다. 그 고운 얼굴이 퉁퉁 부을 정도로 울며 카루나에게 무릎을 꿇었다. 데뷔 무도회를 치르기도 전에 또래의 귀족 영애들 위에 군림하게 된 것이었다.

'우습게 보이느니 두려운 존재가 되는 게 낫다.'

마카레나 백작은 그렇게 말했다. 그는 카루나의 악명을 좋아했다. 그랬던 시기이니만큼 마카레나 백작은 어떻게든 카루나를 찾으려 들 터였다. 다시 마음이 급해졌다.

카루나는 일단 주변 사람들에게 물어물어 황태자의 구빈원을 찾아갔다. 황태자는 어릴 때부터 백성들의 고단한 삶에 관심이 많았다. 그래서 수도 곳곳에 구빈원을 지었다. 병든 자에게 약을 주고, 배고픈 자에게 빵을 나누어 주었다.

구빈원에 들어가기 전, 멍이 들 정도로 세게 허벅지를 꼬집었다. 너무 아파 눈에서 물이 나왔다. 카루나는 구빈원 안으로 뛰어 들어가 사람들 앞에 서서 엉엉 울었다.

구빈원은 주인인 황태자처럼 착하고 멍청한 곳이었다. 제대로 된 신분증도 없는 열두 살짜리 여자아이가 울며 뛰어 들어오니, 조금도 의심치 않고 거두어 주었다.

카루나는 그들과 대화를 나누며, 지금이 제국력 481년이 아니라 제국력 489년이라는 것을 알게 되었다. 그들은 매우 슬퍼하고 있었다. 바로 어제, 황태자 전하께서 귀족파의 악독한 술수에 빠졌다고 했다.

"전하께선 어쩔 수 없이 악녀 중의 악녀, 마카레나 백작 영애와 약혼을 하게 되었단다."

그 말에, 카루나는 그들이 준 빵을 놓쳤다. 소중한 빵이 흙바닥을 데굴데굴 굴렀다.

'시간을 되돌린다는 게 과거로 돌아가는 게 아니라 그냥 나만 어려지고 마는 거였어?'

마탑의 마법사가 그녀에게 사기를 친 것이었다.

'내가 마카레나 백작도 아니라, 마탑에 처박혀 연구나 하는 그 세상 물정 모르는 마법사한테 당했다고?'

이건 그녀의 자존심이 걸린 문제였다. 남을 속이면 속였지, 남에게 속지는 않고 사는 인생이 유일한 자랑거리였건만.

'말도 안 돼!'

카루나는 치유할 수 없는 마음의 상처를 입었다. 동그란 두 눈에선 당장이라도 눈물이 쏟아질 것만 같았다. 그런 카루나의 모습을 본 구빈원 사람들은 카루나를 달래고자 했다. 그들은 굶주리고 지친 어린아이 앞에서 괜히 험한 세상사를 이야기했다며 자신을 탓했다.

굶주린 평민 소녀에게도 클레이엔은 두려운 존재이구나. 구빈원 사람들은 새삼 실감했다. 그들은 빵을 주워 먼지를 탁탁 털어 카루나에게 돌려주었다. 상냥한 목소리로 위로도 해 주었다.

"하지만 걱정하지 말렴. 그 악녀는 갑자기 심한 열병에 걸려 요양을 위해 오늘 급히 백작가의 영지로 떠났다더구나."

"적어도 1년 정도는 수도에 돌아오지 않는다고 하니까, 안심하렴."

"우리 현명하신 황태자 전하께서는 어떻게 해서든 그사이에 파혼하실 거야. 암, 그렇고말고."

자신들이 듣고 싶은 말을 말하는 것 같았다. 카루나는 그들의 말에 조금의 위안도 얻지 못했다. 하나 재빠르게 주변 분위기를 알아채고는 고개를 끄덕였다.

"황태자 전하가 너무 불쌍해요."

그 멍청한, 진짜 클레이엔과 결혼해야 한다니. 평생토록 둘이 살며 얼마나 속이 답답하고 괴로울까. 생각만 해도 고소했다.

덕분에 카루나는 구빈원 내에서 '굶주리고 불쌍한 처지에 놓였으나 황태자 전하에 대한 충성심은 높은 평민 아이'로 평가받았다. 그건 꽤 좋은 낙인이었다. 덕분에 카루나는 열흘간 구빈원에서 편히 지낼 수 있었다.

그동안 카루나는 자신의 상태를 정확히 이해했다. 황태자와의 약혼 발표 날 밤. 마카레나 백작에게 당해 죽었다. 그리고 마법의 약 덕분에 되살아났다. 열두 살의 몸이 된 채로.

시간은 여전히 그대로였다. 과거로 회귀한 게 아니었다. 그녀는 황태자의 약혼 발표 이후의 날을 여전히 살고 있었다. 고로 카루나는 마카레나 백작에게 들키지 않게 납작 엎드려야 했다. 그러다가 기회가 되는 대로 수도를 벗어나 최대한 멀리 도망쳐야 했다.

카루나의 시신을 확인하지 못한 마카레나 백작은 그녀를 찾을 것이다. 그녀를 확실하게 죽이기 위해. 혹시라도 마탑의 마법사를 수색해 마법의 약에 대해 알아낸다면? 그녀가 어려진 모습으로 살아 있을지 모른다고 의심할 것이다.

가능성은 낮지만 얼토당토않은 생각은 아니었다. 카루나가 아는 마카레나 백작은 분명, 그 정도로 집요하고 촉이 좋은 귀족이었다.

카루나가 살길은 단 하나였다. 마카레나 백작의 손길이 닿지 않는 곳에 숨는 것. 그리고 돈과 신분증을 마련하고 최대한 빨리 수도에서 멀리멀리 도망치는 것.

마카레나 백작에게 복수하겠다는 생각 따윈 손톱만큼도 들지 않았다. 덤벼도 상대를 보고 덤벼야 한다. 고작 평민 소녀 따위가 제국 황태자의 장인이자 귀족파의 수장인 마카레나 백작에게 복수한다? 마카레나 백작가의 정문을 지나기도 전에 문지기에게 맞아 죽을 게 뻔했다.

'어쨌거나 나는 지금 살아 있잖아? 그럼 된 거야. 지금 나한테 중요한 건 앞으로도 계속 살아남는 거야.'

살아서 마카레나 백작저의 문을 넘었다. 그걸로 충분했다.

'구빈원의 도움을 받고, 계속 구빈원의 그늘에 숨어 돈과 신분증을 마련하자.'

카루나는 눈을 뜨자마자 황태자의 구빈원으로 걸어 들어간 자신의 생존 본능을 칭찬해 주었다. 제국 수도에서 마카레나 백작의 손길이 닿지 못하는 몇 안 되는 곳이었으니까.

구빈원에 머물 수 있는 기간은 한 사람당 열흘이었다. 열흘이 지난 후 카루나는 구빈원의 주선으로 이 '달의 호수'에서 일하기 시작했다. 여섯 달 동안 별 탈 없이 일하면, 구빈원의 보증을 받아 새로운 신분증을 받을 수 있게 된다.

'이제 한 달만 더 버티면 돼.'

주급으로 받은 돈은 거의 쓰지 않고 꼬박 모았다. 한 달 뒤에 신분증을 받으면 자유로이 여행할 수 있게 된다. 그렇게만 된다면 바로 수도에서 도망쳐 제국의 변방으로, 혹은 다른 나라로 도망치리라.

문득 클레이엔과 황태자의 약혼을 성공시킨 대가로 받은 보수가 생각났다.

도로 빼앗긴 게 밤마다 생각할수록 뼈저리게 속상했다. 그로 인해 평생 계속 일하며 먹고살아야 하는 처지가 되어 버렸으니.

그래도 살아남았다는 것에 의의를 가지고자 했다. 지금까지 살아남았고, 앞으로도 살아남을 그녀의 인생 계획은 완벽했으니까.

그리고 그 주의 일요일.

카루나는 자신의 인생 계획과 전혀 상관없이, 다시금 죽을 위기에 처하였다.

"……왜 수도 한복판에 이렇게 큰 늑대가 있는 건데?"

보통 늑대보다 열 배는 더 큰 것 같은 거대한 늑대가 안광을 빛내며 그녀의 앞에 섰다. 쩍 벌어진 입은 단번에 그녀를 꿀꺽 삼키기에 충분한 크기였다.

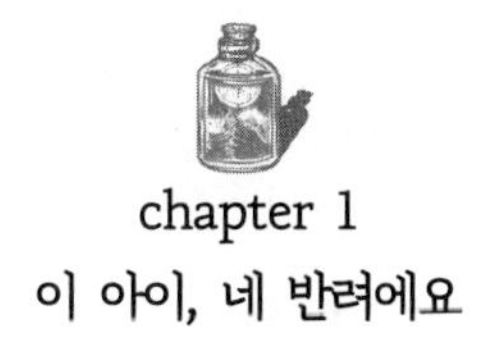

chapter 1
이 아이, 네 반려에요

매주 일요일은 '달의 호수'가 문을 닫는 날이었다. 여관에 머무르는 손님들을 위해서는 전날 미리 음식을 준비해 대접했다. 1층 식당의 문은 열지 않았다.

'달의 호수'의 주인인 제시와 그녀의 남편이자 주방을 담당하는 플루는 독실한 플루타르크교 신자였다. 플루의 이름도 신 플루타르크에서 따온 것이라고 했다.

둘은 매주 일요일이면 일찌감치 가장 좋은 옷을 꺼내 입고 예배당으로 갔다. 제시와 플루는 카루나에게 자신들의 종교를 강요하지 않았다. 신실과 자유는 플루타르크교의 가장 기본적인 교리였다. 신자가 플루타르크를 신실하게 믿으며 올바른 모습을 보이면 주변에서 알아서 감화되어 플루타르크를 믿게 될 거라는 게 그들의 전도 방식이었다.

덕분에 카루나는 일요일마다 다른 일을 하며 약간의 수입을 얻었다.

여관에서 조금 떨어진 곳에 고급 식료품 가게가 있었다. 그 가게에서는 수도의 여러 귀족 저택에 식료품을 납품했다.

카루나는 그곳에서 일요일마다 배달 일을 했다. 식료품 가게는 대개 일요일에 식료품을 대량으로 배달했다. 배달 직원이 저택의 후문을 들고 나는 것조차 보기 싫어하는 귀족들 때문이었다. 그래서 식료품 가게는 일요일에 제일 바쁘지만, 정작 일요일에 일할 사람을 구하기는 쉽지 않았다. 종교에 신실한 사람들은 일요일에 일하지 않으려 했으니까.

그 때문에 식료품 가게에서는 일요일에만 일할 직원을 따로 모집하곤 했다. 제시와 플루가 예배당으로 가면, 카루나는 둘을 배웅하고는 바로 식료품 가게로 달려갔다.

식료품 가게 주인은 카루나가 아직 어리고 체구도 작은 걸 배려해 되도록 가까운 곳으로 보냈다. 대부분 한미한 귀족 가문이나 부유한 상인의 집이었다.

채석장과 목공소가 있는 인근에 저택을 세웠다는 건, 수도에 머물기는 하나 권력과는 동떨어진 귀족이라는 뜻이었다. 그들은 클레이엔인 척하던 카루나와 마주칠 기회가 거의 없는 사람들이었다. 어려지고, 머리카락 색도 다르고 화장도 하지 않은 카루나를 알아볼 수 없을 터.

평소 카루나는 마음 편히 배달을 다녔다. 그런데 오늘은 평소와 다르게 먼 거리로 배달을 나가야 했다. 다름 아닌 황궁 근처의 바이켈드 공작저였다.

"싫어요!"

카루나는 기겁하며 뒤로 물러섰다. 식료품 가게 주인이 내미는 식료품 목록과 약도를 받지 않고, 두 손을 아예 등 뒤로 감춰 버렸다.

"카루나? 내가 무슨 철천지원수 집에 배달을 가라고 한 것도 아니고, 우리 위대한 바이켈드 공작 각하의 저택을 구경할 기회를 주겠다는데, 왜 그러냐?"

식료품 가게 주인은 온몸으로 배달 가기 싫다고 외치는 카루나를 이상하게 바라보았다.

바이켈드 공작저 등 먼 곳으로 배달을 나가던 직원이 오늘 아파 나오지 못했다고 했다. 일요일에만 일하는 직원 중 아파서 빠진 직원을 빼고 가장 오래 근무한 건 카루나였다. 식료품 가게 주인은 어리지만 일은 야무지게 해치우는 카루나를 믿고 일을 맡기려 했다.

'운이 좋으면 먼발치에서 바이켈드 공작 각하의 그림자라도 볼 수 있을 텐데? 이 좋은 기회를 왜 싫다는 거야?'

식료품 가게 주인은 온몸으로 '가기 싫어요!'를 외치는 카루나를 이해하지 못했다. 수도에 사는 카루나 또래의 아이들은 여자아이나 남자아이나 할 것 없이 바이켈드 공작을 좋아했으니까. 하지만 카루나는 식료품 가게 주인이 생각한 보통의 아이들과는 달랐다. 매우 달랐다.

'바이켈드 공작저? 배고픈 용의 굴속으로 걸어 들어가라고? 내 발로? 날 갈가리 찢어 죽여 주세요, 라고?'

카루나는 치를 떨며 식료품 가게 주인을 노려보았다.

'나쁜 대머리, 악독한 배불뚝이! 내가 그동안 얼마나 성실히 일했는데!'

고작 열두 살. 이 어리고 가녀린 소녀를 그런 위험한 곳에 보내려 하다니. 이제 보니 마카레나 백작과 다를 바 없는 사악한 인간이었다. 대머리지만 착해 보이는 인상, 어쩐지 푸근해 보이는 거대한 뱃살에 속았던 것이었다.

라크안 프레이트 자크셀 폰 바이켈드. 스물두 살의 젊은 바이켈드 공작. 그는 클레이엔 리돌로프스코 폰 마카레나로 살았던 카루나의 10년 인생에 있어 다시없을 최고의 정적이었다.

공작이면서, 파라 제국에서 가장 넓은 영지를 세습하는, 유서 깊은 바이켈드 공작 가문의 주인이면서! 그는 황제파 귀족들의 수장을 자처했다. 그

때문에 귀족파는 그를 황제의 개라고 깔보며 무시했다. 물론 그를 황제의 멍멍이라고 가장 먼저 부르기 시작한 건 카루나였다.

문제는 제국의 백성들이 그를 좋아한다는 것이었다. 클레이엔이 제국 최고의 악녀로 유명하다면, 그는 '제국을 지키는 방패'로서 유명했다. 제국의 기사들은 그를 황제보다 더 존경했다. 제국의 백성들은 그가 제국을 수호하는 수호신이라며 떠받들었다. 라크안을 신으로 믿는 라크안교라는 사이비교가 생겨날 정도였다.

그 라크안교의 신자가 카루나의 가까운 곳에 있었다. 대머리에 배불뚝이인 식료품 가게의 주인.

'내가 어떻게 그 대단한 바이켈드 공작의 코를 납작하게 해 주었는지 말을 해 주고 싶네.'

카루나는 근질거리는 입을 꾹 닫았다. 덕분에 입술이 툭 튀어나와 오리 입을 한 뚱한 얼굴이 되어 버렸다. 식료품 가게 주인은 그런 카루나의 얼굴을 보고는 너털웃음을 터트렸다.

"요 작은 꼬맹이. 애어른인 줄 알았더니, 애는 애구만. 부끄러운 거냐? 짐마차를 몰고 가다 혹시나 바이켈드 공작 각하를 뵙게 될까 봐?"

"말도 안 되는 소리 하지 마세요!"

카루나가 빽- 소리를 질렀다. 소매를 걷어 오도독, 소름 돋은 팔을 보여 주었지만, 식료품 가게 주인은 보는 둥 마는 둥 했다.

'일을 야무지게 해도 아이는 아이구나.'

거리의 어린아이들이 가지고 있는 꿈은 비슷했다. 남자아이라면, 우연히 거리를 지나가다 마주친 바이켈드 공작이 갑자기 자기를 붙잡더니.

'오, 훌륭한 기사가 될 만한 몸을 가지고 있군. 먹지 못해서 비리비리해 보이기는 하는데, 내가 데리고 가서 잘 먹이고 훈련하면 제국 제일의 기사가 되겠어.'

라고 말할지 모른다는 꿈.

여자아이라면? 우연히 거리를 지나가다 마주친 바이켈드 공작이 갑자기 자신의 손등에 입을 맞추더니.

'오, 아름다운 아가씨. 당신의 이름을 내게 알려 주겠소? 비록 낡은 옷을 입고 얼굴엔 검댕이 잔뜩 묻어 있으나, 마치 다이아몬드에 진흙이 묻은 듯 그대의 아름다움을 가리지는 못하는구려. 첫눈에 반했소이다. 부디, 나의 연인이 되어 주겠소. 평생 그대만을 사랑하리다.'

라고 말할지 모른다는 꿈.

그런 꿈을 꾸면서도, 막상 바이켈드 공작을 만날 수 있을 기회 앞에서는 부끄럽고 초라해지는 것이었다. 낡은 옷을 입은 재투성이의 자신을 보이고 싶지 않은 어린 아가씨의 마음이란.

'천하의 카루나가 쑥스러워하다니.'

식료품 가게 주인은 눈을 반짝반짝 빛내며, 장장 15분 동안이나 바이켈드 공작 각하가 얼마나 위대한 분이신지를 찬양했다. 카루나가 평생 들어본 영웅 서사시 중 가장 어처구니없고 허황된 내용이었다.

'너도 그분을 좋아하니까, 내 얘기를 듣는 게 좋지?'

잡화점 주인은 온몸으로 이렇게 말하고 있었다.

'안 되겠어, 난 여기에서 나가야겠어. 오늘의 일당은 과감하게 포기한다.'

카루나는 식료품 가게 주인에게 등을 보이고, 문으로 달려 나갔다. 우다다, 뛰어가는 카루나의 등짝을 보며 식료품 가게 주인이 우렁차게 외쳤다.

"어딜 도망가려고! 오늘은 임금이 두 배인데!"

"……!"

우뚝, 카루나는 멈춰 섰다. 돌아보니, 라크안교 신자인 식료품 가게 주인이 인자하게 웃고 있었다. 어서 이리 오라며 손가락을 까닥였다.

"……어디든 갈게요. 배달, 시켜만 주세요."

카루나는 식료품을 가득 실은 마차에 올라타 식료품 가게 주인의 배웅을 받으며 황성이 보이는 쪽으로 말을 몰기 시작했다. 열두 살 아이가 짐을 가득 실은 짐마차를 모니, 지나치는 사람마다 한 번씩 그녀를 쳐다보았다.

카루나는 곁눈질로 길의 양옆을 살피며, 혹여나 마카레나 백작가의 사람들이 지나지 않나 확인했다.

'어차피 난 어리고, 외모도 완전히 달라. 아무도 못 알아볼 거야.'

괜히 불안해지는 마음을 다독였다.

'마카레나 백작저로 배달을 가는 게 아니라 바이켈드 공작저로 배달을 가는 거야. 그것도 후문에 서서 물건이나 건네주고, 종이에 집사의 서명이나 받아 오면 된다고. 바이켈드 공작의 그림자도 보지 못할 거야.'

바이켈드 공작저 사용인들이 스무 살 때 카루나의 얼굴을 알 리 없다. 열두 살 카루나를 보며 '어머, 마카레나 영애시네? 죽어라! 우리 공작 각하의 원수!'라며 달려들 리도 없다. 그러니 그저 카루나만 참으면 된다. 10년 동안 몸에 체득된 바이켈드 공작 가문에 대한 부정적인 마음. 표정과 태도를 통해 절로 우러나는 그 거부감. 그 모든 걸.

'돈이 두 배로 들어온다는데 뭔들 못 하겠어?'

카루나는 마음을 다잡고 바이켈드 공작 저택으로 향했다.

황성 근처에는 권세 있는 귀족들의 저택이 즐비했다. 그중에서도 바이켈드 공작 저택은 황궁과 가장 가까이에 있었고, 가장 컸다.

카루나는 큰길에서 벗어나 좁은 골목길을 빙 돌아 바이켈드 공작 저택의 뒷문 앞에 섰다. 문지기는 마차를 몰고 온 이가 어린 여자아인 걸 보고 놀랐다. 카루나가 식료품 가게 주인이 준 납품 증명서를 보이자, 떨떠름한 표정으로 철문을 열어 주었다.

바이켈드 공작저. 클레이엔의 대역이었을 땐 한 번도 와 본 적 없는 곳이었다. 그런 곳에 어린 카루나가 되어서 이리 쉽게 들어오게 되다니. 뒷문이긴 하지만. 뭔가 기분이 이상했다.

카루나는 문지기의 안내대로 식품 창고로 보이는 건물 앞에 마차를 세웠다. 건물이 여러 개였지만 식품 창고를 헷갈리지 않았다. 식품 창고 앞엔 문지기의 말대로 커다란 포도주 통이 건물 앞에 산더미처럼 쌓여 있으니까.

백 개? 이백 개? 가늠이 안 될 정도로 많은 통을 하늘 높이 쌓아 올려 밧줄로 지탱하고 있었다. 밧줄은 당장이라도 끊길 듯 팽팽하고 아슬아슬해 보였다.

"오, 드디어 왔군!"

식품 창고 앞에 앉아 칼을 갈고 있던 하인이 마차를 보고는 벌떡 일어섰다. 하인은 식료품을 옮길 사람들을 불러오겠다며 잠시만 기다리라고 하고는 휙 사라졌다.

카루나는 마차에서 펄쩍 뛰어내렸다. 뛰다가 살짝 삐끗해서 마차의 난간 모서리에 왼쪽 어깨를 부딪쳤다.

"윽!"

카루나는 땅바닥에 발을 딛자마자 비틀거리며, 왼쪽 어깨를 움켜쥐었다. 왼쪽 가슴 위에 달았던 브로치가 그 충격을 이기지 못하고 튕겨 나갔다. 떽 떼구르르르. 브로치가 바닥에 굴렀다.

"아, 아파. 되게 아파."

흐으, 잇새로 신음이 절로 새어 나왔다.

"어디로 떨어졌지?"

카루나는 왼쪽 어깨를 움켜쥔 채로 마차 주변을 두리번거렸다. 그 브로치는 카루나에게 매우 소중한 것이었다. 태어나자마자 버려졌을 때 그녀를 감싼 보자기에 꽂혀 있던 것이었다. 카루나는 그것을 한시도 몸에서 떼어 놓지 않았다.

어째서인지는 모르겠지만, 아주 어릴 때부터 카루나는 그 브로치를 하지 않으면 불안했다. 몸의 일부분을 떼어 놓는 것 같았다. 클레이엔인 척할 때도 끈을 달아 허벅지나 허리에 두르고 다녔을 정도였다.

브로치는 엄지손가락만 한 돌 주변을 가느다란 은사로 장식한 모양이었다. 이것이 조금이라도 값어치가 있었다면, 그녀는 어릴 때 이것을 구빈원의 원장에게 빼앗겼을지 모른다. 아니면 구빈원을 도망 나와 길거리를 떠돌 때 빵 한 조각을 얻기 위해 진작 팔아 버렸을 것이다.

그런데 이 값어치 없는 브로치가 카루나의 목숨을 구해 주었다. 그 덕에 돌이 반쯤 부서지긴 했지만.

"아, 여기 있네."

카루나는 마차 아래에서 반짝이는 브로치를 발견했다. 브로치를 주우려 허리를 숙이는데.

크르르릉- 짐승의 울음소리가 들렸다.

매우 선명하게. 바로 근처에 있는 것처럼.

"……어?"

등줄기를 타고 싸아악- 소름이 돋았다. 카루나는 자신의 귀를 의심했다. 수도 한복판, 그것도 바이켈드 공작의 저택에서 짐승의 울음소리라니.

"하하, 설마 잘못 들은 거겠지."

들어 줄 사람도 없는데 혼자서 어색하게 웃음소리를 내며, 애써 고개를 저었다.

'진정해, 카루나. 어제 여관에 손님이 많았잖아? 그래서 늦게까지 일하느라 잠을 얼마 못 잤잖아. 그래서 헛소리가 들리는 걸 거야. 수도 한복판에서, 그것도 그 대단하고 잘나신 바이켈드 공작 각하의 저택에서, 웬 짐승 소리?'

카루나는 침착하게 브로치를 주워 들고 천천히 허리를 폈다. 그리고 이상한 소리가 들렸던 쪽을 바라보았다.

'아무것도 없을 거야.'

간절한 마음을 담아 눈을 질끈 감았다 떴다.

'아무것도 없어. 아무것도 없어야 해.'

그토록 간절히 바랐건만.

아무것도 없지 않았다. 마차 너머에 거대한 짐승이 서 있었다. 크르르- 그 짐승은 카루나를 보며, 입맛을 다시고 있었다. 정말 입맛을 다시고 있는 건지는 모를 일이나, 적어도 카루나는 그렇게 느꼈다.

"늑대?"

그런데 보통 늑대는 아니었다. 사냥 대회에서 귀족 영식들이 잡아 온 늑대 사체를 여러 번 본 적이 있었다. 그때 봤던 늑대들은 모두 작았다. 커 봤자 송아지 크기 정도였다. 그런데 지금 눈앞에 나타난 늑대는 그와 비교할 수 없을 정도로 컸다. 열 배, 아니 스무 배는 더 커 보였다.

크르르르- 굶주린 건지, 뭐가 그리 마음에 안 드는 건지. 늑대가 카루나를 보며 이빨을 드러내며 으르렁거렸다. 늑대의 털은 까마귀의 깃털보다 까맸다. 자르르 윤기가 돌았다. 그동안 봤던 그 어떤 모피 코트나 망토보다 아름다워 보였다. 그러나 그 털을 가지고 싶다는 생각은 조금도 들지 않았다.

온통 까만 털에 시뻘건 눈이 두 개 박혀 있었다. 그 붉은 눈이 집요하다 싶을 정도로 카루나만을 바라보고 있었다.

텅, 늑대가 앞발을 굴렀다. 흙바닥이 클레이의 두 주먹을 합친 것보다 크게 패었다. 그걸 본 카루나의 얼굴에서 핏기가 가셨다. 움찔, 카루나는 저도 모르게 뒤로 물러섰다. 그러자 늑대의 울음소리가 더 커졌다. 카루나가 자신에게서 멀어지는 게 마음에 안 드는 듯했다. 카루나가 보기엔 늑대가 당장이라도 달려들어 자신의 목덜미를 물어뜯으려는 것으로 보였다.

'뭐? 그럼 내가 알아서 너한테 다가가서 머리를 들이밀리? 먹어 달라고?'

두려움에 떠는 와중에도, 먹이가 될지도 모를 처지인 자신을 배려해 주지 않는 늑대에게 화가 났다.

'그런데…… 왜, 왜 늑대가 여기에?'

카루나는 바이켈드 공작을 철저히 조사하고 염탐했다. 바이켈드 공작이 자주 입는 속옷의 색깔까지 알고 있을 정도였다. 하나 그가 이렇게 큰 늑대를 저택 내에 풀어 기른다는 소린 들어 본 적이 없었다.

'요 다섯 달 새에 이런 괴상한 취미가 생겼다고?'

안 그래도 바이켈드 공작이 싫었는데, 더 싫어질 것 같았다.

'바이켈드 개새끼. 왜 저택에 저런 커다란 늑대를 풀어놓고 기르는 거야.'

위기의 상황 속에서 생각은 자꾸 나쁜 쪽으로 흘러갔다.

'혹시 날 죽이려고 훈련하면서 키우고 있었던 거 아냐? 내 냄새만으로 나를 알아보고 죽이게 하려고! 그래, 맞아. 그게 분명해. 평소 늑대를 키우면서, 훔쳐 온 내 옷에서 냄새를 맡게 한 걸 거야. 네가 반드시 죽여야 할 여자의 냄새니까 기억해 두라고 했겠지. 그래서 저 늑대 새끼가 날 죽이려 하는 걸지도 몰라.'

카루나는 이를 갈았다.

'바이켈드의 애완 늑대한테 죽을 순 없어. 그렇게 죽으려고 배에 칼이 박히면서까지 살아남은 게 아니라고!'

카루나는 늑대와 눈을 마주친 채 슬금슬금, 뒤로 물러섰다. 등을 돌려 도망치면 단번에 붙잡혀 물어뜯길 것만 같아서였다. 어차피 다리가 부들부들 떨려 뛸 수도 없었다.

조금 전까지만 해도 카루나를 당장 잡아먹을 듯 굴던 늑대가 지금은 카루나가 뒷걸음질 치는 걸 가만히 지켜만 보고 있었다. 그게 카루나를 더 두렵게 만들었다. 결국 두려움은 헛발질을 만들어 냈다.

"아얏!"

카루나는 제 발에 제가 걸려 넘어졌다. 엉덩방아를 찧으며 손에 쥐고 있던 브로치를 놓쳤다.

'안 돼!'

늑대는 이 틈을 놓치지 않으리라. 단번에 달려들리라. 카루나는 브로치를 주울 생각도 못 하고, 눈을 질끈 감았다.

"죽기 싫어!"

비명을 지르며 두 손을 엇갈려 얼굴을 가렸다.

'어떻게 살아남았는데, 다른 데도 아니라 바이켈드 자식 저택에서 이렇게 짐승 밥이 돼서 죽고 싶지 않아! 바이켈드 놈 애완 늑대한테 물려 죽는 건 싫다고!'

죽기 전 과거의 기억이 스친다는 건 다 거짓말 같았다. 지금 카루나의 머릿속엔 오직 단 한 가지 생각뿐이었다.

'마탑의 엉터리 마법사에게 마법의 약을 두 병 뺏어 올걸.'

지금 그 마법의 약을 먹으면, 어쩌면 이 죽을 위기에서 또 살아날지도 모른다. 그 대가로 열두 살이 아니라 네 살이 된다 해도 좋았다. 살 수만 있다면.

카루나는 진심으로 후회하며, 곧 다가올 고통을 기다렸다.

"……어?"

그런데 아무리 기다려도 아무 고통이 느껴지지 않았다. 늑대에게 물어뜯기는 건 꽤 아픈 일일 텐데. 몸 어디에 가느다란 바늘에 찔리는 만큼의 아픔도 느껴지지 않았다.

'설마, 나 벌써 죽은 건가? 단번에 물어뜯겨서 즉사해 버린 걸까. 그래서

고통을 느낄 새도 없이 끝나 버린 걸까.'

카루나는 슬그머니 실눈을 떠보았다. 늑대가 여전히 앞에 있었다. 세 발자국쯤 되는 거리 너머에.

끼잉, 늑대가 고개를 늘어뜨리며 뒤로 물러섰다. 조금 전까지만 해도 그녀를 한입에 집어삼킬 듯 사납게 울어 대던 모습과는 전혀 다른 모습이었다.

'뭐야? 갑자기 왜 저래?'

온갖 생각이 들었다.

'주인을 닮아 변덕스러운 건가? 근데 바이켈드 공작은 그렇게 변덕스러운 성격은 아니었는데?'

무심코 손을 뒤로 뻗었는데, 딱딱한 무언가가 손에 닿았다. 하인이 갈고 있던 칼이었다. 주방에서 생선을 자를 때 쓰던 건지 약간 비린내가 났다. 날은 시퍼렇게 올라 있었다.

카루나의 눈이 옆의 밧줄로 향했다. 커다란 포도주 통들을 가득 붙들어 매 놓고 있는 밧줄. 그 밧줄은 팽팽하게 당겨져 있었다. 끊어질 듯 말 듯 위태롭게 포도주 통을 붙들고 있었다. 포도주 통 하나하나는 카루나 같은 어린아이를 다섯 명쯤 집어넣어도 넉넉할 만큼 컸다. 그런 통 수백 개가 하늘 높은 줄 모르고 쌓여 있었다. 그 포도주 통들이 만들어 낸 긴 그림자 안에 늑대가 서 있었다.

"아!"

카루나의 녹색 눈이 번뜩였다. 두 번 생각할 필요도 없었다. 그야말로 번개처럼! 벌집을 건드린 인간을 향해 날아드는 한 마리의 꿀벌처럼! 카루나는 칼을 잡아 포도주 통을 향해 던졌다. 있는 힘을 다해.

제국 최고의 악녀에게 단도 던지기는 기본 중 기본. 힘차게 날아간 식칼은 정확히 밧줄을 끊어 내고 포도주 통에 박혔다.

텅! 그동안 홀로 애써 온 밧줄이 춤을 추며 날아갔다. 휘리릭. 밧줄에 묶여 있던 포도주 통들은 갑작스러운 자유에 어쩔 줄 몰라 하며, 무너져 내렸다. 집채만 한 늑대를 향해.

퍽! 가장 먼저 자유를 되찾은 포도주 통이 늑대의 대가리로 날아들었다. 크헝! 늑대가 대가리를 얻어맞고 울부짖었다. 늑대의 단단한 머리에 부딪힌 포도주 통은 반쯤 부서져 멀리 날아갔다.

그 한 번이 끝이 아니었다. 우수수, 포도주 통이 쏟아져 내렸다. 늑대는 다시 포도주 통에 얻어맞았다. 또 얻어맞고, 또 얻어맞고, 또 또 또. 늑대는 순식간에 포도주 통에 파묻혔다.

'지금이야. 도망쳐야 해!'

카루나는 브로치를 주워 들었다. 도망치기 위해 몸을 일으키려 하는데, 몸이 말을 듣지 않았다. 거대한 짐승 앞에서 제압당한 몸은 그 공포를 지우지 못했다. 팔다리가 덜덜 떨렸다. 아무리 노력해도 다리에 힘이 들어가지 않았다. 언제라도 늑대가 포도주 통을 헤치고 뛰쳐나올지 모를 상황이건만. 혼자 일어서 도망칠 수 없게 된 카루나는 목 놓아 소리쳤다.

"사, 살려 줘요. 살려 줘!"

살면서 이렇게 고함쳐 본 적이 있었던가?

물론 있었다. 열 살까지 뒷골목에서 생활할 때, 그녀는 필요하다면 어떤 상황에서든 이렇게 고래고래 소리를 지르곤 했다. 그래서 매번 살아남을 수 있었다.

카루나는 이번에도 목 놓아 소리를 질렀다. 물건을 나를 사람들을 데리러 간다던 하인은 아예 사람을 만들러 간 건지, 도통 나타나질 않았다.

"살려 줘요! 누구 없어요? 좀 도와 달라고요!"

그녀의 부름에 응답한 건 무너진 포도주 통이었다. 늑대가 파묻힌 곳이 움찔, 움찔, 흔들리기 시작했다. 그걸 본 카루나의 얼굴이 새파래졌다.

"싫어어!"

카루나가 울부짖었다.

"살려 줘요! 아무나 빨리, 이리 좀 와 보라고요! 살려 달라고요!"

그녀의 조급한 마음을 잘 알겠다는 듯 포도주 통들이 부서졌다.

"크윽."

그리고 거기서 사람이 한 명 튀어나왔다.

"까악! 살려 줘…… 어?"

포도주 통들 사이에서 한 남자가 벌떡 몸을 일으키더니 푸르르, 머리를 털었다. 까만 머리카락에 박혀 있던 나무 조각들이 바닥에 떨어졌다. 남자가 손으로 앞머리를 쓸어 넘기며 고개를 들었다. 루비처럼 붉은 눈동자가 드러났다.

까마귀 깃털보다 까만 흑발, 남들이 루비처럼 영롱하다고 찬양하는 붉은 눈. 어디 하나 그을리지도 않고 긁히지도 않은 말끔한 피부. 선이 굵은 얼굴과 절벽처럼 깎아지른 듯한 턱선까지. 무척 낯익은 얼굴이었다. 낯익다 뿐일까. 조금 전까지 죽여 버리고 싶기까지 했건만.

'바이켈드 공작?'

그녀와 5년간 죽자 사자 싸웠고, 끝내 그녀에게 패배해 황태자의 약혼녀 자리를 클레이엔에게 넘겨준 귀족파의 수장. 저택에서 늑대를 풀어 키우는 끔찍한 취미를 가진 그녀의 정적. 라크안 프레이트 자크셀 폰 바이켈드였다.

그 라크안이 홀딱 벗은 채로 카루나의 앞에 서 있었다. 속옷조차 한 장 걸치지 않은, 자연 그대로의 상태로. 하얗게 내리쬐는 햇볕이 그의 몸에 부딪혀 산산이 부서졌다.

'눈부셔.'

카루나는 얼굴을 찌푸리고 눈을 가늘게 뜰망정, 고개를 돌리진 않았다.

어쩔 수 없이 그의 몸을 훑어보았다. 완전히 벗은 남자의 몸은 태어나서 처음 보는 것이었다.

라크안의 몸은 아름다웠다. 대리석을 깎아 만든 조각 같았다. 얼굴만 티 없이 매끈한 줄 알았더니, 온몸이 그러했다. 제국의 변경을 누비며 수없이 전투를 치렀다면서 몸 어디에도 칼 맞은 상처 하나 없었다. 어깨는 딱 벌어진 게 어린아이 둘쯤을 얹어도 끄떡없어 보였다. 큰 칼을 자유자재로 쥐고 휘두른다는 팔은 단단해 보였다. 판판한 배의 복근과 근육질의 허벅지는 마른침을 유발하는 못된 부위였다.

꼴깍. 카루나는 저도 모르게 침을 삼켰다. 이윽고, 그의 튼실한 양다리 사이의 더욱 튼실한 것에 눈이 닿았다.

"어머나!"

그제야 카루나는 뒤늦게, 두 손으로 눈을 가렸다.

'내가 악녀긴 하지만 그쪽으론 아직 순수하다고!'

흰 눈처럼 순결한 내 눈을 더럽히다니! 카루나는 매우 화가 났다. 그래서 손가락 사이로 배꼼이 눈을 떴다. 감히 그녀의 눈을 더럽힌 사내의 모습을 다시 한번 똑똑히 봐 줘야 할 것 같았다.

그런데 보려는 하얀 알몸은 보이질 않고, 시뻘건 눈동자 한 쌍이 보였다. 라크안이 어느새 가까이 다가온 것이었다. 그는 허리를 숙여 자신의 얼굴을 쑥 내밀어 카루나를 보고 있었다.

"꺄악!"

카루나는 다시 뒤로 벌러덩 넘어갔다. 여전히 두 손으로 얼굴을 가린 채 손가락 사이로 라크안을 바라보았다. 계속 눈이 아래로 향했지만 꾹 참고, 라크안의 별 볼 것 없이 잘생긴 얼굴을 쳐다보았다.

그녀가 아는 라크안은 싸가지 없고 잔인무도한 살인…… 아니, 차갑고 냉철한 사내였다. 불과 열 살 때부터 제국 변방을 떠돌며 크고 작은 전투에 참여하였던 전쟁 영웅. 이민족의 피로 목욕을 하며 성인식을 치렀다는 피의 기사. 혹은 광전사. 그를 부르는 별칭에는 항상 전쟁과 피가 들어갔다.

그런 그가 5년 전, 황제의 부름을 받아 중앙 정계에 뛰어들었다. 카루나 덕택이었다. 마카레나 백작이라는 사자도 버거운데, 제 아비를 꼭 닮은 클레이엔—인 척하는 카루나—까지 설치며 황태자하고 결혼하겠다고 계략을 꾸며 대니. 황제가 그 대항마로 라크안을 불러들인 것이었다.

'공작 각하, 부디 잊지 말아 주셔요. 각하께서 이리 수도에서 잘나가시는 거, 다 이 클레이엔 덕분이 아니겠어요?'

카루나는 종종 라크안에게 이리 말하곤 했다. 그때마다 라크안은 치를 떨며 카루나를 쏘아보았다.

'흥, 은혜를 그리 갚으시는군요. 떠도는 늑대만도 못하십니다?'

'진짜 늑대의 이빨 앞에 서고도 그렇게 마음껏 지껄일 수 있는지 궁금하군, 영애.'

'공작 각하 앞에서도 이렇게 수줍게 말할 수 있는걸요.'

부디 자신의 말 속에 담긴 속뜻을 알아주길 바라며 싱긋, 웃어 보였다.

'너랑도 이렇게 이야기하는데, 진짜 늑대 앞에선 왜 못하겠니? 응, 넌 길가를 떠도는 늑대만도 못하단 말이야.'

그는 수도에 올라와서도 전쟁터를 누비던 버릇을 못 고쳤다. 카루나가 보기에 그는 매사가 거칠고 직선적이었다. 평생을 함께할 암컷을 찾지 못하고 홀로 떠도는, 굶주린 늑대 같았다.

라크안은 사교계에 흘러넘치는 입 발린 말과 거짓된 웃음소리를 경멸했다. 직선적으로 말하고 독이 발린 호의를 단칼에 끊어 냈다. 날카롭고 싸늘한 붉은 눈은 그런 그의 성격을 보여 주는 트레이드마크였다.

그런데 지금.

카루나를 쳐다보는, 그 싸늘하기 이를 데 없어야 하는 붉은 눈이 흐리멍덩했다.

'뭐야, 왜 저래?'

카루나는 황성에서 자주 마주쳤던 라크안을 떠올려 보았다. 라크안의 눈빛은 그녀의 비서, 루시온이 걱정할 만큼 격정적이었다.

'언젠간 반드시 너를 잡아 족칠 것이다.'

그의 눈은 항상 그렇게 말하고 있었다. 그래서 카루나는 그의 눈이 얼마나 매섭고 날카로운지, 그러면서 얼마나 선명하게 반짝이는지 알고 있었다. 가끔은 그녀마저 놀라게 했던 그의 눈은 결코 이런 흐릿한 것이 아니었다.

'그러고 보니 어째 분위기도……?'

슬픈 건지 기운이 없는 건지 구별이 안 될 정도로 축 늘어진 어깨. 착 가라앉은 검은 머리카락 사이로 보이는 순한 눈. 꼭 비 오는 날 버려진 강아지, 아니 새끼 늑대 같은 모습이었다.

평소엔 살짝 다가가기만 해도 물어뜯어 버리겠다는 듯 으르렁댔으면서. 지금은 제발 날 만져 달라고 낑낑거리는 것 같았다. 손을 내밀면, 손을 잡아끌면, 어디든 데려가는 대로 가만히 따라올 것 같았다. 그 넓은 어깨가 믿을 수 없을 만큼 작게 느껴졌다.

그는 그렇게 순해져서는 카루나만 바라보았다. 울멍한 눈망울이 안쓰러워서, 저도 모르게 손을 뻗을 뻔했다.

칼로 쑤셔도 피 한 방울 안 나올 것 같던 냉담한 표정이 일품이었건만. 지금은 넋이 빠진 듯 멍해 보이는 것이, 전혀 딴사람 같았다. 이렇게 쓸데없이 잘생긴 얼굴이 세상에 둘 있지는 않을 테니, 본인이 맞긴 하겠지만.

'뭐지? 나 칼 맞고 그 이후에 무슨 일이 생겨 정신이 나갔나? 딱히 무슨 일이 생겼다는 소문을 들은 적은 없는데?'

라크안은 백성들에게 사랑받는 몇 안 되는 귀족이었다. 그가 재채기만 크게 해도, 제국 전역에서 기침에 좋다는 각종 약초가 올라와 저택 앞에 산처럼 쌓였다. 그에게 무슨 일이 있었다면 일찌감치 소문이 퍼졌을 테니 백성들 속에서 살아가는 카루나가 모를 리 없었다. 게다가 카루나의 옆에는 그를 신처럼 떠받드는 식료품 가게 주인이 있지 않은가.

'혹시 내가 보낸 그 독약을 먹은 건가?'

반짝 떠오른 생각에 카루나는 미소 지었다. 생각하는 것만으로도 기분이 좋아졌다.

클레이엔의 대역으로 살며 카루나가 라크안에게 보낸 독약만 수백 가지였다. 그중 가장 마지막으로 보냈던 독약은 효과가 나중에야 나타난다는 동방의 비약이었다. 먹었을 때는 아무렇지도 않지만, 한참 시간이 지난 뒤, 온몸을 잠식하여 발광하게 만든다고 했다.

나중에 효과가 나타난다는 게 그리 매력적이지는 않았지만 무색무취의 독이라는 게 마음에 들어 거금을 주고 샀다. 어차피 마카레나 백작이 계산할 터. 굳이 가격을 깎지도 않았다. 달라는 대로 웃돈을 얹어 주고 샀다. 그렇게 손에 넣은 독을 역시나 돈으로 매수한 허드레꾼의 손에 들려 보냈다.

'그러고는 감감무소식이었는데, 그 독약을 먹은 거야?'

드디어 독약이 통했다는 기쁨도 잠시. 카루나는 한 가지 의문에 사로잡혔다.

'하지만 멍청이가 된다는 말은 없었는데? 미쳐 발광한다고 그랬지.'

집채만 한 늑대를 저택에 풀어 기른다거나. 아무리 자기의 저택 안이라고는 하나 벌거벗은 채로 걸어 다닌다거나. 저렇게 탁한 눈으로 멍 때리며 가만히 서 있다거나. 이런 것도 발광에 포함될 수 있는 것일까.

늑대가 파묻혀 있던 곳에서 갑자기 그가 나타났다. 그 커다란 늑대는 어느샌가 사라져 버렸다. 카루나는 이 부분에 대해서는 아예 생각조차 하지 않았다. 다만 왜 라크안이 맨몸으로 제 앞에서 멍 때리고 있는지만 고민했다. 그러는 동안 라크안은 카루나를 바라보았다.

"드디어, 찾았어."

라크안이 카루나를 향해 손을 뻗었다.

"……뭐?"

라크안이 중얼거리는 말을 들은 카루나는 깜짝 놀랐다.

"날, 찾았다고?"

"……."

"요?"

"그래, 그대를 찾았지. 내 평생."

라크안이 황홀하다는 듯 말했다. 그의 황홀경이 카루나에게는 두려움으로 다가왔다. '널 죽이지 않으면 내가 죽을 것이다.'라는 심정으로 싸워 온 원수가 도망쳤는데, 그걸 기어이 찾아낸 사람의 기쁨이 저런 것일까.

'날 알아본 거야?'

두려움은 객관적으로 상황을 판단할 수 있는 기회조차 주지 않고 파도처럼 밀려왔다.

'설마 오늘, 여기로 배달 오는 직원이 안 나온 것도 다 바이켈드 공작의 술수였던 건가? 이미 나에 대한 모든 걸 알고 날 이리로 부른 거였어?'

그렇다면 라크안을 신처럼 믿고 따르는 식료품 주인 또한, 어쩌면 라크안의 명령을 받고 그녀를 이곳으로 보낸 것일지도 모른다.

'깜빡 속았잖아!'

배신감을 느낄 여유 따윈 없었다. 카루나는 무서웠다.

이제 그녀에게는 마카레나 백작이라는 든든한 방어막이 없다. 몸은 고작 열두 살 정도로 작아졌다. 그녀의 재산이라고는 요 몇 달간 모은 게 전부였다.

라크안을 막고 자신을 지켜 줄 정도의 실력을 갖춘 용병이나 자유 기사를 고용하기엔 턱없이 부족했다. 무엇보다 지금 이 순간, 라크안이 그녀를 죽이려 든다면 카루나는 도망칠 방도가 없었다.

"어, 어떻게……?"

카루나의 물음에 라크안이 미소 지었다. 한쪽 입꼬리만 비죽 올려 재수 없게 웃는 건 많이 봤지만 이렇게 나른하게, 또 편안하게 웃는 걸 보는 건 처음이었다. 애초부터 카루나는 그가 이렇게 환히 웃을 줄 아는 사람이리라고는 상상도 못 했다.

'……나쁘진 않은 얼굴이네.'

자신의 정체를 들킨 건지도 모를 절체절명의 상황이건만. 잠시나마 넋을 놓고 바라봤다. 제 집에선 옷을 홀딱 벗고 다니는 변태일지라도 잘생긴 건 잘생긴 거였다.

'아냐, 카루나! 지금 뭐 하고 있는 거야!'

물론 금세 정신을 되찾았다. 헐벗은 남자의 미모 따위에 홀리기에는, 남은 삶이 너무 아까웠다. 어떻게 해서 죽을 고비를 넘기고 다시 살게 된 삶인데. 이렇게 맥없이 정체가 까발려진 채로 인생을 종칠 수는 없었다.

'어떻게 안 거지? 어떻게 내가 클레이엔이었던 걸 안 거지?'

염색물이 빠진 갈색 머리에, 어려져서 열두 살 정도로밖에 안 보이는 모습이건만.

'아무튼 개코라니까. 냄새는 아무튼 잘 맡아. 빌어먹을 바이켈드!'

역시나 바이켈드 공작. 그녀의 최대 정적이었던 사내. 결코 물로 볼 상대가 아니었다.

'섣불리 아니라고 부인해 봤자 믿지 않겠지. 고문하려고 할지도 몰라.'

버텨 봤자 시간만 낭비하는 것일 것이다. 괜히 저 나체 공작의 심기만 거슬러 취급이 더 안 좋아질지도 모른다.

'그렇다면 남은 건 협상뿐이야. 내가 가진 마카레나 백작가와 귀족파의 정보를 주는 대가로 내 신변을 보장해 달라고 하자.'

아마도 마카레나 백작은 이런 이유에서 자신을 죽이려 했던 것일지 모른다고, 카루나는 생각했다. 확실히 그녀는 살려 두기엔 위험했다. 너무 많은 정보를 알고 있었다. 또한 살아남기 위해서라면 그 어떤 정보든 남에게 충분히 팔아 치울 마음의 준비가 되어 있었다. 설사 그녀가 마카레나 백작이었어도 기꺼이 그녀를 죽였으리라.

'그러니까 나는 기꺼이 살아남아 주겠어. 절대 죽지 않아!'

살 수만 있다면 저 변태 공작의 발등에 입이라도 맞추리라. 카루나는 그렇게 다짐했다. 다시 마음을 굳게 먹고 라크안을 보았다. 라크안은 주인의 명령을 기다리는 개처럼 얌전히 서 있었다. 내내, 카루나가 자신을 봐 주기를 기다린 듯, 카루나가 자신을 보자 헤실, 미소 지었다.

'뭐, 뭐야. 왜 저래, 무섭게.'

마음을 굳게 다잡은 카루나가 다시 움찔할 정도로 밝은 웃음이었다. 태어나면서부터 어미를 보며 '훗, 그대가 날 낳은 여인인가.'라고 말하며 싸늘하게 웃었을 것 같건만. 그런 사람이 아무런 위기감, 긴장 없이 순하게 웃고 있었다.

"내 평생 찾아 헤맸는데, 그래서 드디어 만났는데, 그대를. 내가 어떻게 몰라보겠어, 나의 반려여."

목소리에서 행복과 기쁨이 묻어났다. 듣고 있자니 온몸에 소름이 쫙 돋았다.

"반려라니? 악녀가 아니고? 읍!"

카루나는 저도 모르게 튀어나온 말에 스스로 놀라, 두 손으로 제 입을 막았다.

'뭐지? 뭐야?'

조그만 머리가 빠르게 회전했다. 카루나는 조금 전 라크안이 지껄인 말을 되짚어 보았다. '죽여 버리겠다, 갈가리 찢어 주지, 이 악녀야!' 따위의 말은 단 한 마디도 없었다. 대신 그는 이렇게 말했다. '반려여.'라고.

'날 못 알아차린 건가? 반려라니? 악녀 말고 반려?'

카루나는 심히 당황했다. 그녀가 예상한 건 이런 상황이 아니었다.

드디어 악녀 대역을 알아챈 변태 공작. 그는 대뜸 그녀의 목덜미를 잡아 들고는 이렇게 소리친다.

'여기 있었구나, 악녀. 펄펄 끓는 기름에 집어 던져 주마. 튀기고 말려 창고에 저장해 놨다가 변방 순찰을 갈 때 자근자근 뜯어 먹어 주마.'

그때, 카루나는 고문을 당하기 전 얼른 마카레나 백작에 대한 정보를 모두 토해 내겠다고 제안한다. 그리고 그 대가로 생존 보장과 약간의 새로운 인생을 위한 정착금을 요구한다.

이런 것이었건만.

몸에 걸친 옷만 벗은 게 아니라 머릿속 상식도 벗어던진 것인지, 라크안은 그녀의 자그만 손끝에 입을 맞췄다. 그건 분명, 사모하는 영애에게 자신의 마음을 밝히는 수줍은 기사의 태도였다.

'정말 미친 건가?'

카루나는 눈을 데굴 굴려 라크안을 올려다보았다.

'확실히, 제정신이 아니고서야 이럴 리가 없지.'

라크안이 미친 거라는 결론을 내렸을 때였다. 카루나를 사랑스럽다는 듯 바라보던 라크안이 스르륵, 눈을 감았다. 털썩. 그리고 카루나 쪽으로 고꾸라졌다. 카루나는 피할 틈도 없이, 부담스러울 정도로 큰 라크안의 몸을 떠안았다.

"윽!"

당연하게도 카루나는 라크안을 감당해 내지 못하고 쓰러졌다. 라크안은 카루나를 품에 안은 채로 눈을 감고 정신을 놓았다. 입가엔 만족스러워 보이는 미소가 그려졌다. 그에게 깔린 카루나에게는 난데없는 재앙이었다.

"무거워! 저리 비켜!"

카루나는 라크안을 밀어내려 낑낑댔다. 자연히 두 손으로 라크안의 맨살을 더듬게 되었고.

"꺅!"

놀라 손을 뗐다가 다시 용기를 내어 더듬고 말았다.

"비켜! 비키라고!"

어깨를 밀었다. 두꺼운 팔을 주먹으로 치기도 했다. 하지만 라크안은 꿈쩍도 하지 않았다.

"비키라고오오!"

"으음……."

카루나의 비명에도, 오히려 귀가 간지럽다는 듯 몸을 뒤척일 뿐. 라크안은 아예 두 팔로 카루나를 껴안았다. 카루나는 그의 품에 갇혀 옴짝달싹도 할 수 없었다.

"아무튼 내 인생에 도움이 안 되는 바이켈드!"

히잉, 절로 울음이 나왔다. 카루나는 마지막 남은 자존심으로 눈물을 꾹 참았다. 자그마치 5년 동안 으르렁거리며 싸웠던 정적, 바이켈드 공작의 품 안에서 눈물을 보이다니. 그건 절대 일어나서는 안 되는 일이었다.

"무거워, 무겁다고오오……."

발버둥 치다 지친 카루나는 결국 '에라, 모르겠다' 자포자기하며 그의 품 안에서 늘어졌다. 묵직한 무게가 따끈따끈한 온기까지 가지고 있으니, 조금 숨 막힌 것만 빼면 뭐 그리 나쁘지 않았다. 그 따끈따끈함이 맨살에서 나온다는 게 이상한 느낌을 불러일으켰지만, 그녀가 옷을 꽁꽁 싸매 입고 있었기에 그럭저럭 버틸 만했다.

"이제, 어떻게 되는 거지?"

누가 일목요연하게 정리해서 말해 주면 속이 시원할 것 같았다.

"여보세요, 공작 각하. 말 좀 해 보시라고요. 설마, 날 진짜 알아본 건 아니죠?"

라크안의 단단한 어깨를 손가락으로 콕콕 찔러 보았으나 오히려 손가락이 튕겨져 왔다. 에휴, 카루나는 한숨을 푹 내쉬며 고개를 뒤로 젖혔다. 떡 벌어진 어깨 너머로 푸른 하늘이 보였다.

'여긴 어디? 난 누구?'

카루나는 다섯 달 전, 어려졌을 때에도 하지 않았던 자아 성찰을 뒤늦게 해 보았다.

'왜 난 돈 몇 푼 벌겠다며 늑대의 소굴로 스스로 머리를 들이밀었을까. 바이켈드 공작 저택이라면 그림자만 보여도 도망을 갔어야지. 그놈의 돈이 뭐라고.'

뒤늦게, 죽었을 때 마부에게 빼앗긴 주머니가 아쉬워졌다.

'그때 다이아몬드 몇 개 슬쩍 빼서 삼켜 놓을걸.'

결코 열두 살짜리 아이의 얼굴이라 볼 수 없는 표정을 한 채로 하염없이 하늘의 뭉게구름을 바라볼 때였다.

"안녕, 아가씨."

꽤 잘생긴 얼굴이었다. 이미 늑대와 라크안 때문에 오늘치, 아니 평생 놀랄 기분을 다 써 버린 덕분에 놀라지 않을 수 있었다.

'이건 또 뭐야?'

일단 갑자기 툭 나타난 얼굴을 요리조리 뜯어보았다. 첫 느낌대로 잘생긴 얼굴이었다. 라크안이 늑대처럼 날카롭게 생겼다면, 눈앞의 남자는 순한 강아지상이었다.

'내 취향이야.'

딱 카루나가 좋아하는 얼굴이었다. 눈초리가 살짝 처져서 억울해 보이기도 하고 울상을 하고 있는 것처럼 보이기도 하는 얼굴.

세상을 험하게 살아서 그런가. 카루나는 라크안처럼 싸늘하게 잘생긴 얼굴보다는 이렇게 약간 물렁물렁해 보이는 잘생긴 얼굴에 더 끌렸다. 유쾌한 표정과 목소리도 합격점이었다.

개중에서도 남자의 머리카락 색과 눈 색이 특히 눈길을 끌었다. 머리는 주변에서 보기 드문 연두색이었다. 꽤 길었는데 하나로 단정히 묶어 땋아 내렸다. 그 머리 타래가 어깨에 걸쳐져 있었다. 눈은 저녁노을을 닮은 색이었다.

'숲의 일족인가?'

파라 제국이 위치한 아스칸 대륙의 중앙에는 대륙의 절반 이상을 차지하는 거대한 숲이 존재했다. 여러 큰 산맥이 얽혀 있는지라 숲이라 부르는 건 잘못된 표현일 수도 있겠으나, 그럼에도 사람들은 그곳을 '최초의 숲'이라고 불렀다. 그리고 그 숲에서 사는 사람들을 '숲의 일족'이라고 불렀다.

숲의 일족은 대륙의 어떤 나라에도 속하지 않고, 오로지 숲에 속해 살았다. 녹색 계열의 머리카락과 잘생긴 외모는 숲의 일족의 특징이었다.

'역시 바이켈드 공작가. 아직 숲의 일족과 교류를 하고 있구나.'

아무리 취향이어도 바이켈드 공작과 친하다면 그녀의 마음에 들 수 없었다.

카루나는 김샜다는 표정을 지으며 그를 올려다봤다. 남자는 그런 카루나가 재미있는지 유심히 내려다보고 있었다. 남자가 자신을 관찰하고 있다는 걸 알아챈 카루나는 그에게 말을 걸었다.

"뭐예요."

"나?"

남자가 손가락으로 자기 자신을 가리켰다.

"여기 당신 말고 또 누가 있을까요?"

"있지요, 너를 아주 소중하다는 듯 안고 있는 라안이."

라안은 라크안의 애칭이었다. 물론 그에게 애칭을 허락받지 못한 귀족 영애들이 제멋대로 불러 대고 있지마는. 그래서 카루나에게도 그 애칭이 꽤 익숙했다.

"당신, 이 사람하고 아는 사이?"

"그렇다고 할 수 있죠, 꼬마 아가씨."

그가 정중하게 고개를 숙여 인사했다. 겉멋이 잔뜩 든 젊은 귀족 영식 같은 태도였다. 어디 고대의 예법에 대해 어설프게 주워듣고는, 귀족 영애 앞에서 흉내 내는 모양새 같은?

"내 이름을 밝히……."

"그렇다면 아는 사람이 더는 큰 죄를 짓지 않도록 도와줘야 하는 거 아닌가요? 왜 그렇게 가만히 구경하고 있는 거죠? 당신도 당신이 아는 사람과 같은 변태인가요?"

카루나는 얼른 그의 말을 중간에 가로챘다. 지금 그녀에게 중요한 건 그의 이름 따위가 아니었다.

"내 위에 누워 있는 이 변태를 치워 주시겠어요?"

카루나가 톡 쏘듯 말했다.

"변태? 맙소사!"

그는 라크안이 변태 취급을 받자 꽤 좋아했다.

'친한 거 맞나?'

카루나는 약간 의아해졌다. 그는 망토를 두르고 있었는데, 망토를 고정한 금속 장식에는 '철십자 기사단'의 문장이 새겨져 있었다. 철십자 기사단은 오직 바이켈드 공작에게만 충성하는 기사단이었다. 그렇다는 건 그가 바이켈드 공작에게 서임한 기사라는 의미였다. 게다가 그는 스스럼없이 라크안을 애칭으로 불렀다. 그 둘 사이가 꽤 친밀하다는 뜻일 터.

'나한테 화를 내야 하는 거 아닌가? 자신의 주인을 대놓고 욕했는데?'

이상한 일이었다.

'공작은 벌거벗고 다니는 걸 좋아하는 변태이고, 밑에 부하는 주인이 모욕을 당하면 좋아하는 변태인 건가? 변태들끼리 잘 만났네.'

슬픈 건 그 두 변태 사이에 자신이 끼어 있다는 것이었다. 이름 모를 연두색 머리 남자가 길게 휘파람을 불자, 그 전까지는 코빼기도 안 비치던 사람들이 우르르 나타났다. 칼을 갈다가 다른 사람들을 불러오겠다며 갔던 하인도 그 안에 있었다.

카루나는 이를 갈며 그를 노려보았다. 그는 카루나와 눈이 마주쳤다가 화들짝 놀라며 고개를 홱 돌렸다.

하인들은 부산스럽게 포도주 통을 치우기 시작했다.

"이건 언제 치워 주실 거죠?"

카루나가 라크안을 가리키며 물었다.

"곧 치워 줄게요. 조금만 기다려 줄래요? 곧 전담 기사들이 올 거랍니다."

연두색 머리 남자는 하하하, 상쾌하게도 웃었다.

잠시 뒤, 연두색 머리 남자와 비슷한 복장을 한 남녀 넷이 달려왔다. 모두들 철십자 기사단 소속 기사인 듯한데, 어째 꼴이 이상했다. 짐승 떼의 습격이라도 받았던 건지, 까만 기사단복은 여기저기 찢겨 있었다.

분명 짐승의 발톱에 찢긴 모양새였다. 머리는 하나같이 산발이었다. 얼굴과 팔다리에는 얻어맞은 흔적이 가득했다. 하루가 지나기 전에 시퍼런 멍이 둥둥 떠오를 듯했다.

'설마 날 습격했던 늑대와 싸웠던 건가? 그러고 보니 그 늑대는 어디로 간 거지?'

비로소 카루나는 갑자기 사라진 늑대를 떠올렸다. 그 시뻘건 눈을 떠올리니 새삼 몸이 떨려 왔다.

엉망이 된 채로 달려온 네 기사는 홀딱 벗은 건장한 사내, 라크안이 쥐 죽은 듯이 자고 있는 걸 보고 안심했다. 하나 그 라크안의 품 안에 조그만 아이가 붙잡혀 있는 걸 보고는 얼굴을 굳혔다.

"라안 님 밑에 어린아이가 깔려 있어."

"맙소사, 아직 살아 있어!"

"조금만 더 참아요, 우리가 구해 줄게."

그들이 카루나를 꺼내 주려고 달려들었다. 넷은 각자 라크안의 양팔과 다리를 한 짝씩 맡았다. 두 다리는 손쉽게 들렸으나 두 손은 쉽지 않았다. 카루나를 껴안고 있는 두 팔은 강철 같았다. 두 기사가 아무리 용을 써도 풀리지 않았다. 오히려 더 강하게 카루나를 죄어들었다.

"으으, 수, 숨 막혀……요."

카루나는 두 팔을 밖으로 뻗어 허우적댔다. 다리를 잡고 있던 두 기사도 팔 쪽으로 달라붙어 네 기사가 모두 라크안의 양팔을 잡아당기고 나서야, 카루나는 벗어날 수 있었다. 틈이 열리자마자 카루나는 뽀르르, 기어 나왔다.

"와아."

숨이 탁 트이는 게 너무 개운했다.

"으으……."

반대로 라크안은 심장을 빼앗긴 사람처럼 괴로워했다. 얼굴을 일그러트리며 몸을 뒤척였다. 네 기사는 혹시나 그가 깨어날까 싶어 잔뜩 긴장했다. 거의 동시에 허리춤에 찬 검에 손을 댄 채 라크안을 쳐다보았다. 다행스럽게도 라크안은 눈을 뜨지 않았다. 그저 얼굴을 구긴 채로 계속 괴로워할 뿐이었다.

네 기사 중 한 명이 검집째로 검을 빼 들었다. 그 끝으로 라크안의 등을 찔러 보았다. 콕콕. 그래도 라크안은 깨어나지 않았다. 그제야 네 기사는 동시에 긴 숨을 내쉬며 안도했다.

"기절한 게 아니라 주무시나 본데?"

"악몽을 꾸나 봐."

"우릴 그렇게 쥐어 팼는데, 편히 주무시면 그것도 좀 섭섭하지."

"오래오래 악몽을 꾸셨으면 좋겠네. 내 얼굴에 든 멍이 다 가라앉을 때까지."

약간의 원망도 담겨 있었다. 그러거나 말거나, 카루나는 무릎을 꿇고 앉아 활짝 웃으며 숨을 크게 들이쉬었다. 그런 카루나를 본 네 기사의 얼굴엔 훈훈함이 감돌았다.

"우리가 사람을 살렸어. 저렇게 어리고 귀여운 아이를!"

"저택 사람은 아닌 거 같은데. 어디에서 이렇게 귀여운 꼬맹이가 나타난 거지?"

"근데 남자애야, 여자애야? 왜 이렇게 작아?"

"라안 님의 품 안에서 살아남다니, 인간치곤 제법인걸?"

그들은 신기한 생물을 보듯 카루나를 쳐다보았다. 그들의 시선이 부담스럽기도 하련만. 보통의 평민 아이였으면 분명 그러했겠지만. 카루나는 그들이 뭐라 수군대든 신경도 쓰지 않았다. 오로지 되찾게 된 자유를 마음껏 즐겼다.

연두색 머리 남자는 태연하기 그지없는, 카루나의 태도를 유심히 바라보았다. 그는 카루나에게서 눈을 떼지 않은 채로 네 기사에게 라크안을 옮기도록 했다.

네 기사는 라크안의 팔다리를 번쩍 들고 척척, 발맞춰 걸어갔다. 다행히 기사 중 한 명이 제 주인에 대한 예의를 잊지 않았다. 자신의 망토를 벗어 라크안의 허리에 감아 주었다. 덕분에 다리 사이의 그것이 또 보이는 일은 일어나지 않았다.

그사이 카루나는 브로치를 다시 왼쪽 가슴 위에 달았다. 브로치를 다는 것만으로도 마음이 든든했다. 연두색 머리의 남자는 카루나가 머리를 단정히 쓸어내리고 웃을 터는 걸 기다려 주었다. 그러고는 납품 증명 서류에 집사의 사인을 받고 돌아가겠다는 카루나를 이끌어 저택 안으로 들어갔다.

그가 카루나를 안내한 곳은 무려, 응접실이었다. 보통 저택을 찾아온 귀족 손님들을 맞이하는 공간이었다.

* * *

바이켈드 저택의 응접실은 처음 와 보았지만, 슬쩍 둘러만 보아도 귀한 손님들을 모시는 곳이라는 걸 알 수 있었다. 카루나는 푹신해 보이는 소파에 올라가 앉았다. 발이 바닥에 닿지 않아 달랑달랑 흔들렸다.

연두색 머리의 남자는 그 모습을 보고는 푸흣, 또 웃음을 터뜨렸다. 아무래도 연두색 머리의 남자는 웃음이 헤픈 듯했다.

'아, 정말 내 취향인데.'

웃음이 헤픈 남자. 딱 카루나의 취향이었다. 바이켈드 공작과 연관된 사이만 아니라면, 얼마나 좋을까.

'뭐, 이 몸으로 뭘 하겠느냐마는.'

소파에 앉으니 발이 바닥에 닿지 않는 어린아이. 그것이 지금 그녀의 현실이었다.

"인사가 늦었네요, 꼬마 아가씨. 저는-."

"인사 안 하셔도 되어요. 저는 어서 집사님을 만나 뵙고 다시 돌아가고 싶은데요."

카루나는 칼같이 연두색 머리 남자의 말을 잘라 냈다. 이름을 들었는데 이름까지 자기 취향이면, 더 아쉬울 것 같았다. 연두색 머리 남자는 카루나가 말을 잘라먹어도 화를 내지 않았다. 오히려 빙그레 웃으면서 좋아했다.

"실례지만, 어디로 돌아가나요?"

연두색 머리의 남자가 카루나의 맞은편에 앉아 허리를 굽혔다. 카루나와 눈을 마주치기 위해서였다.

"제가 일하는 곳이요."

카루나는 납품 증명 서류를 펴 연두색 머리 남자에게 보여 주었다. 연두색 머리 남자는 그 서류를 건네받아 다시 반으로 접어 탁자 위에 내려놓았다. 그리고 말했다.

"죄송하지만, 이제 이 저택 밖으로 나갈 수 없습니다."

나체 공작의 부하, 웃는 변태가 감금을 시전했다.

"누구 마음대로요?"

흥, 전직 악녀는 코웃음을 쳤다.

"어?"

연두색 머리 남자는 당황했다. 카루나는 다리를 달랑거리며 고개를 옆으로 돌렸다. 다른 쪽을 쳐다보는 척하면서, 곁눈질로 연두색 머리 남자의 표정을 자세히 살펴보았다.

"저기, 숲 밖에선 귀족이 명령하면 평민은 무조건 그러겠다고 해야 하지 않나요?"

연두색 머리 남자가 고개를 갸웃 흔들더니 카루나에게 물어보았다. 진심으로 궁금해하는 표정이었다.

'숲 밖에 대해 잘 모르는 거 같은데?'

그를 보는 카루나의 눈이 반짝였다.

연두색 머리 남자는 웃음이 헤펐다. 숲의 일족이었으며, 게다가 착했다. 카루나는 바이켈드 공작에게 깔린 상태에서 정신을 못 차리고 그에게 함부로 말했다. 그런데 그는 화를 내는 대신 상냥하게 웃으며 대답해 주었다. 평민 어린아이에게까지 존대하고 예의를 지켜 준 것이다.

카루나가 제정신을 차린 지금까지도 그는 카루나를 존중해 주고 있었다. 안타깝게도, 이 불쌍한 숲의 일족은 숲 밖 세상에 완전히 적응하기 전 카루나를 만나 버렸다.

사실, 연두색 머리 남자의 말대로였다. 원래대로라면 카루나는 '네, 바이켈드 공작가에서 저를 감금해 주시겠다니 감사합니다. 밥은 먹여 주시나요?'라고 고개를 조아려야 한다.

여기는 황제의 왼팔이라고 불리는, 그 대단한 바이켈드 공작의 저택. 연두색 머리 남자는 바이켈드 공작 직속 기사단인 철십자 기사단의 기사. 비록 제국인이 아니더라도 준남작의 지위에 준하는 지위를 가지고 대우를 받을 수 있다.

그에 반해 카루나는 아직 신분증명서도 없는 평민에 불과하다. 신분증명서라도 있다면 모를까, 아니 있더라도 감히 바이켈드 공작의 권세 앞에서 자신의 자유를 논할 수 없겠지만.

파라 제국은 특히나 귀족과 평민을 구분하는 신분제가 엄격한 나라였다. 황태자가 그걸 바꿔 보려고 안간힘을 쓰고 있으나 그리 큰 성과는 못 내는 상황이고.

그러니 카루나가 당당하게 고개를 들고 연두색 머리 남자의 제안을 거절하는 건, 위험한 행동이었다. 당장 귀족불경죄로 처벌을 받을 수도 있었다. 하지만 연두색 머리 남자는 그걸 모르는 듯했다.

'다행이야. 벗어날 구멍이 있어.'

카루나는 왜 연두색 머리 남자가 자신을 대뜸 저택에 감금하려 하는지 짐작했다.

'내가 바이켈드 공작이 벌거벗고 다니는 걸 봐서 그렇겠지. 커다란 늑대를 풀어놓고 기르는 것도 봤고.'

짐작하는 건 쉬웠다.

'그 두 일이 세간에 소문으로 퍼지지 않은 걸 보면, 밖에 알려지지 않도록 철저히 관리했다는 건데. 외부인인 내가 그 두 가지 비밀을 모두 알게 됐으니, 순순히 보내 주지 않겠지.'

그래도 마카레나 백작가보다는 착한 방식이었다. 죽여서 끝내지 않고, 그냥 바이켈드 공작 가문에 붙들어 매어 놓겠다니. 만일 그녀가 어디 오갈 데 없는, 정말 평범한 평민 아이였다면 영광스러운 제안이었을지도 모른다.

평생 이 바이켈드 저택에서 살 수 있다니. 적어도 밥을 굶기거나 하지는 않을 것 아닌가. 하녀로 쓰거나 하겠지. 하지만 카루나는 평범한 평민 아이가 아니었다. 그녀에게는 반드시, 이른 시일 내에 제국 수도를 벗어나 도망쳐야 할 이유가 있었다.

카루나는 본능적으로, 이 저택에 감금되지 않기 위해서는 지금 이 남자를 완벽하게 설득해야 한다는 걸 감지했다.

'바이켈드 공작 최측근 중에 이런 숲의 일족을 본 적이 없는데.'

조금 걸리는 점이 있다면, 자신이 눈앞의 남자에 대해 아무것도 모른다는 것이었다. 카루나는 바이켈드 공작의 측근들에 대해 잘 알고 있었다. 그런데 그녀는 이 연두색 머리 남자를 여기에서 처음 보았다. 바이켈드 공작을 '라안'이라 부르고, 숨 쉬듯 편안하게 철십자 기사들에게 명령을 내리는 그를.

'숲 밖 세상에 대해서도 잘 모르는 거 같고. 그런데 이 저택의 일을 자기 마음대로 움직이고 있어. 새로운 측근인가? 요 다섯 달 사이에 새로 생긴?'

철십자 기사들뿐만이 아니다. 저택의 하인들까지 자연스럽게 부렸다. 저택을 관장하는 총집사나 할 수 있을 법하게.

'그렇다는 건 눈앞의 이 연두색 머리 남자가 바이켈드 공작의 새로운 측근? 아니면 공작가 총집사만큼의 권한을 가진 사람이라는 건데.'

카루나는 연두색 머리 남자를 똑바로 바라보았다. 연두색 머리 남자는 카루나의 시선이 영 부끄러운지, 살짝 고개를 숙이며 뒷머리를 긁적였다.

"그렇게 바라보시면 부끄럽습니다."

얼굴이 살짝 붉어져 있는 게 보였다.

'아아…….'

카루나는 내심 한탄했다.

'이리 보고 저리 봐도 내 취향인데.'

웃음 헤프고, 세상 물정 모르는 데다가, 고작 열두 살에 불과한 여자아이의 시선에도 부끄러워하는 숙맥. 하지만 그는 바이켈드 공작의 측근으로 의심되는 남자였다.

과거 클레이엔인 척할 때, 카루나는 유력한 황태자비 후보인 귀족 영애들을 떨구기 위해 종종 미남계를 이용했다. 시간을 들여 각 귀족 영애들의 취향을 관찰하고 파악하고, 그 취향에 꼭 걸맞은 몰락 귀족을 찾아내 그녀들의 주변에 얼쩡거리게 했다.

열이면 열, 순진한 영애들은 그 남자가 자신의 운명의 남자라고 생각하고 빠져들었다. 제게 접근하는 몰락 귀족이 아니라 그 몰락 귀족을 모시는 평민 하인과 눈이 맞은 영애도 있었다. 그러면 카루나는 그들의 연애를 크게 부풀려 사교계에 흘렸다. 당연히 영애들은 황태자비 자리에서 영영 멀어졌다.

미남계를 자주 써먹긴 했지만, 써먹으면서도 항상 의아했다.

'아니, 평생 최고 귀족으로 살 수 있는데. 잘하면 황태자비가 돼서 세상에서 제일 화려하게 살 수 있는데, 왜 저런 남자한테 빠지지?'

황태자가 못나지 않기에 더더욱 의문이었다.

'황태자가 못생기고 멍청하다면 몰라도, 꽤 잘생기고 똑똑하잖아? 황태자를 붙잡는 게 더 이득 아닌가?'

그렇게 생각했던 시절도 있었다.

'다들 이런 기분이었겠구나.'

자신의 취향에 꼭 맞는 남자가 눈앞에 있으니, 자꾸 생각이 흐트러졌다.

'정신 차려. 카루나!'

카루나는 고개를 도리도리 저었다.

"아가씨, 머리가 아프나요?"

연두색 머리 남자가 상냥한 목소리로 물었다. 바이켈드 공작에게 깔린 후유증으로 어디 다친 건 아니냐며 걱정해 주었다.

'자꾸 그렇게 물러 터진 모습 보여 주지 말라고.'

카루나는 눈물을 머금고, 마음과는 달리 단호하게 행동했다.

"저는 황태자 전하께서 직접 돌보시는 구빈원의 보호를 받고 있어요. 제가 소식이 끊기거나 없어지면, 당연히 구빈원에서는 저를 찾겠지요."

"그렇지요."

연두색 머리 남자가 순순히 고개를 끄덕였다.

"게다가 저는 항상 주변에 제가 오늘 어느 귀족 가문으로 배달을 하러 나가는지 말하고 온답니다."

물론 거짓말이었다.

"제가 갑자기 사라지면 제 주변 사람들은 제가 어느 귀족 가문에 배달을 갔다가 사라졌는지 바로 알고, 경비대에 신고할 거예요."

여관 주인인 제시와 남편인 플루는 카루나가 일요일마다 식료품 배달 일을 한다는 것만을 알고 있을 뿐이었다. 한창 자신들이 믿는 신에게 예배드리는 중일 터. 둘은 카루나가 어느 귀족 가문에 가 있는지 알지도 못하리라.

'하지만 내가 돌아오지 않으면 걱정을 하겠지.'

식료품 가게 주인의 멱살을 잡고 짤짤 흔들어서라도, 카루나가 어디로 배달을 갔는지 알아내리라. 라크안교 신자로 의심되는 식료품 가게 주인이라면 몰라도, 적어도 제시와 플루는 경비대에 실종 신고를 해 줄 것이다.

"오오, 주변 사람들에게 사랑을 받으시는군요."

"그러니까 저를 강제로 감금하거나 없애시면 안 돼요."

"네?"

"아무리 바이켈드 공작 각하가 대단한 분이시긴 하지만 그래도 황태자 전하께 충성을 맹세한 신하잖아요. 어떻게 신하가 자신이 모시는 사람의 백성을 멋대로 할 수 있나요? 저는 어느 귀족에게도 소속되지 않고, 황태자 전하의 구빈원의 보호를 받는 백성이에요."

"그런 거 같습니다."

"게다가 제 주변 사람들은 갑자기 제가 사라지면, 바이켈드 공작 각하를 의심할 거예요. 고작 열두 살짜리 아이를 납치한 변태, 소아 성애자로 말이죠. 그건 위대한……."

카루나는 잠시 말을 멈췄다. 아무리 살아남기 위해서라지만, 다른 사람도 아닌 바이켈드 공작을 '위대하고 고결하다'고 포장해야 한다니. 게다가 그는 평민 여자아이 앞에서 옷을 홀딱 벗고 나타났다. '반려'니 뭐니 지껄이기까지 했던 변태가 아닌가.

"음, 그리고 아마도 고결한?"

카르나의 목소리가 부들부들 떨렸다.

"바이켈드 공작 각하의 명성에 큰 누가 되겠죠."

"그렇군요! 그렇겠어요."

연두색 머리 남자는 카루나의 말을 들으며 감탄을 금치 못했다.

'뭐야, 반응이 왜 저래?'

카루나는 그의 모습에 잠시 위화감을 느꼈다. 그러고 보니 아까, 연두색 머리 남자는 좀 이상한 모습을 보였다. 제 주인인 바이켈드 공작이 변태 취급을 받는데도 화를 내지 않았다. 오히려 좋아했다.

'이 사람이 또?'

남자는 과연, 카루나가 본 대로 활짝 웃고 있었다. 물론 카루나의 의심과는 다른 이유에서였다.

연두색 머리 남자는 오늘 처음 본 카루나가 마음에 들었다. 자신의 허리춤에 닿을까 말까 한 작은 아이건만. 장검을 차고, 바이켈드 공작 가문의 기사단 표식을 달고 있는 자신의 앞에서 조금도 주눅 드는 기세가 없었다. 오히려 눈을 똑바로 마주치고, 자신을 절대 감금하면 안 되는 이유를 똑 부러지게 말하고 있었다.

'이 아이가 라안의 반려일지도 모른다는 거지.'

이렇게 생각하자니 아쉬움마저 느껴질 정도였다.

라크안도 반려를 찾지 못했지만, 그 역시도 아직 반려를 찾지 못한 상태였다. 그리고 숲 밖 세상의 상식과 도덕을 알지 못하는 그는 라크안과 달리 반려의 나이 차에 관대했다.

'처음 만난 인간 아이에게 이런 감정을 느껴도 되는 건가? 게다가 라크

안의 반려일지도 모르는 아이인데.'

연두색 머리 남자는 고민했다. 그리고 홀린 듯 카루나를 바라보았다.

남자아이처럼 머리를 짧게 자르고, 낡은 옷을 입고 있었다. 혼자 짐마차를 끌고 여기로 왔다는 게 믿어지지 않을 만큼 작고 비쩍 말랐다. 하지만 카루나는 조금도 비루하거나 비굴해 보이지 않았다.

살짝 그을린 얼굴에선 빛이 났다. 무엇보다 고양이 눈처럼 살짝 치켜 올라간 녹색 눈이 총기로 반짝였다.

"혹시 오늘 제가 본 것 때문에 저를 감금하시겠다고 하는 거라면, 그 점에 대해서는 걱정하지 마세요. 저는 오늘 제가 보고 들은 일을 이 저택 밖으로 나가는 순간, 싹 다 잊어버릴 테니까요."

작은 입술을 오물거리며 내뱉는 목소리는 가느다랬지만, 힘이 느껴졌다.

"저는 바이켈드 공작 각하를, 존경하고…… 사, 사모할지도 모르는, 아니, 사모하는 조그만 평민 아이여요."

거짓말에도 서툴렀다. 제국의 사람이 이다지도 라크안을 꺼리는 것도 처음 보았다. 그 점마저도 신기했다.

"오늘 제가 본 일은 그저 제가 너무 피곤해서, 잠깐 졸다가 꿈을 꾼 거예요. 설사 제가 밖에서 이러쿵저러쿵 떠들어 대도, 사람들은 절대 믿지 않을 거예요. 아마 저한테 미쳤다고 할걸요?"

녹색 눈을 반짝 치켜뜨고 말하는 모습이 참으로 사랑스러웠다. 그래서 자꾸, 실없이 웃음이 났다.

라크안 때문에 어쩔 수 없이 바이켈드 공작 저택에 머물게 된 지 어언 다섯 달째. 연두색 머리 남자는 매우 심심하고 무료했다. 그런데 지금, 그의 눈앞에 너무 재미있고 귀엽고 사랑스럽기까지 한 존재가 나타났다. 보고 있는 것만으로도 절로, 입가에 웃음이 맺혔다.

"오늘 무엇을 보셨나요?"

연두색 머리 남자가 카루나에게 물었다.

"아무것도 못 봤는데요?"

카루나는 시치미를 뚝 떼고 천연덕스럽게 대답했다. 오호, 그 모습에 연두색 머리 남자는 다시 한번 감탄했다.

"아니요. 보셨잖아요? 라안이 늑대로 변신한 모습을요."

"저는 벌거벗은 공작과 그의 애완 늑대 따위는 보지 못했…… 네?"

카루나는 자신의 귀를 의심했다.

"……지금, 뭐라고 하셨나요?"

그래서 저도 모르게 물어보고 말았다.

'헉, 안 돼!'

그 질문은 바이켈드 공작 저택에 감금되는 지름길이나 마찬가지였다.

"아니요, 말씀하지 마세요!"

카루나는 비명을 지르듯 소리치며 두 손으로 귀를 막으려 했다. 물론 연두색 머리 남자는 카루나의 노력 따위는 아랑곳하지 않았다.

"뭘 말인가요? 라안이 늑대로 변신해서 아가씨 앞에 서 있다가 다시 인간의 모습으로 변한 걸, 아가씨가 봤다는 걸요?"

연두색 머리 남자가 생글 웃으며 말했다.

'싫어!'

카루나는 절대 알고 싶지 않았다. 바이켈드 공작이 노출증 변태이든, 그가 기르는 애완 늑대의 크기가 어마어마하든, 분명 늑대가 쓰러져 있던 곳에서 뿅 하니 바이켈드 공작이 나타났든.

그게 뭔 상관이란 말인가. 어차피 곧 수도를 떠야 하는 그녀에겐 전혀 상관없는 일이었다. 그런데 연두색 머리 남자가 그럴 수 없게 만들었다.

"이제 어쩔 수 없지요? 다 알게 되었으니, 이 저택에서 나가실 수 없어요."

연두색 머리 남자가 방긋 웃었다. 그 웃음을 본 카루나는 등줄기가 오싹 떨려 왔다.

'내가 사람을 잘못 본 건가?'

마냥 웃음이 헤프고, 세상 물정 잘 모르고 순진한 숲의 일족이라고 생각했건만.

"뭐, 뭘 말인가요. 전 아무것도 못 들었어요."

카루나는 두 손으로 귀를 꾹 막았다. 그리고 고개를 마구 저었다.

"다 들으신 거 알고 있어요, 꼬마 아가씨."

"아무것도 안 들려요, 아무것도 안 들린다고요!"

"그래요? 그럼 난 마음 편하게, 혼잣말해야 되겠다."

연두색 머리 남자가 소파의 등받이에 등을 기대고 편안한 자세로 앉더니, 멋대로 입을 놀렸다.

'아니, 말하지 마. 말하지 말란 말이야!'

카루나가 필사적으로 저항했지만, 소용없었다. 연두색 머리 남자의 부드러운 목소리는 카루나의 귓속으로 쏙쏙 들어왔다.

바이켈드 공작, 라크안은 숲 밖의 인간과 숲의 일족 사이에서 태어난 아이였다. 숲의 일족이었던 아버지는 전대 공작이었던 라크안의 어머니에게 반해 숲 밖으로 나왔다.

숲 밖의 세상엔 알려지지 않았지만, 사실 숲의 일족은 반인반수였다. 그들은 자유로이 인간의 몸과 늑대의 몸을 오갈 수 있었다. 그리고 평생토록 단 한 사람만을 사랑할 수 있었다. 그들은 그 상대를 '반려'라고 불렀다.

숲의 일족은 숲에서 태어나 자라며 죽는다. 그 삶 속에서 열다섯 살이 되기 전에 자신의 반려를 찾는다. 대부분 숲 안에서 같은 일족끼리 사랑에 빠진다. 만일 숲에서 반려를 찾지 못하면 숲 밖으로 나와 반려를 찾는다.

반려는 삶의 기쁨이요 행복이니. 서로 사랑하여 반려의 의식을 거치면, 어떤 방법으로도 느낄 수 없는 행복과 기쁨의 감정을 가지게 된다.

"저는 아직 경험해 보지 못해서 이 부분은 제대로 설명해 드릴 수 없네요."

"……."

'설명해 주길 바라지 않았어. 설명하지 말라고!'

카루나는 마음속으로나마 빽- 소리를 질렀다. 남의 속도 모르고, 연두색 머리 남자는 싱글싱글 웃으며 계속 말했다.

숲의 일족은 반려를 찾지 못하면 결혼하지 않고 홀로 살다 죽는다. 아무도 사랑하지 못하고, 아무에게도 사랑받지 않고 사는 것이다. 이 세상에서 누릴 수 있는 가장 큰 기쁨과 행복을 맛보지 못할 뿐. 일상생활에는 전혀 지장이 없다. 지금껏 모든 숲의 일족이 그래 왔고, 앞으로도 그럴 거라 믿었건만.

그런데 라크안은 달랐다. 라크안은 어릴 때부터 반려가 없는 고통에 시달렸다. 보통의 숲의 일족에게선 찾아볼 수 없는 증상이었다. 숲의 일족은 반려를 만나 기쁨과 행복을 얻는다. 그런데 라크안은 반려가 없어 아무런 기쁨과 행복을 느낄 수 없었다. 그 고통은 거친 발작으로 이어져 그의 일상생활을 무너뜨렸다.

일찍이 라크안의 부모는 남다른 라크안의 상태를 눈치채고 숲의 일족에게 도움을 청했다. 하나 숲의 일족이 라크안을 살피는 새 라크안의 부모는 죽었다. 라크안이 열 살 때의 일이었다.

라크안의 부모는 죽는 순간까지도 라크안을 걱정하며, 숲의 일족에게 라크안을 부탁했다. 그 때문에 숲의 일족은 라크안을 도와주기 위해 애썼다. 라크안에게 반려를 찾아주기 위해서 말이다. 한편으론 라크안이 발작을 일으키며 자기 자신을 파괴하는 것 또한 막아 주려 노력했다.

그들은 어린 라크안과 함께 제국 변경을 떠돌았다. 라크안이 발작을 일으킬 때마다 전쟁터에서 날뛰도록 했다. 간간이 그가 진정되면 제국 여러 곳을 드나들었다. 변장하고 다른 나라의 국경을 넘기도 했다.

라크안의 반려를 찾기 위해 곳곳을 다녔지만 라크안의 반려는 나타나지 않았다. 라크안은 누굴 만나도, 어디에 서 있어도 기쁨과 행복을 느끼지 못했다.

마침내 라크안이 열일곱 살이 되었을 때, 제국 수도에서 황제가 그를 불렀다. 라크안은 황제의 칙서를 받지 않으려 했다. 반려를 찾지 못한 채, 부모님과 함께 지냈던 수도로 돌아가길 원치 않았다.

하지만 그를 돕던 숲의 일족은 그를 설득했다. 숲의 일족은 혹시 제국 수도에 그의 반려가 있을지도 모른다고 생각했다. 이제 제국에서 가 보지 않은 곳은, 어릴 적 발작이 시작되자마자 떠나왔던 제국 수도뿐이었다.

그 추측을 증명하듯 제국 수도에 도착해 황궁에 입궁한 후 거짓말처럼 라크안의 발작이 멈췄다. 라크안과 그를 돕던 숲의 일족들은 라크안의 반려가 수도에 살고 있을 거라고 확신했다. 그래서 지난 5년 동안 샅샅이 수도를 뒤졌다.

라크안은 특히 황궁에 다녀오면 정신이 더 또렷해진다고 했다. 그 때문에 숲의 일족은 라크안을 수도의 온갖 무도회와 연회에 밀어 넣었다. 수도에 사는 귀족 영애들을 죄다 만나 보도록 한 것이다.

'그래서 그렇게 시도 때도 없이 얼굴을 들이밀었던 거구나.'

카루나는 그제야 예전 바이켈드 공작의 행동이 이해 갔다.

바이켈드 공작은 수도 귀족의 허례허식이 가득한 생활과 무도회 등을 경멸했다. 그러면서도 황궁이나 유력 귀족 가문에서 주최하는 무도회나 연회엔 꼬박꼬박 참석했다. 유서 깊은 가문의 귀족 부인이 주최하는 살롱의 초대장에도 항상 응했다. 와서는 인상만 찌푸리고 아무 말도 하지 않았지만.

"그런데 최근 다섯 달 사이에 라안의 상태가 다시 나빠지기 시작했어요. 요 한 달간은 아예 늑대의 모습이 되어 날뛰어서, 그걸 막느라 얼마나 고생했는지 모릅니다."

연두색 머리 남자가 한숨을 푹 내쉬며 말했다.

'정말로?'

카루나의 눈이 가늘어졌다. 그는 전혀 고생한 것처럼 보이지 않았다. 오히려 아까 바이켈드 공작을 들고 간 기사 네 명이 그 고생이란 걸 넘치게 한 듯 보였건만. 카루나가 의심의 눈초리로 쳐다보자, 연두색 머리 남자가 어깨를 으쓱였다.

"진짜입니다. 조금 전까지만 해도 크게 날뛰어서, 기사단 전부가 달려들어 막고 있었는데."

연두색 머리 남자가 목소리를 낮추며 비밀스러운 이야기를 하듯 나직하게 말했다.

"갑자기 저택 후문 쪽을 돌아보더니 마구 달려가지 않겠어요? 얼마나 놀랐던지. 혹시나 저택 밖을 벗어날까 봐 급히 뒤쫓아 갔지요."

급히 뒤쫓아 왔다고 하기엔, 카루나와 늑대 둘이서만 있었던 시간이 너무 길었다. 늑대의 뜀박질이 빠르고 이 녹색 머리 남자가 느림보라 하더라도, 너무 긴 간극이었다. 점점 더 연두색 머리 남자의 말에서 신뢰도가 떨어졌다.

흐음, 카루나가 입술을 꾹 다물며 남자를 보았다.

'네 말은 하나도 못 믿겠어.'

라는 표정이 얼굴에 고스란히 드러났다. 그와는 별개로 라크안의 특이 체질에 대해서는 이해했다.

'최근 다섯 달 사이에 발작이 심해졌다? 그래서 변경 시찰을 간다고 둘러댄 거구나.'

카루나가 막 여관에 여급으로 일하게 되었을 때, 바이켈드 공작이 제국 변방 시찰에 나선다는 소문이 들렸다. 여관 주인 제시는 카루나 앞에서 바이켈드 공작을 마구 칭찬했다.

'역시 바이켈드 공작 각하만큼 우리를 생각해 주는 귀족은 또 없을 거야. 분명 변방에 사는 백성들이 혹시 다른 나라나 이민족의 공격을 받아 힘들어하고 있을까 봐 돌보러 가시는 거겠지. 이젠 편안히 중앙에만 계셔도 될 텐데도 말이야.'

그런 제시의 눈치를 보느라 겉으로 티를 내진 않았지만, 카루나는 속으로 바이켈드 공작을 엄청 비웃었다.

'흥, 나한테 지고 쪽팔려서 도망가는 거구나.'

그런데 이런 사정이 있었던 거였다. 연두색 머리 남자의 긴 설명이 끝날 기미가 느껴지자, 카루나는 잔뜩 긴장했다.

'왜 나한테 이런 이야기를 다 말하는 거야.'

5년간 바이켈드 공작을 뒷조사해 왔다. 적어도 제국 내에서 바이켈드 공작에 대해 자신보다 잘 아는 사람은 없을 거라고 자신했다. 그런 카루나도 알지 못했던 바이켈드 공작의 비밀을 연두색 머리 남자는 술술 말해 주었다. 오늘 처음 만난, 열두 살짜리 평민 여자아이에게.

"제가 왜 이런 이야기를 늘어놓는지 궁금하죠?"

"……."

"아까 내가 처음에 했던 말이랑도 연결되는데."

연두색 머리 남자가 머리를 긁적였다. 카루나는 바이켈드 공작이 기절하기 직전 했던 말을 떠올렸다. 그는 분명 카루나에게 '나의 반려'라고 말했다.

'설마?'

카루나의 눈가가 파르르, 떨렸다.

"내가 보기엔 아가씨가 라안의 반려 같아요."

"켁."

역시나. 슬픈 예감은 비켜 나가는 적이 없었다.

"그런데 확실하진 않아요. 아마 라안이 깨어나면 확실히 알 수 있을 거예요. 오직 라안 본인만이 자신의 반려를 알아볼 수 있으니까. 우리 일족의 어르신들이 말씀하신 건데, 라안 같은 경우에는 자신의 반려를 만나면 기쁨과 행복을 단번에 느끼게 될 거라고 하더군요."

그래서 전국 방방곡곡을 돌아다닌 것이었다. 라크안 자신이 본인의 반려를 찾는 나침반이었다. 반려를 마주치면 라크안은 단 한 번도 느껴 보지 못했던 행복과 기쁨의 감정을 느낄 수 있을 테니. 그에게 그런 감정을 느끼게 해 주는 사람이 바로 라크안의 반려일 터였다.

"그러니까 기사님의 말대로라면……."

카루나는 침착하게 입을 열었다.

"기사님은 너무 딱딱한데. 그냥 편하게 이름을 불러 줘요. 내 이름은……."

"제가 바이켈드 공작 각하의 반려이면 저의 의사와 상관없이 저는 바이켈드 공작 각하의 아내가 되어야 하는 거군요."

연두색 머리 남자가 쓸데없는 말을 지껄이려 하자, 카루나는 칼같이 말을 끊어 냈다.

'흥. 네 이름 따위 알고 싶지 않다고.'

카루나가 새침하게 고개를 치켜들었다.

"음, 아마도요?"

"그리고 만약에 아니라면, 그래도 이 저택 밖으로 나가지 못하는 거구요."

"음, 그렇겠죠?"

태평한 대답에 카루나는 이를 꽉 깨물었다.

'내가 반려일 리 없잖아. 정말 반려였다면 이미 5년 전에 알았어야지.'

5년 전, 황궁에서 처음 마주쳤을 때 기쁨인지 행복인지를 맛보고 제정신을 차렸어야 했다. 그런데 그러지 않았다. 바이켈드 공작은 바로 오늘까지, 반려를 찾지 못했다고 했다.

'그렇다는 건 난 절대, 바이켈드 공작의 반려가 아니라는 거야.'

일단 이건 다행이었다.

'문제는 저 남자가 바이켈드 공작의 비밀을 나한테 다 말해 버린 건데.'

그 비밀을 다 들은 카루나를 순순히 놔줄 리 없었다.

'나한테 왜 이래!'

카루나는 녹색 눈을 새초롬하게 뜨고는 연두색 머리 남자를 노려보았다. 물론 두 손은 여전히 귀를 막은 채였다. 연두색 머리 남자는 그런 카루나를 보며 실실 웃었다. 웃음이 헤프기 그지없었다.

'마음에 안 들어.'

오늘부터, 웃음이 헤픈 남자는 딱 질색이었다.

'난 절대 이 저택에서 살지 않겠어.'

카루나의 결심은 흔들리지 않았다.

'넌 이미 이 저택에서 살기 시작했다.'

연두색 머리 남자 역시 고집이 만만치 않았다. 둘의 대치는 오래도록 계속됐다.

똑똑. 밖에서 문 두드리는 소리가 나고 나서야 연두색 머리 남자는 잠시 휴전을 제안했다. 카루나도 생각을 정리할 시간이 필요했던지라 기꺼이 그의 제안을 받아들였다.

"착하네요, 착해요."

연두색 머리 남자가 웃으며 감사함을 표했으나 카루나는 꿈쩍도 하지 않았다.

"그 착한 아이한테 무슨 일을 강요하고 있는 건지 곰곰이 생각해 보고 오세요."

카루나가 뾰로통하게 말했다. 연두색 머리 남자는 하하 웃으며 응접실을 나섰다.

* * *

응접실 앞에는 저택의 일을 총괄하는 하녀장과 라크안을 옮겼던 네 기사가 서 있었다.

"라안은요?"

"깨어나셨습니다."

연두색 머리 남자의 물음에 하녀장이 얼른 대답했다.

"빠르네? 좋았어, 확인해 볼 게 있는데, 마침 잘됐네요."

그는 하녀장과 함께 자리를 뜨며 네 기사에게 응접실 안으로 들어가 카루나의 말벗이 되어 주라고 명했다.

"아주 똘똘한 아이니까 가만 놔두면 무슨 생각을 할지 알 수가 없어. 너희 넷이 붙어 있으면 정신이 없을 테니까, 꼭 붙어 있어야 해."

연두색 머리 남자는 신신당부했다. 네 기사는 멍이 주렁주렁 달린 얼굴로 우렁차게 대답하고는, 씩씩하게 응접실로 쳐들어갔다.

그 길로 연두색 머리 남자는 긴 복도를 걸어 공작의 침실로 갔다. 문 앞에는 하녀 한 명이 은 쟁반을 들고 대기하고 있었다. 연두색 머리 남자는 그것을 건네받았다. 하녀는 자신이 들고 가겠다고 했지만, 그는 부드럽게 거절했다.

방 안은 어두웠다. 빛 한 점 없었다. 여러 겹의 두꺼운 커튼은 창문을 모두 가리고 있었다. 촛불은 하나도 켜 놓지 않았다. 그 어둠 속에서 한 쌍의 눈이 형형하게 빛났다. 루비보다 붉은 색이었다.

"누구야."

낮은 목소리가 어둠에 깔렸다. 으르렁거리는 소리가 들리는 듯한 착각이 들었다.

"알아봤으면 묻지 마."

"……난 지금 내가 보고 듣는 걸 단 하나도 믿을 수 없어."

"그래도 지금은 다시 인간으로 돌아왔잖아. 상태가 많이 나아진 거야."

연두색 머리 남자는 뚜벅뚜벅 걸어 창문 앞에 섰다. 그러고는 몇 겹이나 되는 커튼을 단번에 젖혔다. 밝은 빛이 쏟아져 들어왔다. 방 안이 단번에 환해졌다.

"윽!"

등 뒤에서 고통에 찬 신음이 들렸다. 침대 위에는 바이켈드 공작, 라크안이 침대 헤드에 등을 기댄 채 앉아 있었다. 몸에 걸친 건 가운이 전부였다. 벌어진 틈 사이로 단단한 상체가 고스란히 드러났다. 그는 얼굴을 잔뜩 찡그린 채 눈을 감고 있었다.

반려를 찾지 못한 라크안의 상태는 최근 다섯 달 새에 급격히 나빠졌다. 몸에 닿는 모든 것이 그에게는 고통이었다. 밝은 햇살을 보는 것조차 눈이 타 버릴 듯한 고통으로 느껴질 정도였다.

그런데 지금은 달랐다. 제 눈을 뽑겠다며 손가락으로 눈을 후비려 들지도 않았다. 손톱으로 얼굴을 긁으며 괴로워하지도 않았다. 창문에서 쏟아지는 빛에 익숙해지자 라크안은 곧 눈을 떴다. 붉은 눈이 선명하게 빛났다. 최근 다섯 달 동안 전혀 보지 못했던 모습이었다.

"기분이 어때?"

"요즈음 중 제일 정상이지 않을까 생각하고 있어."

영 자신이 없는 목소리였다. 연두색 머리 남자는 라크안에게 쟁반을 내밀었다. 쟁반 위에는 크리스털 잔이 놓여 있었다. 잔 안에는 짙은 풀색이 선명했다.

“정신 차렸을 때 먹어. 좀 더 오래 정신이 유지되도록 도와줄 거야.”

“……맛없는데.”

라크안은 잔을 손에 쥐었으나 바로 입에 대지는 않았다. 연두색 머리 남자는 의자를 끌어와 라크안 앞에 앉았다.

“내가 어떻게 돌아온 거지? 아니, 내가 언제부터 정신을 완전히 놓았는지를 물어봐야 하나?”

무표정한 얼굴에 씁쓸한 미소가 어렸다. 오만할 정도로 자신만만하고 싸늘했던 그였건만. 요 다섯 달간의 급격한 발작이 그의 자신감을 산산조각 냈다.

수도에 온 후 5년간, 발작이 없었다. 그런데 반려를 찾을 수 없었다. 반려가 수도에 있다고 생각하여 부지런히 돌아다녔다. 수도에 사는 대부분의 귀족 여성을 모두 만나 봤건만, 반려는 나타나지 않았다.

그래서 라크안은 내심 반려를 찾는 것을 포기하고 있었다. 지난 5년간 발작이 일어나지 않은 것도 자신이 정신력으로 발작을 이겨 내는 거라고 생각했다.

그런데 아니었다. 그런 라크안의 생각을 비웃듯, 다섯 달 전부터 다시 발작이 시작되었다. 이전보다 더 격렬하게 나타났다. 지난 다섯 달 동안 라크안은 거의 제정신이었던 적이 없었다.

최근 한 달간은 아예 늑대 상태로 변해 있었다. 자신이 거느린 사람들도 알아보지 못하고 공격했다. 그때의 상황이 모두 생각이 나는 것은 아니었지만. 드문드문 기억이 났다. 자신이 어떻게 날뛰었는지, 저택에 머무는 숲의 일족 출신인 철십자 기사들이 얼마나 다치고 괴로워했는지.

그런데 마지막 기억이 이상했다. 그의 삶에 단 한 번도 있던 적 없던 무언가가 거기에 있었다. 따뜻하고 부드럽고 뭉글뭉글한 그 무엇.

가슴이 벅차올랐다. 가지고 싶었다. 놓칠 수 없었다. 너무도 절실하게 원하고 원했다. 가지고 있음에도 더 가지고 싶었다. 그게 뭔지는 알 수 없으나, 분명 그게 자신을 원래대로 돌려준 것이라는 느낌이 들었다. 아니, 확신이 들었다.

라크안은 잔을 쥐지 않은 손을 폈다. 손엔 아무것도 없었다. 그런데 어떤 감촉이 손끝에 남아서 자꾸 심장을 간지럽혔다. 절대 놓쳐서는 안 될 것을 놓친 기분이 들었다. 그래서 목이 탔다.

필사적으로 기억을 더듬어 보았다. 그것에 대한 어떤 감각도 잊고 싶지 않았다. 그건 한없이 부드럽고 따뜻했다. 한 번 품어 본 것뿐인데 온몸이 타 버릴 것 같았다.

태어나서 단 한 번도 가져 보지 못한 것인데, 반드시 자신이 가져야 한다는 확신이 들었다. 몸이 타 버려도 괜찮으니 그것을 가지고 싶었다. 그 정도로 그것을 원했다. 이 세상 그 누구에게도 양보할 수 없었다.

그 느낌이, 그 감정이 무엇인지 라크안은 몰랐다. 말로 설명할 수도 없었다. 단지 너무 좋았다. 소중했다. 품 안에 가두고 놓치기 싫었다. 그래서 꽉 쥐었건만. 지금 그의 손엔 아무것도 없었다. 코끝이 시리게 서러웠다.

연두색 머리 남자가 오기 전까지, 라크안은 홀로 계속 그 느낌을 곱씹었다. 생전 처음 느껴 보는 그 느낌, 그리고 그것을 잃어버렸다는 상실감.

'착각이었을까?'

주먹을 꼭 쥐어 보았다. 착각이라 생각하기엔 너무도 생생했다. 온몸이 그것을 원하고 있었다. 그것을 다시 한번 쥐고 싶었다. 다시 한번 쥘 수 있다면, 절대 놓치지 않을 수 있는데. 아니, 절대 놓치지 않아야만 하는데.

라크안은 그것을 놓친 자신을 벌하듯 크리스털 잔에 입을 댔다. 코끝에 감도는 쓴 냄새가 서러움을 집어삼키는 것 같았다. 라크안이 막 잔 안에

든 음료를 입에 한가득 물었을 때였다.

"확실하지는 않은데 네 반려를 찾은 거 같아."

"……."

라크안은 그대로 굳었다.

"아주 귀여운 여자아이인데, 이제 열두 살이래."

이어진 연두색 머리 남자의 말이 라크안에게 더 큰 충격을 안겨 주었다.

"……우웩!"

라크안이 입을 벌리자, 풀색 액체가 주르륵 쏟아져 내렸다.

"뭐라고?"

창백한 얼굴은 지쳐 있었다. 하나 연두색 머리 남자의 말을 들은 직후 그 얼굴은 싸늘해졌다.

"내가 지금 정상이 아니라는 것만 믿고 까분다면 가만두지 않겠어."

짐승의 울음소리가 들렸다. 착각이 아니었다. 라크안의 목울대에서 크르르, 늑대의 성난 울음이 울렸다. 그의 붉은 눈은 먹이를 앞에 둔 굶주린 짐승의 것처럼 번들거렸다.

풀색 음료는 라크안의 입가와 턱을 적셨다. 마른 목을 타고 흘러내렸다. 그의 탄탄한 어깨와 가슴까지 적셨다. 가운만 걸친 채로 침대에 나른하게 기대앉아 있는 라크안은 풀색 음료를 흘려도 더러워 보이지 않았다.

본인은 꽤 찝찝할 텐데도, 그는 그것을 닦지 않았다. 아니, 닦을 생각을 하지도 못했다. 그의 귀에는 오직, 조금 전 연두색 머리 남자가 했던 말이 둥둥 울렸다. 전쟁터에서 신물 나게 들었던 북소리 같았다.

'아주 귀여운 여자아이인데, 이제 열두 살이래.'

크리스털 잔을 움켜쥔 손이 부르르 떨렸다. 와직! 그의 악력을 버티지 못한 크리스털 잔에 금이 갔다.

"열두 살이라고?"

"응, 열두 살. 사실 열 살 정도밖에 안 되어 보이는데 본인이 열두 살이라고 그러더라고."

연두색 머리 남자는 아직도 상황 파악을 못 했다. 해맑게 웃으며 확인 사살까지 해 주었다.

와장창, 크리스털 잔이 깨졌다. 산산이 조각난 그 파편이 침대에 흩뿌려졌다. 잔에 남아 있던 풀색 액체가 침대의 시트를 더럽혔다. 하나 잔을 깨트린 그의 손엔 작은 상처 하나 나지 않았다.

"왜 그래? 반려를 찾은 게 그렇게 좋아? 그런데 아직 좋아하면 안 돼. 확실하지는 않으니까. 라안, 네가 직접 가서 그 아이를 보고 확인을 해 봐야 해."

사람이 기뻐하는 건지 어이없어하는 건지도 알아채지 못하는 놈의 말 따위는 귓등으로 흘렸다. 라크안은 두 손으로 머리를 움켜쥐었다.

"으……!"

머리통이 빠개질 듯 아파 왔다.

"왜 그래? 또 발작이야?"

연두색 머리 남자가 호들갑을 떨며 다가왔다.

"닥쳐!"

지금 이 순간, 제일 듣기 싫은 목소리였다. 라크안은 그를 쳐다보지도 않고 한 손을 뻗었다. 단번에 연두색 머리 남자의 멱살을 잡고 그를 집어 던졌다.

"으아악!"

연두색 머리 남자는 단번에 방 저편으로 날아갔다. 가구 두어 개가 부서지는 소리가 났다. 라크안은 연두색 머리 남자의 숨소리가 곁에서 들리지 않는 것만으로 만족했다.

반려를 찾지 못해 불안정한 상태인 그의 모든 감각은 활짝 열려 있었다.

굳이 보지 않아도 주변에 누가 있는지 알 수 있었다. 어떻게 움직이는지 느껴졌다.

때문에 라크안은 그저 살아 숨 쉬고 있는 것만으로도 고통스럽고 피곤했다. 특히나 지금처럼 정신이 불안정할 때는 더더욱. 라크안의 머릿속에는 오직 한 가지 생각뿐이었다.

'열두 살이라고? 열두 살?'

스물두 살, 서른두 살, 마흔두 살도 아니고 열두 살. 고작 열두 살.

'말도 안 돼.'

황제의 명을 받아 수도로 올라오기 전까지 어찌 살았던가. 제정신일 때는 대륙 곳곳을 떠돌아다녔고 제정신이 아닐 때는 전쟁터에서 사람을 죽이고 또 죽였다.

제정신이 아닐수록 라크안은 더욱 많은 적을 죽였다. 적이 기사 대 기사로서 명예로운 결투를 신청하면, 단번에 목을 꺾어 죽였다. 성벽을 기어올라 제국의 변경을 쳐들어오는 이민족의 심장을 꿰뚫었다.

적이 아군보다 세 배 이상 많은 병력으로 쳐들어와도 물러서지 않았다. 적의 공세 속으로 홀로 뛰어들어 수백의 병사들을 해치웠다. 그런 그는 제국의 방패이자 검이었다. 라크안을 따르는 기사와 병사들은 그를 신처럼 떠받들었다.

절대 패하지 않는 전쟁의 신. 적의 피로 변경을 지키는 피의 기사. 죽어도 죽지 않는 광전사.

그것이 그였다.

라크안은 그게 싫었다.

그의 세상에는 온통 죽음뿐이었다. 정신을 차리고 주변을 둘러보면 주변은 항상 피바다였다. 그가 죽인 사람의 시체가 산처럼 쌓였다. 그가 죽인 사람의 피가 강처럼 흘렀다.

피와 죽음뿐인 세상에서 그는 언제나 혼자였다. 곁엔 아무도 없었다. 그를 돕는 숲의 일족마저 전쟁터에서는 그에게 가까이 다가오지 않았다. 그를 떠받들고 존경하는 아군마저 때론 그를 두려움에 질린 눈으로 보았다. 그가 살육의 흥분을 가라앉히지 못하고 자신들마저 죽일까 봐 두려워했다.

그래서 라크안은 어서 빨리 반려를 찾고 싶었다. 빨리 나타나지 않는 반려를 원망한 적은 단 한 번도 없었다. 오직 그녀를 빨리 찾지 못하는 자신의 무능력을 탓하고 저주했다.

전투가 끝나면 막사에서, 혹은 성으로 돌아와 홀로 피투성이 몸을 씻었다. 제 피가 아니라 남이 흘린 피를 물로 닦아 냈다. 시중을 들겠다는 이들은 모두 물리쳤다.

때로 변경의 귀족들이 제 누이동생이나 딸을 욕실로 밀어 넣었다. 얼굴과 외모에 자신 있는 변경 마을의 평민 처녀나 성의 하녀들이 남몰래 찾아와 몸을 던지기도 했다. 그때마다 라크안은 얼음장처럼 차가운 얼굴로 그들을 몰아냈다. 오직 자신의 반려만이 자신을 만질 수 있다. 그건 그의 삶을 꿰뚫는 단 하나의 법이었다.

다섯 살 때, 첫 발작이 시작되어 어머니의 품에서 울부짖으며 그리 맹세했다. 이후 라크안에게 여인이란 오직, 단 한 사람뿐이었다. 아직 만나지 못한, 하지만 언젠가 반드시 만나게 될 반려.

아버지가 어머니를 사랑했듯. 어머니가 아버지를 사랑했듯. 그렇게 자신이 사랑하고 자신을 사랑해 줄 수 있는, 이 세상에 단 하나뿐인 내 사람.

라크안은 밤마다 찬물을 몸에 끼얹어 핏물을 씻어 내며 생각했다.

'나의 반려는 어떤 사람일까.'

생각은 매일매일 달랐다. 그의 상상 속에서 반려는 귀족이기도 하고 평민이기도 했다. 혹은 노예이기도 했다. 자신과 같은 까만 머리이기도 했고 찬란한 금발이기도 했다.

어떤 때는 같은 제국어를 쓰는 제국인이었다가, 대륙의 제일 서쪽 항구 도시에 사는 생기발랄한 해적이 되었다. 데뷔 무도회에 나선 열여섯 살 소녀를 생각하다가 고개를 젓기 일쑤였다.

'너무 어려. 나보다 어리다면 두세 살 정도만 차이가 났으면 좋겠는데.'

서른 살 넘은, 원숙한 미를 뽐내는 귀부인을 상상하기도 했다.

'아, 부디 그녀에게 남편이 없기를. 내가 그녀를 기다리는 것처럼 그녀도 나를 기다려 주고 있었기를.'

상상의 끝은 언제나 단 한 가지 생각으로 끝났다.

'어떤 모습이든 좋으니까, 어디에 살든 내가 찾아낼 테니까, 나타나기만 해 줘요. 제발.'

이 세상에서 가장 못생긴 여인이어도 좋다. 아이가 서넛 딸린 부인이어도 좋다. 자신을 기다리지 않고 다른 사내를 사랑했다는 생각만으로도 피가 거꾸로 솟을 것 같지만, 그건 자신이 좀 더 일찍 그녀를 찾지 못해서 그런 거니까. 다만 그녀의 남편과 이혼한 상태이길 바랄 따름이었다.

그녀가 누구든, 라크안은 그녀를 사랑할 수밖에 없었다. 라크안은 이미 오래전부터 당연히 그럴 준비가 되어 있었다. 오직 그녀의 곁에서 행복과 기쁨이라는 것을 느끼고, 그녀만을 바라보고 살리라. 그녀가 제 심장이 보고 싶다고 하면 기꺼이 심장을 뽑아 바치리라.

그는 찬물에 머리를 처박으며 매일 밤, 자신의 반려에 대해 생각했다. 그것만이 유일한 위안이었다. 그 수많은 밤, 꿈꿔 왔던 반려의 모습 중에 이런 경우는 없었다. 단 한 번도 이런 상황을 생각조차 해 본 적이 없었다.

열두 살? 열두 살이라니?

어려도 너무 어렸다. 그가 첫 발작을 앓았을 때, 그녀는 태어나지도 않았다. 그가 부모님을 잃고 수도를 떠나야 했을 때, 그녀는 막 태어나 울음을 터뜨렸을 것이다. 응애응애.

그가 변경을 떠돌며 전쟁터의 광인으로 살아갈 때, 그녀는 아장아장 걸음마를 했을 것이다. 그녀의 부모는 알았을까? 자신의 귀한 딸이 열 살 많은 남자의 짝이 될지도 모른다는 걸?

그가 자포자기 상태로 제국 수도로 올라왔던 열일곱 살 때, 그녀는 고작 일곱 살이었을 것이다. 일곱 살. 데뷔 무도회를 앞둔 열일곱 살도 아니고, 집 마당의 나무 위에 올라가 놀다 유모를 놀래 주느라 바쁠 일곱 살.

그는 혈기 왕성한 청년이었다. '반려를 만나게 된다면'이라는 상상 속엔 청년이 생각해 볼 만한 생각도 충분히 있었다. 라크안은 제 삶의 대부분을 전쟁터에서 보냈다. 전쟁에 지친 기사들과 병사들이 숨 쉬는 것만큼 쉽게 뱉어내는 음담패설에 익숙했다. 그런 대화에 동참하진 않았지만, 이런저런 이야기를 주워들어 이론은 빠삭했다.

잠 못 이루는 밤, 라크안은 자신의 반려를 생각했다. 그녀 없이 보내는 밤은 길고 외롭지만, 그녀와 함께하는 밤은 짧고 짧으리라. 얼마나 달콤할까. 얼마나 행복할까. 생각만으로도 몸이 뜨거워졌다.

그랬건만. 라크안은 그런 생각을 했던 자신을 경멸해야 하는 상황에 부닥쳤다.

"있을 수 없는 일이야. 뭔가 잘못된 게 분명해."

감겨 있던 붉은 눈이 번쩍 뜨였다. 라크안은 연두색 머리 남자를 노려보았다. 그는 탁자와 한 몸이 되어 방구석에 처박혀 있었다.

"절대 아니야. 절대."

"그걸 나한테 말하면 쓰나."

연두색 머리 남자가 발딱 일어났다. 몸 여기저기를 툭툭 털며 말했다.

"자, 가서 확인하자고. 어서어서."

한 방 얻어맞고도 연두색 머리 남자는 유쾌했다. 그는 침실의 문을 열고 라크안에게 손짓했다.

"……."

거침없는 연두색 머리 남자와 달리 라크안은 망설였다. 망설일 수밖에 없었다. 만약 정말로, 그 열두 살 소녀가 자신의 반려라면…….

'아니어야 해.'

생각만으로도 다시 늑대의 몸으로 변할 것 같았다. 하지만 아니라면? 그 소녀가 자신의 반려가 아니라면? 그건 더 끔찍했다. 라크안은 떠오르는 생각을 견디지 못하고 이를 악물었다.

잇새로 짐승의 울음소리가 새어 나왔다. 크르릉. 그는 아직 불안정한 상태였다.

"라안, 어서!"

"……."

머뭇거리던 라크안은 결국 몸을 일으켰다.

문 앞에서 대기하고 있는 하인들을 부를 것도 없었다. 가운을 휘휘 벗어 던지고 바지와 셔츠를 입고 검은색 망토를 둘렀다. 어깨에 바이켈드 공작 가문의 문장이 새겨진 핀을 고정하는 게 전부였다.

"가지, 그…… 있는 곳으로."

차마 그 여인, 이라고 말할 엄두도 나지 않았다. 연두색 머리 남자는 힘찬 발걸음으로 앞서 걸었다. 라크안은 무거운 발걸음으로 그의 뒤를 따랐다.

침실과 응접실까지의 거리는 제법 멀었으나 라크안은 그 거리가 너무 짧다고 느꼈다. 결국 마음의 준비를 끝내지도 못하고 응접실 문 앞에 섰다. 연두색 머리 남자는 라크안의 마음 따위 알아주지 않고 멋대로 응접실 문을 열려고 했다.

"잠깐!"

라크안은 그런 그를 막았다.

"잠깐만. 내가 열 테니까."

그렇게 말하며 연두색 머리 남자를 옆으로 밀어냈다. 그러고는 자신이 직접 응접실 문의 손잡이를 잡았다.

움켜쥔 금속 손잡이가 뜨겁게 느껴졌다. 두근두근. 심장이 터질 듯 뛰었다. 길게 숨을 내쉬었지만 소용이 없었다. 스스로 생각하기에도, 주변 다른 사람들이 지켜보기에도, 라크안은 긴장하고 있었다.

처음이었다.

라크안 프레이트 자크셀 폰 바이켈드.

그가 고작 어린 여자아이 하나 보기를 두려워하며 떨고 있다니. 그의 칼에 죽은 수천, 혹은 수만의 적군들이 기가 막혀 무덤에서 몸을 일으킬 일이었다.

라크안은 자신이 왜 떨고 있는지 이유를 알 수 없었다. 이 문 너머에 있는 열두 살짜리 여자아이가 자신의 반려일까 봐? 아니면 그 아이가 자신의 반려가 아닌 걸 알고 실망할까 봐?

'아닐 거야. 아니야. 절대 아닐 거야. 반려가 아니어야 해.'

속으로 되뇌며, 움켜쥔 손잡이를 밀었다. 문이 열렸다. 오늘따라 유독 문이 느리게 열리는 것 같았다. 크르르, 입가에서 짐승의 울음소리가 났다. '그'는 시방 위험한 짐승이었다.

문이 열리자, 익숙한 풍경이 눈에 담겼다. 그 풍경 안에 낯선 사람이 있었다. 푹신한 소파 위에 앉아, 바닥에 닿지 않는 다리를 달랑달랑 흔들고 있는 작은 여자아이.

"어머나?"

그녀가 그를 보고는 화들짝 놀랐다.

"아아……."

라크안은 탄식을 금치 못했다.

"젠장. 진짜 꼬맹이잖아."

열두 살은 무슨. 열 살도 안 되어 보이는 아이가 거기 있었다.

* * *

어린아이에게는 어른이 가지지 못한 최고의 무기가 있다. 순진무구, 순수, 귀여움. 다 큰 어른이 그러한 것을 무기로 사용하려면 꽤 주의해야 한다. 자칫 잘못하면 꽤 모자란 사람처럼 보이기에 십상이니까. 무슨 꿍꿍이가 있어 저러는 거라며 의심을 받을지도 모르고.

하지만 어린아이는 다르다. 아이는 어리다는 이유만으로 쉽게 경계심을 비켜난다. 카루나는 그걸 알기에 어린 자신의 모습을 마음껏 활용했다. 연두색 머리 남자가 나가고 네 명의 기사가 들어왔을 때, 그들은 무뚝뚝한 얼굴로 카루나의 곁에 섰다. 그녀를 감시하는 모양새였다.

번갈아 가며 카루나에게 말을 걸었지만, 정말 친분을 쌓고자 건네는 말이 아니었다. 그들은 카루나에게 말을 걸어야 하는 임무를 부여받은 것처럼 굴었다. 한 명씩 돌아가며 카루나에게 쓸데없는 질문을 했다.

'오늘 날씨가 어땠는지 기억이 나니?'

'몇 살인가요?'

'여기 올 때 어떻게 왔나?'

'아침에 뭘 먹었습니까?'

카루나는 그들의 질문에 꼬박꼬박 대답했다. 귀찮게 굴지 말라고 짜증을 내지 않았다. 칼을 차고 무장한 그들을 무서워하며 주눅 든 모습을 보이지도 않았다. 그들의 질문이 재미있다는 듯 방긋방긋 웃어 보였다.

'이 저택 안 사람들은 제국민이 아니라 다른 나라에서 왔나, 왜 이렇게 평민 여자애한테 친절해?'

마치 다른 나라에 온 기분이었다.

대륙 서쪽의 도시국가 연합은 귀족과 평민이 서로 신분을 따지지 않고 어울리며 산다고 했다. 파라 제국에서는 어림도 없는 일이건만, 그곳에선 귀족과 평민이 한곳에 모여 회의를 하고 나라를 이끌어 간다고도 했다.

그곳의 사람들이 파라 제국으로 와서 철십자 기사가 된 건지, 아니면 신분제에 어색한 숲의 일족 사람들이 머리를 염색하고 이곳으로 내려온 건지. 기사들은 평민에 불과한 카루나에게 꽤 정중했다. 딱딱하게 대할 뿐 함부로 대하진 않았다. 존댓말을 쓰는 기사도 있었다.

연두색 머리 남자야 숲의 일족이니 그렇다 치더라도, 네 기사마저 그러하니, 이상한 기분이 들었다. 제국 수도 안 바이켈드 공작 저택에 앉아 있을 뿐인데. 마치 다른 나라에 온 것 같았다.

'뭐, 나쁘지 않아. 그러면 이번엔 순진한 척으로 가자.'

자신에게 정중한 네 기사를 보며, 카루나는 할 수 있는 한 한껏 웃어 보였다. 그리고 그들을 관찰하며, 기회를 노렸다. 자신의 이름이 카루나라고 열 번 정도 말하고 나서야 원하던 기회가 찾아왔다.

툭, 툭. 신발을 벗어 던지고 소파를 밟고 일어섰다. 그러고는 제일 가까이에 서 있는 기사의 망토를 잡아당겼다. 그녀는 머리가 짧은 여성으로 얼굴이 멍으로 얼룩덜룩했다.

"기사님, 많이 아프세요?"

눈을 최대한 크게 뜨고, 눈을 깜빡, 깜빡였다.

"어, 어? 저 말입니까?"

카루나에게 붙잡힌 기사는 당황했다.

"네, 얼굴에 멍이 많아요. 기사님뿐만 아니라 다른 기사님들도요. 어디서 이렇게 다치신 건가요?"

카루나는 까치발을 들고 손을 높이 뻗었다. 그래도 기사의 멍든 얼굴에 손이 닿을락 말락 했다. 기사는 슬쩍 고개를 숙였다. 그녀의 멍든 뺨에 카루나의 손끝이 닿았다. 카루나는 손끝이 뺨에 닿자마자 화들짝 놀라는 척 손을 거뒀다.

"왜?"

만지려다 마니? 기사의 얼굴이 그렇게 묻고 있었다.

"많이 아프죠? 어떡해요?"

흐잉. 카루나는 울상을 지었다.

"제 손으로 만져서 더 아파요?"

카루나는 기사의 뺨을 만진 제 손을 다른 손으로 감쌌다. 보이기에는 감싼 것처럼 보였지만, 사실은 달랐다. 카루나는 자신의 손에 손톱을 콱, 박았다.

'내가 더 아파!'

눈에 눈물이 핑 돌았다. 카루나는 눈물이 글썽한 눈을 들어 기사를 올려다봤다.

지금의 카루나는 열두 살이었다. 제대로 먹지 못해 비쩍 마르고 작아서 열 살로도 보였다. 한마디로 작고 불쌍해 보였다. 카루나는 그런 자신의 몸을 십분 활용했다. 눈물로 촉촉하게 젖은 아이의 순진무구한 눈동자. 그 '반짝반짝' 효과는 엄청났다.

"하, 하나도 안 아픕니다. 절대로 안 아팠습니다. 그 정도에 제가 아플 리 없습니다. 아무렴요. 절대 아프지 않았습니다."

기사는 숨을 헉, 들이켜더니 우다다 말을 쏟아 냈다. 카루나는 기사의 망토를 슬며시 잡고는 그 망토에 얼굴을 묻었다. 그러고는 약간 발음이 뭉개지도록 말했다.

"아까 절 구해 주셨잖아요."

"어, 어어?"

"그래서 꼭 감사 인사를 드리고 싶었는데, 이렇게 아파 보이셔서 너무 걱정되어요."

슬쩍 고개를 들어 기사를 올려다보았다. 카루나의 울망울망한 눈을 본 기사는 헉, 헛숨을 들이켰다.

"우, 울지 마십시오."

기사가 손에 꼈던 장갑을 벗더니, 카루나의 머리 위에 손을 올렸다. 그러고는 강아지를 쓰다듬듯 카루나의 머리를 쓸어내렸다. 정전기 때문에 카루나의 옅은 갈색 머리카락이 기사의 손바닥에 들러붙었다.

'아씨, 난 누가 내 머리 만지는 거 싫은데.'

인상을 찡그릴 뻔했지만, 카루나는 꾹 참았다. 혹여 자신의 얼굴에 표정이 드러날까 싶어서, 울음을 터뜨리는 척하며 다시 망토에 얼굴을 묻었다. 와앙!

"처음이야, 이 저택에 와서 맨날 라안 님께 얻어터지는 날, 누군가 이렇게 걱정해 준 건."

머리 위에서 얼빠진 목소리가 들렸다.

'끝났네.'

입으로 우는 소리를 내던 카루나는 기사의 망토 속에서 빙긋, 웃었다. 그것이 카루나의 진짜 미소였다. 그다음은 쉬웠다. 카루나는 눈물을 닦는 척, 자신의 옷소매로 눈가를 마구 문질렀다. 천에 쓸린 얼굴은 금방 빨갛게 부어올랐다.

카루나의 얼굴을 본 기사들은 안절부절못했다. 슬금슬금, 카루나의 곁으로 다가왔다. 이후 얼마 지나지 않아 네 기사는 순수하고 착하고 똑똑하기까지 한 카루나의 매력에 폭 빠져 버리고야 말았다.

"숲 밖 인간 아이들은 다들 카루나처럼 작고 귀여운 건가요?"

"아뇨, 제가 특별한 거예요."

"그런 거 같네. 어쩜 그렇게 말을 잘하지? 열두 살 맞아? 우리 라안 님보다 더 똑똑한 거 같아."

"당연한 말씀을 하시니까 뭐라 답해야 할지 모르겠네요."

호호호, 카루나가 손으로 입을 가리며 웃었다.

기절했던 라크안을 들고 갔던 이 네 명의 기사들은 역시나 숲의 일족이었다. 둘은 남자였고 둘은 여자였다. 모두 꽤 잘생겼으나 머리가 녹색 계열이 아니었다. 카루나가 고개를 갸웃하자 그들은 앞다퉈 자신들을 소개했다.

넷은 라크안과 마찬가지로 숲 밖의 사람과 숲의 일족 사이에서 태어난 혼혈이었다. 하지만 라크안과 같은 발작은 없었다. 넷 모두 반려를 찾기 위해 세상을 떠돌던 중 철십자 기사단에 들어왔다고 했다.

"라안 님이 특별한 거야."

"듣기론 일족의 기록 어디에도 라안 님과 같은 증상은 적혀 있지 않다고 하더라고."

그들은 라크안에 대해서도 스스럼없이 말했다.

"제가 있는데 그렇게 말씀하시면 안 돼요."

카루나가 얼른 손으로 두 귀를 가리며 말했다. 네 기사는 그런 카루나를 바라보며 헤프게 웃었다.

'여기 사람들은 왜 이렇게 다들 헤퍼.'

이제 웃음이 헤픈 사람을 좋아하지 않기로 마음먹길 잘했다는 생각이 들었다. 이 저택에는 어째서인지 웃음이 헤픈 사람들이 너무 많았다.

'마카레나 백작저와는 정반대이네.'

그곳은 어린 카루나에게 가혹한 곳이었다. 열 살에 마카레나 백작저로 들어간 카루나는 클레이엔인 척하기 위해 갖은 교육을 받았다.

평민 여자애가 갑자기 귀족 영애의 흉내를 낸다는 건 쉬운 일이 아니었다. 완벽하게 클레이엔이 되기 전까지, 카루나는 잠도 거의 못 자고 시달려야 했다. 카루나는 노력했지만 언제나 마카레나 백작의 기대에 미치지 못했다. 열두 살이 되어서야 이젠 밖에 내돌려도 부끄럽진 않겠다는 말을 들었다.

클레이엔이 되어 사교 활동을 하게 된 이후에야 알게 된 일이지만, 진짜 클레이엔은 제대로 찻잔을 들 줄조차 모르는 멍청이였다. 마카레나 백작의 권세 때문에 다들 앞에서는 쉬쉬했지만 뒤에서는 클레이엔을 흉보기 바빴다고 했다.

열 살 이전의 클레이엔을 알고 지냈던 사람들은 불과 2년 만에 완벽한 숙녀가 되어 돌아온 클레이엔을 보고 놀라워했다.

'불의의 사고로 얼굴을 다쳐 요양을 떠났다더니, 사실은 그게 아니라 예법 훈련만 죽어라 받고 돌아온 거 아냐?'

모두 감탄해 마지않았건만. 그럼에도 마카레나 백작은 카루나에게 만족하지 않았다. 작은 실수 하나만 해도 카루나를 혼냈다. 드레스를 입었을 때 보이지 않는 곳에 회초리질을 하기도 했다.

똑같은 열두 살인데.

이 바이켈드 공작저에서의 카루나는 헤픈 웃음과 다정한 손길에 둘러싸였다.

'뭔가 기분이 이상해.'

카루나는 입술을 삐죽였다. 그런 카루나의 머리 위로 날벼락이 떨어졌다.

"응? 왜? 이제 우리랑 한 가족이 된 거잖아?"

카루나가 가장 먼저 공략했던 기사가 말했다.

"……네?"

포근한 분위기에 휩싸여 싱숭생숭했던 기분은 단박에 산산이 조각났다.

"같이 살려면 알 건 다 알아야지."

"암, 암."

"나중에 나 숲으로 돌아갈 때 같이 갈래요? 내가 우리 숲 구경시켜 줄게요."

네 기사는 카루나가 이 저택에 머물게 될 거라고, 생각하고 있었다.

'뭐야, 여기는?'

들어올 때는 네 마음대로였지만 나갈 때는 아니란다. 저택의 모든 사람이 이렇게 말하고 있는 것 같았다.

"……하하?"

카루나가 어이없어 웃을 때였다. 응접실의 문이 열렸다. 소파에 앉아 있던 카루나는 문을 열고 들어오는 남자와 눈이 마주쳤다. 카루나는 대번에 그를 알아보았다.

바이켈드 공작, 라크안이었다.

"어머나?"

반갑다고 아는 척을 해야 하나, 두 다리 사이를 바라보며 얌전히 얼굴을 붉혀야 하나. 고민하는 카루나의 귀에 거친 목소리가 들렸다.

"젠장. 진짜 꼬맹이잖아."

그의 목소리는 응접실 안에서 놀고 있던 카루나와 네 기사에게까지 고스란히 들렸다.

'뭐 인마?'

카루나는 바이켈드 공작에 한해서는 전투와 투지가 하늘을 찌를 듯 높았다. 시비를 걸어오는데 받아 주지 않는다는 건 곧 패배를 의미하는 것이다. 그런데 다른 사람도 아닌 바이켈드 공작한테 패배를 당한다? 결코 일어나선 안 되는 일이었다.

카루나는 노골적으로 눈을 데굴 굴리며, 바이켈드 공작의 위아래를 살폈다. 그러고는 활짝 웃으며 손을 흔들었다. 매우 반갑다는 듯이.

"이번엔 옷을 입고 있으시네요."

소리를 내지 않고 입술만 벙긋 움직여 말을 덧붙였다.

'안녕하세요, 나체 공작님?'

"……."

라크안의 얼굴이 구겨졌다. 뒤따라 들어오던 연두색 머리 남자는 풋 웃음을 터뜨렸다가 자신을 노려보는 라크안에게 급히 변명해야 했다.

"아, 아니. 지금 옷을 입고 있긴 하잖아. 아까 너는…… 좀 그랬거든."

라크안은 이를 갈며 다시 카루나를 바라보았다. 나는 아무것도 몰라요. 카루나는 순진무구한 척을 하며 방긋방긋 웃고 있었다.

"젠장."

라크안은 한숨을 내쉬며 마른세수를 하고는 카루나의 맞은편에 앉았다.

"……."

그러고는 침묵했다. 옷을 안 입은 모습을 보여서 미안했다거나, 이미 들어 알고 있겠지만 넌 이 저택 밖으로 한 발자국도 나갈 수 없다라거나. 해야 할 말이 잔뜩 있을 텐데 아무 말도 하질 않았다. 카루나의 얼굴만 뚫어져라 쳐다볼 뿐이었다. 시선이 너무 따가워서, 얼굴에 뭐가 묻었나 싶은 생각이 들 정도였다. 카루나는 뚱한 표정으로 응수했다.

"……."

"……."

"……."

"……."

라크안과 카루나가 침묵 속에서 기 싸움을 하는 동안, 연두색 머리 남자는 네 기사를 내보냈다. 네 기사는 카루나와 헤어지는 게 아쉬운지 머뭇거렸지만, 이미 라크안에게 신경이 쏠린 카루나는 그걸 눈치채지 못했다.

문이 닫히고, 응접실엔 세 사람만 남았다. 카루나, 라크안, 그리고 연두색 머리 남자. 연두색 머리 남자는 라크안의 옆에 앉았다.

"꼬마 아가씨?"

"……꼬마 아니에요."

카루나는 고개를 돌려 연두색 남자를 바라보았다.

두 사람은 아까 못다 한 대화를 이어나갔다. 카루나는 아까와 달리 미지근한 태도를 보였다. 네 기사와 이야기를 나누며 어느 정도 생각을 정리해서였다.

기사들과 이야기를 나누면서 알게 된 것인데, 바이켈드 공작 저택에서 일하는 사람들은 대부분 숲의 일족이거나 숲의 일족과 피가 섞인 사람들이었다. 아닌 사람도 몇 있었으나 평생을 바이켈드 공작 가문을 위해 봉사해 온 하녀장같이 나이 든 사람들뿐이었다.

5년 전, 라크안이 수도로 올라올 때 한 차례 저택의 사용인과 기사단을 물갈이했는데. 다섯 달 전 다시 한 번 사람을 걸러냈다고 했다.

이 저택은 라크안을 위해 만들어진, 바다 위 외딴섬이었다. 카루나는 그 외딴섬에 갑자기 툭 굴러들어 온 돌이었다. 이런 상황에서 무조건 저택 밖으로 나가겠다고 말해 봤자, 그저 덧없는 메아리가 될 뿐이었다.

그래서 카루나는 생각을 뒤집어 보았다.

'제국 수도에서 내게 가장 안전한 곳은 황태자 직속으로 운영되는 구빈원이라고 생각하고 있었는데. 적어도 귀족파 수장인 마카레나 백작의 눈을 피할 수 있을 테니까.'

그래서 황태자의 구빈원에 뛰어 들어갔고, 구빈원에서 소개해 준 여관에서 얌전히 일하며 살았다.

'어쩌면 여기가 황태자의 구빈원만큼 안전하지 않을까?'

바이켈드 공작 저택에 감금당하는 걸 피할 수 없다면, 그 상황을 이용해 보면 어떨까. 카루나는 바이켈드 공작 저택과 황태자의 구빈원을 저울에 달아 보았다. 바이켈드 공작 저택으로의 피난은 꽤 매력적으로 느껴졌다.

원할 때 제 발로 걸어 나가 떠날 수 없다는 것만 제외한다면. 그리고 라크안이 자신을 알아보지 못한다면. 바이켈드 공작 저택은 그녀에게 제일 안전한 은신처였다. 어쩌면 황태자의 구빈원 이상으로. 설사 마카레나 백작이라 하더라도 그녀가 죽지 않고 바이켈드 공작의 날개 밑으로 기어들어 갔을 거라고는 생각하지 못할 것이다.

'시간이 지나서 경계가 느슨해졌을 때 도망칠 구석을 노리면 돼.'

아까 네 기사는 최초의 숲을 구경시켜 준다고 말했다. 그렇다는 건 정말 그녀를 영영 저택에 감금시키겠다는 뜻은 아닐 터였다. 정말 저택 밖으로 한 발자국도 못 나간다는 의미가 아니라, 바이켈드 공작의 사람과 함께라면 밖으로 나갈 수도 있다는 뜻이리라. 그렇다면 더더욱 언제고 도망칠 기회는 만들 수 있다.

'난 마카레나 백작의 밑에서도 도망쳤어. 시간이 지나면 이곳에서도 도망칠 방법을 생각해 낼 수 있을 거야.'

카루나의 얼굴에 웃음이 돌았다.

"좋아요, 말씀대로 할게요. 이곳에서 살게요."

어차피 이 저택의 사람들은 카루나를 저택에 붙잡아 놓겠다고 결정했다. 평범한 평민 아이에 불과한 카루나에게 그 결정에 불복할 방법은 없었다.

그녀가 허풍을 떨듯 연두색 머리 남자에게 늘어놓은 말도, 세간의 눈치를 봐야 하는 하급 귀족들에게나 통할 뿐. 바이켈드 공작에게는 통하지 않는 얕은 수였다.

그땐 그걸 알면서도 그렇게 허세를 부릴 수밖에 없었다. 이제는 상황을 파악했으니, 그 얕은 수를 내려놓고 다른 방법을 찾고자 했다.

"잘 생각했어요. 꼬마 아가씨."

카루나가 저택에 머물겠다고 하자 연두색 머리 남자의 얼굴이 환해졌다. 안 그래도 웃고 있는 얼굴이었는데 거기서 더 밝아질 수 있다니, 신기한 일이었다. 연두색 머리 남자가 바이켈드 공작을 돌아보았다.

"어때?"

"아무것도 안 느껴져."

"정말? 뭔가 감격스럽다거나 갑자기 눈물이 나올 정도로 행복하다거나 그러지 않아?"

"아니, 전혀."

라크안의 목소리는 더없이 무뚝뚝했다.

'역시 내가 반려가 아닌가 보네.'

카루나는 덤덤히 둘의 대화를 들었다. 연두색 머리 남자는 분명, 라크안이 자신의 반려를 만나면 기쁨과 행복을 느낄 수 있게 될 거라고 말했다.

바이켈드 공작 각하씩이나 되는 존귀한 분이 평민 여자아이가 갇혀 있는 응접실까지 납신 것은, 그녀가 자신의 반려인지 확인해 보기 위해서였으리라. 카루나는 심드렁한 표정으로 자신을 보고 있는 라크안을 힐끔 보았다.

연두색 머리 남자와 대화를 나누면서도 라크안은 카루나를 쳐다보고 있었다. 표정은 별다를 게 없었으나 그의 붉은 시선만큼은 강렬했다. 눈빛만으로도 사람을 죽일 수 있다면 그건 분명히 이 눈빛이리라.

'내가 반려인가 아닌가 확인하려고 쳐다보는 거겠지. 아닌 걸 알았으면 고만 좀 쳐다보지?'

스스로 아닌 것 같다고 말했으니, 이제 그 부담스러운 시선을 거둬 주면 좋으련만. 어째서인지 라크안은 계속 카루나를 쳐다보았다.

라크안은 연두색 머리 남자와 짤막한 대화를 마친 후 입을 꾹 다물었다.

더는 누구와도 대화하지 않겠다는 태도였다. 그러면서도 소파에 등을 기대고 다리를 꼬며 편안한 자세를 취했다. 일어서서 나갈 모양새는 아니었다. 눈은 여전히 카루나를 향해 있었다.

"이상하다?"

연두색 머리 남자는 그런 라크안과 가만히 앉아 있는 카루나를 번갈아 바라봤다. 머리를 긁적이며 한참을 혼자 고민하더니, 이내 다시 카루나에게 집중했다.

"갑자기 미안해요. 뭔가 제 예상과는 다르게 흘러가네요."

"뭔지 물어보지는 않을게요."

카루나는 조금도 고민하지 않고 바로 대답했다. 더 이상 이 저택의 비밀에 가까이 다가가고 싶은 생각은 조금도 없었다.

"아……."

또 뭔가를 주저리주저리 설명하고 싶었던 건지, 연두색 머리 남자는 아쉬워했다.

"아무튼 저택에 머물기로 마음을 정해 준 건 무척 고마워요, 꼬마 아가씨."

연두색 머리 남자가 흠흠, 헛기침하더니 허리를 바로 세우고 자신을 소개하려 했다.

"그럼 우리 가족이 되었으니, 정식으로 자기소개를 할까요? 내 이름은……."

"여기서 저는 무슨 일을 하게 되나요?"

카루나는 그의 말을 끊고 대뜸 물어보았다. 그녀에겐 연두색 머리 남자의 이름은 전혀 중요하지 않았다.

'하녀 정도겠지만.'

자신이 바이켈드 공작의 반려가 아닌 것을 알았으니, 특별 취급은 받을 수 없으리라. 카루나는 귀족 저택에서 평민 아이에게 할 수 있는 일반적인 제안을 생각했다.

"아, 그게 중요하지요!"

평민 여자아이가 말을 중간에 끊어 먹었는데도, 연두색 머리 남자는 전혀 노여워하지 않았다.

"똑똑하고 강단이 있어 보여서 하는 말인데. 혹시 철십자 기사단에 들어오지 않을래요?"

그리고 활기찬 목소리로 제안했다.

"네……. 네?"

무심코 대답했던 카루나는 한 박자 늦게 연두색 머리 남자의 말을 이해하곤 눈을 크게 떴다.

"……기사요?"

"네, 기사요. 저와 같은. 몸은 비리비리해 보이지만 앞으로 잘 먹고 쑥쑥 크면 되니까, 어때요? 철십자 기사단에 입단하지 않겠어요?"

전혀 예상치 못한 제안이었다.

'내가 기사가, 된다?'

조금 전 자신과 어울려 주었던 네 기사 중 두 명이 여성이었다. 그들은 강해 보였다. 그리고 당당했다. 허리에 긴 장검을 차고, 남자들과 같은 바지를 입고 있었다. 부드러운 숄 대신 두꺼운 망토를 어깨에 둘렀다. 카루나의 머리를 쓰다듬는 손은 굳은살과 상처로 거칠었다.

'나도 그렇게 된다?'

구미가 당겼다.

'기사가 되면, 그만큼 실력을 기르면 기회를 봐서 저택을 빠져나가기도 수월할 거야. 기사로서 외부 활동을 하겠다고 우길 수도 있고.'

이후 저택을 벗어나고 수도에서 도망쳐 살아갈 때도 훨씬 삶이 수월할 것이다. 여관 여급이나 귀족 저택의 하녀로 일한 경력이 있는 평민 여자 아이보다는 기사 훈련을 받은 용병이 좀 더 쉽게 돈을 벌 수 있을 테니. 좀 더 편하게 삶을 꾸려 나갈 수도 있겠지.

"싫어요."

하지만 카루나는 연두색 머리의 제안을 거절했다.

'마카레나 백작에게 날 잡으러 오라고 알리는 꼴이잖아.'

바이켈드 공작 휘하의 철십자 기사단은 명성이 높은 기사단이다. 황실 기사단과 근위 기사단과 함께 제국 3대 기사단으로 꼽힌다. 그런 기사단에 열두 살짜리 평민 여자애가 입단한다? 수도는 물론이거니와 제국 전역에 그녀의 존재를 알리는 것이나 마찬가지였다.

더없이 탐나는 제안이었지만, 카루나는 눈물을 머금고 거절했다. 연두색 머리 남자는 정말 카루나를 기사감으로 탐을 냈는지 무척 아쉬워했다. 쉽게 포기하지 못하고 철십자 기사단에 입단하게 되면 얼마나 좋은지, 이야기를 주저리주저리 늘어놓았다. 기초부터 천천히 가르쳐 실력 있는 기사로 만들어 주겠다며 카루나를 꼬시려 했다.

그럴수록 카루나는 자신이 뻥- 발로 걷어차야 하는 이 제안이 얼마나 귀한 것인지 실감 나서 짜증이 났다. 끝내 카루나가 거절하자 연두색 머리 남자가 턱을 괴며 고민에 빠졌다.

"그럼 어쩐다?"

카루나는 연두색 머리 남자가 왜 이토록 고민하는지 이해할 수 없었다.

"전 이 저택에서 하녀로 일하고 싶어요. 저를 고용해 주세요."

"네에? 꼬마 아가씨, 하녀라니. 하녀 일이 얼마나 힘든데요."

연두색 머리 남자는 카루나 같은 어린아이가 하녀로 일하는 건 당치도 않다며 고개를 흔들었다.

"저는 지금 여관에서 일하고 있고 식료품 가게 배달 일도 하고 있어요.

분명히 이 저택에 도움이 될 거예요. 그러니 제게 정당한 보수를 주고 저를 하녀로 고용해 주세요."

연두색 머리 남자는 그럴 바엔 기사단에 입단하라고 투덜거렸지만, 카루나는 흔들리지 않았다.

"아이고, 어쩔 수 없네요."

결국 연두색 머리 남자는 문밖에 서 있는 하녀장을 불렀다.

바이켈드 저택의 하녀장은 눈가의 주름이 축 늘어져, 웃는 인상이었다. 마카레나 백작저의 하녀장보다 나이가 많았다. 라크안의 할머니뻘은 되어 보였다. 하녀장은 연두색 머리 남자의 설명을 듣고는 하녀를 한 명 불러 고용 문서를 가지고 오도록 했다.

이제 카루나가 상대해야 할 사람은 연두색 머리 남자가 아니라 하녀장이었다. 하녀장은 카루나의 옆자리에 앉아 카루나의 손을 덥석 잡았다. 그러고는 인자하게 웃으며 고용 조건과 임금을 설명해 주었다.

하녀장이 제안한 임금은 파격적이었다. 주급으로 지급되었는데, 지금 카루나가 여관에서 일하며 버는 돈의 스무 배에 달했다.

클레이엔의 대역으로 살 때, 카루나는 마카레나 가문의 안살림을 돌봤다. 때문에 귀족 저택 고용인의 임금이 어느 정도인지 알고 있었다. 그와 비교해도 바이켈드 공작저의 하녀 임금은 꽤 높은 편이었다.

한 10년만 모으면, 대륙 서쪽의 어느 항구나 도시에 가서 작은 가게를 열고 주인 노릇을 하며 점원 두엇을 거느리고 편안한 삶을 살 수 있을 정도였다. 예상치 못한 횡재에 눈이 번쩍 뜨였다.

하지만 카루나는 함부로 만족스러운 기색을 내보이지 않았다. 하녀장이 내미는 고용 문서를 꼼꼼히 읽었다. 혹여 다른 함정이 있지는 않을지 살폈다. 카루나의 모습을 지켜보던 라크안의 붉은 눈에 이채가 서렸다.

라크안은 눈짓으로 하녀장에게 신호를 보냈다. 하녀장은 그 신호를 받고는 잉크와 펜을 끌어다 카루나의 앞에 놓아 주었다. 카루나는 다 읽은 고용 문서를 탁자에 내려놓고, 비로소 만족스러운 미소를 띠었다.

"저 할래요."

하녀장은 얼른 카루나에게 펜을 건넸다. 카루나는 오른손으로 펜을 건네받았다가 이내 왼손으로 펜을 쥐었다.

'혹시 모르니까 왼손을 쓰자.'

카루나는 왼손으로 고용 문서에 서명했다.

카루나

이름만큼의 잉크가 문서에 스며들었다.

지난 10년간, 언제나 그녀의 서명은 '클레이엔 리돌로프스코 폰 마카레나'였다. 그런데 이제는 '카루나'가 되었다. 카루나는 묘한 감동에 사로잡혀, 잉크가 마를 동안 '카루나'라고 서명한 고용 문서를 감상했다.

잠시 후, 하녀장은 카루나에게서 고용 문서를 받아 라크안에게 건넸다. 라크안은 보는 둥 마는 둥 하며 탁자 위에 서류를 던졌다.

'고귀한 공작 각하께 반려도 아닌 평민 여자아이를 하녀로 고용한 일이 뭐 그리 중요할까.'

카루나는 그의 그런 태도를 당연하게 여겼다. 그런 저를 곁눈질로 살피는 라크안의 모습까지는 미처 보지 못하고.

"우리 이제 정말 가족이 되었네요. 꼬마 아가씨, 앞으로 잘 부탁해요."

카루나의 신분은 라크안의 반려 후보에서 저택의 어린 하녀로 뚝 떨어져 내렸다. 그럼에도 연두색 머리 남자의 태도는 변하지 않았다.

"네, 기사님."

"아니 아니, 그렇게 딱딱하게 부르지 말아요. 내 이름이 뭐냐 하면……."

"카루나, 이제 일어나 날 따라오렴."

하녀장이 연두색 머리 남자의 말을 가로막으며 카루나를 일으켜 세웠다.

"네, 하녀장님."

카루나는 벌떡 일어섰다. 여전히 연두색 머리 남자의 이름 따위는 중요하지 않았다. 카루나는 이제 자신이 모실 사람이 된 연두색 머리 남자에게 깍듯이 인사를 했다. 그리고 하녀장을 따라 응접실 밖으로 나섰다.

카루나가 라크안에게 인사를 하지 않는 걸 보고도 하녀장과 연두색 머리 남자는 아무 말도 하지 않았다. 라크안 본인은 아예 카루나를 쳐다보지도 않았다. 응접실 문이 닫히자마자 라크안의 눈이 가늘어졌다.

'수상해.'

그녀, 아니 그 아이. 라크안은 카루나를 어떻게 지칭해야 할지, 잠시 고민했다.

"아니야? 정말 아니야?"

연두색 머리 남자는 호들갑을 떨었다. 정말로 아무 느낌도 없냐고 라크안을 닦달했다.

"아무런 느낌도 없었어."

라크안은 차분하게 말했다.

"어떻게 된 거지? 설마 그때 네 반려가 마차를 타고 이 근처를 지나가기라도 한 걸까?"

연두색 머리 남자가 머리를 싸매고 고민하기 시작했다. 원래 라크안이 해야 하는 고민이었다. 하나 라크안은 자신의 반려에 대한 고민은 잠시 그에게 미뤄 두었다. 그의 붉은 눈은 탁자 위에 놓인 카루나의 고용 문서를 향했다.

카루나는 단번에 고용 문서를 읽었다. 허세를 부리기 위해 읽는 척하는 게 아니었다.

'평민 아이가 글을 읽을 줄 안다?'

그것도 매우 능숙하게.

혹시나 싶어 하녀장에게 눈짓하여 펜을 가리켰다. 라크안이 태어나기 전부터 바이켈드 공작 가문을 위해 일했던 하녀장은 눈치가 백단이었다. 그녀는 자연스럽게 펜을 카루나에게 건넸다.

카루나는 당연하게 펜을 받아 들고 서명했다. 평민들은 글자를 몰라 손바닥에 잉크를 묻혀 손바닥을 찍어 서명을 대신하는 게 보통인데.

하인을 고용하는 문제는 귀족이 결정하나 그에 따른 자잘한 것들은 집사나 하녀장이 담당한다. 고용 서류를 작성하는 것도 대개는 집사나 하녀장, 그리고 당사자 간에 이루어진다. 그 때문에 귀족들은 평민들이 글자를 아는지, 자신의 이름을 서명할 수 있는지 알지도 못하고 알고 싶어 하지도 않는다.

하지만 라크안은 달랐다. 어릴 때부터 제국 변경의 전쟁터를 떠돌았던 그는 글자를 모르는 평민들의 모습을 자주 접했다. 병사들은 급여를 받고는 문서에 제 손도장을 찍곤 했다. 평민들 중 자신의 이름을 글자로 쓸 줄 아는 사람은 거의 없었다. 그런데 카루나는 아주 당연하다는 듯 자신의 이름을 적어 서명했다.

이상한 점은 또 있었다. 카루나는 처음에 오른손으로 펜을 들었다가 머뭇거리더니 왼손으로 바꾸어 들었다. 왼손으로 쓴 서명은 삐뚤빼뚤하고 심하게 기울어 있었다.

만약 그녀가 본래 오른손으로 글자를 쓰는 사람이라면? 이보다 훨씬 멋들어진 필체를 쓸지도 모를 일이었다.

'자신의 필체를 속이려 일부러 왼손으로 서명을 했다? 고작 열두 살인 평민 아이가?'

라크안의 시선을 끈 것은 그것뿐만이 아니었다.

'아무 냄새가 나지 않았어.'

그는 반려를 찾지 못한 부작용으로 오감이 과하게 예민해져 있었다. 눈을 감아도 주변 사람들의 기척이 느껴졌다. 냄새만으로 사람들을 구분할 수 있었다. 단순히 향수 냄새라든가 살 내음만을 말하는 게 아니었다.

사람에겐 고유의 냄새가 있다. 그건 사람들의 영혼처럼 각기 고유하다. 그런데 카루나에게는 그 냄새가 나지 않았다. 해진 옷에 묻은 검댕과 지푸라기의 냄새. 머리와 얼굴에 묻은 흙먼지의 냄새. 그런 건 느껴졌지만 그뿐이었다.

'그런 사람이 하나 더 있었지.'

생각하는 것만으로 입 안에 침이 고였다. 그건 식욕과 비슷하면서도 좀 더 다른 감정이었다. 그는 이를 갈았다. 사냥감을 눈앞에 둔 늑대와 같았다.

'마카레나 영애, 클레이엔 리돌로프스코 폰 마카레나.'

수도에 올라온 5년 동안, 그에게 살아 있다는 감각을 느끼게 해 주었던 여자.

그건 숲의 일족들이 반려를 찾았을 때 느꼈다고 설명해 주었던 기쁨이나 행복과는 전혀 다른 느낌의 감정이었다. 황성에서 마주쳐 그녀의 표독스러운 눈을 마주할 때마다, 그는 자신이 살아 있다는 걸 실감했다. 그 붉은 입술에서 표독스러운 독설이 날아올 때마다 등줄기가 짜릿했다.

언제나 그녀를 보면, 그 가는 허리를 단단히 붙잡고 하얀 어깨에 이를 박아 넣고 싶었다. 변경의 전쟁터를 떠돌면서도 느끼지 못했던 거친 감정이 평화로운 제국 수도 한복판에서 피어올랐다.

반려를 찾지 못해 천천히 시들어 가던 그는 그녀에게 흥미를 느꼈다. 이 수도에서 라크안에게 활기를 주는 건 그녀뿐이었다. 그녀가 유일했다.

귀족파 수장의 딸인 그녀는 사교계의 꽃이었다. 얼빠진 수많은 귀족 영식이 그녀의 곁에서 얼쩡댔다. 그리고 그녀는 황태자비가 되기를 원했다. 그 때문에 언제나 수많은 남자에 둘러싸여 있으면서도, 그녀의 녹색 눈은 언제나 황태자를 좇았다.

그녀의 행동은 황제파 귀족들의 수장인 그의 심기를 거스르는 일이었다. 전쟁터에서 만난 적군에게도 느끼지 못했던 강렬한 감정이 타올랐다. 그녀가 다른 남자와 서 있는 걸 보기만 해도 불쾌함에 이가 갈렸다.

그런 그녀에게서도 아무런 냄새가 나지 않았다. 마치 라크안과 그녀 사이에 유리 벽이 쳐져 있는 것 같았다.

'어째서 저 아이에게서 아무 냄새도 안 나는 거지?'

일단, 열두 살짜리 여자아이가 자신의 반려가 아니라는 건 참 다행스러운 일이었다. 나머지는 천천히 밝혀 가면 될 일이었다. 이제 고스란히 그의 손에 들어와 있으니까.

"……."

문득 이상한 기분이 들었다. 라크안은 손을 들어 제 입가를 만져 보았다. 그리고 인상을 찌푸렸다. 그도 모르는 새, 그는 웃고 있었다. 꽤 즐겁다는 듯이.

* * *

고용 문서에 사인한 이후 카루나는 자신이 일하던 여관과 식료품 가게에 가서 작별 인사라도 하게 해 달라고 부탁했지만 거절당했다. 저택의 다른 사람과 동행하겠으니 잠시만 나갔다 오게 해 달라고 말해도 소용이 없었다.

인자하게 생긴 하녀장은 융통성이 없었다. 카루나를 정말 저택 밖으로 한 발자국도 나가지 못하게 했다.

"저를 평생 이 저택에 가둬 둘 건가요? 정말로?"

카루나가 발을 구르며 애절하게 소리쳐도 하녀장은 눈썹 하나 까딱하지 않았다.

"아직 때가 아니니 조금만 기다리렴."

"조금만요? 얼마나 조금만요?"

"우리가 네게 믿음을 가질 때까지."

카루나가 어떻게 행동하느냐에 따라 달라질 거란 이야기였다. 하녀장은 카루나를 저택 밖으로 한 발자국도 내보내지 않았지만 그 외의 부탁은 모두 들어주었다.

다른 하인을 보내 여관과 식료품 가게에 작별 인사를 대신 전해 주었다. 여관의 창고 방에 있던 카루나의 소지품도 모두 챙겨 와 주었다. 꼭 챙겨야 할 짐은 없었으나 다섯 달 동안 모은 돈주머니가 중요했다.

하녀장이 건네는 보자기는 생각보다 묵직했다. 그 안에는 카루나가 입었던 옷 두 벌과 돈주머니, 그리고 종이에 싼 큼지막한 사과 파이가 들어 있었다. 사과파이는 카루나가 평소 좋아하던 음식이었다.

작별 인사조차 하지 않고 떠났건만. 여관 주인 제시는 카루나에게 작별 선물을 보내 주었다. 카루나는 그것을 침대 옆 서랍 아래에 넣어 두었다. 바로 먹어 없애기엔 아까웠다.

구빈원에서는 기꺼이 카루나의 보호권을 바이켈드 공작 가문으로 넘겼다. 여관에서 여섯 달을 채워 일하지 못했는데도 신분증명서가 발급됐다. 신분을 보증하는 사람은 바이켈드 공작, 라크안이었다.

카루나는 고용 문서에 서명한 바로 다음 날, 제 손에 쥐게 된 신분증명서를 가만히 내려다보았다. 기분이 묘했다. 자신의 이름 '카루나' 밑에 바이켈드 공작의 이름과 서명이 적혀 있다니.

'세상은 오래 살고 볼 일이야.'

열두 살의 소녀는 생각했다.

하녀장은 카루나에게 깨끗한 옷 네 벌과 구두를 주었다. 옷은 다른 하녀들과 똑같은 하녀복이었다. 어깨에 하얀 레이스를 두르고, 은도금한 단추를 달았다. 단추에는 바이켈드 공작 가문의 문장이 찍혀 있었다.

카루나는 하녀복을 받자마자 갈아입고 자신의 유일한 장신구인 브로치를 가슴에 달려 했다. 하녀장은 카루나의 브로치를 자세히 보고는 망가진 걸 왜 버리지 않느냐고 물어보았다.

"이건 저에게 소중한 거예요."

브로치를 두 손으로 움켜쥔 채 카루나는 고개를 도리도리 저었다.

브로치는 돌이 반 이상 부서져 있는 상태였다. 그나마 남아 있는 반쪽도 금이 가 있었다. 하지만 카루나는 그것을 버릴 수 없었다.

하녀장은 작게 한숨을 내쉬었다. 귀찮아하는 기색은 아니었다.

"다른 사람들이 보지 않도록 잘 간수하고 다니려무나."

하녀복 위에 달지만 말라고, 덧붙여 말했다. 옆 침대를 쓰는 하녀가 카루나에게 작은 주머니를 만들어 주었다. 카루나의 하녀복을 만들고 남은 조각 천으로 만든 것이었다. 카루나는 그 주머니 안에 브로치를 넣고, 가죽끈으로 입구를 매 목걸이로 만들었다. 그러고는 항상 목에 걸고 다녔다.

하녀로서의 삶은 여관 여급으로 일하던 나날과 크게 다르지 않았다. 다른 게 있다면 좀 더 편하고 덜 바쁘다는 것이었다. 저택에 카루나의 사연이 소문난 덕분이었다.

"나쁜 귀족파 귀족에게 괴롭힘을 당하다가 부모를 잃고 홀로 떠돌다 인신매매를 당했대."

"수도까지 끌려왔다가 가까스로 도망쳤다며?"

"겨우겨우 황태자 전하의 도움을 받아, 어느 여관에 취직하여 열심히 살고 있었다며."

"그날 있잖아, 그때 여기로 물건 배달을 하러 왔다가 라안 님께 잡아먹힐 뻔한 거래."

"그때 라안 님이 늑대로 변하는 걸 봐서 하녀장님이 하녀로 들인 거고."

카루나의 인생 스토리는 하녀들은 물론, 하인과 기사들의 마음마저 움직였다.

"불쌍한 것. 그렇게 열심히 살았는데, 라안 님께 잡아먹힐 뻔했구나."

"얼마나 무서웠을까."

"그런데 똑 부러지게도 나무통을 쓰러뜨려 공작 각하를 기절시켰다며?"

모두 젖은 눈으로 카루나를 내려다보았다.

저택의 하녀들 중 카루나는 가장 어렸다. 두 번째로 어린 하녀의 나이는 스물넷. 카루나의 두 배였다. 하녀들은 어린 카루나를 제 딸이나 동생처럼 여겼다.

힘든 일이 있으면 카루나를 뒤로 물렸다. 해만 지면 어서 자러 가라고 하던 일을 빼앗았다. 실수로 늦잠을 자도 아무도 화내지 않았다. 하녀장마저도 카루나에게 고된 일을 시키지 않았다.

'여기 사람들은 너무 물러.'

카루나는 유독 저에게 물렁한 저택의 사람들을 보며, 내심 혀를 찼다.

'같은 돈을 받고 일하는 처지에 나이가 무슨 상관일까. 똑같이 일을 시킬 생각을 해야지, 나이가 어리고 비리비리해 보인다고 봐주다니.'

뭐 자신에게 이득이면 이득이지 손해가 될 상황은 아니기에, 카루나는 내색하지 않고 방긋방긋 웃고 다녔다. 물론 자신에게 주어지는 쉬운 일을 빠릿빠릿하게 해 나갔다.

하녀들은 오후에 짬이 나면 주방으로 몰려들었다. 따뜻한 화덕 근처에 자리를 잡고 앉으면, 주방장은 미리 구워 놓았던 머핀이나 쿠키를 큰 접시에 그득 쌓아 주었다. 따뜻한 차나 우유도 한 잔씩 주었다.

카루나는 귀리가 들어간 커다란 쿠키를 오독오독 씹으며, 하녀들 틈에서 귀를 기울였다.

"얘, 얘, 너는 듣지만 말고. 네 얘기도 좀 해 봐. 카루나, 네 고향은 어떤 곳이니?"

종종 하녀들은 그들의 꼬마 동료에게 꽤 큰 관심을 가졌다. 집요하다 싶을 정도로 카루나에 대해 꼬치꼬치 캐묻곤 했다. 카루나는 그때마다 새로운 거짓말을 하려 머리를 굴리지 않았다. 대신 슬픈 표정을 지으며 고개를 도리도리 저었다.

거짓말에 거짓말을 덧붙이면, 거짓말은 금세 거짓말을 하는 사람을 집어삼키기 마련. 감당할 수 없는 거짓말은 빈틈을 만든다. 카루나는 조그만 거짓말 뭉치에 자신의 어린 나이와 약해 보이는 가느다란 모습을 더했다.

"생각만 해도…… 너무 슬퍼요."

이렇게만 하면 마음 여린 하녀 두엇이 나서 카루나를 지켜 주었다.

"어린애가 겨우 안 좋은 기억을 잊고 웃는데, 꼭 그렇게 상처를 헤집어야겠어?"

"그만해. 카루나가 과자도 다 못 먹고 있잖아."

그러면 카루나는 자신의 편을 들어 주는 하녀에게 폭 안겨 잔뜩 응석을 부렸다. 그러면 다른 하녀들은 민망해하며 얼른 다른 주제로 말머리를 돌렸다. 연두색 머리 남자가 의사라는 건 그렇게 돌려진 대화에서 알게 된 사실이었다.

그는 다섯 달 전부터 아예 이 저택에 눌러살며 라크안의 주치의 역할을 한다고 했다.

'괜찮은 건가?'

카루나는 실없이 웃어 대던 연두색 머리 남자를 떠올리며 고개를 갸웃했다. 그 헤픈 웃음이 자신의 취향이긴 하지만, 그에게 진찰을 받고 싶은 마음은 들지 않았다. 그렇게 실없는 사람에게 자신의 생명을 맡겨야 한다니. 갑자기 바이켈드 공작, 라크안이 좀 불쌍해졌다.

하녀들의 말에 따르면 카루나가 온 이후 라크안의 상태가 갑자기 호전됐다고 한다. 그녀들은 대수롭지 않게 말하며 카루나의 볼을 문질렀다.

"으이구, 우리 복덩이!"

저택에 온 이후 삼시 세끼를 꼬박꼬박 챙겨 먹고 이렇게 간간이 간식까지 마음껏 먹고 있는 터라 카루나는 점점 살이 찌고 있었다. 해쓱했던 볼도 통통하게 젖살이 올랐다. 하녀들은 그런 카루나의 볼을 못 건드려 안달이었다.

"하으지 마으여."

양 볼이 붙잡힌 카루나가 버둥거리며 반항을 했다. 하녀들은 그마저도 귀엽게 보았다. 이제 하녀들은 카루나를 옆에 끼고는, 이제 라크안의 반려 찾기에 대해 떠들었다.

지난번 카루나가 포도주 통으로 라크안을 두들겨 팬 날—하녀들은 그날의 일을 이렇게 불렀다.—근처 귀족 저택에서 황제파 귀족 가문의 영애들이 모이는 티 파티가 있었다고 했다. 그 규모가 꽤 커서 수도에 머무는 대부분의 황제파 귀족 가문의 영애들이 참석했다나.

연두색 머리 남자는 그 티 파티에 라크안의 반려가 참석해서 근처에 있었기 때문에 라크안의 상태가 좋아졌던 걸지도 모른다고 생각했다. 카루나가 반려가 아니라니 다른 가능성을 찾은 것이었다.

그 티 파티에 참석했던 영애들은 이미 라크안과 일면식이 있는 영애들이었다. 때문에 라크안은 연두색 머리 남자의 말을 무시하였지만, 연두색 머리 남자가 다시 확인해 봐야 하지 않겠느냐고 맹렬히 주장했다.

연두색 머리 남자의 성화를 이기지 못한 라크안은 결국 자신이 수도에 돌아왔다고 황성에 알렸다. 그러고는 카루나가 저택에 왔던 날 저택 인근에서 열렸던 티 파티에 참여했던 영애들을 만나기 위해 돌아다니기 시작했다. 그 때문에 매일 아침 일찍 연두색 머리 남자와 함께 저택을 나서, 밤 10시가 넘어 돌아오기 일쑤였다.

사교계의 꽃인 마카레나 백작 클레이엔 영애는 황태자비로 선포되자마자 요양을 하러 수도를 떠났다. 뒤이어 바이켈드 공작마저 변경을 순찰하겠다며 훌쩍 떠나 버렸다. 둘이 사라져 썰렁했던 수도의 사교계는 라크안의 귀환을 환영했다.

라크안은 여러 귀족 가문의 저택에 방문을 청했다. 하루에 몇 건씩 약속을 잡고, 방문했다. 그리고 해당 가문의 영애와 티타임을 가졌다. 당연히 사교계는 그의 행보에 들썩였다. 기다렸다는 듯 온갖 소문이 돌았다. 그중 가장 많은 사람의 지지를 받은 소문은 다음과 같았다.

'바이켈드 공작이 드디어 고자 증세를 치료하고 제 부인이 될 영애를 물색하고 있다.'

파라 제국의 귀족은 열 살이 되기 전 가문 간의 논의를 통해 약혼한다. 대개 열여섯에서 열여덟 살을 전후하여 사교계에 데뷔하고, 스물이 되기 전에 혼인한다.

그런데 라크안은 스물두 살인 지금까지 혼인은커녕 약혼에 매이지 않았다. 정부를 두거나 애인을 만들었다는 소문이 들리지도 않았다. 사교계의 여러 모임에는 꼬박 참석하면서도 귀족 영애들 앞에선 언제나 심드렁했다.

라크안이 아직도 미혼이라는 점. 그러면서도 여자 문제는 깨끗하다는 점. 두 이유로 라크안의 남성성을 의심하는 여러 소문이 돌았다.

어릴 때부터 전쟁터를 떠돌아 그런지 남색에 눈을 떴다더라. 전쟁 중에

낙마하여 그 중요한 부위를 말에게 밟혀 불능이 되었다더라. 아니, 선천적인 고자라더라.

클레이엔인 척하던 카루나는 주로 마지막 소문이 사실이기를 바라는 쪽이었다. 고자 공작. 이 얼마나 입에 착 감기는 부름이란 말인가.

그랬던 바이켈드 공작이 변했다. 변방 시찰을 다녀오고는 갑자기 귀족 가문을 돌아다니며 가문의 영애들과 차를 마시고 교제를 나누다니. 놀라지 않을 수 없는 일이었다.

하나 요즈음 수도의 사교계를 떠들썩하게 만든 주인공은 정작, 화려한 소문과 달리 영 행복해 보이지 않았다. 카루나는 매일 밤, 저택으로 돌아오는 라크안의 모습을 떠올려 보았다.

멀찍이서 바라보기에도 언제나 지쳐 보였다. 짜증이 가득해서 살짝만 건드려도 빵 터질 것 같았다. 그 얼굴 어디에도 예비 신부를 찾기 위한 열정은 보이지 않았다.

하녀들은 라크안이 오늘은 또 어느 귀족 가문에 차를 마시러 갔는지에 대해 이야기를 나누었다. 하녀들의 입에서 나온 귀족 가문은 카루나에게도 꽤 익숙한 곳이었다.

'아아, 바이켈드 공작 각하께선 오늘도 얼마나 위대하신지.'

툭하면 라크안이 위대하다는 말을 입에 달고 다니던 영애였다. 황제파 귀족 가문의 여식이었으나 클레이엔인 척하던 카루나와도 인사를 나누고 교류하였다.

카루나는 자신이 기억하는 바이켈드 공작을 떠올려 보았다.

자신보다 두 뼘 이상 큰 키. 까마귀 깃털보다 까만 머리카락. 피를 갈구하는 듯 시뻘건 두 눈. 무엇보다 우연히라도 눈을 마주치기라도 하면 드러내던 그 하얀 이.

당장이라도 네 목을 물어뜯어 버리겠다는 협박으로밖에 안 보였다. 전혀 위대해 보이지 않았다. 그런데 어째서인지 그 귀족 영애는 라크안만 보면 기절할 듯 뒤로 넘어지는 척하며 껌뻑 죽어 나갔다. 잘생겼다고, 목소리는 또 얼마나 근사하냐고 난리가 났다.

'……루린토프 영애였지? 자작 가문의?'

그녀는 카루나와 대화를 나눌 때조차 툭하면 라크안에 대해 말했다. 라안이 잘생기지 않았냐고, 목소리가 천상의 멜로디 같다고. 분명 허락받지 못했을 텐데 '라안'이라고 부르며 제 남편을 자랑하듯 떠들었다. 그럴 때마다 카루나는 부채를 흔들며 그녀의 말을 귓등으로 흘렸다.

'잘생겨? 남을 잘 죽이게 생긴 거겠지.'

그가 지난 수년간 자신에게 보낸 암살자만 몇이었던가. 물론 암살자를 먼저 보내기 시작한 건 카루나였다. 그는 그저 카루나가 암살자를 보낼 때마다 답례 겸으로 똑같은 걸 보내 주었다.

'목소리가 좋아? 목구멍이 미끄러워서 독도 쭈르륵 미끄러지나 보네.'

그가 지난 수년간 자신에게 보낸 독약이 얼마이런가. 아마 못해도 마카레나 백작저 후원에 있는 연못을 가득 채우고도 남을 것이다. 물론 독약 선물을 먼저 보내기 시작한 것도 카루나였지만. 그는 카루나의 선물에 감동하여 창의력 없게도 똑같은 내용물을 답례로 보냈을 뿐이었다.

어쨌든 그는 카루나가 보낸 수백 명의 암살자를 죽이고, 수백 가지 독을 이겨 낸 인간이었다.

'단 한 번이라도 저분과 단둘이 있을 수 있는 상황이 된다면, 전 반드시 저분을 자빠트리고 말 거예요.'

그 귀족 영애의 투지는 대단한 것이었다. 그 말에서 느껴지는 열의가 뜨거워서 그 말만은 한 귀로 흘릴 수 없었다.

'꼭 그러시기를 바랄게요.'

얼결에 응원까지 해 주었다.

'흐응, 그 영애랑 차를 마시러 갔단 말이지?'

과연 그 영애는 자신의 바람대로, 가문 어른들의 감시를 피해 라크안과 단둘만 있을 수 있는 상황을 만들었을까. 그리고 벼르던 대로 라크안을 덮쳤을까?

'몸이 편하니까 별 실없는 생각을 다 하네. 나랑 뭔 상관있는 일이라고.'

카루나는 자신을 타박하며 슬그머니 자리에서 일어났다. 이제 슬슬 자리를 파하고 일해야 할 때이건만. 하녀들은 이야기꽃을 피우느라 정신이 없었다. 막둥이 하녀로서 그런 언니들의 즐거움을 방해할 순 없었다. 카루나는 혼자 조용히 부엌을 빠져나왔다.

오늘은 지난번 카루나가 부숴 버린 만큼의 포도주 통을 새로 들이는 날이었다. 지은 죄가 있으니 얼굴을 내비치고, 포도주 통을 살피는 하녀장의 옆에서 얼쩡거려야 했다. 카루나는 가벼운 발걸음으로 식료품 창고 쪽으로 걸어갔다.

'저기서 늑대를 봤지. 바이켈드 공작인 것도 모르고.'

창고 앞엔 그때처럼 포도주 통이 잔뜩 쌓여 있었다. 줄로도 튼튼하게 묶여 있었다. 포도주 통을 단단히 고정하기 위해 장대를 설치하려는 듯했다. 하인 두엇이 도끼를 들고 주변을 어슬렁거렸다.

다른 하인들은 포도주 통을 잔뜩 실은 짐마차를 계속 몰고 왔다. 하녀장은 한쪽에 서서 현장을 관리 감독하고 있었다. 카루나가 하녀장에게 걸어갈 때였다.

"라안 님께서 오십니다. 다들 피해! 얼른!"

저 멀리서 익숙한 목소리가 들렸다. 한 마리 말이 짐마차를 지나쳐 창고 건물 앞까지 달려왔다. 히잉! 급히 말고삐를 잡아당겼는지 말이 두 발을 높이 치켜들며 몸부림쳤다. 그 바람에 말 위에 타고 있던 사람이 낙마하여 바닥을 뒹굴었다. 그녀의 머리가 땅바닥에 부딪쳤다.

퍽! 보는 사람이 겁날 정도로 큰 소리가 들렸다. 그럼에도 그녀는 조금도 아프지 않다는 듯 자리에서 벌떡 일어섰다. 그녀는 카루나도 아는 사람이었다. 아침에 라크안을 호위하며 떠났던 네 기사 중 한 명으로, 카루나가 제 멍든 얼굴을 걱정해 준다며 감동해했던 그 기사였다.

아침까지만 해도 분명 단정한 차림새였건만, 지금은 엉망이었다. 겨우 멍이 가라앉았던 얼굴은 새로운 멍으로 얼룩덜룩해져 있었다. 그녀는 주변을 둘러보며 다급히 말했다.

"오늘 찾아간 가문의 영애가 차에 이상한 걸 타서, 라안 님께서 그걸 드시고 상태가 이상해졌습니다."

카루나는 손뼉을 칠 뻔했다.

'성공했네? 정말로?'

하지만 절반의 성공인 듯했다.

"일단 급히 마차에 태워 모시긴 했는데, 오시는 도중에 완전 정신을 잃으셔서! 지금, 위험한 상태입니다. 여러분, 어서 피하세요!"

"맙소사! 밖에서 발작을 일으키시다니."

"다행히 이리로 운반해 온다잖나."

"우리만 피하면 돼."

저택의 사람들은 이런 상황에 익숙해 보였다. 하녀장과 하인들은 두 번 묻지 않고 바로 몸을 피했다. 창고 앞에 있던 모든 사람이 하고 있던 일을 내려놓고, 본 저택을 향해 뛰어갔다. 소식을 전했던 기사는 나이 들어 빠르게 뛰지 못하는 하녀장을 업고 뛰었다. 라크안이라는 재난에 대비하는 완벽한 행동이었다. 삽시간에 창고 건물 앞은 텅 비어 버렸다.

오직 카루나만이 그 자리에 서 있었다.

저택의 사람들은 라크안이라는 재앙을 마주하면 그저 도망치는 게 상책이라고 생각했다. 경험이 차곡차곡 쌓여 만들어 낸 결론이었다. 하지만 카루나는 달랐다. 그녀의 유일한 경험은 정신 줄을 놓은 라크안이라는 재앙을 제 손으로 잠재운 것뿐이었다.

카루나는 도망치는 대신 생각에 잠겼다.

'아, 설마 사랑의 묘약, 그거를 먹인 건가?'

요즈음 귀족 영애들 사이에서 유행하는 묘약이었다.

제국 수도의 서쪽 슬럼가에 루치아네라는 이름의 노파가 살고 있다. 사람들은 그 노파를 마녀라고 불렀다. 노파는 각종 약초를 졸여 온갖 고약을 만들 줄 알았다. 귀족 영애들은 남몰래 그 노파를 찾아가 사랑을 이루어 준다는 사랑의 묘약을 샀다.

사랑하는 남자와 단둘이 있을 때 그 약을 남자에게 먹이면, 남자가 여자를 사랑하게 된다. 단지 사랑만 하게 되는 게 아니다. 사랑하는 마음을 견디지 못해 사랑의 묘약을 먹여 준 여인을 덮치게 된다고 했다.

카루나가 아는 그 귀족 영애라면 충분히 라크안에게 그걸 먹이고도 남을 영애였다. 멋모르고 그 약이 든 차를 마신 라크안은 다행스럽게도 이리로 실려 오는 중일 테고.

'헤픈 남자 같으니라고. 남이 주는 건 그렇게 마구 마시면서, 내가 보낸 독약은 왜 하나도 안 먹은 건데. 사람 차별하는 거야, 뭐야.'

자신이 온갖 방법을 고민해 독약을 보냈을 땐 귀신같이 알아채고 입에 대지도 않았으면서, 고작 홍차나 커피에나 섞였을 사랑의 묘약은 잘도 벌컥벌컥 마시다니. 상당히 기분이 나빴다.

카루나는 혀를 끌끌 차며, 산처럼 쌓인 포도주 통 쪽으로 걸어갔다. 바닥에 나뒹구는 도끼가 눈에 들어왔다. 그것을 두 손으로 잡아 들었다. 꽤 무거웠지만 들 만했다.

도끼를 든 채로 포도주 통의 산 뒤에 쭈그려 앉으니 멀리서 늑대의 울음소리가 들렸다. 이내 바이켈드 공작 가문의 문양이 새겨진 마차 한 대가 급하게 달려왔다. 마차는 심하게 덜컹거리고 있었다. 마차를 몰던 기사가 마차를 세우자마자 마차의 문이 저 멀리로 뻥! 날아갔다.

"크르르……."

마차에서 라크안이 나타났다. 아니, 갑자기 튀어나왔다. 여전히 사람의 모습을 하고 있었으나 하얀 이를 드러내는 입가에선 억눌린 늑대 울음소리가 새어 나왔다. 먼저 도착해 사람들을 피난시킨 기사나 마부석에서 기절해 버린 기사들만큼이나 라크안의 모습도 처참했다.

그는 당장이라도 늑대로 변하려는 듯, 몸을 죄어 오는 옷을 잡아 뜯었다. 옷은 허무하게 찢어지고 엉망이 된 의복 너머로 잘빠진 몸매가 드러났다.

"으아아아아악!"

라크안은 두 손으로 머리를 움켜쥐며 괴로워했다.

"라안 님, 정신 차리세요! 저택에 돌아왔습니다. 그러니 이제 진정하세요."

마차 안에서 그를 붙들고 있었던 견지 기사 둘이 뛰어나왔다. 그들은 바로 라크안의 양팔을 한 쪽씩 붙잡았으나 라크안이 손을 휘두르자 멀리 날아가 바닥을 뒹굴었다.

카루나는 그 광경을 숨죽이고 가만히 지켜보았다. 라크안은 짐승의 것처럼 번뜩이는 눈으로 주변을 두리번거리며 무언가를 찾고 있었다.

"……."

"……!"

둘의 눈이 마주쳤다.

라크안의 목울대에서 다시 짐승의 울음소리가 울렸다. 라크안은 이를 드러내 으르렁거리며, 카루나를 향해 걸어갔다. 카루나는 뒤늦게 도망치는 대신 라크안의 발만을 뚫어지게 바라봤다. 라크안의 발이 막, 산처럼 쌓인 포도주 통의 그늘을 밟으려 할 때였다.

카루나는 손에 든 도끼를 높이 들었다 내리찍었다. 텅. 포도주 통을 지탱하고 있던 밧줄이 핑- 끊겼다. 그러자 하늘 높은 줄 모르고 쌓여 있던 통나무 통들이 우수수 쏟아졌다. 그것들을 정면에서 맞이하는 건 잘생긴 라크안의 얼굴이었다.

텅, 텅, 텅. 라크안은 통나무 통에 머리를 얻어맞았다. 한 번이 아니었다. 수도 없이 많은 포도주 통들이 라크안을 두들겼다. 라크안은 또다시 포도주 통에 싸여 모습을 감췄다.

"흥!"

카루나는 도끼를 집어 던지고 팔짱을 꼈다. 뭐, 기분이 좀 나아지는 것 같았다.

눈부신 햇살 아래 서 있는 그녀의 얼굴에 미소가 어렸다. 여기까지 라크안을 데리고 오느라 애를 썼던 기사들은 넋을 놓고 카루나를 바라보았다.

chapter 2
어린 하녀님, 등장!

두 번이나 라크안을 무찌른 카루나는 어느새 저택 안에서 '포도주 통의 여전사', '라안 슬레이어'라고 불리게 되었다. 그리고 라크안의 발작을 대비하기 위해 라크안의 곁에 서는 라크안의 보좌 하녀가 되었다.

"싫어요오오오오!"

하녀장에게 통보를 받은 카루나는 기겁했다.

"위험 수당은 충분히 나올 거란다, 카루나. 이전까지 받던 주급의 두 배 이상을 받게 될 거야."

하녀장은 카루나를 움직이는 방법을 알고 꾀었다.

"네, 맡겨만 주세요……라고 말할 줄 알았나요? 못 해요! 싫어요! 안 해요!"

카루나는 오히려, 그간 하녀장에게 잘 먹혔던 어리고 가여운 자신의 모습을 써먹었다.

"전 이제 고작 열두 살이라고요. 발가벗고 다니는 귀족의 보좌를 맡다니요? 힝, 전 싫어요, 싫어요!"

"싫어도 어쩔 수 없단다."

하지만 하녀장은 큰일 앞에선 항상 융통성이 없었다. 카루나의 애달픈 훌쩍임도 그 단단한 벽을 무너뜨리지 못했다. 하녀장의 철벽 방어와 카루나의 격렬한 저항. 곁에서 그 모습을 지켜보던 라크안은 심히 감정이 상했다.

"야, 꼬맹이. 설마 내가 널 건드리겠냐?"

라크안이 이를 갈며 말했다.

"이 세상 모든 여자가 다 내 반려가 아니어도 내가 넌 안 건드려."

그는 자신이 헛소리하고 있다는 걸 알지 못하였다. 그리고 그 보라는 듯 웃는 하녀장 앞에서, 카루나는 저도 모르게 울컥하여 맞받아쳤다.

"나도 안 건드려요! 나도 옷 안 입고 다니는 공작님 따위는 완전 별로거든요!"

늑대로 변하는 건 그리 중요한 게 아니었다. 아무 데서나 옷을 벗고 찢고 다니는, 그 조신하지 않은 모습이 완전 별로였다. 짝짝짝. 하녀장은 둘의 모습을 보며 손뼉을 쳤다.

"자, 그럼 모든 게 해결된 거죠?"

"아니요!"

"그대로 진행해!"

어린 하녀의 거절과 빈정 상한 공작의 우기기. 저울은 당연히 후자로 기울었다. 그렇게 카루나는 그의 보좌 하녀가 되었다.

* * *

포도주 통의 여전사, 라안 슬레이어 카루나의 등장은 바이켈드 공작 저택에 큰 변화를 가져왔다. 그녀가 혜성처럼 등장하기 전까지 5년간, 특히나 지난 다섯 달 동안 저택에 사는 사람들의 행동 패턴은 언제나 똑같았다.

라크안의 눈치를 보다 라크안이 발작을 할 것 같으면 비전투인은 최선을 다해 도망친다. 철십자 기사단의 기사들은 재빨리 라크안을 공격한다. 공격한다고 해도 정말 죽기 살기로 덤빌 수는 없었다.

그는 기사단의 주인이었다. 기사들은 그에게 충성을 맹세했다. 어떤 사냥개도 주인이 자신을 죽이려 든다고 똑같이 주인을 물어 죽이려 달려들지는 않는다.

하지만 정신 줄을 놓은 주인은 자신의 사냥개들을 마음껏 패대기쳤다. 기사들은 라크안이 지쳐 쓰러질 때까지 그를 질질 붙잡고, 얻어맞았다. 혼혈임에도 라크안은 숲의 일족 누구보다도 강했다. 인간의 모습일 때도 그랬고, 늑대의 모습으로 변해서는 더더욱 그랬다.

기사들은 애초부터 라크안을 이기겠다는 생각 자체를 하지 않았다. 그저 죽지 않고 한 대라도 덜 얻어맞아 한 시간이라도 더 오래 버티자는 게 목표였다. 그래서 철십자 기사단의 기사들은 언제나 온몸에 멍을 달고 살았다. 라크안은 발작 중에도 용케 마지막 양심만은 놓치지 않았고 날카로운 발톱은 드러내지 않았다. 덕분에 온몸에 시퍼런 멍이 드는 정도로 끝났다.

그런데 카루나가 그 모든 걸 바꿔 버렸다. 카루나는 라크안에게 머리카락 한 올만큼의 충성심도 없었다. 라크안이 죽거나 말거나 관심도 없었다. 그녀의 목표는 오직 제 눈앞에 있는 거대한 늑대, 혹은 정신 나간 젊은 공작을 무찌르는 것뿐이었다. 그 과정에서 늑대, 혹은 인간의 모습인 라크안이 다치든 말든 그건 그녀가 알 바 아니었다.

그녀는 과감히 포도주 통을 이용했다. 수백 개의 포도주 통으로 라크안을 두들겨 패고, 그가 포도주 통에 파묻혀 꿈쩍도 못하게 만들었다. 두 번이나 같은 일이 일어났다. 그리고 두 번 모두, 라크안은 그리 크게 다치지 않고 제정신을 되찾았다.

그건 철십자 기사단 기사들의 눈과 귀를 번쩍 뜨이게 했다. 얼굴이 푸르딩딩하게 부어 오른 기사들은 단체로 기사단장을 찾아갔다. 당장 라안 슬레이어 카루나를 기사단으로 영입하지 않는다면, 아예 철십자 기사단의 단장 자리에 카루나를 추대하겠다고 항의했다.

기사단장은 자신이 카루나와 친하다고 떠벌리고 다니는 연두색 머리 남자를 불러, 카루나를 당장 기사단으로 영입해 오라고 명령했다. 연두색 머리 남자는 얼른 카루나를 찾아가, 철십자 기사단에 들어오라고 사정했지만, 카루나는 단칼에 거절했다.

"싫어요."

"왜? 어째서? 라안의 보좌 하녀 따위보다 훨씬 좋을 거예요. 이게 마지막 기회예요, 꼬마 아가씨. 분명 지금 내 제안을 거절한 걸 후회하게 될 거예요."

어째서인지 연두색 머리 남자는 이전보다 더 절실해 보였다. 그 절실함이 카루나를 위한 것인지, 자기 자신을 위한 것인지는 본인도 알지 못했다.

"저는 하녀 할래요. 기사 되기 싫어요."

카루나는 고개를 도리도리 저었다. 말은 이렇게 하지만 속으로는 피눈물을 흘리고 있었다.

'하녀보다 기사가 백배 천배 낫지. 근데 안 된다고. 못 한다고. 안 하는 게 아니라 못 하는 거라고!'

남의 속도 모르고, 연두색 머리 남자는 온종일 카루나를 쫓아다니며 징징댔다.

결국 연두색 머리 남자는 카루나를 기사단으로 데려오지 못했다. 대신 저택 곳곳에 포도주 통을 산처럼 쌓아 놓았다. 언제든 쉽게 굴릴 수 있도록 가느다란 밧줄로 고정했다. 옆에는 꼭 도끼를 가져다 놓았다.

후원에도, 저택 입구에도, 바이켈드 공작 저택의 자랑인 유리 정원에도, 곳곳에 포도주 통이 가득 쌓였다.

"뭐…… 하는 짓이야?"

자신의 허락 없이 저택 곳곳에 자신을 해치우기 위한 덫이 설치되자, 라크안은 어이없어하며 책임자를 불렀다. 불려 나온 하녀장과 연두색 머리 남자는 밝은 목소리로 답했다.

"다음에 또 네가 날뛰면 사용하려고 준비하는 거야. 언제, 어디에서든 널 막을 수 있도록 여러 군데 만들어 두고 있어. 어때? 좋지?"

"모두 좋아하고 있습니다. 언제든 단번에 줄을 끊어 내겠다고, 줄 끊는 타이밍을 연습하기도 하고 있어요. 도련님."

"……."

넌 이미 덫 안에 든 쥐다, 라는 선전포고를 들은 것 같은 기분이 들었다. 라크안은 보기 안 좋으니 치우라고 화를 냈으나 하녀장은 꿈쩍도 하지 않았다.

"도련님, 도련님께서 건강해지셔서 다시 이 저택에 손님들이 몰려들기 전엔, 미관보다는 안전이 우선이지 않을까요?"

"……."

언제나 저택의 안전을 파괴하는 라크안은 화를 낼 권리를 빼앗겼다.

"난 몰라. 내가 아는 건 딱 하나야. 저택에서의 일은 무조건 하녀장님이 옳다는 거."

연두색 머리 남자는 훈련을 받아야 한다며 슬그머니 사라졌다. 갈 길을 잃은 분노는 원흉, 카루나에게로 향했다.

때마침 카루나는 자신의 보좌 하녀가 된 터였다.

'그리고 아마 오래 버티지 못하겠지.'

저택에서 일하고 있는 하녀들 중 라크안의 보좌 하녀가 되어 보지 않은 하녀는 없었다. 그들 중 한 달 이상 버틴 사람은 아무도 없었다. 이번도 마찬가지이리라.

카루나는 그 조그만 몸에 무슨 힘이 숨어 있는 건지 여기저기 바삐 뛰어다녔다. 그런 카루나를 보는 라크안의 얼굴에는 사악한 미소가 어렸다. 라크안은 자신이 웃고 있다는 걸 깨닫지도 못하고, 그저 눈으로 카루나가 어디 있나 찾았다.

카루나가 안 보이면 짜증이 났다. 카루나가 보이면 더 짜증이 났다. 라크안은 자신이 카루나에게 무척 화가 나 있다고 믿어 의심치 않았다.

* * *

카루나가 라크안의 보좌 하녀가 되자 같은 방을 쓰며 함께 일하던 하녀들은 자기 일인 양 기뻐했다.

'어라?'

카루나는 자신을 축하해 주는 분위기에 내심 놀랐다. 아무리 쉬운 일만 맡긴다 하여도 하녀의 일은 기본적으로 고된 일이었다. 그중 그나마 몸이 덜 힘든 일은 귀족의 곁에서 귀족을 수발드는 일이었다.

굴러들어 온 돌이 박힌 돌을 빼낸 상황이 되었다. 들어온 지 얼마 되지도 않는 카루나가 저택의 주인인 라크안의 곁에서 일하게 된 것이다. 그런데도 하녀들은 질투하거나 시기하지 않았다.

'숲의 일족 사람들이라서 그런 건가? 거기 사람들은 다들 성격이 착한가? 그럼 바이켈드 공작 성격은 왜 그런 건데? 모든 숲의 일족이 더러운

성질을 한 사람한테 몰아준 것도 아닐 텐데.'

똑같이 숲 밖의 사람과 숲의 일족 사이에서 난 혼혈인데도 온도 차이가 너무 났다. 라크안이 만년설 빙하라면 다른 사람들은 살랑살랑 간지러운 봄바람이었다.

……라고 생각했건만.

"역시 여긴 악마들이 모여 있는 악의 구렁텅이야."

착각은 채 하루도 지나지 않아 산산조각 났다.

아침에 라크안을 깨우고 세수를 돕는 건 보좌 하녀의 업무였다. 카루나는 별생각 없이 세숫물을 들고 라크안의 침실로 들어갔다. 침실 안은 수백 개의 촛불이 켜져 있어 아주 환했다. 그래서 이불을 발로 뻥 찬 채 침대 위에 누워 있는 라크안의 모습이 아주 선명하게 잘 보였다.

"꺄악!"

카루나는 그대로 엉덩방아를 찧으며 주저앉았다.

라크안은 실 한 오라기 걸치지 않은 상태였다. 처음 만났던 날을 떠올리게 하는 모습이었다. 카루나는 두 손으로 얼굴을 가렸다. 그때야 워낙 경황이 없고 또 처음 보는 거라 용기 있게 다시 바라볼 생각을 했던 거지. 지금처럼 더없이 이성적인 상태로, 아침 일찍부터 남의 알몸을 보고 싶지는 않았다.

그런데 아무리 기다려도 이놈의 바이켈드 공작은 일어날 생각을 하지 않았다.

"저기요…… 저기요오?"

카루나가 여전히 두 손에 얼굴을 묻은 채로 그를 불렀지만, 그는 들은 체도 하지 않았다. 색색, 고른 숨소리만 들릴 뿐이었다.

"……저기, 공작 각하?"

"……."

"왜 옷을 다 벗고 자는 건데요……."

"……."

"오늘부터 내가 보좌 하녀 된다고 분명 들었으면서……."

"……."

"……열두 살짜리한테 그렇게 몸을 보여 주고 싶어 미치겠냐?"

"……."

"우씨."

말을 하다 보니 점점 열이 받았다. 이제 갓 그의 보좌 하녀가 된 자신에게 아침부터 이런 시련을 주다니. 진심으로 라크안의 머릿속이 궁금해졌다.

'그동안 결혼 못 한 게 반려인지 뭔지 찾지 못해서 그런 게 아니라, 그냥 그 어떤 여자도 감당할 수 없는 변태여서 그런 거 아냐?'

그게 아니고서야 어떻게 자신의 보좌 하녀가 올 줄 알면서 홀딱 벗고 자고 있단 말인가.

바이켈드 공작이 정말로 변태라면? 변태에게는 정의의 응징이 필요한 법. 카루나의 녹색 눈이 화르륵 불타올랐다. 과거 클레이엔인 척할 때도 카루나는 이쪽 방면에선 가차 없었다. 황제파든 귀족파든 가리지 않고, 순진한 영애에게 엄한 짓을 하려는 변태 같은 영식들을 보면 가만 놔두지 않았다. 그녀의 패악질에 당해 사교계의 웃음거리가 되어, 수도를 떠나 지방 영지로 내려간 영식이 마차 열 대분이었다.

'내가 비록 다른 황태자비 후보에게 미남계를 쓰긴 하지만, 걔들은 잘생기기라도 했지. 못생기고 멍청하고 건들거릴 줄이나 아는 네놈들 따위가 감히 내 눈을 더럽혀?'

그런 심정이었다. 지금도 그때와 비슷한 마음이었다. 물론 라크안은 쓸데없이 잘생기고 몸도 좋았지만, 그래서 더 짜증이 났다.

'그 잘생긴 얼굴하고 몸을 이딴 변태 짓에 쓰지 말라고!'

자그마치 5년 동안 싸웠다. 쓰러지지 않는 그가 원망스럽고 증오스럽기도 했지만, 한편으론 감탄하기도 했다. 정말 나만큼이나 독한 놈을 본 건 네가 처음이야, 인정하는 마음도 들었다.

그런데 변태였다니.

'이건 배신이야!'

카루나는 벌떡 일어서, 아픈 엉덩이를 문지르고는 씩씩하게 걸어갔다. 최대한 라크안의 민망한 부위를 눈에 담지 않으려 애쓰며 라크안의 머리맡에 섰다. 그러고는 세숫물로 가져온 찬물을 그 잘생긴 얼굴에 들이부어버렸다. 한 치의 망설임도 없었다.

쏴악- 시원한 물소리가 침실에 울렸다.

"읍! 으프프, 으악, 이거 뭐야! 읍! 으아! 아!"

라크안은 제대로 눈을 뜨지도 못하고 버둥거렸다. 그로서는 정말 아닌 밤중에 물벼락이었다.

카루나는 팔짱을 끼고 서서, 침대 위에서 수영하려 어푸거리는 라크안을 지켜보았다. 고양이 눈을 닮은 그녀의 눈은 싸늘하기 그지없었다. 아직 몸이 조그마해 물을 많이 떠 오지 못한 게 아쉬웠다. 익사시킬 수 있을 정도로 물을 떠 왔으면 좋았을 것을.

"……뭐야, 이거."

정신을 차린 라크안은 상황을 파악했다. 물이 흥건한 침대. 빈 물병을 들고 있는 카루나. 굳이 고민할 것도 없었다. 하하, 라크안은 한숨 섞인 웃음을 내뱉었다. 너무 어이가 없어서 화가 나지도 않았다.

"꼬맹이. 넌 내가 널 고용한 사람이라는 개념이 없냐?"

라크안은 손으로 얼굴을 문지르며 물기를 털어 내며 물었다. 자다가 찬물 세례를 맞은 붉은 눈이 위협스럽게 번뜩였다.

"그게 뭐 어때서요. 전 지금 공작 각하를 깨우는 제 소임을 다하고 있는 걸요?"

"이게?"

"싫으시면 보좌 하녀를 바꾸시든가요."

"……꼬맹이 너."

라크안이 이를 악다물었다.

카루나는 이 저택에서 하녀장의 결정권이 라크안만큼, 혹은 라크안보다 높다는 걸 이미 눈치채고 있었다.

"못 하시죠?"

카루나가 콧방귀를 뀌었다.

"뭐 이런 게……."

라크안은 기가 막혀 할 말을 잃었다.

'이 쪼그만 게 뭘 믿고 이러는 거지?'

얼굴은 주먹만 했다. 몸은 뭘 좀 먹긴 하는 건지, 자신의 저택에서 하녀를 굶긴다는 말이 나올까 걱정이 될 정도로 말랐다. 한 손은커녕, 손가락 하나로 밀쳐도 쓰러질 것같이 조그맣건만. 무슨 배짱인지 하는 짓이 범상치 않았다.

자신을 두 번이나 포도주 통 더미에 깔아뭉개질 않나, 평민 꼬마 주제에 글을 읽고 제 필체를 숨기려 들지 않나. 하도 수상쩍어서 곁에 두고 지켜보려고 했더니, 대뜸 자는 사람한테 찬물을 끼얹지 않나.

하나부터 열까지 평범한 게 없었다. 계속 쳐다보자 시선을 마주하는 것마저.

"어디 하녀가 귀족에게 물을 뿌려? 넌 내가 무섭지도 않나?"

"변태 공작 각하께 들을 말은 아닌 거 같은데요? 무섭긴요. 왜 무서워해요?"

카루나가 뾰족한 목소리로 받아쳤다.

'어차피 별로 신경 쓰지도 않으면서.'

이미 바이켈드 공작 저택의 분위기에 대한 관찰과 분석을 마친 뒤였다. 이곳은 저택 문밖의 세상과 완전 딴판이었다. 대륙 내 다른 나라들보다 신분제가 엄한 파라 제국이건만, 이 저택 안은 파라 제국의 영토가 아닌 듯 자유로웠다.

하인과 하녀들은 격 없이 기사들과 어울렸다. 자신들의 주인인 라크안을 편하게 대했다. 라크안과 하녀장도 그런 사용인들을 그러려니 했다. 지금도 라크안은 어이없어할 뿐, 카루나에게 역정을 내거나, 사람을 불러 카루나를 내치지 않았다. 다른 귀족 가문의 저택이었다면 이미 카루나의 목과 몸은 분리되어 있었을 것이다.

그러니 카루나는 당당하게 굴 수 있었다.

"뭐, 내가 뭐라고?"

라크안은 카루나의 말을 듣자마자 사레가 들린 듯 캑캑댔다.

"넌 그런 말을 어디서 들은 거냐? 아니, 그보다, 내가 왜 그…… 뭐? 변태 뭐? 그거라는 건데?"

"자기 자신을 살펴보시죠?"

카루나의 목소리는 여전히 뾰족했다. 라크안은 몸에 묻은 물기를 털어내다 자연 그대로의 모습인 자신을 깨달았다.

"왜?"

그러면서도 뭐가 잘못된 건지 영 모르는 눈치였다. 벗은 자신의 몸. 그런 자신을 경멸의 눈초리로 쳐다보는 카루나. 잠시 고민하던 라크안은 이내 손가락으로 자신의 이마를 톡톡 두드렸다.

"아, 맞다."

잠시 사람으로서의 상식을 잊고 있었다. 숲의 일족은 늑대로 변했다가 사람이 되는 게 자연스러우니, 옷을 안 입고 있는 모습에 대해서도 자연스럽게 생각했다.

라크안도 그러했다. 그래도 예전엔 숲 밖의 사람들과 부딪치며 살았기 때문에 옷에 신경을 썼었는데, 최근 다섯 달 동안에는 아예 신경을 쓰지 못했다. 그래도 저택 안 사람 중 누구도 라크안에게 뭐라고 하지 않았다.

평범한 인간인 데다가 이 저택에 온 지 얼마 안 되는 카루나에게는 이해하기 어려운 행동이리라. 라크안은 슬그머니 물에 젖은 침대 시트로 몸을 덮었다. 그동안 잊고 있었던 부끄러움이란 감정이 슬그머니 밀려왔다.

"언제 발작을 해서 늑대로 변하게 될지 모르니, 괜히 옷 찢어 버리는 게 아까워서. 물자를 아끼자는 차원에서 살다 보니 버릇이 된 거야. 그래서 어쩔 수 없었어."

라크안은 서둘러 변명을 늘어놓았다. 약간 풀이 죽어 보였다.

"비겁한 변명이에요."

일주일 새 수백 개의 포도주 통을 연달아 두 번이나 깨 먹은 적 있었던 카루나가 듣기엔 코웃음 나는 소리일 뿐이었다.

"나는 전쟁터를 떠돌며 살았기 때문에 이런 수도의 예절을 잘 몰라. 그냥 편한 대로 하고 잤을 뿐이야."

"그 전쟁터에서도 다 벗고 주무셨나 봐요? 그래서 적이 갑자기 기습하면 알몸으로 뛰쳐나가 싸우셨나요?"

"알몸이라니, 넌 말을 해도 뭘 그렇게 말을 하냐. 쬐그만 게."

"말 돌리지 마시고요."

"……."

무슨 말을 꺼내도 라크안의 패배였다. 라크안이 물에 젖은 검은 머리카락을 쓸어 넘겼다. 물에 젖어 촉촉해진 붉은 눈동자로 카루나를 바라보았다.

머리카락에서 똑, 떨어진 물방울이 하얀 뺨을 주르륵 타고 내렸다. 카루나는 저도 모르게 마른침을 꿀꺽, 삼켰다.

'이건 좀…… 부담되는데.'

카루나가 슬쩍 눈을 아래로 내리깔았다. 이 이상 쳐다보는 건, 심장에 부담이 갈 것 같았다. 그 모습을 라크안은 다르게 해석했다.

'화났나?'

얼굴을 붉히고, 그것도 모자라 눈까지 내리깔다니.

안 지는 얼마 되지 않았지만, 눈앞의 꼬마 하녀님의 성질이 보통이 아니라는 건 이미 충분히 알고 있었다. 조금 전까지도 귀족과 하녀 사이임에도 물을 뿌리고 제 할 말을 다 하지 않았던가.

너무 화가 나서 이제는 쳐다보고 싶지도 않다는 뜻일까. 표독스럽게 자신을 노려보던 녹색 눈동자가 눈앞에서 사라지자 괜히 짜증이 났다.

"야, 고개 들어."

"왜요."

"내가 하라면 해야지. 보좌 하녀님?"

"일단 옷부터 입으시죠? 변태 공작님."

"아……."

또 까먹고 있었다. 라크안은 침대 시트를 좀 더 끌어모아 자신의 몸을 가렸다.

* * *

라크안은 카루나를 내보내고 옷을 입었다. 평소와 비슷한 차림이었다. 셔츠와 바지, 그리고 망토. 평소와 다른 게 있다면 축축하게 젖은 머리카락 정도였다.

라크안은 카루나를 꽁무니에 붙이고 식당으로 갔다. 등 뒤에서 자신을 종종 쫓아오는 기척이 낯설었다. 뭔가 뒤통수가 간질간질한 느낌도 났다. 보좌 하녀로 오기만 해 봐라, 단단히 골려서 못 하겠다고 엉엉 울려 주마. 바로 어제까지 이런 마음을 먹었던 것 같은데, 그 마음은 이미 온데간데 없이 사라졌다.

'저 쪼그만 게 뭘 할 줄 안다고 일을 시키는 거지?'

정작 본인은 카루나보다 더 어릴 때 도망치듯 변방에 나가 전쟁터를 떠돌았으면서.

라크안은 등 뒤에서 느껴지는 자그마한 기척이 계속 신경 쓰여 괜히 뒤를 돌아보았다.

카루나의 짧은 다리에 맞춰 걸어 준답시고 천천히 걷긴 했으나, 그래도 카루나에게는 버거운 속도였다. 라크안은 그런 카루나를 계속 돌아보았고, 도도도- 뛰듯 걸어오는 카루나를 기다려 주기도 했다. 카루나는 그 짧은 다리를 바삐 움직여 뛰듯 걸었다.

그러는 바람에 라크안은 평소보다 늦게 식당에 도착했다. 이미 식사 준비를 끝낸 주방장과 하녀장이 둘을 반가이 맞이했다. 하녀장은 라크안의 얼굴에 들러붙은 젖은 머리카락을 보면서 빙그레 웃을 뿐, 아무 말도 하지 않았다.

카루나는 얼른 하녀장의 옆에 섰다. 넓은 식당엔 오직 라크안 한 명을 위한 아침 식사가 차려져 있었다. 라크안은 음식이 가득한 식탁 위에 펄쩍, 뛰어올랐다. 의자에 앉는 게 아니라 탁자 위에 올라섰다.

'헐?'

카루나는 제 눈을 의심했다. 그렇게 시작된 라크안의 식사 시간은 전쟁터를 방불케 했다. 정성 들여 차려 놓은 식탁은 단번에 엉망이 되었다. 라크안은 얌전히 자리에 앉아 나이프와 포크를 들지 않았다. 개선장군처럼 식탁 위에 올라서 손으로 고기를 들어 씹었다.

손에 고기 소스가 잔뜩 묻어 있는데, 그 손을 옷에 쓱쓱 문질러 닦고는 사과를 움켜쥐었다. 사과는 그의 손에서 단번에 산산이 조각나 나 식탁 위에 흩뿌려졌다. 먹고 싶은 음식이 놓인 곳으로 걸어가느라 다른 식기를 걷어차, 수프와 음식들이 허공 위로 날아올랐다 떨어졌다.

쨍그랑, 쨍그랑. 또 쨍그랑.

그릇들이 바닥에서 나뒹구는 소리가 요란했다. 그나마 은 식기라 깨지지 않는 게 다행이었다. 마음에 드는 음식을 골랐는지, 나중엔 아예 탁자에 주저앉아 음식을 퍼먹었다.

험하고 더러운 수도 서쪽 뒷골목 출신으로 산 지 10년. 백작가의 영애인 척하며 살았던 10년. 장장 20년의 삶을 살았던 그의 어린 보좌 하녀는 경악을 금치 못했다.

식사 예절이라고 말할 게 없었다. 평생 숲에서 뛰놀던 늑대를 데리고 와도 이보다는 얌전하게 먹을 것 같았다.

'그래서 뭘 잘 안 먹었구나.'

새삼 깨달은 건, 그러고 보니 라크안이 무얼 먹는 모습을 못 봤다는 것이었다. 연회에서 라크안이 홍차나 커피를 마시는 건 봤지만, 만찬장에서 무언가를 먹는 모습은 보지 못했다.

체면을 중히 여기는 귀족들은 음식을 탐하는 걸 천박하다고 여겨 다른 귀족들 앞에서 무언가를 먹는 모습을 잘 보이지 않는다. 카루나는 라크안도 그런 경우라고 생각했다. 그런데 아니었다.

'여태 그렇게 잘 포장해 온 게 대단하다.'

카루나는 혀를 내둘렀다. 하지만 놀람은 잠시였다. 계속 보고 있자니…….

'저런 게 내 정적이었다니.'

짜증이 몰려왔다.

칠면조를 통째로 들고 뜯는 라크안의 멱살을 잡고 바닥에 패대기치고, 의자에 묶어 양손에 나이프와 포크를 억지로 쥐여 주고 싶었다.

딱 열흘만 그렇게 해두면 될 텐데.

정말이지 그를 하나부터 열까지 다 뜯어고쳐 주고 싶었다. 라크안이 칠면조 뼈다귀를 마치 창이라도 되는 듯 벽으로 던지는 것을 보자니, 수전증에 걸린 것처럼 손이 부들부들 떨렸다.

"식욕이 돌아오셨나 봐요. 최근까진 거의 못 드셨는데."

"그러게 말이에요. 내일부터는 좀 더 신경 써 준비해야 하겠습니다."

카루나와 달리 주방장과 하녀장은 편안해 보였다. 둘은 라크안이 먹는 모습을 보며 기뻐하기까지 했다.

'원흉이 여기 있었구나.'

카루나가 둘을 어떤 표정으로 바라보고 있는지, 하녀장과 주방장은 알지 못했다.

그녀가 놀랄 일은 이뿐만이 아니었다. 라크안의 생활 방식은 하나부터 열까지 모두 엉망이었다.

특히 잠자는 시간이 제멋대로였다. 툭하면 밤새 침실에 수백 개의 초를 켜 놓고 잠들지 않았다. 중요한 약속이 있는 날은 아침에 잠들어서 해가 질 때까지 일어나지 않았다. 아무리 깨워도 손가락 하나 까딱하지 않았다.

모든 생활이 엉망이었다. 귀족다운 모습을 바라기는커녕 사람답기를 바라는 것마저 너무 과한 게 아닐까 죄책감이 들 정도였다.

카루나는 5년 동안, 황성이나 다른 귀족의 저택에서만 그를 봐 왔다. 그런 곳에서 본 라크안은 깔끔하고 완벽했다. 옷에는 구겨진 자국 하나 없었다. 설마 그가 자신의 저택에서는 이딴 몰골로 살고 있으리라고는 상상도 할 수 없었다.

전쟁 영웅, 피의 기사, 제국 황제파 귀족들의 수장, 냉철하고 고귀한 공작 각하.

밖에서 본 그는 더없이 완벽한 귀족, 그 자체였건만. 저택 안에서 그는 천방지축 난장판 미운 스물두 살이었다. 새삼 하녀장이 대단하게 보였다. 그녀는 어떻게 이런 남자를 그렇게 잘 포장해 매번 외출시킬 수 있었던 것일까.

때론 신기하기도 하고 웃기기도 했다. 오후에 라크안은 장검으로 묘기를 부리듯 과일을 깎아 먹었다. 그러다가 칼끝으로 소파 쿠션을 찢어 먹었다. 그걸 본 카루나는 저도 모르게 웃음을 터뜨렸다.

과일을 입에 가득 문 채로, 사방팔방 날리는 거위 깃털 때문에 켈록켈록 기침을 하는 모습이라니. 하지만 이내 고작 그런 모습 따위를 보고 웃었다는 것에 짙은 패배감을 느꼈다.

새삼, 과거 자신을 가르치느라 고생했던 수많은 선생이 생각났다. 그들은 처음엔 카루나를 보며 진절머리를 쳤다. 카루나가 말하고 행동하는 모든 것에 화를 냈다. 숨 쉬는 소리도 마음에 안 든다는 말까지 들었다.

그때는 그 선생님들을 다 물어뜯어 버리고 싶었다. 실제로 제일 재수 없었던 춤 선생의 손등을 물어뜯어 피를 보기도 했었다. 물론 그 이후엔 마카레나 백작에게 뺨을 얻어맞고, 방에 갇혀 사흘 동안 굶어야 했지만.

그때 만났던 선생님들은 지금도 여전히 싫었다. 하지만 그때 자신을 가르쳐야 했던 그 선생님들의 심정만큼은 오늘, 이해가 갈 것 같았다.

* * *

카루나가 라크안의 보좌 하녀가 되고 나서, 저택엔 은밀한 분위기가 감돌았다. 기사들과 하인, 하녀들 사이에 내기가 시작된 것이다. 과연 언제까지 버틸 수 있을까.

라크안의 보좌 하녀를 해 본 적 있는 하녀들은 일주일, 혹은 이 주일을 예상했다. 그녀들의 고생을 말로 전해 들었을 뿐인 기사들은 한 달 정도를 예상했다. 하인들은 제각각 사흘, 열흘 등을 예상했다.

그리고 카루나가 전담 시녀가 된 지 한 달이 흘렀다. 모두의 예상과 다르게 카루나는 여전히 라크안의 전담 하녀였다. 그녀는 훌륭하게 자신의 임무에 적응한 듯 보였다. 정작 적응하지 못하는 건 라크안이었다.

"따라오지 마! 따라오지 말라고!"

라크안이 바지만 입은 채로 저택의 드넓은 정원을 가로질러 달렸다. 그의 탄탄한 가슴이 맑은 하늘 아래 드러났다. 카루나는 그 뒤를 바짝 쫓으며 손에 든 셔츠를 마구 휘둘렀다.

"옷도 안 입고 어딜 뛰어다니는 거예요! 이 노출증 변태 공작 각하! 얼른 거기 안 서요?"

"네가 입으라고 주는 옷을 입으면 괜히 몸이 따갑단 말이다."

"당연하죠. 그러라고 제가 후춧가루를 뿌려 놨으니까!"

"뭐 인마?"

라크안은 도망가고 카루나는 뒤쫓는다. 어느덧 저택의 일상이 되어 버린 광경이었다.

"여어, 카루나. 안녕?"

"오늘도 수고가 많네!"

"이따가 좀 오너라, 과자를 잔뜩 구워 놨단다."

일하던 하녀와 하인들은 카루나에게 반갑게 인사했다. 도와 달라는 라크안은 모르는 척했다.

"이것들이!"

라크안은 제가 부리는 사람들의 배신에 몸부림치며 달렸다. 하녀장과 연두색 머리 남자는 정원이 잘 내려다보이는 테라스에 자리를 잡고 앉아 그 광경을 관람했다.

"좋아 보이지요?"

하녀장이 테이블 위에 놓인 찻잔에 차를 따르며 웃어 보였다.

"그래서인지 요즈음 발작도 일어나지 않고 있지요. 건강 상태도 점점 더 좋아지고 있습니다."

연두색 머리 남자는 라크안의 주치의로서 긍정적인 평가를 했다.

"저는 꼭 저 아이 덕분이라는 생각이 든답니다."

라크안을 뒤쫓는 카루나를 바라보는 하녀장의 눈가엔 따뜻한 온기가 가득했다. 그녀의 시선을 따라 카루나를 보는 연두색 머리 남자의 눈에도 기묘한 열기가 어렸다.

"카루나."

연두색 머리 남자는 나직한 목소리로 카루나의 이름을 불렀다.

그녀가 온 뒤로 저택은 활기를 되찾았다. 작은 소녀가 여기저기 바삐 뛰어다니는 걸 볼 때마다, 누구든 웃지 않을 수 없었다. 저택의 사람들은 모두 그녀에게 매료되었다. 연두색 머리 남자 또한 마찬가지였다.

'라크안의 반려가 아니야. 그렇다면 내게도…….'

그때였다. 카루나를 뒤쫓던 노을빛 눈앞에 장막이 드리워지며 카루나의 모습이 사라졌다. 하녀장이 은 쟁반을 들어 그의 눈을 가린 것이었다.

"라임스 부인?"

"네."

"놀랐잖습니까."

연두색 머리 남자가 웃으며 투덜거렸다.

"죄송해요, 하지만 어쩔 수 없었는걸요."

하녀장 또한 웃으며 대꾸했다. 여전히 은 쟁반을 들어 그의 눈앞을 가린 채였다.

"저 아이는 우리 도련님의 사람입니다. 눈독 들이시면 곤란해요."

"눈독을 들이다니요. 그 무슨 말씀을."

연두색 머리 남자가 어깨를 으쓱였다.

"아마 저 아이는 제 이름이 뭔지도 모를 겁니다. 그런데 무슨 눈독을 들인단 말씀입니까."

그의 얼굴에는 언제나처럼 밝은 미소가 가득했다. 하녀장은 그의 얼굴을 유심히 바라보다가, 고개를 끄덕이며 은 쟁반을 내렸다. 연두색 머리 남자는 바로 정원을 쳐다보았다. 라크안과 카루나를 찾았으나 어디로 가 버린 것인지 보이지 않았다.

연두색 머리 남자는 짙은 아쉬움을 느꼈다. 그리고 그 아쉬움을 하녀장에게 들키지 않기 위해 식은 찻잔을 들어 올렸다.

찻물에 비친 노을빛 눈동자는 아직 열기에 휩싸여 있었다.

* * *

연두색 머리 남자의 눈이 은 쟁반에 가리어진 동안, 라크안은 커다란 나무를 타고 올랐다. 헉, 헉. 카루나는 거친 숨을 몰아쉬며 나무 아래에 섰다.

"여기까지 따라오진 못하겠지?"

라크안이 커다란 나무줄기에 걸터앉아 아래를 내려다보며 빈정댔다. 그런 후에는 이마에서 흘러내리는 땀을 닦고 맑은 하늘을 올려다보며 상쾌한 표정을 지었다.

"아, 좋다. 네 얼굴이 안 보이니까 더 좋은 거 같아."

"뭐 하시는 거예요, 다 큰 어른이 유치하게! 이렇게 어린 하녀를 괴롭히는 게 그렇게 좋아요? 변태 공작 각하! 당장 내려오세요. 오늘 또 어디 영애랑 차 마시러 간다면서요. 옷 안 입고 갈 거예요?"

"네가 주는 옷은 안 입어."

"제가 공작 각하 전담 보좌 하녀라, 제가 주는 옷 안 입으면 옷 벗고 가셔야 할 텐데요?"

"라임스 부인 어디 갔어? 당장 불러와!"

"하녀장님 아무리 찾아도 소용없어요. 빨리 내려오세요."

내려가지 않겠다는 라크안과 안 내려오면 나무에 불을 질러 버리겠다는 카루나의 다툼이 이어졌다. 승자는 언제나 그랬든 카루나였다. 나무를 사랑하는 정원사는 카루나를 위해 기꺼이 튼튼한 사다리를 가져다주었다.

"날 배신하다니!"

라크안이 이를 갈며 소리쳐도 정원사는 꿈쩍도 하지 않았다.

"나무가 무거워하고 있잖습니까. 라안 님, 어서 내려오기나 하세요. 전 무조건 가벼운 사람 편입니다."

"쟤가 크면 나보다 무거워질지도 모른다고!"

"어머? 그게 무슨 말씀이세요! 제가 공작 각하 나이가 돼도 가벼울 거예요. 공작 각하 무게의 반의반도 안 될 거라고요."

"그건 두고 볼 일이지. 명령이다, 오늘부터 매일 여섯 끼씩 먹어. 무조건 고기로."

"흥, 쓸데없는 소리 마시구요, 어서 내려오기나 하세요. 안 내려오시면 제가 올라갈 거예요."

카루나는 정원사가 붙잡아 주는 사다리를 타고 올라가 라크안을 붙잡았다. 반항하는 라크안을 후춧가루를 잔뜩 묻힌 셔츠로 찰싹찰싹 때렸다. 따가워 어쩔 줄 몰라 하는 라크안을 보자니 마음속 깊은 곳에서 기묘한 희열이 느껴졌다. 찰싹, 찰싹. 자아, 더 괴로워해 보란 말이다!

지난 5년간의 묵은 원한이 이렇게 독했다. 견디다 못한 라크안이 셔츠를 손으로 잡아당겼다.

"어어?"

카루나는 균형을 잃고 휘청였다. 이내 그녀는 나무줄기에서 미끄러졌다.

"꺅!"

카루나는 눈을 질끈 감았다.

나무는 제법 높았다. 이대로 떨어진다면 팔, 다리 중 어디 하나는 분명히 부러지리라. 아플 건 둘째 치고, 다친 동안 라크안을 괴롭히지 못할 거란 생각이 들자 아쉬워졌다.

그런데 무언가 자신을 쑥 잡아당기는 느낌이 들었다.

"어?"

카루나가 눈을 번쩍 떴다. 바로 눈앞에 라크안의 얼굴이 와 있었다. 붉은 눈동자에 담긴 자신의 얼굴이 보였다. 꼭 놀란 토끼 같아 보였다.

"후우, 놀랐잖아."

라크안이 한숨을 푹 내쉬며 카루나를 끌어 올렸다. 카루나가 막 나무에서 떨어지려고 할 때 재빨리 그녀를 낚아챈 것이었다.

"넌 엄청 잘 먹던데, 먹는 게 다 어디로 가는 거냐?"

라크안은 돼지의 무게를 달아 보듯 카루나를 든 손을 위아래로 움직였다. 카루나는 조그맣고 가벼워서 들고 있어도 무게가 거의 느껴지지 않았다.

"놔줘요, 놔! 놔!"

카루나는 라크안에게서 벗어나려 버둥댔지만 소용없었다.

"가만있어. 여기서 떨어지면, 난 괜찮지만 넌 다칠지 몰라."

그렇게 말하며 라크안은 카루나를 제 옆구리에 끼고 뛰어내렸다. 그는 바람의 가호를 받는 것처럼 가볍게 바닥에 착지해선 카루나를 바닥에 내려 주었다. 그리고는 카루나의 머리를 손으로 꾹 눌렀다.

"내가 무섭지도 않은 건지."

라크안은 약간 어이없어하는 표정이었다.

지난 한 달간, 라크안은 자신의 보좌 하녀로 완벽하게 적응한 카루나에게 시달렸다.

밤새 잠을 한숨도 못 자다 새벽녘에야 겨우 잠들었다고 하소연해도, 카루나는 어리광 부리지 말라며 그를 깨웠다. 식사할 때마다 포크와 나이프를 쓰라며 손에 포크와 나이프를 쥐게 하고 붕대를 칭칭 감아 놓지를 않나. 옷 좀 입고 다니라며 쫓아다니질 않나. 그렇게 그녀는 라크안을 스스럼없이 대했다. 라크안은 그게 신기했다. 그에게 이렇게 다가온 사람은 단 한 명도 없었다. 카루나가 유일했다.

숲 밖의 사람들이든 숲의 일족이든, 사람들은 모두 라크안을 두려워했다. 전쟁터에서 만난 적들은 라크안이 자신을 죽일까 봐 무서워했다. 전쟁터에서 함께 싸운 아군은 그를 존경하면서도 거리를 두었다. 그를 돕는 숲의 일족과 저택의 사용인들조차 때때로 그를 폭탄을 보듯 했다. 당장이라도 터질 것처럼 그를 조심조심 다루었다.

그런데 카루나는 아니었다. 손가락 하나만 튕겨 때려도 죽을 것같이 작고 약하면서, 그를 무서워하거나 존경하지 않았다. 곧 터질 폭탄처럼 보지도 않았다. 그저 괴롭히기 좋은 허수아비로 보는 듯했다. 어떨 때는 깊은 원한을 풀려고 하는 것처럼 굴었고.

라크안은 그런 카루나가 싫지 않았다. 그래서 그녀를 이렇게 봐주고 있는 건지도 몰랐다.

"이거 봐요! 무섭긴 뭐가 무서워요, 혼자선 식사도 제대로 할 줄 모르는 공작 각하를 누가 무서워한단 말이에요."

물론 예전에 클레이엔인 척하던 때, 진심으로 화를 내는 라크안을 보며 쫄았던 적이 몇 번 있었다. 카루나는 그때가 생각나 더욱 발끈했다.

라크안은 자신의 손아래에서 버둥대는 카루나를 가만히 바라보았다. 옅은 갈색 머리카락에 녹색 눈. 아무리 잘 먹여도 작기만 한 열두 살의 여자아이. 자신을 조금도 무서워하지 않고, 스스럼없이 대하는 유일한 사람.

붉은 눈이 차분히 가라앉았다.

'역시 넌 날 죽이러 온 새로운 암살자일까? 클레이엔, 그 여자가 보낸?'

저택에 오기 전까지 카루나가 어떻게 살았는지 그녀의 신원을 조사하고자 했다. 그녀를 저택에 들이고자 고용 문서를 쓰던 날 바로 지시를 내렸다. 그 결과가 어제, 라크안의 집무실 책상 위에 놓였다.

라크안은 옆에 페이퍼 나이프가 있음에도 사용하지 않았다. 손으로 쫙쫙 봉투를 찢고 안의 문서를 확인했다. 문서는 총 두 장이었다. 한 장은 구빈원에서 보내 준 것이었고, 다른 한 장은 라크안의 지시를 받은 사람들이 카루나에 대해 조사한 보고서였다.

구빈원의 기록은 간단했다. 이미 저택에서 구슬프게 소문이 났던 카루나의 안타까운 사연이 적혀 있었다. 그런데 구빈원의 기록과 저택의 소문과는 약간 차이가 있었다.

카루나는 구빈원에서 이렇게 말했다. 부모님이 병으로 죽고, 홀로 떠돌다 나쁜 사람들에게 잡혀 수도에 끌려왔다고. 거기서 나쁜 일을 당하기 전 겨우 도망쳐 나왔다고.

저택에서는 나쁜 귀족과 귀족에게 괴롭힘을 당하다 부모를 잃었다고 했다. 이후 홀로 떠돌다 인신매매를 당했고 수도에 끌려왔다가 가까스로 도망쳐 나왔다고.

'부모가 병으로 죽었다.'와 '귀족에게 괴롭힘을 당하다 부모를 잃었다.'는 큰 차이였다.

만일 구빈원에서 귀족에게 괴롭힘을 당하다가 부모를 잃었다고 말했다면? 구빈원의 사람들은 카루나에게 어느 귀족의 영지에서 지내다 왔는지를 물어보았을 것이다. 그녀가 어느 귀족의 농노이거나 자유민인지를 확인했을 것이다.

아니, 원래대로라면 구빈원은 그들이 구제한 모든 사람에게 출신을 물어봐야 한다. 그래야 이후에 자신의 영지민을 되찾으려는 귀족들과의 법정 싸움에 대비할 수 있을 테니까.

하지만 구빈원은 언제나 도움을 요청하는 사람들로 미어터졌고, 주인인 황태자를 닮아 착해 빠진 게 유일한 장점인 그들은 정해진 절차를 종종 생략했다. 법으로 정해진 절차를 지키는 것보다 지금 당장 백성을 한 사람이라도 더 구하는 게 중요하다고 생각하는 인정 넘치는 곳이었다.

그곳의 사람들은 황태자의 보호 아래에 더욱 많은 백성을 끌어들이는 게 자신들의 사명이라 생각하는 사람들이었다. 구빈원을 찾아온 사람들에게 사연을 묻긴 물었으나 그 사연이 너무 기구하고, 그 사람을 잡으러 귀족이 쳐들어올 것 같지만 않으면 신원 조사를 생략하기 일쑤였다.

어차피 이 파라 제국 아래 모든 백성은 황제 폐하의 백성이고, 황태자 전하의 보살핌을 받아 마땅한 백성이니 어디서 살았는지 물어보는 게 뭐 중요하냐는 태도였다. 좋게 말하자면 황실에 충성하는 참으로 고운 마음씨지만, 나쁘게 말하자면 게으르고 무사태평한 태도였다. 그러한 태도는 라크안의 손에 들린 서류에서 찬란하게 빛을 발했다.

열두 살짜리 어린아이가 도와 달라며 구빈원에 뛰어들어 왔건만, 구빈원은 그녀에게 무슨 일이냐고 묻기만 했다. 먹을 것과 입을 것을 주고, 일할 수 있는 자리를 만들어 주기만 했다.

그리고 끝이었다.

그녀가 어디에서 살았는지, 정말 거기에서 살았던 게 맞는지 확인하는 절차를 하나도 진행하지 않았다. 문서에 적힌 내용은 그저 카루나가 제 입으로 말한 내용을 간략하게 정리한 것에 불과했다.

"아무튼 이 멍청이들은, 쓸모가 없어."

라크안이 이를 갈았다. 책상에서 조금 떨어진 소파에 편히 앉아 포도를 따 먹던 연두색 머리 남자는 쾌활히 말했다.

"선한 거지."

"두 번 선하면 나라를 말아먹겠군."

신원이 명확하지 않은 아이를 바이켈드 공작저로 기꺼이 보냈다. 황태자 궁에라고 못 보낼 이유가 있을까. 황태자 암살 시도에 도움을 주면 도움을 줬지, 예방하지는 못할 사람들이었다.

'마카레나 백작 영애가 황태자의 암살에는 관심이 없어서 다행이지.'

그녀의 목표는 황태자비가 되는 것이었다. 그러니 황태자는 죽으면 안 된다. 만일 그러지 않았다면 황태자는 이미 5년 전에 암살당했을 것이다. 본인이 암살당한다는 것조차 모른 채로.

라크안은 서류를 뚫어져라 바라보았다.

'저택에 와서 귀족파 귀족에게 괴롭힘을 당했다고 말한 건, 저택 사람들을 빨리 안심시키기 위해서였을까? 상황에 맞춰 자신의 사연을 바꾼 건가?'

부모의 죽음은 충격적인 사건이다. 아무리 나이가 어리다 할지라도 그때의 충격은 영혼에 새겨진다. 불과 열 살에 어머니와 아버지를 잃었던 라크안도 그때 당시를 똑똑히 기억하고 있다. 어머니가 어떻게 죽었는지, 어머니를 잃고 슬픔에 잠긴 아버지가 어떻게 시름시름 앓다 죽어 갔는지.

부모를 잃은 어린 평민 아이가 사람들이 부모에 관해 물어볼 때마다 상황에 맞춰 말을 바꾸려 한 이유가 무엇일까.

'확실히 평범한 아이는 아니야.'

라크안은 하녀장에게 카루나에 대해 최대한 자세히 알아 오라는 명령을 내렸다. 하녀장은 카루나와 같은 방을 쓰는 하녀들에게 은밀히 명령하여 카루나의 뒤를 캤다.

하녀들은 카루나와 함께 수다를 떨고 식사를 했다. 함께 일을 하며, 슬쩍 카루나에게 저택에 오기 전에 어떻게 살았는지 물어보았다. 카루나는 쉽게 자신의 과거를 밝히지 않았다.

처음 자신이 어떻게 해서 수도에 오게 되었는지 말한 이후로는 그 내용을 똑같이 되풀이할 뿐이었다. 본래 살았던 지역이 어디인지, 부모의 이름은 무엇인지 등을 물어도 요지부동이었다. 어려서 잘 기억이 안 난다며 고개를 도리도리 저을 뿐이었다.

그러는 새 카루나는 역으로 하녀들을 하나둘 자신의 편으로 만들었다. 하녀들은 어린 카루나를 자신의 동생처럼 생각하며 감싸기 시작했다. 결국 하녀장은 라크안이 요구한 정보를 얻지 못했다.

라크안은 결국 그 정도 정보만을 가지고 카루나의 신원 조사를 해야 했다. 그 결과가 두 번째 서류였다. 두 번째 서류 역시 자세한 내용이 없었다. 카루나가 구빈원을 나온 이후 다섯 달 동안 어떻게 살았는지가 적혀 있었다.

카루나가 작별 인사를 하고 싶다고 말했던 사람들 역시 카루나에 대해 잘 알지 못했다. 카루나는 말 그대로 하늘에서 뚝 떨어져 내린 아이 같았다.

카루나를 조사했던 이들은 과거 마카레나 백작 영애 클레이엔을 뒤쫓던 이들이었다. 이들은 클레이엔이 일주일에 몇 번 초콜릿을 먹는지, 그녀가 가지고 있는 비단 스타킹이 몇 켤레인지까지 조사해 왔다. 그런데 카루나의 과거만큼은 알아 오지 못했다.

한 달이란 시간을 주었는데도.

그들은 자신들의 노력을 어필하기 위해서 종이 하단에는 조그만 글씨로 다른 '카루나'에 대한 내용을 적어 놓았다. 20년 전, 교회에서 운영하는 수도 서쪽의 구빈원에 '카루나'라는 아기가 등록되었다. 그리고 10년 전, 서쪽 변두리 슬럼가에서 소매치기 조직 소속의 '카루나'가 서너 번 경비대에 붙잡혔다는 기록이 남아 있다.

20년 전. 그리고 10년 전.

모두 지금 열두 살인 카루나와는 다른 인물이었을 사람에 대한 내용이었다. 20년 전에 카루나는 태어나지 않았을 테고. 10년 전, 카루나는 아장아장 걸어 다닐 때였다. 막 태어난 아이가 어떻게 소매치기범으로 붙잡힐 수 있었겠는가.

'정말로 클레이엔, 그 여자가 보낸 암살자일까.'

지금까지 클레이엔은 그에게 수백 명의 암살자를 보냈다. 암살자들은 모두가 전문가였다. 밤이고 낮이고, 기척을 죽이고 은밀하게 다가와 그를 암살하려고 했다. 이렇게 어린아이는 암살자랍시고 보낸 적이 없던 터라, 라크안은 긴가민가했다.

'……그래도 최소한의 선은 지키는 여자인 줄 알았는데.'

카루나가 고용 문서에 손을 바꿔 서명하는 것을 보고도 확신이 서지 않았다. 그런데 한 달을 기다린 끝에 확인한 조사 문서가 작은 의심을 큰 불꽃으로 만들었다.

만약 카루나가 라크안을 암살하러 온 것이 맞다면, 그날, 늑대로 변한 라크안을 보고 당황하여 암살을 시도할 타이밍을 놓쳤을지 모른다. 라크안의 비밀을 알게 된 카루나를 저택 밖으로 내보내지 않은 게 천만다행이었다. 만약 그랬다면 카루나는 그가 심각한 발작을 앓고 있다는 것을 클레이엔에게 고해바쳤을 것이다.

'그렇다면 지금 그 꼬맹이는 나에 대해 그 여자에게 고해바칠 기회를

노리고 있는 걸까?'

"하……."

라크안은 긴 한숨을 내쉬었다.

'역시 마카레나 영애. 그대의 교활함과 음흉함에 경의를 표하지. 본인은 지방 영지로 내려가면서 내 곁에 저런 걸 붙여 놓다니.'

벌써 못 본 지 반년이 넘어가는 마카레나 영애, 클레이엔. 역시나 만만히 볼 상대가 아니었다.

어느새 포도 한 송이를 다 해치운 연두색 머리 남자가 책상 쪽으로 다가왔다. 라크안은 그에게 종이를 건네주었다. 두 장을 단숨에 읽어 내린 연두색 머리 남자가 뒷머리를 긁적였다.

"하나 분명한 건 카루나, 그 꼬마 아가씨가 네 반려일 가능성이 낮다는 거네."

연두색 머리 남자는 어째서인지 기뻐 보였다.

"그렇지."

라크안은 망설임 없이 대답했지만 이내 기분이 가라앉았다.

서류는 카루나가 정체를 알 수 없는 수상한 아이라는 것을 알려 주었다. 동시에 그녀가 라크안의 반려가 아니라는 결론을 땅땅 내려 주었다.

카루나가 수도에 없었던 동안, 라크안은 한 번도 발작을 일으키지 않았다. 카루나가 내내 수도에 있을 동안, 라크안은 저택 밖으로 나가지 못할 만큼 발작을 일으켰다. 만약 카루나가 정말 라크안의 반려였다면 정반대의 상황이 벌어졌어야 했다.

더없이 다행스러운 결론이었다. 열두 살짜리 꼬마 여자아이가 반려일지도 모른다는, 끔찍한 현실에서 벗어날 수 있게 된 것이니까. 그런데 어째서인지 입 안이 씁쓸해졌다.

'내가 지금 무슨 생각을 하는 거지?'

그리고 그런 자신을 깨달은 라크안은 자리에서 벌떡 일어섰다. 서류를 손에 움켜쥔 채로, 바로 벽으로 달려가 머리를 박았다.

쾅! 단단한 벽과 그보다 더 단단한 머리가 부딪쳤다.

"윽!"

눈앞에 빛이 번쩍일 정도로 아팠다. 라크안은 제 미리를 움켜잡고 스르륵, 바닥에 웅크렸다.

"……뭐 하는 거야?"

그런 그를 지켜보고 있던 연두색 머리 남자가 황당해했다.

"됐어, 알 거 없어."

라크안은 손사래를 치며 자리에서 일어났다. 박치기의 여파로 머리가 띵해져서 잠시 휘청였다.

"설마 발작?"

"아니. 지금 내 상태는 더없이 정상이야."

벽을 짚고 선 라크안이 눈을 부릅떴다.

"그나저나 요즘 마카레나 백작 쪽은 어때?"

라크안이 다시 의자에 앉으며 물었다. 부딪친 머리가 아파 손으로 문질렀다.

"여전히 마카레나 백작 영애가 어디에서 요양하고 있는지는 입을 싹 닦고 있지. 그런데 뭔가 좀 이상한 게 있어."

연두색 머리 남자가 말을 이었다.

"굉장히 은밀히 움직이고 있어서 최근에야 알아챈 건데, 우리 쪽에서 눈치를 못 챌 정도로 조심하면서 사람을 찾고 있더라고."

"사람? 무슨 사람?"

"거기까지는 알지 못하겠는데, 아무튼 누군가를 찾고 있는 건 분명해. 수도를 이 잡듯 뒤지고 다니더라고."

“사람을 찾는다라……. 마카레나 백작이 아무 이유 없이 그럴 리는 없을 텐데. 누굴 찾는 거지?”

마카레나 백작이 숨을 쉬면 그 숨은 거대한 태풍이 되어 황제파를 덮쳤다. 마카레나 백작이 어딜 다녀오면, 이내 그곳은 폐허가 됐다. 그는 쓸데없이 움직이는 사람이 아니었다.

“그 일이랑 연결된 일인지 아닌지는 잘 모르겠는데, 내일 백작가에서 마탑의 마법사를 한 명 데리고 간대.”

“마탑의 마법사를?”

라크안의 눈썹이 꿈틀했다.

마법사는 귀한 존재이다. 마탑에 소속될 정도라면 더더욱. 자신들의 희귀성과 무게를 안 마탑은 오래전부터 중립을 선포했다. 황제파와 귀족파의 싸움이 오래 지속되는데도 어느 한쪽의 편도 들어 주지 않았다.

그런데 이제 와서 귀족파의 수장인 마카레나 백작에게 마법사를 파견한다? 그건 귀족파의 편을 들겠다고 말하는 것과 다를 바 없었다. 황제파 입장에선 재앙과 가까웠다.

마카레나 영애 클레이엔과 황태자의 약혼 발표 직후, 귀족파의 수장인 라크안은 변경 순찰이라는 거짓 명분을 내세우고 몇 달 동안이나 저택 안에 갇혀 있었다. 그새 귀족파는 세력을 불리고 있었을 터. 마탑은 귀족파가 우세하다고 생각하여 그쪽으로 붙으려 하는 걸지도 모른다.

“마탑에서 귀족파의 손을 들어 주려는 걸까?”

의심이 깊어지려는 찰나 연두색 머리 남자가 손을 내저었다.

“아니, 그런 건 아닌 거 같아. 왜냐면 마탑에서 그 마법사를 완전히 제명해 버렸다던데. 뭔가 이상한 실험 같은 걸 했다는 소문이 돌더라고.”

“이상한 실험이라면?”

“알아보니까 그 마법사가 예전에 마카레나 영애에게 큰 실수를 한 모양이야. 그걸 뒤늦게 알아서 마카레나 백작가에서 그 마법사에게 책임을 물게 하려고 하는 거라던데. 물론 확실한 건 아니야."

"마탑의 마법사가 마카레나 백작 영애에게 잘못을 저질렀다고?"

듣던 중 반가운 소리였다.

"그래, 그래서 마법사를 끌고 가려는 거래. 마탑 쪽 분위기가 매우 안 좋았어."

"무슨 일일까?"

라크안은 턱을 문지르며 고민했다.

'혹시 마카레나 백작 영애가 지금 수도에 없는 것과 관련이 있을까?'

황태자와의 약혼 발표 날만 해도 클레이엔은 더없이 쌩쌩했다. 십수 명과 춤을 추면서도 전혀 지치지 않아 보였다. 그런데 바로 다음 날, 클레이엔은 몸이 아파 요양이 필요하다며 지방 영지로 내려가 버렸다. 분명 그녀답지 않은 행보였다. 황태자비로서 입지를 굳혀야 하는 중요한 시기에 수도를 비우다니.

라크안은 정말로 클레이엔이 아플 거라고는 생각하지 않았다. 때문에 카루나, 그리고 마탑에서 제명당해 파견 형식으로 마카레나 백작가로 끌려가게 되었다는 마법사. 그 둘을 주시했다.

하지만 아직 머릿속은 짙은 안개가 낀 것처럼 어스름했다. 라크안이 생각하기에, 그 안개를 걷을 수 있는 키는 카루나였다.

* * *

보고를 받은 이후에도 카루나는 여전히 라크안의 보좌 하녀고, 라크안은 여전히 그녀에게 쫓기는 불쌍한 공작 각하였다. 라크안은 제 손 안에 들어온 옅은 갈색 머리를 쓱쓱 만졌다.

카루나는 라크안의 손을 피하려 머리를 이리저리 빼내려 애썼다. 물론 언제나 이루어지지 않는 일이었다. 라크안은 자신의 손길을 피하려 드는 카루나를 바라보다 그녀의 머리를 손으로 꽉 쥐었다.

작은 동물을 보면 손에 넣고 꽉 쥐고 싶은 마음이 드는 것처럼, 그녀를 보면 항상 손이 근질근질했다. 그래서 손을 대면 언제나 한 줌이었다. 작은 머리통은 한 손에 들어왔다.

'이 안에 무슨 생각이 들어 있을까?'

할 수만 있다면 진짜 이 작은 머리통을 열어 들여다보고 싶었다. 무슨 생각을 하고 있는지. 정말 마카레나 백작 영애, 클레이엔이 보낸 암살자가 맞는 건지. 라크안은 제 손에 닿는 카루나의 머리에 집중했다.

이대로 조금만 힘을 준다면?

이 작은 머리는 수박이 깨지듯 손 안에서 산산이 부서지리라. 머리통 안에 들어 있는 뜨거운 피가 손을 흠뻑 적시리라.

"……."

언제나 그를 집어삼키는 검은 그림자가 슬그머니 다가왔다. 그 검은 그림자가 라크안의 귓가에 속삭거렸다.

'죽여, 죽여 버려.'

어차피 이 세상은 그에게 아무런 의미도 없었다. 그에겐 조금의 기쁨도 행복도 없으니까.

고작 이런 여자아이 하나 죽는다 한들 바뀔 건 아무것도 없었다. 그는 여전히 외롭고, 고독하고, 괴물일 테니까.

후추를 뿌린 셔츠를 들고 쫓아오는 것도, 아침마다 깨우며 잔소리를 늘어놓는 것도, 식탁 위로 올라가지 말라고 정강이를 발로 차 쓰러뜨리는 것도. 모두 암살 계획의 일부일지도 모른다. 그렇게 천천히 중독시켜 죽이려는 걸지도 모른다.

그걸 피하려면 일찌감치 죽여 없애야 하지 않을까? 이전에 클레이엔이 자신에게 보냈던 수백 명의 암살자처럼.

손에 힘이 들어갔다.

"아야!"

귓가에 달콤한 신음이 들렸다.

크르르. 라크안의 목울대가 울렸다. 온몸의 모든 신경이 제 손 안으로 향했다. 손바닥에 닿는 카루나가 그의 식욕을 돋웠다. 작은 병아리를 두 손 안에 넣고 움켜쥐는 기분이었다.

조금이라도 세게 움켜쥐면 다칠까 두려워하면서도, 쥐어짜듯 꽉 움켜쥐어 터트리고 싶은 마음. 이런 감정을 뭐라고 해야 하는 걸까? 라크안은 알 수 없었다.

"아야, 아파요!"

카루나가 그 작은 손을 들어 제 머리를 꽉 잡고 있는 라크안의 손등을 찰싹, 때렸다. 따끔하기는커녕 간지러웠다. 하지만 그 효과는 즉각 나타났다. 카루나의 손이 닿은 손등부터였다. 상냥한 봄바람이 찬 겨울바람을 몰아내는 것같이, 그를 덮었던 검은 그림자가 일순간 걷혔다.

"아……."

라크안이 멍하니 카루나를 내려다보았다. 조금 전까지 제 손 안에서 아파하던 카루나가 커다란 녹색 눈을 들어 라크안을 째려보았다. 맑은 녹색 눈을 마주하는 순간 정신이 번쩍 들었다.

'지금 내가, 뭘 하려고 했던 거지?'

바로 손을 뗐다.

"뭐예요, 머리 터지는 줄 알았네."

카루나는 작은 두 손으로 제 머리를 감싸 쥐었다. 그녀의 양 미간에 점처럼 붉은 자국이 나 있었다. 라크안의 손가락 표식이었다. 꽤 아픈지 카루나는 손자국이 난 미간을 문지르며 힝, 울상을 지었다.

"미, 미안하다."

라크안은 즉각 사과했다.

'내가 또 발작할 뻔했구나.'

깨달음과 동시에.

'이런 어린 애를 두고 뭔 짓을 하려고 했던 거냐.'

자기혐오가 확 몰려왔다.

그런데 어째서인지 기분이 좋았다. 저 조그만 얼굴에 제가 남긴 표식이 있다는 게 마음에 들었다. 저 자국이 사라질 때까지, 그 아픔이 사라질 때까지, 저 조그만 아이는 계속 자신을 생각하리라.

다른 사람들도 저 자국을 보면서 으레, 저 아이가 자신의 것임을 알게 되…….

"지금 무슨 생각을 하는 거야!"

라크안은 자신이 올라탔던 나무에 머리를 박았다. 콰직! 그의 머리는 금이 가거나 깨지지 않았다. 그저 불쌍한 나무만 동그랗게 파일 뿐이었다.

"뭐 하시는 거예요?"

카루나가 눈을 뎅그렇게 뜨고 라크안을 쳐다보았다. 조금 전까지만 해도 제 머리를 터뜨릴 듯 움켜쥐더니, 이제는 자기 머리를 나무에 들이박고 있었다.

'죽으려면 그 정도로 박아선 안 될 텐데?'

카루나는 고개를 갸웃했다.

"아니, 아무것도 아냐. 신경 쓰지 마."

라크안은 머리를 좌우로 흔들었다. 후드득. 머리칼에 묻은 나무 조각이 떨어져 내렸다. 떨떠름한 표정으로 자신을 쳐다보는 카루나에게 라크안이 물었다.

"저택 밖에서 신세 진 사람들에게 작별 인사를 못 해서 서운해한다고 하녀장이 그러던데. 시간이 좀 지나긴 했지만, 지금이라도 저택 밖으로 한 번 나갔다 오겠어? 지난번에 하지 못한 작별 인사를 하러."

그의 말은 전혀 예상치 못한 것이었다.

"저 밖에 나가도 돼요?"

라크안을 경계의 눈초리로 쳐다보며 슬금슬금 거리를 벌리고자 뒷걸음질 치고 있었건만. 카루나가 우뚝, 멈춰 섰다. 녹색 눈이 번쩍 뜨이는 게 고스란히 보였다.

"혼자서는 안 되겠지만. 믿을 만한 사람과 함께 나가겠다고 한다면, 뭐 괜찮겠지."

라크안은 대수롭지 않다는 양 말했다. 카루나의 입가엔 미소가 그득 어렸다. 고용 문서를 쓰고 저택의 하녀가 된 날. 카루나는 밖으로 나가 주변 사람들에게 작별 인사를 하고 오겠다고 했다. 하지만 하녀장은 카루나의 외출을 허락하지 않았다. 카루나를 믿을 수 있게 되면, 그러면 보내 주겠다고 했다.

카루나는 드디어 신뢰를 얻었다고 생각했다. 그건 꽤 큰 수확이었다.

지금 당장 저택 밖으로 외출을 나가고 싶은 마음은 크지 않았다. 그때 작별 인사를 하고 싶다고 말했던 사람들, 잡화점 주인이나 여관 주인 제시와 플루 등이 보고 싶지 않은 건 아니지만, 반드시 보고 싶은 것도 아니었다. 하지만 카루나는 그런 내색을 하지 않았다.

"그래, 널 호위하고 감시할 사람을 붙여서."

"좋아요! 감사해요!"

카루나는 두 번 생각할 것 없이 바로 고개를 끄덕였다. 카루나가 좋아하는 모습을 보니 라크안은 괜히 어깨를 으쓱였다. 어쩐지 기분이 가벼워졌다.

그리고 잠시 후, 저택 밖으로 나가기 위해 채비를 마친 카루나는 제 옆에 슬그머니 서는 라크안을 보고 기겁했다. 그는 탁한 고동색 머리카락 가발을 썼다. 입고 있는 옷은 저택의 하인들이 입는 것이었다.

"……서, 설마?"

카루나가 믿을 수 없다는 듯 물었다.

"응. 설마."

라크안은 네가 생각하는 그게 맞다고 대꾸해 줬다.

"오늘 어느 귀족 영애와 티타임이 있다고 하지 않으셨어요?"

"외출한다고만 했지 여자 만나러 간다고는 안 했다."

"그 외출이라는 게……."

카루나가 제 손가락으로 저를 가리켰다. 라크안은 고개를 한 번 끄덕, 였다.

"아아."

카루나는 두 손에 얼굴을 묻었다. 그녀의 외출을 호위해 줄 사람은 다름 아닌 바이켈드 공작인 라크안이었다. 변장이랍시고 싸구려 가발과 낡은 하인 옷을 입은.

라크안이 카루나와 외출하겠다는데, 저택의 사람 중 그 누구도 라크안을 말리지 않았다.

언제 발작을 일으킬지 모를 상태로 무슨 외출이냐고, 호위라도 끌고 가라고, 아니 나가시면 안 된다고 하녀장이나 연두색 머리 남자가 말리기를 기대했건만.

"꼬마 아가씨, 라안을 잘 부탁해요. 어디다 버리고 오면 안 됩니다. 꼭 챙겨 가지고 와야 해요."

"해지기 전엔 돌아오시기 바랍니다. 부엌에서 벌써 만찬 준비에 들어갔답니다."

둘은 손까지 흔들며 카루나와 라크안을 배웅했다.

"자, 가자."

라크안이 단숨에 말 위에 올라 카루나에게 손을 내밀었다. 일개 하녀 따위가 주인님이신 공작 각하께서 가신다는데 어찌 반항하랴. 떠꺼운 표정으로 라크안의 손을 쳐다보던 카루나는 한숨을 푹 내쉬었다.

"네에."

카루나가 손을 내밀자 라크안은 카루나를 낚아채 자신의 앞에 앉혔다. 그러고는 한쪽 팔로 카루나의 허리를 감았다.

"꺅!"

"어?"

둘은 동시에 놀랐다.

"뭐 하시는 거예요!"

카루나는 목을 뒤로 꺾었다. 라크안을 올려다보며 매섭게 소리쳤다.

"……어?"

라크안이 멍한 표정으로 카루나를 내려다보았다.

"어? 어? 지금 숙녀의 몸에 함부로 손을 대곤, 하시는 말씀이 고작 어? 어? 인가요?"

카루나는 아예 몸을 뒤로 돌려 라크안을 보았다. 양손을 팔짱을 낀 채 찌릿, 라크안을 노려보았다.

"아니, 그게 아니라……."

이내 제정신을 차린 라크안이 검지로 카루나의 이마를 톡톡 두드렸다.

"이봐, 내가 안 잡아 주면 어떻게 하려고? 말에서 안 떨어질 자신 있어?"

"……."

"나도 내 반려가 아닌 꼬맹이한테 손대고 싶지 않거든?"

"이익!"

카루나는 양 볼을 잔뜩 부풀렸다.

“그런 표정 짓지 마. 내가 진짜 뭐? 변태? 진짜 그런 건 줄 아냐? 내가 저번에 말했지. 이 세상 모든 여자가 다 내 반려가 아니어도, 넌 안 건드린다고.”

라크안은 또 생각 없이 말했다. 그의 말을 듣고야 카루나는 제 볼을 푹, 꺼트렸다.

‘한 번도 만난 적 없고, 얼굴도 모르는 여자가 뭐 좋다고.’

라크안은 툭하면 반려 타령이었다. 저택에 머무는 내내 귀에 못이 박이도록 그 반려 타령을 들었건만, 이상하게도 라크안의 입에서 그 반려 소리가 튀어나오면 특히나 더 귀에 거슬렸다. 절로 표정이 뚱해졌다.

라크안은 그런 카루나를 신기하다는 듯 내려다보았다. 사람의 얼굴이건만 쫀득쫀득한 빵같이 보였다. 한순간에 잔뜩 부풀어 올랐다가, 또 한순간에 푸시식 꺼지니. 한번 만져 보고 싶다는 생각이 들었다.

‘아서라, 물리지나 않으면 다행이지.’

말랑말랑해 보이는 볼을 한번 꼬집어 보고 싶은데, 엄두가 나지 않았다. 만약 그랬다간 카루나가 자신의 손가락을 덥석 깨물어 버릴 것 같았다. 이빨이 뾰족뾰족한 카루나가 딱딱딱, 이빨을 부딪치며 자신의 손가락을 씹어 먹으려 달려드는 모습이 절로 상상됐다.

“으으.”

라크안이 진절머리를 냈다.

‘왜 저래.’

카루나는 뚱하게 라크안이 진동하듯 떠는 모습을 지켜봤다.

잠시 뒤, 끔찍한 상상을 이겨 낸 라크안이 카루나에게 자신의 왼손을 들어 보였다.

“어쩔 거야.”

여전히 자신을 못마땅한 눈초리로 쳐다보는 카루나를 놀리듯, 손을 흔들었다.

"으으!"

카루나는 라크안과 다른 의미로 진절머리를 냈다.

'말 타는 법을 배워 둘걸.'

승마는 귀족 영애의 교양 중 하나이다. 하지만 진짜 클레이엔은 어릴 때 말에 깔릴 뻔했던 일을 겪어, 말 공포증을 가지고 있다고 했다. 클레이엔 흉내를 내야 했던 카루나는 승마를 배우기는커녕 말을 무서워하는 연기를 익혀야 했다. 안 그래도 배우고 훈련받을 게 가득이라 하나라도 덜 배울 수 있어 좋다고 생각했건만. 이렇게 아쉬워할 날이 올 줄이야. 그때는 미처 알지 못했다.

'정말 이렇게 타는 거 말고 다른 방법은 없는 거야? 먼 길 가는데 왜 마차를 안 타고 말을 타는 건데.'

카루나는 입술을 쭉 내밀고 삐죽였다. 라크안은 시시각각 바뀌는 카루나의 표정을 즐겼다. 조막만 한 머릿속에 가득 찬 생각이야 안 봐도 뻔했다.

'어떻게 하면 나한테 기대지 않고 말을 타고 갈 수 있을지 고민하는 거겠지.'

그런 방법을 카루나가 모를 것이 분명하기에, 라크안은 조바심을 내지 않고 기다렸다.

"딱 제가 떨어지지 않을 만큼만 잡아 주세요."

잠시 뒤 카루나가 새침하게 고개를 돌렸다. 앞만 바라보는 뒤통수가 동글동글해서 괜히 툭, 건드려 보고 싶었다.

'아서라, 이 성질머리에 또 난리 칠라.'

라크안은 픽 웃으며 제가 잡고 있던 말 재갈을 느슨히 쥐었다. 카루나의 눈앞에 말 재갈의 끝이 달랑달랑 흔들렸다.

"보좌 하녀님께서 정 나와 닿는 게 싫다 하시니 내가 기꺼이 돌려 드리지. 이걸 잡아."

카루나는 말 재갈을 두 손으로 꽉 잡았다.

"허리를 세우고, 그렇다고 몸에 힘을 주지 말고 편하게 앉아 있어. 여차하면 뒤로 쓰러져라. 앞으로 엎어지지 말고. 내가 뒤에 있으니까."

카루나는 그의 말대로 허리를 곧게 세웠다. 라크안에게 기대지 않고도 균형을 잡고 앉았다.

영특한 아이였다. 하나를 말해 주면 열을 할 줄 알았다. 카루나의 뒤통수를 기특하게 바라보던 라크안은 조금 전, 제게 스쳤던 느낌을 떠올렸다.

따뜻하고 몽글몽글한 느낌.

분명 지금까지 그의 삶에선 경험해 본 적 없는 것이었다.

반려가 아닌 여자와 몸을 맞댄다는 건 생각하는 것만으로도 불쾌했다. 그는 아직 반려를 만나지 못했으니, 이런 따뜻하고 부드러운 느낌이 익숙할 리가 없다. 그런데 이상하게 익숙했다.

라크안은 고삐를 쥔 반대쪽 손을 쳐다보았다. 주먹을 쥐었다 펴 보았다. 분명, 무언가 간질간질한 느낌이 손끝에 남아 있었다. 그가 모르는 언젠가 남모르게 경험한 적이 있다는 듯이 기묘한 기시감이었다.

'내가 점점 미쳐 가고 있나. 경험해 본 적 없는 느낌이 손에 생생하다니.'

아무리 고민해 보아도 낯선 감각을 설명할 수 없었다. 라크안은 차라리 생각하기를 포기해 버렸다. 이해할 수 없는 건 언제나 포기했다. 항상 정상이 아니었고, 하루하루 차근차근 미쳐 가고 있으니까. 자신의 감각을 온전히 믿기를 포기한 지 이미 오래였다.

라크안은 말의 고삐를 잡아당기며 두 발을 박찼다. 윤기가 흐르는 검은 말이 힘차게 발을 구르기 시작했다. 잘 닦인 도로의 길 위를 빠르게 걸었다.

처음 말을 탄 카루나는 위아래로 들썩들썩 흔들리는 제 몸을 제대로 가누지 못했다. 그렇게 라크안의 몸에 닿는 걸 싫어했으면서, 막상 말이 움직이자 그의 팔에 몸을 바싹 가져다 댔다.

"꺅!"

결국 두 손으로 라크안의 팔을 움켜잡았다. 잔뜩 긴장해 움츠린 어깨가 딱딱하게 굳었다.

"어깨를 펴고, 몸에 힘 풀어."

나직한 저음의 목소리가 예고 없이 귓가에 닿았다.

"으익!"

온몸에 소름이 쫙 돋았다.

'뭐야, 이거. 이상해.'

카루나는 고개를 도리도리 흔들었다.

카루나는 라크안에게 폭 안겨 있는 채였다. 라크안의 팔에 허리가 잡혔고, 등은 라크안의 가슴에 기대어 있었다. 그 상태로 라크안의 나른한 목소리까지 내려앉으니, 기분이 이상해졌다. 긴장을 풀라고 말하는데 그 말을 들을수록 더 긴장되었다.

'바이켈드 공작 따위를 의지해 말을 타야 한다니. 그래서 그런 거야.'

서로 죽이려 들었던 정적과 함께 말을 타고 있으니, 긴장이 안 될 리가 없다. 카루나는 제 상태를 그리 파악했다.

'루시온이랑 말을 탈 땐 전혀 이런 적이 없었다고.'

클레이엔인 척할 때 어쩔 수 없이 말을 타야 할 상황이 몇 번 있었다. 그때마다 비서인 루시온과 함께 말을 탔다. 말 타는 게 낯설어 어색하긴 했어도 이렇게 긴장한 적은 단 한 번도 없었다.

"어깨에 힘을 빼라니까?"

머리 위에서 다시 목소리가 들렸다.

"그렇게 말하지 마요!"

카루나가 빽, 소리 지르며 브로치가 든 목걸이 주머니를 움켜쥐었다. 손안에 돌의 감촉이 느껴지자, 파도치듯 일렁이던 기분이 가라앉는 것 같았다.

"우리 보좌 하녀님께서 또 화가 나셨군."

라크안이 놀리듯 중얼거리는 목소리도 들어 줄 만했다.

"흥."

카루나는 콧방귀를 뀌며 라크안의 말을 흘려들었다.

"저 앞에서 오른쪽으로 돌아야 해요."

"그나저나 난 네가 정말 여자로 안 느껴지는 거 같긴 하다."

카루나가 말하는 대로 말을 몰던 라크안이 불쑥, 말을 건넸다. 아직도 긴장한 상태인 카루나의 마음을 풀어 줄 겸, 괜히 손끝에 감도는 이상한 감각을 지울 겸 말한 것이었다.

"여자랑 스치기만 해도 기분이 더러워지는데, 넌 아무렇지도 않은 걸 보니."

역시 열두 살은 애야. 애. 여자는 무슨. 라크안은 생각했다.

"당연히 그래야죠. 전 고작 열두 살인걸요. 일흔 나이에 열여섯 살 영애를 아내로 들이고 싶으신 건 아니죠?"

카루나가 퉁명스럽게 말했다.

"일흔에 열여섯?"

라크안이 되물었다.

"설마 작년에 재혼한 불렌스 자작을 말하는 건가? 평민들 사이에도 소문이 퍼졌나? 아니, 그보다 넌 그걸 어디서 들은 거야? 작년엔 너 수도에 없었다고 하지 않았어?"

동그란 뒤통수를 내려다보는 라크안이 붉은 눈이 깜박였다.

'아차.'

카루나는 혀를 깨물 뻔했다.

불렌스 자작은 귀족파 귀족 내에서도 손꼽히는 거부였다. 또한 진짜 변태로 유명했다.

귀족들 내에서는 가문 간의 결합을 위한 정략결혼이 일반적이다. 하지만 아무리 정략결혼이래도 기본적으로 유지되는 상식의 선이 있었다. 부모들은 자신의 여식을 적어도 비슷한 또래의 영식과 맺어 주고자 노력했다. 남자 쪽의 나이가 많더라도 여자보다 열 살 이상 넘지는 않는 게 일반적이었다.

나이 차 많은 남녀의 결합은, 앞에서는 축하할망정 뒤에서는 사교계의 웃음거리가 되었다. 법으로 금지하진 않았으나 사람들은 터부시하고 비난했다. 작년에 이루어진 불렌스 자작의 재혼은 그런 의미에서 독보적이었다.

불렌스 자작은 일찍 아내와 사별한 이후 재혼하지 않고 여러 정부를 두었다. 그런데 작년에 갑자기 재혼을 선언했다. 그의 나이는 죽음을 목전에 둔 칠십이었다. 숨이 꼴딱꼴딱 넘어가는 노인 신랑의 곁에 선 신부는 꽃다운 열여섯 소녀였다. 몰락한 남작가의 여식이라고 했다.

불렌스 자작의 재혼은 충격적이었다. 귀족들은 세 명만 모여도 불렌스 자작과 그의 어린 신부에 대해 떠들었다. 하지만 그건 어디까지나 귀족들의 사교계에서의 흐름이었다.

불렌스 자작은 존재감 있는 귀족은 아니었다. 그는 1년의 대부분을 지방의 영지에서 보냈다. 귀족파와 황제파의 다툼이 격렬해 지원이 필요할 때나 수도에 오는 정도였다. 그러니 조그만 여관에서 일했던 카루나가 알 수 있을 만한 내용이 아니었다.

"아랫사람의 귀를 무서워하세요. 공작 각하."

카루나는 짐짓 아무렇지 않은 척 대꾸했다.

"전 일요일마다 식료품 가게에서 일하면서 여러 귀족 나리들의 저택에 갔었다고요. 거기서 친해진 하녀와 하인들만 몇인 줄 아세요? 천 명은 넘을걸요. 그 사람들한테서 귀족 나리들에 대한 재미있는 이야기를 잔뜩 들었답니다."

마음이 급해지니 괜히 말이 장황해졌다.

"그럴 수 있겠군."

다행히 라크안은 이상한 점을 눈치채지 못했다. 라크안은 카루나의 변명에 쉬이 이해했다. 휴우, 카루나는 작게 한숨을 내쉬었다.

"이제 쭉 앞으로 가면 돼요."

"그럼 나에 대한 소문도 들었나?"

라크안이 물었다.

"무슨 소문요?"

"그 천 명이 넘는다는 하녀와 하인들에게서 나에 대한 소문도 들어 보았느냐고."

"글쎄요. 들어 봤을지도?"

카루나는 길게 고민하지 않고 대답했다.

"어떤 소문이었지?"

당연한 질문이 뒤따랐다. 카루나는 사교계에서 떠돌던 라크안에 대한 소문을 떠올려 보았다.

혹시 여자가 아니라 남자를 좋아해서 결혼을 안 한 게 아니냐는 소문. 말의 뒷발굽에 거시기가 차여 고자가 되었다는 소문. 사실 황태자를 죽이고 제국을 먹어 치울 준비를 하고 있다는 소문. 사랑하는 여자가 있었는데 마카레나 백작 영애 클레이엔이 독약을 먹여 죽여 버렸기 때문에 클레이엔과 그리 사이가 나쁘다는 소문.

그는 귀족과 평민 모두에게 인기가 있는 사람이었고, 그 인기만큼 가지각색의 소문이 그의 발치에 주렁주렁 달려 있었다.

카루나는 라크안과 관련된 소문 중 자신이 연관된 소문이 제일 싫었다.

'바이켈드 공작이 좋아하는 여자를 내가 죽여서 바이켈드 공작이 날 싫어하는 거라고? 천만에. 나한테 먼저 시비를 건 건 바이켈드 공작이었다고.'

새삼 화가 났다.

5년 전, 클레이엔인 척하던 카루나는 라크안을 처음 만났다. 젊은 바이켈드 공작의 수도 입성을 축하하는 황궁 연회장에서였다. 지금보다 좀 더 앳되었던 열일곱 살의 청년은 온통 까맸다.

까마귀 깃털처럼 까만 머리카락, 제국 북방에서만 산다는 사나운 짐승의 털로 만들었다는 검은 망토. 은 단추와 은사로 장식한 검은 예복까지. 빛나는 건 붉은 눈과 허리에 찬 장검뿐이었다.

황제는 제국의 변방을 안정시킨 그의 공을 인정하여, 그를 수도로 불러들였다. 정식으로 바이켈드 공작가를 계승하도록 하고 그간의 노고에 보상하겠다고 했다.

마카레나 백작을 비롯한 귀족파의 귀족들은 황제가 바이켈드 공작을 황제파의 기둥으로 세우려 한다는 걸 이미 알고 있었다. 그 때문에 연회에 참석했지만 그리 즐거워할 순 없었다. 연회장 여기저기에 여럿씩 모여 젊은 바이켈드 공작에 대해 수군거릴 따름이었다.

카루나 역시 귀족파 가문의 영애들을 이끌어 무리를 지었다, 의미 없는 대화를 하하 호호 주고받았다. 라크안은 황태자와 이야기를 나누고, 황녀와 첫 춤을 추었다. 그리고 연회장을 가로질러 걷던 중 카루나와 눈이 마주쳤다.

카루나는 잠시 그와 눈이 마주치고 넋을 잃었다. 라크안의 눈 때문이었다.

붉은 눈. 멀리서 봐도 선명히 붉었건만 가까이에서 보니, 말로 표현할 수 없이 예뻤다. 그녀가 가진 어떤 루비 장신구보다 아름다웠다.

싸늘하리만치 차가운데, 텅 빈 듯 공허한데, 그게 전부가 아닌 것 같았다. 분명, 그 너머에는 활활 타오르는 무언가가 있을 것 같았다. 그 열기에 붙잡힌다면 재도 남지 않게 타 버리겠구나. 영영 이 사람에게 영혼마저 매여 버리겠구나. 덜컥, 두려움마저 들 정도로 붉었다.

카루나는 부채를 팔락이는 것도 잊은 채 눈앞에 선 라크안을 바라보았다. 남자의 얼굴을 이렇게 한없이 쳐다본 건 처음이었다.

그때, 라크안이 이를 드러내어 웃었다. 굶주린 맹수가 제 먹이를 발견한 듯한 웃음이었다. 순식간에, 공허한 빛이 감돌던 붉은 눈이 번뜩였다. 얼음이 뚝뚝 떨어질 정도로 싸늘한 얼굴에 식욕을 닮은 열기가 감돌았다.

카루나는 마치 굶주린 맹수 앞에 선 토끼가 된 기분에 사로잡혔다. 자칫 잘못하면 잡아먹힐 것 같았다. 뼈째로. 아니 뼈도 안 남기고.

카루나는 라크안이 자신을 위협한다고 생각했다.

"보는 것만으로도 기분이 안 좋군. 그나마 부채로 얼굴을 가려서 다행이야. 붉은 머리, 그대가 마카레나 백작 영애인가?"

그 생각은 라크안의 말 한 마디에 확신으로 바뀌었다. 선잠에서 깨어난 것처럼 정신이 번쩍 들었다.

'뭐 인마?'

잠시나마 잘난 얼굴, 독특한 눈깔에 홀렸던 자신의 두 눈을 찔러 버리고 싶었다. 카루나는 부채를 탁, 접어 자신의 얼굴을 고스란히 라크안에게 보여 주었다.

"온통 까맣게 입고 오셔서 다행이네요. 안 그랬다면 아직 변두리의 때를 못 벗고 오신 게 티가 났을 텐데. 제 눈이 무슨 죄가 있다고 그걸 봐야 하겠어요? 안 보고 말지."

씻고나 와라, 촌놈아.

카루나는 생긋, 웃어 보였다. 물론 이는 꽉 악문 채였다. 강렬한 첫 만남이었다.

처음 수도에 도착한 라크안은 누가 살짝만 건드려도 물어뜯을 만큼 사나웠다. 수도의 귀족 중 처음으로 그 사나움을 겪어야 했던 게 바로 카루나였다. 네가 사나워 봤자 어쩔 거냐, 라며 그의 싸늘함에 처음 맞선 것도 카루나였다.

장장 5년을 그렇게 치고받고 싸웠건만. 지금은 조그매져서 그의 품에 안겨 말을 타고 있었다.

'참 오래 살고 볼 일이야.'

인생무상을 느끼며, 한편으로는 5년 전 그때의 분노가 새삼 떠올라 카루나는 허허, 웃었다.

"공작 각하께서 마카레나 백작 가문 아가씨를 아주 좋아하셨다면서요? 완전히 사모하셨다던데요?"

"뭐? 윽!"

머리 위에서 고통에 찬 비명이 들렸다. 말을 하다 혀를 씹은 것 같았다.

"너, 그게, 말도 안 되는, 어디서 그런 소리를…… 윽!"

라크안은 말을 제대로 하지 못했다. 급히 말을 하려다 다시 혀를 깨문 듯했다. 카루나는 많이 아프냐고, 빈말로라도 물어보지 않았다.

'아주 말을 못 하게 혀를 돌돌 말아 꿰매 버렸음 속이 시원하겠네.'

대신 입을 삐죽였다.

"흥."

아무튼 처음 만날 때마다 첫인상은 최악이었다. 열다섯 살 클레이엔이었을 때도. 열두 살 카루나일 때도.

라크안이 겨우 제대로 말을 할 수 있게 되었을 때, 둘을 태운 말은 카루나가 일했던 여관 앞에 섰다. 라크안은 훌쩍 말에서 내린 뒤 카루나에게 손을 내밀었다. 헝겊 인형을 들듯 가뿐하게 카루나를 들었다. 카루나는 뚱한 표정을 한 채 라크안의 손에 들려 말에서 내렸다.

카루나는 앞장서 걸으며 여관의 여급인 것처럼 익숙하게 라크안을 안내했다. 말은 옆의 마구간에 매어 놓았다. 라크안은 카루나를 뒤따랐다. 카루나는 바삐 걸었지만 그래 봤자 라크안의 걸음에 비하면 느렸다. 라크안은 카루나의 속도에 맞춰 천천히 걸었다.

문을 열자마자 1층 식당의 왁자지껄한 분위기가 확 퍼져 나왔다. 맥주 거품과 온갖 음식 냄새가 났다. 석공과 목수들의 땀 냄새와 더운 숨의 열기도 느껴졌다. 여관 안으로 쑥 뛰어 들어가는 카루나의 얼굴엔 설핏, 미소가 어렸다.

다섯 달 동안 일하며 익숙해진 분위기였다. 바이켈드 공작 저택에서 일하며 이제는 저택에서의 생활에 익숙해졌다고 생각했다. 이곳에서의 바쁜 생활을 그리워하지 않았건만. 막상 돌아오니 향수가 몰려들었다.

뒤따라 들어온 라크안은 무덤덤했다. 얼굴을 찡그리거나 불쾌한 기색을 보이지 않았다. 어릴 적부터 제국 변경의 전쟁터를 떠돌며 거친 생활을 해 온 터라 이러한 분위기가 낯설지 않은 듯했다.

여관은 여전히 바빠 보였다. 주방에서는 플루가, 1층 식당에서는 제시가 바쁘게 움직이고 있었다. 손님들은 언제 자신이 주문한 음식이 나오느냐고 큰 소리를 내며 아우성이었다. 새로운 여급은 보이지 않았다. 여관 안에 빽빽하게 놓인 테이블마다 손님이 한가득이었다.

카루나는 능숙하게 그 길을 헤쳐 나갔다. 짧은 갈색 머리가 통통 뛰며 테이블 사이를 지나칠 때마다, 자리를 차지하고 앉아 있던 사람들이 카루나를 알아봤다.

"어이, 카루나 아냐?"

"카루나! 어디 귀족 저택에 하녀로 들어갔다더니, 다시 돌아온 게냐?"

"꼬맹아! 네가 없으니 술맛이 안 나서 여기 그만 올까 고민하던 중이었다."

"카루나가 다시 왔다고? 어디? 어디? 카루나, 펄쩍 좀 뛰어 봐! 작아서 보이질 않네."

손님들은 카루나를 반가워했다.

"그새 키 좀 컸나? 어디 한번 보자!"

카루나를 붙잡아 번쩍 들어 올리려는 짓궂은 손님도 있었다. 카루나는 물속을 헤엄치는 물고기처럼, 그런 손님들의 손길을 샤샤 피했다. 라크안은 카루나를 뒤따라 그 인파를 헤칠 엄두를 내지 못했다. 대신 문가 옆에 비스듬히 서서 눈으로 카루나를 뒤쫓았다.

카루나는 자신을 반가워하는 손님들에게 한번 웃어 주지도 않았다. 아니, 아는 척도 하지 않았다. 요리조리 테이블 사이를 뛰어갈 뿐이었다. 그럼에도 손님들은 카루나를 보며 웃음을 터뜨렸다.

"제시 아줌마!"

카루나는 금세 자신의 목표를 발견했다. 커다란 접시를 양손 가득 들고 구석의 테이블로 걸어가는 제시였다. 제시는 카루나가 왔다고 떠들어 대는 손님들의 목소리를 못 들은 것 같았다. 등 뒤에서 자신을 부르는 카루나의 부름조차도,

"아, 글쎄! 재촉하지 말고 기다리라니까? 도대체 내 손이 몇 개로 보이는 거야? 그렇게 배고파 죽겠거든 직접 주방에서 가져다 퍼먹든가! 그게 싫으면 가만히 좀 기다리고 있어!"

뒤를 돌아보지도 않고 버럭 소리를 질렀다. 카루나는 그녀의 등 뒤에서서 킥킥, 웃었다. 오랜만에 듣는 제시의 타박이 반가웠다.

"맙소사? 카루나?"

제시는 테이블에 접시를 내려놓고야 뒤돌아서서 카루나를 발견했다.

그제야 화들짝 놀라며 두 손을 뻗어 카루나를 번쩍 들어 올렸다. 큰 접시 스무 개쯤은 단번에 들어 나르는 제시에게 이 정도는 아무것도 아니었다.

제시는 카루나를 제 눈높이까지 들어 머리끝부터 발끝까지 찬찬히 훑었다. 어디에 작은 상처라도 하나 있나, 굶어서 배고파하지는 않나, 살폈다.

카루나는 좋은 옷감으로 만든 듯한 하녀복을 입고 있었다. 여전히 마르고 가벼웠지만, 그래도 양 볼은 발그레했다. 녹색의 두 눈도 반짝였다. 손발은 채찍 자국 하나 없이 깨끗했다. 굶주리거나 매 맞은 흔적은 보이지 않았다.

그제야 제시는 마음 놓고 카루나를 덥석 껴안았다. 발이 땅에서 떨어질 때까지만 해도 전혀 당황하지 않았건만, 막상 제시가 자신을 껴안자 카루나는 당황했다.

"어? 어? 제, 제시? 왜 이래요?"

카루나가 아는 제시는 이런 행동을 할 사람이 아니었다. 제시는 주방에서 일하는 남편 플루가 여리게 느껴질 정도로 거칠고 무뚝뚝한 사람이었다.

그녀는 거친 사내들이 한가득 몰려와도 한 손에 휘어잡고 음식을 팔았다. 술에 취해 난동을 부리는 손님의 엉덩이를 뻥 차 여관 밖으로 내쫓기도 여러 번이었다. 그런 제시가 카루나를 포옹으로 반겨 주었다.

"이 녀석, 작별 인사도 없이 훌쩍 가서 얼마나 걱정했는데!"

왜 왔냐는 타박이나 듣지 않으면 다행이리라 생각했건만. 제시는 카루나의 예상과 전혀 다르게 카루나를 반겨 주었다.

"잘 지내는 거 같아 다행이구나."

목소리에서 애정과 걱정이 뚝뚝 묻어났다.

"……."

기분이 이상했다.

제시와 플루는 사이좋은 부부지만 오랫동안 아이가 없었다. 이젠 거의 아이 갖기를 포기한 상태였다. 그래서일까. 둘은 구빈원에서 맡긴 카루나를 꽤 살뜰히 챙겨 주었다.

그들이 믿는다는 플루타르크교는 착한 일을 해야 복을 받는다고 가르친다고 했다. 카루나는 그래서 그 둘이 자신에게 잘 대해 주는 거라고 생각했다. 오갈 데 없는 고아를 거두어 주는 선행을 하면 임신을 하게 되는 복을 받길 기대하는 거라고.

하지만 그게 아니었다. 종종 제시는 여기저기 바쁘게 뛰어다니며 일하는 카루나를 아무 이유 없이 쳐다보곤 했다. 바쁜 와중에도 한참 멍하니 카루나를 보았다. 손님들이 배고파서 죽겠다고 고함을 치면 선잠에서 깬 듯 고개를 돌리곤 했다.

카루나는 그런 제시를 모르는 척했지만, 그녀의 시선이 무슨 의미인지 정말로 모르는 건 아니었다. 제시는 카루나에게서 자신이 낳지 못한 자신의 아이를 보고 있었다.

만일 아이를 가질 수 있었다면, 그래서 아이를 낳아 길렀다면…… 카루나 또래 정도가 되지 않았을까. 그렇게 생각하는 것일 터였다.

그건 카루나에게 그리 불쾌한 일이 아니었다. 오히려 그런 날은 저녁 식사로 따뜻한 스튜를 한 접시 더 주거나 빵에 치즈를 두껍게 발라 주곤 했기에, 이득이라면 이득이었다.

그뿐이었다. 카루나는 자신이 더 이상 여관에서 일하지 않으면 제시와의 인연은 그것으로 끝일 줄 알았다.

오늘 여관을 찾은 것도 별 이유는 없었다. 이제 와서 외출을 허락받았으나 딱히 갈 데가 없었다. 또한 혹여나 자신의 출신을 의심하고 있을지 모를 저택의 사람들이나 라크안을 안심시킬 필요가 있다고 생각했다.

그들이 저택에 들인 '카루나'는 평범한 여관에서 평범한 여급으로 평범하게 일했던 평범한 아이라는 걸 한 번쯤은 보여 줄 필요가 있었다. 그게 굳이 변장한 바이켈드 공작 각하일 필요는 없었지만.

그런데 제시에게 카루나는 고작 그 정도의 인연이 아니었다. 이건 예상 밖의 착오였다. 그래서 카루나는 얼떨떨했다.

카루나가 그만둔 지 두 달이 되어 가는데도 제시는 새로운 여급을 고용하지 않았다. 작별 인사도 하지 않고 떠났는데. 말도 없이 일을 그만두고 귀족 저택의 하녀로 일하러 들어갔는데. 그래도 이렇게 반갑게 맞이해 주었다. 카루나가 혹여 귀족 저택에서 학대를 받으며 일하고 있는 건 아닌지 걱정해 주기까지 했다.

'어떻게 이럴 수 있는 거지?'

그녀를 10년 동안 모시고 떠받들었던 마카레나 백작가의 집사와 하녀장은 그녀가 살해당하기 위해 마차에 오르는데도 태연하게 배웅해 줬다. 아, 하녀장은 울려고 하는 표정을 지어 주긴 했다.

카루나를 10년 동안 외동딸의 대역으로 부려 먹었던 마카레나 백작은 기꺼이 그녀를 버렸다. 카루나와 춤을 추며 고맙다고 말했으면서 그날 새벽 그녀를 죽였다.

그들에게 10년은 그렇게 가벼웠다. 그런데 제시에게 다섯 달은 이렇게나 무거웠다. 왜일까. 카루나는 알 수 없었다.

"……잘 지내셨어요?"

카루나는 눈을 깜박이며 겨우 대답했다. 조심스럽게 손을 들어 제시의 목을 껴안았다.

"그래, 이 녀석아! 보면 모르겠니? 너무 잘 지냈단다."

제시는 카루나의 등을 팡팡 두드렸다. 큰 소리가 났지만 아프진 않았다.

주변 테이블에 앉은 손님들은 가출했다 돌아온 어린 딸을 왜 때리느냐고 끼어들었다. 카루나에게 아주 돌아온 거냐고 묻기도 했다.

"오늘 뭐라도 얻어먹으려면 다들 입 닫고 있어요! 카루나는 여기보다 훨씬 좋은 곳에서 일하고 있으니까. 자그마치 바이켈드 공작 저택의 하인으로 들어갔다고! 더는 이런 데서 일할 애가 아니야!"

제시가 버럭 소리를 지르자 주정뱅이들은 얼른 맥주잔으로 자신들의 입을 봉해 버렸다. 제시는 아예 음식 서빙마저 주방에서 일하는 플루에게 맡겨 버리고는, 카루나를 안은 채로 라크안에게 걸어갔다.

플루는 자신도 카루나와 인사를 할 기회를 달라고 우는 소리를 냈지만 제시는 들은 척도 하지 않았다. 라크안은 벽에 기대선 채로 제시에게 고개를 까닥였다.

제시는 그런 라크안을 위아래로 훑어보았다. 하인 복장을 하고 있지만 얼굴이 멀끔하고 손이 희었다. 전혀 평범한 하인으로 보이지 않았다. 무엇보다 얼굴이 과하게 잘생겼고, 두 눈이 루비처럼 붉었다.

'머리가 고동색이면 무얼 하나.'

제시는 혀를 찼다. 바이켈드 공작은 파라 제국 백성들의 영웅이었다. 그의 얼굴을 대충 그린 초상화는 뒷골목에 발로 차일 만큼 떠돌았다. 굳이 그 그림 종이를 보지 않았더라도, 그의 잘생긴 얼굴과 붉은 눈만으로도 충분했다. 무엇보다 그의 웃음기 없는 얼굴엔 발아래 사람들을 거느리는 귀족의 오만함이 묻어났다.

바이켈드 공작 각하.

유명인이 눈앞에 서 있었다. 변장한답시고 가발을 뒤집어쓰고 하인 옷을 입은 어설픈 모습으로.

당장 넙죽 엎드려 공작 각하께서 이런 천한 곳에 어찌 오셨느냐고 벌벌 떨어야 마땅하겠지만, 제시는 그러지 않았다. 그녀는 선행을 중시하는 플루타르크교 신자였지, 라크안교의 신자가 아니었다.

'대단하신 공작 각하께서 변덕을 부리신 모양이군. 평민들이 어떻게 살고 뭘 먹고 사는지 궁금하셨나 보지?'

카루나는 그런 귀족의 길잡이 겸으로 따라 나온 것이리라. 제시는 기꺼이 그 놀음에 어울려 주겠노라 생각했다.

"이보슈, 밥은 먹었어?"

그래서 아무렇지 않게 말을 놓았다. 정말 어느 귀족 저택의 하인을 대하듯 굴었다.

"어……."

카루나는 제시의 품에 안긴 채로 눈을 굴렸다.

바이켈드 공작 저택은 이상한 곳이었다. 기사들은 자신들이 충성을 맹세한 공작 각하의 이름을 편하게 불렀다. 하녀들은 기사들과 격 없이 어울렸다. 그 분위기에 휩쓸려 하녀일 뿐인 카루나도 공작 각하에게 물을 뿌리고 후추를 뿌린 셔츠를 입혔다.

그런데 막상 제시가 하인 분장을 한 라크안을 막 대하자, 그건 또 이상하게 느껴졌다.

지금 라크안이 귀족인 걸 모르는 제시가 라크안한테 하대를 하는 것뿐인데. 라크안이 귀족이라는 걸 아는 카루나는 귀족인 라크안에게 막 대하는 제시를 보는 게 낯설었다. 막상 자신도 저택 안에서 라크안을 막 대했음에도 불구하고.

굳이 따지자면 이게 정상이었다. 저택 밖은 저택 안과 달랐다. 평민이 귀족에게 말을 놓는 건 꿈에서라도 일어날 수 없는 일이었다. 그 즉시 평민이 미친 게 아니냐는 소리를 들으면 다행이었다. 분노한 귀족이 그 자리에서 평민을 죽여도 죄가 되지 않으니까.

'그래, 난 더 이상 클레이엔이 아닌데.'

새삼 자신과 라크안의 격차가 느껴졌다. 그녀는 더 이상 마카레나 백작 영애 클레이엔이 아니었다. 길거리 출신 하녀에 불과했다. 제국의 영웅, 제국에 단둘뿐인 공작 각하인 라크안과는 하늘과 땅만큼의 격차가 있었다.

그녀가 잠자는 라크안에게 찬물을 부었던 그 순간, 라크안은 카루나를 죽일 수도 있었다. 저택 안의 자유로운 분위기에 휩쓸렸다고는 하나, 제 목숨 아까운 줄 모르고 행동했던 것이다. 새삼 등줄기를 타고 소름이 돋았다. 살아남는 게 최고라고 생각해서 마카레나 백작에 대한 복수까지 단념했건만. 어느샌가 간이 배 밖으로 나와 있었다.

'내가 지금까지 뭔 생각이었지? 잠깐 미쳐 있었던 걸까?'

저택 안은 동화 속 세상 같았다. 동화를 벗어나 현실로 나오고야 카루나는 그 온도 차를 깨달았다. 카루나의 얼굴이 창백해졌다. 하지만 제시와 라크안은 그런 카루나를 알지 못했다.

제시는 식사를 다 하고도 밍기적거리며 일어나지 않는 손님을 밀어내고 테이블 하나를 비웠다. 다른 손님들의 주문은 미뤄 두고, 여관에서 제일 잘나가는 음식들을 테이블에 가득 차렸다. 카루나와 라크안을 위한 한상차림이었다.

카루나는 제시의 무릎 위에 앉은 채로 깨작거렸다. 제시가 이것저것 먹으라고 재촉했지만 먹을 수가 없었다. 라크안은 테이블 위의 음식에 달려들려다 잠시 멈칫했다.

'밖에서는 절대로 아무것도 먹지 말라고 했는데.'

단지 하녀장을 제외하고, 저택의 사람들은 그에게 신신당부했다. 기사단의 기사들은 물론이거니와 하인과 하녀들까지 모두가 그러했다. 때문에 라크안은 그동안 수많은 연회와 무도회에 참석해도, 음식은 물론이거니와 술도 입에 대지 않았다.

'지금 눈앞에 차려진 음식마저 그래야 하는 걸까?'

라크안은 마른침을 꼴깍 삼키며 고민했다. 제시는 머뭇거리는 라크안을 보고는 단박에 인상을 구겼다.

"바이켈드 공작 저택에서는 음식이 넘쳐나서 하인에게까지 귀족들이 먹는 음식을 퍼 줬나 보지? 왜? 평범한 평민들이 먹는 음식은 냄새만 맡아도 비위가 나는 것 같으시우?"

제시는 라크안의 얼굴을 접시에 처박아 버릴 기세였다. 두 팔의 소매를 둥둥 말아 젖히고는 더운 콧김을 훙 내뱉었다.

"아니."

라크안은 고개를 저었다. 여관 음식에 대한 거부감은 전혀 없었다.

오랫동안 전쟁터를 떠돌며, 음식 보급이 늦춰져 고생한 때가 많았다. 이보다 못한 걸 먹을 때도 많았다. 그마저도 보급이 끊겨 먹지 못했던 적도 있었다. 건량으로 꼬박 열흘을 버틴 적도 있었고, 병사들 틈에 끼여 끼니를 때운 적도 많았다. 그에 비하면 이 음식들은 대단한 것이었다.

따뜻한 음식 냄새가 코를 간지럽혔다.

'여긴 황궁도 아니고, 귀족이 있는 것도 아니니까 괜찮겠지?'

라크안은 식사를 하기로 마음먹었다.

"잘 먹도록 하지."

라크안은 제시에게 고개를 까닥이고는 번쩍, 한쪽 다리를 들었다. 흙먼지가 잔뜩 묻은 구둣발을 테이블 위에 얹으려 했다. 마음 편히, 테이블 위로 뛰어 올라가 마음껏 음식을 먹을 생각이었다. 멍하니 빵을 뜯고 있던 카루나가 그 광경을 보았다.

'미쳤어! 뭐 하는 거야, 망할 바이켈드!'

카루나는 라크안이 발을 드는 것만으로도 그가 무슨 행동을 할지 알았다. 분명 테이블 위로 올라가 접시를 빵빵 발로 차 날리며 식사하려는 것일 터. 저택 밖에서 그런 추태를 보일 순 없는 노릇이었다.

..

카루나는 제시의 다리 위에서 폴짝 뛰어내렸다. 그러고는 단번에 라크안에게 달려가, 라크안의 다리에 대롱- 매달렸다. 막 테이블 위에 얹으려던 라크안의 발이 허공에 멈춰 섰다.

"뭐 하는 거니?"

제시가 카루나의 뒤통수에 대고 물었다.

"하하…… 밥 먹기 전에 하는 운동이요?"

카루나는 대충 둘러대고는 라크안을 올려다보았다.

"뭐 하는 짓이지?"

제시와 비슷한 물음이었으나, 답변해야 하는 카루나의 마음가짐은 전혀 달랐다.

'식사하려고만 하면 이놈의 발을 못 올려서 안달이지!'

지난 한 달간, 식사 시간마다 그러했다. 테이블 위로 훌쩍 올라가 값비싼 그릇들을 발로 뻥뻥 찼다. 테이블 위에 쏟아지고 흩어진 음식들을 손으로 집어 먹었다. 그때마다 카루나는 진절머리를 내며, 라크안을 의자로 끌어내리려 애썼다. 의자에 바르게 앉히고, 단 하나의 그릇도 깨 먹지 않는 식사 태도를 만들려 노력했다. 하지만 한 달이 지나도 라크안의 식사 예절은 여전했다.

'발 올리지 마요.'

카루나는 라크안을 똑바로 바라보며 입술을 벙끗거렸다.

"안 올리고 어떻게 밥을 먹으라고?"

라크안은 소리 내 대답했다.

'발 올리지 마세요. 그릇 깨지 마세요. 나이프 발로 차서 벽에 박지 마세요. 손 말고 차라리 포크만 써서 드세요.'

카루나는 계속 입만 벙긋댔다.

"흠."

라크안은 불만스러운 표정으로 털썩 주저앉았다. 그러고는 포크와 나이프를 들었다. 그제야 카루나는 라크안의 다리에서 떨어졌다. 하지만 긴장의 끈을 놓지 않았다. 카루나는 나이프를 거꾸로 드는 라크안의 손을 뚫어져라 쳐다보았다.

라크안은 테이블 위에서조차 어설픈 칼질을 보이지 않았다. 최고의 기사답게 무딘 나이프로도 예리하게 음식을 자르고, 씹어 먹었다. 카루나와 다르게 먹성이 좋기까지 했다. 접시까지 먹어 치울 기세로 잘 먹었다. 그리고 정말 바이켈드 공작이 맞나 의심스러울 만큼 어지럽게 음식을 먹었다.

카루나는 잘 먹는 라크안을 구경하다가 다시 제시의 품에 안겼다. 라크안이 와구와구 잘 먹는 모습을 보이니, 제시의 얼굴이 조금 부드러워졌다. 제시는 먹느라 정신없는 라크안에게 이것저것 물었다. 카루나가 저택에서 어떻게 생활하는지, 힘든 일을 하는 건 아닌지.

라크안은 입 안에 음식을 가득 담고서도 잘만 대답했다. 제시는 라크안의 말을 듣고야 안심했다.

가볍게 인사나 하고 가려던 카루나의 계획은 완전히 틀어졌다. 카루나와 라크안은 제대로 대접을 받고, 제시의 배웅을 받으며 여관을 나섰다.

"카루나, 넌 절대 오갈 데 없는 고아가 아니야. 무슨 일이 있으면 꼭 나한테 찾아오렴. 알았지?"

제시는 라크안이 들으라는 듯 큰 소리로 말했다. 카루나는 어정쩡한 자세로 그녀에게 인사를 하고는 돌아섰다. 어쩐지 기분이 이상했다.

"배도 꺼트릴 겸 좀 걸을까?"

라크안이 좀 걷자고 권했다. 카루나는 별로 배부르게 먹진 않았지만 고개를 끄덕였다.

"정말로? 나중에 딴말하기 없기다?"

라크안은 그런 카루나를 이상하다는 듯 바라보았다.

'왜 이렇게 얌전하지?'

배 터지게 먹은 건 공작 각하지 내가 아니라고, 말이 있는데도 어린아이를 걷게 만들다니 정말 변태냐고. 이렇게 말하며 말이 있는 마구간으로 뛰어갈 줄 알았건만. 생각과 달리 카루나가 순순히 따라오자 라크안은 오히려 당황했다.

카루나가 새삼 일개 하녀에 불과한 자신의 위치를 실감했기 때문이었지만, 라크안은 그녀의 생각을 몰랐다.

"저곳에서 꽤나 사랑을 받았나 보군."

라크안은 카루나가 제시에게 그리움을 느낀다고 생각했다. 여관에서 나온 이후로 얌전해진 카루나가 어쩐지 마음에 들지 않았다.

'혹시 카루나가 여관으로 돌아가고 싶다고 생각하는 건 아닐까?'

이런 생각이 들자 괜히 기분이 더러워졌다. 그러고 보면 카루나는 제시의 품에 얌전히 안겨 있었다. 이곳에 오기 위해 말을 탈 때 자신에게 안기기 싫어하던 카루나의 모습이 떠올랐다. 더 기분이 더러워졌다.

"그래도 돌아가는 건 안 돼, 꼬맹이. 넌 이제 바이켈드 저택에서 일하는 사람이니까. 내 사람이야."

"돌아갈 생각은 없어요."

대꾸하는 목소리에는 여전히 힘이 없었다. 그런 카루나를 내려다보는 라크안의 눈썹이 꿈틀했다. 그리고 둘 사이에 침묵이 흘렀다.

카루나는 고개를 푹 숙이고 걸었다. 카루나의 속도에 맞춰 걸으며, 라크안도 더는 말을 걸진 않았다.

어느샌가부터 라크안이 앞서 걷기 시작했다. 카루나는 하염없이 라크안의 뒤꿈치만 보며 뒤따랐다.

얼마나 걸었을까. 눈앞에서 라크안의 발이 사라졌다.

"어?"

따라가야 할 표시를 잃은 카루나는 고개를 들었다.

"……공작 각하?"

앞에서 걷고 있어야 할 라크안이 보이지 않았다. 그제야 카루나는 주변을 둘러보았다.

얼마나 걸었던 걸까. 그녀는 낯선 길가에 홀로 서 있었다. 오가는 사람 중에 라크안은 보이지 않았다.

길 한가운데 우뚝하니 선 카루나는 자꾸 사람들에게 치였다. 바삐 길을 걷던 사람들은 카루나의 어깨를 툭툭 치고 지나가며 짜증 냈다. 카루나는 일단 길 가장자리로 걸어 나왔다.

"바…… 아니지."

차마 라크안의 이름을, 혹은 바이켈드 공작 각하란 호칭을 큰 소리로 외칠 순 없었다. 하아, 카루나는 한숨을 푹 내쉬었다.

자신이 라크안이 놀러 나온 걸 따라 나온 건지, 라크안이 자신을 감시하러 따라 나온 건지 확실하지는 않지만. 아무튼 길을 걷다가 라크안을 잃어버린 건 분명했다.

'이대로 저택으로 돌아가야 하나?'

하녀가 주인을 잃어버리고 혼자 돌아가야 하는 상황이 됐다.

'아니면 이대로 도망칠까?'

생각하는 것만으로 어깨가 굳었다.

하녀로 고용되었다는 핑계로 저택에 감금되었던지 어언 두 달이었다. 이번에야 라크안의 변덕 덕분에 외출할 수 있었지만, 또 언제 다시 이렇게 나올지 몰랐다. 또 언제 다시 이렇게 감시자를 잃어버리고 자유롭게 될 수 있을까.

'안 돼. 지금은. 준비가 하나도 안 됐어.'

하지만 이 좋은 기회를 흘려보내야 했다.

카루나는 자신의 두 손을 내려다보며 고개를 저었다. 지금 그녀는 빈손이었다. 발급받은 신분증과 그간 그녀가 번 돈은 바이켈드 공작 저택에 있었다. 첫 외출에서 바로 이런 기회가 생길 줄 몰랐기 때문에 챙기지 않았다.

언제나 모든 상황에 대비해야 하는 삶을 10년 동안 살았다. 그런데 한 번 죽었다 살아나서 정신이 나간 건지 이렇게 좋은 기회를 빈손으로 그냥 흘려 보내게 되었다.

'또 이런 기회가 생길까?'

아쉬웠다. 하지만 어쩔 수 없었다. 고작 열두 살의 몸으로, 신분증과 돈도 없이 멀리 도망칠 순 없다. 그녀가 비빌 언덕인 구빈원과 여관은 이미 바이켈드 공작가 사람들에게 노출된 지 오래였다.

'분해!'

카루나는 두 손을 꽉 쥐었다. 좋은 기회를 놓쳐 버렸다는 생각에 분하고 분해서, 이를 악물고 고개를 들었다.

"아……."

미처 보지 못했던 광경이 눈에 들어왔다.

쭉 곧게 뻗은 길 너머에 높은 탑이 서 있었다. 제국의 수도에 세워진 마법사들의 심장, 마탑이었다.

'어?'

카루나는 주변을 둘러보았다. 낯선 거리라고 생각했던 주변은 여전했다. 클레이엔이었을 때 마차를 타고 오갔던 거리이니, 낯선 게 당연했다.

'왜 내가 여기에 온 거지?'

카루나가 일했던 여관에서 여기까지는 꽤 먼 거리였다. 오는 길은 꼬불꼬불했다. 이리저리 골목을 지나야 하므로 산책 겸 걸어올 수 있는 곳도 아니었다. 그런데 카루나는 여기까지 걸어왔고 함께 걸어온 라크안을 잃어버렸다.

우연은 아니다. 우연일 수 없었다. 카루나의 생각은 그랬다.

'어떻게 된 거지?'

녹색 눈이 차분하게 내려앉았다. 그때였다.

"직전까지 마탑에서 가두고 있었다고 합니다. 잠깐 새 없어졌다고 하니, 마법을 봉인당한 몸으로 멀리 도망칠 수는 없었을 터. 분명히 이 근방에 숨어 있을 겁니다."

마탑을 올려다보던 카루나의 귀에 누군가의 목소리가 꽂혔다. 카루나의 귀는 시끌시끌한 거리의 소음 중에서 그 목소리를 찾아냈다.

"둘은 경비대에 지원을 요청하고, 나머지는 지금 당장 흩어져 도망친 마법사를 찾으십시오. 반항한다면 팔다리쯤은 어떻게 해도 괜찮습니다. 무조건 목숨만 살려 놓으십시오."

지난 수년간, 매일같이 들었던 목소리였다.

"영애께 큰 무례를 저지른 자입니다. 반드시 생포해서, 그 죗값을 치르도록 만들어야 합니다."

차가운 불꽃을 목소리로 빚어낸다면 분명 이러한 목소리이리라. 서늘하면서도 귀가 화끈거릴 만큼 달콤한 목소리였다.

'루시온?'

카루나는 저도 모르게 뒤를 돌아보았다. 사람들이 웅성거리며 모여 있었다. 그들 사이로, 똑같은 복장을 한 수십 명의 사내가 보였다.

'마카레나 백작가의 사병?'

그들의 왼쪽 어깨에는 흰 백합과 사자가 그려져 있었다. 반년 전까지 그녀가 '클레이엔'이라는 서명과 함께 사용하던 마카레나 백작가의 문장이었다. 그들의 선두에는 허리까지 내려오는 긴 은발을 끈으로 질끈 묶은 미남자가 서 있었다. 카루나의 귀를 붙잡은 목소리의 주인공이었다.

루시온 드 류헤든.

류헤든 남작가의 차남이자, 마카레나 백작 후계, 클레이엔 영애의 전담 비서. 지난 10년간 카루나를 단속하는 감시역이기도 했다. 사병들을 지휘하여 주변을 수색하는 짙은 남색 눈동자는 차갑기 그지없었다. 눈꼬리가 살짝 올라가고 왼쪽 눈 밑엔 눈물점이 찍혀 있었다.

색스러운 느낌을 줄 수도 있는 외모이나 그의 무표정은 그런 분위기를 차단했다. 목 끝까지 꼼꼼히 단추를 채워 올린 복장 때문에 오히려 금욕적으로 보였다.

'루시온이라면 날 알아볼지도 몰라.'

그는 눈썰미가 대단히 좋았다. 바이켈드 공작 쪽에서 보낸 암살자나 독약의 대부분은 바로 알아채 처리할 수 있었다. 간혹 카루나가 라크안에게 보낸 무색무취의 동방 비약처럼 까다로운 것들이 카루나에게도 날아들었다.

가끔 카루나는 그것을 발견하지 못했다. 몇 년간 저택에서 성실히 일했던 하녀가 갑자기 독 묻은 장미꽃을 욕조에 풀기도 했다. 마카레나 백작이 건네는 선물에 독침이 들어 있기도 했다. 카루나가 미처 눈치채지 못한 건 언제나 그가 알아챘다.

'어째서 여기에 있는 거지?'

루시온이라면 진짜 클레이엔에게 가 있을 거라고 생각했다. 병에 걸려 요양을 하러 떠난다는 변명으로 1년을 벌었으니, 그사이 진짜 클레이엔은 단단히 준비해야 했다. 10년간 대신 클레이엔인 척했던 카루나를 대신할 준비를.

그 준비를 도울 수 있는 사람은 10년 동안 카루나의 곁을 한시도 떠나지 않고 보좌하고 감시했던 루시온뿐이었다. 그런데 진짜 클레이엔의 옆에 있어야 할 루시온이 제국 수도의 거리를 활보하고 있었다.

'게다가 마법사라니. 설마? 나한테 사기를 쳤던 그 마법사는 아니겠지?'

머리끝부터 발끝까지 찬물에 풍덩 담겼다 꺼내진 느낌이었다.

'일단 여기서 도망쳐야 해.'

루시온의 눈에 띄어서는 안 됐다. 카루나는 굳어 버린 몸을 억지로 움직여 돌아섰다. 그때였다.

"거기, 잠깐."

뒤에서 그녀를 부르는 목소리가 들렸다. 카루나는 무시하고 앞으로 걸어갔다. 그러자 바로 등 뒤에서 차갑고도 달콤한 목소리가 들렸다.

"거기 짧은 갈색 머리. 멈추십시오."

길에는 많은 사람이 있었다. 더러는 바삐 길을 걸어가고 있었고, 더러는 걸음을 멈추고 마카레나 백작가의 사병들을 구경하고 있었다. 카루나는 그 많은 사람 중에 하나였다. 작아서 잘 보이지도 않을 터인데. 루시온은 정확히 그녀를 가리켰다.

카루나의 얼굴에서 핏기가 가셨다.

'날 알아본 걸까?'

다른 사람이라면 아닐 거라고 생각할 수 있겠지만, 상대는 루시온이었다. 누구보다 예민하고 예리한 감각을 가진 남자. 열두 살 때의 카루나를 알고 있는 사람.

카루나는 열 살 때 루시온을 만났다. 클레이엔의 대역이 된 지 얼마 되지 않아서였다. 그때의 카루나는 어설프게 클레이엔을 흉내 내고 있었다.

초반엔 그의 앞에서도 클레이엔인 척하려 애썼다. 하지만 채 반년이 지나지 않아, 제 본모습을 드러냈다. 그럴 수밖에 없었다. 루시온은 말 그대로 온종일 카루나와 함께했다. 그 앞에서 내내 클레이엔인 척한다는 건 불가능에 가까웠다.

시작은 작은 것에서부터였다. 저를 클레이엔으로 아는 사람들을 상대하고 지쳐 돌아오는 마차에서 냅다 드러누워 버렸다.

"마카레나 백작에게 이르려면 일러 봐. 난 몰라."

내질러 놓고는 뒤늦게 겁이 나 루시온의 눈치를 살폈다.

루시온은 그러지 말라거나, 마카레나 백작에게 말해 벌을 받게 하겠다거나, 그런 말은 한 마디도 하지 않았다. 오히려 제 앞에서 풀어지는 카루나의 수발을 들어 주었다.

이후로 카루나는 루시온 앞에서만은 클레이엔이 아니라, 클레이엔인 척하다 지친 카루나를 고스란히 내보이게 됐다.

한창 클레이엔으로 살아가던 어느 날, 귀족파의 모임에 가서 잔뜩 시달리고 돌아왔을 때였다. 카루나는 마카레나 백작 저택 안 자신의 집무실에 도착하자마자 소파에 몸을 던졌다. 굽 높은 구두를 벗어 뒤따르는 루시온에게 휙휙 던지고 퉁퉁 부은 발을 까딱였다.

뒤따라오던 루시온은 몸을 살짝 옆으로 돌려 제게 날아드는 구두 두 짝을 피했다. 구두는 문에 부딪쳐 바닥에 떨어졌다.

"맞았으면 좋았을 텐데."

카루나가 깔깔 웃음을 터뜨리며 길게 기지개를 켰다.

레이스가 풍성히 달린 드레스 자락이 말려 올라가며 하얀 종아리가 드러났다. 카루나는 부끄러워하지 않았고, 고양이가 털실 뭉치를 손톱으로 공격하듯, 제 허리를 조이던 드레스의 코르셋 끈을 풀었다. 앙칼진 손길에 얇은 비단 끈이 금세 너덜너덜해졌다.

숨쉬기가 편해지니 지친 몸이 늘어졌다. 카루나는 소파에 비스듬히 기대 누워 문 쪽을 바라보았다. 거기에 루시온이 서 있었다. 허리를 곧게 편 반듯한 자세로 한 치의 흐트러짐 없이 카루나를 바라보고 있었다.

그는 카루나가 본 귀족 중 가장 차갑고 완벽한 귀족이었다. 그런 그가 뒷골목 출신의 흉내쟁이 들고양이의 비서 노릇을 한다니 참 아이러니한 일이었다.

"나에 대해 알고 있잖아? 난 귀족도 아니고 고결한 피를 가지고 있지도 않아. 그쪽이랑 다르게 완전히 천하다는 거지. 언제나 말하지만, 천박하다고 뭐라 해도 돼. 대신 마카레나 백작한테 이르지만 말아 줘. 뺨을 맞는 건 진짜 기분 더러우니까."

"……."

루시온은 문 앞에 서서 그런 카루나를 가만히 바라보더니 한숨을 내쉬었다.

"후우, 어쩔 수 없는 분이시군요."

그는 조용히 문을 닫고, 바닥에 떨어진 구두를 주워 카루나에게 다가왔다. 카루나는 그런 그를 가만히 바라보았다.

본인은 모르고 있지만, 반짝이는 녹색 눈엔 루시온에 대한 믿음이 담겨 있었다. 그가 저를 천박하다 하지 않을뿐더러 마카레나 백작에게 이르지도 않을 거라는 믿음이.

그는 제가 모시는 영애가 대역이라는 걸 알면서도 언제나 카루나에게 깍듯했다. 그래서 카루나는 궁금했다. 언제나 싸늘한 무표정으로 자신을 그림자처럼 따르던 그가 어떻게 반응할지.

클레이엔의 탈을 벗어 던지고 카루나처럼 굴면, 그 무표정한 얼굴에 작은 금이라도 갈까. 고결한 귀족이 길거리 뒷골목의 천한 평민을 내려다보듯 경멸할까.

만약 그가 순식간에 태도를 바꿔 자신을 경멸하는 눈으로 쳐다봐도 카루나는 아무렇지 않을 자신이 있었다. 그랬기에 녹색 눈은 정체 모를 기대감에 가득 차 반짝였다.

그런데 루시온은 카루나의 기대와 다르게 행동했다. 루시온은 그런 카루나를 똑바로 바라보며, 아무렇지 않게 카루나의 벗은 발을 잡았다. 카루나의 작은 발은 그의 한 손에 쏙 들어왔다.

"어?"

녹색 눈동자가 살짝 흔들렸다. 온종일 딱딱한 구두에 혹사당해 팅팅 붓고 화끈거리던 발이었다. 그 발에 차가운 감촉이 닿자.

"윽!"

카루나는 참지 못하고 신음을 뱉었다. 늘어졌던 몸이 다시 긴장하여 굳었다.

"오늘 많이 고단하셨군요, 아가씨."

루시온은 한쪽 무릎을 꿇고 앉아 카루나의 발을 제 무릎에 올려놓고 마사지를 하듯 주물렀다. 얼음찜질하는 것처럼 발이 시원하면서도 아려왔다.

"뭐 하는 거야!"

카루나가 뾰족하게 소리쳤다. 루시온의 무표정을 깨 보려 했건만, 당황하며 여유로운 모습을 잃어버린 건 카루나 쪽이었다.

"이거 놔. 놓으라고!"

카루나는 그의 손에서 발을 빼내려 했지만 무리였다. 루시온은 도망치려는 카루나의 발목을 움켜잡았다. 카루나의 발목은 가늘어 그는 한 손으로 카루나의 두 발을 모두 움켜쥘 수 있었다.

"가만히 계십시오, 아가씨."

발등에 닿는 그의 숨결은 손길만큼이나 차가웠다. 그 숨결이 얼음 족쇄가 되어 발목에 감겼다. 카루나는 속박 마법에 묶인 사람처럼 옴짝달싹할 수 없었다.

카루나가 얼어 버린 듯 가만히 있자 루시온의 얼굴에 엷은 웃음이 스쳤다. 그는 카루나의 복사뼈에 얼굴을 가까이 대고 속삭이듯 말했다.

"착하시군요."

"읏."

발목에서 등줄기를 타고 찌릿한 감각이 스쳤다. 뒤따라 오도독, 소름이 돋았다.

카루나는 녹색 눈을 깜박이며 루시온을 보았다. 어느새 웃음이 사라진 루시온의 얼굴은 평소와 다름없이 무표정했다.

그의 얼굴엔 카루나를 경멸하거나 천시하는 표정 따위는 없었다. 귀족들이 보기엔 충분히 천박하게 군다고 볼 수 있을 텐데도 그는 눈 하나 깜짝하지 않았다. 루시온은 그저 정성스럽게 카루나의 발을 제 손으로 문지르며 고단함을 풀어 주었다.

루시온의 손 안에서 카루나는 나른하게 늘어졌다. 눈은 반쯤 감겨 졸음에 흐릿해졌다.

'지금 이 모습을 마카레나 백작이나 다른 귀족들이 보면 뭐라고 할까?'

마카레나 백작 영애 클레이엔과 그녀의 보좌가 정분이라도 났다고 하지 않을까. 고작 열셋의 여자아이와 열일곱의 소년일 뿐인데. 문득 든 생각에 카루나가 키득거렸다.

카루나가 웃거나 말거나 루시온은 상관하지 않았다. 그의 서늘한 손길이 발을 지나 가느다란 발목까지 올라왔다. 복사뼈 근처를 간지럽히는 서늘한 손길이 간지럽게 느껴졌다.

"진짜 클레이엔 영애한테도 이렇게 해 줄 거야? 충성스러운 비서님?"

하아암, 카루나가 작게 하품하며 물었다.

"그건……."

루시온이 무어라 대답했지만, 카루나는 듣지 못했다. 그의 대답을 듣기도 전에 잠에 빠져 버렸으니까.

눈을 떴을 때 카루나는 그녀의 침실에 누워 있었다. 그녀의 신발은 침대 아래에 가지런히 놓여 있었다. 그날 이후 카루나는 루시온과 둘이 있게 되면 종종 클레이엔의 가면을 벗었다.

루시온은 그런 카루나를 깔보거나 훈계하지 않았다. 마카레나 백작에게 보고하여 벌을 받게 하지도 않았다. 이후 라크안의 암살 시도가 심해질 땐 카루나의 침실에서 밤을 새우기도 했다.

카루나가 잠들면 루시온은 카루나의 머리맡에 의자를 끌고 와 앉았다. 그러고는 밤에 스며들듯 찾아오는 암살자들을 기다렸다. 그가 곁을 지켜 줄 때면 카루나는 태평하게도 깊이 잠들 수 있었다.

그랬기에 카루나는 조금, 아주 조금 기대를 했다.

그 밤. 카루나가 클레이엔이어야 했던 마지막 날 밤.클레이엔이 황태자비가 될 거라는 발표가 있고 나서 카루나가 살해당했던 그 새벽.

'적어도 당신이라면 나를 구해 줄 시도 정도는 해 주지 않을까?'

10년 동안 우리는 생사고락을 함께했는데. 클레이엔을 쫓아가기보단 10년 동안 함께해 온 나를 불쌍히 여겨 한 번쯤은 나를 구해 주려 하지 않을까.

귀족이란 것들은 평민의 목숨을 하루살이만도 못하게 여긴다는 걸 알고 있었으면서도.

혹시나 하고 바랐다.

하지만 루시온은 나타나지 않았다. 카루나가 허름한 짐마차에 올라탈 때도, 마부로 분장한 암살자의 칼에 맞아 죽어 갈 때도.

그리고 이제야 도망친 그녀 앞에 나타났다.

'아마도…… 진짜 클레이엔을 위해서겠지.'

카루나는 이를 꽉 깨물었다. 분노 따윈 없었다. 어차피 루시온은 클레이엔의 사람이었다. 그녀에게 충성을 바치고, 그녀를 위해 일하는 게 당연했다.

문제는 그저 자신이었다. 루시온과 마주치리란 생각은 못 하고 길거리를 나다녔던 멍청하고 어리석은 자신.

'얼굴을 보여서는 안 돼. 나라는 걸 알아볼 거야.'

루시온은 어린 카루나의 얼굴을 알았다. 머리색이 다르다 해도 알아볼 터였다. 목소리만으로도 금세 알아차리리라.

카루나는 두 손으로 입을 틀어막았다. 실수로라도 목소리를 내선 안 된다는 생각이 머릿속을 지배했다.

'방심했어. 설마 아직 수도에 있었을 줄이야.'

다른 누구를 만나도 태연할 자신이 있었다. 평생 거리의 뒷골목을 뛰어다니며 살았던 카루나인 듯 굴 자신이 있었다. 그 때문에 5년간 으르렁대며 싸웠던 바이켈드 공작, 라크안 앞에서도 당당했다.

하지만 루시온은 아니었다. 그라면 단번에 그녀가 클레이엔인 척하던 평민 여자아이라는 걸 알아낼 것이었다.

"거기."

루시온이 카루나의 바로 뒤에 섰다. 그의 그림자가 길게 늘어져 카루나를 집어삼켰다. 짙은 남색 눈동자가 짧은 갈색 머리를 훑고 가느다란 목과 떨고 있는 어깨로 내려왔다.

"돌아서 보십시오."

"……!"

카루나의 얼굴은 당장 쓰러져도 이상하지 않을 만큼 창백해졌다. 조그만 얼굴은 공포에 잠겼다.

'어떡해야 하지? 어떡하지?'

카루나는 그의 그림자에 갇혀 옴짝달싹할 수 없었다. 앞으로 뛰어 도망칠 수도, 뒤로 돌아서 제 얼굴을 보일 수도 없었다. 도무지 피할 방법을 찾을 수가 없었다.

"내 말이 들리지 않습니까?"

루시온의 목소리에 불쾌감이 어렸다. 그는 쯧, 혀를 차더니 손을 뻗었다. 카루나의 어깨를 잡아 억지로라도 돌이켜 세우려는 것이었다.

카루나는 두 눈을 질끈 감았다.

'도와줘. 누구라도 좋으니까. 제발.'

루시온의 손이 막 카루나의 손에 닿으려 할 때였다.

"잠깐!"

이 목소리가 이렇게 반가워지는 날이 올 줄이야. 카루나의 앞에 까만 그림자가 드리워졌다. 거칠고 마디진 손이 카루나의 어깨를 잡아당겼다. 카루나의 몸이 쑥- 앞으로 끌려갔다.

당연히 뒤로 끌려가리라 생각했던 카루나는 깜짝 놀라 눈을 하지만 아무것도 볼 수 없었다. 보이는 건 낡은 셔츠뿐이었다. 카루나는 그 셔츠에 얼굴을 푹 박았다. 셔츠 속에 숨어 있는 몸은 단단했다.

"읍!"

카루나는 부딪친 코가 아파 신음했다. 하지만 카루나를 끌어안은 팔은 조금도 느슨해지지 않았다.

그런데 이 품이 어딘가 익숙했다. 두근두근 뛰는 심장 박동 소리. 대리석을 깎아 만든 듯 단단한 몸. 군더더기 없이 근육으로 짜인 두꺼운 팔. 그리고 뜨거운 열기.

"내 소중한 보좌 하녀에게 무슨 수작질인지?"

열을 품은 사나운 목소리가 카루나의 귀에 박혔다.

'바이켈드 공작!'

카루나는 고개를 들어 위를 바라보았다. 날카로운 턱이 보였다. 푸석푸석해 보이는 가발도 보였다. 붉은 두 눈은 사냥감을 만난 짐승처럼 빛나고 있었다.

'어째서?'

카루나는 눈을 깜박였다. 제 눈이 지금 제대로 보고 있는 게 맞는지 의심이 갔다. 이상하게도 라크안이 웃고 있는 것 같았다. 당장이라도 눈앞의 루시온을 갈가리 찢어 죽이고 싶다는 듯 사나운 기세를 내뿜고 있는데도. 그는 어쩐지 기분이 좋아 보였다.

"마카레나의 개. 아니, 클레이엔 영애의 사냥개라고 해야 하나?"

라크안이 이를 드러내 보이며 말했다.

"남의 걸 함부로 건드리면 안 되지."

* * *

처음 저택을 나설 때, 카루나는 여관을 들렀다가 구빈원에 가겠다고 말했다. 라크안은 여관과 구빈원에서 얼마나 시간을 보내면 될지 계산하며 말을 몰았다. 혹여 그의 예상보다 여관과 구빈원에서 머무는 시간이 길어진다면, 어떻게 카루나를 데리고 그곳에서 나올지도 다 생각을 해 두었다. 그런데 예기치 않게 여관에서 음식 대접을 받아 예상했던 것보다 시간을 끌게 되었다.

라크안은 따뜻한 음식을 잔뜩 집어 먹으며 시간 계산을 깜박했다. 부른 배를 두드리며 여관을 나서니, 그제야 아차 싶었다. 해를 보고 시간을 가늠하니 역시나 시간이 한참 지나 있었다. 그의 계획대로라면 이제는 마탑으로 가야 했다.

카루나가 이제 구빈원으로 가자고 하면 어떤 변명을 늘어놓아야 할까, 어떻게 그녀를 마탑 앞거리까지 아무 의심 없이 데려갈까. 라크안은 고민스러웠다. 일단은 배가 부르니 좀 걷자고 말했다.

다리가 튼튼한 말을 놔두고 왜 걷느냐며 따져 물을 줄 알았건만, 어째서인지 카루나는 순순히 뒤따랐다. 그리고 채 열 걸음도 걷지 않아 라크안의 고민은 말끔히 해결되었다.

'무슨 생각을 하는 거지?'

카루나는 딴생각에 빠져 그가 어디로 가는지 신경도 안 썼다. 그러고 보니 여관에서 식사할 때부터 카루나는 어딘가 이상했다. 못이 하나 빠진 나무 인형같이 굴었다.

라크안이 슬쩍 길을 틀어 구빈원이 아니라 마탑으로 향했다. 카루나는 아무 말이 없었다. 길이 달라졌다는 것조차 모르는 것 같았다. 그저 고개를 숙인 채로 라크안의 신발 뒤축만 바라보며 따라 걸었다.라크안은 마치 엄마 오리가 된 느낌이 들었다.

'뭐, 아무튼 다행이네.'

혹여 아기 오리가 뒤따라오다가 길을 잃을까 싶어 천천히 걸었다. 등 뒤에서 자그만 숨소리가 선명하게 느껴졌다. 타박, 타박, 발걸음 소리도 들렸다. 카루나의 기척이 선명하여 계속 등이 간지러웠다.

라크안은 전쟁터를 떠돌며 뛰어난 기사가 되었다. 감각은 예리해졌고, 굳이 뒤를 돌아보지 않아도 졸졸 따라오는 카루나를 인지할 수 있었다.

발작을 일으킬 때면 이 예민한 감각은 천벌이었다. 남들이 따끔해하고 말 느낌마저 그에게는 온몸이 갈가리 찢기는 고통이 되었으니까. 사방 모든 사람의 숨소리, 심장 뛰는 소리가 천둥소리처럼 들려 귀를 칼로 도려내고 싶을 때도 많았다.

그 예민한 감각이 오늘은 꽤 도움이 되었다. 굳이 뒤를 돌아보지 않아도 카루나의 모습이 눈에 선했다.

무슨 생각에 정신이 팔렸는지 멍해져서는, 그래도 종종걸음으로 열심히 자신의 뒤를 따르는 조그만 여자아이.

더 정이 들기 전에 끊어 내야 할 존재인지 알아내야 했다.

더 정이 들기 전에.

쯧, 라크안은 작게 혀를 찼다. 한 달이었다. 카루나가 바이켈드 공작저에 머문 지 고작 한 달이었건만. 저택의 사람들은 모두 카루나를 10년 동안 함께한 동료를 보듯 했다.

카루나도 바이켈드 공작저에서 나고 자란 사람처럼 금방 적응하며, 라크안에게도 스스럼없이 굴었다. 꼭 한 5년 동안 치고받고 싸웠던 앙숙인 양. 다른 하인과 하녀, 기사들에게는 싹싹하게 굴면서도 라크안만 보면 못 잡아먹어 안달이었다.

하녀장과 연두색 머리 남자는 그게 라크안을 챙겨 주고 있는 거라고 웃으며 말했지만, 라크안은 믿을 수 없었다.

'셔츠에 후춧가루를 뿌리고, 자고 있는데 찬물을 쏟는 게 챙겨 주는 거라고?'

두 번 챙김을 받았다간 머리털이 활활 불타오를지도 모를 일이었다.

하지만 라크안은 어느새 그녀의 괴롭힘에 하루하루 익숙해졌다. 바이켈드 공작저 사람들도 등 뒤의 저 열두 살짜리 꼬맹이에게 익숙해졌다. 그러니 확인해야 했다. 저 빌어먹을 꼬맹이가 셔츠에 후추를 뿌리는 게 자신을 암살하기 위해서인지 아닌지.

카루나가 자신을 해코지하기 위해 기어들어 온 암살자일지도 모른다는 생각을 하면, 기분이 더러워졌다.

'고작 열두 살이라고. 망할 여자. 하다 하다 열두 살을 보내? 피도 눈물도 없는 악녀 같으니라고.'

저만한 아이를 이용하려 드는 클레이엔이 어이가 없다가도.

'내가 후추 때문에 재채기하다가 죽을 거 같나? 아니면 물 한 동이에 익사를 당할 것처럼 보이나?'

저만한 아이에게 암살 위협을 느껴야 하는 게 짜증이 났다.

무엇보다 화가 나는 건…….

'정말 클레이엔, 그 여자가 보낸 거면 어떻게 해야 하지? 죽여야 하나?'

망설이는 자신이었다.

그동안 클레이엔이 보낸 암살자만 수백이었다. 건장한 사내인 경우가 많긴 했지만 가끔은 아름다운 여인이기도 했다. 당장 거품을 물고 쓰러져 죽어도 이상하지 않을 노인이던 적도 있으며, 길거리에서 꽃을 파는 행색을 한 중년의 여인이던 때도 있었다.

그들은 모두 라크안의 손에 죽었다.

만약 카루나가 클레이엔이 보낸 암살자라면? 이전의 암살자들이 그랬듯 라크안의 손에 단칼에 죽으리라. 그래야 한다. 그래야 하는데. 한 손으로 쥐어도 남을 것 같은 가느다란 목을 움켜쥐고 꺾을 수 있을까?

"……."

생각만으로도 거부감이 밀려왔다.

멀리 요양을 떠났다는 클레이엔을 욕하다가도, 결국 나오는 건 짧은 한숨이었다.

'물러졌군. 클레이엔, 그 여자가 없어서 그런가?'

입 안이 씁쓸했다. 그동안 죽인 사람만 따지자면 수천 명은 될 것이었다. 그런데 고작 열두 살짜리 여자아이 한 명 때문에 망설이고 있었다. 라크안은 그런 자신이 우스웠다.

'위선이고, 기만이다. 정신 차려.'

길의 끝에 선 커다란 탑이 눈에 들어 왔다. 마탑이었다. 마탑을 올려다보는 붉은 눈에 빛이 감돌았다.

마탑 앞거리는 번화가였다. 많은 사람이 분주히 오갔다. 길가엔 여러 상점이 서서 다양한 물건을 팔았다. 라크안은 그 거리를 걸으며 주변을 휘휘 둘러보았다.

길 곳곳은 크고 작은 골목으로 연결되어 있었다. 그 골목길 중 한 곳에 새까만 로브를 뒤집어쓴 사람이 서 있었다. 그는 라크안과 눈이 마주치자 고개를 꾸벅 숙이고는 골목의 어둠 속으로 사라졌다.

'저기군.'

라크안은 그 골목으로 뛰어들었다. 줄곧 그의 뒤를 따르던 작은 숨소리가 멀어졌다. 그를 따라 골목으로 오지 않고, 그가 없어진 거리를 계속 걸어가는 것이었다.

"지켜보도록."

라크안은 골목에 선 남자의 어깨를 툭툭 두드렸다.

"명을 따릅니다."

그는 공손히 대답하고는 라크안을 잃어버린 줄도 모른 채 걷는 카루나를 뒤쫓았다. 라크안은 그대로 골목 안으로 들어갔다.

골목 안에는 네 명의 기사들이 서 있었다. 카루나가 처음 바이켈드 공작저에 왔을 때, 그녀와 응접실에서 시간을 보냈던 기사들이었다. 그들도 새까만 로브를 뒤집어쓰고 있었다. 라크안이 오니 후드를 벗어 얼굴을 드러내고 고개를 숙였다.

"마법사는?"

라크안이 묻자 앞의 두 기사가 옆으로 비켜섰다. 그들의 뒤에 커다란 포대가 놓여 있었다. 빵빵한 포대는 살아 있는 것처럼 꿈틀댔다.

"으읍! 읍읍!"

억눌린 신음도 들렸다.

"조금 전 끌고 나왔습니다."

"들켰나?"

"아니요. 아무도 모르게 데리고 나왔습니다. 오시기 직전에 마카레나 백작가에서 사람이 왔는데, 이 녀석이 없어진 걸 알고 마탑을 나왔습니다.

아마 곧 마카레나 백작 사병들이 이 주변을 수색하려 하지 않을까요?"
머리카락이 짧은 여기사가 대답했다.
"당연히 그래야지. 그 때문에 일부러 이 시간에 여길 찾은 건데."
라크안은 포대를 묶은 밧줄을 풀고, 안의 내용물을 확인해 보았다. 안에는 마탑의 문양이 그려진 회색 로브를 쓴 사내가 담겨 있었다. 사람이 로브를 입은 게 아니라 로브가 사람한테 덮인 거라는 생각이 들만치 비쩍 마른 사람이었다. 양팔과 다리가 꽁꽁 묶인 채였고 입에는 재갈이 단단히 물려 있었다. 두 눈도 천으로 동여맨 채였다.
"큰 소리를 내지 않는 게 좋을 거야."
라크안이 그에게 고개를 숙여 말했다.
"으읍! 읍읍읍!"
포대 속 남자가 맹렬히 고개를 끄덕였다. 라크안은 그의 재갈을 느슨하게 해 주었다.
"사, 살려 주세요!"
말할 수 있는 자유를 되찾은 남자가 절실하게 말했다. 그의 간절함은 우렁찼다.
"쉿!"
라크안은 그의 명치를 검지로 꾹 누르며 말했다. 어두운 골목에서 붉은 눈이 빛났다.
"난 사람 죽이는 걸 그리 좋아하지 않아."
"저, 저도, 그, 그, 그리 주주죽고 싶지 아, 않습니다요."
"다행이군. 나도 아직까진 널 죽이고 싶지 않은데 말이야. 도와줄 거지?"
"네! 네네! 네네! 제발, 제발 살려 주세요."
남자의 눈에 눈물이 그렁그렁해졌다. 햇빛을 못 보고 산 사람처럼 허여멀건 얼굴에 그나마 있던 핏기마저 가셨다.

"너, 마탑의 마법사 우리겐 길튼이 맞나?"

"……아, 아닙니다요. 저는 절대로 아닙니다요."

남자가 조그만 목소리로 벌벌 떨며 대답했다.

"아니라는데?"

"길튼이 아니라면 굳이 살려 둘 필요가 없지요."

옆에 선 기사가 검을 빼 들었다.

"으이이익! 마, 맞습니다. 제가 우리겐 길튼이 맞습니다. 무, 무서워서 그랬습니다요. 살려 주십쇼. 제가 우리겐 길튼이니까, 제발 살려 주십시오. 제발 저 좀 살려 주십쇼."

포대 속 남자, 우리겐이 다급하게 말했다. 두 손이 묶여 있지 않았다면 손에 연기가 날 정도로 싹싹 빌었을 것 같은 목소리였다.

"지난 2년간 마카레나 백작 영애에게 후원을 받았던 그 우리겐 길튼이 맞단 말이지?"

라크안이 다시 물었다.

"예, 제가 그 우리겐 길튼이 맞습니다요. 무조건 제가 맞습니다요. 저, 저한테 왜 이러시는 겁니까. 제가 무슨 잘못을 한 건가요?"

우리겐은 우는 소리를 냈다.

"우리도 그게 궁금하던 참이라. 네가 알려 주길 바라고 있지."

"네? 제, 제, 제, 제가요?"

"그래. 클레이엔, 그 여자의 후원을 받은 우리겐 길튼, 네가."

라크안이 우리겐의 명치를 톡톡, 두들기며 이를 드러냈다. 우리겐은 거의 숨이 꼴깍 넘어갈 듯 사지를 떨었다.

"먼저 저택에 갖다 놔."

라크안이 턱짓하자 기사가 다시 우리겐의 입을 재갈로 막았다. 벌벌 떠는 우리겐을 다시 포대에 처넣고 포대의 입구를 밧줄로 꽁꽁 묶었다.

그녀의 옆에 있던 듬직한 체구의 기사가 포대를 한쪽 어깨에 걸머멨다.

"둘은 가고, 나머지 둘은 남는다."

라크안은 나머지 두 기사를 남겨 두고, 발로 땅을 박찼다. 돌바닥이 파이며 라크안의 몸이 높이 날아올랐다.

라크안은 날렵하게 양쪽 건물을 밟으며 지붕 위로 올랐다. 시원한 바람이 그의 가발 머리를 살랑살랑 흔들었다. 라크안은 거추장스러운 가발을 뒤로 쓸어 넘기며 아래를 내려다보았다.

사람들로 가득한 길이 한눈에 보였다. 라크안은 어렵지 않게 검은 로브를 뒤집어쓴 부하와 그가 쫓는 카루나를 찾았다. 카루나는 길 한가운데에 서 있었다.

앞의 건물로, 또 앞의 건물로. 그는 평지에서 뜀박질하듯 자연스럽게 건물과 건물을 오갔다. 카루나의 근처에 있는 비교적 낮은 건물에 내려앉은 그는 지붕 끝에 아슬아슬하게 섰다. 조금만 균형을 잃어도 당장에 떨어질 듯 아슬아슬해 보이건만, 정작 그는 태연하기 그지없었다.

마탑에서 뛰쳐나온 마카레나 백작의 사병들이 보였다. 그 사병을 이끄는 은발의 남자가 눈에 띄었다.

'그 여자의 사냥개로군.'

저도 모르게 입가에 웃음이 돋았다. 라크안은 이를 드러내 웃었다. 눈앞에 클레이엔이 있는 게 아니다. 그저 그녀의 측근인 은발의 사내만 있을 뿐인데도, 피가 끓었다.

그녀가 요양을 떠난다며 수도에서 사라진 지난 반년 동안 잊고 있었던 감각이었다. 오직 클레이엔, 그녀만이 그를 이토록 흥분시켰다. 라크안은 루시온을 발견한 카루나를 보았다. 그러고는 그녀의 표정을 유심히 살펴보았다.

라크안을 잃고 홀로 남은 상황에서 카루나는 과연 어떻게 할 것인가.

그녀의 행동에 따라 그녀의 남은 생이 결정되었다. 당장 라크안의 손에 잡혀 죽을 것인가, 앞으로 라크안의 보호 안에서 살 것인가.

카루나는 그의 예상대로, 아니 그의 예상과는 다르게 굴었다. 잔뜩 겁에 질려 도망치려 했다. 자신에게 임무를 맡긴 의뢰인을 만나 모른 척하거나 아는 척하지 않았다. 충성을 바친 사람, 혹은 그의 측근을 만나 은밀히 정보를 전하려고도 하지 않았다.

굶주린 이리 앞에 선 토끼처럼 떨고 있을 뿐이었다. 조그만 얼굴이 하얗게 질렸다. 똑같이 겁에 질린 얼굴이건만, 포대 속 우리겐과 길에 선 카루나는 다르게 다가왔다.

우리겐은 단 한순간도 라크안의 심장을 움직이지 못했다. 그런데 카루나는 달랐다. 두근- 심장이 뛰었다.

'……왜 이러는 거지?'

라크안은 자신의 왼쪽 가슴을 움켜쥐었다. 생소한 감각을 느끼면서도, 붉은 눈은 카루나에게서 떨어지지 않았다. 카루나가 가까스로 뒤를 돌아서는 게 보였다. 그런 카루나에게 루시온이 다가갔다.

카루나의 절박한 표정이 눈에 와 박혔다.

'도와줘. 누구라도 좋으니까. 제발.'

카루나가 그렇게 외치고 있었다.

어째서 마카레나 백작가의 사람을 보고 저토록 두려워하는 건지. 루시온은 왜 카루나를 보고 다가온 건지. 루시온과 카루나가 마주쳤을 때 둘이 과연 무슨 이야기를 할지.

의문은 계속 만들어질 수 있었다. 라크안은 그 의문을 확인하기 위해, 카루나와 루시온이 얼굴을 마주 대하게 만들어야 했다. 하지만 그럴 수 없었다. 더는 망설일 수 없었다. 카루나가 루시온을 두려워하고, 마카레나 백작가를 무서워하는 걸 본 순간, 더는 가만히 있을 수 없었다.

'가라!'

그의 심장이 명령을 내렸다. 라크안은 바로 뛰어내렸다.

"꺄악! 하늘에서 사람이 떨어졌어요!"

"이, 이보슈, 괜찮수?"

"떨어졌는데 멀쩡해!"

그가 갑자기 하늘에서 떨어져 내리자 길을 걷던 사람들이 깜짝 놀라 비명을 질렀다. 라크안은 자신에게 따라붙는 사람들의 시선은 아랑곳하지 않고 카루나에게 다가갔다.

많은 사람 속에서 홀로 떨고 있는 작은 어깨가 보였다. 주변의 모든 것이 흑백으로 바뀌었다. 오직 카루나만이 색을 가졌다.

라크안이 있는 쪽을 바라보고 있으면서도 카루나는 라크안을 알아보지 못했다. 언제나 총기로 반짝이던 녹색 눈이 잔뜩 흐려져 있었다. 그걸 보는 것만으로도 심장이 덜컹, 내려앉을 것 같았다.

라크안은 뛰었다. 두 팔을 벌려 카루나를 안았다. 조그만 불덩이가 그의 품에 갇혔다. 그러자 비로소 세상이 다시 제 빛을 되찾았다. 라크안은 카루나를 안은 팔에 힘을 주었다. 절대 루시온 따위가 함부로 쳐다볼 수 없도록.

카루나를 향해 뻗었던 루시온의 팔이 허공을 헤집었다. 그는 카루나에게 닿지 못했다. 라크안은 그것이 심히 만족스러웠다.

"내 소중한 보좌 하녀에게 무슨 수작질이지. 마카레나의 개?"

어쩐지 사나운 목소리가 나왔다.

"아니, 클레이엔의 사냥개라고 해야 하나?"

개털처럼 뻣뻣한 가발의 머리카락 사이로 붉은 두 눈이 위험스럽게 빛났다.

"……."

루시온은 제 행동을 막아선 사내가 누군지 가늠하려는 듯했다. 싸구려 가발과 낡은 복색만을 보자면 당장 그 목을 쳐야 함이 마땅하나, 루비처럼 붉은 눈이 루시온의 분노를 내리눌렀다.

'바이켈드 공작? 어째서 저자가 여기에?'

차가운 남색 눈이 찌푸려졌다.

마카레나 백작의 명을 받고 마탑의 마법사 한 명을 넘겨받으러 온 길이었다. 마탑은 이미 예전에 그 마법사의 인증을 박탈하고 감금시켜 놓았다고 했다.

마법을 봉인당한 마법사는 불치병에 걸린 보통 사람보다도 약한 법이었다. 루시온은 별다른 어려움 없이 임무를 완수할 수 있으리라 생각했다. 그런데 가둬 놓았다던 마법사가 갑자기 사라졌다. 그러고는 뜬금없이 바이켈드 공작이 나타났다.

바이켈드 공작. 근 반년 동안 변방 시찰을 나간다면서 사라지더니 어느 날 갑자기 수도에 돌아온, 황제파의 젊은 수장. 황궁에 입궁하여 황제와 황태자를 알현하는 대신, 수도 곳곳을 돌아다니며 귀족 영애란 영애는 죄다 만나고 다닌다는 미혼의 공작.

'이 근처에는 별다른 귀족이 살고 있지 않은데?'

그가 전해 들은 바이켈드 공작의 일정에 따르면 라크안은 지금 이곳에 있어서는 안 됐다. 또 어느 귀족 영애를 만나 시답잖게 차나 마시고 있어야 했다. 그런데 갑자기 루시온의 앞에 나타나 루시온이 붙잡으려고 했던 어린 여자아이를 낚아챘다.

여자아이는 주인을 찾은 강아지처럼 라크안의 품에 얌전히 안겨 있었다. 얼굴은 보이지 않았다. 물이 빠진 것처럼 옅은 갈색 머리카락만 눈에 담겼다. 그게 신경에 거슬렸다.

'분명 녹색 눈이었는데.'

여자아이의 눈은 그가 그리던 색이었다. 사람들 틈에서 언뜻 봤을 뿐이지만. 그래서 정확하게 확인하기 위해 불러 세운 참이었다.

'닮았어. 아주.'

그가 알고 있는 어떤 여자아이와.

"바이켈드 공작 각하를 뵙습니다."

루시온은 자신의 감정을 갈무리하며 그에게 고개를 숙였다.

"날 알아보다니. 제법인걸."

"알아보지 못할 리가요."

"내 분장은 완벽했는데. 조금 전에도 여관에 들어가 평민답게 식사를 하고 나왔을 정도로 말이야. 그런데도 클레이엔의 개는 속일 수가 없군,"

라크안의 이를 드러내며 말했다. 자랑스러워하는 기색이었다. 그걸 본 루시온의 눈가가 움찔, 떨렸다.

"그러셨습니까."

루시온은 새삼 제 앞의 빈자리가 아쉬웠다. 붉은 머리를 높이 틀어 올리고, 최신식의 드레스를 차려입고 한껏 치장한, 그녀가 있었다면 어땠을까. 이 거리가 떠나가라 웃으며 기꺼이 바이켈드 공작을 비웃었으리라.

"그나저나 그렇게나 어린 아이를 거두셨는지는 몰랐습니다만."

루시온의 남색 눈이 라크안의 품속을 파고들었다. 그의 단단한 팔에 붙잡혀, 얼굴을 전혀 보여 주지 않는 어린 여자아이가 계속 눈에 걸렸다.

"마카레나 백작가도 별수 없나? 네가 모시는 여자가 자리를 비운 지 고작 반년인데, 꽤나 소식이 느려졌군."

쯧쯧, 라크안이 혀를 차며 말했다. 그러면서도 루시온의 얼굴에서 눈을 떼지 않았다. 그가 카루나를 아는 기색을 보일까 살펴보는 것이었다.

"각하께서 최근에야 수도로 돌아오셨는데, 그간 곁에 가까이 두시지 않던 어린아이를 곁에 두시니. 그새 취향이 많이 바뀌셨나 궁금할 따름입니다. 각하의 취향 변화까지, 저희가 어찌 감히 알 수 있겠습니까."

루시온의 얼굴은 언제나와 다름없이 무표정했다. 그는 그저 라크안에게 깍듯하게 예의를 지키며 담담히 말을 이었다.

"보좌…… 하녀로 두셨다고 하셨습니까?"

"쪼그만 게 아주 영특해서, 곁에 두고 잘 키워 보려고. 혹시 아나? 이 아이가 커서 너의 주인을 짓밟아 버릴 정도로 대단하게 클지."

라크안이 말하는 중에 카루나의 몸이 꿈틀, 떨렸다. 라크안은 그런 카루나의 머리를 쓱쓱 쓸어 주었다.

루시온을 비롯한 남들이 보기엔 카루나가 라크안의 말에 감격했고, 또 라크안이 그런 카루나를 달래 주는 것처럼 보였다. 하지만 라크안의 생각은 달랐다.

아마도 카루나가 제 칭찬의 말을 듣고 헛구역질을 하는 걸지도 모른다고 생각했다. 품에 잡아 둔 이 꼬맹이는 칭찬도 영 곱게 듣지 않고 꼬아 듣는 고약한 성질머리를 가지고 있었으니까.

'내일부터는 셔츠에 후추가 아니라 숯덩이를 넣어 주겠다고 쫓아올지도 모르겠군.'

뭐, 기꺼이 도망쳐 줄 수 있었다. 클레이엔이 보낸 첩자만 아니라면 뭔들 못 해 줄까.

"보좌 하녀와 단둘이, 그런 복장으로 어찌 이런 곳에 계시는지요. 혹시 마탑에 무슨 볼일이 있으셨던 겁니까. 그 대단하게 뛰어난 보좌 하녀를 대동할 정도로?"

루시온의 물음에 라크안은 이를 드러내 웃어 보였다.

"나도 묻고 싶은데. 마카레나 백작은 무슨 일이 있어 이 평화로운 마탑 주변을 시끄럽게 만들고 있는지?"

"가문의 사소한 일이 있을 뿐입니다. 저희 아가씨의 명예와 관련된 일이니, 부디 굳게 닫히는 제 입술을 용서해 주십시오."

루시온이 정중히 허리를 굽혔다. 남색 눈이 차갑게 가라앉았다.

"마카레나 백작 영애에게 아직 지킬 명예란 게 남아 있는가?"

"곧 제국의 황태자비가 되실 분이십니다. 부디 예의를 지켜 주십시오."

"예의? 우리가 그런 걸 지키는 사이였던가?"

"부디, 그런 사이가 되길 바라 마지않을 따름입니다. 언제나 항상."

"말이나 못하면."

라크안은 제게 한 마디도 안 지고 밀어붙이는 루시온을 비웃었다. 악녀의 사냥개는 악녀가 자리를 비웠는데도 충성스럽기 그지없었다. 적어도 그 충성심만은 인정할 만했다.

"공작 각하께서는 어찌 이리 먼 걸음을 하셨는지요?"

"나야 내 어린 보좌 하녀가 가고 싶다는 곳이 있어서 같이 놀러 나왔지. 내 복장을 보면 모르나?"

"하필 마탑 근처로군요."

"그래, 하필 오늘, 내 보좌 하녀가 마탑 근처로 날 이끌었지."

보좌 하녀랍시고 어린 여자아이 하나만 데리고 유유자적 돌아다녔다는 게 더욱 수상쩍었다.

'마법사에 대한 정보가 샜을 줄이야. 마법사는 이미 공작의 손에 넘어갔겠군.'

클레이엔이 사라진 뒤 마카레나 백작 진영은 분명 허술해졌다. 그것이 당장 눈에 띄지 않아 마카레나 백작은 물론 귀족파 귀족들도 눈치채지 못하고 있지만. 루시온만큼은 뼈저리게 느끼고 있었다.

'아가씨만 있었어도.'

루시온은 어느 날 사라져 버린 여인에 대한 생각으로 가득 찼다.

그는 그녀의 진짜 이름을 몰랐다. 그녀의 진짜 머리카락 색이 어떤지도 몰랐다. 아는 것이라고는 고작, 그녀가 10년 동안 그에게는 '클레이엔'이었다는 것뿐이었다.

오늘 마탑에서 넘겨받을 마법사는 그녀를 찾을 수 있을 중요한 단서였다. 그런데 그 귀한 단서가 바이켈드 공작의 손아귀에 넘어가 버렸다. 장장 5년여 간, 루시온의 그녀를 죽이려 별별 수를 다 썼던 사내에게.

루시온은 옷자락에 감춰진 손이 하얗게 뼈가 드러날 정도로 주먹을 쥐었다. 손바닥엔 손톱이 파고들어 가 피를 내고 있었다. 겉으로 드러나는 얼굴엔 조금의 동요도 없었다.

"하필 오늘, 저희 마카레나 백작가에서 각하의 시찰을 방해할 뻔하였군요. 부디, 용서해 주십시오."

루시온은 공손히 고개를 숙였다. 라크안은 여유롭게 그의 인사를 받아 주었다.

"하필 오늘 마탑 근처에서 마카레나 백작가에 무슨 일이 생긴 거 같은데. 부디 잘 해결하길 바라지. 무슨 일인지 딱히 궁금하지는 않으니, 묻지는 않겠어. 그럼, 이만."

라크안은 깊이 숙인 허리를 들지 않는 루시온과 제게 억지로 고개를 숙이는 마카레나 사병들을 지나쳤다. 라크안의 그림자가 제 발끝에서 사라지자마자 루시온은 바로 고개를 들었다. 그는 낡은 옷을 걸친 라크안의 뒷모습을 바라보며, 옆으로 손짓했다. 마카레나 문장을 단 남자가 루시온에게 귀를 기울였다.

"당장 바이켈드 공작의 새로운 보좌 하녀라는 저 어린 여자아이에 대해 알아보십시오. 최대한 빨리."

"예? 지금은 일단…… 사라진 마법사를 찾는 게 먼저가 아닐……."

루시온의 싸늘한 눈빛이 그를 향했다.

"지금 그 마법사를 찾는 게 무슨 의미가 있겠습니까. 차라리 저택에 대기 중인 사병들까지 모두 불러와 바이켈드 공작저를 공격하자고 하지 그러십니까. 차라리 그게 더 현실적이겠습니다."

루시온의 말을 듣고야 남자는 마법사가 바이켈드 공작의 손 안에 넘어갔다는 걸 알아챘다.

"괘, 괜찮은 겁니까? 아무리 봉인을……."

"됐습니다. 더는 말하지 마십시오."

루시온은 더 이상 남자를 상대할 가치를 못 느끼고 고개를 돌렸다. 바이켈드 공작은 어느새 사람들 틈으로 사라져 보이지 않았다. 하지만 어린 여자아이를 품에 안고 있는 그의 모습은 잔상처럼 계속 눈에 남아 있었다.

* * *

라크안은 유유자적 사람들 틈을 걸었다. 등을 지질 듯 따라오던 루시온의 시선이 사라지고야 카루나에게 말을 걸었다.

"꼬맹이, 괜찮냐?"

"……."

카루나는 아무 대답이 없었다.

'아까까지만 해도 잔뜩 긴장해 있더니만, 그새 편해졌나 보네.'

라크안은 품 안에 뜨거운 온기를 느끼며 픽, 웃었다. 괜히 심술궂은 목소리로 카루나를 타박했다.

"그러게 잘 보고 따라오지, 왜 길을 잃어버려서는 저런 것들이랑 엮여? 피곤하게."

"……."

"나랑 떨어지니까 저런 무서운 귀족을 만나는 거잖아."

"……."

"많이 무서웠지?"

"……."

"이제 다 괜찮아. 내가 왔잖냐."

내가 구해 줬으니까, 고마운 줄 알겠으면 앞으로는 셔츠에 후춧가루 좀 뿌리지 말라고. 그렇게 거래를 시도해 볼 생각이었다. 그런데 어째서인지 카루나는 계속 말이 없었다.

'내가 대가를 요구할 거라고 생각해서 일부러 무시하는 건가?'

품 안의 작은 소녀라면 충분히 그러고도 남았다. 클레이엔의 최측근인 루시온을 한 방 먹였다는 기쁨도 잠시. 또 카루나에게 당할지도 모른다는 생각에 기분이 가라앉았다.

"이봐, 뭐라 말 좀 해 보지?"

툭- 대답 대신 카루나의 팔이 힘없이 흘러내렸다. 하얗게 마른 입술에서 나오는 숨이 뜨거웠다. 얼굴은 열로 붉게 달아올라 있었다.

"……꼬맹이?"

누군가 심장을 손에 쥐고 움켜 짜는 것 같았다. 온 세상이 새까맣게 변했다. 두근, 두근. 그 세상에 있는 건 오직 하나. 빠르게 뛰는 카루나의 심장 소리뿐이었다.

* * *

작은 몸은 라크안의 품에 폭 파묻혔다. 카루나는 단단한 몸에 갇혀 옴짝달싹할 수 없었다. 그런데 이상하게도 그게 싫지 않았다. 싫지 않다는 생각을 하는 자신이 이상했다.

카루나는 저도 모르게 라크안의 품에서 벗어나려 몸을 비틀었다. 두 손으로 라크안의 가슴을 팡팡 두들겼다. 라크안은 그래도 꿈쩍도 하지 않았다.

오히려 더욱 강하게 카루나를 붙들었다. 카루나는 자신을 감싼 라크안의 뜨거운 온기를 온몸으로 느꼈다.

불쑥, 불안감이 들었다. 등 뒤에 루시온이 있다. 그녀를 붙든 건 라크안이다. 감쪽같이 사라졌던 라크안이 지금 이 순간, 어떻게 그녀의 앞에 나타난 걸까. 알 수 없었다. 다만, 그가 지금 자신에게 꼭 필요한 사람이라는 건 알았다.

'생각을…… 해야 하는데.'

뒤에는 맹수가, 앞에는 낭떠러지 절벽에 있는 상황이었다. 이런 상황에서 긴장을 풀어서는 안 된다. 하지만 이상하게도 생각과 달리 몸은 천천히 늘어졌다. 등 뒤에서 루시온의 목소리가 들렸다. 머리 위에서는 라크안의 목소리가 들렸다. 라크안의 말은 언제나처럼 사람 속을 박박 긁었다.

'이렇게 들으니까 새롭네.'

언제나 카루나는 루시온과 함께였다. 라크안이 눈앞에 서서 재수 없는 말을 하면 그걸 받아치는 건 카루나였다. 그러면 루시온은 카루나의 등 뒤에서 작게 한숨을 내쉬곤 했다.

'아가씨, 상대가 무례하게 군다고 아가씨까지 무식해질 필요는 없습니다.'

가끔 루시온이 카루나와 라크안, 둘 모두를 싸잡아 탓하기는 했지만, 대개는 그런 구도였다. 그런데 이제는 카루나와 라크안이 함께이고 루시온이 홀로 저편에 서 있었다. 그것도 모자라 카루나 본인은 라크안의 품에 폭 안겨 있다.

카루나는 등 뒤에서 들리는 루시온의 목소리에 바짝 긴장했다. 또 라크안의 뜬금없는 말에 어이없어했다. 그게 고작이었다. 불과 반년 전만 해도 이런 상황이 벌어질지 누가 알았을까.

누군가 미래를 보고 왔다며 클레이엔인 척하는 카루나에게 말해 주었어도, 카루나는 코웃음을 치며 그 말을 비웃었으리라.

'아아, 쪼그만 게 아주 영특해서, 곁에 두고 잘 키워 보려고. 혹시 아나? 이 아이가 커서 너의 주인을 짓밟아 버릴 정도로 대단하게 클지.'

라크안과 루시온의 영양가도 없는 대화 중 한 부분이 카루나의 귀에 박혔다.

'내가 클레이엔이었다고. 내가 크면 당연히 클레이엔처럼 되겠지. 아무것도 모르면서 멋대로 말하지…….'

여관에서 새삼 자신과 라크안의 신분 격차를 느끼고 충격에 빠졌던 게 벌써 먼 옛날처럼 느껴졌다.

눈치라고는 약에 쓰려고 찾아도 찾아볼 수 없는 둔한 늑대에게 붙잡힌 채, 카루나는 답답한 마음을 어찌하지 못했다. 할 수 있는 반항이라고는 제 머리를 라크안의 가슴에 콩콩 박는 것뿐이었다.

그마저도 오래 할 순 없었다. 라크안의 큼지막한 손이 카루나의 머리를 쓱쓱 쓸어내렸다. 말이 쓸어내리는 것이지 카루나의 머리를 제 품에 꾹꾹 눌러 납작하게 만드는 것과 다를 바 없었다. 카루나의 볼이 라크안의 단단한 가슴팍에 눌렸다.

"그마우두어……."

루시온에게 자신의 목소리가 들릴까 봐 목소리를 낮춰 속삭였다. 라크안은 들은 척도 하지 않았다. 쿵- 쿵- 뛰는 라크안의 심장 소리가 귀에 닿았다. 카루나는 저도 모르게 그 소리에 귀를 기울였다. 그 박동에 따라 카루나의 숨이 잦아들었다.

'이상해.'

누군가에게 철저하게 보호받고 있다는 느낌이라니. 이 품 안에 있으면 괜찮다고, 안전하다고…… 누군가가 귓가에 속삭이는 것 같았다. 왜 하필이면, 지난 5년간 죽어라 싸워 온 남자의 품 안에서 이런 안락함을 느끼게 되는 걸까. 그의 품은 안전하다, 라니.

'정말 이상해.'

카루나는 라크안의 셔츠를 움켜쥐고 얼굴을 묻었다. 하아, 참았던 숨을 내리쉬었다. 굳었던 어깨가 풀리고 몸이 축 늘어졌다. 카루나는 라크안에게 완전히 자신의 몸을 기댔다.

라크안은 그런 카루나가 마음에 든 것 같았다. 카루나를 움켜쥔 제 손으로 카루나의 어깨를 토닥토닥 두드렸다. 아이를 어르는 어른의 손길인지라, 노곤노곤해지는 와중에도 살짝 짜증이 났다.

'난 애가 아니라고.'

하지만 짜증은 밀려오는 잠기운을 이겨 낼 수 없었다. 카루나의 눈이 느리게 감겼다 뜨였다. 그리고 다시 감겼다. 등 뒤에서 들리던 루시온의 목소리가 아득해졌다.

* * *

예정되어 있던 일정을 다 미루고 카루나와 함께 저택을 나섰던 라크안은 해가 지기 전에 돌아왔다. 급히 말을 몰고 돌아온 그는 저택의 정문을 부술 듯 급했다. 라크안은 말이 멈추기도 전에 뛰어내렸다.

"라임스 부인! 의사를 불러! 아니, 그 자식 어디 갔어! 당장 이리로 오라고 해!"

라크안이 큰 소리로 하녀장을 불렀다. 라크안은 철십자 기사단의 기사이자 자신의 주치의이기도 한 연두색 머리 남자를 당장 끌고 오라고 성화였다. 그의 품에는 카루나가 안겨 있었다.

그 작은 몸은 열에 달뜬 채였다. 얼굴도 빨갛게 열이 올라 있었다. 입술은 하얗게 말라 가쁜 숨을 내쉬었다.

카루나를 안고 있는 라크안의 얼굴은 흑색이었다. 그는 저택의 문 앞에

서서 왔다 갔다 움직였다. 저택 안으로 들어가지도 않았다. 카루나를 건네 달라고 손을 내미는 하녀장의 손도 제대로 보지 못했다. 그저 카루나를 안은 채 빨리 의사를 데리고 오라고 소리칠 뿐이었다.

한 손에 들리는 카루나는 작고 가벼웠다. 평소에도 작다고 생각했지만, 지금은 더 여려 보였다. 그런데 품 안에 작은 불덩이를 안고 있는 것처럼, 카루나는 뜨거웠다. 당장이라도 화르륵 불타 없어질 것 같았다. 재조차 남지 않고 사라질 것 같았다.

불안했다. 왜인지 모르겠지만 불안했다. 화가 났다. 짜증이 났다. 그리고 무서웠다.

"이렇게 작은데, 죽으면 어떡하지?"

붉은 눈이 불안에 흔들렸다.

하녀장은 그런 라크안을 보며 놀라움을 감추지 못했다. 그녀는 라크안이 태어나기 전부터 이 저택에서 일했다.

라크안이 태어났을 때 그녀는 이미 이 저택의 하녀장이었다. 라크안이 처음 발작을 일으킬 때도 함께였다. 전대 공작 부부가 죽고 홀로 남은 라크안에게 수프를 떠먹인 것도 그녀였다.

숲의 일족이 라크안을 철로 만든 마차에 가둬 제국 변경으로 떠날 때, 그녀는 홀로 라크안을 배웅했다. 이후 라크안이 돌아오길 기다리며 주인 없는 저택을 지켰다.

그리고 수년이 지나 돌아온 라크안을 맞이했다. 장성한 젊은 공작. 하지만 그녀에겐 여전히 작은 도련님인 라크안은 거칠고 사나웠다. 최근엔 발작이 심해져 종종 거대한 늑대로까지 변해 날뛰었다.

그랬던 라크안이 제 팔뚝보다 얇고 작은 소녀를 품에 안은 채 어쩔 줄 몰라 하고 있었다. 라크안이 수도로 돌아온 지 5년 하고도 5개월. 그동안 단 한 번도 본 적 없는 모습이었다.

"도련님, 죽지 않아요. 죽지 않을 겁니다."

하녀장은 라크안을 위로했다. 그를 진정시키고, 카루나를 건네받아 상태를 살피고자 했지만 쉽지 않았다. 라크안은 하녀장의 말을 귓등으로도 듣지 않았다. 카루나를 쉬이 내주지도 않았다.

'왜 이렇게 약한 거지?'

라크안은 이해할 수 없었다.

열 살 때부터 변경의 전쟁터를 떠돌았던 라크안은 이렇게 작고 약한 것을 잘 보지 못했다. 그의 주변엔 언제나 단단하고 강하고 차가운 것뿐이었다. 그걸 부수면 비로소 뜨거운 피를 뿜었다. 겁에 질린 비명이 들리곤 했다.

그곳에선 전투가 끝나면 시체 위로 날아드는 새조차 크고 우악스러웠다. 어떤 것도 이렇게 작지 않았다. 이렇게 가볍지 않았다. 이렇게 금세 아프지 않았다. 라크안의 머릿속엔 오직, 루시온을 보고 겁에 질려 떨던 카루나의 모습만이 가득했다.

'그렇게 놀라기만 해도 이렇게 아픈 건가?'

심장이 조여 왔다. 사슬로 심장을 칭칭 감싸 잡아당기는 것 같았다. 그 사슬의 이름은 죄책감이었다.

'난 그저, 이 꼬맹이가 클레이엔, 그 여자가 보낸 건지, 그것만 확인하려고 했을 뿐이었어.'

저택의 사람들이 더 카루나를 좋아하기 전에, 자신이 카루나의 괴롭힘에 더 익숙해지기 전에. 확인해야 한다고 생각했다.

카루나를 죽이거나 괴롭히겠다는 생각은 없었다. 그저 확인하려는 것뿐이었는데. 품 안의 이 작은 몸은 그마저도 견디지 못해 이렇게 아파하고 있었다.

라크안은 평소의 카루나를 떠올렸다. 카루나는 이 바이켈드 공작저의 작은 거인이었다. 활발하게도 저택 곳곳을 뛰어다니고 그를 쫓아다녔다. 그런 그녀는 라크안도 피해 다닐 정도로 무서운 존재였다.

자고 있을 때 물을 퍼 와 들이부으며 깔깔깔 웃는 걸 볼 때면.

'클레이엔보다 더 독한 여자애.'

라는 생각이 들어 이를 벅벅 갈기도 했다. 그뿐이랴. 벌써 두 번이나 산더미처럼 쌓인 포도주 통을 무너뜨려 라크안을 두들겨 팼다. 저택 곳곳에 포도주 통을 산더미처럼 만들어 놓은 것도 그녀의 업적이었다. 그래서 당연히 강하다고 생각했다.

그랬는데 아니었다. 카루나는 줄이 끊긴 인형처럼 축 늘어져 있었다. 라크안은 카루나의 목 뒤로 제 손을 집어넣었다. 힘없이 흔들리는 카루나의 목과 머리를 감싸 지탱해 주었다. 제 손바닥 안에 들어오는 카루나의 작은 얼굴을 내려다보는 것만으로도 어쩐지, 목이 메었다.

라크안이 연두색 머리 남자를 열 번 넘게 부르고야, 연두색 머리 남자가 헐레벌떡 뛰어왔다. 훈련 도중에 부름을 받고 온 듯했다. 흙먼지 묻은 훈련복 차림에 땀범벅이었다. 그는 옷을 갈아입을 틈도 없이 하녀장이 건네는 물수건으로 얼굴과 손을 문질렀다.

"이대로 죽으면 어떡하지? 그러면 안 돼, 무조건 살려 내!"

"진정해, 라안. 고작 열이 나는 정도로 죽는 경우는 잘 없어."

"지금 이 꼴을 보고도 그런 말이 나와?"

라크안은 당장이라도 연두색 머리 남자를 패대기칠 기세였다. 연두색 머리 남자는 생명의 위협을 느끼며 카루나를 살폈다. 곧 그는 진단을 내렸다. 여러 사인이 겹친 열병이었다. 생명에는 지장이 없을 거라고 말했다.

하지만 카루나의 눈을 뒤집어 까 살펴보는 연두색 머리 남자의 얼굴은 그리 편치 않았다. 생명에 지장이 없을 거라고 말하긴 했지만, 그가 보기에 어린 인간 여자아이가 쉽게 버틸 수 있을 만한 열병은 아니었다.

연두색 머리 남자의 염려대로, 카루나는 쉬이 자리를 털고 일어나지 못했다. 저택의 하녀들이 돌아가며 카루나를 돌보았다. 침대에 누운 카루나의 이마에 물수건을 올려 주었다. 땀에 흠뻑 젖은 몸을 부드러운 수건으로 닦아 주고 옷을 갈아입혀 주었다.

카루나는 펄펄 열이 끓어 제대로 정신을 차리지 못했다. 열에 달떠 알아들을 수 없는 말을 중얼거렸다. 겨우겨우 알아들을 수 있는 말은 '죄송해요.' '잘못했어요. '다시 할게요.' 정도였다. 카루나는 열에 달뜬 상태에서 계속 누군가에게 용서를 빌었다. 하녀들은 카루나의 손을 꼭 잡아 주었다.

하녀장은 매일 저녁, 카루나의 상태를 확인했다. 연두색 머리 남자는 기사단 업무를 조정하면서 하루에 세 번 카루나를 찾아왔다. 직접 약을 물에 묽게 개어 입 안에 흘려 넣어 주었다.

철십자 기사단 기사들도 번갈아 가며 카루나를 찾아왔다. 그들은 과일이나 향기가 거의 없는 꽃, 아니면 자신들이 칼로 조각한 나무 조각상 등을 놓고 갔다. 나무 조각상은 대개 커다란 포도주 통을 밟고 있거나 도끼를 들어 올리는 카루나의 모습을 조각한 것이었다. 어서 열이 내려서, 그처럼 건강하고 씩씩했던 카루나의 모습으로 돌아오길 바라는 마음이 담겨 있었다.

철십자 기사들은 그동안 발작을 일으킨 라크안에게 처맞으며 그를 막는 게 일과였다. 혜성같이 등장한 카루나는 그들에겐 구원, 그 자체였다. 그들은 포도주 통의 전사, 라안 슬레이어가 어서 낫기를 진심으로 바랐다.

고작 어린 하녀 한 명이 아플 뿐인데, 바이켈드 저택의 분위기는 축 가라앉았다. 주말마다 식료품이나 얼음을 가져오는 식료품 가게 직원들이 의아해할 정도였다. 그들은 누가 죽었냐고, 무슨 일이 있냐고 물어보곤 했다.

고작 만난 지 한두 달 정도밖에 안 된 작은 여자아이가 저택에 얼마나 큰 활기를 가져다주었는지. 저택 사람들은 비로소 실감했다.

매일같이 라크안을 깨운다며 큰 물동이에 물을 가득 채워 낑낑대며 들고 가던 카루나. 격식에 맞춰 옷을 차려입길 싫어하는 라크안이 도망가면, 커다란 옷을 가득 안고 라크안의 뒤를 쫓던 카루나.

그런 카루나의 모습이 저택 안 곳곳에 잔상처럼 남아 있었다. 모두들 하루빨리 카루나가 자리를 털고 일어나길 바랐다. 다시 저택 안에서 카루나의 쨍쨍한 목소리가 들리길. 도망치며 변명을 늘어놓는 라크안을 구경할 수 있길.

저택에서 카루나를 찾지 않는 유일한 사람은 라크안이었다. 그러면서도 카루나를 위해 어떤 지원도 아끼지 않았다. 열을 내리기 위해 얼음이 필요하다고 하자 수도 안의 모든 얼음을 사들이려 했다. 장사와 무역으로 돈을 버는 황제파 귀족들이 저택에 서한을 보내 얼음 장사를 하려는 거냐고 물을 정도였다.

본래 업무로 바쁜 하녀장과 연두색 머리 남자의 업무를 조정해 주고, 카루나를 보살피도록 명령한 것도 라크안이었다. 라크안은 매일 아침 눈을 뜨면, 물병을 들고 선 하녀장을 물끄러미 바라보았다.

그러면서도 하녀장이 직접 가 보라 권유하면 굳은 얼굴로 고개를 저었다. 라크안은 아픈 카루나를 보러 갈 용기를 내지 못했다. 그 작고 여린 몸이 열병에 시달려 괴로워하는 걸, 감히 볼 자신이 없었다.

그는 바이켈드 공작으로서 업무를 행하는 와중 종종 제 한쪽 팔을 바라보았다. 괜스레 손을 폈다 주먹을 쥐기도 했다. 하루하루 시간이 지나도 손 안에서 사라지지 않는 카루나의 무게감을 견디는 중이었다.

하녀장이 그에게 카루나를 보러 가 보라며 권유하기를 포기하고도 며칠이 지났다. 카루나가 아픈지 꼭 일주일이 됐을 때였다. 연두색 머리 남자가 점차 열이 내리고 있어 하루 이틀 내로 정신을 차릴 수 있을 거라고 말해 주었다.

그날 밤.

저택의 모든 사람이 잠든 깊은 밤. 유독 밤하늘의 보름달이 휘황찬란한 밤. 라크안은 홀로 조용히, 카루나를 찾았다.

아픈 카루나는 따로 독방의 침대에 누워 있었다. 밤새 카루나를 간호하기로 했던 하녀는 잠을 이기지 못하고 침대 위에 엎드려 자고 있었다. 카루나는 고른 숨을 내쉬고 있었다. 얼굴은 여전히 열이 올라 붉었지만, 확실히 일주일 전에 비해서는 상태가 괜찮아 보였다.

라크안은 침대의 머리맡에 서서 몇 번이고 망설이다가 조심스럽게 손을 내밀었다. 카루나의 뺨에 손등을 대어 보았다.

그가 기억하고 있는, 불덩이 같던 열기는 느껴지지 않았다. 그때에 비하면 미열이라고 말해도 될 정도로 약한 열기만 남아 있을 뿐이었다.

라크안은 숨을 푹 내쉬었다. 일주일 동안 그의 몸속에 돌처럼 굳어 있던 숨이었다. 라크안은 살이 내려 해쓱해진 카루나의 볼을 손끝으로 살살 두들겼다.

“이렇게 조그만 주제에…… 아프지 마라. 꼬맹이.”

조그맣게 중얼거렸다. 그러고는 어둠 속에 사그라지듯 사라졌다. 라크안이 사라진 뒤 얼마 지나지 않아, 일주일 내내 닫혀 있던 눈꺼풀이 파르르, 떨렸다.

‘더워.’

녹색의 눈동자가 깜빡, 였다.

‘너무 더워.’

몸이 구름 위에 떠 있는 것 같았다. 잠이 든 건지 깨 있는 건지, 자신도 알 수 없었다. 붕 뜬 느낌이 들고 한없이 나른한데, 이상하게 몸이 뜨거웠다. 가장 견딜 수 없이 뜨거운 건 명치 쪽이었다.

카루나는 손을 들어 올리려 노력했다. 그런데 몸이 마비된 것처럼 하나도 움직여지지 않았다. 오래 누워 있어 굳은 몸은 쉬이 풀리지 않았다. 온몸에 기운이 하나도 없었다.

카루나는 옆에서 잠든 하녀를 깨우는 대신 손끝부터 움직여 보았다. 한참 뒤, 몸이 풀렸다. 카루나는 손을 들어 가슴팍을 더듬었다. 조그만 주머니가 손에 잡혔다. 브로치가 담겨 있는 주머니였다. 카루나는 천천히 몸을 일으켰다. 침대 헤드에 기대앉아 주머니에서 브로치를 꺼내 보았다.

그때까지도 옆에서 잠든 하녀는 눈을 뜨지 않았다. 그녀를 살리고 망가진 브로치였다. 가운데 박힌 커다란 녹색 돌은 반이 날아가고 반만 남아 있었다. 그 반마저도 금이 쩍쩍 가 있었다. 이제는 브로치를 쥔 손이 뜨거워졌다.

카루나는 창문으로 쏟아져 들어오는 달빛에 브로치를 비추어 보았다. 탁한 녹색의 돌이 별 가루를 부수어 만든 모래처럼 반짝반짝 빛나는 것 같았다. 달빛과 브로치의 그 빛이 온몸으로 쏟아져 내렸다. 그 차가운 빛 세례를 받으니 몸의 열기가 도망가는 것 같았다.

그리고 목이 말랐다.

"아……."

카루나는 두 발을 침대 밖으로 내밀었다. 그 발이 평소와 달랐지만, 카루나는 알지 못했다. 벽을 짚고 일어서니 세상이 휘청였다. 평소와 달리 침대가 작아 보였다. 방의 물건들도 훨씬 아래에 놓인 것처럼 보였다. 카루나는 그마저도 눈치채지 못했다. 비틀거리며, 넘어지지 않으려 애썼다. 카루나는 한 발 한 발 내디뎠다.

'목말라.'

머릿속엔 단 한 가지 생각뿐이었다.

카루나는 문을 열고 방 밖으로 나섰다. 얇은 원피스 하나만 걸친 채로, 맨발로 긴 복도를 걸었지만 춥다는 생각은 들지 않았다. 한 걸음 한 걸음

내디딜 때마다 구름을 밟고 걷는 느낌이 들었다.

카루나는 어둠 속에서 등잔불 하나 없이 저택을 나섰다. 달빛이 그녀가 가야 할 길을 비춰 주고 있는 것 같았다. 누군가 어서 가라고 등을 떠미는 것 같았다. 누군가 손을 잡고 앞에서 잡아끄는 것 같았다.

그렇게 홀로, 하지만 누군가에게 붙잡힌 듯 걸어 나갔다. 도착한 곳은 저택 뒤편의 정원이었다. 그곳에는 연못이라 부르기엔 크고, 호수라 부르기엔 작은, 그럼에도 호수라 불릴 만한 것이 있었다.

간혹 카루나의 시달림에 견디다 못한 라크안이 작은 배를 띄워 이 호수 한가운데에 숨어 있곤 했었다. 호수는 밤하늘을 고스란히 담고 있었다. 한가운데에는 커다란 달이 비쳐 있었다. 호수에 비친 달이 일렁이며 카루나에게 손짓했다. 갈증이 더 심해졌다.

'저 달을 마시고 싶어.'

생각은 곧 행동으로 이어졌다. 카루나는 호수 안으로 걸어 들어갔다. 호수의 물이 발목을, 무릎을, 허벅지를, 허리를 적셨다. 차갑다는 생각은 조금도 들지 않았다.

어린 카루나였다면 이미 머리끝까지 호수 물에 잠겨야 했을 테지만. 지금의 카루나에겐 허리에 간당간당하게 닿을 뿐이었다. 카루나는 호수의 한가운데로 걸어갔다.

달 안에 잠긴 카루나는 두 손으로 호수의 달을 함빡 들어 올려 마셨다. 두 손 안에는 달빛에 잠긴 브로치가 반짝였다. 시원하고, 달았다. 찬물이 목을 타고 내려 온몸으로 퍼지자 비로소 갈증이 가시고 살 것 같았다. 그제야 정신이 들었다. 카루나는 호수에 비친 자신의 모습을 알아차렸다.

"……어?"

커다란 보름달이 일렁이는 호수 안에 한 아가씨가 서 있었다. 무엇을 보고 놀랐는지 큰 눈을 동그랗게 뜨고 있었다. 긴 머리카락이 굽이굽이 흘러내렸다. 눈꼬리가 살짝 치켜 올라간 녹색 눈이 반짝이고 있었다.

처음 보는 자신의 모습이었다. 그럼에도 알아볼 수밖에 없었다. 마치 머리를 붉은색으로 물들이지 않고 화장을 하지 않은, 클레이엔인 척하지 않아도 되는. 말 그대로 스무 살의 카루나였다.

그리고,

"거기, 누구지?"

등 뒤에서 날 선 목소리가 들렸다. 늑대의 울음소리를 닮은 거친 목소리였다. 카루나는 뒤를 돌아보았다. 호숫가에 한 남자가 서 있었다. 커다란 망토를 아무렇게나 둘렀지만 그럼에도 쓸데없이 잘생겨 보이는 남자가 서 있었다.

자다 일어난 것으로 보이지는 않았다. 환한 달빛 아래에서 그의 검은 머리카락이 빛이 났다. 달빛을 곱게 빻아 만든 가루를 뿌린 듯 반짝반짝했다. 그의 붉은 눈동자가 위험스럽게 빛났다. 카루나는 그 눈에 사로잡힌 듯 꼼짝도 할 수 없었다.

라크안은 편안한 차림이었다. 구두를 신지 않은 맨발에 검은 바지를 입고 있었다. 상체엔 망토 하나만 둘둘 말고 있었다. 두꺼운 망토가 흘러내리며 판판한 가슴을 고스란히 드러내었다.

당장이라도 늑대로 변할 듯. 늑대로 변했다 방금 인간의 모습으로 돌아온 듯 느슨하면서도 위험한 분위기를 풍기고 있었다. 카루나는 저도 모르게 한 걸음 뒤로 물러났다. 동시에 라크안의 잇새로 짐승의 울음소리와 비슷한 신음이 샜다. 그는 카루나가 자신에게서 한 걸음이라도 더 멀어지는 게 마음에 들지 않은 듯했다.

"누구냐고 물었는데."

그가 다시 물었다.

"……."

카루나는 아무 말도 할 수 없었다. 무어라고 대답해야 할지 자신도 알지 못했다. 그저 다시 호수의 수면을 내려다보았다. 긴 갈색 머리에 녹색 눈을 가진, 물에 흠뻑 젖은 아가씨가 거기 서 있었다.

카루나가 자라면 이런 모습이지 않을까 생각될 얼굴이었다. 클레이엔의 짙은 화장을 지우고 머리 색을 바꾸면 이런 모습이지 않을까 싶기도 하고. 게다가 어린 카루나에겐 크고 헐렁했던 얇은 하얀색 침의가 몸에 딱 달라붙어 몸을 그대로 드러낸…….

"꺄악!"

카루나는 물속으로 숨었다. 풍덩. 입술까지 물에 숨겼다. 오직 하얀 이마와 두 눈, 코만 드러낸 채 라크안을 바라보았다. 포르륵. 입술에서 숨 방울이 새어 나왔다. 수면 위로 통통 튀어 올랐다.

카루나를 바라보던 라크안의 얼굴에 주름이 졌다. 후우, 이내 라크안은 길게 숨을 내쉬었다. 제 어깨에 둘러멘 망토를 풀어 호숫가에 내려놓았다.

"일단 나오는 게 좋을 거 같은데. 그대가 이 호수의 요정이 아니고서야, 밤바람과 찬 호수 물에 온기를 모두 빼앗겨 버릴 테니."

말을 마치고는 두어 걸음 물러서더니 뒤돌아섰다. 카루나는 그런 그의 모습을 보며 새삼 감탄했다.

'멍청한 거야? 순진해도 정도가 있지?'

여기는 경비가 삼엄하기로 유명한 바이켈드 공작저다. 그런 곳에 생판 모르는 여자가 물속에 빠져 있다.

귀신인지 사람인지, 아니 그 이전에 그녀가 어떻게 경비를 뚫고 여기에 와 있는지부터 심문해야 마땅하건만. 망토를 건네는 것도 모자라 등을 보이다니? 그것도 갑옷을 입은 등짝도 아니고 헐벗은 등짝이라니.

하늘의 커다란 달은 낮의 해를 흉내 내듯 휘황했다. 만월의 달빛은 그의 반쯤 벗은 몸을 은은한 빛으로 비추었다. 아무것도 입지 않은 그의 등짝은 꽤나 아름다웠다. 작은 상처 하나 없이 깨끗했다. 긴 목선에서 이어지는 척추의 선은 곧았다. 어깨는 딱 벌어져 있었다. 근육으로 짜인 등의 능선은 역삼각형이었다.

기꺼이 손톱을 뾰족하게 갈아 쫙쫙 긋고 싶었다. 붉은 자국을 남기고 싶다는 생각을 절로 들게 만드는, 완벽한 등짝이었다. 카루나는 잠시 그의 등을 감상했다. 그녀의 이상형은 그녀가 하는 일에 감히 토를 달지 못할 정도로 유약하고 순해 빠진 남자였건만. 이상형의 조건에 야시시한 등짝을 가지고 있어야 한다는 조건을 더해야 할 것 같다는 욕심이 들었다.

오직 카루나만을 위해 달빛의 주최로 열린 감상회는 오래가지 않았다. 새하얀 달의 물그림자 한가운데에 서 있던 카루나가 기침을 했다. 에취! 마법이 깨지듯 한기가 몰려들었다. 라크안의 말마따나, 호수 물이 차갑게 느껴지기 시작했다.

오랫동안 앓았던 몸은 늦은 밤과 호수의 차가움을 견디지 못했다. 카루나는 눈을 깜빡이며, 눈꺼풀에 남은 라크안의 잔상을 떨궈 냈다. 그 자리에 좀 더 이성적인 생각을 채워 넣었다.

'이렇게 허술한데 그동안 어떻게 내 공격을 다 막은 거지?'

그녀가 특별히 엄선해 보낸 암살자들. 마카레나 백작의 금고를 텅텅 비우고픈 욕망에 마구 사들였던 온갖 맹독들. 그 모든 게 라크안에게 무용지물이었다. 분명히 그랬는데, 어째서인지 요즘 카루나가 보는 라크안은 허술하기 짝이 없었다.

'나한테만 경계 태세였다는 건 아니겠지?'

그리 생각하니 짜증이 났다. 라크안의 등장 덕분에 달빛에 홀려 있던 정신이 돌아오는 것 같았다. 호수의 달을 머금은 물은 더는 달고 시원하지 않았다. 뼛속까지 아릴 정도로 차갑게 느껴졌다.

카루나는 슬쩍, 라크안의 눈치를 보았다. 라크안은 여전히 뒤돌아서 있었다. 그가 내려놓은 망토는 호숫가에 여전히 버려져 있었다. 망토는 두껍고 따뜻해 보였다.

결심을 굳힌 카루나는 천천히, 호숫가를 향해 걸어갔다. 카루나가 움직일 때마다 호수의 수면이 파르르 흔들렸다. 호수에 비친 달빛이 부서진 거울 조각처럼 일렁였다. 카루나는 물에서 걸어 나와 라크안의 망토를 주워 들어 어깨 위로 둘렀다.

커다란 망토로 둘둘 감싸자, 잊고 있던 온기가 몰려들었다. 스무 살의 모습으로 돌아왔음에도 카루나는 라크안보다 한참 작았다. 망토는 그가 어깨에 둘러도 바닥에 닿지 않았건만, 카루나가 두르자 끝자락이 바닥에 질질 끌렸다.

카루나가 망토를 두르자 라크안은 곧바로 돌아섰다. 뒤돌아서 있었음에도 카루나의 기척을 고스란히 느끼는 듯했다. 붉은 눈이 그녀를 보았다. 머리끝부터 망토에 감춘 발끝까지 전부를 간파당하는 느낌이었다.

카루나는 라크안의 시선을 피하지 않았다. 궁금했다. 라크안에게 자신은 어떻게 보일까. 달빛 아래 선 카루나는 제법 용감했다. 자신이 찾지 못한 답을 라크안이 찾아 알려 주길 바라며 그의 시선을 가만히 받아들였다. 잠시 뒤, 라크안이 말했다.

"혹시 카루나의 어머니인가?"

그는 분명 나름대로 합리적인 판단하에 결론을 도출한 것이었다. 카루나와 같은 밝은 갈색 머리와 녹색 눈. 카루나와 닮았다고밖에 말할 수 없는, 카루나가 자라면 이런 모습이 되지 않을까 싶을 정도로 닮은 얼굴. 게다가 카루나와 마찬가지로 아무것도 느껴지지 않는 무향의 느낌까지.

달밤에 그의 저택에 나타난 낯선 여인은 너무나도 카루나를 닮아 있었다. 마치 미래의 카루나가 그를 찾아온 것처럼. 하지만 듣는 사람 처지에서는 왜 하필 '어머니'인지? 의문이 들기에 앞서 분노가 치솟을 수

밖에 없는 결론이었다. 카루나는 제 귀를 의심했다.

"아니, 그 꼬맹이의 부모는 다 죽었다고 했는데."

라크안은 여전히 카루나에게서 눈을 떼지 못했다. 그런 상태로 손으로 턱을 문질렀다. 그의 얼굴을 보건대, 그의 말은 농담이 아니라 진심인 듯했다. 진심으로 그렇게 생각하는 것이었다.

'엄마라고? 언니도 아니라, 엄마?'

카루나는 그런 라크안을 용서할 수 없었다. 문득, 발끝에 단단한 돌이 채었다. 카루나는 바로 허리를 숙여 땅바닥의 돌을 주워 들었다.

"무슨 소리를 하는 거야!"

카루나는 그 돌을 바로 라크안을 향해 던졌다. 악녀에겐 단도 던지기만큼이나 짱돌 던지기도 필수 기본 소양이니. 짱돌은 정확히 라크안의 머리를 향해 날아갔다. 딱! 그 소리도 경쾌하게!

짱돌은 정확히 라크안의 이마를 강타했다. 눈앞의 여인이 카루나의 어미일 수 있는가, 깊이 고민하던 라크안은 피하지 못했다.

"어?"

하는 순간에 눈앞에 별이 핑 돌았다.

"윽."

7년간 제국 변방의 전쟁터를 떠돌았던 전쟁 영웅. 이웃 나라와 이민족이 두려워한다는 피의 전사. 철십자 기사단을 호령하며, 황제의 왼팔로서 제국을 지탱하는 방패.

온갖 화려한 별명이 허무하게도 전쟁 영웅이자 피의 전사이자 제국의 방패인 남자는 고작 스무 살 여인이 던지는 짱돌 하나를 피하지 못하고 장렬히 쓰러졌다.

수백 명의 암살자와 수백 병의 독약으로도 그를 쓰러트리지 못했던 여인은 고작 돌 하나로 그를 죽일 수 있었다는 진실을 알고 당황했다.

'죽은 건 아니겠지?'

순간 순진한 생각이 들기도 했지만,

'그럴 리 없지.'

금방 생각을 고쳐먹었다. 라크안의 이마에선 피가 철철 흘러넘치지 않았다. 돌을 맞은 부위가 부풀어 오르는 게 눈에 보이긴 했지만, 그 정도는 적당한 크기의 혹으로 끝날 터였다. 기절이면 기절이지 사망은 아니었다. 아니어야 했다.

카루나는 굳이 라크안에게 가까이 다가가 정말 죽었는지, 숨을 쉬고는 있는지, 확인할 시도조차 하지 않았다.

'이런 경우에 괜히 가까이 다가가서 맥박을 확인하는 것만큼 어리석은 일은 없지.'

괜히 가까이 다가갔다간 혹여 기절한 척한 라크안에게 역습을 당할지도 모른다.

'차라리 이 틈에 도망가자.'

카루나는 침착하게 자신의 생존율을 높이는 방법을 선택했다. 라크안이 정말 살아 있는지 따위의 걱정은 하지 않고, 그저 제 살길을 도모하고자 도망치려 할 때였다. 뒤돌아서는 카루나의 발목을 무언가가 턱, 붙잡았다.

"헉!"

카루나는 기겁하며 제 왼쪽 다리를 내려다보았다. 커다란 손이 그녀의 발목을 움켜잡고 있었다. 거친 느낌이 발목을 휘감았다. 카루나는 그 손의 손목과 팔을 따라가 보았다. 손의 주인은 라크안이었다.

그는 도망치려는 카루나의 한쪽 발을 잡았다. 크큭, 달밤에 먹구름을 부르는 듯한 웃음소리가 들렸다. 아무것도 입지 않은 맨 어깨가 부들부들 떨렸다. 라크안은 카루나의 발목을 붙잡은 채 웃고 있었다. 그의 웃음소리를 듣는 순간, 등줄기를 타고 소름이 쫙 돋았다.

'이건 진짜다.'

의심할 여지없는 변태. 확신이 들었다.

"놔, 놔! 놔!"

카루나는 붙잡힌 발을 털어 댔다. 라크안의 손에서 벗어나려 애썼지만, 그건 라크안의 웃음소리를 더 키울 뿐이었다. 라크안이 카루나의 발을 잡아당겼다. 앞선 반항이 의미 없을 정도로 절대적인 힘이었다.

"꺅!"

카루나는 그대로 풀밭 위에 엎어졌다. 아프진 않았지만, 아니 아파할 틈도 없이 그대로 라크안에게 끌려갔다. 라크안이 카루나를 제 몸 위로 올렸다. 하늘을 보고 누운 라크안의 몸 위에 카루나가 올라탄 격이 되었다.

라크안은 제 망토에 폭 싸인 카루나의 허리를 한쪽 팔로 감쌌다. 카루나는 라크안의 단단한 가슴 위로 철퍼덕 엎어졌다. 얼굴을 그 단단한 가슴에 박았다.

"윽!"

코가 부딪쳐 아팠다.

'얼마 전에도 이와 비슷한 고통을 겪은 적이 있었던 것 같은데.'

기시감이 들었다.

라크안이 망토 밖으로 빠져나온 카루나의 한 손을 붙잡았다. 카루나의 다른 손은 망토 안에 숨은 채, 브로치를 꽉 쥐고 있는 채였다. 라크안은 카루나의 손을 제 뺨에 가져다 댔다.

움찔. 카루나는 손바닥에 와 닿는 타인의 감촉에 놀라 손을 떨었다. 라크안은 그 작은 손을 제 큰 손으로 겹쳐 꽉 움켜잡았다.

"그대였군. 역시나 다시 나를 찾아주었어."

그러고는 속삭이듯 말하며 카루나의 손바닥에 살짝 입을 맞췄다.

"뭐 하는 짓이에요!"

카루나는 온몸에 소름이 돋다 못해 닭살이 이는 신비로운 경험을 했다. 카루나가 온몸을 부르르 떨며 기겁하는 게 망토 너머로 느껴질 텐데도, 라크안은 아랑곳하지 않았다.

"그때도 이런 느낌이었어. 포도주 통에 파묻혔을 때, 그리고 그걸 헤치고 나와 그대를 마주했을 때 바로 지금 같은 느낌이었어."

라크안은 그날을 떠올렸다. 발작을 견디다 못해 늑대의 몸을 입었다. 자신을 막으려 드는 철십자 기사들을 모두 날려 버렸다. 자신을 부르는 어떤 감각에 의지해 마구 내달렸다.

그때. 누군가 그를 잔인하게 두들겨 팼다. 저항할 틈도 없이 수백 대를 얻어맞고 쓰러졌다. 그리고 품에 무언가를 끌어안았다. 따뜻하고 몽글몽글한 느낌의 그것. 다시 눈을 떴을 때 그를 두들겨 패고 그의 품에 있어 주었던 누군가는 사라지고 없었다.

연두색 머리 남자는 그날 그 자리에 있었던 카루나가 그의 반려일지 모른다고 말했지만. 카루나는 다행히도 그의 반려가 아니었다. 때문에 라크안은 확신했다. 분명 그날 그 자리에 카루나 말고 다른 누군가가 있었을 거라고.

누구도 건드리지 못했던 그를 잔인무도하게 패고, 그럼에도 그를 가엾이 여겨 품에 안아 준 여인이. 그는 분명, 나름대로 합리적인 판단하에 결론을 도출한 것이었다. 그의 생각이 맞았다는 것을 알려 주듯—성인 여인이 그의 앞에 나타나 주었다.

자신과 열 살 차이가 나는 꼬맹이가 아닌, 성인 여인이.

또다시 짱돌로 자신을 패고, 이렇게 자신의 품 안에 들어왔다.

'날 이렇게 팬 건 네가 처음이야.'

라크안은 수줍게 그녀를 불렀다.

"나의 반려여."

“…….”

커다란 남자의 수줍은 고백은 물에 젖은 여인의 마음에 짜증을 불붙였다.

‘또 반려 타령이야? 난 아니라니까?’

불과 얼마 전이었다. 라크안은 그의 보좌 하녀가 될 위기에 처한 카루나에게 분명 이렇게 말했다.

‘이 세상 모든 여자가 다 내 반려가 아니어도 내가 넌 안 건드려.’

그때의 그 단호함이라니. 자신이 라크안의 반려 따위가 아니라는 걸 알고 있음에도 괜히 열이 받았었다.

‘그런데 이제 와서 뭐?’

카루나는 한 입으로 두말하는 남자를 뚱한 표정으로 내려다보았다.

‘난 당신의 반려가 아니야.’

라크안에게 반려라는 소리를 들은 건 이번으로 두 번째였다. 첫 번째는 포도주 통에 얻어맞아 제정신이 아니었을 때. 그리고 지금.

‘또 제정신이 아닌 건 아니겠지?’

그는 제정신이 아닐 때만 카루나에게 반려라고 말하며 매달렸다.

‘평소엔 안 그러면서!’

멀쩡한 상태에서 카루나를 만났던 라크안은 분명히 연두색 머리 남자에게 그랬다. 제 눈앞의 열두 살짜리 꼬맹이는 자신의 반려가 아니라고. 아무 느낌도 없다고. 첫 번째야 포도주 통에 얻어맞아 제정신이 아니어서 그렇다 치더라도.

‘이번엔 왜 또 반려라는 건데?’

카루나는 이해할 수 없었다. 그래서 라크안을 가만히 노려보았다.

“나의 반려. 내가 얼마나 그리워했는데.”

라크안은 꿈결에 취한 듯 힘없는 목소리로 카루나에게 말을 걸었다.

카루나의 머리카락을 쥐고 그 끝에 입을 맞추기까지 했다. 눈앞에서 자신의 머리카락이 뽀뽀당하는 걸 본 카루나는 기겁했다.

"꺅!"

카루나는 이런 스킨십에 전혀 익숙하지 않았다. 귀족파의 수장 마카레나 백작의 외동딸 클레이엔 영애로서 사교계에서 한 끗발 날리기는 했다. 하지만 그건 어디까지나 미래의 황태자비 후보로서의 도도함과 고귀함을 뽐내는 것이었다. 실상은 나중에 진짜 클레이엔이 돌아왔을 때를 생각해서 함부로 곁에 사람을 가까이 두지 않은 것이지만.

아무튼 카루나는 함부로 귀족 영식과 가깝게 지내지 않았다. 그 흔한 애인도 정부도 하나 없었다. 오직 황태자비 자리만을 바라보는 절벽 위의 꽃. 그것이 클레이엔인 척하는 카루나였다.

때문에 카루나는 스무 살이 될 때까지도 남자와 친밀한 스킨십을 한 적이 거의 없었다. 그나마 있다면 무도회 때 춤을 추며 손을 맞잡는 정도? 그마저도 상대는 언제나 아버지인 마카레나 백작과 비서인 루시온이었다.

귀족파의 영식들과 춤을 추는 건 루시온이 꽤 불편해했던 터라, 특별한 날이 아니면 굳이 응하지 않았다. 가끔은 '너와 춤을 추느니 차라리 이 자리에서 고꾸라져 죽고 싶다.'라는 표정을 짓는 황태자와도 춤을 추었지만. 황태자 쪽에서 카루나와 춤을 추기 위해 닿는 최소한의 접촉마저도 진저리 쳤기에, 통나무와 닿는 느낌이었다.

이토록 타인과의 스킨십 경험이 적은, 순수하고 순진한 카루나건만. 이 늑대 같은 바이켈드 공작 라크안은 틈만 나면 덥석덥석 카루나를 품에 안았다. 스무 살 카루나든 열두 살 카루나든 가릴 것 없이.

"이거 놔. 그, 그런 짓 하지 마!"

카루나가 두 손을 주먹 쥐어 라크안의 가슴을 퍽퍽 때렸다. 하지만 언제나 그랬듯 라크안은 조금도 타격을 받지 않았다. 오히려 자신을 밀어

내려는 카루나를 사랑스럽다는 듯 바라보았다. 제 손등을 무딘 발톱으로 할퀴는 어린 고양이를 보는 듯한 눈빛이었다. 카루나는 그 눈빛이 요상하다는 생각이 들었다.

'꼭 맛이 간…… 어?'

라크안의 품 안에서 발버둥 치던 카루나의 몸이 정지했다.

'설마?'

카루나는 퍼뜩 든 생각에, 고개를 들어 라크안을 바라보았다. 눈빛만 봐도 알 수 있었다.

'또 제정신이 아니구나.'

라크안의 붉은 눈이 흐리멍덩하기 그지없었다. 평소엔 싸늘하기 그지없는 눈이었건만, 사나운 눈매가 순하게 누그러져 있었다. 눈빛은 꿀이 떨어질 것같이 꿀렁꿀렁했다. 제정신이 아닌 게 분명했다.

카루나는 라크안의 머리 옆 땅바닥에 얌전히 놓여 있는 돌을 보았다. 주먹만 한 짱돌은 달빛을 받아 반들반들했다. 그 짱돌에 부딪쳤던 라크안의 이마엔 두둥실 혹이 부풀어 오르고 있었다.

위대한 짱돌이었다. 단 한 방에 천하의 바이켈드 공작의 정신 줄을 놓게 만들다니. 수백 가지 독약이 하지 못했던 걸 이 짱돌이 해냈다.

"그대는 참으로 아름답군."

"악독해 보이는 게 아니라?"

"그대는 언제나 아름다워."

라크안이 풀린 눈을 한 채로 달콤하게 웃어 보였다.

카루나의 추측처럼, 라크안은 지금 평소와 달랐다. 이전엔 경험해 본 적 없는 기분에 사로잡혀 있었다. 구름 위에 올라 있는 것 같았다. 몸이 두둥실 허공에 떠올라 있는 것 같았다. 아득하고 어지러우면서도, 어쩐지 기분이 좋았다.

이마가 욱신거리며 아픈 게 거슬리긴 했지만. 눈이 절로 감기는 졸린 느낌. 이 나른한 기분이라니.

'이런 게 바로, 반려를 만나면 느낄 수 있다는 그 감정이 아닐까.'

행복하고 한없이 기쁘다는 그것. 자신은 태어나면서부터 단 한 번도 맛본 적 없는 그것. 구멍 난 심장을 채워 줄 그것. 이제 다시는 전쟁터를 떠돌며 피를 뒤집어쓰는 삶을 살지 않아도 되게 만들어 줄 그것.

지금 느끼는 이 기분이 바로 그것임에 틀림없다고, 라크안은 확신했다.

"드디어, 나의 반려를 찾았어."

기뻤다. 행복했다. 그래서 계속 웃음이 샜다.

라크안은 자신이 웃는다는 자각도 없이 자꾸 헤프게 웃었다. 그런 라크안의 얼굴을 본 카루나는 움찔, 몸을 떨었다. 변태 공작이 자꾸 그녀의 이상형 남자가 되려 하고 있다. 흐리멍덩한 눈빛에 헤픈 웃음이라니.

"……웃기시네, 항상 못 잡아먹어 안달이었으면서."

카루나는 라크안의 말을 맞받아치면서도, 그의 웃는 얼굴에서 눈을 떼지 못했다.

'이렇게도 웃을 수 있는 사람이었나?'

지난 5년간, 한 번도 본 적이 없는 얼굴이었다. 그는 언제나 찬바람이 쌩쌩 불 정도로 서늘한 얼굴이었다. 시비를 걸면 한쪽 입꼬리를 비틀며 재수 없게 웃는 게 고작이었다. 다른 영식과 이야기라도 나눌라치면 도끼눈을 뜨고 쳐다보기 일쑤였다. 황태자에게 다가가면 너 따위가 어딜 황태자에게 접근하느냐는 띠꺼운 표정을 지었다. 그러고는 다가와 자신과 황태자 사이를 갈라놓았다. 그랬으면서.

지금은 이렇게나 달콤하게 웃어 준다. 짱돌에 맞아 해롱거리는 눈을 한 채로. 잠시 라크안의 잘생긴 웃는 얼굴에 넋을 잃었지만 이내 울컥 치솟는 분노가 카루나를 집어삼켰다.

"그런 말을 하려면 진작 했어야지."

제정신인 눈깔로!

카루나는 간신히 라크안의 두꺼운 팔에 갇혔던 제 손을 빼냈다. 그러고는 조금의 망설임도 없이, 둥그렇게 부풀어 오른 라크안의 이마 위 혹을 자신의 주먹으로 꾹 눌렀다.

"으억!"

그 어떤 날카로운 칼과 예리한 창과 독이 묻은 화살로도 꺾이지 않았던 사내의 입에서, 처절한 비명이 울려 퍼졌다. 그를 그리 만든 건 가녀린 여인의 작은 주먹이었다.

라크안은 두 손으로 제 이마를 움켜쥐었다. 자유를 얻게 된 카루나는 얼른 라크안의 몸 위에서 굴러떨어졌다.

"크윽."

라크안은 공격당한 곳을 다시 공격당한 고통에 시달리면서도, 카루나를 놓치지 않으려 했다. 제 몸 위에 올려놨던 온기가 사라지자 서둘러 손을 뻗었다. 다시 카루나를 움켜쥐려 했지만 이번에는 카루나가 더 빨랐다.

카루나는 잽싸게 몸을 일으켰다. 바닥에 얌전히 놓여 있는 짱돌을 기념품으로 챙기는 여유까지 선보이며 라크안의 손길을 피했다.

"어디 천년만년 그 잘난 반려인지 뭔지 찾아봐라, 찾아지나."

카루나는 제 몸 위에 둘렀던 라크안의 망토를 풀어 라크안의 얼굴 위로 던져 버렸다. 물에 젖은 망토는 라크안의 잘생긴 얼굴에 찰싹 들러붙었다.

"크읏!"

이마의 혹을 공격받은 데 이어 시야마저 잃었다. 라크안은 정신을 못 차리고 헤맸다. 두 팔로는 카루나를 붙잡으려 버둥거렸다. 카루나는 길고 가느다란 다리로 뛰듯 걸어 그의 손길을 모두 피해 냈다.

만월의 달빛은 그런 둘을 고요히 비춰 주었다. 하나의 달빛이 두 길로 나뉘었다. 카루나는 바닥에 쓰러진 라크안을 기꺼이 버려두고 돌아섰다. 긴 다리를 뻗어 사슴처럼 뛰며 정원을 가로질러 달렸다.

물에 흠뻑 젖은 얇은 침의 하나만을 입은 상태로 달리니, 새벽의 찬 바람에 몸이 시렸다. 몸이 으슬으슬 떨려 왔다. 카루나는 추위를 참고 계속 뛰었다. 막 정원의 끝에 다다랐을 때였다.

"윽!"

문득 배가 아팠다. 찢어질 것 같은 고통이었다.

"……!"

쨍한 고통에 두 다리가 꼬였다. 넘어질 뻔했으나 가까스로 걸음을 멈추어 몸의 균형을 잡을 수 있었다. 짱돌과 브로치를 쥔 손으로 옆의 큰 나무를 짚었다. 다른 한 손으로는 제 배를 문질렀다.

무언가 끈적한 게 손에 묻어났다. 배를 가로지르며 긴 선이 생겼다. 그 선을 따라 살이 갈라지며, 배 속을 파고드는 틈이 생겼다. 카루나는 손을 들어 보았다. 배를 만졌던 손이 시뻘건 피로 범벅이 되어 있었다.

"……어?"

카루나는 제 배를 내려다보았다. 하얀색 옷자락이 시뻘겋게 물들고 있었다. 배의 고통은 더욱 심해졌다. 그때, 단도에 배를 찔렸을 때 느꼈던 통증이었다.

"아, 안 돼."

카루나는 돌을 놓치고, 두 손으로 배를 움켜쥐었다. 배의 상처가 점점 벌어졌다. 두 손으로 상처를 움켜쥐는데도 계속 피가 흘러나왔다.

"아, 아파아……."

왈칵. 두려움이 몰려왔다.

'어째서? 왜? 지금 다시? 또…… 나 죽는 거야?'

죽는다. 죽을지도 모른다.

열두 살 카루나가 되어서 잊고 있었던 공포가 목을 졸랐다.

"싫어. 싫어!"

카루나는 몸을 질질 끌다시피 하여 달빛을 피해 나무의 뒤로 숨었다. 나무에 등을 기대고 주저앉아 할 수 있는 한 몸을 동그랗게 말았다. 자신도 자신이 왜 그렇게 행동하는지 알지 못했다. 그저 몸이 시키는 대로 움직일 뿐이었다.

한 손으로는 제 배의 상처를, 다른 한 손으로는 브로치를 꼭 움켜쥔 채 눈을 꼭 감았다.

"죽기 싫어……. 죽고 싶지 않아, 제발…… 싫어……."

오직 단 한 가지 바람뿐이었다.

피를 너무 많이 흘려서일까. 정신이 점점 아득해졌다. 차갑게 식었던 몸이 다시 뜨거워졌다. 머리가 어질어질해질 정도로 더워졌다. 브로치를 쥔 손이 불에 탈 것처럼 따갑고 아팠다. 하지만 브로치를 놓을 순 없었다. 이건 카루나가 가진 유일한 것이었다.

'이렇게 죽는 건가. 그런 건 싫은데…….'

문득 라크안이 생각났다. 아직도 그 호수 옆에서 망토를 뒤집어쓴 채 버둥거리고 있을까?

'그렇게 괴롭혀서 이렇게 벌을 받는 걸까?'

만약 그런 거라면 조금만 상냥하게 대해 줄걸.

'하지만 어차피 그가 바라는 건…… 내가 아니잖아.'

가물가물해지는 와중에도 서러움이 밀물처럼 몰려왔다.

'어차피 딴 여자를 기다리고 있는 거면서. 5년 동안 난 그렇게 구박하고 싫어했으면서. 이제 와서 딴 여자랑 날 착각하고 매달리다니……. 나쁜 놈, 못된 놈…….'

어쩐지, 멀리서 누군가의 울부짖음이 들리는 것 같았다.

"어째서 또 내게서 떠나간 거지? 왜 도망간 거야? 그대는 내 반려인데. 나는 오직 그대만을 이렇게 바라고 있는데!"

마치 자신을 향해 외치는 것 같다는 생각이 들었다.

"웃기시네. 나 아니라니까……."

카루나는 그대로 정신을 잃었다. 커다란 나무는 둥치에 카루나를 품은 채 달을 등지고 섰다. 나무의 짙은 그림자는 카루나를 감추었다.

* * *

카루나를 잃어버린 달빛은 무심히, 홀로 남은 라크안만을 비추었다. 그는 어느새 일어나 있었다. 이마의 혹도 반려를 잃은 그를 막지 못했다.

라크안은 자신의 망토를 갈가리 찢을 듯 움켜쥐며, 핏빛 눈을 번뜩였다.

"반드시 찾겠어. 절대 놓치지 않아. 그대를 다시 찾아서, 다시는 내 곁에서 떠나지 못하도록 만들겠어."

라크안은 눈을 감고 제 감각을 끌어올렸다. 그는 혼혈임에도, 숲의 일족 그 누구보다도 일족 특유의 능력—늑대로서의 감각이 뛰어났다. 십수 년 동안 발작 상태를 버티며 예민할 대로 예민해져 있기 때문이었다. 또한 그런 자신을 버티기 위해, 그 십수 년 동안 전쟁터를 떠돌며 생과 사의 경계에 살았기 때문이기도 했다.

전쟁터를 떠나 안전한 수도로 온 지 5년이 되었지만. 그 5년 동안에도 카루나와 서로를 죽고 죽이려는 신경전을 계속해 나갔던 터라, 그의 감각은 조금도 느슨해지지 않았다.

새벽 찬 바람결. 그 바람에 흔들려 움직이는 풀잎 하나하나. 흔들리는 호수의 표면까지.

어떤 작은 움직임도 라크안에게 전해졌다. 주변 모든 것이 거대한 소음이 되어 라크안을 두들겼다. 그건, 라크안이 요즈음 계속 견디고 있는 발작과 비슷한 감각이었다.

여섯 달 전부터 발작이 심해졌다. 여섯 달 내내, 라크안은 자신이 보고 듣고 느끼는 그 어떤 것도 완벽하게 믿지 못했다. 라크안 스스로가 자신이 제정신이 아니라고 생각했다. 라크안 주변의 사람들 또한 라크안이 제정신이 아닌 상태라는 것을 염두에 두고 그를 대했다.

그래서 내내, 라크안은 자신을 억누르는 데 집중했다. 하지만 지금은 아니었다. 다시 늑대로 몸이 변하게 될지도 모르지만. 발작이 도져 정신을 놓게 될지도 모르지만. 두렵지 않았다. 반려를 되찾지 못할 거라는 두려움이 훨씬 컸다.

라크안은 평소와 달리 자신의 감각을 모두 끌어냈다. 젖은 망토를 꽉 쥔 두 손에서 핏줄이 솟았다. 세상 모든 것이 날카로운 화살과 창이 되어 그를 덮쳤다. 어디에도 그를 위한 낙원은 없었다. 오직 그를 원치 않고, 밀어내고, 공격하는 지옥만 있을 뿐이었다.

"허억."

라크안은 쓰러지듯 무릎을 꿇었다. 한껏 끌어 올린 감각을 통해 들어오는 수많은 정보에 괴로웠다. 뚝, 뚝. 땀이 피처럼 흘러 바닥으로 떨어졌다.

당장이라도 발작이 일어날 것 같았다. 텅 빈 자신의 속내를 드러내는 느낌에 토기가 몰려왔다. 나에게는 아무런 의미가 없는 무감각한 세상. 부숴 버리면 그만. 비명과 피가 흐르는 세상이 되어도 그뿐.

차라리 다 죽여 버릴까. 차라리 다 없애 버릴까.

파괴하고 죽이고 싶은 욕구가 몰려들었다. 그는 그 욕구를 현실로 만들 힘과 능력을 갖추고 있었다. 늑대로 변해, 주변 일대를 다 쓸어 버리고 싶었다. 살아 있는 건 보이는 족족 죽여 버리고 싶었다.

하지만 참았다. 이 세상엔 이제, 그의 반려가 있으니까. 그녀를, 사라진 반려를 찾아야 하니까. 오직 그 생각만이 그의 이성을 붙잡아 주었다. 라크안은 견디고 참으며 주변의 모든 것을 살폈다.

"……."

그런데 아무것도 느껴지지 않았다. 저택 안에서 코를 골며 자는 연두색 머리 남자. 벌써 일어나 머리를 빗고 있는 하녀장. 혹여나 밤에 라크안이 발작을 일으키지나 않을까 감시하려 불침번 선 주제에 꾸벅꾸벅 졸고 있는 네 명의 기사까지.

인근의 모든 사람의 숨과 그 형태가 느껴졌다. 오직, 라크안이 찾는 단 한 사람의 기척만은 느껴지지 않았다. 이상한 일이었다. 조금 전까지만 해도 이 두 손으로 잡아, 품에 안고 있었는데. 이젠 없었다. 오직 반려를 찾겠다는 마음만으로 버티고 있었건만. 정작 그의 반려만은 느껴지지 않았다.

그의 몸은 절망에 빠르게 반응했다.

"크윽."

라크안은 고개를 숙이며 신음을 흘렸다. 아니, 머리를 부술 듯 땅에 이마를 박았다. 퍽. 퍽. 단단한 바닥이 패었다. 그 고통이 가느다란 실이 되어 이성을 붙들어 주었다.

'안 돼. 여기서 정신을 잃으면 안 돼. 난 분명 내 반려를 만났어. 그건 거짓이 아니야. 그러니까 난 괜찮아.'

발작을 일으킬지도 모를 자기 자신을 찍어 누르기 위해 라크안은 끊임없이 자신에게 말을 걸었다.

'난 찾을 수 있어. 찾을 수 있어. 반드시, 반드시 찾겠어. 나의 반려를.'

마음 한구석에서 불쑥, 서러운 마음이 솟구쳤다. 라크안은 주먹 쥔 손으로 땅을 내리쳤다.

'어째서. 어째서 내 곁에 있어 주지 않는 거야? 내가 이토록 그대를

원하는데. 왜 내 곁에 와 주지 않는 거야.'

부모님을 잃었을 때도 눈물을 흘리지 않았건만, 반려를 놓쳤다는 것만으로 울고 싶어졌다.

그때였다.

바람을 타고, 비릿한 냄새가 날아왔다. 그건, 라크안이 끔찍이도 싫어하지만 그의 삶에서 단 한순간도 떨어진 적 없는 익숙한 감각이었다.

"피?"

어스름한 새벽녘. 붉은 눈이 핏빛으로 빛났다. 라크안은 바람처럼 빠르게 움직였다. 정원의 입구에 서 있는 아름드리나무 아래에, 누군가 웅크린 채 잠들어 있었다.

라크안은 가까이 다가가기 전에 이미 그녀를 알아보았다. 저택 안의 폭신한 침대에서 잠들어 있어야 할 그의 어린 보좌 하녀, 카루나였다. 피 냄새를 맡고 달려왔건만. 카루나가 있었다. 의아해하던 라크안은 나무에 가까이 다가갔을 때, 제 눈을 의심했다.

얇은 바람막 같은 게 카루나를 둘러싸고 있었다. 그 바람이 더 큰 바람을 견디지 못해, 카루나 주변의 피비린내를 빼앗겨 흘려 보내고 있었다.

"……정신 차리자."

라크안은 눈을 감고 고개를 마구 흔들었다.

'눈앞에 있는 건 평범한 인간이야.'

물론 성격이나 행동은 전혀 평범하지 않지만. 어쨌거나 숲의 일족도, 마법사도 아닌 평범한 인간이다.

'그런 인간이 바람의 장막을 두르고 있는 것처럼 보이다니. 내가 정말 미쳐 가는 건가?'

그렇다면 호숫가에서 반려를 만난 것 또한 자신의 착각이 아닐까. 의심은 꼬리를 물고 이어졌다.

"아니야, 그건 아니야."

라크안은 얼른 제 뺨을 때렸다. 철썩.

"정신 차리자."

숨을 길게 내쉬며 마음의 준비를 한 뒤, 혹이 솟은 제 이마를 꾹 눌렀다.

"윽!"

당연하지만 아팠다. 안 그래도 욱신욱신한데, 자극이 더해지자 부풀어 오른 혹이 불타오르듯 화끈거렸다.

'아니야, 이 감각은 거짓이 아니야. 아닐 거야.'

이마의 혹은 분명 그의 반려가 그에게 준 소중한 상처였다. 다른 게 다 환각이고 환청이라 하더라도 이 고통만큼은 거짓일 리 없었다. 라크안은 다시 눈을 떴다. 그녀의 주변엔 아무것도 없었다.

'역시 잘못 본 거였어.'

라크안은 안도하며 카루나에게 다가갔다. 한 걸음 한 걸음 다가갈 때마다 피비린내가 코를 찔렀다. 왜 이제야 눈치챈 건지 스스로가 어이없을 정도로 심했다.

카루나는 몸을 동그랗게 말고 웅크린 채 잠들어 있었다. 두 손으로 작은 어깨를 살짝 감싸자 카루나는 라크안의 손길에 따라 힘없이 움직였다.

겨우 열이 내렸다고 해서 안심했건만. 이번엔 얼음덩이가 되어 있었다. 몸이 흠뻑 젖어 있기도 했다. 라크안은 밤새 땀을 흘려 몸이 젖은 거로 생각했다.

'어째서 이 꼬맹이가 여기 나와 있는 거지?'

저택 안에서 다른 하녀들의 보살핌을 받으며 자고 있어야 한다. 그런데 카루나가 왜 여기에 나와 있는 건가. 이해가 되지 않았다. 입을 막고 있던 작은 두 손이 툭, 바닥으로 떨어지며 웅크리고 있던 몸이 축 늘어졌다.

카루나가 입고 있는 침의의 배 부분이 고스란히 드러났다. 헐렁한 원피스 형태의 침의였다. 그 침의는 온통 피범벅이었다.

"……!"

라크안은 하마터면 카루나를 놓칠 뻔했다.

작은 두 손은 피범벅이었다. 마치 카루나가 피를 토해 그 피가 손에 묻은 것처럼 보였다.

라크안은 단번에 카루나를 안아 들었다. 카루나는 놀라울 정도로 작고 가벼웠다. 마른 나뭇가지를 들고 있는 것 같았다. 그 감촉이, 그 무게가 어딘가 익숙한 것 같다는 생각이 들었지만 그 생각은 금방 잊혔다.

카루나의 상태에 정신이 팔린 라크안은 자신의 오감이 외치는 소리를 무시했다. 카루나를 데리고, 하녀들이 머무는 숙소를 향해 달렸다.

숙소 주변은 부산스러웠다. 잠이 덜 깬 듯 부스스한 차림의 하녀 서넛이 뛰어다니고 있었다.

"카루나? 카루나 어디 있니."

"카루나! 카루나아!"

하녀들은 정신없이 카루나를 찾다가 라크안을 보고는 급히 고개를 숙여 인사했다. 이어 라크안이 안고 있는 카루나를 보고는 비명을 내질렀다.

"카루나!"

"피, 피!"

"라안 님, 설마 카, 카루나를?"

여인들의 비명으로, 바이켈드 저택의 아침이 시작되었다.

하녀들은 카루나를 라크안에게서 빼앗다시피 건네받았다. 이번엔 라크안도 순순히 카루나를 넘겨주었다.

곧바로 커다란 나무통에 따뜻한 물이 가득 담겼다. 하녀들은 카루나를 그 안에 넣고 씻겼다. 하녀들은 카루나의 침의를 펼쳐 보고는, 그 침의를 적신 피를 보고 진절머리를 냈다. 연락을 받고 온 연두색 머리 남자가 침대에 누운 카루나를 진찰했다.

"상태가 다시 심해진 건 아니야. 장시간 밖의 찬 기운에 노출되어 일시적으로 체온이 떨어진 거니까. 약을 먹고 잘 쉬면……."

"각혈을 했는데, 괜찮다고?"

라크안은 연두색 머리 남자의 멱살을 움켜쥐고 짤짤 흔들었다.

"어어어어…… 왜 피를 토했는지느느느는 모르겠지마아아안 근데에에에 일다안 이것 좀 놓아주지 않을래에에에?"

"야, 이 돌팔이야! 피를 토했는데 왜 토했는지 모르겠다고? 저 조그만 몸에서 저만큼 피를 토했는데, 그게 괜찮다고?"

라크안이 불같이 화를 냈다. 하녀들은 라크안이 발작을 일으키는 거로 생각하고 철십자 기사단을 소환했다. 네 명의 기사가 달려오고야 연두색 머리 남자는 라크안의 손에서 풀려날 수 있었다.

"입 안에 피를 토한 흔적이 없으니 다른 곳에서 피를 묻힌 것 같은데. 확실히 몸에서 피가 다량 빠져나간 것 같긴 해."

다만 그는 엇갈린 말을 하여 라크안의 분노를 키웠다. 라크안은 결국 연두색 머리 남자를 발로 뻥 차 밖으로 내쫓았다. 하녀장을 불러 외부의 의사를 데려오도록 명령했다.

"안 됩니다!"

소식을 듣고 달려온 하녀장이 라크안을 막아섰다.

"아직 도련님께서는 반려를 찾지 못하셨습니다. 그런데 외부인을 저택 깊숙이에 들이시다니요. 안 됩니다!"

하녀장의 말에 라크안이 이를 악물었다. 뿌드득, 잇소리가 났다.

"진정하세요, 도련님. 이분의 실력은 도련님께서도 아시지 않습니까."

하녀장이 연두색 머리 남자를 두둔했다.

"맞아, 맞아. 누가 뭐래도 나는 네 주치의야. 나만큼 너에 대해 잘 아는 사람은 없다고."

"그래, 나에 대해서만. 넌 숲 밖의 인간에 대해서는 잘 모르잖아."

라크안이 으르렁거리며 말했다. 제 주인을 지키기 위해 잔뜩 긴장한 사냥개 같은 모습이었다.

"워워, 진정해. 난 숲 밖 인간의 몸과 병에 대해서도 어느 정도 알아. 내가 얼마나 숲 밖을 떠돌며 지냈는지는 너도 잘 알잖아."

"그래도 전문가는 아니지."

라크안은 여전히 연두색 머리 남자를 불신했다.

"으으……."

침대에서 옅은 신음이 들렸다. 라크안의 머리가 홱 돌아갔다.

손으로 움켜쥐면 한 줌도 안 될 듯 작은 아이가 거기 누워 있었다. 추위에 벌벌 떨고, 열에 달떠 진땀을 흘리며. 조그만 얼굴은 열이 올라 새빨개져 있었다. 젖은 갈색 머리카락이 얼굴과 베개에 들러붙어 있었다. 이불 밖으로 나온 손은 조금만 세게 움켜쥐어도 바스러질 듯 작고 가늘었다.

'애초부터 꼬맹이를 저 돌팔이한테 맡긴 것부터가 잘못이었을지도 몰라.'

언제나 연두색 머리 남자를 믿었지만 지금은 아니었다. 카루나를 저택에 들이는 건 자신의 의지가 아니었다. 상황상 어쩔 수 없는 일이었다. 과거가 의심되어 전적으로 마음을 주지 않았다. 시험하기도 했다. 그런데 그 때문에 열이 펄펄 끓으며 아파하고 있다.

마카레나 백작가와 연관된 첩자가 아니라는 판단이 섰으니, 이제 완전히 그녀를 받아들여야 한다. 바이켈드 저택에 머무는 한 그녀는 라크안의 권속이었다. 그녀는 라크안에게 충성을 다해야 하며 노동력과 지혜를 제공해야 한다. 그 대가로 라크안은 그녀를 보호하고 돌봐야 한다.

비록 셔츠에 후추를 뿌리는 게 그녀의 진정한 충성인지 의심해 봐야 할 일이겠지만. 어쨌든 그녀는 이제 라크안의 사람이니까.

“그럼 내가 이 꼬맹이를 안아 들고 밖으로 나가 의사를 찾으면 되겠지. 그러면 되겠나?”

라크안이 물었다. 정말 카루나를 안아 들고 저택 밖으로 뛰어나갈 태세였다. 하녀장은 결국 두 손을 들었다.

“대신 이상이 느껴지시면 바로 말씀해 주셔야 합니다.”

“알았으니까, 당장 뭐든 불러. 어서.”

라크안이 침대의 헤드를 움켜쥐며 말했다. 파직, 하며 침대의 헤드가 라크안의 손아귀에서 부서졌다.

* * *

라크안의 뜻대로 인근에서 명망이 높은 의사를 불렀다. 그의 제자 중엔 황실을 돌보는 어의가 있었고, 제자를 잘 키운 공을 인정받아 준남작의 작위를 받았다고 했다. 근래엔 바이켈드 공작저 인근에 자리를 잡고 간간이 진료를 보고 있었다.

나이가 많고 성격이 진중해, 바이켈드 공작저에서 무슨 일을 보고 듣든 함부로 떠들어 대지 않을 자. 만약 처리해야 할 상황이 생기면 노환으로 적절히 꾸며 낼 수 있을 것 같은 자.

하녀장이 그를 부른 이유였다. 그가 정말 실력이 좋은 의사라는 점은 기본으로 깔려 있었다. 의사가 카루나를 진찰하는 동안 라크안은 옆의 벽에 기대서서 그 모습을 지켜보았다.

의사는 방 안에 들어서자마자 바이켈드 공작에게 허리를 숙였다. 그는 카루나를 진찰하면서도 곁에서 떠나지 않는 라크안의 모습을 이상하게 여겼다.

'아무리 봐도 하녀인 것 같은데, 왜 이리 신경 쓰는 건지 모르겠군.'

하지만 함부로 입을 열진 않았다. 얼굴에 자글자글한 주름만큼 오랜 세월을 살아온 의사는 입이 무거웠다. 의사는 카루나를 살피는 데 집중했다. 그의 소견 연두색 머리 남자가 말한 것과 비슷했다.

"그것 봐, 내 진단이 맞았지?"

연두색 머리 남자가 으스댔다.

"자세한 이야기는 나가서 저와 하시죠."

하녀장은 의사와 연두색 머리 남자를 데리고 밖으로 나가려 했다. 의사는 진료를 위해 늘어놓았던 기구를 정리해 커다란 왕진 가방에 넣었다. 그러다가 문득, 라크안을 보았다.

"그런데 저기 말입니다. 공작 각하. 그…… 이마의 상처를 제가 한번 봐야 하지 않겠습니까?"

"도련님이요?"

"라안이? 너 어디 아파?"

하녀장과 연두색 머리 남자는 의아하다는 듯 라크안을 보았다.

"어?"

라크안 본인조차도 영문을 몰랐다.

"귀, 귀한 몸을 다치셨는데, 어찌……."

의사는 말을 채 잇지 못하고 어물거렸다.

'내 눈에 보이는 저 혹이 나한테만 보이는 건가? 아니면 공작 각하의 이마에 원래 혹이 있었나?'

의사는 당황했다. 이유는 달랐지만 다른 사람도 당황하기는 마찬가지였다.

숲의 일족은 숲 밖의 보통 사람보다 월등한 자기 치유력을 가지고 있다. 혼혈에게선 잘 나타나지 않는 능력이었으나, 라크안은 숲의 일족 누구보다 뛰어난 자기 치유력을 가졌다. 어릴 때부터 발작을 견디던 몸이 치유력을 극대화시킨 게 아닐까 짐작할 따름이었다.

웬만한 상처는 일주일이 지나기 전 흔적도 없이 사라졌다. 그래서 그의 몸은 눈처럼 하얗고 깨끗했다. 7년여 동안 전쟁터를 떠돌았음에도 자잘한 생채기 하나 없었다.

독약을 먹어도 피나 좀 토하고 고통스러울 뿐, 죽지 않았다. 그래서 클레이엔의 독살 시도에도 살아남을 수 있었다.

클레이엔은 그를 죽이기 위해 끊임없이 독을 보냈다. 대부분 미리 알아챘지만, 몇 번은 눈치채지 못했다. 깜빡 속아 먹었던 적이 있었다. 그때마다 라크안은 온몸의 것을 다 토해 낼 듯 헛구역질을 하고 피를 토했다. 그렇게 며칠을 앓았지만 역시나 죽지 않았다. 클레이엔에 대한 분노만 더 커졌을 뿐이었다.

몸에서 유일하게 거친 곳은 두 손뿐이었다. 두 손엔 굳은살과 상처가 가득했다. 칼을 쥔 손은 빠른 치유 능력으로도 어찌할 수 없을 만큼 다치고 찢어졌다. 손에 박인 굳은살과 상처는 아예 그의 몸의 일부분이 되어 버렸다.

그래서일까. 라크안은 다치는 것을 두려워하지 않았다. 둔하다 싶을 정도로 자신의 몸을 돌보지 않았다. 주변 사람들 또한 그의 고통에 둔감해져 갔다.

발작을 일으키는 그를 저택에 묶어 둘 수만 있다면, 기꺼이 공격하여 상처 입혔다. 모든 일이 끝나도 그가 망가뜨린 저택을 수리하고 그를 막다 다친 철십자 기사들을 돌보는 게 우선시되곤 했다.

자신이 다치는 걸 아무렇지 않아 하는 주인과 주인이 다치는 걸 보는 게 당연해진 사용인들과 기사들. 그것이 바이켈드 공작저의 현실이었다. 저택 밖에 사는 의사로서는 알 수 없을 사연이었다.

의사는 애초에 이곳으로 부름을 받을 때부터 자신이 바이켈드 공작의 상처를 치료하리라 생각했다.

바이켈드 공작은 이마에 주먹만 한 혹이 달려 있었다. 천하의 바이켈드 공작의 얼굴에 저런 상처를 낸 간 큰 놈이 누구인가 경악했던 것도 잠시. 바이켈드 공작은 의사에게 침대에 누워 있는 여자아이를 고치라고 명했다. 침대에 누워 있는 아이는 하녀 복장을 하고 있었다.

'의심받고 있구나.'

의사는 바이켈드 공작이 자신의 능력을 못 믿어 일단 하녀를 진료하도록 한 거라고 생각했다. 하녀를 무사히 진료하고 나면, 그를 인정하여 이마 위 혹을 치료할 수 있도록 해 주리라. 그런데 아니었다.

"나를 왜?"

바이켈드 공작은 영문을 모르겠다는 표정으로 의사를 쳐다봤다.

"아!"

하녀장은 그제야 바이켈드 공작의 이마가 심하게 부풀어 있다는 사실을 깨달은 듯했다.

"치료를……."

하녀장이 한 발자국 앞으로 나서며 말을 하려 하였으나.

"아니, 난 괜찮아."

라크안은 하녀장의 말을 끊어 내며 고개를 저었다. 그리고는 하녀장에게 손짓하여 의사를 데리고 나가도록 했다. 의사는 영 불만인 표정으로 다시 라크안에게 치료를 권했다. 하녀장은 그런 의사를 이끌어 밖으로 나갔다.

문이 닫히고 방 안에는 침대에 누운 카루나와 벽에 기대선 라크안, 둘만이 남았다.

"젠장."

라크안은 거칠게 머리를 쓸어 넘기다가 손으로 이마의 혹을 치고는 신음을 내뱉었다. 그러다 빈 침대에 털썩 주저앉았다. 하녀들이 쓰는 침대는 라크안의 무게를 견디지 못하고 삐걱, 소리를 냈다.

"정말 제정신이 아니군."

자신이 지난밤, 반려일지 모를 여인을 만났고 놓쳤다는 것을 까맣게 잊고 있었다. 카루나 때문에.

'언제부터 이 꼬맹이가 내게 중요해진 거지? 이렇게나?'

반려를 찾는 건 그의 인생의 유일한 목표였다. 그런데 그 목표를 앞에 두고, 고작 열두 살밖에 안 된 어린아이에게 온 정신을 빼앗겨 버렸다. 생각해 보면, 어제도 그랬다.

어젯밤, 카루나에게 다녀온 라크안은 쉬이 잠들지 못했다. 언제나 불면증에 시달렸으나 어제는 유독 심했다. 커다란 침대에 푹 파묻혀 있던 카루나의 모습이 계속 눈에 어른거렸다.

다섯 살 때 발작이 시작된 이후로 지금까지, 라크안에게 잠든다는 건 끔찍한 행위였다. 잠은 언제나 악몽과 함께였다. 눈을 감으면, 그동안 죽였던 사람들이 그를 찾아왔다. 그들의 한 맺힌 절규로부터 도망치다 보면, 언제나 산처럼 쌓인 시체와 강처럼 흐르는 핏물 위에 서게 됐다.

살아 있는 건 아무것도 없는 초토 위, 언제나 그는 혼자였다. 썩어 가는 시체와 하얗게 빛나는 해골의 무덤에 파묻혀 발버둥을 치노라면 잠에서 깼다. 그래서 라크안은 잠드는 것이 두려웠다.

할 수 있는 한 잠들지 않으려 애썼다. 자신을 돌보는 숲의 일족 몰래 병사들이 먹는 각성제를 빼앗아 먹기도 했다. 그렇게 며칠을 버티면 피곤함에 전 몸은 저절로 잠이 들었다. 고꾸라져 잠이 들면 다시 악몽이 그를 찾았다. 겨우 잠을 깨면 더 잠을 자고 싶지 않아졌다.

악순환의 반복이었다.

그런 세월이 켜켜이 쌓이자 불면증은 자연스러운 것이 되었다. 이제 악몽은 일상이 되었고, 달콤한 잠은 다시 라크안을 찾아오지 않았다. 어제도 지난날과 마찬가지였다. 잠들지 못한 수많은 밤들 중 하루에 불과했다. 그래야 했다.

그런데 어젯밤은 다른 어떤 날보다 유독 그를 불편하게 만들었다. 라크안은 선잠도 자지 못하고 계속 뒤척였다. 그러던 중 희미한 빛 한 줄기를 느끼고 창문을 바라보았다.

두꺼운 암막 커튼을 쳐 놨건만, 가느다란 틈을 타고 하얀 달빛이 새어 들어왔다. 라크안은 몸을 일으켜 창문 앞에 섰다. 커튼을 젖히자 새까만 밤하늘과 보름달이 보였다. 보름달은 당장이라도 땅으로 떨어질 듯 커다랬다.

달의 새하얀 빛이 라크안에게 쏟아졌다. 라크안은 멍하니 빈 허공에 손을 뻗었다. 환한 달빛을 손에 움켜쥐고자 주먹을 쥐었으나, 손 안에는 아무것도 잡히지 않았다. 라크안은 자신의 빈손을 한번 내려다보고는, 침대 옆에 벗어 던져두었던 바지와 망토를 집어 들었다. 얇은 바지 하나만 꿰어 입고 상의는 아무것도 입지 않은 상태로, 몸 위에 망토를 둘렀다.

'왜 셔츠를 안 입는 거예요! 노출증 공작 각하!'

어디선가 쨍한 목소리가 들리는 듯했다. 라크안은 닫힌 문을 돌아보았다. 당장이라도 저 문이 활짝 열리고, 제 키의 반도 안 될 만치 작은 카루나가 뛰어 들어올 것 같았다.

그 작은 손에는 후추를 뿌린 셔츠가 들려 있을 터. 저를 핍박하는 꼬마 하녀가 아픈 지 일주일이 되었건만. 그녀의 목소리와 모습은 저택 곳곳에 유령처럼 남아 있었다.

끼익- 침대 옆 창문을 열고 테라스로 나가며.

"다행이야."

라크안은 중얼거렸다.

"내가 널 죽이지 않아도 되어서."

하얀 달빛 아래, 붉은 눈이 빛났다.

만일 카루나가 마카레나 백작 영애 클레이엔의 측근 루시온을 봤을 때 조금이라도 아는 척을 했다면. 조금이라도 반가운 기색을 내비쳤더라면. 그에게 다가가 자신이 바이켈드 공작저에서 봤던 라크안에 대한 비밀을 전하고자 했다면.

"……."

달빛을 쥐지 못한 손이 움찔, 했다.

이 손이 그 아이의 마지막 숨을 쥐어 터뜨렸으리라. 후추 뿌린 셔츠를 들고 달려오는 그 작은 몸을 단번에 들어 올려, 한 줌도 안 되는 목을 붙잡고 꺾어야 했으리라.

카루나의 열이 내린 것을 확인해서일까. 라크안은 달빛 아래에서조차 카루나에 대한 생각에 잠겼다. 꽉 찬 머리와 달리 몸은 가볍고 날렵했다.

라크안은 테라스 밖으로 훌쩍 뛰어내렸다. 복도를 걸어 빙 돌아야 하는 문보다는 바로 밖으로 뛰쳐나갈 수 있는 창문과 테라스가 더 편했다. 라크안은 저택 뒤편의 정원으로 향했다.

잠을 잘 수 없는 밤. 침대에 누워 있기조차 싫을 때면 그는 홀로 달밤의 산책을 나서곤 했다. 오늘은 달빛이 유독 밝아 더 산책할 맛이 났다. 그는 언제나처럼 호수를 찾았다.

호수는 전대 공작인 라크안의 어머니가 그녀의 남편을 위해 만든 곳이었다. 숲의 일족이면서도 어머니의 남편이 되고자 기꺼이 제국민이 되어 살았던 아버지는, 그럼에도 숲을 그리워했다. 숲의 깊숙한 곳에는 커다란 호수가 있는데, 밤이면 그 호수에 달이 비쳐 아름답게 일렁였다고 했다. 아버지는 그 풍경을 특히나 그리워했다.

어머니는 그런 아버지를 위해 정원에 구멍을 파고 근처의 수원을 연결하여 작은 호수를 만들었다. 정원의 호수는 라크안이 그의 부모님을 추억할 수 있는 장소였다. 낮이든 밤이든 언제나.

그 호수에 선객이 있었다. 라크안보다 먼저 호수를 차지한 사람은 호수 속에 서 있었다.

그녀는 호수의 수면에 비쳐 일렁이는 보름달 속에 잠겨 있었다. 두 손으로 달빛을 가득 떠 올려 마시고 있었다. 라크안은 그녀에게 시선을 빼앗겼다. 긴 갈색 머리카락이 달빛에 젖어 반짝였다. 달빛을 마시는 입술이 붉었다. 채 마시지 못한 달빛이 하얀 목덜미를 타고 흘러내렸다.

몸에 걸친 한 겹의 얇은 천은 젖어 있었다. 젖은 천 위로 쇄골이 툭 도드라져 보였다. 하얀 목도 젖은 어깨도, 입술을 감싼 두 손의 손목도, 얇고 가느다랬다. 힘을 주어 움켜쥐면 단숨에 부서질 듯 약해 보였다.

라크안은 갈증을 느꼈다. 저 하얀 목을 물어뜯고 싶었다. 죽이고 싶다거나 피를 보고 싶다는 마음이 아니었다. 저 하얀 목에 자신의 흔적을 남기고 싶다는 욕망이었다.

그렇게 한다면 저 붉은 입술에서 흘러나오는 신음은 얼마나 달콤할까. 그 신음마저도 삼켜 버릴 수 있다면. 타는 듯한 이 갈증이 해소될 수 있을 것 같은데. 그는 너무 오래 굶주려 있었다. 겨우 눈앞에 나타난 여인은 그에겐 너무 큰 자극이었다.

라크안은 저도 모르게 한 발자국, 앞으로 나아갔다. 붉은 눈동자가 수축하며 짐승의 눈동자처럼 변해 갔다. 굶주린 맹수가 사냥감을 노리듯, 라크안은 여인을 바라보았다.

조금 전까지 자신의 꼬맹이 보좌 하녀 생각으로 가득하던 머리가 단숨에 비었다. 이제 머릿속에 차오르는 건 오직, 눈앞의 여인을 어떻게 하면 사로잡을 수 있을까 하는 욕망뿐이었다.

단번에 그녀를 휘어잡아 올리면 될까. 그 허리를 단단히 감싸 도망치지 못하게 하고 저 목에…….

생각만으로도 만족감이 몰려왔다. 크르르. 목울대를 타고 짐승의 울음소리 비슷한 소리가 올라왔다.

"……!"

라크안은 그 소리에 스스로 놀라 정신을 차렸다.

"아……."

주춤, 뒤로 물러섰다. 하마터면 무장도 안 한 사람, 그것도 여인을 죽였을지도 모른다. 등줄기를 타고 소름이 돋았다.

'또 발작이 일어나려는 걸까?'

하지만 조금 전 그 느낌은 그동안 전쟁터에서 느꼈던 살의와는 달랐다. 전쟁터에서 적에게 칼을 휘두를 때의 감정이라기보다는, 차라리 5년간 황성에서 마카레나 백작 영애 클레이엔을 마주칠 때마다 느꼈던 감정과 비슷했다.

라크안은 그것까진 분별해 내지 못했다. 제 주인에게 인정받지 못한 감정은 금세 다른 색으로 변모했다.

'누구지?'

자신을 자극한 여인에 대한 짜증이 솟구쳤다. 뒤늦은 경계심이 몰려들었다. 이곳은 그의 저택. 수십의 기사들이 지키고 있는 바이켈드 공작 저택이다. 최근에는 발작이 잦아진 라크안을 막기 위해 더 철통같이 경계를 서고 있을 터. 그에게 낯선 여인이 이렇게 아무렇지 않게 정원의 호수에서 있을 수는 없다.

라크안은 이를 악다물며 호수의 달빛에 잠긴 여인을 바라보았다. 그녀는 아직 라크안의 존재를 눈치채지 못한 듯했다.

"거기, 누구지?"

그의 부름에 그녀가 라크안을 돌아보았다. 찰랑, 호수 물이 출렁였다. 그녀와 눈을 마주친 순간, 라크안은 할 말을 잃었다. 겨우 끌어 올린 짜증과 경계심은 한순간에 흩어져 버렸다.

그녀는 라크안의 등장에 깜짝 놀란 듯했다. 가슴께에 두 손을 모아 웅크렸다. 작은 어깨가 파르라니 떨리는 게 눈에 들어와 박혔다. 촉촉하게 젖은 두 눈은 최상급의 녹주석처럼 빛났다. 조금 전, 간신히 몰아낸 그의 어린 보좌 하녀가 다시 그의 머릿속으로 떼구르르 굴러들어 왔다.

어디 감히 자신을 잊느냐고 큰소리를 내는 것처럼. 누군가 머리 위에서 솔솔 후춧가루를 뿌려 대는 것 같았다. 어쩜 이렇게 눈이 가렵고 따가워서, 제 눈을 뽑아 버리고 싶다는 생각이 들게 만들 수 있을까.

그녀는 놀랍도록 카루나와 닮아 있었다. 순간적으로 그녀가 카루나처럼 보였다. 저도 모르게 꼬맹이 네가 왜 거기에 있냐고, 말할 뻔했다. 재빨리 입을 닫아 그 헛소리를 막을 수 있었지만.

달빛에 취한 그의 까만 머리통은 멋대로 생각을 짜냈다. 눈앞의 여인이 꼬맹이 카루나라는 생각보다는 더욱 합리적인 생각으로. 그래서…….

"혹시 카루나의 어머니인가?"

물어보았다. 그 결과는, 지금 그에게 두통을 선사하는 이마 위 혹이었다.

'성격까지 꼬맹이와 똑 닮았어.'

또 생각이 카루나로 이어지려 했다. 라크안은 얼른 그 생각을 머릿속에서 밀어냈다. 절대, 말도 안 되는 생각이었다.

'정말 돌아 버린 걸까? 이제 발작을 일으키다 못해, 이런 어린아이를? 나보다 열 살이나 어린 애를 반려와 연결 지으려 하다니.'

달빛 아래에서 만난 여인과 별개로 그저 카루나만을 머릿속에 그려 보았다. 후추통과 포도주 통으로 그를 괴롭히는 악당 중 악당이나, 꼬맹이였다.

고작 열이 나는 정도로도 몸을 못 가누는. 서면 제 허리에나 닿을까 싶을 정도로 작고 마른 아이. 잘못해서 한 대 치기라도 하면 산산이 조각날까 두려울 정도로 약했다.

그 옆에 자신을 세워 보았다. 피에 뒤범벅되어 칼과 방패를 들고, 시뻘건 눈을 붉히며 발작을 일으키는 사내. 무려 열 살이니 더 먹은 커다란 사내. 생각만으로도 끔찍했다.

'차라리 반려를 못 찾고 미쳐 죽으면 죽었지, 절대 그건 안 돼. 그건 아니야.'

라크안은 자리에서 벌떡 일어서 벽에 머리를 박았다. 벽은 망치로 두들겨 댄 것처럼 패어 자국이 남았다. 쿵쿵. 벽이 울리자 문밖에서 무슨 일이시냐고 묻는 하녀장의 목소리가 들렸다.

"아무 일도 아……."

라크안은 크게 소리를 지르려다가 침대 위에 누운 카루나를 보고는 급히 목소리를 낮췄다.

"……벽의 강도를 확인하고 있을 뿐이야."

떡 벌어진 단단한 어깨가 추욱, 늘어졌다.

이 소란 중에도 카루나는 눈을 뜨지 않고 잠들어 있었다.

'어째서. 나를 쥐고 흔드는 여자들은 다 같은 빛을 눈에 담고 있는 걸까.'

푸른 잎사귀 색깔의 빛. 분명 생명의 숲을 닮은 색이건만, 어째서인지 라크안에게는 마냥 편안하게 다가오진 않았다.

"나중에 꼬맹이가 눈을 뜨면, 살아 있는 친척 중에 많이 닮은 언니가 있는지나 물어보자고."

라크안은 돌아서며 혼잣말로 중얼거렸다. 자신의 말이 헛소리라는 건 자신도 알았다. 카루나에게 꼭 닮은 사촌 언니 따위가 있을 리 없다. 그

사촌 언니가 경비가 삼엄한 바이켈드 저택에 한밤중에 몰래 잠입하여 정원의 호수에서 목욕하고 도망쳤을 수가 있을까.

하지만 이렇게라도 하지 않으면 도무지 제정신을 계속 유지할 수 없을 것 같았다. 라크안은 지친 얼굴로, 문을 열고 밖으로 나섰다. 누군가 뒤통수를 잡아당기는 것 같아 몇 번이고 뒤를 돌아보고 싶었지만, 고개를 돌리지는 않았다.

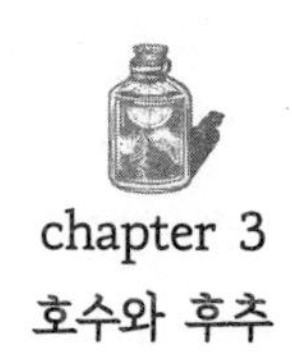

chapter 3
호수와 후추

마카레나 백작은 루시온에게 명령을 내렸다. 마탑으로 가서 마법사 한 명을 끌고 오라고. 하지만 루시온이 사병을 이끌고 마탑으로 갔을 때, 마탑에는 그 마법사가 없었다.

그 마법사의 이름은 우리겐. 평생 마탑에서 나고 자라 마법 연구에만 몰두한 약골 마법사였다.

마탑은 마카레나 백작을 위해 우리겐의 마법을 구속구로 봉인하고 감옥에 가뒀다. 그러니 우리겐은 누군가의 도움 없이는 홀로 마탑에서 도망칠 수 없었다.

우리겐이 사라진 데에는 누군가의 도움, 혹은 납치가 있었던 것이 분명했다. 우리겐을 데리고 간 '누군가'를 찾는 건 어렵지 않았다. 하필 그날, 그때. 바이켈드 공작 라크안이 루시온의 앞에 나타났으니까. 제 어린 보좌 하녀가 길을 잘못 들었다는 변명을 내세우며.

"바이켈드 공작이라……."

마카레나 백작은 책상을 손가락으로 톡톡, 치며 중얼댔다. 그는 마흔에 접어드는 사내였다. 아직 군살 붙지 않은 탄탄한 몸과 풍성한 머리칼, 사내다운 선 굵은 얼굴을 가진 미중년이었다.

카루나는 그가 비쩍 마른 생쥐 같다고 욕하곤 했다. 광대뼈가 튀어나오고 뺨이 홀쭉하여 수척한 인상이긴 하나. 그는 카루나의 말처럼 비쩍 마른 생쥐는 아니었다.

귀밑머리가 희끗희끗해지긴 하였으나 타는 듯한 붉은 머리는 그의 정력이 아직 건재함을 증명했다. 올백으로 넘긴 머리 아래로 반듯한 이마와 날카로운 눈매가 드러났다. 매부리코와 각진 턱은 그의 고집이 만만치 않다는 걸 보여 주었다. 사교계의 꽃을 딸로 둔 만큼 그 화려한 미모의 흔적이 아직 얼굴에 남아 있었다.

"뭔가를 눈치챈 것 같던가?"

"알 수 없었습니다. 확실히 의심할 수 있는 건 단 하나, 바이켈드 공작이 그 마법사를 데리고 갔다는 것뿐입니다."

약간의 온기도 인간미도 느껴지지 않는 목소리였다. 그 안에는 일말의 충성심 또한 담겨 있지 않았다. 마카레나 백작은 힐끔, 루시온을 보았다.

루시온은 태어났을 때부터 남다른 구석이 있는 아이였다. 어미의 몸에서 태어났으면 응당 크게 울음을 터드려야 하건만. 루시온은 울지 않았다. 자라면서도 유달리 조용했다.

류헤든 남작가에서는 감정을 거의 드러내지 않는 둘째 아들을 별스러워했다. 아들을 마카레나 백작의 가신으로 바치는 데에도 주저했다. 좀 더 성격이 활달한 셋째가 자라면 그를 내놓겠다 하였다.

마카레나 백작은 류헤든 부부의 걱정을 듣고도 루시온을 받아들였다. 그리고 루시온을 제 외동딸의 곁에 붙여 주었다. 변덕스럽고 까탈스러운 클레이엔을 수행하는 데는 무덤덤한 루시온 같은 성격이 맞을 거라 보았다.

루시온은 마카레나 백작의 예상과는 다른 방향으로 마카레나 백작의 기대에 부응했다. 그는 마카레나 백작의 예상보다 훨씬 더 냉정했다. 감정이란 걸 느끼긴 하는지 의심이 들 정도였다. 그래서일까. 클레이엔은 루시온을 끔찍이 싫어했다. 정작 클레이엔의 대역이 루시온과 죽이 잘 맞았다.

그 대역은 맡은 바 임무를 마치고 무대에서 내려갔다. 루시온은 원래의 자리로 돌아왔다. 돌아온 루시온은 보다 더 차갑고 냉정했다.

'나의 착각은 아닌 것 같은데.'

톡톡, 책상을 두드리는 소리가 좀 더 빨라졌다. 마카레나 백작은 루시온을 향한 약간의 의심을 마음 한구석에 남겨 두었다.

"바이켈드 공작이 움직였다면 우리가 찾는 '그것'이 그의 손에 넘어갔을 가능성은?"

"만약 그것이 백작님의 계획과 달리 아직 살아 있는 게 맞는다면, 그리고 도망칠 어떤 수단과 방법을 찾지 못했다면, 제 안전을 도모하기 위해 바이켈드 공작을 찾았을 겁니다."

"역시나, 자네도 그리 생각하나."

"하지만 걸리는 점이 있습니다."

"뭔가?"

"그것이 사라졌을 때 바이켈드 공작은 변방 시찰을 나갔습니다. 그것이 공작과 접촉했다면 공작이 저희 쪽을 압박할 수 있는 최고의 패를 두고 떠나지 않았을 겁니다. 그렇다고 그것의 안전을 도모하고자 변방으로 데리고 나갔다고 보기도 힘듭니다."

"숨이 거의 끊어지는 걸 확인했다고 했으니, 그 정도 상처를 가진 환자를 끌고 가는 건 무리겠지."

"그렇습니다. 이제 와서 마법사를 끌고 갔다는 것 또한, 상식적이지 않습니다."

"그것이 바이켈드 공작의 손에 들어갔다면 살아남기 위해 진작 모든 걸 말했겠지. 그럼 이제 와 움직였을 리 없을 테고."

마카레나 백작이 마탑의 마법사에 대해 안 건 얼마 전이었다. 카루나가 제 장신구를 조금씩 빼돌리는 건 알고 있었다. 도망치기 위해 모으고 있는 거라 생각했는데 설마 허황된 연구를 하는 마법사를 후원하고 있었을 줄이야.

'혹시 바이켈드 공작을 찾아갔다면. 바이켈드 공작은 진즉에 '그것'에게서 이야기를 듣고 그 마법사를 찾아 없애거나 빼돌렸을 것이다. 반년이나 지난, 이제야 움직일 리 없었으리라.

"그렇다면 역시 자네의 말대로인가?"

"예, 우리 쪽에서 말이 새어 나간 게 분명합니다. 바이켈드 공작은 멋모르고 그저 저희 쪽에서 움직인다니, 훼방을 놓으려 움직인 거겠지요. 그게 아니라면 마법사의 연구 기록물도 함께 가져가거나 없애야 했을 텐데, 종이 한 장 건드리지 않았습니다. 오직 마법사만을 노렸습니다."

"다른 것도 아니고, 이 일이 새어 나가다니."

마카레나 백작의 미간에 주름이 깊어졌다.

"쥐새끼는 조만간 찾아내 없애겠습니다."

"당연히 그래야지."

마카레나 백작이 냉정한 목소리로 대꾸했다.

'시간을 되돌리는 약이라니. 날 만나기 이전으로 시간을 되돌리기라도 하고 싶었던 건가. 내가 자기를 죽일 거로 생각한 것까진 기특하지만, 그 이후에 생각해 낸 방편이 고작 그런 거였다니.'

마카레나 백작은 루시온에게 보고받은, 마법사 우리겐의 연구를 떠올리며 헛웃음을 지었다.

'출신답지 않게 꽤 똑똑하게 군다고 생각했건만. 역시나 피를 속일 수가 없군. 기적이라도 바랐단 말인가.'

바이켈드 백작은 '그것'이 어리석은 선택을 했다 생각했다. 그렇기에 더더욱, 마법사를 이대로 놓칠 순 없었다. 시체로든, 아니면 살아 있는 모습으로든, '그것'을 찾을 때까지는 어떤 허황된 작은 단서라도 그냥 지나칠 수 없었다.

"바이켈드 쪽은 계속 살피고 마법사 수색도 계속하게. 어떻게든 마법사를 되찾아야 해. 안 된다면 입이라도 막아야겠지."

"새로운 소식이 생기는 대로 말씀드리겠습니다."

루시온은 고개를 살짝 숙이며 대답했다. 마카레나 백작은 제 앞에 반듯이 선 루시온을 보며, 은근한 목소리로 그를 달랬다.

"지난 10년간 너무도 수고해 주었네. 자네가 있어 마음 편히 그것을 잘 써먹을 수 있었지. 이제 그것의 뒤처리를 끝내고 다시 내 딸의 보좌를 자네에게 부탁하려 했건만. 일이 이렇게 꼬여 버렸군. 자네는 내 딸 클레이엔을 다시 보좌하기를 바라고 있었을 텐데, 미뤄지게 되어서 안타깝게 됐어."

"마지막 처리까지 예정대로 제게 맡기셨다면 지금까지 백작님께서 귀찮은 일에 휘말리지 않으셨을 겁니다."

루시온의 목소리에는 여전히 고저가 없었다. 마카레나 백작은 루시온의 눈을 바라보았다. 그 안에 어떤 의심스러운 기색이 숨어 있나 살피고자 했다.

요즘 계속 그의 신경을 거슬리게 하는 어떤 이상한 느낌, 위화감 같은 것의 원인을 찾으려는 노력이었다.

대역의 곁에 서 있던 루시온도, 지금 제 앞에 선 루시온도, 겉으로 보기엔 크게 다른 게 없었다. 정말 뜨거운 피가 도는 사람이 맞나 싶을 정도로 싸늘했다.

하지만 분명 뭔가 달랐다. 미묘하고도 아슬아슬한 무언가가.

수백의 귀족들 위에서 중앙 정계를 이끈 지 벌써 수십 년. 노련한 귀족의 감각이, 자꾸 그 무언가가 이상하다고 가리키고 있었다. 하지만 남색 눈은 잔잔히 가라앉아 마카레나 백작을 바라볼 뿐이었다.

"그건 미안하게 됐네. 마지막이라 내가 그때 약간 풀어진 거 같아. 그 정도 처리쯤은 자네를 거치지 않고도 쉬이 될 줄 알았지. 내 이럴 줄 알았으면 그때 결코 그런 명령을 내리진 않았을 거라네."

백작은 끌끌, 혀를 찼다. 자신의 실수임에도 마치 남이 잘못한 것을 탓하는 듯 굴었다.

"아무튼 너무 서운해 말고 남은 뒤처리를 부탁하네. 그것의 처리에 관해서는 모든 권한을 자네에게 줄 테니. 클레이엔이 돌아오기 전까지는 반드시 마무리 지어야 하네."

"명심하겠습니다."

루시온은 허리를 깊이 숙여 인사하고는 백작의 집무실을 나왔다.

그가 자신의 공간으로 돌아가기까지 여러 사람을 마주했다. 하녀들은 얼굴을 붉혔다. 하인들은 공손히 인사를 했다. 루시온은 그들을 무심히 스쳐 지나갔다.

마카레나 백작 저택엔 여러 채의 별채가 있었다. 그중 하나는 루시온이 사용하는 공간이었다. 루시온은 별채 안의 서재로 향했다. 문 앞을 지키고 서 있던 건장한 하인들이 그에게 고개를 숙였다.

"집사님께서 다녀가셨습니다. 예산과 관련해 드릴 말씀이 있다고 합니다."

"서재에 들였나?"

"아닙니다. 절대 여기엔 못 들어가신다 말씀드리고 막았습죠. 그러니 이걸 전하라 주고 가셨습니다."

하인이 두툼한 서류 뭉치를 건넸다. 루시온은 그것을 들고 서재 안으로 들어갔다. 서재 안은 엉망이었다. 평소 깔끔한 그의 성미와 맞지 않은 모습이었다. 온갖 문서가 책상에서 넘쳐흘렀다. 바닥에도 잔뜩 깔리고, 소파에도 낱장으로 늘어져 있었다.

모두 마탑에서 가져온 것으로, 마법사 우리겐의 연구 자료였다. 루시온은 하인이 건네준 서류를 문 근처에 내던졌다. 지금 그에게 중요한 건 저택의 운영 예산 회계 검토 따위가 아니었다.

목을 죄는 크라바트를 훌훌 풀어 소파에 걸쳤다.

"……."

루시온은 그 크라바트를 물끄러미 바라봤다. 그것은 작년에 클레이엔이, 아니 클레이엔의 대역이 그에게 선물한 것이었다. 직접 그에게 매 주기까지 했다. 루시온은 크라바트를 손끝으로 문지르다 살짝 입을 맞췄다.

"도대체 어디에 계시는 겁니까. 나의 아가씨."

염색한 붉은 머리. 재기발랄한 녹색 눈. 도톰한 붉은 입술. 항상 달랑거리는 귀걸이를 해서 눌려 있던 동그란 귓불. 길고 가느다란 목선에서 이어지는 하얗고 둥근 어깨까지.

모든 게 눈에 선한데, 그 모든 게 지금 그의 눈앞에 없었다. 그의 손에 잡히지 않았다.

루시온은 크라바트를 움켜잡았다.

'이렇게 당신을 내 손에 넣었어야 했는데.'

가지고 싶었다. 가지고야 말겠다는 일념으로 곁에서 10년을 지켰다. 태어나서 처음으로 가져 보는 열망이었다.

'나는 당신의 이름조차 모르는데.'

그에게 그런 열망을 선사한 여인은 물거품처럼 그의 눈앞에서 사라져 버렸다. 그의 주인, 마카레나 백작의 손아귀에서. 남색 눈이 싸늘하게 빛났다.

제멋대로에 안하무인, 무식하고 멍청한 주제에 욕심은 많은 여자아이. 그것이 진짜 클레이엔이었다. 클레이엔은 도자기 인형처럼 차가운 루시온을 마음에 들어 했다.

그녀는 어딜 가든 루시온을 끌고 다니며 모두에게 루시온을 자랑하기 바빴다. 그녀에게 루시온은 자신을 돋보이게 하는 아름다운 장식물이었다. 그녀는 차가운 남색 눈이 자신을 보지 않으면 화를 냈다. 루시온이 하녀와 대화를 나누는 것을 보기만 해도 하녀를 매질했다. 루시온의 팔을 잔뜩 꼬집었다.

루시온이 평범한 귀족 영식이었더라면, 그는 자신에게 집착하는 클레이엔에게 감격하거나, 그녀를 두려워했을 것이다. 그녀를 꼬여 자신의 신분을 상승시켜 보겠다는 돼먹지 않은 망상을 하거나, 자신이 거부할 수 없는 위치에 있는 그녀가 무서워 저항하거나.

하지만 루시온은 둘 다 아니었다. 고작 열 살 초반의 어린 나이였지만, 그는 자신의 또래들보다 훨씬 성숙하고 똑똑했으며 무감각했다. 루시온은 자신에게 매달리는 클레이엔에게 어떤 감정도 가지지 않았다. 희미한 경멸조차 없었다.

클레이엔은 얼음 인형 같은 루시온에게 금방 싫증을 냈다. 그다음 타깃은 그녀에게 화를 내고 억지로 웃어 주는, 살아 움직이는 황태자였다.

황태자를 눈에 담은 클레이엔은 루시온을 끔찍해했다. 곁에 두기조차 싫어했다. 눈에 보이면 찻잔이나 화장수 병을 던져 상처 입혔다. 그런 와중에도 루시온의 얼굴만은 건드리지 않았다.

그랬던 클레이엔이 '사고'를 당해 멀리 요양을 떠난 후.

루시온은 새로운 클레이엔을 모시게 되었다. 쌍둥이가 아닐까 싶도록 닮은 여자아이였다. 그녀는 엄지와 검지, 두 손가락만 사용하여 우아하게 티스푼을 드는 방법조차 몰랐다. 진짜 클레이엔도 그리 우아하게 들진 못했지만.

거친 야생 망아지 같은 그녀를 진짜 클레이엔보다 더 진짜 클레이엔처럼 만드는 게 그의 첫 번째 임무였다. 이후 10년 동안 그녀를 진짜 클레이엔처럼 모시고, 혹여나 그녀가 도망가거나 딴짓을 하지 못하도록 감시하는 게 두 번째 임무였고.

10년이 다 흐르기도 전에, 아니 고작 1년을 채우기도 전에, 그녀는 루시온을 웃게 했다.

별다를 것 없는 평범한 날이었다. 그런데 눈만 감으면, 그 평범한 날이 아직도 생생하게 기억났다. 마카레나 백작저의 후원에 작은 천막을 치고 티 테이블을 놓았다. 간단하게 티타임 준비를 하고, 루시온은 그녀와 마주 앉아 찻잔을 들었다. 예절 연습용이라 하기엔 꽤 좋은 찻잎이었다. 찻잔에서 퍼져 나오는 향기는 꽤 은은하고 달콤했다.

그녀는 나름 우아한 척하며 한 모금 마시더니, 눈썹을 찌푸리며 질색을 했다.

"으으! 냄새만 달달하지, 아무리 먹어 봐도 다 쓰고 맛없어. 이걸 도대체 무슨 맛으로 먹으라는 거야?"

달칵. 소리 나게 찻잔을 내려놓았다. 말투를 먼저 지적해야 할까. 엉망인 태도를 먼저 지적해야 할까. 루시온은 잠시 고민했다. 고쳐야 할 점이 너무 많아서 꾸짖을 타이밍을 놓쳤다.

"냄새가 아니라, 향기라고 해야 합니다."

일단 말투부터.

"발도 아프고, 이건 맛없고. 으으, 귀족들은 어떻게 이런 걸 먹고 이런 걸 신고 사는 거야? 이렇게 좋은 날까지 구질구질하게 이래야 하는 거냐고!"

그녀가 자리에서 벌떡 일어섰다. 무례한 말투로도 모자라 티 테이블과 의자를 부술 듯 씩씩한 모습이라니. 보는 것만으로도 현기증이 났다. 하지만 이어진 상황에 비하면, 그 정도는 약과였다.

"발도 아프고, 싫어. 다 싫어!"

그녀는 대뜸, 루시온의 앞에서 치맛자락을 들췄다. 겨우 발목만 살랑이며 보이는 수준이었지만, 그것만으로도 충분히 무식하고 무례한 행동이었다.

"아가씨!"

"아, 몰라."

루시온이 지적하기 전, 그녀는 제 발을 옥죄던 구두를 벗어 버렸다. 부드러운 잔디 위로 하얀 구두가 제멋대로 나뒹굴었다. 작은 발엔 군데군데 멍과 쓸린 자국이 나 있었다.

그녀는 천막 밖으로 뛰어나갔다. 맨발인 채로, 긴 치맛자락을 두 손으로 움켜쥐어 든 채로.

천막 옆에는 대리석 분수가 있었다. 졸졸졸, 물이 흘러내리는 분수는 햇볕을 받아 반짝반짝 빛났다. 그녀는 그 분수로 뛰어들었다. 풍덩. 큰 소리가 났다. 그녀는 작았으나 그녀가 걸친 드레스는 풍성하고 컸다. 분수는 그녀를 껴안으며 크게 출렁였다. 파도처럼, 아니 썰물처럼 밀어닥친 물세례가 천막을 덮쳤다. 그리고 루시온을 덮쳤다. 피할 수 없었다.

쫘아-

"……."

루시온은 찻잔을 든 모습 그대로 물 폭탄을 맞았다. 머리끝부터 발끝까지 한 번에 젖었다. 은발이 푹 젖어 얼굴에 찰싹 들러붙었다.

후우. 루시온은 작게 한숨을 내쉬고는 찻잔을 내렸다. 손으로 머리카락을 쓸어 올리며, 제게 이런 수난을 안겨 준 골칫거리 아가씨를 바라보았다.

"어머나, 이를 어째. 너무 시원하지?"

그녀는 햇살 아래에서 환하게 웃고 있었다. 분수에서 뿜어져 나오는 물방울이 그녀의 주변에 흩어졌다. 작은 무지개가 그녀의 머리 위에서 살랑였다. 루시온만큼이나 흠뻑 젖어서는, 뭐가 그리 좋은지 웃고 있었다. 깔깔 웃는 웃음소리가 선명했다.

"음, 백작님께 이르든지 말든지, 해 봤자 사흘 정도 굶거나 채찍으로 맞는 거밖에 더 하겠어? 어차피 날 죽이지는 못할 거잖아?"

조그만 입술을 오물거리며 내뱉는 말은 꽤 살벌했지만, 그렇게 말하는 얼굴은 밝았다. 붓고 열이 나는 발에 차가운 물이 닿으니 기분이 좋아진 듯했다.

그녀는 분수대의 물을 발로 뻥뻥 차고, 분수대 위를 빙글빙글 돌았다. 작은 물의 요정 같았다. 루시온은 아무 말도 하지 못한 채 그녀를 바라보았다. 까르륵, 그녀가 웃었다. 그녀를 보는 루시온의 젖은 입술도 어느샌가 웃고 있었다.

그녀를 가지고 싶었다. 태어나서 처음 느껴 보는 감정이었다.

반짝이는 녹색 눈을 감싼 긴 속눈썹과 조그만 코끝에 입을 맞추고 싶었다. 쉴 새 없이 재잘대는 붉은 입술을 맛보고 싶었다. 숄로 가린 어깨에 입술을 묻고 싶었다. 그 작은 몸을 끌어안고 싶었다.

'그 누구도 당신을 못 보도록 하고 싶습니다. 오직 나만 보고, 나만 가질 수 있게. 아무도 모르는 곳, 아무도 없는 곳에 가둬 둘 수 있으면 얼마나 좋을까.'

그 애끓는 열기로 심장을 데우며 10년을 보냈다. 그녀는 끝내 클레이엔과 황태자와의 약혼을 쟁취해 냈다. 그녀의 쓸모가 다한 순간이었다.

루시온은 이때만을 기다렸다. 그녀가 마카레나 백작에게 처리당할 때, 루시온은 그녀를 처리하는 척 빼돌려 그녀를 가지고자 했다.

그런 루시온의 집착을 눈치챈 것일까. 아니면 정말 누누이 말하는 대로 그 정도 간단한 일에 루시온을 쓸 생각이 없었던 걸까. 마카레나 백작은 루시온에게 아무 말도 없이 그녀를 처리했다.

그리고 처리당한 그녀가 사라졌다. 시체도, 살아 있는 모습도 나타나지 않았다. 시체가 없다는 건 죽지 않았다는 뜻. 살아 있는 모습을 찾을 수 없다는 건 그녀가 기민하게 생각하고 행동하여 숨어 있다는 의미.

마카레나 백작은 분노했고, 루시온은 안도했다. 또 바빠졌다. 마카레나 백작이 눈치채지 못하도록 마카레나 백작이 그녀를 찾는 일을 훼방 놓는 한편, 마카레나 백작 몰래 그녀를 찾아야 했으니까.

이번 마법사 우리겐의 일도 그러했다. 루시온은 이미 오래전부터 그녀가 마법사를 후원한다는 것을 알았다. 마법사가 무슨 연구를 하는지도 알았다. 백작이 그녀를 '처리'했으나 그녀가 죽지 않고 사라졌다는 걸 알자마자, 루시온은 그 마법사부터 조사했다.

마법사에게 모든 걸 듣고는 봉인 마법으로 마법사의 입을 봉했다. 탐색에 혼선을 준들 마카레나 백작이 마법사를 늦게 알게 될 뿐, 아예 모르게 할 순 없었다. 뒤늦게 마법사에 대해 알고 마법사를 찾았을 때 마법사가 죽어 있다면. 마카레나 백작은 루시온을 의심하기 시작할 것이다.

그것을 알기에 루시온은 마법사를 죽이지 않았다.

'바이켈드 공작이 먼저 잡아간 건 계산 밖의 일이었지만.'

하나 바이켈드 공작이라 한들 그가 안배해 놓은 것 외에는 그 어떤 것도 그 마법사에게서 알아내지 못하리라. 루시온은 소파에 늘어놓은 양피지들을 거둬 읽었다.

마법사의 연구는 진정 허황되고 단순했다. 약을 마시는 인간을 시간의 축으로 삼아 시간을 되돌리는 시도.

연구 일지에 기록된 내용과 마법사의 자백대로라면, 마법사의 연구는 거의 완성 단계였다. 약을 만드는 데 필요한 단 하나의 재료만 구할 수 있다면.

'생명의 열매.'

일부 마법사들은 그것을 현자의 돌, 혹은 마법사의 돌이라고 부르기도 했다. 그 재료만 있으면 마법사의 연구는 완성된다.

하나 그 재료가 없는 것만으로 마법사의 연구는 실패작이었다. 그런데도 마법사는 그녀의 재촉과 강요에 못 이겨 미완의 마법의 약을 만들어 넘겼다. 생명의 열매만 하나 안 들어갔을 뿐, 다른 모든 것은 완벽한. 그러므로 불완전한 마법의 약을.

"그 자체로는 어떤 효능도 없습니다. 무, 물론 아가씨께는 절대…… 그런 말씀을 못 드렸죠. 그간 연구비를 다 토해 놓으라고 하실 게 뻔한데 어, 어떻게 말할 수 있었겠습니까."

"그래서 아가씨께 거짓을 고하고 완성되지 않은 약을 바쳤다?"

"네네. 완성품이라고 말씀드리고 드렸지요. 와, 완성된 건 아니지만……. 그래도 그 약은 제 평생의 연구가 모두 담긴 것입니다!"

마법사는 자신의 연구에 관해 이야기할 때엔 루시온조차 두려워하지 않았다.

"딱 생명의 열매를 가지고 있는 사람이 그걸 마시기만 하면, 부, 분명 그 사람의 시간의 축은 돌아갈 겁니다. 8년 전으로요, 딱 그만큼의 분량이었거든요."

"몸에 해를 입힐 만한 내용물이 들어 있지는 않았겠지?"

"물론, 물론입니다. 몸에 좋은 것들만 넣었습니다. 시간을 되돌리는 힘을 버텨 내려면 몸이 아주 튼튼해야 하니까요!"

루시온은 마법의 약에 들어갔다는 재료를 꼼꼼히 살폈다. 과연 마법사의 말마따나 몸에 좋은 재료뿐이었다. 재료 목록을 꼼꼼히 확인하고서야 루시온은 마법사에게 그를 죽이진 않겠다는 약속을 지켰다. 대신 마법사도 모르게, 마법사가 마시는 물에 봉인의 물약을 탔다. 그리고 따로 마법사의 연구를 분석했다.

마법사는 이 약을 먹은 사람을 시간 축으로 삼아 세상의 시간을 과거로 돌릴 수 있다고 생각했만, 루시온이 검토한바 그건 잘못된 가설이었다. 마법사의 말대로 되려면 온 세상을 마법의 약으로 적셔야 했다. 마법의 약은 단지 마법의 약을 마신 사람의 시간만 과거로 되돌릴 뿐이었다.

그래서 루시온은 당연하게도 그녀가 이 약을 먹고 어려졌으리라 확신했다. 정확히 8년 전. 그녀가 열두 살이었던 시절로.

'당신이라면 어떻게 해서든 생명의 열매를 구했겠지요. 그러니 기꺼이 죽음을 앞둔 순간에 마법의 약을 마셨을 테고.'

그녀의 다음 행동은 충분히 예상할 수 있었다.

'몸을 숨겼겠지. 마카레나의 손길을 피할 수 있는 완벽한 은신처에.'

루시온은 마탑 앞에서 보았던 바이켈드 공작의 어린 하녀를 생각했다. 그녀는 자신을 훌륭히 숨겼다 생각했는지 몰라도, 루시온은 그렇게 생각하지 않았다.

'확인해 볼 필요가 있을까.'

언뜻 보았을 뿐이지만 돌아서던 소녀의 눈은 녹색이었다. 뒤돌아선 어깨는 안쓰러울 정도로 떨리고 있었다.

안쓰러울 정도로.

루시온은 그 작은 어깨가 안쓰럽다는 생각이 들었다. 그 작고 여린 어깨를 떠올리는 것만으로도 가슴이 벅차올랐다. 영영 잃었다고 생각했던 것을 찾았다는 '감정'을 느꼈다.

'그래, 이건 분명 기쁨이겠지. 당신 말고 누가 내게 이런 감정을 가질 수 있게 할까.'

애초부터 이 숨바꼭질 놀이는 루시온의 승리였다. 그는 그녀를 보는 것만으로도 그녀의 존재를 알 수 있었다. 그녀가 어떤 모습이든 상관없었다. 그녀는 모를 테지만.

불쌍하게도. 가엾게도.

손을 들어 제 입가를 만져 보았다. 루시온은 웃고 있었다.

* * *

루시온은 책상 위에 쌓여 있는 서류 중 하나를 꺼내 들었다. 요즈음 바이켈드 공작의 근황이 적힌 보고서였다. 어젯밤 보고서를 전달받은 루시온은 유독 제 눈길을 끌던 부분에 붉은 잉크로 표시를 해 두었다.

[보쉬엔 자작가의 루린토프 영애의 티타임에 초대를 받았다가 약이 든 차를 마시고 급히 저택으로 귀환.]

루린토프 영애는 황제파 귀족의 여식으로, 클레이엔의 대역이었던 그녀와도 약간의 친분을 유지했다. 덕분에 루시온도 몇 번, 그녀를 가까이서 보았다. 동그랗고 귀여운 인상은 평범했으나 두 눈에 담긴 열기가 독특했다. 클레이엔의 대역이었던 그녀는 루시온에게 루린토프 영애에 대해 이렇게 말했다.

'만약 바이켈드 공작이 끝내 내 수작질에서 살아남아서 뒤늦게 결혼을 한다면, 그 상대는 바로 저 영애일 거야.'

'어째서입니까? 루린토프 영애의 가문이 격이 낮은 건 아니나 바이켈드

공작의 안주인이 될 만한 위치는 아닌 듯한데요.'

'루시온, 루시온. 당신은 다 좋은데 딱 하나에 약해. 사람의 감정을 너무 몰라.'

부채 사이로 보이는 녹색 눈이 가느다랗게 접혔다. 루시온은 제게 웃어주는 녹색 눈을 보며, 그녀의 달콤한 목소리에 귀를 기울였다. 단 한 음절도 놓치고 싶지 않았다.

'저 영애가 얼마나 바이켈드 공작을 좋아하는지 알면 절대 그런 소리 못 할걸? 자신 이외 다른 여자가 바이켈드 공작 옆에 선다면 그녀는 나보다 더한 악녀가 될지도 몰라.'

'그 정도입니까? 저 영애의 감정이?'

'그녀가 당신을 노리지 않는 걸 다행으로 알라고.'

그녀는 부채를 퍼덕이며 얼굴을 가리더니, 슬쩍 루시온을 향해 몸을 기울였다.

'저 영애라면 차에 약을 타 바이켈드 백작에게 먹여서라도 바이켈드 공작을 덮치고 말 거야?'

'당신께서도 못 하신 일을, 저 영애가 해낼 수 있다는 말입니까?'

'뭐, 공작이 눈치 못 챌 만한 기묘한 독을 구한다면 말이야.'

부채 너머로 작게, 웃음소리가 들렸다.

'소문일 뿐이고, 아직 확인은 안 해 봤지만, 루린토프 영애가 작년부터 튼튼한 쇠사슬과 수갑 같은 걸 사들인다는 얘기가 있어.'

영애들의 화려한 부채질 사이에서 오가는 가벼운 가십인 듯했다. 마카레나 백작가가 정보를 모으는 창구를 직접 관리하는 루시온도 처음 들어보는 이야기였다.

'품위 없는 취미로군요.'

'과연 취미일까, 미래를 위한 투자일까?'

그녀가 꺄르륵, 웃음을 터뜨렸다. 화려한 무도회장 안에는 그녀의 손을 잡고 춤 한 번 춰 보고자 안달 난 사내들이 한가득이었다. 그녀는 그들을 본척만척하며 루시온만을 곁에 두었다. 루시온의 옆에서만 이렇게 웃었다. 풍성한 드레스 자락으로 숨긴 가냘픈 몸이 루시온의 팔에 기댔다. 생기 반짝이는 녹색 눈이 깜박이며 루시온을 바라봤다.

"당신은……."

루시온은 그런 그녀를 보며 무슨 말을 해야 할지, 알 수 없었다. 그때 황태자가 등장했다.

"어머나? 내 먹잇감이 오셨네?"

그녀의 온기는 아무 미련 없이 루시온에게서 멀어졌다. 루시온은 저도 모르게 그녀에게 손을 내밀었으나.

"루시온?"

자신을 돌아보는 녹색 눈을 보고는 그 손을 거두어들였다.

"부디, 오늘도 황태자 전하의 첫 춤을 꼭 쟁취하시기를."

루시온은 정중히 허리를 숙여 그녀를 배웅했다.

"첫 춤뿐이겠어? 약혼까지 다 가지고 오겠어. 두고 봐."

그녀는 자신만만하게 웃으며 루시온을 떠나 황태자에게로 갔다. 그렇게 루시온과 그녀, 단둘만의 시간은 끝났다.

그녀는 황태자와 춤을 추며 무도회장을 크게 돌았다. 루시온은 벽에 등을 기대고 그들이 춤추는 모습을 지켜봤다. 그녀의 숨소리. 귓가에 닿던 말 한마디. 무엇 하나 잊지 않았다. 잊을 수 없었다. 그 선명한 기억은 오늘에 이르러 기어이 그에게 도움을 주었다.

"당신의 말대로군요."

루시온은 나직한 목소리로 중얼거렸다. 평소와 다를 바 없는 냉랭한 목소리였으나 그 안에는 미처 숨기지 못한 희열이 담겨 있었다.

똑똑. 문 두드리는 소리가 났다.

"루시온 님, 아리든입니다. 분부하신 대로 다녀왔습니다."

그가 기다리던 수족이 돌아왔다. 루시온은 서재 밖으로 나가 그를 보았다. 마카레나 백작의 사병들이 입는 옷을 걸친 밤색 머리 남자가 서 있었다. 그는 루시온을 보자 바로 고개를 숙였다.

"그 여인은?"

"이 별채의 구석방에 데려다 놓았습니다."

"가죠."

아리든이 앞장서고 루시온이 그 뒤를 따랐다.

"오는 중에 뒤를 밟히진 않았겠지요?"

"걱정하지 마십시오."

둘은 별채의 가장 구석진 방 앞에 섰다. 마카레나 백작과 바이켈드 공작, 두 눈을 모두 피해 은밀히 데려온 존재가 문 너머에 있었다. 루시온은 아리든을 문밖에 세워 두고, 홀로 문안으로 들어갔다.

방 안에는 조그만 테이블과 의자가 놓여 있었다. 그 의자에 검은 로브를 뒤집어쓴 노파가 앉아 있었다. 수도 서쪽의 슬럼가, 뤼베르 거리의 마녀 루치아네였다.

노파에 대해서는 이미 조사를 끝냈다. 그녀의 과거는 구구절절했지만, 루시온는 굳이 기억하지 않았다. 여든에 가까운 나이의 노파가 몇 달 전부터 갑자기 뤼베르 거리의 유명인사가 된 것이 중요했다.

노파는 '사랑의 묘약'을 만들 줄 알았다. 각종 고약과 저주에도 능숙했다. 처음엔 평민들이 알음알음 찾아와 약을 사 갔으나 금세 귀족들 사이에까지 소문이 퍼졌다. 이제는 강력한 귀족 부인들의 비호를 받고 있었다.

얼마 전, 루린토프 영애 역시 그녀에게서 사랑의 묘약을 사서 바이켈드 공작의 찻잔에 떨구었다. 바이켈드 공작은 아무 의심 없이 그 차를 마셨다가 뒤늦게야 몸의 이상을 느끼고는 급히 자리를 떴다고 했다.

바이켈드 공작저는 다른 세상이었다. 그 안에서 무슨 일이 벌어지고 있는지는 도통 알 길이 없었다. 하지만 그 저택 밖으로 나온 바이켈드 공작의 행적은 달랐다. 그 어떤 사소한 것 하나까지도 루시온의 손안에 들어왔다.

루린토프 영애의 티타임 소란 역시 그날 바로 마카레나 백작저에 전달됐다. 마카레나 백작은 상사병에 빠진 어린 영애가 벌인 해프닝으로 보고 넘어갔다. 하지만 루시온은 그 점에 주목했다.

'바이켈드 공작이 그 찻잔에 든 약을 알아채지 못하고 차를 마셨다?'

있을 수 없는 일이었다.

과거 클레이엔의 대역이었던 그녀는 바이켈드 공작을 암살하기 위해 온갖 독약을 구해 그에게 보냈다. 거기엔 무색무취의 독약은 물론 동방의 비약까지. 하지만 어느 것도 바이켈드 공작을 해치지 못했다.

조심성 많은 바이켈드 공작과 그 측근들이 철저히 독약을 감별해 내는 것이리라. 클레이엔 대역과 루시온은 그렇게 생각했다. 그런데 그렇게나 철저하게 독약을 감별해 내던 바이켈드 공작이 루린토프 영애의 찻잔에 담긴 사랑의 묘약을 알아채지 못했다? 루시온은 그 묘약을 만든다는 마녀를 남몰래 제 눈앞에 끌고 왔다.

"사랑의 묘약을 만든다고 들었습니다."

검은 로브 아래, 노파의 얼굴이 살짝 보였다. 비쩍 마르고 주름으로 자글자글했다. 해골에 살가죽 하나만 겨우 씌워 놓은 것 같은 모습이었다. 생명이 조금도 느껴지지 않는 얼굴. 썩은 생선의 눈같이 탁한 회색 눈동자. 노파는 살아 있는 것 같지 않은 몰골이었다.

누구든 노파를 처음 보면, 놀라 나자빠지기 일쑤였다. 심약한 귀족 영애들은 바로 기절하기도 했다. 하나 처음 노파를 본 루시온은 담담했다. 다만, 감정이 거의 없다시피 한 그조차도 노파를 보며 희미한 불쾌감을 느꼈다. 썩어 가는 시체, 혹은 말라비틀어진 고목을 볼 때와 같은 기분이었다.

"흘흘, 나리께서는 굳이 사랑의 묘약이 필요가 없으실 듯한데, 그처럼 찬란히 빛나는 아름다움을 가지시고 어찌 사랑의 묘약 같은 것을 찾으십니까."

노파가 손을 들어 루시온의 얼굴을 가리켰다. 낡은 천 밖으로 튀어나온 손은 얼굴만큼 바짝 말라 있었다. 한겨울의 가느다란 나뭇가지 같아 보였다.

평민이 귀족의 얼굴에 삿대질하는 건 큰 무례이다. 당장 손가락이 잘려도 어쩔 수 없는 일이지만. 루시온은 그 죄를 탓하는 대신 한 걸음 뒤로 물러났다.

'실에 매달려 움직이는 시체와 대화를 나누는 느낌이군. 영애들은 잘도 이런 노파를 찾아다니는군.'

노파의 주 고객층이 귀족 여성들이라는 건 이미 수도에 파다하게 알려진 사실이었다. 사냥 대회에서 죽은 토끼의 사체만 봐도 비명을 지르며 기절하는 시늉을 하는 아가씨들이 사랑하는 남자를 가지려고 이런 노파와의 만남을 불사하기도 한다.

'당신의 말처럼, 사랑을 위해서라면 무엇이든 할 수 있다는 건가요?'

부채로 얼굴을 가린 그녀가 속살거리던 달콤한 목소리를 떠올렸다. 입가에 옅은 미소가 어렸다.

'나 역시도 그러하답니다. 나의 아가씨.'

그도 결국 이 노파의 앞에 서고야 말았다. 사랑을 위해서라면 무엇이든 할 수 있다는 마음으로.

루시온은 남색 눈을 가늘게 뜨고 노파를 보았다.

"필요한 것은 내가 아닙니다."

품속에서 작은 주머니를 하나 꺼내 테이블 위로 던졌다. 주머니는 묵직한 소리를 냈다.

"루린토프 영애가 다시 당신을 찾아갈 겁니다. 지난번 받아 간 것보다 더 강한 약을 원하겠지요. 그때 당신이 만들 수 있는 가장 독한 약을 만들어 주십시오. 할 수 있겠습니까?"

흘흘흘, 노파가 웃음 지었다.

"나리께서는 그 아가씨의 사랑을 이루어지길 바라십니까. 아니면……."

로브 속에서 눈이 빛났다.

"그 아가씨의 사랑을 한 몸에 받는 분께서 한동안 손 하나 까딱이지 못하게 되길 원하십니까."

"……후자가 가능하겠습니까?"

"흘흘흘, 미천한 재주인지라 장담은 할 수 없으나, 명하신다면 기꺼이."

노파가 까맣게 물든 긴 손톱으로 테이블 위를 가리켰다. 스르륵. 주머니가 보이지 않는 실이라도 달린 양 노파의 로브 자락 속으로 빨려들어갔다.

"마법사입니까?"

루시온이 살짝 미간을 찌푸리며 물었다.

"흘흘, 그렇게 밝은 존재는 아니랍니다."

"당신 존재가 무엇이든 상관 않겠습니다. 내가 말한 대로만 한다면 지금 받은 것의 세 배를 더 받을 수 있을 겁니다."

"더는 대가를 바라진 않겠습니다. 지금 주신 것만으로도 이 늙은 몸뚱이를 건사하기에는 충분할 터이니."

노파가 고개를 조아렸다.

"흘흘, 부디 바라옵건대 모든 일이 원하는 대로 이루어지시더라도 이

낡은 목숨을 앗아 가시지는 말아 주십시오. 보다시피 이제 얼마 살날이 남지 않은 몸입니다."

노파의 목소리는 당장이라도 끊어질 실처럼 가느다랬다. 루시온은 그 가느다란 목소리에 담긴 내용을 그냥 흘리지 않았다.

'불쾌한 늙은이다.'

그에게 이런 감정을 불러일으키는 사람은 거의 없었건만, 노파는 계속 루시온의 감정을 자극했다.

"……."

루시온은 잠시 숨을 골랐다. 노파의 말에서 루시온은 '그녀'의 모습을 발견했다. 불쾌함은 거기서 나오는 것이었다.

'당신 또한 이런 심정이었을까?'

귀족의 손에 놓인 평민은 단지 도구일 뿐이다. 쓸모가 있을 때는 금덩이와 밝은 미래를 약속받지만. 그 약속이 지켜지는 경우는 거의 없다. 도구는 쓸모를 다하면 부서질 뿐. 거부할 수 없는 명령을 받는다. 바라지 않았던 과한 대가를 또한 받는다. 그러면서 예감한다. 그 끝이 자신의 죽음으로 마무리되리라는 걸.

그건 대체 어떤 '기분'일까. 루시온은 알 수 없었다.

'아무것도 모르는 노파의 말에 흔들리다니, 합리적이지 못하다.'

루시온은 노파의 위에 덧씌워진 그녀의 잔상을 지워 냈다.

"말마따나 살날이 얼마 안 남은 목숨, 굳이 수고롭게 거둘 필요는 없겠지요. 그러니 당신도 함부로 입을 놀리지 말아야 할 겁니다. 그 짧은 생을 마저 살고 싶다면."

루시온의 목소리가 좀 더 싸늘해졌다.

"흘흘, 여부가 있겠습니까."

노파는 공손히 고개를 조아렸다. 이후 루시온은 방을 나섰다. 대기하고 있던 아리든이 바로 그의 뒤에 따라붙었다.

"어찌할까요?"

"남의 눈에 띄지 않게 주의해서 본래 있던 곳에 돌려놓으십시오. 모든 게 계획대로 진행될 겁니다."

"감시도 붙여 놓겠습니다."

"좋습니다. 매수한 귀족 영애가 며칠 내로 티 파티를 열고 루린토프 영애를 초대하기로 했습니다. 그 티 파티 이후에 루린토프 영애는 저 노파를 찾아갈 겁니다. 그 이후에……."

남색 눈동자는 평소와 다를 바 없이 무덤덤했다.

"노파를 죽여 입을 막으십시오. 도둑의 소행으로 보여야 할 겁니다."

쓰임이 다하면 도구를 부순다. 이는 일종의 법칙이었다. 루시온에게는 그녀를 제외한 모든 것이 그녀를 되찾기 위한 도구에 불과했다.

* * *

"그래서 결국 뭐야, 아무것도 알아낸 게 없다고?"

"예, 일단 그렇습니다."

앞에 선 기사는 민망해하며 대립했다. 그녀는 라크안의 마탑 소풍에 함께했던 네 기사 중 한 명이었다. 그때 마탑에서 잡아 온 마법사를 심문하는 역할을 맡았는데, 그 일 때문에 매일매일 라크안에게 깨지고 있었다.

"정말 사람이 아닙니다. 무슨 사람이 그렇게 허약하답니까? 우리 카루나는 그 정도는 아니었다고요."

계속 혼만 나는 게 억울했는지, 그녀는 거친 목소리로 투덜댔다. 그도 그럴 것이 마법사 우리겐은 몸이 허약했다. 어떻게 숨을 쉬고 살았나

의심이 갈 만큼 체력이 없었다. 고문을 해 자백을 받기는커녕 오늘은 살아 있는지 확인하는 게 더 급한 지경이었다.

잡아 온 후 사흘간은 납치당한 충격을 견디지 못하고 쓰러져 시름시름 앓았다. 어느 정도 회복된 다음부터는 눈만 뜨면 기절을 했다. 지하 감옥의 차가운 냉기를 견딜 수 없어서였고, 벽에 걸린 온갖 무기들이 무서워서였다.

말이 지하 감옥이지, 그곳은 예전부터 무기를 보관하는 보관 창고로 이용하고 있었다. 그 때문에 그간 모아 온 온갖 무기들이 잔뜩 쌓여 있었다. 이제 와 그 무기들을 옮길 수 없으니, 지하 감옥의 유일한 죄수인 그를 옮길 수밖에 없었다. 그래서 남의 눈에 띄지 않는 저택 구석진 방에 던져 놓았더니 이제는 무슨 말만 하면 갑자기 꼴까닥 기절했다.

"어쩌겠어. 봉인 마법이 단단히 걸려 있던데. 세나라고 무슨 수가 있겠어? 죽을 때까지 절대 못 푸는 봉인이라던데."

소파에 편히 누워 있던 연두색 머리 남자가 손을 흔들며 기사 세나의 편을 들어 주었다. 안 그래도 자꾸 기절하는 마법사의 상태가 영 수상쩍어, 그녀가 연두색 머리 남자를 불러 진찰을 요청했던 게 얼마 전이었다.

불치병이라도 걸린 건가 걱정했건만, 연두색 머리 남자는 마법사 우리겐이 마법에 걸려 있다고 말했다. 마법사는 봉인 마법에 걸려, 마법과 관련된 이야기를 아주 못 하게 되었다는 것이었다. 이대로라면 마법사로서의 그의 인생은 완벽히 끝나 버릴 것이라고 했다. 마탑으로부터 마법을 봉인당한 것도 모자라, 봉인 마법으로 마법에 대한 말은 단 한 마디도 못 하게 되었으니까.

그러한 내용은 당연히 라크안에게도 보고되었다. 그 뒤 며칠이 지났건만, 라크안은 계속 기사 세나를 들들 볶았다.

"겨우 데려왔더니 쓸모가 없다고? 젠장, 마카레나 백작 영애, 도대체 뭘 꾸미고 있는 건지 알 수 없게 됐다는 거잖아!"

"저도 노력은 하고는 있는데, 무슨 말만 해도 픽픽 쓰러지는 걸 어쩝니까. 시를 쓰듯 은유적으로 대화할 수도 없는 노릇이잖습니까."

"시? 그래, 어디 시라도 써서 대화해 보든지. 어떻게 해서든 그 마법사의 입을 열어 보라고!"

라크안은 거칠게 제 머리를 헤집었다. 이어 서류를 책상 위로 집어 던졌다. 라크안의 숨이 거칠어지자 세나가 기겁하며 뒤로 물러섰다.

"어어, 라안 님. 진정, 진정하세요. 이러시면 곤란합니다."

"알아. 발작 아냐. 요란 떨지 마."

괜찮냐고 묻는 연두색 머리 남자에게 손을 내저으며, 라크안은 깊이 숨을 내쉬었다.

그 틈에 연두색 머리 남자는 세나에게 손짓했다. 세나는 그 신호를 놓치지 않고 바로 움직였다. 라크안이 자신에게서 눈을 뗀 사이 재빨리 도망가 버린 것이다.

"이봐, 세나 경. 어떻게든……."

라크안이 고개를 돌렸을 때 그의 눈앞에 세나는 없었다. 소파에 누워 손을 흔들고 있는 연두색 머리 남자만 남아 있었을 뿐이었다.

"뭐야."

"오늘은 거기까지만. 너의 건강을 위해서."

연두색 머리 남자가 상큼한 목소리로 대답했다.

"젠장."

라크안이 이를 악물었다.

"세나도 엄청 노력하고 있다고."

"알아, 나도."

연두색 머리 남자의 말처럼 괜한 화풀이라는 걸 안다. 하지만 하루하루 초조해지는 마음을 어찌할 수가 없었다.

머릿속은 엉킨 실타래 같았다. 온통 풀리지 않는 것들로 가득이었다. 아픈 카루나. 사라진 보름달 밤의 여인. 아무것도 말하지 못하는 마법사. 그리고 카루나와 달밤에 만난 여인을 자꾸 겹쳐 보려는 자신.

그저 머릿속을 정리하려는 것뿐이었는데, 또 생각나 버렸다. 만월 아래 하얗게 빛나던 여인의 젖은 머리카락과 녹색의 눈동자. 젖은 얇은 천 위로 비치던 가느다란 어깨.

그 위로 카루나의 모습이 덧입혀졌다. 열에 시달려 땀에 젖은 머리카락, 겨우 반쯤 눈꺼풀을 들어 올려 보여 주던 녹색 눈. 이불에 푹 싸여 살짝 드러난, 건드리기만 해도 부러질 것처럼 작은 어깨.

"으아악!"

라크안은 비명을 지르며 책상에 제 이마를 박았다. 퍽! 둔탁한 소리가 나며 책상이 흔들렸다.

"뭐야, 왜 그래!"

연두색 머리 남자가 몸을 벌떡 일으켰다.

"이마에 난 혹이 가라앉은 지 얼마나 됐다고 또 왜 그래. 발작이 일어날 거 같은 거야?"

연두색 머리 남자는 라크안의 머리통을 붙잡고는 눈꺼풀을 뒤집어 까 보려고 했다. 라크안이 제정신인지 아닌지 가늠해 보려는 것이었다.

"비켜, 난 지금 더없이 제정신이니까. ……아마도. 제발."

라크안은 연두색 머리 남자의 손을 밀쳤다. 연두색 머리 남자의 하얗고 가느다란 손이 눈에 들어왔다. 그러자 또 떠올려 버렸다. 달밤 아래…….

"안 돼."

라크안은 다시 이마를 박았다. 쿵!

"야야, 라안! 이 책상은 천 년 묵은 거야. 네 아버지가 네 어머니한테 선물한 거라고. 숲의 나무 베어 가서 만든 거잖아. 숲 밖 나무랑 달라. 네가 아무리 이래도 안 부서져."

연두색 머리 남자가 기겁하며 다시 라크안에게 달려들었다.

"네 머리가 부서지면 모를까! 너 이러다 머리 깨져 죽어. 여태 산 게 아깝지도 않아? 잘 버텼으면서 이제 와서 왜 이래!"

연두색 머리 남자는 라크안의 머리와 책상 사이에 제 손을 끼우는 희생도 마다치 않았다. 그 희생은 손가락뼈가 부서질 것 같은 고통이 되어 그의 우정을 시험했다.

"악! 악! 악!"

연두색 머리 남자는 라크안의 머리를 받아 내며, 눈물을 찔끔 흘렸다.

"너⋯⋯ 머리 진짜 단단하다."

원래 인간의 머리란 이렇게도 딱딱하고 아픈 것일까. 아니면 발작으로 다져진 라크안의 머리가 특히나 더 단단한 것일까. 아무튼 연두색 머리 남자는 괴로워했다. 연두색 머리 남자의 눈물겨운 우정은 라크안에게 감동을 주지 못했다.

"난 차라리 여기에서 죽어 버리는 게 낫지 않을까?"

라크안은 자기 비하와 우울함에 빠졌다. 친우가 제 손을 희생하는 우정 따위는 눈에 들어오지도 않았다.

어린아이가, 예를 들면 카루나처럼 귀엽고 작고 아직 머리가 말랑말랑한 아이가 이렇게 행동한다면 귀엽게 봐 줄 만할지도 모른다. 하지만 라크안은 카루나처럼 귀엽고 작은 아이가 아니었다. 건장한 체격의 늑대 같은, 아니 늑대 사내였다.

그런 그가 자학하니, 그건 천 년 묵은 나무로 만든 귀한 책상을 아작 내려는 파괴적인 행동으로밖에 보이지 않았다. 연두색 머리 남자는 이대로 계속 놔뒀다간 제 손이 먼저 가루가 될지 모른다는 두려움에 휩싸였다.

그는 제 손을 치우는 대신 한쪽에 쌓여 있던 두툼한 양피지를 라크안의 머리에 가져다 댔다. 라크안은 양피지에 얼굴을 파묻었다. 이어 숨 막혀 죽겠다는 계략을 시도했다.

"라안!"

연두색 머리 남자가 라크안의 까만 머리카락을 움켜쥐었고 있는 힘껏 들어 올렸다. 풀 죽은 붉은 두 눈이 제 머리채를 휘어잡은 연두색 머리 남자를 바라보았다.

"난 쓰레기야."

라크안이 고백했다.

"뭐? 새삼?"

연두색 머리 남자는 당황했다.

"……."

"……."

둘의 우정은 이처럼 돈독했다.

"놔."

라크안이 한숨을 내쉬며 연두색 머리 남자를 밀었다.

목소리가 다시 차분해졌다. 조금 전까지 라크안을 뒤덮었던 기묘한 광기가 가라앉았다. 연두색 머리 남자는 순순히 라크안을 놓아주고, 약간 머쓱해하며 다시 소파로 가서 앉았다.

"도대체 왜 그러는 건데?"

연두색 머리 남자가 물었다.

"……."

라크안은 묵묵부답이었다.

"라안, 나는 너의 주치의야. 네가 갑자기 이렇게 자학하는 이유를……."

"자꾸 겹쳐."

"뭐가?"

"생긴 것만 비슷할 뿐이지, 다 다른데. 애초부터 나이가 달라. 한쪽은 완전한 어른이고 다른 한쪽은 애고. 완전 꼬맹이. 그런데 자꾸 두 사람이 하나인 것처럼 겹쳐."

소파에 편히 앉아 있던 연두색 머리 남자가 몸을 바로 했다.

"네가 보름달 뜬 밤에 만났다던 그 여자를 말하는 거야?"

"그래, 그 여자."

갑자기 나타나 라크안에게 주먹만 한 혹을 선사하고는 홀연히 사라진 여자. 라크안은 내내 사람을 풀어 그 여자를 찾고 있었다. 연두색 머리 남자와 하녀장은 그런 라크안을 안쓰럽게 바라보았더랬다.

"역시나 또…… 환각을 본 거 같네요."

"그런 거 같아요. 우리 불쌍한 도련님. 얼마나 애가 타셨으면……."

사방을 철통같이 방어하고 있는 바이켈드 공작저에 어떤 여자가 한밤중에 몰래 들어와선 목욕을 하고 간단 말인가. 차라리 라크안이 요정을 만났다고 말했다면, 좀 더 믿음이 갔을지 모른다. 하지만 라크안은 완강했다.

"분명히 현실이었어. 그녀는 살아 있는 존재야."

이전 같았으면 역시나 자신이 제정신이 아니었다며 이해하였을 텐데, 이번만큼은 굴하지 않았다.

"그때 이마에 있었던 혹이 그 증거야."

라크안은 멀쩡한 제 이마를 문지르며 말했다.

이마에서 혹이 사라진 날, 라크안은 세상에서 가장 귀한 보물을 도둑맞은 사람처럼 슬퍼했다. 연두색 머리 남자는 자신의 친우를 미친놈처럼 변하게 만든, 보름달의 아가씨를 원망했다.

'환각이면 환각답게, 환각 티 좀 팍팍 내주지 그랬어요. 라안의 말대로 진짜 남의 뒷마당에 와서 목욕하고 간 아가씨가 살아 있는 존재라면, 이제 슬슬 정체를 좀 드러내든가 해 줘요, 제발.'

연두색 머리 남자는 절로 찡그러지는 자신의 얼굴을 억지로 폈다. 쾌활한 목소리로 라크안에게 말을 걸었다.

"그 여자라면 곧 나타날 거야. 반드시 찾을 수 있어. 계속 찾고 있으니까, 마음을 편히 가져, 라안."

"그래. 그래야지. 꼭 그래야 해."

라크안은 주문을 외듯 말했다.

밖으로 드러내지 않고 그녀를 찾고 있었다. 최대한 사람을 풀어 수도 곳곳을 살폈다.

이제는 신분 여하를 가리지도 않았다. 한밤중에 남의 저택 정원에 몰래 들어와 목욕을 하고 간 아가씨다. 그 정도의 배짱과 실력을 갖춘 여자가 귀족 영애일 리 없었다.

밝은 갈색 머리에 녹색 눈을 가진, 남의 집에 숨어들어 가는 능력을 갖춘 아가씨. 귀족일지 모르나 평민일 것 같은 아가씨.

이것이 기본 정보였다.

거기에 라크안의 기억을 토대로 한 초상화를 더했다. 물론 초상화를 그려서 사람들 눈에 익히게 하고는 바로 없애 버렸다. 혹여나 마카레나 백작 쪽으로 흘러 들어갈 것을 염려한 것이었다.

"겹친다라……."

라크안의 중얼거림을 되새기던 연두색 머리 남자는 저도 모르게 중얼거렸다.

"하긴 나도 딱 보자마자 꼬마 아가씨가 생각났는데."

그의 말에 라크안이 퍼뜩 고개를 들었다.

"그렇지?"

"그래. 친언니가 아닌가 싶더라. 그런데 그 꼬마 아가씨는 언니가 없다며. 생판 모르던 남이 그렇게 닮기도 쉽지 않은데, 신기하단 말이지."

연두색 머리 남자는 '아!' 하더니 와하하 웃으며 라크안의 어깨를 팍팍 내리쳤다.

"혹시 그 여자랑 꼬마 아가씨를 헷갈린다거나 그래서 그런 말을 한 거야? 그런 거라면 너무 그렇게 절망하지 말게나, 친구. 나도 초상화 보고는 정말 비슷해서 꼬마 아가씨가 나중에 크면 저런 미인이 되겠구나 생각했으니까."

연두색 머리 남자의 말은 라크안에게 약간의 위로가 되었다. 하지만 반려를 찾지 못할뿐더러 꼬맹이와 겹쳐 생각하고 있는 자신이 한심스러운 건 여전했다.

라크안은 포도주 통으로 얻어맞았을 때와 짱돌로 얻어맞았을 때를 떠올렸다. 잠시, 아주 잠시뿐이었지만. 아마도 행복, 아마도 기쁨이라고 이름 붙일 수 있을 것 같은 느낌을 맛보았다. 따뜻하고 부드럽고 가슴이 벅차오르던 그 감각이라니. 그때의 느낌을 떠올리며 라크안은 마음을 차분히 가라앉혔다.

"그러고 보니 그날에 대해 자세한 이야기를 듣지 못했는데, 그날, 정말로 내 옆에 아무도 없었나?"

"그날이라니?"

"내가 늑대의 몸이 되었다가 되돌아왔던 날, 그…… 처음 포도주 통으로 말이야."

"아아, 그날!"

"그래, 그날. 분명히 난 그날, 보름달이 뜬 밤 그녀를 만났을 때 느꼈던 감각을 느꼈어. 분명 이 두 손으로 그녀를 만졌던 것 같은데."

라크안이 자신의 두 손을 내려다보며 말했다.

"만진 거 같다고? 껴안았던 거 같아?"

연두색 머리 남자의 표정이 묘해졌다.

"그래, 분명. 그 감각이 남아 있었어. 하지만 그때 내 곁엔 아무도 없었다고 했잖아?"

"아, 아무도 없었다니. 누가 그런 말을?"

연두색 머리 남자가 당황했다. 라크안은 그의 목소리에서 이상한 느낌을 받았다.

"내가 깨어났을 때 아무 말도 해 주지 않았잖아?"

"아무 말도 안 했다니. 반려를 찾은 거 같다고 말해 줬잖아. 그런데 넌 아무런 느낌도 안 든다고, 아니라고 했잖아."

"무슨 소리야? 그 꼬맹이가 내 반려라고만 말했잖아. 그 근처에 있어서 그랬던 거 아냐? 그때 나와 함께 있었다고는……."

라크안은 채 말을 끝맺지 못했다.

"……설마?"

"어…… 뭐가 설마일지, 알 거 같은 이 느낌은 뭘까?"

"……."

"……."

둘 사이에 잠시 침묵이 흘렀다.

"내가 말을 안 했던가?"

연두색 머리 남자가 뒷머리를 긁적였다.

"가장 핵심이 되는 내용부터 말하고자 했던 나의 노력이 너무 과했나 보네."

으득, 이 가는 소리가 들렸다. 연두색 머리 남자가 기겁하며 다급히 말했다.

"그날, 널 찾아가 보니까 네가 다시 인간의 모습이 되어서는 정신을 잃은 채 쓰러져 있었어. 너는 그때 꼬마 아가씨, 그러니까 네 어린 보좌 하녀 아가씨를 껴안고 있었고. 그래서 나는, 그러니까 우리는, 당연히 꼬마 아가씨가 네 반려일 거라 생각했었는데, 네가 아니라고 말해서."

더는 얌전히 듣고 있을 수 없었다. 라크안은 자리에서 벌떡 일어섰다.

"라안?"

연두색 머리 남자의 부름 따윈 뒤로 흘려버리고, 뚜벅뚜벅 걸어 문을 열어젖혔다. 라크안은 무언가를 찾기 위해 주변을 두리번거렸다. 이맘때쯤이면 후추 뿌린 새 셔츠를 들이밀어야 하는, 그의 작은 보좌 하녀가 보이지 않았다. 대신 복도 저편에서 하녀장이 바삐 걸어오고 있었다.

"도련님, 황태자 전하께서 찾아오셨……."

"카루나는 어디 있지?"

라크안이 대뜸 물었다.

"네? 도련님, 아니, 그보다, 황태자 전하께서."

"지금, 내 보좌 하녀는 어디 있는지 물었는데."

라크안이 나직한 목소리로 말했다. 흐트러진 검은 머리칼 사이로 붉은 눈이 번뜩였다.

"카루나라면…… 지금, 도련님의 셔츠를 가지러 세탁방에. 도련님!"

하녀장의 말이 끝나기도 전에 라크안은 몸을 돌렸다. 성큼성큼, 긴 회랑을 걸었다.

"도련님!"

"라안!"

등 뒤에서 자신을 부르는 목소리가 들렸지만, 그저 소음일 뿐이었다. 그의 걸음을 막지 못했다.

'카루나가 보름달 밤의 그 여인일지도 모른다?'

말도 안 되는 생각이었다. 하지만.

'마법에 걸리거나, 무슨 이유가 있어서 어려진 게 아닐까? 본래는 내가 달밤에 봤던 그 모습인데!'

자신은 인간의 몸과 늑대의 몸을 가지고 있다. 그 자체가 이미 숲 밖의 상식으로는 말도 안 되는 일이었다.

'그 꼬맹이에게서 느꼈던 것과 보름달 아래서 만난 그녀에게서 느꼈던 느낌이 같아.'

그동안 그를 괴롭혔던 엉킨 실들이 모두 풀리는 것 같은 기분이었다. 처음 본 순간, 왜 단번에 카루나를 알아보지 못한 건지는 중요하지 않았다. 왜 그동안 카루나를 곁에 두고서도 반려라고 느끼지 못했는지, 그 또한 중요하지 않았다. 흥분한 라크안에게 그런 사소한 일은 눈에 들어오지 않았다.

'카루나가 그 여인일지도 모른다.'

그 한 줄의 명제로 모든 것이 설명됐다. 그러니 직접 만나서 확인해야 했다. 정말로 카루나가 그녀인지, 그녀가 카루나인지.

'네가 정말로 내가 그토록 찾던 내 반려가 맞는지.'

가슴이 터질 것 같았다. 라크안은 온 저택을 부술 듯 거칠게 움직였다. 보이는 사람마다 족족 붙잡아 카루나가 어디 있는지 물었다. 다들 조금 전 어디선가 봤다는 말만 할 뿐, 카루나가 어디 있는지 아무도 정확하게 알지 못했다. 라크안은 불안해졌다.

'혹시 카루나도 사라져 버린 게 아닐까?'

라크안은 점점 더 조급해졌다.

'이대로 카루나마저 사라지면 어떡하지?'

마카레나 영애 클레이엔처럼. 보름달의 그녀처럼. 그의 눈앞에서 갑자기 사라져 버린다면? 그의 세상은 다시 어둠이 될 터였다.

'안 돼, 절대 안 돼. 이제야, 겨우 찾았는데!'

넓은 저택이 오늘만큼 원망스러웠던 적이 없었다. 라크안은 하인들을 풀어 찾을 생각도 못 한 채, 홀로 저택을 걷고 뛰며 카루나를 찾았다.

"으윽, 이거 놔아……."

저택 서쪽 회랑의 끝에서 희미하게 누군가의 울음소리가 들렸다. 늑대의 몸을 입지도 않았는데, 머리 위로 귀가 쫑긋 세워지는 기분이었다.

"카루나?"

그건 분명 카루나의 목소리였다. 그런데 그녀가 울고 있었다.

"카루나!"

라크안은 목소리가 들리는 쪽으로 뛰어갔다. 거기에 그가 그토록 찾던 카루나가 있었다. 금발에 푸른 눈을 가진 사내의 품에 안겨 울며 버둥거리고 있었다. 그 어여쁜 녹색 눈에서 뚝뚝, 눈물이 떨어지고 있었다. 그걸 본 순간, 라크안은 이성을 잃었다.

* * *

카루나는 이틀을 더 침대에 누워 있은 뒤 자리를 털고 일어났다. 안 그래도 마른 몸은 더 말라 있었다. 저택의 사용인들은 그런 카루나를 안쓰러워하며 무엇이든 하나라도 더 먹이려 했다. 세 끼 식사는 더 풍성해졌고, 매끼 고기가 아낌없이 나왔다.

철십자 기사들은 기사 훈련을 받으면 열도 안 나고 건강해진다며, 기사단 입단을 권했다. 그렇게 온 저택의 사랑과 관심을 한 몸에 받으며 기력을 회복했다.

몸이 마른 것과 별개로 카루나는 조금 자랐다. 고작 한 달 입은 하녀복이 짧아져 치맛단을 덧붙여야 할 정도로 키가 컸다. 그동안 카루나는 여자아이인지 남자아이인지 구분이 안 될 정도로 선머슴 같았다. 마른 몸과 짧은 머리 때문이었다.

하녀복이 긴 치마여서 그걸 입은 카루나가 여자아이일 것이라 짐작할 뿐, 셔츠와 바지를 입혀 놓으면 누구도 카루나가 여자아이인지 몰랐다. 하지만 열병을 앓고 난 이후, 카루나는 여자아이 태가 나기 시작했다. 카루나와 방을 같이 쓰는 하녀들은 왜 갑자기 귀여운 카루나가 예뻐 보이기까지 할까 함께 궁리해 보았다.

"머리카락이 좀 자라서 그런 거 아닐까?"

"그러고 보니 그런 것 같기도 하네."

"그래서 그런가? 그런 거치고는 갑자기 좀 키도 크고, 뭔가 분위기가 좀 달라진 느낌이 드는데."

"원래 애들은 금방 자라. 특히나 여자아이들은 하루가 다르게 예뻐진다고."

새삼 하녀들의 관심은 카루나의 머리카락에 쏠렸다. 같은 방을 쓰는 하녀들은 카루나의 머리를 빗기는 데에 재미 들리기 시작했다. 저택에 처음 왔을 때 카루나의 머리는 새 둥지처럼 짧고 삐죽삐죽했다. 어느새 그 머리카락이 자라 귀밑에서 살랑였다. 숱도 많고 결도 고와 빗기는 맛이 있었다.

조금만 더 자라면 어깨에 닿을 정도의 단발이 될 터였다. 더 자라면 예쁜 리본으로 묶을 수 있을 거라며, 하녀들은 카루나의 머리를 빗겨 주며 호들갑을 떨었다.

저택 사람들의 사랑을 한 몸에 받는 장본인은 정작 심드렁했다. 제 몸이 비쩍 마른 것도, 예쁘다는 주위의 칭찬도, 머리카락 길이도, 신경 쓰지 않았다. 작은 머리는 보름달 밤의 일을 생각하는 것만으로도 터질 것만 같았다.

'망할 마법사! 도대체 나한테 무슨 약을 준 거야?'

카루나는 이를 갈며, 제게 이상한 약을 준 마법사를 원망했다. 생각만으로 사람을 죽일 수 있다면 카루나는 이미 그 마법사를 천 번 이상 죽였을 것이다. 카루나는 라크안의 셔츠를 들고 복도를 걷던 중 주변을 살폈다.

복도는 조용했다. 누구의 발걸음 소리도 들리지 않았다. 카루나는 슬쩍, 복도를 장식한 커다란 조각상 뒤로 가 몸을 웅크렸다. 조각상은 감쪽같이 카루나를 가려 주었다. 막 세탁하고 다림질까지 마친 라크안의 셔츠는 방석이 되었다.

카루나에게는 혼자서 조용히 생각에 잠길 시간이 필요했다. 열이 내린 이후, 저택 사람들은 카루나를 가만 놔두질 않았다. 같은 방을 쓰는 하녀들은 카루나의 머리카락을 못 만져 안달이었다. 돌아다니다 마주치는 사람마다 카루나에게 말을 걸고 싶어 난리였다.

다들 몸은 괜찮으냐고 물었다. 처음 한두 번이야 심드렁했지만 그 질문이 백 번을 넘어가니 짜증이 났다.

'이 저택 사람들은 왜 이렇게 한가해? 내가 아프든 말든 무슨 상관이야. 아무튼 주인을 닮아서 절도가 없고 순해 빠졌다니까. 고작 어린 하녀 한 명이 아팠을 뿐인데, 저택이 들썩이고 난리야.'

쯧, 카루나는 혀를 찼다.

'뭐, 다른 누구도 아닌 나니까 그런 거겠지만.'

겨우 자신만의 시간을 확보한 카루나는 턱을 괴고 눈을 내리깔았다. 녹색 눈은 그 어느 때보다 차분하게 가라앉았다.

'가만히 생각해 보자. 앞으로 무슨 일이 일어날지 생각해 보고, 그에 맞춰 움직여야 해.'

마법사가 준 약이 잘못된 건지, 아니면 다른 이유에서인지, 지난 만월의 밤 때 카루나는 원래의 몸으로 되돌아왔다. 그날 밤의 모든 일이 다 기억나는 건 아니었다. 일주일 동안 열에 달떠 있었고, 그날, 그때에도 열에 올라 있었다. 그래서인지 기억이 뜨문뜨문 끊겨 있었다. 다만 온몸이 타들어 갈 만치 몸이 뜨거웠던 느낌만은 선명했다.

'과거로 되돌아가는 약이 아니고 나만 어려지고 마는 약이었어. 그런데 간헐적으로 원래 몸으로 돌아가기까지 한다고?'

한 번 일어난 일만으로 앞으로의 일을 예상하는 건 어리석은 일이다. 하지만 이번 한 번이 특이한 것이었다고 방심하고 넘어가는 건 파멸로 가는 지름길이다.

'아무 때나 원래 몸으로 돌아가는 건 아닐 거야. 그랬다면 난 지난 여섯 달 동안 이미 그런 상황을 경험했어야 해. 그게 아니라면.'

카루나는 곰곰이 생각해 보고 두 가지 가능성에 무게를 두었다. 약효가 슬슬 떨어져 가고 있는 것이거나, 마법사가 준 약이 완벽하지 않아 어떤 특정한 상황에선 잠시 원래의 몸으로 돌아가게 되는 건지도 모른다는 것.

약을 준 마법사에 대한 불신이 하늘을 찌를 듯 높았기 때문에, 일단 전자에 마음이 갔다. 마법사는 약효가 언제까지 지속된다고 말해 주지 않았다. 카루나도 굳이 묻지 않았다. 과거로 돌아가게 된다면, 약효가 떨어진다는 개념은 존재할 필요가 없을 테니까.

그런데 지금 카루나는 계속 현재의 시간을 살아가고 있다. 남들은 그대로인데 혼자서만 어린아이가 되었다. 언제든 약효가 다해 원래대로 돌아가게 될지도 모를 상황을 걱정해야 한다.

앞으로도 시도 때도 없이 원래의 몸으로 돌아가게 될지 모른다.

'그렇다면 약발이 다하기 전에 어떻게 해서든 수도를, 아니 제국을 벗어나야 해. 당장 이 저택에서부터 벗어나야 하는 거라고.'

카루나는 아랫입술을 깨물었다. 파도처럼 밀려오는 조급함을 누르고 흥분을 가라앉히기 위해, 계속 자신을 다독여야 했다.

'아직 확실한 게 아니야. 가능성 중 하나일 뿐이야. 진정하자, 진정해.'

열에 시달리기 전 카루나는 마탑 앞에서 루시온을 봤다.

'그렇다는 건 이미 마카레나 백작이 내가 후원한 마법사에게까지 손을

뻗쳤다는 걸 텐데.'

마법사가 없어졌다느니 도망갔다느니 소란이 난 것 같았다. 카루나는 마법사의 도망, 혹은 실종이 자신의 비밀을 보호해 줄 거라고 생각하지 않았다.

'고작 마탑의 마법사 따위가 천하의 마카레나 백작의 눈을 피해서 어디로 도망을 갈 수 있을까.'

카루나에게 준 약이 한 병 더 있어 그걸 먹고 그 역시 어린아이가 된 게 아닌 이상은 불가능했다. 바이켈드 공작 정도의 거물이 나서서 일을 벌이지 않는 한, 어디에 숨어 있든 곧 발각되어 금세 마카레나 백작에게 끌려갈 게 뻔했다. 그러니 곧 마카레나 백작은 카루나와 관련된 모든 단서를 손아귀에 쥘 것이다.

마법사의 허황된 연구 결과. 카루나에게 마법의 약을 주었다는 증언. 그리고 찾을 수 없는 카루나의 시체. 세 단서를 모두 손 안에 넣은 마카레나 백작의 옆에는 루시온이 서 있을 테고.

'마카레나 백작은 그렇다 치고 루시온, 당신도 그런 허황된 이야기에 귀를 기울여 줄까?'

루시온은 지난 여섯 달 동안 전혀 예상치 못했던 변수였다. 카루나는 마탑 앞에서 루시온을 만났을 때를 떠올려 보았다. 등 뒤에서 들리던 그의 차가운 목소리가 아직도 생생했다.

같은 편일 때는 더없이 든든했건만, 남이 되니 그 누구보다 두려웠다. 그 냉철하고 뛰어난 머리는 분명 어린 카루나를 기억하고 있을 것이다.

'왜 진짜 클레이엔한테 가지 않고 수도에 남아 있는 거야!'

카루나는 저를 숨겨 주고 있는 조각상이 루시온이라도 되는 양, 주먹 쥔 작은 두 손으로 조각상을 팍팍 내리쳤다.

"으으."

물론 아픈 건 카루나의 두 손이었다. 조각상은 금이 가기는커녕 미동도 하지 않았다. 카루나는 찔끔 흘러나온 눈물을 얼른 닦아 냈다.

'뭐 하는 거야, 나. 몸이 어려졌다고 정신까지 어려진 것도 아닌데, 멍청하게 굴지 마.'

아픈 건 둘째 치고라도 쪽팔렸다. 손으로 대리석을 내리치고 아파서 울다니. 정말 열두 살 때도 하지 않았던 짓이었다.

'이게 다 루시온 때문이야. 왜 수도에서 살아 숨 쉬고 있어서 내 계획을 어긋나게 만들어!'

둘 다 카루나의 어린 시절 모습을 알고 있으나 기동성에 차이가 있었다. 마카레나 백작은 귀족파의 수장이다. 그건 어마어마한 권력이며 동시에 그의 발목에 채워진 족쇄였다. 고귀하고 바쁜 그는 아랫사람들을 부릴 뿐, 자신이 직접 나서서 움직이기 힘든 처지였다.

그와 반대로 루시온은 발이 가벼웠다. 수도 여기저기를 누비며 카루나를 찾아다닐 수 있었다. 마음만 먹는다면 기꺼이 바이켈드 공작저를 오가다가 카루나와 마주칠 수도 있었다.

수도에 마카레나 백작만 있다면야 카루나가 이 제국 수도에서 못 갈 곳이 없었다. 하지만 루시온이 수도에 있다는 걸 알게 된 이상, 카루나는 연두색 머리 남자의 바람대로 이 저택 밖으로 한 발자국도 나설 수 없었다.

'어쩌면 이 저택에 박혀 있는 것도 그리 안전한 건 아닐지 몰라. 루시온이라면…….'

바이켈드 공작저를 휘젓고 다니는 어린 하녀가 자신이 찾고 있는 여자라는 걸 루시온 알게 된다면. 그는 어떤 수를 써서라도 바이켈드 공작저에 올 것이다.

'루시온의 머릿속에서 옛날 내 모습을 지울 수만 있다면, 정말 뭐든지 할 수 있을 텐데.'

라크안에게 했듯 루시온의 잘난 뒤통수에도 커다란 포도주 통을 한가득 쏟고 싶었다. 그가 자신을 잊고 기억상실에 걸릴 때까지. 문관인 루시온은 기사인 라크안보다 머리뼈와 몸이 약할 테니, 잘만 때리면 기억상실을 유도할 수도 있으리라. 하지만 그건 그저 간절한 바람이고 헛된 망상이었다.

'비이겔드 공작을 두 번이나 팰 수 있었던 것도 기적 같은 일이었어. 그런 기적이 자꾸 일어날 리 없잖아? 말도 안 되는 생각은 그만하자. 지금, 나한테 전혀 도움이 안 돼.'

카루나는 도리도리, 고개를 저었다. 허황된 생각을 훨훨 날려 버렸다. 그러고는 후자의 경우도 고민해 보았다. 약효가 다 된 게 아니라면, 마법사가 준 약이 불완전해서 부작용을 일으키는 걸지도 모른다.

'그 부작용이 어떤 특정한 조건에서만 나타나는 거라면? 그래서 지난 여섯 달 동안 내가 경험하지 못했던 거라면, 어떻게 해야 하는 거지?'

카루나는 지난 여섯 달의 삶과 어젯밤의 차이점을 찾아보았다. 특이점이라고 할 수 있는 건 두 가지였다.

'열이 펄펄 끓어 아프거나, 만월이 뜬 밤에 밖으로 나가거나.'

만약 그런 거라면, 수도에 머무는 동안만이라도 열병에 걸리지 않게 조심하면 된다. 보름달이 뜨는 밤에는 커튼을 치고 그늘진 곳에 숨어 잠들면 된다.

'아프거나 달빛을 쬐면 어린아이가 어른으로 변할 수 있다니. 그야말로 아이들이 보는 동화에나 나올 법한 이야기잖아.'

문득 든 생각에 픽, 웃음이 났다.

'그럼 지금 내가 처한 상황은 뭐래?'

어른이었던 자신이 이렇게 어린아이의 모습을 하고 있다. 그것도 모자라 지난 5년 동안 피 터지게 싸웠던 정적은 늑대로 변하는 남자였다.

그는 제정신이 아닐 때면 항상 저를 보고 반려이니 뭐니 말도 안 되는 소리를 지껄인다.

이보다 더 동화 같은 상황이 어디 있을까.

만약 자신이 거리 뒷골목 출신의 천한 여자가 아니었다면. 금발에 푸른 눈을 한 아름답고 마음씨마저 착하고 고운 귀족 영애였다면. 아주 전형적인 동화 한 편이 완성될 터였다.

'만약 그랬다면 내가 정말로 바이켈드 공작의 반려였을지도 모르지.'

카루나의 얼굴에 냉소가 흘렀다. 이런 생각을 하는 것 자체가 우스웠다.

'이게 다 바이켈드 공작 때문이야.'

갈 곳 없는 짜증은 오로지 라크안을 향했다. 라크안은 객관적으로 봐도 주관적으로 봐도 잘생겼다. 클레이엔인 척할 때야 척을 지고 싸워 댔기 때문에 잘생겼다고 생각할 기회가 많지 않았다. 다른 귀족 영애들이 황홀하다는 듯 라크안을 바라보며 탄사를 내뱉을 때도 옆에서 찬물을 끼얹기 바빴다. 그런데 이 저택 안에 들어와 이전과 다른 라크안의 모습을 보게 되니, 짜증 나게 마음이 흔들릴락 말락 했다.

라크안은 클레이엔인 척하는 카루나에게 싸늘했다. 눈만 마주치면 소름이 돋을 만큼 집요하게 노려보았다. 얼굴을 마주하면 못 잡아먹어 안달이었다. 입만 열면 맹수의 울음소리보다 독한 말이 흘러나왔다. 언제나 그녀를 상처 입히고 싶어 했다. 눈빛으로, 말로, 행동으로.

그런데 이제는 아니었다. 라크안은 종종 카루나에게 웃어 주었다. 어이없다며 웃었다. 짜증이 난다며 웃었다. 허탈하게 웃었다. 화를 낼 때도 있었지만, 클레이엔일 때 봤던 섬뜩한 모습이 아니었다. 화를 내는데 하나도 안 무서웠다.

라크안은 열두 살 카루나에게 물렀다. 물러도 너무 물렀다. 입으로는 싫다고 그러면서 행동은 말과 달랐다. 나무에서 떨어질 뻔한 카루나를 붙잡아

주었다. 후춧가루를 뿌리고 찬물을 쏟는 카루나를 보면 도망쳤다. 카루나가 하는 어떤 행동도 다 받아 주었다. 그러고는 어쩔 수 없다는 듯 웃었다.

제정신일 때의 라크안은 대개 그랬다. 제정신이 아닐 때면, 라크안은 '나의 반려'를 운운하며 낮은 목소리로 애절하게 매달렸다. 그게 또 카루나의 취향에 딱 맞았다.

가루나의 본래 이상형은 '잘 웃고 순해 빠져서 자신이 무슨 짓을 하든 줏대 없이 흔들리고 잘 따라오는 남자'였다. 비록 연두색 머리 남자 때문에 순한 척 잘 웃는 남자에 대한 마음에 큰 상처를 입었지만.

라크안이 제정신이 아닌 눈을 하고 애절하게 매달릴 때마다, 마음 한구석에서 희열이 몰려왔다. 짜릿했다. 몇 번 안 겪어 보긴 했지만 아무튼 겪을 때마다 새로웠다. 역시 잘생긴 남자가 자신만을 바라보며 사랑한다고 매달리는 게 최고였다.

'하지만 아냐. 난 그 사람의 반려가 아니라고.'

카루나는 목걸이처럼 두른 작은 천 주머니를 꽉 움켜쥐었다. 얇은 천 너머로 느껴지는 브로치의 감촉이 그녀를 현실로 끌어올려 주었다.

동화와 달리 자신은 뻣뻣한 갈색 머리에 빼빼 말랐다. 출신은 천하디 천했다. 거리 뒷골목 출신의 부모도 모르는 고아에 불과했다. 재산이라고는 여섯 달 동안 일하면서 번 약간의 돈과 반쯤 부서진 브로치 하나가 전부다.

그뿐인가. 그간 살아온 삶은 더 엉망이었다. 농담으로라도 착하다고 말할 수 없는 사람의 밑에서 남의 대역으로 10년을 살았다. 그 10년 동안 살아남기 위해 악에 받쳐 온갖 나쁜 일을 저지르고 다녔다. 살아남기 위해서였다고 변명을 하지만, 남들에게 이해나 동정을 받고 싶은 마음은 없다.

'사실 난 불쌍한 아이였고 내가 한 나쁜 짓은 어쩔 수 없이 한 것들이었어.'

라고 말하며 울며 참회하고 싶지도 않았다.

'그래, 난 악녀였어. 그래서 난 지금까지 살아남을 수 있었어.'

현실엔 그녀를 위한 왕자도 요정도 없었다. 과거 뒷골목 생활을 할 때도 그랬고, 마카레나 백작가에서 살아온 10년 동안에도 그랬다. 지금도 마찬가지였다. 툭하면 늑대로 변하고 나체로 돌아다니는 바이켈드 공작 따위가 동화 속 왕자님 대신 그녀의 눈앞에 있을 뿐. 그마저도 자신의 것이 아닌 남의 것이었다.

카루나는 입을 삐죽였다.

'이 세상 어딘가에 저 공작님이 그토록 찾는 반려님이 계시겠지. 옷 안 입고 다니는 걸 보고도 아무렇지 않을까 몰라.'

문득 카루나는 자신의 생각이, 귀족 영애들과의 티 파티에서 자주 듣던 말들이라는 생각이 들었다. 마치 인기 많은 영애를 질투하는 또 다른 영애 같지 않은가. 제가 좋아하는 영식이 다른 영애와 맺어지는 것을 보며 투덜대던 귀족 영애들이 했던 말과 비슷하지 않은가.

'아냐.'

카루나는 자신의 생각에 진절머리를 쳤다.

'부러워하는 게 아니야. 조금도 부럽지 않아. 이건 그냥, 그 이름 모를 여자가 불쌍해서 그러는 거야.'

카루나는 쌀쌀맞은 표정으로 제가 깔고 앉은 셔츠를 내려다보았다.

'날 못 알아볼 정도로 눈썰미 없는 주제에, 반려인지 뭔지 잘도 찾을 수 있겠어? 그러니까 여태 못 찾았지.'

셔츠의 주인은 며칠 전에도 카루나에게 카루나가 자신의 반려라고 중얼거렸다. 그러면서 정작, 성인인 카루나를 알아보지 못했다.

'나보고 내 엄마냐고 물어본 건 일단 제외.'

생각만으로도 열 받는 멍청한 말은 그냥 넘겨 버렸다.

'나를 클레이엔이라고 부르진 않았어. 나를 알아보진 못했다는 건데.'

클레이엔이었을 때는 머리를 붉게 물들이고 짙게 화장을 했다. 온갖 화려한 보석과 레이스를 휘감고 다녔다. 하지만 지난 번 보름달 밤에는 얇은 침의만 두르고 물에 풍덩 빠져 있었다. 당연히 화장 안 한 맨얼굴이었다.

그런데도. 클레이엔이었던 카루나와 어젯밤의 카루나는 같은 사람이었건만, 라크안은 전혀 연관 짓지 못했다.

'지금처럼 어려진 모습을 보고 못 알아보는 건 당연한 거지만, 어제 같은 상황에서도 날 못 알아보다니?'

둔하다고 해야 할까. 아니면 그만큼 클레이엔인 척했던 자신에게 관심이 없었다고 봐야 할까. 어느 쪽이든 기분이 좋진 않았다.

'그래도 그렇게까지 몰라볼 필요는 없잖아.'

살짝 흔들릴 뻔했던 마음을 그제야 다잡을 수 있었다. 카루나는 앞치마 주머니에 손을 넣었다. 단단한 나무통이 손에 잡혔다. 카루나는 그것을 빼 들었다. 그것은 후추가 가득 든 후추통이었다.

오늘 아침, 주방장은 최고급 후추를 가루 내어 통에 가득 담았다. 그리고 자신을 찾아온 카루나에게 기꺼이 건네주었다. 카루나는 엉거주춤하게 일어서 제가 깔고 앉아 있던 라크안의 셔츠를 펴 들었다.

한 손엔 후추통을, 다른 한 손엔 셔츠를.

라안 슬레이어의 부활을 알리는 모습이었다. 다시 저택이 시끌벅적해지길 바라는 저택의 사람들이 보았다면 소리를 지르며 환호했으리라.

포도주 통의 여전사이자 라안 슬레이어는 라크안을 괴롭힐 덫을 만들기 시작했다.

사심을 그득 담아 라크안의 셔츠에 후추를 마구마구 뿌렸다. 후춧가루가 사방으로 흩어졌다. 카루나의 콧속으로도 들어갔다. 조각상 뒤는 셔츠에 후추를 뿌리는 작업을 하기에는 너무 좁고 바람도 잘 통하지 않았다.

쿨록, 콜록. 카루나는 기침을 하다 후추통을 놓쳤다.

떽- 떼구르르르-. 후추통이 고요한 복도에서 큰 소리를 내며 굴렀다.

“엇!”

카루나는 셔츠를 든 채로 후추통을 따라 조각상 밖으로 나왔다. 데굴데굴, 후추통이 굴렀다. 한 발 한 발, 카루나는 뛰듯 걸으며 후추통을 뒤쫓았다. 아무도 없는 긴 복도에서 후추통과 카루나의 달리기 시합이 벌어졌다.

카루나가 뛸 때마다 라크안의 셔츠가 나풀나풀 흩날렸다. 그때마다 카루나가 그득 뿌려 놓은 후춧가루가 사방팔방으로 퍼졌다. 엣취, 엣취!

뿌린 대로 거두리니. 카루나는 후춧가루가 날릴 때마다 재채기를 하며 멈춰 섰다. 후추통은 열심히 도망갔다. 발이 달린 것처럼 신나게 복도를 달렸다. 못 잡으면 복도 끝까지 굴러갈 기세였다. 왜 후추통 주제에 둥그런 걸까. 마카레나 백작저의 후추통은 네모진 사각형이라 절대 굴러다니질 않았건만.

‘이놈의 저택은 후추통까지도 내 마음에 안 들어.’

후추통마저도 제 주인인 바이켈드 공작을 닮아 저런 거라는 생각이 들었다. 카루나는 열심히 후추통을 쫓았다. 다리가 짧은 게 죄라면 죄였다.

열심히 도망가던 후추통이 툭, 누군가의 구둣발에 부딪쳤다.

“잡았다!”

두 박자 느리게 도착한 카루나는 얼른 후추통을 잡았다.

“어?”

후추통을 잡고 나서야 구두가 눈에 들어왔다.

둥그런 구두코는 살짝 치켜 올라가 맵시 있어 보였다. 딱 보기에도 좋은 신발이었다. 사슴 가죽을 오래 무두질하여 부드럽게 만들고 촘촘하게 바느질하여 만든 태가 났다. 칼로 세밀하게 문양을 내고 그 틈에 은사를 박았고 끈은 검은색 가죽끈이었는데, 광택이 예사롭지 않았다.

카루나는 어쩐지 그 구두가 익숙했다. 다만 최근에 본 느낌은 아니었다.

'어디서 봤더라…….'

바이켈드 공작저가 아니라면 마카레나 백작의 저택, 혹은 황궁일 터. 카루나는 녹색 눈을 깜박이며 천천히 고개를 들었다. 구두 위로 한도 끝도 없이 길게 이어지는 바지, 바지 위에 벨트와 상의까지. 긴 다리와 늘씬한 몸매에 걸맞은 격 있는 옷차림새가 눈에 들어왔다.

구두의 주인이 입고 있는 옷은 황실 기사단의 제복이었다. 카루나가 모르려야 모를 수 없었다. 하얀 비단 위에 금실로 황실의 문장을 수놓고, 금색 술을 단 어깨 장식으로 검은 망토를 고정했다.

'황실 기사단은 검은색 물소 가죽과 하얀 끈으로 만든 신을 신지 않나? 이렇게 어설프게 검소한 척하는 구두를 신는 건 분명…….'

남자의 얼굴을 확인한 카루나의 얼굴이 뜨악해졌다.

'황태자?'

불과 여섯 달 전, 클레이엔인 척하던 카루나의 약혼자가 되었던 황태자가 지금 카루나의 눈앞에 서 있었다. 가짜라는 게 티가 나는, 더없이 어설픈 갈색 머리 가발을 하나 쓴 채로.

'가짜 가발을 쓰려거든 티 나게 쓰지나 말든가.'

황태자는 모자를 쓰듯 머리 위에 가발을 걸치고 있었다. 어설프게 쓴 갈색 가발 밑으로 빛나는 금발이 삐죽삐죽 튀어나와 있었다.

'가발만 쓰면 자신을 못 알아볼 거라고 생각하는 건가?'

높으신 분들의 착각은 어디에서 비롯되는 걸까. 황태자는 예전에 카루나와 함께 외출했던 라크안과 비슷한 착각에 빠진 것 같았다. 옷을 갈아입고 가발만 쓰면 자신이 일반 사람처럼 보일 거라는 착각. 황태자는 자신이 백성들에게 꽤 인기가 좋은 황태자이며, 자신의 조잡한 초상화가 거리 곳곳에 잔뜩 뿌려져 있다는 걸 모르는 듯했다.

카루나는 황태자의 얼굴을 보자마자 순간적으로 고개를 숙여 인사할 뻔했다. 절로 숙여지는 고개를 가까스로 치켜들어야 했다.

'황태자가 변장하고 궁 밖으로 나가 백성들의 삶을 살펴보는 걸 좋아한다고 하던데, 그게 진짜였나 보네.'

카루나는 클레이엔일 때 외워 두었던 황태자의 공공연한 비밀을 떠올렸다.

'밖으로 나왔다가 바이켈드 공작저에 들른 걸까? 둘이 나이가 비슷해서 꽤 친하다고 그랬는데.'

궁 밖으로 나가길 좋아하는 황태자 때문에 황태자 근위 기사단이 많이 괴로워하고 있다는 이야기는 여러 번 들었다. 황태자야 이렇게 어설프게 변장하고 맨몸으로 룰루랄라 궁 밖으로 나오면 그만이지만, 그를 호위해야 하는 근위 기사들은 이래저래 고달파지기 마련이었다.

황태자와 함께 궁 밖 시찰을 나오는 날은 정시 퇴근을 포기해야 한다. 이렇게 저렇게 처리해야 할 잡일도 늘어난다. 그뿐인가. 혹여 황태자가 다치거나 무슨 사건에 휘말리지 않을까, 잔뜩 긴장하며 황태자를 호위해야 한다.

때문에 한번 시찰을 나갔다 오면 다녀온 기사 중 절반이 몸살이 나 휴가를 신청한다나. 피곤하고 바쁠뿐더러 속이 남아나질 않는다는 근위 기사들의 푸념은 카루나에게까지 닿았다. 그들의 불만을 모르는 건 황제나 황태자뿐이리라.

그 황태자가 그 모습으로 카루나의 앞에 서 있었다.

'고생들이 많네. 쓸데없이 착하고 부지런한 윗사람을 모시게 되어서.'

카루나는 황태자의 근위 기사들에게 마음속으로나마 심심한 위로의 말을 전했다. 그들은 지금쯤, 바이켈드 공작저에 무사히 도착한 것에 안심하고 어딘가에서 쉬고 있으리라. 황태자가 이렇게 저택을 마구 돌아다니고 있는 것도 모른 채로.

'난 어쩌지?'

카루나는 어깨를 으쓱였다. 제 앞에서 순하디순하게 웃고 있는, 갈색 머리인 척하는 금발의 황태자를 어떻게 대해야 하는 걸까. 카루나의 고민을 알기라도 한 듯, 황태자가 화사하게 웃으며 카루나에게 말을 걸었다.

"네가 카루나로구나. 안녕?"

"……네?"

카루나의 눈이 왕방울만 해졌다.

'웃을 줄 알았어?'

평소 제 앞에서는 얼음으로 만든 조각상같이 얼어붙어 있었다. 아니면 그녀와 결혼해야 하는 자신이 이 세상에서 제일 불행한 남자라며 우수에 젖어 있었다. 그래서 카루나는 황태자가 웃는 모습을 거의 보지 못했다. 황태자가 웃을 줄 아는 사람일 거라는 생각도 하지 못했다.

그저 황태자 정도 되면 태어나면서부터 근엄하게 태어나 평생 세 번도 안 웃고 사는 줄 알았건만. 이렇게나 화려하게 웃을 줄 아는 사람이었다. 마치 공작새가 제 화려한 날개를 펴는 것 같았다.

활짝 웃으니 안 그래도 잘생긴 얼굴에서 빛이 났다. 어설픈 가발 따위는 눈에 들어오지도 않았다.

'진짜 예쁘다.'

루시온이나 마카레나 백작, 그리고 최근엔 라크안과 연두색 머리 남자까지. 잘생긴 남자들을 계속 봐 와서 눈이 꽤나 높아졌건만. 황태자는 그 이상이었다. 그는 눈이 부실 정도로 아름다웠다. 남자가 이렇게 예쁘고 아름다울 수 있다니. 카루나는 감탄했다.

클레이엔과 결혼해야 한다는 압박감에 우울해하는 황태자도 나름대로 분위기 있고 좋았지만, 이렇게나 아무런 경계 없이 활짝 웃는 황태자는 정말 미의 극치였다. 그래서 정말 놀라야 하는 건 살짝 뒤늦게 깨달았다.

'잠깐, 그런데 황태자가 날 어떻게 아는 거지?'

녹색 눈동자가 지진이라도 난 듯 흔들렸다. 눈앞의 화려함에 잠시 현혹되었던 제 눈을 손가락으로 찌르고 싶었다. 아름다운 사람을 보고 쿵쾅쿵쾅 뛰던 심장이 단번에 가라앉았다.

"예쁜 녹색 눈이구나."

그것도 모자라 황태자는 카루나의 눈 색깔이 예쁘다고 칭찬까지 해 주었다. 카루나의 입이 쩍 벌어졌다.

'예쁘다고? 천박한 게 아니라?'

분명 황태자는 클레이엔인 척하던 카루나에게 이렇게 말하곤 했다.

'그대의 녹색 눈은 더없이 천박하고 아둔해 보이는군. 탐욕스러운 게 마카레나 백작을 똑 닮았어.'

한 번도 아니고 몇 번이나.

그때마다 카루나는 이렇게 대꾸했다.

'황태자 전하의 푸른 눈은 전하의 지혜로운 머리처럼 더없이 맑고 푸르러 보이십니다.'

네 머린 도대체 얼마나 맑고 푸르기에 귀족파 수장의 딸인 나한테 감히 그렇게 지껄이느냐, 라고 돌려 말한 것이었다. 정말로 머리가 맑고 푸른 건지, 황태자는 그 말을 칭찬으로 받아들였다.

'이런 모욕을 당하면서도 황태자비가 되고 싶은 건가? 정말 탐욕스럽군.'

더 경멸 어린 표정을 지으며 카루나를 보았다. 다시 생각해 봐도 황태자의 머리는 제 눈 색처럼 정말로 맑고 푸르렀다. 텅텅. 그랬던 황태자건만.

'혹시 이상한 마법 같은 게 아닐까?'

카루나는 제 눈앞에 있는 게 정말로 황태자가 맞는지 의심스러웠다. 어떻게 같은 인물이 이렇게나 다를 수 있을까.

한편 황태자는 제 앞에서 눈을 데굴데굴 굴리고 있는 카루나를 가만 바라보았다.

객관적으로 보나 주관적으로 보나, 귀여운 소녀였다. 그 귀여운 소녀의 머리 위에 알갱이 큰 가루가 푸스스 묻어 있었다. 황태자는 그 가루를 털어 주고자 손을 내밀었다.

"……!"

카루나는 저도 모르게 움찔했다.

'뭐야, 왜 이래.'

차마 피하진 못하고, 눈만 크게 떠 위를 올려다보았다. 황태자가 그 모습마저도 귀엽다고 생각하고 있다는 건 꿈에도 몰랐다. 툭툭. 황태자가 카루나의 머리에 묻은 후춧가루를 털어 주었다.

"에취, 에취!"

그 가루가 고스란히 카루나의 얼굴로 흘러 내려왔다. 카루나는 눈을 꽉 감고 연신 재채기를 해 댔다.

'뭐야, 이렇게 골탕 먹이는 거야?'

아니라는 걸 알고 있다. 선의로 자신의 머리를 털어 준 거라는 걸 알면서도, 괜히 생각이 엇나갔다. 카루나는 뒤로 물러서며 다시 눈을 떴다. 세게 재채기를 해서 눈가에 살짝 눈물이 맺혀 있었다. 머리 위에서 급히 숨을 들이켜는 소리가 들렸다.

"미안, 내가 실수를 했구나. 미안."

황태자가 머리에서 손을 떼며 급히 사과했다.

"……."

카루나는 후추통과 라크안의 하얀 셔츠를 두 손에 든 채로 돌이 되어 버렸다.

'이렇게 순순히 사과하다니? 혹시 내가 눈치 못 채게 나를 비꼬거나

경멸하고 있는 건가?'

물론 카루나가 알고 있는 황태자는 그런 사람이 아니다. 하지만 카루나는 의심을 놓지 않았다. 클레이엔인 척 10년을 살며, 단 한 번도 황태자에게 이런 대접을 받은 적이 없었으니까.

황태자는 클레이엔—인 척 하는 카루나—만 보면 질색했다. 도망칠 수 있는 상황이라면 도망쳤다. 도망칠 수 없는 상황이라면 경멸의 눈초리로 쳐다보았다. 실수로 드레스 자락을 밟아 넘어져도, 몸에 밴 예절 때문에 손을 내밀었다가 급히 뒤로 물러섰다. 머리에 풀잎 하나, 꽃잎 하나가 묻어도 떼어 줄 생각을 안 했다. 아무튼 닿기를 끔찍이도 싫어했다. 그랬건만.

지금은 아무렇지 않게 카루나의 머리를 털어 주고, 자상한 목소리로 카루나에게 사과를 했다.

'정말로 클레이엔을 싫어했구나.'

새삼스럽지만, 실감이 났다. 잠깐이나마 지난 10년간의 업적을 되돌아볼 기회였다.

'나는 그동안 황태자가 클레이엔을 더더욱 싫어하도록 만들었겠구나.'

황태자가 복도의 차디찬 돌바닥에 한쪽 무릎을 꿇었다. 단지 카루나와 눈높이를 맞추기 위해서. 카루나는 지난 10년간의 기억을 되짚어 보았다.

'단 한 번이라도 황태자가 내 앞에서 이렇게 무릎을 꿇은 적이 있었던가?'

없었다. 단언컨대 없었다.

클레이엔인 척하던 카루나한테는 해 주지 않았으면서, 처음 보는 평민 소녀 앞에서는 덥석 무릎을 꿇다니. 황태자는 10년간 단 한 번도 보여 주지 않은 배려란 걸 하고 있었다.

'이렇게 쉬운 남자이면서 그렇게 비싸게 굴었던 거야?'

카루나의 눈초리가 싸해졌다.

"처음 본 사람이 네 이름을 알아서 놀랐구나, 그렇지?"

황태자는 카루나의 마음을 다 알겠다는 듯 순하게 웃으며 손을 내밀었다. 카루나를 배려하여 제 손을 쫙 펴 보였다. 카루나를 다치게 할 무엇도 없다는 걸 보여 주려는 듯했다.

'아니, 나한테는 그게 문제가 아니라고. 누굴 매 맞고 사는 하녀 취급이야.'

카루나는 차마 입 밖으로 꺼낼 수 없는 말을 속으로 중얼거렸다. 여전히 카루나가 뚱한 표정으로 가만히 서 있기만 하자, 황태자는 어쩔 수 없다는 듯 다시 손을 거뒀다. 카루나는 혹여나 황태자가 제 머리를 쓰다듬을까 경계했다가 안도했다. 그리고 이마저도 황태자의 배려라는 걸 깨닫고, 입술을 삐죽였다.

지난 10년간 황태자는 정말 냉담했다. 쫓아다니던 카루나가 자존심이 상할 정도였다. 클레이엔인 척 연기하는 거라고, 나한테 저러는 게 아니라고, 설사 나한테 하더라도 뭐 어떠냐고. 그렇게 자신을 다독이며 버텼지만.

가끔씩 정말 짜증이 났다. 모든 걸 다 집어던지고 싶었다. 황태자의 멱살을 잡아 짤짤 흔들며 이렇게 물어보고 싶었다.

'뭐? 왜? 뭐! 뭐가 불만이야! 당신은 어차피 클레이엔이랑 결혼하게 돼 있잖아. 쓸데없는 반항 그만하고 약혼해! 나랑 빨리 약혼하라고!'

꺾을 수 없는 절벽 위의 꽃처럼 구는 황태자가 얄미웠다. 불편한 치맛자락 따위 찢어 버리고, 절벽을 기어 올라가 꺾어 버리면 되는 것을. 왜 나는 10년 동안 절벽 아래에서 얼쩡거려야 한단 말인가. 코르셋으로 허리를 조이고, 발이 팅팅 붓도록 구두를 신어 가면서. 꽃이 제풀에 지쳐 목을 꺾어 숙일 때까지 기다리며. 그렇게 10년을 잡아먹었으면서. 열두 살 카루나에게는 이렇게 쉽게 굴었다.

카루나의 얼굴이 찌그러졌다. 표정 관리를 할 틈도 없이 기분이 나빴다. 하지만 지금 눈앞에 있는 남자는 라크안이 아니라 제국의 황태자였다. 얼간이 가발을 쓰고 있는.

"누, 누구세요?"

할 수 있는 거라고는 그저 겁먹은 척 뒤로 물러서는 것이었다. 그렇게 그 손에서 벗어났다.

"아, 미안. 내 소개가 늦었구나."

황태자는 제 오른손을 왼쪽 가슴 위에 올렸다. 마치 귀족 영애를 대하는 기사처럼 예의 바르고 우아한 인사였다.

고개를 숙이니 툭, 가발이 바닥으로 떨어졌다. 햇볕을 받아 반짝이는 금발이 쏟아졌다. 거기에 사르르, 웃으며 살짝 접히는 푸른 눈. 새하얀 얼굴 가득 담긴 친애의 온기까지.

그야말로 그림 같은 장면이 펼쳐졌다. 카루나가 순진하고 꿈 많은, 평범한 어린 하녀였다면 그야말로 설레다 못해 심장마비에 걸릴 상황이었다.

하지만 카루나는 평범한 하녀가 아니었다. 어느 저택 아무개 하녀가 우연히 평민인 척하던 기사를 한 명 마주쳐서는 뺨을 때렸더니. 기사가 쫓아오면서.

'날 때린 여인은 그대가 처음이오.'

라고 말하며 청혼을 받았다는, 하녀들 사이에서 떠도는 전설 같은 신분상승 이야기에 설레는 낭만 따윈 없었다. 게다가 눈앞의 기사는 그런 허황된 이야기에 나오는 평범한 기사도 아니었다. 어설픈 가발을 쓰고 다니다 그마저도 떨어뜨려 버리는 황태자이지 않은가.

"난 솔렌이란다. 황태자 전하를 모시는 호위 기사지."

거리에 나도는 연애소설을 본 건 황태자인 듯싶었다. 그는 카루나에게도 제법 익숙한 이름을 댔다. 확실히 솔렌은 황태자의 근위 기사 중 한 명의 이름이긴 했다. 다만 그 기사는 머리에 머리카락이 없었다. 얼굴이 이렇게 눈부실 정도로 아름답지도 않았다.

"아, 네. 그러시군요. 황태자 전하를 모시는 솔렌 기사님이시군요."

카루나는 책을 읽듯 무미건조한 말투로 말했다.

"그래! 그게 내 신분과 이름이란다."

황태자는 방긋 웃으며 말했다. 근처에 화병이 아니라 대리석으로 만든 조각상이 있어서 다행이었다. 화병이 있었다면 황태자의 화려한 미모에 놀라 꽃들이 단체로 시들어 버렸을 거다. 황태자는 정말이지 쓸데없이 반짝반짝 빛나고 있었다.

'이 사람은 그냥 우울한 채로 있는 게 좋은 거 같아.'

우울한 상태여도 미모가 어딜 가진 않았다. 처연미를 뿜뿜 날리긴 했다. 그래도 이렇게 눈이 따갑지는 않았다.

'에휴.'

카루나는 황태자를 앞에 두고 허리를 푹 숙였다.

"아니, 그렇게까지 내게 예의를 차릴 필요는 없단다."

황태자가 얼른 카루나를 들어 올리려 했다.

'그런 거 아닌데.'

카루나는 잽싸게 황태자의 손을 피하며 바닥에 떨어진 가발을 주웠다.

"황태자 전하의 근위 기사님은 황태자 전하랑 똑같이 금발에 푸른 눈이시네요."

카루나는 가발을 도로 황태자에게 내밀며 싱긋, 웃어 보였다.

"어? 그게 왜 거기에?"

"여기요."

"언제 떨어진 걸까. 아무튼 고맙구나."

황태자가 가발을 건네받으며 카루나의 눈치를 살폈다.

"혹시……. 음, 그러니까 말이다. 눈치챘니?"

조심스럽게 묻는 목소리엔 약간의 실망감이 느껴졌다. 어깨가 약간 처진 게, 어쩐지 기가 죽어 보였다. 반짝반짝 빛나던 미모도 한풀 꺾여 있었다. 모르는 척해 줄까 싶었던 마음이 싹 사라지게 만드는 모습이었다.

"무엇을요? 제 눈앞에 서 있는, 금발에 푸른 눈을 가진 기사님께서 어쩌면 백성들이 어떻게 살고 있는지 궁금해서 변장하고 구경하러 나온 황태자 전하일지도 모른단 것을요?"

"……그래."

황태자의 고개가 푹 꺾였다.

'이렇게 나오면 재미없는데.'

너무 쉽게 의기소침해지니 더 놀릴 맛이 안 났다. 카루나는 가발을 다시 빼앗아 황태자의 머리 위에 씌워 주었다.

"정체를 들키고 싶지 않으시면 가발을 이렇게 꼼꼼히 쓰세요."

사심을 담아 가발을 있는 힘껏 꾹꾹 눌렀다. 삐져나온 금발도 꼼꼼히 가발 속으로 밀어 넣어 주었다.

다른 사람의 손에 시중을 받는 게 익숙한 사람답게 황태자는 얌전했다. 그는 자그맣고 야무진 카루나의 손길을 피하지 않았다. 오히려 카루나의 손이 머리에 닿자마자 얌전히 눈을 감았다.

잠시 뒤, 카루나는 손을 탁탁 털고 뒤로 물러섰다.

가발이 가짜 티가 많이 나는 것은 어쩔 도리가 없었으나, 그래도 진짜 머리카락이 무슨 색인지는 알 수 없는 상태가 되었다. 카루나는 자신의 작품에 심히 만족했다.

화사한 금발을 가리고 어두운 갈색 머리를 씌워도 잘생긴 얼굴은 쉬이 가려지지 않았다. 카루나는 얌전히 눈을 감고 있는, 조각상처럼 완벽히 잘생긴 얼굴을 찬찬히 들여다보았다.

"다 됐니?"

황태자가 붉은빛이 감도는 입술로 말하며, 천천히 눈을 떴다. 긴 속눈썹이 파르라니 떨렸다. 눈꺼풀이 열리고 푸른 눈동자가 드러났다. 황태자는 카루나와 눈을 마주치고는 살짝 미소 지었다.

'진짜 예쁘긴 하다.'

왜 진짜 클레이엔이 한눈에 반했는지, 황태자와 결혼하고 싶어 난리를 피웠는지, 이해가 될 것도 같았다.

여자보다 아름다운 남자는 그녀의 이상형이 아니었다. 그런데도 황태자의 미모에 심장이 쿵쾅쿵쾅 뛰었다. 과연 취향을 이기는 미모였다. 괜히 제국의 보석이라 불리는 게 아니었다.

제국에는 3대 보물이 있다.

제국의 심장을 지키는 제국의 방패, 바이켈드 공작.

제국의 적으로 만드느니 차라리 황태자와 약혼시키는 게 좋을 것 같은 제국의 악녀, 클레이엔.

그리고 천상의 아름다움을 자랑하는 제국의 보석, 황태자 지크프리히트.

지금 제국의 악녀는 제국의 보석이 뿜어내는 미모에 흔들리고 있었다.

황태자는 새빨개진 카루나의 얼굴을 보고도 아무 말도 하지 않았다. 사람들이 자신을 보며 넋을 잃고, 얼굴을 붉히는 것쯤은 이제는 익숙했다. 그의 앞에 선 사람 중 천에 구백구십구 명은 모두 저런 얼굴이었다. 안 그랬던 사람은 단 한 명뿐이었다. 마카레나 백작 영애. 클레이엔. 생각하는 것만으로도 등골이 서늘해지는 그 이름.

황태자는 머릿속에 스친, 저주의 주문 같은 그 이름을 지우고자 고개를 흔들었다. 가발이 떨어지지 않자 황태자는 감탄했다.

"참으로 솜씨가 좋구나. 바이켈드 공작이 널 데려가지 않았다면 내가 널 황궁으로 데려갔을 텐데."

어쩌면 황궁의 가발 손질 담당 하녀가 될 수도 있었을지 모를 운명이 아슬아슬하게 비껴 갔다.

"위대하신 황태자 전하, 뒤늦지만 인사 올립니다."

카루나는 라크안의 셔츠를 바닥에 깔고, 그 위에 무릎을 꿇고 앉아 고개도 숙였다. 대놓고 황태자 티를 내니, 그녀도 황태자를 만난 평민의 티를 내야 했다. 카루나가 넙죽 인사를 하니, 황태자는 그 큰 손으로 카루나의 양어깨를 움켜쥐고 카루나를 번쩍 들어 올렸다. 카루나는 황태자의 손에 붙들려 허공에 붕 떴다.

'뭐야. 왜 이래.'

카루나는 반항의 의미로 발을 동동 흔들었다.

"그러지 말렴. 네가 나의 구빈원에 몸을 의탁했을 때부터 너는 나의 소중한 백성이 된 거란다. 넌 나의 백성이지 노예가 아니야. 나에게 제국 백성으로서의 충성만을 보여 주려무나."

황태자가 인자한 목소리로 말하며 카루나를 땅에 내려 주었다. 카루나는 방금 자신의 인사가 딱 길거리에서 갑자기 황태자를 만나 놀란 평민의 인사였다고 말하려다가 말았다. 대신 치맛자락을 살짝 들어 올리고 무릎을 숙여 다시 인사했다.

"황태자 전하를 뵙습니다."

카루나가 다시 인사하자 황태자가 만족스러워했다.

"그런데 제 이름과 제가 구빈원 출신인 걸 어찌 아셨나요?"

"어떻게 모를 수 있겠니. 네가 정식으로 신분증을 발급받기 전에 바이켈드 공작의 요구로 네 신분을 공작에게 넘기는 서류에 내가 서명을 했단다."

카루나는 고개를 끄덕였다.

'구빈원의 일이 전부 황태자에게 보고되고 있는 건가? 구빈원에 등록된

사람 수만 해도 몇 명인데, 그 한 사람 한 사람에 대한 일을 모두 다 보고 한다고?'

황태자의 꼼꼼함과 구빈원 관리들의 세세함에 감탄을 해야 할지, 제국의 황태자씩이나 되어서 그런 작은 일에 시간을 낭비한다고 한심해해야 할지, 판단이 서지 않았다.

'중대사는 마카레나 백작이 다 가로채서 할 일이 없는 건가? 내가 마카레나 백작 후계로 처리했던 서류 더미 중 아무거나 한 장을 빼 봐도 그거보단 중요할 거 같은데.'

쯧쯧, 하고 혀를 찰 뻔했다.

"네가 잘 지내고 있는지 확인하고자 오늘 와 본 거란다."

"네?"

카루나의 눈이 동그래졌다.

'아니 이건 또 무슨 소리?'

제정신으로 하는 말인가 싶어, 무례를 무릅쓰고 다시 고개를 들었다. 어떤 값비싼 보석도 이보다는 더 영롱하지는 않으리라 싶을 정도로 맑고 푸른 눈동자가 카루나를 보고 있었다. 그 눈은 흐리멍덩하지 않았다. 그저 선의로 반짝이고 있을 뿐이었다.

"걱정이 되었거든. 어린 네가 구빈원을 떠나 다른 곳이 아닌 바이켈드 공작 저택의 하녀로 들어간다고 해서."

황태자의 말은 진심이었다. 그래서 카루나는 더 믿을 수가 없었다.

'사실 황태자와 바이켈드 공작의 사이가 나쁜 게 아닐까? 날 변명 삼아 바이켈드 공작저를 탐색하러 온 걸까? 아니, 그런데 그런 걸 보통 황태자씩이나 되는 윗사람이 직접 하나?'

머릿속이 혼란스러워졌다.

'설마, 진심은 아니겠지?'

카루나는 바이켈드 공작저에 오기 전 여관에서 일했다. 여관에는 온갖 소문이 모여든다. 더러는 만들어지기도 한다. 카루나가 일했던 여관도 별반 다르지 않았다.

여관에서 일하며 카루나는 이런저런 소문을 주워들었다. 대부분은 듣는 것만으로도 어이가 없어 웃음이 나오는 내용이었다. 기억할 가치가 없는 것들이었으나 몇몇 개는 너무나 황당하여 잊히지 않았다. 겨우 잊을 만하면 비슷한 소문이 들려와 잊을 수 없었다. 그중 제일 황당했던 소문은 이것이었다.

'구빈원에 들어가 이름을 적고 나온 뒤 도움 좀 받고 자리를 잡아 살 만해지면, 글쎄 몰래 황태자 전하가 찾아온다지 뭔가.'

'머리는 갈색이긴 한데, 생긴 게 영락없이 황태자 전하였대. 아니, 잘사는지 직접 눈으로 확인하러 왔다던데.'

'어젯밤에 한스네에 왔었다고 하던데? 진짜래?'

'그게 말이 되냐!'

'그게 진짜면, 나는 황제인데 백성들 삶을 경험하려고 지금 이러고 있는 거다.'

말을 꺼낸 사람은 동료들에게 잔뜩 면박당하고는 구석에 찌그러져 그날 내내 조용했다.

'항상 우울하던 그 황태자가 아무리 시간이 남아돌아도 그렇지, 그럴 리가 있나. 거짓말을 해도 믿을 만하게 해야 속아 주는 척이라도 하지.'

카루나 또한 접시를 나르며 코웃음 쳤다.

그런데 이상하게도, 후에도 비슷한 소문이 계속 들렸다. 꼭 그 소문이 진짜라고 증명하는 것처럼.

'아닐 거야. 설마.'

카루나는 제 눈앞에 있는, 저를 찾아온 황태자를 보며 생각했다. 눈은 마음을 드러내는 창이니, 카루나의 녹색 눈도 흔들리는 마음을 따라 마구 흔들렸다.

'그럴 리가 없어.'

황태자의 난데없는 선의와 관심에 카루나는 혼돈에 빠져들었다. 카루나를 혼란에 빠트린 당사자는 정작, 진심으로 카루나를 측은해하고 있었다. 작은 여자아이가 양손에 커다란 셔츠와 양념 통을 든 채 불안해하며 자신을 올려다보고 있다. 하얀 셔츠 속에 숨은 두 손이 힘든 일에 얼마나 거칠어졌을지. 생각하는 것만으로도 마음이 아팠다.

'미안하구나. 내가 조금만 더 힘이 있었더라도 너는 아직 네 부모의 품 속에서 평온히 살고 있었을 터인데.'

황태자는 자신이 벌인 구빈원 사업에 꽤 정성을 쏟고 있었다. 구빈원의 관리들이 올려 보내는 보고서는 직접 읽고 확인했다. 구빈원에 온 백성들이 자립하여 새 삶을 찾았다는 보고를 읽는 게 가장 큰 낙이었다.

반년 전, 홀로 구빈원으로 도망쳐 온 어린 소녀는 황태자를 눈물짓게 했다.

처음 구빈원으로 왔을 때 입고 있던 옷은 엉망이었다고 했다. 제 몸에 맞지도 않는 어른 옷이었는데, 그 옷조차 피에 절어 있었다고. 보고서를 읽으며, 황태자는 제 무력함이 너무도 원망스러웠다. 조금 더 황권이 강했다면, 마카레나 백작과 귀족파 귀족들에게 맞설 힘이 있었더라면 얼마나 좋았을까.

보고서를 더 볼 것도 없었다. 황태자는 곧바로 서류에 도장을 쾅! 찍었다. 그로써 어린 소녀는 황태자의 구빈원에서 보호를 받는 존재가 되었다.

구빈원의 보호를 받는 사람 중 슬프고 절박한 사연이 없는 사람은 없다. 그런데 그중에서도 카루나의 사연이 유독 황태자의 마음에 닿았다. 클레이엔과의 약혼 발표 이후 무력함에 젖어 숨만 쉬며 살고 있던 그에게, 카루나는 작은 희망이었다. 여관에서 일하며 다시 삶을 살아 나가려 노력하는 작은 소녀의 모습이 유독 크게 다가왔다.

이후 보고서에서 '카루나'란 이름이 나타나면 한 번씩 더 눈이 갔다. 문서로만 볼 뿐이지만, 어린 나이임에도 씩씩하게 제 삶을 개척해 나가는 모습이 너무도 기특했다. 클레이엔과의 약혼 발표 이후 모든 게 끝났다고 좌절해 있던 자신이 너무 못나게 느껴졌다.

'이렇게 어린 소녀도 다시 제 삶을 만들어 나가는데, 황태자씩이나 되는 내가 이래선 안 되겠지.'

황태자는 문서 속 카루나를 보며 다시 생의 의지를 얻었다. 여섯 달이 지난 후 신분증을 발급해 주는 날에 직접 소녀를 찾아가 그 작은 손에 신분증을 쥐여 주고 싶다고 생각했다.

그런데 여섯 달이 채 차기 전, 카루나가 그의 보호를 벗어났다. 바이켈드 공작은 하녀를 험하게 다루거나 어린아이를 건드리는 파렴치한은 아니었기에, 황태자는 기꺼이 보호권 이동 서류에 서명해 주었다.

그런데 이후 구빈원 보고서에서 더는 '카루나'란 이름을 볼 수 없게 되자, 어쩐지 마음 한구석이 텅 빈 느낌이 들었다.

'내가 직접 축하를 해 주지 않아서 그럴까? 하지만 내가 구빈원에서 나간 모든 백성을 축하해 준 건 아니었는데.'

울적한 기분을 견디지 못해 바이켈드 공작저를 찾은 것이었다.

바이켈드 공작저는 이전에도 여러 번 찾아왔던 곳이었다. 익숙한 곳이건만.

이전과 달리 저택은 휑해 보였다. 부리는 사람 수가 적어 보일뿐더러, 곳곳에 커다란 포도주 통이 산처럼 쌓여 있었다. 하녀장은 황태자 일행에게 편히 쉬라며 응접실을 내주고는, 공작을 모셔오겠다며 자리를 비웠다.

이전이라면 열 명가량의 하녀와 하인들이 일행의 수발을 들어 주었을 텐데. 지금은 하녀 두엇이 차와 간단한 먹을거리를 내오는 게 고작이었다. 그 틈을 노려, 황태자는 테라스 창문을 통해 정원으로 나왔다.

오랜만에 와 보는 바이켈드 공작의 저택을 한가로이 헤맸다. 그러던 중 운명 같은 우연으로, 데굴데굴 굴러온 작은 소녀와 미주쳤다. 공작가의 하녀복을 입고 있는 어린 하녀였다. 딱 보는 순간 이 아이가 카루나구나 싶었다.

밝은 갈색의 짧은 단발머리에 총기로 반짝이는 녹색 눈. 반가워 아는 척을 했더니 대번 자신의 진짜 정체를 알아차리는 영특함까지. 보고서에 쓰인 대로였다. 제 가발을 손질해 주는 꼼꼼한 손길을 받자니 아쉬움이 커졌다.

'바이켈드 공작저가 아니라 나의 궁에서 일하도록 하고 매일 지켜볼 수 있으면 좋겠는데. 왜 진작 이런 생각을 하지 못했을까. 라크안은 어떻게 이 소녀를 알고 거둔 거지?'

눈앞의 소녀가 반갑고 기특했다. 또 안쓰럽고 대견했다. 황태자는 한 손에 들어오는 작은 머리통을 쓰다듬으며 상냥히 말했다.

"혹시 바이켈드 공작저에서 일하다가 힘든 일이 있으면, 혹시 내 도움이 필요하다면 주저 말고 언제든 다시 날 찾아오너라. 구빈원으로 오면 내가 꼭 너를 보호해 주마."

클레이엔 때문에 괴로워했던 자신을 구원해 준 작은 소녀에게, 황태자는 진심을 담아 감사했다.

'마카레나 백작과 그 여식의 횡포에 지치고 괴로웠던 내게 새로운 힘과 용기를 줘서 정말 고맙구나.'

금발의 힘 없이도 황태자의 미모가 반짝반짝 빛났다. 카루나는 눈이 따가워 무심코 라크안의 셔츠를 만진 손으로 눈을 비볐다. 당연히 눈에 후춧가루가 들어갔고, 안 비비느니만 못한 상태가 되었다.

"꺅!"

바늘 천 개로 눈을 찌르는 듯 따끔따끔했다. 왜 라크안이 후춧가루 뿌린 셔츠를 그렇게 싫어했는지 단번에 이해가 갔다. 뚝, 눈에서 물이 떨어졌다.

'따가워.'

카루나는 차마 다시 눈을 비비지 못했다. 손에도 셔츠에도 후춧가루가 묻어 있었다. 그저 눈만 꼭 감은 채로 눈물을 흘렸다.

"울지 말렴. 진작 찾아오지 못해 미안하구나."

카루나가 울자 황태자는 어쩔 줄 몰라 했다.

"하지만 널 모른 척했다든가 잊은 건 절대 아니었단다. 너는 이제 나의 백성이니, 울지 말고. 응?"

카루나를 달래기 위해 애썼으나 소용없었다. 카루나가 우는 이유는 황태자의 말 따위에 감동을 하여서가 아니었기에, 황태자의 자애로운 손길과 위로 따위는 카루나의 눈물을 그치게 하지 못했다.

계속 우는 카루나를 보다 못한 황태자는 손을 뻗었다. 옛날, 유모가 울던 자신을 달랬던 것처럼 카루나를 한쪽 팔로 번쩍 들었다. 황태자는 라크안의 하얀 셔츠를 포대기 삼아 카루나를 품에 안아 들었다. 그러고는 그 셔츠 위로 토닥토닥, 다독여 주었다.

'흐윽…… 뭐 하는 짓이야. 안 그래도 따가워 죽겠는데!'

하필이면 후추를 뿌린 셔츠 안쪽이 카루나를 향하고 있었다. 셔츠에 남은 후춧가루가 카루나를 공격했다.

"그, 그만해요!"

콜록, 콜록. 기침이 났다. 카루나는 흑흑 울며 두 주먹을 꼭 쥐고 황태자의 가슴팍을 퍽퍽 때렸다. 하지만 황태자는 꿈쩍도 하지 않았다. 황태자는 그걸 우는 아이의 몸 뒤척임 정도로만 받아들이고는 더욱 카루나를 다독여 줄 뿐이었다. 덕분에 후춧가루 공격은 더 심해졌다.

'그만, 그만하라고…….'

카루나는 줄줄 눈물을 흘렸다.

'이렇게 감동의 눈물을 흘리다니. 진작 찾아와 말해 줄 걸 그랬구나.'

황태자는 카루나의 마음을 몰라주었다. 그저 카루나가 감격스러워한다고 생각했다.

'그런데 원래 여자아이는 이렇게 가벼운 건가?'

사람을 안고 있는데도 새털을 들고 있는 것 같은 느낌이 들어 내심 놀랐다. 어렸을 때부터 그보다 더 어린 클레이엔이 집요하게 그를 쫓아다녔다. 이후로 장장 십수 년. 황태자는 클레이엔의 패악에 시달려야 했다.

클레이엔의 감시를 받으며 다른 영애와 손을 잡고 춤도 한 번 마음껏 춰 보지 못했다. 클레이엔은 혼인을 할 때까지 순결한 몸과 마음을 지키겠다며, 무도회에서 춤을 출 때 외에는 스킨십을 허락하지도 않았다. 물론 황태자 또한 그녀와 잠깐이라도 몸을 맞대고 싶지도 않았지만.

그렇게 스물네 살 인생을, 여성과 접촉이 거의 없이 보냈다. 여자아이를 품에 안아 본 것이 거의 처음이었다. 그에게 카루나의 가볍고 마른 몸은 충격 그 자체였다. 약간 얼떨떨했다.

'원래 열두 살 정도의 소녀는 이런 걸까?'

황태자는 기억을 더듬어 보았다.

그에게는 나이 차가 제법 나는 여동생이 있었다. 황태자는 곧잘 제 어린 여동생의 사교춤 연습을 도왔다. 황녀가 열 살 때부터 그녀를 안아 들고 빙글빙글 돌았다. 분명, 열두 살 때의 동생은, 이 정도로 가볍진 않았다.

당황하여 숨을 크게 들이켜자.

"콜록, 콜록."

잔기침이 났다. 뭔가 매운 냄새가 났다. 코를 톡 쏘는 느낌이 익숙하면서도 낯설었다. 분명 여느 귀족 영애들에게서 풍기는 꽃향기는 아니었다.

'이게 무슨 냄새지?'

분명 맡아 본 적 있는 냄새였다. 식당이라든가, 식탁에서라든가, 푹 익은 고기 위에 뿌려지는 그것이라든가. 하지만 황태자는 식당에서 맡았던 그것과 지금의 냄새를 연결하지 못했다.

'이렇게 귀여운 여자아이에게서 나는 향기가 후춧가루의 향일 리가.'

그런 편견을 가진 덕분이었다. 하지만 머리로는 생각하지 못해도 몸은 그 향에 익숙해져 있었다. 황궁에서 몰래 나온 터라 식사를 간단히 했던 황태자는 조금 배가 고팠다.

으레 맛있는 육류에 뿌려지곤 했던 후춧가루의 향이 입맛을 자극했다. 킁킁. 황태자는 잠시 우아함을 잊고 카루나에게서 나는 냄새, 아니 향기를 좇았다. 묘하게 중독성이 있었다. 맡을수록 배가 고팠다.

'오늘 저녁은 스테이크였으면 좋겠네.'

한껏 후춧가루 향을 맡으며 숨을 가득 들이쉴 때였다.

"황태자 전하, 지금 뭘 하고 계신 겁니까."

등 뒤에서 싸늘한 목소리가 들렸다.

"어…… 어?"

황태자는 안온하게 수도에 살았다. 단 한 번도 전장을 구르는 기사의 살기를 경험해 본 적이 없었다. 저를 죽일 듯 노려보는 광전사의 진득한 살기를 견뎌 낼 수 있을 리 없었다. 황태자는 저도 모르게 두 팔을 풀었다. 안고 있던 카루나가 아래로 쑥- 떨어졌다.

"꺄악!"

졸지에 예고 없이 떨어진 카루나는 차가운 바닥에 엉덩방아를 찧었다.

카루나는 얼른 라크안의 셔츠를 내팽개쳤다.

콜록, 콜록. 계속 기침이 나고 눈을 뜰 수 없었다.

"내가 내려 달라고 했는데……."

한참 울어서 그런지 괜히 서러워졌다. 카루나는 눈을 꾹 감은 채로 펑펑 눈물을 흘렸다.

"이리 와."

그런 와중에 귓가에 나직한 목소리가 닿았다. 황태자의 상냥하고 따듯한 목소리와는 전혀 달랐다. 싸늘한 저음에, 으르렁거리는 짐승의 거친 숨소리가 섞여 있는 듯한 목소리였다.

"라안?"

황태자가 돌아서서 그 목소리의 주인공을 불렀다.

'그래, 바이켈드 공작!'

카루나는 그 목소리의 주인을 알아보고는 눈에 힘을 주었다. 간신히 눈을 떠 앞을 보았다. 돌아선 황태자의 어깨 너머로 새까만 머리와 불타듯 뜨거워 보이는 붉은 눈이 보였다.

제 머리카락 색에 맞춘 듯 까만 망토를 어깨에 두른 라크안이 거기 있었다. 뭐에 그리 성이 난 건지, 잔뜩 화가 나 있었다. 무표정한 얼굴로, 온몸으로 살기를 내뿜었다. 거기에 복도를 얼려 버릴 듯 차가운 목소리라니. 카루나가 이전까지 단 한 번도 본 적 없는 모습이었다.

"이리 오라고 했는데."

라크안이 손을 내밀었다. 얼마나 화가 난 걸까. 멀찍이서 보는데도 손가락이 부르르 떨리는 게 보였다.

'왜?'

라는 생각이 들면서도 몸은 저절로 라크안을 향했다.

"카루나?"

황태자가 카루나를 붙잡으려 했다. 으득, 라크안이 이를 갈며 황태자를 노려보았다. 황태자는 저도 모르게 두어 걸음, 뒤로 물러섰다. 내민 손은 허공에 멈춰 카루나의 어깨에 닿지도 못했다.

"라, 안?"

황태자가 목이 졸리는 듯한 목소리로 라크안을 불렀다. 라크안은 들은 척도 하지 않았다. 붉은 눈은 제게로 한 걸음, 한 걸음 걸어오는 카루나만을 바라보았다.

간혹 라크안은 제 영역을 침범한 존재를 경계하듯 황태자를 보았다. 그때마다 목울대에서 거친 숨소리가 끓었다. 라크안의 존재만으로 텅텅 빈 복도는 변방의 전쟁터만큼, 혹은 그 이상의 분위기로 변했다. 그 속에서 카루나는 눈물을 뚝뚝 흘리며 라크안의 앞에 섰다.

"왜요……. 왜 부르셨어요……."

말이 채 끝나기도 전에, 까만 망토가 카르나를 감쌌다. 라크안의 굵은 팔이 단번에 그녀를 끌어안았다. 라크안의 품은 황태자의 품보다 뜨거웠다. 닿는 것만으로도 차게 식은 몸에 온기가 돌았다. 어쩐지 안심이 됐다. 잔뜩 긴장해 있던 몸이 축 늘어졌다.

"왜 울고 있어."

"알아서 뭐 하시게요."

흐윽, 카루나의 입에서 울음이 샜다.

'당신 골리려고 뿌린 후춧가루에 내가 당했다, 왜!'

억울하고 짜증 나는 와중에도 저를 꽉 끌어안은 라크안의 품속에서 안심이 되는 자신을 이해할 수 없었다.

황태자는 유리 공예품을 대하듯 카루나를 대했다. 잘못 만지면 깨질 듯 조심스럽게 안아 주었다. 그와 달리 라크안은 급하고 거칠었다. 숨을 한 번 내쉴 틈 없이 카루나를 끌어안았다. 그런데 그게 싫지 않았다.

"아무튼 한 마디도 안 지지."

라크안이 깊게 숨을 내쉬었다. 딱딱하게 굳어 있던 그의 어깨에서도 힘이 빠졌다. 하지만 붉은 눈을 감싼 독은 사라지지 않았다. 라크안은 카루나를 망토로 가리고는 황태자를 보았다. 황태자는 이마에서 흐르는 진땀을 옷소매로 닦아 냈다.

"황태자 전하."

라크안의 목소리가 나직하게 울렸다. 카루나는 그 소리를 듣고 흠칫, 했다.

카루나는 두 손으로 바이켈드 공작의 어깨의 옷자락을 꽉 쥐었다. 제게 하는 말이 아닌데도 입술이 바싹 말랐다. 클레이엔인 척할 때도 이렇게나 적의 어린 목소리를 들어 보지 못했건만. 자신이 모시는 황태자에게 그러한 목소리를 내는 것이었다.

카루나의 떨림을 알아챈 것인지, 카루나를 안은 팔에 힘이 들어갔다.

"……무거워."

카루나는 그 팔에 눌려 라크안의 몸에 바싹 기댔다. 쿵, 쿵. 라크안의 심장 소리가 들렸다. 귀를 가져다 대니 좀 더 선명히 들렸다.

"정식으로 소식을 전하지 않고 찾아왔다는 건, 내게서 제대로 대접을 받지 않겠다는 뜻으로 받아들여도 되겠습니까."

"나는! 그게, 아니라."

황태자가 말을 하려 했으나 라크안은 들으려 하지 않았다.

"바이켈드는 황제 폐하로부터 수도의 저택을 하사받으며, 불입권 또한 받았습니다. 즉, 이 저택은 황제 폐하라 하더라도 나에게 허락을 받지 않은 이상은, 들어오실 수 없다는 것이지요."

제국의 수도는 황제의 땅이나 그 수도에 선 바이켈드 저택은 바이켈드 공작의 소유였다. 라크안의 허락 없이는 설사 황제라 한들 함부로 발을 들일 수 없었다.

"예외 사항은 단 하나, 이 저택 내에서 반역 모의가 일어나고 있는 경우뿐. 황태자 전하께서 그 점을 모르시지는 않으실 텐데."

복도 바닥에 떨어져 있던 흰 셔츠가 라크안의 발치로 날아왔다. 라크안은 그것을 질근, 밟았다.

"라안. 우리 사이에 뭐 그리 딱딱하게 말하는 거야. 응?"

황태자는 친근하게 라크안을 불렀다. 올해 라크안은 스물둘. 그리고 황태자는 스물넷. 둘은 비슷한 연배였다. 어릴 때의 기억이 선명하진 않지만, 둘은 어릴 때부터 친했다.

전대 바이켈드 공작은 어린 라크안을 자주 황궁으로 데려갔다. 발작이 일어난 후에도, 상태가 괜찮은 날에는 종종 입궁했다. 또래 아이가 별로 없던 황궁에서 라크안은 황태자의 좋은 말벗이었다.

황태자는 저보다 두 살 어린 라크안을 꽤나 좋아했다. 또한 발작이 심해지기 전 라크안은 순한 성격의 귀공자로, 황태자를 형이라 부르며 곧잘 따랐다. 아직 황궁에는 그 시절을 그린 그림이 여러 점 걸려 있었다.

바이켈드 공작 부부가 죽고, 라크안이 급히 변방으로 떠난 지 7년 후.

황태자와 라크안은 재회했다. 정원을 뛰놀고 장난치던 두 소년은 훌쩍 커서 청년이 되었다.

하지만 그때의 마음은 몸 어딘가에 분명 남아 있었다. 황태자는 7년 만에 만나는 라크안을 스스럼없이 반겼다. 라크안 또한 기꺼이, 황태자에게 충성을 맹세했다.

라크안과 황태자는 서로에게 존대하며 격식을 차렸다. 주변의 시선을 의식해서였다. 하지만 형 동생이라 편히 부르지 못한다고, 어릴 적 마음이 사라지는 건 아니었다. 라크안은 어떨지 몰라도 적어도 황태자는 그랬다.

그래서 황태자는 당황한 마음에 라크안을 편히 불렀다. 제 동생을 대하듯 하며 라크안을 진정시키려 하였건만, 라크안은 그 마음을 몰라줬다.

“그럼, 말씀해 주시겠습니까. 왜 미리 연락도 없이 내 저택을 찾아서 이 아이를 울리고 있었던 건지.”

목소리에서 찬바람이 싸하게 불었다.

“아니, 난. 걔가 잘 지내는지 보려고 왔을 뿐인데…….”

황태자는 하하, 어색하게 웃으며 뒷걸음질 쳤다.

“그러니까, 카루나를 노리고 왔다?”

“라안?”

황태자는 아직 상황을 파악하지 못하고 라크안을 불렀다. 하지만 라크안의 품에 안겨 있는 카루나는 바로 알아차렸다.

‘뭐야, 또 늑대로 변하려고?’

카루나는 급히 고개를 빼 들었다. 라크안에게 폭 안겨 있어 밖이 보이진 않았지만, 낑낑대며 어떻게든 라크안의 어깨 너머로 주변을 둘러보았다. 열 발자국 정도 되는 거리에 포도주 통이 산더미처럼 쌓여 있었다.

‘저기까지 갈 수 있을까?’

굳이 고민할 필요도 없었다. 무리였다. 불가능했다. 라크안은 혹여라도 카루나를 놓칠세라 꽉 잡고 있었다. 빠져나갈 틈이 없었다.

셔츠가 팽팽하게 당겨지며 몸의 근육이 단단해지는 게 실시간으로 느껴졌다. 핏대 오른 목덜미를 타고 울리는 거친 숨소리는 당장 늑대로 변해도 이상하지 않을 듯했고.

‘이렇게 가만히 있다가는 늑대로 변한 바이켈드 공작한테 바로 물려 죽으려나?’

이상하게도 위기감은 들지 않았다. 늑대로 변한 라크안이 자신을 잡아먹을 것 같지는 않았다. 대신 황태자가 걱정되었다.

‘분명히 죽을 거야.’

그걸 막아야 했다.

'살려야 한다!'

결코 일어나서는 안 되는 일이었다.

"라크안, 정신 차려. 나야. 지크라고. 이 나라의 황태자. 너의 친구! 안 보여? 어? 착시 마법에라도 걸린 거야?"

황태자는 다급히 말했다.

"아주 잘 보입니다. 이 나라의 황태자 거죽을 얼굴에 둘렀으면서 이 나라 공작의 권리를 무시하고, 그것도 모자라 고작 열두 살밖에 안 된 내 어린 보좌 하녀한테, 감히 그 더러운 손을 댄 이 나라의 황태자."

안 그래도 빨간 눈이 더욱 시뻘게졌다.

"더러운 손이라니!"

"그럼 썩은 손이라고 해 드릴까?"

크르르, 입가에서 짐승의 울음소리가 샜다. 라크안이 발을 굴렀다. 콰직. 대리석 바닥이 푹 파였다. 그걸 본 황태자의 얼굴에선 핏기가 가셨다.

"이 꼬맹이는 고작 열두 살입니다. 나랑 열 살 차이면 너한테도 열두 살 차이. 그런데 감히, 꼬맹이를 건드리려고 하다니."

라크안이 이를 갈았다. 뿌드득, 날카로운 잇소리가 났다.

"네 다리 사이를 아주 잘게 다져 주마. 그대로 달고 있어 봤자 이 나라의 역사를 더럽히는 폭군밖에 더 되겠어? 그럴 바엔 내가 오늘 이 나라의 대를 끊어 버리겠다."

라크안은 분노했다. 그 분노를 고스란히 받아 내야 하는 황태자의 얼굴은 하얘지다 못해 새파래졌다.

"아니야. 아니라고. 그런 게 아니야. 무슨 말도 안 되는 오해를 하는 거야!"

황태자가 절규했다.

"여자를 가까이하지 않기에, 남색을 하나 의심을 해 본 적은 있지만. 그게 아니었군. 이런 끔찍한 죄를 지으려 했다니."

"아니야! 난 여태 여자 손 한 번 제대로 잡아 보지 못했다고. 다른 사람은 몰라도, 적어도 너는 그런 날 알아줘야지!"

"여자 손 한 번 잡아 보지 못했다면서 내 꼬맹이에게 손을 대?"

"오해야! 손을 댄 게 아니라, 그냥 이상한 냄새가 나서!"

"뭐? 냄새? 코를 들이댔어?"

말을 하면 할수록 오해가 쌓여 갔다.

"아니라고!"

황태자는 정말 억울하다는 듯 목소리를 높였다.

"너도 알잖아. 비록 마카레나 백작 영애 때문이긴 하지만 내가 얼마나 순결한지. 난 내 어머니와 여동생, 그리고 마카레나 백작 영애 말고 다른 여자의 손목 한 번 잡아 본 적이 없다고!"

황태자는 세상 모든 여자를 얼굴 하나로 홀리고도 남을 만큼 아름다운 사람이었다. 그런 아름다운 남자의 입에서 절절한 고백이 쏟아졌다.

어릴 때, 우연히 마카레나 백작 영애 클레이엔을 만났다. 아니, 남들이 만났다고 하니 그런가 보다 하는 거였다. 사실 황태자는 그 어린 날 클레이엔을 만난 게 전혀 기억이 나지 않았다.

만난 건지 스친 건지 손을 맞잡고 춤이라도 춘 건지 알 게 뭐냐 싶지만. 그 하루 때문에 황태자는 스물네 살까지 순결한 삶을 살아야 했다. 수도사 또한 이보다는 순결치 못하리라.

그에게 반한 클레이엔은 그와 결혼하지 못하면 죽어 버리겠다고 제 아비를 협박했다. 수많은 귀족 영애들이 그러하듯, 사랑의 열병을 호되게 앓고 난 뒤 첫사랑의 씁쓸한 추억으로 남겨 두고 적당한 가문의 영식과 혼인을 하면 좋았을 것을.

그녀에게 다행스럽게도, 또 황태자에겐 불행스럽게도, 그녀의 아버지는 그녀와 황태자를 엮어 줄 수 있는 권력을 가지고 있었다. 황태자에게는 더욱더 불행스럽게도, 클레이엔 본인의 능력도 꽤 출중했다. 사실 대역이었지만, 아무튼.

그녀는 자신이 황태자비가 되기 전까지, 황태자 근처의 모든 여자를 치워버릴 수 있는 성질머리를 가지고 있었다.

그리하여 황태자는 오늘에 이르기까지. 어머니이신 황후 폐하와 제 약혼녀인 클레이엔 말고는 다른 귀족 영애와 춤 한 번 제대로 춰 본 적이 거의 없었다.

우연히 이야기를 나누고 춤 한 번 신청했을 뿐인데, 다음 날 그 영애는 발목이 팅팅 부어 약초 물 밴 천을 둘둘 감싸고 나타났다. 그런 일이 반복되자 귀족 영애들은 감히 황태자에게 다가가지 못했다. 황태자 또한 어떤 귀족 영애에게도 교제를 바랄 수 없었다.

황태자궁의 시녀들 또한 시종들로 바뀐 지 오래였다. 황태자궁은 이미 오래전부터 금녀의 궁이었다. 그렇게 황태자는 클레이엔의 감시와 보살핌 속에서 순결하게 살아왔다. 결코 다른 이유 때문이 아니었다.

"신께 맹세코 내가 그동안 참고 산 건 마카레나 백작 영애의 패악으로부터 애꿎은 여인들이 희생당하지 않기를 바란 거였어. 내가 어린 여자애를 좋아하는 게 아니란 말이야! 게다가 카루나는……."

"함부로 얘 이름을 입에 올리지 마시죠. 황태자 전하."

"걘 내가 운영하는 구빈원에 있던 아이야. 잘 살고 있나 보러 온 것뿐이라고."

"……그때부터 노리고 있었다고?"

"아니야. 아니라고! 라안!"

황태자는 필사적으로 변명했지만, 라크안은 이미 귀를 닫은 지 오래였다. 범죄자의 달콤한 변명 따위에 귀를 기울이지 않았다. 오직 자신이 본 것만 믿을 뿐이었다.

카루나를 껴안고 제 얼굴을 들이미는 황태자. 그런 황태자 품에서 버둥거리며 울던 카루나의 모습을.

'용서할 수 없어.'

라크안은 이를 갈았다. 몸이 약해서 내내 침대에 누워 있다 이제야 겨우 건강을 되찾은 아이였다. 얼굴이 닮은 엄마나 사촌이 살아 있냐고 물어보고 싶어도, 혹여 가족을 잃은 마음의 상처가 덧날까 봐 다가가지도 못했건만. 그렇게 소중히 여긴 그의 어린 보좌 하녀를 건드리려 하다니.

카루나가 반려일지 모른다는 생각에 부풀어 달려왔건만, 그 생각은 단번에 사라져 버렸다. 그게 중요한 게 아니었다.

'황태자라고? 웃기지 마. 이 나라의 황통을 내가 바꿔 버리겠다. 그러는 한이 있어도 절대 용서 못 해.'

라크안은 정말이지 지금 눈에 뵈는 게 없었다.

"변명은 다 했나?"

음산한 목소리가 복도에 울렸다.

"변명이 아니야. 진실이야!"

황태자가 뒤로 한 걸음 물러서면, 라크안이 한 걸음 앞으로 다가섰다. 그렇게 나체 공작과 변태로 오해받은 황태자의 대결이 시작되려 했다. 아니, 대결은 아니었다. 황태자가 일방적으로 맞아 죽는 학살이 될 터였다.

'어쩐다?'

카루나는 라크안의 품에 얌전히 안겨 눈을 데굴 굴렸다. 다시금 감싸인 망토 안은 어두웠다. 까만 망토는 카루나의 시야를 가리긴 했지만, 귀를 가리진 못했다. 망토 너머로 들리는 라크안과 황태자의 대화를 들으니, 라크안이 무슨 오해를 하고 있는지는 충분히 짐작이 갔다.

'둘 사이를 이렇게 찢어 놓을 수 있었겠구나.'

지난 5년간, 바이켈드 공작과 황태자의 사이를 갈라놓으려 온갖 수를 다 썼건만, 매번 실패했다. 라크안은 무슨 일이 일어나든 무덤덤했다. 황태자는 착해 빠져서 오해가 생기면 그냥 웃으며 넘어갔다. 나중에야 라크안에게 묻고는 아니라고 하면 '그래, 그럴 줄 알았어.' 하고 넘어가곤 했다.

물론 황태자의 그 착한 성미는 바이켈드 공작에게만 통했다. 황태자는 클레이엔에게는 냉담했다. 무슨 일이 일어나면 다 클레이엔의 음모라고 생각했다. 뭐, 실제로 대부분 그녀의 수작이긴 했지만.

어린 여자아이를 둘 사이에 끼워 넣는 걸로 둘이 새로 죽이느니 마느니 할 정도로 만들 수 있다니. 미처 이런 방법까지는 생각해 보지 못했다.

'물론, 나니까 가능한 거지.'

카루나는 어깨를 으쓱였다.

'어쨌든 내가 아직 마카레나 백작 밑에 있었다면야 이런 상황을 반겼겠지만 지금은 아닌걸.'

지금 둘 사이를 나쁘게 만들고, 덤으로 황태자가 자식을 얻을 수 없는 몸으로 만든다면. 그 혜택은 고스란히 마카레나 백작에게 갈 것이다.

'진짜 클레이엔한테는 안 될 일이겠지만.'

어차피 얼굴을 보고 반했다고 했으니, 황태자의 다리 사이가 아작 나도 얼굴만 무사하면 클레이엔에게는 큰 문제가 아니지 않을까.

'그러니까 말리자.'

마음을 정한 카루나는 제 위를 덮은 망토를 밀치고 고개를 내밀었다. 라크안의 흉흉한 기세가 새삼 피부에 와닿았다.

훌쩍. 카루나의 얼굴은 아직 눈물에 젖은 채였다. 라크안은 검집째 뽑은 칼을 아예 몽둥이처럼 들고 성큼성큼, 황태자에게 다가갔다.

"너 같은 놈한테는 매가 약이야. 아주 잘게 다져 주지."

확실히 제정신은 아닌 듯했다.

"카루나, 카루나. 네가 뭐라고 말 좀 해 주렴."

황태자는 열심히 뒷걸음치다 카루나를 발견하곤, 다급히 부탁했다. 조금 전 카루나의 눈을 부시게 만들었던 미모는 그 순간에도 애절하게 빛났다. 살짝 마음이 들떴으나, 지금은 남의 미모를 감상할 상황이 아니었다. 카루나는 손을 뻗었다. 그대로 라크안의 뺨에 손바닥을 댔다. 라크안이 인상을 찌푸리며 걸음을 멈췄다. 그러고도 카루나의 손짓대로 고개를 숙였다.

"저 좀 보세요, 공작님."

"보고 있어."

라크안이 무뚝뚝한 목소리로 답했다. 너무 울어 부은 눈. 눈물에 젖은 뺨. 그러면서도 바싹 마른 입술까지. 보기만 해도 울컥, 화가 치밀었다.

"저 괜찮아요. 아무렇지도 않아요. 오해하신 거예요. 황태자 전하께선 저한테 나쁜 짓을 하지 않았어요."

카루나는 목소리를 다듬어 최대한 상냥하게 말했다. 아까 들은 황태자의 목소리를 들으며, 그걸 따라 하려 노력했다. 하- 라크안이 한숨을 내쉬며, 이를 악물었다. 기세가 더 흉흉해졌다.

"애쓰지 마. 그런 거짓말은 안 해도 돼."

"거짓말이 아니라……."

"굳이 그런 목소리로 말하지 말라고. 내가 널 모르나? 넌 아니다 싶으면 나한테 미친 거냐고 후추를 뿌리고 물을 끼얹었지, 그렇게 억지로 꾸며낸 목소리로 호소하지 않아."

"……."

그는 이런 상황에서도 카루나가 할 말 없게 만드는 재주를 가지고 있었다.

"괜찮아. 넌 아무 걱정 하지 말고 눈 감고 있어. 네가 보기엔 좀 험한 광경일 테니."

라크안은 카루나의 머리 위에 다시 망토를 덮으려 했다.

'사람이 애써 좋게 말로 하려 했더니. 뭐? 나답지 않다고? 나다운 게 뭔데? 말귀도 못 알아듣고 날뛰는 주제에 감히 내 상냥함을 못 믿어?'

카루나는 눈을 치켜뜨고, 라크안의 뺨에 댄 손을 내려 제 위를 덮고 있는 망토를 쳐냈다. 그러고는 다른 한 손에 내내 쥐고 있던 후추통의 뚜껑을 확 열어젖혔다. 통에는 아직 후추가 반 정도 남아 있었다.

"그래, 나한테는 후추가 있다. 됐냐?"

카루나는 손에 든 후추통을 라크안의 얼굴에 던져 버렸다.

"뭐? 읏!"

콸콸콸, 후춧가루가 튀어나와 라크안의 얼굴을 덮쳤다. 후추는 고스란히 카루나의 머리 위로도 쏟아졌다. 자욱이 피어오르는 후춧가루 폭풍 속. 두 사람의 격한 기침 소리가 울려 퍼졌다.

"쿨럭, 쿨럭, 이거, 뭐, 뭐야, 우웩!"

라크안이 괴로워하며 버둥거릴수록 풍성한 망토 자락이 신나게 펄럭였다. 후춧가루가 더 잘 날아다니도록 만들어 주었다.

"놔……. 켁, 켁, 콜록, 놔줘……. 눈 아파!"

카루나는 제 허리를 콱 껴안은 라크안의 팔을 손으로 내려쳤다. 라크안은 황태자와 달랐다. 살아도 둘이 살고 죽어도 둘이 죽는다. 라크안은 카루나를 놓지 않았다.

"아……."

죽을 뻔했다 살아난 황태자는 진이 빠져 그 자리에 털썩 주저앉았다. 자신의 근위 기사를 부를 힘도, 저택의 하녀 하인들을 불러 라크안을 저 후추 폭풍 속에서 구해 줄 의리도, 그에겐 남아 있지 않았다.

그저 눈앞의 광경을 멍하니 바라보다 후춧가루가 자신이 있는 곳까지 다가오려 하자 엉덩이걸음으로 뒤로 물러섰다.

* * *

한참 뒤, 하녀장과 연두색 머리 남자가 나타났다. 황태자와 라크안을 찾다 이 복도까지 온 것이었다. 둘은 서쪽 복도의 광경을 보고 경악을 금치 못했다. 후춧가루로 엉망이 된 복도에 라크안과 카루나가 쓰러져 콜록대고 있었다. 황태자는 그 근처에 쓰러져 잠이 든 건지 기절한 건지 모를 상태로 숨만 쉬는 중이었다.

이날 이후로 바이켈드 공작 저택에선 카루나를 위한 별칭을 하나 더 만들어 바쳤다. 포도주 통의 여전사, 라안 슬레이어에 이은 새 별칭은 '후춧가루로 폭풍을 부르는 마법사'였다.

자고로 사고를 치는 건 라크안이요, 뒷수습하는 건 언제나 하녀장과 연두색 머리 남자였다. 연두색 머리 남자는 기절한 황태자 전하를 안아 들고는 응접실로 갔다. 황태자의 근위 기사들은 연두색 머리 남자의 어깨에 들려 축 늘어져 있는 황태자를 보고 기겁했다.

"감히! 네놈이 우리 전하를!"

"누구의 수하냐, 설마 바이켈드 공작의?"

"그럴 리 없어, 분명 마카레나 백작 영애의 하수인이 이 저택에 숨어든 게 분명해!"

"사악한 클레이엔의 부하 같으니라고! 그 빨건 눈동자는 역시 악녀의 하수인다운 눈빛이다!"

그들은 검을 빼 들고 연두색 머리 남자에게 달려들었다.

"빨겋다니? 내가 빨거면 라안의 눈은 뭔데요! 아니, 그게 중요한 게 아니라, 저는 그러니까 그게 아닙니다. 여러분!"

"닥쳐라!"

"황태자 전하를 시해하다니."

"그 죗값을 치르게 해 주마!"

꿈틀. 그때, 연두색 머리 남자의 어깨에 늘어져 있던 황태자의 몸이 꿈틀댔다.

"이, 이거 보세요! 이거 보라고요!"

연두색 머리 남자가 황태자를 가리켰다.

이제 황태자 시해범은 황태자 시해 미수범이 되었다. 근위 기사들은 연두색 머리 남자에게서 황태자를 되찾기 위해, 몸을 날렸다.

"돌려주려고 온 겁니다. 안 그래도 돌려드릴 거라고요!"

연두색 머리 남자는 황태자를 든 채로 공격을 잘도 피했다. 과연 철십자 기사단의 부단장다웠다.

근위 기사들이 헉헉대며 지친 기색을 보이자, 이번엔 바이켈드 공작저의 주치의다운 면모를 뽐냈다. 연두색 머리 남자는 얼른 황태자를 소파 위에 눕히고는 근위 기사들에게 둘러싸여 황태자의 상태를 진단했다. 황태자는 '더없이 건강한 상태이나 무언가를 보고 너무 깜짝 놀라, 지쳐 기절한 상태'였다.

근위 기사들은 바이켈드 공작저의 하인과 하녀들을 불러, 정말 이 연두색 머리의 남자가 바이켈드 공작저의 주치의인지를 확인했다. 그러고도 모자라 황태자가 눈을 뜰 때까지 연두색 머리 남자를 잡아 두었다.

"내참, 이 정도에 뭐 그리 야단들입니까. 우리 라안은 머리에 주먹만 한 혹을 달고도 쌩쌩했는데."

연두색 머리 남자가 분위기를 파악하지 못하고 투덜거렸다. 근위 기사들은 눈을 부라려 그를 노려볼 뿐 황태자 곁을 떠나지 않았다. 연두색 머리 남자도 풀어주지 않았다.

잠시 후 황태자가 정신을 차렸다.

근위 기사들은 그 자리에서 무릎을 꿇고, 황태자 전하 만세를 외쳤다.

외근 한 번 잘못 나왔다가 목이 달아날 뻔했는데, 어찌 감격스럽지 않을 수 있으랴. 십년감수한 기사들의 눈에선 기쁨의 눈물이 철철 흘렀다.

황태자는 새삼 제게 충성을 맹세하는 근위 기사들을 자애롭게 다독였다. 연두색 머리 남자는 황태자와 근위 기사들의 눈물 나는 충성 맹세의 현장을 멍하니 바라보았다.

바이켈드 공작저에 머무른 지 어언 여섯 달. 반년이 지나고 있으나 한 번도 이런 광경을 본 적이 없었다.

'숲 밖의 인간들은 약하고, 또 서로를 이렇게나 좋아하는구나.'

철십자 기사들은 발작한 라크안에게 얻어맞고, 그래도 그를 막으려 공격하는 게 일상이었다. 공작과 기사들 간에 오가는 건 주로 주먹질과 칼부림뿐. 그 속에서 이런 충성의 장면이 나타나긴 아무래도 힘들었다.

연두색 머리 남자는 어릴 때 읽었던 숲 밖 인간들의 동화를 생각하며, 그 삽화 같은 광경을 마음껏 관람했다. 황태자는 연두색 머리 남자의 존재를 깨닫고 친히 말을 걸어 주었다. 연두색 머리 남자는 그제야 제 마지막 임무를 다할 수 있었다. 라크안을 대신하여 사과하는 게 그의 마지막 뒤처리였다.

"제국의 황태자 전하, 부디 바이켈드 공작의 무례를 용서해 주십시오."

연두색 머리 남자는 고대의 예법을 흉내 내는 연극배우처럼 과장된 몸짓을 선보였다. 크게 팔을 휘두르고 허리가 접힐 듯 인사했다. 황태자는 웃으며 라크안의 무례와 황족 모독죄를 용서해 주었다.

"그 아이를 그렇게 아껴 준다니, 오히려 안심이네."

황태자는 라크안에게 시달려 해쓱해진 얼굴로 활짝 웃었다. 태양을 정면에서 바라보는 듯 눈이 부셨다.

"아아……!"

연두색 머리 남자는 황태자의 미모를 견디지 못했다. 두 손으로 얼굴을 가리는 무례를 저지르고야 말았다. 황태자의 뒤에 선 근위 기사들은 연두색 머리 남자를 탓하지 않았다.

그렇게 연두색 머리 남자가 황태자 앞에서 쩔쩔매는 동안, 하녀장은 라크안과 카루나를 돌봤다. 하녀장은 일단 코와 입을 두꺼운 천으로 가렸다. 그러고는 먼지떨이로 라크안과 카루나를 두들겼다. 툭툭툭. 둘이 잔뜩 뒤집어쓴 후춧가루가 연신 떨어졌다.

이후 하인과 하녀들을 불렀다. 하녀들은 카루나를, 하인들은 라크안을 번쩍 들었다. 하녀장은 그들을 이끌고 라크안의 집무실로 갔다. 커다란 소파 두 개에 각각 라크안과 카루나를 눕히고 따뜻한 물을 적신 수건으로 얼굴과 손, 발을 닦아 주었다.

먼저 정신을 차린 건 카루나였다.

"정신이 드니?"

"캘록, 켁…… 목이 너무 따가워요."

카루나는 콜록거리며 두 손으로 제 목을 감싸 쥐었다.

"일어나 보렴, 따뜻한 물을 마시면 좀 괜찮아질 거란다."

"켁, ……눈이, 잘 안 떠져요."

"가엾게도."

하녀장은 얼른 카루나의 몸을 일으켜 주고 따뜻한 물을 먹여 주었다. 잠시 뒤 라크안이 눈을 뜨자, 역시나 하녀장은 물잔을 건넸다.

"……죽는 줄 알았어."

라크안은 스스로 몸을 들이켜며, 잔뜩 쉰 목소리로 말했다.

7년간 전장을 떠돌아다니며 죽을 고비를 숱하게 넘겼다. 그 고비 중 어느 것 하나 만만찮은 게 없었다. 그런데 그 어떤 고비보다 오늘의 후춧가루 공격이 끔찍하고 처절했다.

꼭 이렇게 저렴하고 비참하게 죽음의 문턱을 경험했어야 하는 이유가 뭘까. 라크안은 울적해졌다. 카루나는 꼴깍꼴깍 물을 마시며 잠에서 깬 라크안을 쳐다보았다.

울적한 라크안은 제 물잔을 내려다보며 생각에 잠겼다. 얼굴은 무표정해서 차가워 보였다. 하지만 평소의 냉철함이라거나 싸늘함은 느껴지지 않았다. 죽다 살아난 몰골이 영 불쌍해 보였다. 머리는 새둥지가 되어 있었다. 부스스한 검은 머리. 잠이 덜 깨 반쯤 감긴 눈. 후춧가루에 시달려 붉게 부어오른 눈가. 어딘가 수척해 보이는 양 뺨.

무엇보다 많이 울어서 부어오른 붉은 눈이라니. 이 멍해 보이는 청년을 황궁에 끌고 가 그 바이켈드 공작이라고 말하면 과연 몇이나 고개를 끄덕일까.

'일단 난 의심할 거야. 절대 바이켈드 공작이라고 안 믿었을 거야.'

그제야 자신이 무슨 짓을 저질렀는지 실감이 났다. 대놓고 바이켈드 공작의 얼굴에다가 후추를 부어 버리다니. 이건 평소 톡톡톡, 셔츠에 후추를 치는 것과는 차원이 달랐다. 게다가 그때, 곁에는 황태자가 있었다.

나름 둘의 사이가 갈라지는 것을 막기 위해 용기를 낸 행동이었지만. 어찌 보면 황태자 앞에서 바이켈드 공작의 위엄을 깎아내리려는 수작으로 보였을 수도 있다.

'아니, 그렇게 보였을 거야.'

조그만 어깨가 잔뜩 움츠러들었다.

'화났겠지.'

카루나는 슬쩍 눈치를 봤다. 라크안은 여전히 멍-해 보였다. 후춧가루가 코를 타고 머리로 들어가서 그 후유증으로 아까의 일을 다 잊어버렸다면 얼마나 좋을까.

'물론 그런 일은 일어나지 않겠지만.'

카루나는 빈 물컵을 두 손으로 만지작거렸다.

“괜……찮으세요?”

용기를 내어 우물쭈물, 말을 걸어 보았다. 나름 라크안이 어떤 생각인지, 어떤 상태인지 탐색하려는 시도였다. 그런데 그 시도가 라크안이라는 폭탄의 심지에 불을 붙이는 불티가 되었다. 라크안의 붉은 눈에 빛이 돌아왔다.

“괜찮냐고? 야, 꼬맹이.”

“……네.”

카루나가 움찔, 몸을 떨었다. 그 모습이 오히려 라크안의 화를 더 돋웠다. 라크안은 기가 팍 죽은 카루나의 모습을 보고는 울컥, 했다.

“넌 네 편을 들어 주는 사람한테 어떻게 그럴 수 있냐?”

섭섭했다. 섭섭하다고 말해도 이 섭섭함이 다 표현되지 않을까봐 섭섭할 정도로 섭섭했다. 그리고 쪽팔렸다.

“……죄송해요.”

카루나도 할 말이 없는 건 아니었으나, 일단 오늘은 수그렸다.

‘그러니까 누가 그렇게 날뛰래? 공작 자리는 날로 먹었나. ……뭐, 태어나니 부모가 공작이었을 테니 날로 먹었겠지만.’

입술을 삐죽이며 속으로나마 투덜댔다.

라크안은 얌전히 고개를 푹 숙인 카루나를 보며 진한 허탈감을 느꼈다.

‘내가 미쳤지.’

카루나의 생각만큼, 카루나의 후추 폭탄 공격 자체에 화가 나 있는 게 아니었다. 카루나가 자신의 반려일지 모른다고 생각했다. 아니, 카루나가 자신의 반려라고 생각했다.

그런 생각을 한 것만으로도 제정신이 아니건만. 다시 확인해 보겠다며 뛰쳐나가 카루나를 찾아다녔다. 그리고 카루나가 황태자와 같이 있는 걸 보고는 눈이 회까닥 돌았다. 발작을 일으킬 뻔했다.

카루나가 후추 폭탄을 던지지 않았다면, 바로 늑대의 몸이 되었으리라. 황태자를 물어뜯었을지도 모른다. 카루나마저 크게 다쳤을지 모른다.

문득, 후원에서 발견했던 피투성이가 된 카루나의 모습이 떠올랐다. 아마 발작을 일으킨 자신의 발톱에 찢겼다면, 이빨에 물렸다면, 그보다 더 심한 모습으로 피를 흘리리라.

생각만으로도 숨이 멎을 것 같았다. 멋대로 기대하고 분노하여 모두를 위험에 빠트릴 뻔했다. 충성을 맹세한 황태자와 아무것도 모르는 카루나, 둘 다를.

'왜 이 꼬맹이를 내 반려라고 생각한 거지?'

끔찍한 기분이었다. 할 수만 있다면 칼로 그때의 기억을 도려내고 싶었다. 다른 누구도 아닌, 카루나에게 그런 기대를 했다는 것 자체에 환멸감이 들었다.

슬프게도, 아니 절망스럽게도, 더 끔찍한 건. 자신이 실망감을 느끼고 있다는 것이었다. 저 작은 소녀에게 그런 헛된 희망을 품었다. 그리고 멋대로 실망하였다. 차마 얼굴을 들 수 없었다.

쪽팔렸다. 부끄러웠다. 이런 단어로 표현할 수 없을 만치 비참했다.

'나는 이렇게 미쳐 가는 건가?'

눈앞에 앉아 있는 건 자신보다 무려 열 살이나 어린 열두 살짜리 아이였다. 자신에게 공격할 수 있는 수단이라고는 후추 폭탄밖에 없는. 그런 아이를 두고 무슨 생각을 한 건지.

'차라리, 그냥 죽을까?'

제정신이 아닌데 반려를 찾을 수 있을까. 아니, 찾아서 무엇 할까. 반려와 반려일 리 없는 꼬맹이를 두고 갈팡질팡 헷갈리는 이런 정신머리를 가지고. 부끄럽기 짝이 없었다.

'울고 싶다.'

•

이미 후추 폭탄 때문에 충분히 울었지만, 더 서럽게 울고 싶어졌다. 눈앞에 카루나만 없다면, 이번엔 테이블에 머리를 박았을 것이다.

허탈하고도 허탈했고, 이 이상 쪽팔릴 수 없을 만큼 쪽팔렸다. 만약 카루나가 후추 폭탄을 들고 있지 않았다면, 그래서 자신이 막무가내로 들이댔다면 어땠을까.

'안 돼!'

생각만으로도 정신이 아득해졌다. 차라리 아까 천년 묵은 나무로 만든 책상에 머리를 박고 죽어 버리는 게 나았으리라.

'난 정말로 미친 걸까?'

라크안은 제 머리를 쥐어뜯으며 진지하게 고민했다. 그를 더욱 슬프게, 비참하게 만드는 건, 그의 마음 한구석에 아직 황태자에 대한 분노가 타오르고 있다는 것이었다.

'황태자, 지크, 이 자식. 넌 뭔데 내 꼬맹이를 마음대로 건드려.'

하녀장이 연두색 머리 남자가 보낸 전언을 듣고는 오해였다고 라크안에게 전해 주었으나, 그럼에도 이해가 안 됐다. 이해가.

"넌 앞으로도 계속 그 후추통, 챙겨 다니도록 해."

라크안이 이를 갈며 말했다.

"네, 네? 왜, 왜요?"

카루나가 당황하여 말을 더듬었다.

두어 달 지켜본바, 그는 조그만 여자아이한테 무서운 벌을 내릴 성격은 아니었다. 하지만 그걸 알아도 무서운 마음이 들었다. 지은 죄를 알아서 그렇기도 했거니와, 마카레나 백작저에서 교육이라는 이름으로 훈련을 받았을 때, 으레 받았던 체벌이 떠올라서 그렇기도 했다.

'더 화를 낼까? 아니면 춥고 어두운 방에 가두고 며칠 굶기기라도 할까? 그래도 때리진 않겠지. 채찍질당하는 건 싫은데.'

잔뜩 긴장하고 있었건만, 라크안은 예상과 전혀 다른, 아니 상상도 하지 못했던 반응을 보였다.

'계속 가지고 다니라니?'

카루나는 고개를 갸웃, 했다. 작은 얼굴에 영문을 모르겠다는 표정이 고스란히 드러났다.

"왜긴 왜야. 오늘처럼 무슨 일 있으면 계속 그렇게 뿌려 버려."

라크안은 그런 카루나를 보며 퉁명스럽게 말했다. 화를 내거나 벌을 내리려는 것 같지는 않았다.

"어……."

카루나는 목 끝까지 치고 올라온 말을 차마 말하지 못했다.

'주공격 대상은 오늘처럼 당신일 텐데, 괜찮으신가요?'

그녀는 라크안과 달리 분위기를 살필 줄 알았다.

"네에."

카루나는 일단 얌전히 대답했다. 그러고는 라크안이 왜 이렇게 뜬금없이 구는지 고민했다.

'아까 그 후추 공격이 마음에 들었나? 그 맵고 따가운 게? 역시 취향이 그런 쪽?'

카루나의 표정이 심각해졌다.

'그럼 그동안 내가 셔츠에 후추를 뿌린 것도, 사실 좋은데 싫은 척한 거였을까?'

겨우 생기가 돌고 발그레해진 뺨이 다시 창백해지려고 했다.

"야, 꼬맹이."

라크안이 카루나의 망상을 끊어 냈다.

"무슨 생각 하는지 짐작이 가는데, 그거 아니다. 절대 그거 아냐. 쓸데없는 생각 하지 마. 경고했다."

"……네에."

카루나는 마지못해 대꾸했다. 그런 카루나를 본 라크안은 한숨을 내뱉으며 어이없어했다.

"하……. 쪼그만 게 뭘 안다고 이상한 생각이나 하고 말이야. 너 자꾸 그러면 하루에 다섯 시간씩 동화 읽힌다?"

"으엑."

라크안이 돼먹지 않은 협박을 할 때였다. 노크도 없이 문이 활짝 열렸다.

"라안, 어때? 한번 안아 봤어?"

연두색 머리 남자가 뛰어 들어오며 소리쳤다.

"입 닥쳐!"

라크안이 급히 그를 막으려 하였으나, 황태자의 따사로운 아름다움을 쐬고 돌아온 그는 거침이 없었다.

"안아?"

카루나는 일단 놀랐다.

"뭘? 날?"

뾰족해진 녹색 눈이 향한 건 당연히 라크안이었다.

"뭘 한다고요?"

카루나는 두 손을 엇갈려 제 어깨를 감쌌다. 라크안은 커다래진 녹색 눈에서 헤아릴 수 없이 많은 욕설을 읽었다.

"그런 게 아니야!"

라크안이 급히 소리쳤지만 카루나의 의심을 풀기에는 무리였다. 카루나는 엉덩이걸음으로 물러났다. 조금이라도 라크안에게서 멀어지려는 것이었다. 그걸 본 연두색 머리 남자는 감을 잡았다.

"아직 안 했구나, 뭘 뜸 들여! 한번 안아 보면 반려인지 아닌지 알 거 같다며. 얼른 안아 봐!"

그가 밝은 목소리로 다시 한번 외쳤다.

와장창- 연두색 머리 남자 뒤에서 무언가 엎어지고 부서지고 깨지는 소리가 들렸다. 모두의 시선이 연두색 머리 남자의 뒤로 향했다.

하녀장이 서 있었다. 먹기 좋게 손질되어 있었을 과일과 예쁜 접시들이 바닥에 흩어져 있었다. 트레이는 엎어져, 바퀴만 팽그르르 구르고 있었고. 하녀장은 손을 부들부들 떨며 라크안을 쳐다보았다.

"도련님."

라크안을 부르는 목소리는 서늘했다. 라크안이 기억하기로, 그녀는 단 한 번도 이런 목소리로 그녀를 부른 적이 없었다. 라크안은 저도 모르게 몸을 뒤로 물렸다.

"아냐, 그런 거 아냐. 무슨 오해를 하는 건지는 대략 짐작은 하겠는데, 아냐! 절대 그런 게 아니야! 날 믿어!"

라크안은 하녀장과 카루나를 보며 격하게 부인했지만,

"아니긴 뭐가 아니야. 다시 한번 확인해 봐야겠다며. 아까 한 번만 더 안아 보면 뭔가 알 거 같다면서 뛰어나갔잖아. 그런데 여태 못 안아 본 거야?"

연두색 폭탄은 아직 완전히 다 터진 게 아니었다.

"서……선대 공작 각하께서는…… 그리고 아버님 되시는, 부군께서는…… 도련님을 결코, 그렇게 키우지 않으셨……."

하녀장은 채 말을 잇지 못했다. 허억, 급히 숨을 들이켜고는 한껏 날 선 목소리로 라크안을 공격했다.

"데뷔 무도회까지 기다려 주실 생각도 않고, 어떻게, 어떻게…… 그런!"

"기다리긴 뭘 기다려! 그거야말로 날 모욕하는 소리지! 라임스 부인, 얘랑 나랑 나이 차가 얼만데 기다려, 기다리긴. 기다리는 것 자체도 범죄야! 죄악이라고!"

라크안이 버럭, 소리를 질렀다.

그 사이에 낀 카루나는 입술을 꼭 깨문 채 숨을 골랐다. 황태자와 바이켈드 공작의 연계를 지켜 마카레나 백작이 좋아하는 꼴을 안 보겠다고 굳게 다짐했건만. 연두색 머리 남자의 고백 앞에서 그 다짐은 모래성처럼 스르륵 무너져 버렸다.

"저한테 손끝 하나라도 대 보세요. 황태자 전하께 다 이를 거예요."

카루나는 쌀쌀맞은 목소리로 라크안에게 경고했다.

"무슨 일이 있으면, 일러도 나한테 일러야지. 황태자한테는 왜 가!"

라크안은 울컥해 소리쳤지만, 카루나는 경멸 어린 눈으로 그를 볼 뿐이었다.

'너한테 너를 어떻게 이르니?'

말하지 않아도 카루나가 무슨 생각을 하고 있는지 알 것 같았다.

"아니야, 그런 게 아니라고!"

라크안이 처절하게 외쳤으나 그 외침은 누구의 마음에도 와닿지 않았다. 라크안을 바라보는 두 여인의 마음은 만년설에 파묻힌 것처럼 꽁꽁 얼어붙었다.

"카루나, 이리 오렴."

하녀장은 덜덜 떨리는 손으로 카루나를 불렀다. 카루나는 소파에서 폴짝 뛰어내려 하녀장에게 달려갔다. 하녀장은 카루나를 제 치마폭에 숨겼다. 누구로부터 숨기려는 행동인지는 굳이 말하지 않아도 모두 알 수 있었다.

"라임스 부인, 왜 라크안을 도와주지 않으시는 건가요?"

연두색 머리 남자가 영문을 모르겠다는 듯 물었다. 그 순수한 태도가 가증스러워서, 라크안은 이를 갈았다.

"아니야, 아니라고!"

하녀장마저 자신에게 등을 돌린 상황에서 라크안의 외침은 덧없이 저택에 울려 퍼질 뿐이었다. 덧없이, 덧없이.

* * *

그날로 카루나는 라크안의 보좌 하녀 업무에서 해방되었다. 직책은 유지하였으나 당분간 그 업무를 하녀장과 다른 하녀가 맡기로 했다. 저택을 총 관리하는 하녀장의 결정이었다.

라크안은 자신의 결백을 입증하기 위해서라도 그럴 수 없다며 반항했다. 하지만 소용없었다. 반려를 찾기 전까지, 저택 내에서 라크안의 결정권은 하녀장보다 아래였다. 언제든 발작을 일으킬지 모르는 라크안보다는 그를 지키는 하녀장과 연두색 머리 남자의 판단이 더 우선시되었다.

덕분에 카루나는 언제 끝날지 모를 휴가를 선물 받았다. 그리하여 라크안을 깨우러 가지 않아도 될 첫날, 카루나는 이른 새벽에 눈을 떴다.

'늦잠을 자 본 적이 있어야지.'

고기도 먹어 본 사람이 맛을 안다고. 쉬는 것도 쉬어 본 적이 있는 사람이 쉴 수 있다. 여태껏 마음 편히 늦잠 한 번 자 본 일이 없었건만, 갑자기 휴가가 주어진들 푹 잘 수 있을 리 만무했다. 오히려 더 일찍 일어나 버렸다.

카루나는 잠기운이 더덕더덕 붙은 눈을 억지로 떴다. 졸리지만 더 자야겠다는 생각은 들지 않았다. 침대에 앉아 멍하니 창밖을 보았다. 이제 동이 터 오는지, 하늘이 희끄무레했다.

옷을 갈아입은 다음, 카루나는 평소처럼 라크안의 침실로 갔다. 잠결에 버릇처럼 라크안을 깨우러 온 것이다. 필수 준비물인 찬물이 가득 든 대야도 잊지 않고 들고 왔다.

카루나는 거침없이 문을 열고 침실 안으로 들어갔다. 라크안의 침실엔 수백 개의 초가 곳곳에 켜져 있었다. 그 불빛 덕에 안은 대낮처럼 훤했다. 라크안은 여전히 옷을 안 입은 채였다. 그나마 두 달간 카루나의 성화에 시달려, 얇은 침대 시트를 몸에 두르곤 있었다. 중요 부위는 다 가려져 있었다.

아무리 졸려도 이렇게 환한 빛이 신경 쓰여 잠을 못 이룰 것 같건만. 라크안은 죽은 듯이 잠들어 있었다. 그 곤히 잠든 모습을 보고야 정신이 번쩍 들었다.

'아, 나 이제 보좌 하녀가 아니지.'

카루나는 대야를 들고 있는 자신을 깨닫고는 픽, 웃었다.

'두 달밖에 안 됐는데 벌써 하녀 근성이야?'

대야의 물이 쏟아지지 않도록 조심하며 돌아서려 하는데, 발에 무언가 툭 걸렸다. 빈 포도주 병이었다. 주변을 둘러보니 굴러다니는 게 한두 병이 아니었다.

"또 술을 마시고 잔 건가?"

카루나는 저도 모르게 중얼거렸다. 이내 합, 얼른 입을 다물었다. 잠귀가 예민한 라크안이 깰까 싶어서였다. 슬쩍 쳐다보니, 깬 것 같지는 않았다. 카루나는 라크안이 잠귀가 밝으니 조심해야 한다 말한 하녀장이 생각나 입술을 쭉 내밀었다.

하녀장은 라크안이 잠귀가 예민해 누가 곁에 다가오기만 해도 바로 잠을 깬다고 했다. 하지만 카루나가 두 달 내내 그를 깨우러 와도, 그는 쉬이 깨지 않았다. 매번 카루나의 앞에서 쿨쿨 잘도 잤다.

아니, 죽은 듯 잠들어 있는 건 맞지만 쿨쿨 잘 자는 건 아니었다. 자는 모습이 그리 편안해 보이지는 않았으니까. 카루나가 잠시 멈칫할 때였다.

"가지 마."

라크안이 카루나의 손목을 턱 움켜잡았다.

"……!"

카루나는 깜짝 놀랐다. 하마터면 대야를 엎지를 뻔했지만 아슬아슬하게 물을 쏟지는 않았다. 카루나는 대야를 침대 옆 서랍장 위에 내려놓았다. 그때까지도 라크안은 카루나의 손을 놔주지 않았다. 깼나 싶어 봤지만 여전히 눈을 감고 있었다. 꿈을 꾸고 있는지, 인상을 쓰며 몸을 뒤척였다.

"흐으……."

신음을 흘리기까지 했다. 반듯한 이마에서 진땀이 흘러내렸다.

"또 그러네."

그 모습을 바라보는 카루나의 얼굴도 찌푸려졌다.

"제발, 제발……."

라크안은 입술을 달싹이며 계속 중얼거렸다.

"싫어. 더는 죽이고 싶지 않아. ……그만."

잠든 사람이 맞나 싶을 정도로 고통스러워 보였다. 잡힌 손을 빼내는 게 미안해질 정도였다.

카루나는 잡히지 않은 손을 라크안의 이마에 얹었다. 언제나 그랬듯, 열은 없었다. 아프지 않은데도 이렇게 괴로워하고 있는 것이었다.

"악몽 좀 그만 꿔요."

카루나가 라크안의 머리를 쓰다듬어 주었다. 그러자 거짓말처럼 라크안의 얼굴이 편안해졌다.

물론 잠시뿐이었다. 카루나가 손을 떼면 다시, 라크안은 끙끙대며 괴로워했다. 그러면서 카루나의 팔을 잡은 손에 힘을 주었다. 그것마저 놓칠 순 없다는 듯이.

까만 머리는 땀에 푹 젖어 있었다. 쓰다듬으면 머리카락이 수초처럼 손가락에 엉겼다. 기분이 나쁘다거나 하지 않았다. 굳이 따지자면 이렇게까지 땀을 흘리는 라크안이 안쓰럽다는 마음이 컸다.

두 달 동안 지켜본바, 이건 라크안의 잠버릇이었다.

'아니, 이걸 잠버릇이라고 하면 안 될 거 같긴 하지만.'

카루나는 속으로 혀를 찼다. 라크안은 불면증이 심했다. 도통 밤늦게까지 잠들지 못했다. 새벽에야 겨우 잠들어 아침 해가 떠도 쉽게 일어나지 못했다. 그의 침실 한편에는 불면증에 좋다는 온갖 약들이 가득했다. 약병은 카루나가 세어 본 것만 스무 병이 넘었다. 그 옆에는 지하 창고에서 꺼내 온 좋은 품질의 포도주가 여러 병 늘어져 있다.

약이 잘 통하지 않는 몸이라면서, 잠깐 몸에 도는 효능에라도 기대고 싶다는 듯 약을 먹었다. 그 약마저 안 통할 때는 술을 병째로 비우고야 겨우 눈을 감았다. 그렇게 잠들어도 푹 잠들지는 못하는 것 같았다.

카루나는 라크안의 이런 약한 모습이 낯설기만 했다.

'내 손목을 생명줄처럼 움켜잡고 낑낑대는 바이켈드 공작이라니.'

다시 괴로워하는 라크안을 보다 못해, 카루나는 다시 제 손을 라크안의 이마에 올려 주었다. 거짓말처럼 라크안의 표정이 편안해졌다. 라크안은 카루나가 두 달 내내 자신에게 찬물을 뿌려 자신을 깨웠다고 투덜댔다. 그때마다 카루나는 코웃음을 쳤다.

이 둔한 늑대는 모르리라. 찬물 세례를 얻기 전에 꽤 오래, 자신이 매번 이렇게 제 꿈자리를 봐주고 있었다는 것을.

7년간 전장을 떠돌고, 수천의 적을 죽이고 제국을 지켜 낸 영웅. 스물두 살이나 먹은 사내. 라크안은 카루나가 고개를 꺾고 한참 올려다봐야 할 정도로 컸다.

침대에서 영 옷을 안 입고 자는 버릇 때문에, 어쩔 수 없이 그의 맨몸에 익숙해졌는데. 몸에 칭칭 두른 얇은 이불 사이로 보이는 몸은 탄탄했다. 두 팔은 단번에 카루나의 목뼈를 부러뜨릴 수 있을 듯 두껍고 튼튼했다.

떡 벌어진 어깨는 두말할 나위도 없었다. 툭 도드라진 쇄골마저 단단해 보였다. 가죽 갑옷을 입은 듯 탄탄하고 빵빵한 가슴과 울퉁불퉁한 근육으로 한 치의 틈 없이 짜인 복근. 그리고 그 아래 툭 도드라진 쇄골과 탱탱한 엉덩……

'그만하자.'

카루나는 눈을 감았다. 순수한 그녀가 감당할 수 있는 선은 아직 여기까지였다.

아무튼 라크안은 강인한 사내였다. 그렇게 강한 몸을 가지고 있으면서, 그는 잠들면 이리도 괴로워했다. 매일 아침 찬물을 뿌려서라도 그를 깨우는 건, 이런 모습이 보기 싫어서였다.

'왜 괴로워하는 거야? 그러지 마. 나한테는 항상 강한 모습만 보여 줬잖아. 그런데 왜 이제 와서 이런 모습을 보여 주는 거야.'

지난 5년간, 정말 치열하게 싸웠다. 라크안은 그녀가 어떤 패악을 부리고 나쁜 짓을 하든 거뜬히 막았다. 이 사람 말고 누가 날 감당할 수 있겠느냐 생각이 들 정도였다. 그러다 보니.

'이 정도는 바이켈드 공작이 알아서 막겠지.'

라고 생각하며 기꺼이 나쁜 일을 저지르기도 했다.

과연 라크안은 열 번 중 아홉 번은 잘 막았다. 하지만 가끔 한 번씩 삐끗하기도 했다. 그래서 자신이 한 나쁜 짓이 성공하면 짜증이 날 때도 있었다.

"어째서 이걸 못 막은 거야! 이 정도는 그냥, 눈 감고도 막았어야지!"

이렇게 투덜대면, 곁에서 보좌하던 루시온은 살짝 미간을 찌푸리며 그녀를 내려다보곤 했다.

"막았으면 막았다고 화를 내실 것 아닙니까?"

"당연하지! 그렇게 날 몰라?"

그럴 때면 그녀의 짜증은 모두 루시온의 몫이 되었다.

카루나에게 그는 거대한 벽이었다. 아무리 부딪쳐도 부서지기는커녕 금조차 가지 않는 강철의 벽. 그런데 그 벽이 사실은 이리도 연약하고 가여웠다는 걸.

알고 싶지 않았다. 두 눈으로 보기 싫었다.

"제발…… 제발……."

그는 악몽에 시달리면서도 간절히 바랐다.

"제발 내 앞에 나타나 줘. 사라지지 마. 떠나지 마……."

꿈속에서마저도 자신의 반려를 찾고 있었다. 그게 싫었다. 카루나는 라크안의 이마에서 손을 떼 제 치마를 움켜쥐었다. 꽉 주먹 쥔 손 안에서 치맛자락이 형편없이 구겨졌다.

'이 마음이 뭔지 알아. 하지만 모르는 척할 거야.'

카루나는 입술을 깨물며 분한 마음을 꾹 눌렀다.

'왜냐면 당신은 절대 내 것이 되지 않을 테니까. 예전에도 그랬고, 지금은 더더욱 그럴 테니까.'

처음 황궁에서 라크안을 보았을 때, 심장이 뛰었다. 지나고 보니 그건 분명 설렘이었다. 빌어먹을 바이켈드 공작, 라크안은 그 마음을 잔인하게 짓밟아 버렸지만.

카루나는 그때, 그를 보고 설레 하던 주변의 귀족 영애들과 마찬가지였다. 자못 떨렸고, 똑바로 바라보지 못해 여러 번 곁눈질했다. 어떻게 안 그럴 수 있을까.

까마귀 깃털 같은 까만 머리카락. 보석함에 담긴 어떤 루비 장식보다 깊은 붉은색의 눈. 곁에 모인 어떤 귀족 영식보다 큰 키, 떡 벌어진 어깨. 몸에 꼭 맞는 아름다운 정장과 그 위에 두른 검은색의 망토. 그 망토를 어깨에 고정한 다이아몬드 장식. 허리에 찬 긴 장검.

그 모든 게 더없이 잘 어울리는 그 모습은 동화에 나오는 왕자님 같았다. 곁에 금발의 푸른 눈을 가진 아름다운 황태자가 있었지만, 그의 반짝임은 라크안에게 가려 보이지 않았다.

커다란 홀 안에 수많은 사람이 있었지만, 오직 그만 선명하게 보였다. 그와 눈이 마주쳤을 때 숨이 멎을 것 같았다. 부채를 파닥이는 것조차 잊고 그를 바라볼 정도였다.

사냥감을 노리는 듯한 그 붉은 눈이 무서웠지만, 분명 그 두려움 안엔 설렘도 있었다. 라크안이 자신에게로 걸어왔을 때, 카루나는 숨 쉬는 걸 아예 잊어버렸다. 그가 한 걸음만 늦게 그녀의 앞에 섰어도, 그녀의 심장이 멎어 버렸을 것이다.

'당신이 알았더라면 얼마나 아쉬워했을까. 제 보폭이 크고 빨라서 악녀가 숨 막혀 죽을 뻔했던 기회를 놓친 거니까.'

카루나는 비죽, 웃었다.

라크안은 주변의 다른 귀족 영애들을 본척만척하고 그녀에게 걸어왔다. 얼굴을 가린 부채가 그때만큼 고마웠던 적이 없었다. 그런데, 제 앞까지 다가온 라크안은.

"보는 것만으로도 기분이 안 좋군. 그나마 부채로 얼굴을 가려서 다행이야. 붉은 머리, 그대가 마카레나 백작 영애인가?"

라고 말했다.

붉은 눈에는 경멸의 빛이 가득했다. 그는 그녀를 싫어했다. 처음 봤음에도. 이미 그녀를 싫어하고 있었다. 당연한 일이었다. 그는 황제파 귀족들의 새 수장으로 꼽히는 바이켈드 공작. 그녀는 귀족파 귀족들의 수장, 마카레나 백작의 외동딸, 클레이엔. 그녀의 대역. 애초부터 사이가 좋을 수 없었다.

하지만 그래도, 그날은 그들이 처음 만나는 날이었다. 그녀는 그에게 어떤 악행도 저지르지 않았다. 그날 그 홀에서 그녀는 부채를 파닥였을 뿐, 귀족 영애들과 이야기를 나누고 억지로 웃고 있었다. 그가 그녀를 경멸할 만한 어떤 일도 저지르지 않았다.

하지만 그는 그녀를 보자마자 경멸했다. 태어나서 처음 느껴 봤던 두근거림은 그렇게 무의미한 것이 되었다.

잠시나마 잘난 얼굴, 독특한 눈깔에 홀렸던 자신의 두 눈을 찔러 버리고 싶었다. 설렘은 부끄러움이 되었다. 물론 라크안은 죄가 없었다. 설렘도, 부끄러움도 어디까지나 그녀의 몫이었으니까.

카루나는 부채를 탁, 접었다. 자신의 얼굴을 고스란히 라크안에게 보여주었다. 카루나의 얼굴을 본 라크안이 살짝 미간을 찌푸렸다. 그 경멸의 표시에 카루나는 이를 악다물었다.

"온통 까맣게 입고 오셔서 다행이네요. 안 그랬다면 아직 변두리의 때를 못 벗고 오신 게 티가 났을 텐데. 제 눈이 무슨 죄가 있다고 그걸 봐야 하겠어요? 안 보고 말지."

카루나는 기꺼이 그에게 맞섰다. 제국 수도 사교계에서 길이길이 회자되는 앙숙 관계의 시작이었다.

그때도 그는 카루나를 봐 주지 않았건만, 지금도 그는 카루나를 봐 주지 않았다. 어디에 있는지도 모를 반려인지 뭔지 하는 여자만 그리워하고 있을 뿐이었다.

본 적도 없으면서. 이렇게 닿았던 적도 없으면서.

카루나는 매일같이 얼굴을 보고, 서로 으르렁대며 5년을 보냈다. 이제 이렇게 어려져서는 옆에 붙어 매일같이 마주쳤다.

'그런데도 그의 반려는 내가 아니야.'

카루나는 제 팔을 꽉 잡은 그의 손을 바라보았다. 몸에 상처 하나 없건만, 손은 유독 굳은살이 박이고, 거칠었다. 그 커다란 손은 작아진 카루나의 손을 잡고도 남았다. 카루나는 그 큰 손에서 쉽게, 제 손을 빼냈다.

"가지 마……."

라크안의 손이 허공을 휘저었다. 제가 잡고 있던 가느다랗고 따뜻한 무언가를 되찾으려는 손짓이었다.

카루나는 한 걸음 뒤로 물러섰다. 괴로워하는 그를 눈에 박듯 깊이 바라보았다. 그러고는 미련 없이 돌아섰다.

그는 본래 그녀의 것이 아니었다. 앞으로도 그녀의 것이 아닐 터였다.

'그러니까 욕심내선 안 돼.'

그녀는 욕심내선 안 될 것을 포기하는 방법을 아주 잘 알았다. 태어나면서부터 버려져, 오직 살아남기 위해 악착같이 살았던 그녀에게 그건 무척이나 쉽고도 익숙한 일이었다.

* * *

황태자가 저택에 들른 이후 라크안은 바빠졌다. 밀린 업무를 처리한다며 황궁을 드나들기 시작했다. 황궁에 가지 않는 날은 철십자 기사들을 꽁무니에 달고 반려를 찾으러 다녔다.

이제는 귀족 가문이 아니라, 인근에 사는 제법 부유한 평민들의 저택에까지 차를 마시러 드나들었다. 황궁과 귀족 가문에서 주최하는 연회나 살롱에는 가지 않았다. 웬만한 귀족 영애는 다 찾아보았으니, 갈 필요성을 못 느꼈다. 덕분에 사교계에서 라크안의 평가는 바닥으로 떨어졌다.

귀족들은 천박하고 음탕하다고 수군댔다. 이젠 하다 하다 평민까지 건드리며 쑤석거리느냐고 비난했다. 유서 깊은 가문의 공작 부인으로 평민, 그도 아니면 하녀 출신이 서는 게 아니냐는 조소도 넘쳐났다.

황제파 귀족들은 우려를 표했다. 바이켈드 공작의 측근으로 분류되는, 라크안과 가까이 지내는 몇몇 귀족들은 라크안을 좇아다니며 말렸다. 황성에 나온 라크안을 붙잡고 왜 이러냐고 우는 시늉을 할 정도였다.

라크안은 그들의 하소연을 한 귀로 듣고, 한 귀로 흘렸다. 황제 또한 그를 따로 불러 자제를 부탁했으나, 라크안은 멈추지 않았다.

'반려를 찾아야 해. 최대한 빨리.'

제가 서두르고 있다는 걸 알고 있었다. 다른 사람들이 보기에 그리 좋은 모습이 아니라는 것도 알았다. 하지만 멈출 수 없었다. 그의 머릿속에 자꾸 두 여인이 떠올랐다.

하나는 카루나. 그의 저택에서 하녀장의 보호를 받으며, 제 앞에 머리카락 하나 드러내지 않고 꼭꼭 숨어 있는 꼬맹이 하녀.

다른 한 명은 그 꼬맹이 하녀를 꼭 닮은, 보름달 밤에 잠깐 만났을 뿐인 여인.

그 둘이 자꾸 그를 어지럽혔다. 둘 중 하나는 분명 그의 반려였다. 그러나 꼬맹이는 결코 그의 반려가 아니다. 아니어야 한다. 남는 건 보름달 밤에 만난 여인, 그녀뿐이었다.

라크안은 보름달의 여인을 찾기 위해 노력했다. 괜히 저택에 있어 봤자, 쓸데없는 생각에나 빠질 뿐이었다. 저택에 있으면, 어디선가 카루나가 후추통을 들고 나타날 것만 같았다.

"왜 셔츠를 안 갈아입으시는 거예요!"

라고 외치며, 후춧가루를 뿌린 셔츠를 내밀 것 같았다. 머리가 아파서 고개를 조금만 수그리면, 귓가에서 텅- 하는 소리가 났다. 카루나가 자신만만하게 웃으며 도끼를 휘두르는 모습이 눈에 선했다.

서류를 보다가도 닫힌 문을 보게 됐다. 괜히 등 뒤에서 카루나가 나타날 것 같아 뒤를 돌아보기도 했다. 곁에 없다는 걸 알면서도 자꾸 눈으로 카루나를 찾게 되었다. 나타나지 않는 카루나에게 섭섭한 마음이 들었다. 카루나의 빈자리가 크게 느껴졌다.

'내 말보다 하녀장의 말이 더 중요하다 그거지. 꼬맹이, 내가 저를 얼마나……'

항상 여기서 생각이 턱, 막혔다. 혹시라도 생각이 한 발 더 나아가려

하면, 라크안은 자신을 벌주었다. 벽이든 책상이든 어디든, 눈에 보이는 대로 머리를 박았다. 퍽. 그렇게 궁상을 떠느니 밖으로 나도는 게 몸도 마음도 편했다.

'내가 반려를 찾으면 다 해결될 거야. 보름달 밤에 만났던 그 여인만 찾으면 돼. 내 반려는 분명 그 여인이니까.'

그러니 주변에서 뭐라 떠들어 대든 그건 그리 중요하지 않았다. 라크안은 지금 자신에게 뭣이 중한지 알고 있었다. 카루나에게 떳떳해지기 위해서라도. 그래서 카루나가 아무렇지도 않게 다시 자신의 보좌 하녀로 활약하도록 하기 위해서라도.

'내가 얼른 제정신으로 돌아와야 해. 이대로 있다간 정말 미쳐 버릴지도 몰라.'

라크안은 나름 필사적으로 노력하는 중이었다.

노력의 일환으로, 라크안은 저택에 머무는 시간을 줄였다. 매우 위험스러운 모험이었다.

그의 발작을 막아야 하는 철십자 기사단은 우려했다. 하지만 요즈음 라크안의 발작이 심하지 않았기에 무턱대고 말릴 순 없었다. 언제까지나 라크안을 저택에 가둬 둘 순 없는 일이었다. 제국을 위해서도, 그를 위해서도.

대신 저택 밖을 나설 땐 적어도 대여섯 명의 철십자 기사들이 호위하기로 타협했다. 라크안은 번거롭다고 싫어했지만, 철십자 기사단의 단장과 연두색 머리 남자는 물러서지 않았다.

라크안이 철십자 기사들을 몰고 외출하기 시작하자 저택은 꽤 심심해졌다. 카루나가 건강해졌으니 다시 저택이 떠들썩해지겠다고 좋아했던 사람들은 아쉬워했다.

발작으로 인해 누리지 못했던 청년의 모습으로 돌아간 라크안은 편해 보였다. 그런 라크안을 마음껏 괴롭히는 카루나는 더없이 귀여웠다. 저택의 사람들은 그 둘의 조합을 꽤 사랑했다.

저택의 분위기는 축 처졌지만, 그와 상관없이 매일매일 기분이 좋아 보이는 사람은 있었다. 연두색 머리 남자였다. 그는 매일매일, 마음껏 카루나를 만나러 왔다.

다른 하녀들이 저택 곳곳에서 일하고 있을 때, 카루나는 숙소에 있었다. 텅 빈 숙소에서 홀로 있으며, 침대 위에서 뒹굴뒹굴했다. 그럴 때면 불쑥, 연두색 머리 남자가 나타났다.

"안녕, 꼬마 아가씨?"

"또 왔네요."

카루나가 심드렁하게 맞이해도 연두색 머리 남자는 좋다며 싱글벙글하였다.

'참 실없는 미남이야.'

카루나는 제게 성큼성큼 걸어오는 연두색 머리 남자를 보며 생각했다.

그는 가끔 라크안을 따라나섰다. 하지만 대개는 저택에 머물렀다. 라크안이 황궁에 갈 때면 아예 동행하지 않았다.

대신 라크안이 저택에 없으면 카루나를 찾아왔다. 라크안이 없어 썰렁한 저택에서, 바쁜 하녀장이 미처 신경을 써 주지 못하는 한나절, 카루나는 혼자였다. 숙소에 혼자 남아 시간을 보내기 일쑤였다. 라크안의 보좌하녀이나 잠시 그 직에서 내려온 것뿐이기에 그녀의 위치는 애매했다.

하녀장은 카루나에게 다른 하녀들이 하는 것과 비슷한 일을 시키지 않았다. 본의 아니게 카루나는 일하지 않고 먹고 노는 생활을 하게 되었다.

즐거운 휴가도 일주일까지였다. 평생 살아남기 위해 바쁘게 움직이며 살았건만, 막상 아무것도 안 하고 쉬려니 괜히 몸이 찌뿌둥하고 심심했다.

그러니 자꾸 연두색 머리 남자가 눈앞에 얼쩡거려도 단호하게 내치지 못했다. 그러기엔 너무 심심했다.

"산책하기 좋은 날씨인 거 같지 않나요?"

연두색 머리 남자가 창문을 가리키며 방긋 웃었다. 카루나는 힐끔, 창문 너머를 보았다. 하늘은 구름이 잔뜩 껴 우중충했다. 비가 올 날씨 정도는 아니었지만 밖은 꽤 쌀쌀할 듯 보였다.

'저게 산책하기 좋은 날씨라고?'

카루나는 떨떠름하게 연두색 머리 남자를 바라보았다. 연두색 머리 남자는 어서 카루나가 산책하러 가자고 말하기만을 기다리고 있었다. 얼굴 위로 설레 하는 감정이 고스란히 드러났다.

'개 같네.'

카루나는 담담히 그 모습을 감상했다. 눈앞에 연두색 털을 가진 커다란 개가 있는 것 같았다. 보이지 않을 정도로 빠르게 꼬리를 흔들며, 헥헥대며 혀를 내밀고 있는 개. 놀아 달라고, 산책하러 좀 가자고 애절하게 주인을 올려다보는.

그 모습을 보고 어떤 주인이 기꺼이 산책하러 갈까? 놀아 달라고 사정하는 그 모습을 오래오래 지켜보고 싶어서 뜸을 들이고 구경만 하겠지.

'그쪽 목에 목줄을 채워서 산책하러 나갈 수만 있다면야 기꺼이 한 번쯤 같이 산책을 해 줄 수도 있겠지만.'

카루나는 저보다 훨씬 큰 사내의 목에 개 목줄을 매고 그 끈을 잡고 걷는 자신을 떠올려 보았다. 연두색 머리 남자는 목줄을 하고도 아무렴 좋다는 듯 실실댈 것 같았다.

'싫어하는데 억지로 목줄을 채우고 끌고 나가야 재미있지. 제발 해 달라고 꼬리를 흔드는 개에게 목줄을?'

그다지 끌리지 않았다.

"체스나 둬요."

카루나가 테이블을 가리켰다. 며칠 전 연두색 머리 남자가 카루나에게 선물해 준 것이었다. 테이블 위에는 체스판과 말들이 어지럽게 놓여 있었다.

"좋아요!"

연두색 머리 남자는 기다렸다는 듯 그쪽으로 가 의자에 앉았다. 그러고는 체스판 위의 말을 흑과 백으로 나누어 가지런히 세웠다.

카루나는 침대에서 내려와 천천히 테이블로 걸어갔다. 연두색 머리 남자는 벌써 즐거워 보였다. 사실은 산책이 아니라 체스를 원한 사람 같아 보였다. 그 밝은 모습에 카루나는 괜히 심술이 났다. 하지만 제안을 무르진 않았다.

최근 카루나는 체스에 꽤 재미를 느끼고 있었다. 카루나에게 체스를 가르쳐 준 건 연두색 머리 남자였다. 그 뒤로 둘은 만날 때마다 체스를 두었다. 카루나는 태어나서 처음으로, 단지 놀기 위해 무언가를 배우는 경험을 했다. 놀기 위해 배운 체스는 재미있었다.

연두색 머리 남자는 꽤 좋은 스승이었다. 그는 카루나가 룰을 충분히 익힐 때까지 기다려 주었다. 몇 번이고 규칙을 설명해 주었고, 카루나의 수준에 맞게 상대를 해 주었다. 처음 해 보는 카루나에게 몇 번 이기고 또 몇 번 져 주기까지 했다.

카루나는 밤새 체스를 연습했다. 그리고 다음 날, 다시 시합했다. 연두색 머리 남자는 또 카루나를 몇 번 이기고 그만큼 져 주었다. 카루나는 그게 분했다. 남에게 지는 건 싫었다. 하지만 남이 일부러 져 주는 건 더 싫었다.

연두색 머리 남자의 행동에 불이 붙어, 카루나는 매일 체스에 몰두했다. 자연히 매일 연두색 머리 남자와 시간을 보내게 되었다. 오가는 체스 말 속에 둘은 꽤 친해졌다. 카루나의 체스 실력도 많이 좋아졌다.

'어쩌면 내가 이 완두콩 머리의 꾐에 속아 넘어간 건지도?'

어쩌면 그는 카루나의 호승심을 알아본 건지도 모른다. 연두색 머리 남자라면 충분히 그러고도 남았다.

그가 그저 실없이 잘 웃는, 착하기만 한 남자가 아니라는 건 이미 경험해 보았다. 카루나는 더는 그의 잘생기고 착해 보이는 얼굴에 속지 않았다.

"이거 섭섭한걸. 저에 대한 평가가 너무 박한 거 아닙니까. 꼬마 아가씨."

연두색 머리 남자는 투덜댔지만, 카루나는 꿈쩍도 하지 않았다.

"그나저나 제 이름은 말이지요."

"그보다 요즘 너무 할 일 없으신 거 같은데, 괜찮은 거예요?"

카루나가 연두색 머리 남자의 말을 자르며 말했다. 물론 의논도 하지 않고 먼저 체스판 위의 말을 한 칸 앞으로 밀어 넣었다. 선제공격당한 연두색 머리 남자는 또 순하게 웃으며 자신의 흰색 폰을 움직였다.

"제가 심심할수록 라안이 건강하고, 이 세상이 평화로운 거랍니다."

연두색 머리 남자가 으스댔다. 카루나는 콧방귀를 뀌었다. 그건 모든 게으른 자들의 변명이었다.

"많이 바빠지시길 바라요. 세상의 평화를 위해서."

카루나가 체스판 쪽으로 몸을 숙이며 대꾸했다. 오늘이야말로 연두색 머리 남자의 코를 납작하게 만들리라. 체스로! 카루나는 열의를 다졌다. 본격적으로 체스에 집중하는 카루나를 보며, 연두색 머리 남자는 빙그레 웃었다.

그리고 이틀 뒤.

카루나의 말이 예언이 된 듯, 연두색 머리 남자가 바빠졌다.

* * *

사흘 전, 보쉬엔 자작가에서 초대장이 도착했다. 루린토프 영애가 라크안을 티타임에 초대한 것이었다.

라크안은 하녀장이 제 침실 문 앞에 서자마자 그 기척 때문에 잠을 깼다. 채 두 시간도 못 자 세상 모든 것에 예민했다. 싱글벙글 웃는 연두색 머리 남자의 숨소리를 듣는 것조차 짜증이 났다. 그런 상태에서 하녀장이 은쟁반에 가득 쌓아 온 초대장 더미를 받았다. 그리고 그 속에서 루린토프 영애의 초대장을 발견했다.

"으으, 이 정도는 알아서 걸러 줘야지."

라크안은 마치 더러운 것을 만지듯 엄지와 검지로 살짝 봉투를 들어 올려 하녀장을 향해 흔들었다. 언제나처럼 소파에 누워 포도를 따 먹고 있던 연두색 머리 남자가 라크안을 말렸다.

"단장 쪽으로 너랑 같은 편이라는 귀족들의 압력이 엄청나다던데? 단장이 나한테 특별히 부탁했어. 그거 꼭 가야 한다고 전해 달래."

"젠장."

그대로 뜯어보지도 않고 버리려고 했건만. 초대장의 무게는 생각보다 무거웠다. 라크안은 봉투를 패대기치듯 책상 위에 올려놓았다.

보쉬엔 자작가는 라크안이 중앙 정계로 올라오기 전까지 황제파를 지탱한 다섯 가문 중 하나였다. 지금도 여전히 황제파에서 꽤나 발언권이 큰 가문이었다.

지난 반년간 라크안의 빈자리를 채워 주기까지 했던 터라, 함부로 무시할 만한 가문이 아니었다. 그 때문에 그 가문의 영애가 제게 이상한 약을 탄 차를 먹였어도, 크게 문제 삼지 않고 넘어갔다.

딱 거기까지가 라크안이 참아 줄 수 있는 선이었다. 그런데 또 초대장을 보냈다. 그것도 모자라 황제파 귀족들을 통해 압력을 넣었다.

"감히 나를 움직이려 들어?"

라크안의 잇새로 거친 숨이 새어 나왔다. 붉은 눈동자가 짐승의 눈같이 갈라지려 했다.

평소라면 싸늘하게 웃고 넘어갔을 것이다. 가기 싫다고 튕겨도 되고, 가겠다고 우울하게 말해도 되고. 딱 그만큼의 일이건만. 라크안은 과하게 화를 내었다.

"라안? 저기, 라안?"

연두색 머리 남자의 목소리도 지금 라크안에겐 닿지 않았다. 라크안은 마치 소중히 간직하고 있던 달콤한 사탕을 빼앗긴 아이처럼 성을 냈다. 차마 울진 못하고 심통을 부리는 것 같은 태도였다. 문제는 그게 어린아이의 투정처럼 귀여운 정도로 그치는 게 아니라는 데 있었다.

"워워! 라안!"

연두색 머리 남자가 먹던 포도를 내던지고, 라크안에게 달려들었다.

"진정해. 흥분하지 마. 고작 이 정도로 화를 내다니. 너답지 않잖아."

연두색 머리 남자가 라크안의 양어깨를 강하게 움켜쥐었다. 크르르. 라크안의 목울대에서 거친 숨소리가 흘러나왔다.

'짜증 나.'

손을 움켜쥐었다. 아무리 세게 주먹을 쥐어도, 계속 손안이 허전했다. 그건 허기를 닮은 감정이었다. 아무리 배부르게 먹어도, 이상하게 배부르다는 느낌이 안 들었다.

괜히 손안이, 옆구리가 허전했다. 무언가 소중한 걸 빼앗겨 버린 것 같아서 자꾸 서운했다. 그래서였다. 누가 살짝 그의 심기를 건드리기만 해도 그 서운함이 분노로 변했다.

'왜 자꾸 날 건드려.'

루린토프 영애가 따라 준 차를 마셨던 날. 라크안은 저택 밖에서 발작을 일으킬 뻔했다. 다른 곳도 아닌 수도 한복판에서.

자칫 잘못하면 큰 인명 피해가 났을지도 모른다. 무장하지 않은 백성들이 가득한 수도다. 발작을 일으킨 거대한 늑대 한 마리가 수백, 수천의 사람을 죽일 수도 있었다.

카루나가 아니었다면 큰일 날 뻔했건만. 보쉬엔 자작가의 여식은 제가 무슨 일을 저지를 뻔했는지도 모르고, 또 이렇게 그에게 초대장을 보냈다.

'왜? 또 뭘 먹이려고?'

이가 절로 갈렸다.

'그래서 발작이 일어나면 또 그 꼬맹이가 포도주 통에 날 파묻으려나?'

생각은 또 어느새 카루나에게 향했다. 요 며칠 동안 제게 그림자도 비추지 않는, 그의 꼬맹이 하녀.

'하녀장이 하지 말랬다고 진짜 옆에 오지도 않냐. 정 없는 꼬맹이 같으니라고.'

울컥, 다시 서운한 마음이 들었다.

'내가 후추 뿌린 셔츠도 참아 주고, 아침에 찬물 쏟는 것도 참아 주고, 밖에 나가고 싶다고 해서 같이 나가도 줬잖아. 그런데 나한테 이래도 되는 거야?'

아무리 생각해 봐도 자신이 하녀장보다 못한 게 없었다. 그런데 왜 하녀장 말은 그렇게 잘 들으면서, 자신은 하녀장보다 못하게 취급하는 건지. 그렇게 잘 대해 줬으면 알아서 하녀장한테 반항하고 자신을 찾아와 줘야지.

'내가 이렇게 기다리…….'

생각은 채 이어지지 못했다.

'이건 아냐.'

라크안은 급히 머리를 휘저었다. 머릿속의 생각을 탈탈 털어 냈다.

"라안!"

연두색 머리 남자가 라크안의 어깨를 붙잡았다. 라크안은 그의 손을 뿌리치고 한 손으로 관자놀이를 꾹 눌렀다.

"독약이든 뭐든 먹을 테니까, 간다고 해. 얼마든지 먹고, 차라리 그냥 죽어 줄 테니까."

그렇게 라크안은 채 펴 보지도 않은 루린토프 영애의 디타임 초대장에 응했다.

* * *

루린토프 영애의 초대장을 받은 이후 사흘 동안, 아니 사실은 그 이전부터 라크안의 상태는 영 좋지 않았다. 딱히 발작을 일으키는 건 아닌데, 발작이 일어나지 않는 게 이상할 정도로 성나 있었다. 요 며칠, 연두색 머리 남자는 라크안과 눈을 마주칠 때마다 제 혀를 깨물 뻔했다.

'왜 이렇게 화가 나 있는 거야.'

반려를 찾지 못한 라크안은 언제나 화가 나 있는 상태였다. 하지만 요 며칠 동안 그 정도가 더 심해졌다. 그건 비단 연두색 머리 남자만 그렇게 느끼는 건 아닌 듯했다.

"어떻게 좀 해 보세요. 라안 님 주치의잖아요."

"요즘 내내 라안 님이 발작을 일으키실 거 같아서 긴장하고 있느라 어깨가 굳어 버렸습니다."

철십자 기사들도 그와 비슷하게 느끼고 있는 듯했다.

"요즘 라안 님한테 무슨 일이 있습니까?"

저택의 하녀와 하인들도 연두색 머리 남자를 볼 때마다 이렇게 물었다.

"후우, 어쩌면 좋을까. 아무리 도련님이 이러신다 해도 그 아이는 너무 어린걸."

하녀장만 연두색 머리 남자를 괴롭히는 대신 한숨을 내쉴 뿐이었다. 무언가를 알아챈 듯 고민하는 모습이 역력했다. 무슨 고민을 그렇게 하느냐고 물어보면 빙긋 웃을 뿐, 아무것도 알려 주지 않았다.

최근 라크안의 심기를 거스를 만한 일이 있었던가. 연두색 머리 남자는 고민해 보았다. 답은 의외의 곳에 있었다. 연두색 머리 남자는 라크안의 집무실 구석에서 잔뜩 구겨진 초대장을 발견했다. 보쉬엔 자작가 루린토프 영애의 초대장이었다.

'이거구나!'

연두색 머리 남자는 구겨진 초대장을 들고 라크안에게 달려갔다. 라크안은 연두색 머리 남자의 손에 들린 그 초대에 응하기 위해 준비 중이었다.

"라안!"

연두색 머리 남자는 노크를 하지도 않고 문을 활짝 열고 안으로 뛰어 들어갔다. 라크안은 드레스 룸에서 막 바지를 입고 벨트를 매고 있었다. 그의 상처 하나 없는 탄탄한 등짝이 고스란히 드러나 있었다. 같은 남자가 보기에도 감탄이 나오는 등짝이었다.

떡 벌어진 어깨와 군살 하나 없이 근육으로 짜인 등. 역삼각형을 그리며 내려오는 허리선. 그에 이어지는 단단한 치골까지. 살짝만 부딪쳐도 멍이 들 정도로 단단했다.

수도에 올라온 지 5년, 변경의 전쟁터에서 멀어졌음에도 그의 몸은 여전히 강철로 빚은 듯했다.

"또 무슨 일이야."

라크안은 그에게 등을 보인 채로 말했다. 이미 연두색 머리 남자가 뛰어 들어오기 전부터 그의 기척을 눈치챘다. 복도를 부술 듯 뛰는 발걸음을 못 느끼는 게 더 이상한 일이었다.

연두색 머리 남자에겐 아직도 숲 밖의 세상이 온통 재미있고 신기한 곳이었다. 아무것도 아닌 일로 감명을 받고, 감동하고, 놀라고, 좌절하기 일쑤였다. 연두색 머리 남자는 자신의 그런 경험을 라크안과 함께 나누고자 했다.

'그 꼬맹이를 처음 만났을 때도 그랬지.'

카루나가 저택에 온 첫날, 연두색 머리 남자는 카루나를 만난 감동을 혼자 감당하지 못하고 라크안에게 쏟아부었다.

'어떻게 저럴 수 있지? 숲 밖 세상의 소녀들은 다 저런 건가? 어떻게 저렇게 당당하고 예쁠 수 있는 거야? 네 앞에서 조금도 겁먹지 않았어. 널 무서워하지도 않았고. 웃는 얼굴도 너무 귀엽지 않아? 응? 라안, 저 또래의 인간 소녀들은 다 저렇게 귀여운 거야? 아니면 저 소녀가 특별한 거야?'

연두색 머리 남자는 속사포처럼 카루나에게 느꼈던 감동을 쏟아 냈다. 라크안은 날파리를 쫓듯 손짓하며 그의 입을 막았다.

'닥치고 진정해.'

'어떻게 그럴 수 있겠어! 저렇게 귀여운 소녀를 보았는데.'

'봤으면 눈 감고, 잊어. 지워 버려. 숲 밖 세상에서는 네 나이 정도 먹은 남자가 저 정도 되는 어린애한테 눈독 들이는 걸 범죄라고 하니까.'

'눈독을 들이다니. 무슨 소리야. 네 반려일지도 모를…….'

라크안이 붉은 눈을 번뜩였다.

'절대 아냐. 저런 꼬맹이가 내 반려일 리 없어.'

'……그래, 맞아. 저 소녀는 네 반려가 아니라고 확인한 소녀지.'

연두색 머리 남자가 깨갱, 움츠러들었다.

'오, 그렇다면 내 반려일 수 있지 않을까?'

하지만 이내 다시 생기발랄하게 고개를 번쩍 들었다.

'지금 제정신으로 하는 소리야? 나랑 저 꼬맹이랑 열 살 차이야. 너랑은 백 살도 넘게 차이가 난다고. 재 할아버지가 살아 있어도 너보다는 어릴 거다.'

라크안의 목소리는 싸늘하다 못해 냉기가 철철 흘러넘쳤다. 연두색 머리 남자는 손가락을 들어 좌우로 흔들며 훗- 웃어 보였다.

'라안. 그 무슨 섭섭한 소리를. 아마 저 소녀의 할아버지가 나와 비슷한 나이일 거야.'

'……지금 그걸, 자랑이라고 말하는 건 아니겠지? 아니어야 할 거야.'

'라안, 왜 그렇게 화를 내? 우리 일족에게 나이 따위는 그저 숫자에 불과한걸. 반려와의 나이 차이 따위는 그저…… 켁!'

라크안은 아무렇지 않게 나이 차 운운하는 연두색 머리 남자의 목을 움켜쥐었다.

'입 다물어. 여긴 숲 안이 아니라 숲 밖이야. 숲 밖에서는 숲 밖 인간들의 질서와 규칙을 따라야 해. 여기선 나이 차가 열 살 이상 나면, 게다가 한쪽이 아직 성인식도 치르지 않은 꼬맹이라면, 그건 범죄야. 변태라고! 이 개새끼야!'

'켁, 크, 라, 안, 난 개가 아니라…… 켁, 늑대, 너랑 같은 늑, 대인데!'

그날의 기억이 떠올랐다.

'역시 그때 아예 목뼈를 꺾어 버렸어야 했어.'

새삼 아쉬움이 일었다.

"별일 아니라면 말하지 마. 난 지금 기분이 별로 안 좋으니까."

라크안은 하인에게서 셔츠를 건네받으며 경고했다.

"그런 게 아니야. 이건 아주 중요한 일이라고. 네 건강에 관한!"

연두색 머리 남자가 억울하다며 항의했지만 라크안은 귓등으로 흘려들었다. 잘 다려진 흰 셔츠를 입고, 재킷 색과 맞춘 오닉스 커프 링크스를 소매에 달았다. 손목의 볼록 튀어나온 뼈에 커프 링크스의 차가운 감촉이 닿았다.

후춧가루가 묻지 않은 셔츠를 입은 지 어언 열흘이 넘어가건만, 영 익숙하지 않았다. 몸에 부드럽고 매끄럽게 감기는 느낌이라니. 까끌까끌하고 따가워야 하건만. 마치 그 아이의 어디로 튈지 모르는 새침하고 톡톡한 성격처럼.

"……."

크라바트를 매던 손이 잠시 멈칫했다.

"젠장."

라크안은 이를 악물었다. 주변 하인들이 깜짝 놀라는 게 느껴졌지만, 그보다는 제 마음을 짓밟는 게 먼저였다.

'이제는 하다 하다 셔츠만 입어도 그 꼬맹이 생각이냐?'

하아. 라크안은 한숨을 내쉬었다.

'진정해, 평정심을 찾자. 내가 가장 잘하는 거잖아.'

마음을 가라앉히고자 노력했다. 과도한 흥분은 절대 금물이었다.

곁에 선 하인들은 그 위에 입을 진청색 재킷과 망토를 들고 있었다. 라크안은 목을 죄는 듯한 크라바트가 불편해 계속 손으로 잡아당겼다. 그때마다 곁에 선 하인들이 라크안을 말렸다. 이 광경은 바이켈드 공작저에서나 볼 수 있는 이색적인 광경이었다.

귀족의 치장을 돕는 우락부락한 하인들. 그들에게서 옷을 건네받아 제 손으로 입는 귀족이라니. 노련한 집사나 미동에 가까운 시종이라면 모를까,

보통 귀족의 저택에서 귀족의 치장을 돕는 건 하녀들이었다.

하지만 라크안이 제 반려가 아닌 여자가 제 몸에 손을 대는 걸 싫어했기 때문에, 하인들이 라크안의 시중을 들었다. 하인들은 창고에서 포도주통을 굴리고 장작을 패다 부름을 받고 왔다.

땀내를 풀풀 내며 달려올 뿐, 귀족의 치장을 돕는 방법을 몰랐다. 그저 옷과 장식을 들고 있다 순서대로 건네는 게 다였다. 그걸 몸에 꿰입는 건 라크안의 몫이었다.

다행히도 라크안은 어릴 때부터 변경을 떠돌며 지냈던 터라, 혼자 옷을 입고 벗는 데 능숙했다. 오히려 누군가 시중을 들어 주는 걸 불편해했다. 라크안은 재킷을 입고, 그 위에 까만 망토를 둘렀다. 오닉스와 다이아몬드를 박아 바이켈드 가문의 문장을 새긴 장식으로 어깨에 망토를 고정했다.

마지막으로 하인이 내미는 장검을 잡으려던 손이 멈칫했다. 귀족 영애와 잠시 차를 마시는 것뿐인데, 무장을 해야 할까? 라크안은 고민했다. 평소라면 예의를 차리기 위해 검을 차지 않았겠지만, 오늘은 달랐다.

오늘 만날 영애는 평범한 귀족 영애가 아니었다. 그에게 이상한 약을 먹여 발작하게 했던 루린토프 영애였다. 본인은 사랑의 미약인지 묘약인지를 한 방울 떨어뜨린 것뿐이라고 주장했지만.

'이번에도 똑같은 짓을 저지르진 않겠지만. 그리고 그 여자를 제압하는 데 검이 필요할 정도는 아니겠지만. 그래도…….'

머리는 검을 잡지 말라고 명령했지만 심장은 검을 챙겨 가라고 말했다. 결국 라크안은 검을 잡지 않았다.

"그건 됐어."

검을 내미는 하인을 물리며 돌아섰다. 연두색 머리 남자가 계속 거기에서 있었다.

"억지로 가는 거라는 걸 알아, 라안. 하지만 너무 화를 내진 말아 줘."

연두색 머리 남자가 축 처진 목소리로 말했다. 꼭 비에 홀딱 젖은 강아지 같은 모양새였다.

"무슨 소리를 하는 거야?"

"보쉬엔 자작가에 가고 싶지 않은데, 단장님 말 때문에 억지로 가게 돼서 기분 나쁜 거 아니야? 네 세력인 다른 귀족들을 달래기 위해서 하기 싫은 일을 해야 하는 거니까."

"그래서 내가 화를 냈다?"

"아니야?"

저녁노을을 닮은 눈동자가 데굴, 굴렀다.

"맙소사, 날 뭘로 보는 거야?"

라크안이 픽, 웃으며 연두색 머리 남자의 어깨에 손을 얹었다. 어깨에 닿은 묵직한 느낌에, 연두색 머리 남자는 저도 모르게 소리 내 그를 불렀다.

"라안?"

"그래."

답하는 목소리는 담담했다. 화가 나지도 짜증이 어리지도 않았다.

"난 바이켈드 공작이야. 숲 밖의 인간이지. 숲 밖에서 스물두 살은 하기 싫은 일을 억지로 하는 게 싫어 짜증을 낼 나이는 아니야."

라크안이 픽, 웃으며 연두색 머리 남자의 손에서 초대장을 빼앗았다.

"내가 요즈음 상태가 안 좋긴 했는데, 이 초대장 때문은 아니니까. 쓸데없는 걱정 하지 마."

그리고 그 초대장을 다시 한번 움켜쥐어 구겼다. 와그작.

"이번엔 내가 같이 갈까?"

"아니, 됐어. 그보다 내가 말한 거나 잘 부탁해."

"그거야 전혀 염려 말고!"

"그거면 돼, 너만 믿는다. 부탁해."

라크안이 연두색 머리 남자를 지나쳐 걸어 나갔다. 그와 함께 외출하기 위한 준비를 마친 철십자 기사 다섯이 복도에 대기하고 있었다. 라크안은 철십자 기사들과 함께 나섰다. 연두색 머리 남자는 방 안에서 라크안을 배웅할 뿐 따라나서지 않았다.

기사들을 뒤꽁무니에 달고 걸어 복도의 끝에 다다랐을 때였다.

"어? 꼬맹이?"

라크안은 카루나와 마주쳤다.

"어?"

카루나도 라크안을 발견하고는 걸음을 멈추었다.

열흘 만에 보는 것이었다. 일단 라크안은 돌처럼 굳었다. 조금 전까지 카루나에 대한 생각을 머릿속에서 지우려 애쓰던 중이었건만. 막상 눈앞에 진짜 카루나가 나타나자 머릿속이 하얘졌다. 라크안을 뒤따르던 기사들도 함께 멈춰서 라크안의 눈치를 보았다.

"……."

"……."

둘은 잠시 침묵했다. 누구도 먼저 입을 열지 않았다.

'진짜인가?'

라크안은 우선, 제 눈앞에 나타난 카루나를 의심했다. 제가 미쳐서, 혹은 저도 모르게 발작해서 환각을 보는 게 아닌가 싶었다.

'멀쩡하네.'

카루나는 잘 차려입은 라크안을 보며 눈을 가늘게 떴다. 열흘 만에 보는 라크안은 아주 반짝반짝하게 빛이 났다. 오늘은 또 어느 귀족 영애와 티타임을 즐기시려는지, 아주 작정하고 쫙 빼입은 듯 보였다. 다 벗고 있어도 잘생겼는데, 신경 써서 차려입으니 더 잘생겨 보였다.

'정말 반려를 찾고 싶은 거야? 그냥 여자들 바꿔 가면서 노는 게 좋은 거 아냐? 그게 아니면 왜 저렇게 잘 차려입고 다닌대? 완전 바람둥이 아냐?'

카루나는 입을 삐죽이고는 새초롬하게 인사했다.

"안녕하세요?"

"어…… 어?"

라크안은 잠깐 당황했다. 말하는 걸 보니 이번에 본 카루나는 환각이 아니라 진짜인 듯했다.

'진짜구나.'

라크안의 얼굴이 확 밝아졌다.

"어! 꼬맹이, 잘 지냈……."

"안녕히 다녀오세요."

카루나는 배웅 인사를 하고는 홱- 몸을 돌렸다.

"어?"

라크안이 얼빠진 소리를 냈다. 오랜만에 보는 카루나는 여전히 쪼그맸다.

제 몸의 반도 안 되어 보이게 작은데, 제 몸뚱이만큼 큰 책 두 권을 품에 안고는 돌아섰다. 조금의 망설임도 없이. 약간의 아쉬움도 없이 계단을 올라가려 했다.

"야, 꼬맹이!"

"왜 그러셔요."

카루나가 다시 돌아서 라크안을 보았다. 녹색 눈은 여전히 예뻤다. 다만 삐죽 솟은 눈꼬리가 매서웠다. 뭔가 화가 난 모습이었다.

'무슨 일이 있나?'

열흘은 길었다. 너무 길었다. 제 눈에 띄지 않았던 열흘이라면, 무슨 일이 일어나도 열 번은 일어날 수 있는 기간이었다.

'이 자식은 뭐 하고 있는 거야?'

화는 제 드레스 룸에 멀뚱하니 서 있을 연두색 머리 남자에게로 향했다. 대신 조심스러운 마음만 카루나에게 향했다.

"왜 그래?"

라크안은 나름 상냥하게, 하지만 어색해서 무뚝뚝하게 들릴 수밖에 없는 목소리로 물었다.

"제가 뭘요?"

카루나가 퉁명스럽게 대답했다.

"어……."

라크안은 할 말을 잃었다. 뭐라고 물어봐야 할지 자신도 갈피를 잡지 못했다.

'안 본 새 좀 작아졌다?'

카루나는 열흘 전에도 지금도 여전히 작았다.

'왜 아는 척 안 하고 가냐?'

분명 카루나는 그에게 인사를 했고, 잘 다녀오라고 배웅도 했다.

'너 뭐냐?'

결국 물어보고 싶은 말은 이거 하나였다. 왜 평소처럼 살갑게 다가오지 않는지. 후추통을 들고 달려들지언정, 원래 그와 카루나 사이는 이렇지 않았다. 우연히 마주쳤는데, 그것도 열흘 만에 만나는 건데. 고작 인사만 하고 휙 지나가다니?

라크안은 솔직히, 서운했다. 굉장히 서운했다. 하지만 차마 솔직히 말할 순 없어서 카루나를 지그시 바라만 보았다.

'뭘 봐.'

카루나는 불퉁하게 그 붉은 눈을 올려다봤다. 카루나는 오늘, 그리고 지금 매우 기분이 안 좋았다.

아침 식사 때 다른 하녀들이 오늘 라크안의 일정에 대해 떠들었다. 라크안이 저번에 만났던 귀족 영애를 오늘 또 만나러 간다며 놀라워했다. 카루나는 그게 왜 놀라야 할 일인지 이해할 수 없어, 뚱한 표정을 지었다. 하녀들은 그런 카루나에게 친절히 설명해 주었다.

"원래 라안 님은 한 번만 보시거든. 딱 봐서 반려가 아니다 싶으면 더는 아무 관심도 안 가지셨는데."

"그런데 오늘 만나러 가시는 영애는 지난번에 봤던 영애래. 똑같은 영애를 두 번이나 만나는 거야!"

하녀들은 자신들이 마치 그 영애가 된 듯 흥분했다.

"혹시 반려라는 느낌이 와서일까?"

"그 영애가 라안 님의 반려? 그럼 이제 발작이 일어날 걱정은 안 해도 되는 걸까?"

달아오른 분위기에 찬물을 끼얹으려는 시도가 없는 건 아니었다.

"아니야, 내가 기사단 쪽에 물어봤는데, 같은 황제파라서 그러는 거라던데?"

하지만 이미 상상의 나래를 펼친 여러 하녀의 들뜬 마음을 가라앉히기에는 부족했다.

"같은 황제파에 귀족 영애가 몇이나 있는데 그 영애만 특별 취급이래? 변명 아냐?"

"라안 님이 어디 자기가 싫은데 남이 하란다고 하는 분이신가?"

하녀들이 까르륵 웃으며 말했다.

"하지만 그 영애, 저번에 라안 님 찻잔에 약을 타서 발작을 일으킨 그 영애라던데?"

"……그럼, 설마 그 사랑의 묘약이 정말 먹힌 건가?"

"라안 님이 사랑의 묘약에 취해 그 영애한테 사랑에 빠진 거라고?"

이야기의 흐름은 단번에 사랑의 묘약으로 흘러갔다. 수도의 서쪽 슬럼가에 산다는 마녀 루치아네. 그 노파가 만드는 사랑의 묘약이 정말로 효과가 있는지 없는지.

하녀들 중 오직 카루나만이 그 대화에 끼지 않았다.

'그 영애한테 또 간다고?'

그 말만 계속 귓가에 웅웅거렸다.

'왜 이러지? 난 이제 클레이엔도 아닌데. 황제파 귀족들 간의 결속이 강해지는 게 신경 쓰이는 건가?'

두 손으로 귀를 막았다. 주변 하녀들의 목소리가 웅웅 들릴 뿐이건만. 이상하게 아까 어느 하녀가 했던 말이 계속 귓가에 맴돌았다.

'그 영애가 라안 님의 반려? 그럼 이제 발작이 일어날 걱정은 안 해도 되는 걸까?'

밤마다 악몽에 시달려 뒤척이는 라크안의 모습도 생각났다. 왠지 체할 것 같은 기분이 들었다. 그렇게 겨우겨우 아침 식사를 마쳤다. 일하러 가는 다른 하녀들을 배웅하고는 홀로 숙소에 남았다. 정말 체한 건지 계속 속이 쓰렸다.

따뜻한 물을 마시며 침대에 멍하니 앉아 있는데, 하녀장이 카루나를 호출했다. 서재에서 책 두 권을 찾아 제 방에 가져다 달라는 것이었다. 저택의 동쪽 계단을 오늘 물청소할 예정이니 서쪽 계단을 이용하라고도 했다.

서쪽 계단을 통하려면 빙 돌아가야 하므로 시간이 한참 더 걸린다. 그리고 아침에 식사할 때 하녀들에게서 동쪽 계단을 청소한다는 이야기를 듣지도 못했다.

영 수상쩍은 심부름이었지만, 카루나는 그대로 따랐다. 어차피 할 일도 없고, 시간은 남아돌았다. 좀 오래 걷다 보면 속도 괜찮아지겠거니, 라는 생각에서였다.

그런데 서쪽 계단을 오르려다 라크안을 만났다. 근 열흘 만이었다.

오랜만에 만난 라크안은 참 보기 좋았다. 저번에 봤으면서 이번에 또 만나러 가는데, 뭘 그리 차림새에 힘을 줬는지 엄청 잘생겨 보였다. 긴장했는지 얼굴에 웃음은 없었지만, 원래 라크안은 그런 싸늘한 모습이 매력이었다.

진청색 정장과 진줏빛 크라바트는 그에게 잘 어울렸다. 아주 정말 반려를 만나러 가듯 힘을 잔뜩 준 모습이었다. 그렇게 차려입고는 대뜸, 오랜만에 만난 카루나에게 왜 그러냐고 물어보았다.

왜 그러냐니? 뭘?

카루나는 괜히 열이 받았다.

'머리에 후춧가루만 차 있나.'

카루나는 뒷걸음치듯 계단을 올랐다. 두어 걸음 더 올라가니 어느 정도 라크안과 눈높이가 맞았다. 물론 라크안이 카루나에게 허리를 굽히고 있어서 높이가 맞는 것이었다.

"하녀장님이 공작 각하한테 너무 가까이 다가가지 말라고 했어요."

"그래서 이런다고?"

"제가 뭘요?"

카루나는 들고 있던 책 두 권을 품에 꽉 끌어안으며 대답했다. 잔뜩 독이 오른 아기 고양이를 보는 것 같았다. 아니면 가시를 바짝 세운 고슴도치라든지.

"……하아, 됐다."

라크안은 고개를 설레설레 저었다. 그러고는 돌아서려다가 멈칫하고는 다시 카루나를 보았다.

"꼬맹아."

"네."

카루나가 새초롬하게 눈을 내리깔며 대답했다.

"요즘 무슨 일, 없지?"

"……."

"살 만하냐고."

카루나는 고개를 끄덕였다. 살 만했다. 너무 살 만해서 문제였다. 연두색 머리 남자는 툭하면 찾아오는데. 여자 만나러 다니느라 바쁘신 공작 각하께서는 코빼기도 비추지 않아서.

카루나의 입이 오리 입처럼 쭉 삐져나왔다. 라크안은 카루나의 표정을 보지 못했다.

"그럼 됐다."

라크안이 완전히 돌아섰다.

카루나는 멀어지는 라크안의 뒷모습을 가만히 바라보았다. 망토를 펄럭이며 걷는 걸음은 보폭도 크고 빨랐다. 따라갈 수 없는 속도로, 너무 빨리 카루나의 눈앞에서 사라져 버렸다.

"치."

카루나는 발끝으로 계단을 톡톡 건드렸다.

* * *

저택 앞에는 마차가 대기하고 있었다. 흑단목으로 만든 마차는 크고 단단했다. 화려한 장식은 필요 없었다. 바이켈드 공작 가문의 문양을 새긴 것만으로도 치장은 충분했다.

카루나는 커튼을 들춰, 창문으로 그 모습을 보았다. 라크안은 마차에 오르기 전 잠깐 저택을 돌아보았다.

"……!"

깜짝 놀란 카루나가 커튼을 내렸다. 자신이 있는 쪽을 보는 것 같아서 심장이 덜컥, 내려앉았다.

'설마. 날 봤을 리는…….'

다시 커튼을 드니, 이미 라크안은 마차를 탄 뒤였다.

마차가 출발했다. 그 뒤를, 말 탄 철십자 기사 다섯 명이 뒤따랐다. 마차가 만드는 먼지구름이 사라질 때까지, 카루나는 창가에서 떠나지 않았다.

'오늘은 무슨 사랑의 묘약을 탄 차를 마시고 오려나?'

배 터지게 먹고 와서 또 그때처럼 마차를 부술 듯 발광을 하며 왔으면 좋겠다는 마음이 반. 악몽을 꾸는 모습이 생각나서, 그냥 오늘은 평범한 차만 마시고 무사히 돌아오기를 바라는 마음이 반.

'혹시라도 발작을 일으키기만 해 봐라. 또 포도주 통에 파묻어 주마.'

포도주 통으로라도 라크안을 퍽퍽 패고 싶은 마음이 뭉게뭉게 커졌다.

'해가 진 뒤에야 돌아오려나.'

카루나는 창밖을 내다보았다. 해가 중천에 떠 있었다. 해가 지려면 아직 멀고 멀었다. 이 시간 내내 라크안은 밖에 있을 것이다. 요즈음 낮엔 밖으로만 나돌고 있으니까.

오늘은 별다른 일정이 없다 했으니 루린토프 영애와 온종일 차만 마실지도 모른다.

황제파 수장 바이켈드 공작이 한가하게 미혼 귀족 영애와 온종일 차만 마신다? 그 영애가 설사 바이켈드 공작가의 약혼녀라 할지라도 불가능한 일이다.

그걸 알면서도 카루나는 자꾸 제게 안 좋은 쪽으로만 생각을 부풀렸다. 그러니 자꾸 속이 체한 듯 아파 왔다. 짜증도 났다. 왜 자꾸 이렇게 짜증이 나는지, 도통 알 수가 없었다.

"여어, 꼬마 아가씨. 오늘도 체스 한 판 어때요?"

그래서였다. 활짝 문을 열고 등장한, 연두색 머리 남자의 싱글벙글한 얼굴을 보며 짜증부터 낸 것은.

"오늘은 안 할 거예요. 피곤하네요."

카루나는 이불을 돌돌 말고 몸을 웅크려 연두색 머리 남자에게 등을 보였다. 날 놔두고 나가란 의미였으나 숲 밖의 상식에 익숙하지 않은 연두색 머리 남자는 성큼, 카루나에게 다가왔다.

"꼬마 아가씨? 왜 그래요, 무슨 일 있어요?"

연두색 머리 남자가 침대 맡에 앉아 물었다. 부드러운 목소리가 카루나를 달래듯 속삭였다.

"내게 말해 봐요. 혹시 어디가 아픈 건 아니죠?"

"……."

하지만 카루나는 대답하지 않았다.

'몰라요, 모르겠어. 내가 왜 이러는지.'

스스로도 모르는 답을 말할 수 있을 리 만무했다. 그저 자꾸 짜증이 날 뿐이었다. 잘 차려입고 마차를 타고 떠난 라크안이 계속 생각났다.

'가선 다시는 돌아오지 말아 버려라.'

라크안의 저택에 살며, 라크안이 돌아오지 않기를 바랐다. 이루어질 수 없는 저주라고 생각했건만.

그날 저녁, 철십자 기사들은 빈 마차를 끌고 저택으로 돌아왔다. 바이켈드 공작, 라크안은 돌아오지 않았다.

* * *

보쉬엔 자작가는 라크안 일행을 정중하고 극진하게 대접했다. 저택의 총집사가 나와 일행을 맞이했고, 가장 큰 응접실로 안내했다. 기사들이 푹신한 소파에 앉자마자 하인들이 떼로 밀려왔다. 그들은 기사들이 무장을 풀도록 도와주었다.

하녀들은 진귀한 과일과 차를 내었다. 하나 기사 중 누구도 저택에서 제공하는 음식에 손을 대지 않았으나 집사는 불쾌히 여기지 않았다. 애초부터 보쉬엔 자작가는 이 점에 대해 무례하다고 생각할 자격 자체가 없었다. 라크안이 다시 방문해 준 것만으로도 감사해야 할 판이었으니까. 라크안은 아예 자리에 앉지도 않았다.

잠시 뒤 보쉬엔 자작이 응접실을 방문했다.

"공작 각하, 제가 들어가 인사를 드려도 되겠습니까?"

보쉬엔 자작은 자신의 저택임에도 바이켈드 공작의 저택을 방문한 듯 굴었다.

"들어오시지요."

라크안의 허락을 받고야 응접실에 발을 디뎠다. 보쉬엔 자작은 키가 작고 마른 체구의 남자였다. 나이는 라크안보다 훨씬 많았다. 백발에 가까운 머리카락과 주름진 얼굴. 가느다란 눈은 두꺼운 안경을 써서 거의 눈을 감고 있는 것처럼 보였다.

"오랜만에 봅니다, 자작."

라크안이 무표정한 얼굴로 인사하자 그는 곧바로 허리를 꾸벅였다.

"이렇게 다시 뵈, 뵙게 되어 얼마나 영광인지 모르, 겠습니다."

보쉬엔 자작은 떨리는 목소리로 대답했다. 이마엔 진땀이 송골송골 맺혀 있었다. 그 모습은 라크안의 마음을 움직이기에 충분했다. 애초부터 이 사내에 대해서는 좋은 감정만 가지고 있기에 연민을 느끼는 건 쉬웠다.

후우, 라크안은 숨을 크게 내쉬었다. 한숨을 닮은 그 숨소리만으로도 보쉬엔 자작의 얼굴은 눈에 띄게 어두워졌다.

"고개를 드십시오. 나는 탓하러 온 게 아닙니다. 초대에 응해 온 거지요."

"예, 예에, 그렇, 지요. 얼마나, 영광, 이고 감사드리는지 모르, 르실 겁니다. 각하."

보쉬엔 자작은 스스로 고개를 들지 못했다. 결국 라크안이 그의 양어깨를 잡아 허리를 펴 주어야 했다. 라크안의 손안에 들린 보쉬엔 자작은 한 줌이었다.

보쉬엔 자작은 소심하고 심약한 사람이었다. 그렇기에 신중하고 조심스러웠다.

황제파 귀족들 대부분은 신흥 귀족이었다. 전공을 세워 작위를 받은 기사, 무역으로 큰돈을 벌고 황제의 관료로 진출한 관리 출신이 많았다. 그 때문에 황제파의 전체적인 성향은 급진적이고 성급한 편이었다. 수백 년 동안 영지를 경영하고 가문을 지켜 온 노련한 귀족파에 맞서기에는 아직 젊었다.

보쉬엔 자작은 그런 황제파의 몇 없는 누름돌이었다. 그는 소심하게 반대표를 내며, 매번 날뛰는 뜨거운 황제파를 적당히 막아 주었다.

중앙 정계에 발을 막 들였을 때, 라크안은 마카레나 백작을 위시한 귀족파의 대대적 공세에 여러 번 수세에 몰렸다. 가문의 명예가 더럽혀질 만한 일도 있었다. 수도에서 쫓겨나 변방으로 다시 밀려날 뻔한 일도 있었다. 그때마다 보쉬엔 자작과 여러 황제파 가문이 힘을 합쳐 라크안을 보호해 주었다.

보쉬엔 자작은 라크안의 정치 스승 역할을 하다시피 했다. 라크안이 굳건해져야 황제파의 입지가 커질 것을 예감하고는 적극적으로 라크안을 지지했다.

라크안은 그런 보쉬엔 자작을 존중했고, 또 존경했다. 기꺼이 제 등을 맡길 수 있기에, 지난 반년간 자신을 대신해 황제파를 이끌어 달라고 부탁했다. 그런 보쉬엔 자작의 딸이 바로 루린토프였다.

'왜 이런 아버지 밑에 그런 딸이 있는 거지?'

보쉬엔 자작은 라크안 앞에서 함부로 허리를 펴지도 못했다. 제 딸이 벌인 일을 알고서는 정계에서 은퇴하겠다며 제 딸을 용서해 달라 빌었다.

라크안은 그 딸을 용서하는 대가로 그의 정계 은퇴를 취소하도록 만들었다. 그럼에도 보쉬엔 자작은 그 뒤로 황궁에 잘 나타나지 않았다. 꼭 자신이 처리해야 할 일에만 발언을 할 뿐, 자중하며 매사에 조심했다.

그런 보쉬엔 자작을 보다 못한 다른 황제파 귀족들이 라크안에게 매달린 것이었다. 다시 한번 루린토프를 찾아 화기애애한 모습을 보여 주고, 보쉬엔 자작을 얼러 달라고.

'만약 내가 반려를 찾아야 하는 처지가 아니었다면, 보쉬엔 자작이 내 장인이 되었겠지.'

그리고 그 루린토프가 부인이 되었으리라.

보쉬엔 자작은 아주 늦게 막내딸을 얻었다. 첫딸이 결혼해 낳은 손녀보다 막내딸이 어렸다. 늘그막에 생긴 막내딸을 키우는 재미로 살았고, 이제 시집보낼 기쁨만 남았는데. 그 막내딸이 바이켈드 공작을 사랑한단다.

보쉬엔 자작은 딸의 성화에 못 이겨 여러 번 혼담을 넣었다. 같은 황제파 귀족들은 옆에서 부추겼다. 두 가문이 결혼으로 결속된다면 황제파는 더욱 튼튼해질 테니까.

하지만 라크안은 그 막내딸과 혼인할 마음이 없었다. 그녀는 그의 반려가 아니었다. 그래서 라크안은 보쉬엔 자작에게 남들보다 좀 더 물렀다. 그 딸이 자신을 사랑의 묘약인지 뭔지로 독살하려 한 걸 기꺼이 덮고 넘어가 줄 만큼. 그것도 모자라 다시 그 딸의 티타임 초대에 응할 만큼.

라크안은 보쉬엔 자작을 잘 달래 내보냈다. 보쉬엔 자작은 불안해하면서도 연신 제 딸이 어떤 무례를 저질러도 부디 용서해 달라며 빌었다. 밖에서 대기하고 있던 하녀가 라크안을 청했다. 라크안이 나서자, 기다렸다는 듯 기사들이 그를 뒤따랐다.

"너희들."

라크안이 인상을 찌푸리며 무어라 말하려 했으나.

"죄송합니다. 아가씨께서는 오직 바이켈드 공작 각하만을 초대하셨습니다. 다, 다른 기사님들께서는 오실 수 없다고 꼭 전해 달라고, 하, 하셨습니다."

하녀가 한발 빨리 나서 기사들을 막아섰다.

"각하께서 가시는 곳에 호위인 저희가 함께하는 건 당연한 일. 영애께선 왜 우리를 떼어 내시려고 하는 겁니까."

"지, 지난번의 일로 아가씨께서 너무 마음, 의 상처가 크, 크시다고 그러십니다."

"뭐?"

"마음의 상처가 크다고?"

기사들은 이어지는 하녀의 말에 기도 안 찬다는 듯 헛숨을 내쉬었다.

"중간에 그, 갑자기 기사님들께서 나, 난입하셔서 각하를 모, 시고 가시고 티타임을 마, 망쳤다고, 그, 그래서 너무 마음의 상처가 크시다고, 기, 기사님들이 무섭다고 하, 하셨습니다."

"누가 상처를 받아?"

"이상한 약 먹고 괴로워하는 라안 님을 저택까지 끌고 가느라 죽을 뻔했던 건 우리들인데?"

"마음의 상처를 받아도 우리가 받아야 하는 거 아냐?"

"쉿."

보다 못한 라크안이 입술에 손을 가져다 대며 나지막한 목소리로 그들을 말렸다.

"여긴 바이켈드 공작저가 아니다."

"하지만……."

"죄송합니다, 각하."

기사들은 그제야 정신을 차리고 입을 꾹 다물었다. 하지만 얼굴엔 여전히 불만 어린 기색이 가득했다.

"여기서 대기하고 있어, 나 혼자 다녀오겠다."

"각하! 그건 절대로 안 됩니다."

"안 됩니다. 부단장이 당부하셨어요."

기사들은 앞다퉈 반대했다. 하녀는 감히 공작의 명령에 토를 다는 기사들을 보며 눈이 휘둥그레졌다.

"그 자식은 걱정이 너무 많아서 문제야. 너희는 내 말보다 그 자식 말을 더 잘 듣는 게 문제고."

라크안은 비질을 하듯 기사들을 방 안으로 몰아넣었다.

"당연합니다. 라안 님, 아니 공작 각하께서 그분을 찾으실 때까지는 그러기로 했으니까요."

"그러니까 공작 각하, 저희를 여기에 두고 가시면 안 됩니다!"

"너희를 대동하면 루린토프 영애가 겁을 먹어 할 말도 안 하게 될지 모른다. 내가 가서 앞으로 그런 짓 안 하도록 잘 구슬려 볼 테니까, 여기서 대기하고 있어."

라크안이 나직한 목소리로 말했다.

"라안 님이 구슬린다고요? 죽이는 게 아니라?"

기사들은 의아해하며, 그래도 안 된다며 반항했다.

"혹시나 또 뭘 잘못 먹거나 해서 발작이 일어날 것 같으면 소리를 지를게.

아주 크게. 그럼 저번처럼 날 구하러 와. 너희를 믿으니까 이렇게 가는 거야."

라크안은 그렇게 말하며 문을 닫았다. 쾅. 그러고는 멀찍이 떨어져 있는 하녀에게 걸어갔다.

카루나보다 대여섯 살 많을까 싶은 하녀는 라크안을 두려워하면서도 실수 없이 행동했다. 라크안의 그림자를 밟지 않기 위해 일곱 발자국 앞서 걸으면서도 간간이 뒤를 돌아봤다. 라크안의 그림자와 제 발이 어디 있는지를 살폈다.

그 모습을 보자니, 라크안은 제 어린 보좌 하녀를 떠올렸다.

가끔 제 앞에서 종종걸음으로 걷노라면 그림자 따윈 예사로 밟았다. 발을 안 밟는 게 그나마 감사할 일이었다. 조금만 빠르게 걸어도, 아니 세 발자국만 크게 걸어도 카루나의 걸음을 따라잡을 수 있었다. 성큼성큼 앞으로 걸어 나가면 카루나는 기를 쓰고 쫓아왔다. 뛰느라 급해진 숨소리가 뒷목을 간지럽혔다.

그게 좋아서 라크안은 매번 카루나보다 빨리 걸었다. 어차피 바이켈드 공작 저택 안 지리는 카루나보다 제가 더 잘 알았으니, 굳이 카루나가 길 안내를 해 줄 필요도 없었다.

물론 카루나에겐 속마음을 말하지 않았다. 카루나가 기를 쓰고 쫓아오는 게 좋았다.

"또 절 제치고 걸으면 어떡해요! 그러다 길 잃고 이상한 데로 가려고 그러죠!"

뛰어오며 제게 소리치는 걸 듣는 것도 좋았다. 그래서 일부러 길을 잃은 척 엉뚱한 곳으로 걸어가기도 했다. 그 모습을 떠올리는 것만으로도 웃음이 났다. 저도 모르게 소리 내 웃자 앞서 걷던 하녀가 뒤를 돌아보았다.

"……."

라크안은 금세 무표정으로 돌아왔다.

후원으로 나오니 해가 비쳐 라크안의 그림자가 라크안의 등 뒤로 달아났다. 제 그림자도 곧 만날 영애를 두려워하는가 싶어, 헛웃음이 났다.

자작저의 후원은 언덕의 형태였고, 오르막엔 조그만 가제보가 세워져 있었다. 하얗게 칠한 가제보에 차려진 티 테이블이 보였다. 루린토프는 새하얀 드레스를 입고, 라크안을 기다리고 있었다.

"어서 오세요, 공작 각하."

루린토프가 활짝 웃었다. 루린토프는 자작을 닮아 키가 작았고, 자작 부인을 닮아 눈이 동글동글했다. 새하얀 드레스가 잘 어울렸다. 더없이 순수해 보이지만, 라크안은 그 겉모습에 더는 속지 않았다. 기꺼이 찻잔에 수상한 약을 탈 수 있는 영애였다.

경계심을 가지고 그녀를 보니, 이전에 눈에 들어오지 않았던 것이 보였다. 이를테면 이전엔 그저 순진하다고 생각했던 눈동자. 동그란 눈은 집요하리만치 라크안을 바라보고 있었다. 라크안이 걷는 걸음걸음마다 그녀의 시선이 내리꽂혔다. 전쟁터에서 그의 목을 따겠다며 달려드는 적군의 눈도 이처럼 뜨겁지는 않았다.

오늘은 샤프롱조차 대동하지 않았다. 길을 안내했던 하녀의 기척이 저 멀찍이서 느껴졌다. 티 테이블에 앉는 건 루린토프와 라크안뿐인 듯했다.

"여기에 앉으시겠어요?"

루린토프가 생글생글 웃으며 자리를 권했다. 포도나무 덩굴이 조각된 아름다운 의자였다. 라크안이 자리에 앉자, 난간에 기대 있던 루린토프가 맞은편에 앉았다. 그녀의 얼굴에 황홀감이 어렸다.

라크안은 저를 신처럼 우러러보는 루린토프의 시선이 눈에 거슬렸다. 일방적으로 애정을 바라는 시선은 그에게 익숙한 것이었다. 그에게 매달렸던 수많은 여인이 보냈던 눈빛이니까. 하지만 익숙하다고 편해지는 건 아니었다. 언제나 라크안은 이런 시선이 불편했다.

지금도.

"다시 뵙게 되어서 얼마나 기쁜지 모른답니다."

루린토프가 찻주전자를 들어 라크안의 앞에 놓인 빈 잔에 기울였다. 황금빛 찻물이 잔에 차올랐다. 그윽한 향기는 달콤하면서도 쌉싸름했다. 라크안은 고개를 뒤로 젖혀 그 향마저 제 몸에 닿지 않도록 했다.

루린토프가 제 찻잔에도 차를 따랐다.

"귀한 찻잎을 우렸답니다. 한번 드셔 보셔요."

그렇게 말하고는 제 찻잔을 들어 입에 가져다 댔다.

"사양하지."

라크안은 찬 목소리로 말했다.

꽃이 가득한 정원의 가운데 선 하얀 가제보, 그 기둥을 타고 오른 꽃넝쿨, 넝쿨에 달려 활짝 피어난 꽃잎.

알록달록한 티 푸드, 황금빛의 일렁이는 찻물.

새하얀 드레스를 입은 귀여운 인상의 여인.

모든 게 보드랍고 따뜻했다. 살랑이며 이는 꽃바람마저 간지러웠다. 이질적인 건 오직 라크안이었다.

까만 머리칼, 차갑게 가라앉은 붉은 눈동자, 웃지 않는 굳은 입매. 그 무엇도 품지 않겠다는 팔짱을 낀 단단한 팔. 그는 이 부들부들한 분위기에 어울릴 생각이 없었다.

"지난번 결례를 사과하고 싶었어요. 그래서 아버지를 졸라, 다시 한번 자리를 청한 것이어요. 라안 님. 부디, 저를 용서해 주시겠어요?"

루린토프가 얼굴을 붉히며 말했다.

"사과라면 자작을 통해 받았으니 거론하지 말았으면 좋겠습니다. 그대가 아니라 자작의 평판을 위해 더는 입에 담고 싶지 않으니. 그리고 나는 그대에게 내 이름을 허락한 적이 없습니다만."

라크안의 표정엔 변화가 없었다. 붉은 눈은 제 앞에 놓인 찻잔을 경계하듯 훑어볼 뿐, 온기가 스미진 않았다.

"그렇다면 저를 용서하시는 의미로 제가 드린 차를 마셔 주지 않으시겠어요?"

루린토프가 두 손을 모아 맞잡았다. 라크안은 인상을 찌푸리며 찻잔을 내려다보았다.

'또 뭘 탄 건가?'

자꾸 차를 마시라고 하니, 의심이 들었다.

"부디, 제가 드린 차를 한 입만 머금어 보세요. 정말 귀한 찻잎으로 우린 차라서 공작 각하께서 좋아해 주실 거라 생각했거든요."

코에 닿는 달콤한 꽃향기가 이상하게 거슬리는데, 자꾸 차를 권하니 찻잔으로 신경이 몰렸다.

"정 저를 못 믿으시겠다면 제가 먼저 마시겠어요."

루린토프가 제 잔을 단숨에 비우더니, 라크안의 찻잔에 손을 댔다. 예의에 어긋나는 모습이었으나 라크안은 가만히 지켜보았다. 루린토프는 라크안의 찻잔의 찻물을 제 찻잔에 반쯤 덜고는 그 역시 단번에 마셨다. 꿀꺽거리는 소리는 나지 않았다. 예의에 어긋나는 행동을 해도 기본자세가 우아했다.

'그러고 보니 그 꼬맹이도 그랬지.'

문득 카루나가 생각났다. 어린 나이에 부모를 잃고 떠돌고, 인신매매를 당했다 도망쳐 나와 구빈원으로 갔고, 여관에서 일했다는 평민 소녀이건만. 카루나는 귀족의 예법에 대해 잘 알았다. 라크안에게 포크와 나이프 쓰는 방법을 알려 주고, 저택 내에서조차 단정히 셔츠를 입으라며 쫓아다녔다.

언젠가는 의자 위에 올라가 두 손을 높이 들고 그의 크라바트를 매 주었다. 목을 조를지도 모른다는 위협을 느끼긴 했지만, 분명 카루나는 능숙하게 크라바트를 맬 줄 알았다. 지금 라크안의 손으로 직접 맨 크라바트와 비교할 수 없을 만치 맵시 좋게. 식사할 때도 소리 나지 않게, 오물오물 잘도 먹었다.

'차를 마실 때도 그럴까?'

주전자째로 마시라고 찻주전자를 입에 들이붓지는 않을까. 아니면 식사 매너를 알려 주었듯 차 마시는 예절을 알려 준다며 찻잔에 차를 쪼르륵- 따라 줄까.

'그러고 보니 그 꼬맹이랑은 한 번도 같이 차를 마신 적이 없군.'

라크안은 반만 남은 제 찻잔을 보며 픽, 웃었다. 카루나와 함께한 시간은 언제나 정신없이 흘러갔다. 느긋하게 차를 마실 정도로 마음이 여유롭지 않았다.

'기회가 된다면, 그 꼬맹이랑 차를 마셔 볼까?'

생각만으로도 입가에 미소가 감돌았다.

분명 이전에 느낄 수 없는 감정을 경험할 수 있을 것 같았다. 지금의 무감각한 티타임과는 비교도 할 수 없을 만큼.

'비교도 할 수 없을 만큼 나는, 그러니까 나는…….'

정신이 아득해졌다. 생각이 벽에 막힌 것처럼 앞으로 더 나아가지 못했다.

'나는, 나는? 나는…… 어떨까.'

그 벽을 파고들려 할 때였다.

"딱 지금같이 웃으셨어요, 공작 각하께서는."

루린토프의 목소리가 그의 생각을 방해했다. 그녀는 뭐가 그리 좋은지 생글생글 웃고 있었다.

"무슨 뜻으로 하는 말인지?"

"제가 처음 공작 각하를 봤을 때도 그렇게 웃고 계셨거든요."

"……웃어?"

코끝을 감도는 꽃향기가 점점 짙어졌다.

'어디서 나는 거지?'

차는 식었다. 주변에 핀 꽃들은 향이 강하지 않은 것들이었다. 그런데 바람결에 몰려오는 꽃향기는 독했다. 꼭 만 송이 장미를 옆에 둔 것처럼.

"아직도 똑똑히 기억해요. 제가 마카레나 백작 영애와 함께 있을 때였지요."

주변을 둘러보던 라크안의 귀에 한 단어가 선명히 박혔다.

"마카레나 백작 영애?"

단지 이름만으로도 라크안의 시선을 사로잡을 수 있는 존재. 라크안에게 클레이엔은 그런 존재였다.

다시 제게 라크안의 시선이 닿자 루린토프 영애는 차를 권했다. 하지만 라크안은 마시지 않았다.

"비록 제 아버지와 다른 길을 걷는 가문의 영애이나 여인들의 세계에서는 현실 정치와는 다른 질서가 있기 마련이라. 저는 처음으로 마카레나 백작 영애와 인사를 나누었답니다. 그날, 그 자리에 공작 각하께서도 계셨지요."

루린토프는 제 빈 찻잔에 차를 따라 한 모금 마셨다. 그리고 말을 이었다.

"막 인사를 했을 때, 마카레나 백작 영애가 제 너머를 바라보았어요. 저는 누굴 보나 궁금하여 뒤를 돌아봤죠. 거기에 공작 각하께서 계셨어요. 마카레나 백작 영애와 함께 있는 저를 탓하려고 하셨던 건가요?"

생각만으로도 행복한지, 루린토프의 뺨에 홍조가 돌았다.

"……."

라크안은 루린토프가 말하는 그날이 언제인지 기억도 나지 않았다. 그가 사교 행사에서 클레이엔과 마주친 건 한두 번이 아니었다. 그 옆에 다른 어떤 영애가 들러붙어 있었던지 그건 그가 알 바 아니었다.

"싸늘하게 이쪽을 보셨어요. 저는 무서워서 뒤로 물러서려고 했는데 그 때, 공작 각하께서 웃어 보이셨어요."

"……내가 웃었다고?"

"네, 그래요. 분명 앞의 싸늘한 눈빛은 마카레나 백작 영애를 향하신 거였겠지요."

라크안은 내심 혀를 찼다. 보쉬엔 자작은 라크안을 잘 알아도 너무 잘 알았다. 하지만 자작의 막내딸은 그를 몰라도 너무 몰랐다.

그는 언제나 싸늘했다. 클레이엔 앞에서든 다른 영애 앞에서든.

"하지만 그 뒤에 보인 미소는 분명 제게 주신 거였어요. 보는 것만으로도 기쁘고 행복하다는 듯이. 그렇게 웃어 주셨어요."

"……!"

절대 나와서는 안 되는 말이 나왔다. 기쁨, 그리고 행복. 그건 라크안이 내내 찾아 헤매던 것이었다.

라크안, 그리고 마카레나 백작 영애 클레이엔.

둘 사이를 연결하는 단어 중 가장 어울리지 않는 단어가 그것일 터였다. 행복, 그리고 기쁨. 그런데 루린토프는 멋대로 그걸 둘 사이에 가져다 붙였다.

"……기쁘고, 행복하다는 듯이?"

라크안의 목소리에 분노가 어렸다. 그는 루린토프와 눈을 마주친 기억이 없다. 그러니 분명 웃었다면 루린토프가 아니라 클레이엔을 보고 웃었을 것이다.

"네, 기쁘고 행복하다는 듯이요. 마치 지금처럼요. 조금 전 절 보고 웃어 주셨을 때처럼요."

그런데 살기 어린 미소가 아니라 기쁘고 행복해 보이는 미소란다. 카루나와 차를 마시고 싶다는 생각을 했을 때도 그렇게 웃었단다. 기쁘게, 그리고 행복하게.

"조금 전?"

"네, 조금 전 우수에 잠긴 눈으로 저를 바라보며 그렇게 웃어 주셨어요."

루린토프는 한 치의 망설임 없이 대답했다.

"기쁘게, 그리고 행복하게요."

라크안은 십수 년간 찾아 헤맸던 그 감정, 그 단어를 이렇게 마주했다. 마카레나 백작 영애, 클레이엔. 꼬맹이 하녀, 카루나. 절대 그에게 기쁨과 행복을 줄 수 없는 사람들 앞에서.

"감히, 내게 그런 말을 하다니."

루린토프가 말하는 기쁨과 행복보다는 당황과 분노가 먼저 몰려들었다. 보쉬엔 자작을 생각하여 마지막 예의는 지키고자 하였건만. 루린토프는 너무 쉽게 그의 마지막 선을 박살 냈다.

라크안은 찻잔을 들었다.

"어머, 차를 마셔 주시는 건가요?"

루린토프가 기뻐했다. 그건 분명 그녀의 기쁨이었다.

라크안은 찻잔을 난간 너머로 내밀어 뒤집었다. 주르륵- 찻물이 풀밭 위로 쏟아졌다. 뒤집힌 찻잔은 단번에 비었다. 달칵, 라크안은 찻잔을 소리 나도록 내려놓고 자리에서 일어났다.

"찻잔이 비었으니 더는 앉아 있을 필요가 없겠지."

싸늘한 목소리, 그보다 더 싸늘한 붉은 눈이 루린토프에게서 등을 돌렸다. 가제보의 계단을 단번에 뛰어내리는 라크안의 뒤로, 루린토프의 목소리가 들렸다.

"굳이 차를 마시지 않아도 좋아요, 라안 님."

그녀의 말이 끝나기가 무섭게 라크안의 몸이 크게 휘청였다. 눈에 비치는 세상이 흔들렸다.

"윽."

눈앞이 캄캄해졌다. 라크안은 제 머리를 움켜잡았다.

'차를 마시지 않았는데? ……설마 그 향기인가?'

이상하게도 독하다고 생각되었던 꽃향기. 거부감이 들 때마다 유독 티 나게 차를 권하며 그의 신경을 흩트리던 루린토프의 모습까지.

깨달았으나 이미 늦었다. 생각하는 순간 몸을 가눌 힘마저 사라졌다.

'젠장.'

다리가 무릎을 꿇고, 몸이 옆으로 넘어갔다. 털썩. 라크안은 풀밭 위에 쓰러졌다. 아프진 않았으나 몸이 출렁이는 게 느껴졌다.

"지난번엔 제가 결례를 범했어요. 진심으로 사과드려요, 라안 님. 그때, 라안 님을 그렇게 보내 드려서는 안 되었는데."

루린토프의 목소리가 귓가에 앵앵 울렸다. 보드라운 손이 뺨에 닿는 게 느껴졌다.

'싫어.'

소름이 돋았다.

'날 만지지 마. 날 만질 수 있는 건 오직 내 반려뿐이야.'

그렇게 맹세했건만. 눈은 빛을 잃었고 몸은 자유를 뺏겼다.

"이제 돌려보내지 않을 거예요. 저와 함께 행복해져요, 힘든 일일랑 모두 제 아버지한테 맡겨 버리고 우린 그저 서로를 바라보며 행복해요."

루린토프의 목소리마저 아득하게 들렸다.

'내 행복은 너 따위가 줄 수 있는 게 아니야.'

내뱉지 못한 말을 마지막으로 라크안은 정신을 잃었다. 그 마지막 의식의 끝자락에 매달려 있던 건, 이러면 행복하지 않을까 생각했던 순간이었다.

라크안은 차를 마시고 싶었다. 화창한 날. 저택 후원의 호숫가에 커다란 테이블을 놓고. 카루나가 좋아하는 과자를 잔뜩 쌓아 두고. 카루나가 잘 따르는 하녀장에게 차를 우리게 하고. 카루나와 친한 연두색 머리 남자의 우스갯소리를 들으며.

활짝 웃는 카루나의 모습을 보며. 그렇게 차를 마시고 싶었다.

* * *

라크안이 루린토프를 만나러 간 후 철십자 기사들은 응접실 안을 서성거렸다. 하도 왔다 갔다 해서 오가는 하녀들이 어지러워할 정도였다.

그들은 긴장 상태를 유지했다. 테라스로 통하는 창문을 활짝 열어 두고 밖에서 무슨 소리가 들릴까 봐 귀를 기울였다. 혹여 라크안의 비명이 들리면 당장 뛰쳐나갈 태세를 했다.

하지만 다행히도, 혹은 불행히도 그들을 부르는 비명은 들리지 않았다. 다만 달콤한 꽃향기가 열린 창문을 통해 들어왔다. 기사들은 그 달콤한 꽃향기에 빠져 크게 숨을 들이쉬었다.

바이켈드 공작저에서는 맡을 수 없는 향이었다. 그나마 있던 화단도 포도주 통을 쌓아 놓느라 없애 버린 터였다.

“여긴 후원에 꽃이 많나 보네.”

“그러게. 귀족 아가씨가 있는 저택은 다른가 봐.”

“꽃이 있는 게 아이들한테 좋다던데. 우리도 우리 꼬마 아가씨를 생각하면 꽃 좀 심어야 하는 거 아냐?”

“하지만 우리에게 포도주 통의 기적을 보여 준 건 꼬마 아가씨인걸?”

“그건 그래.”

기사들은 영양가 없는 말을 나누며 웃음을 터뜨렸다. 굳어 있던 어깨가 절로 느슨해졌다.

"이번엔 아무 일 없이 지나가는 건가?"

"그럼, 설마 보쉬엔 자작 영애가 또 라안 님 차에 사랑의 묘약인지 독약인지를 타기야 하겠어? 그 영애도 생각이란 게 있다면 그러진 않겠지."

"맞아, 맞아. 아까 자작님께서도 왔다 가셨잖아. 자작님도 계시는데 또 그럴 리는 없겠지."

기사들은 긍정적으로 생각했다. 그렇게 라크안이 무사히 돌아오길 마음 편히 기다렸건만. 해가 질 때까지 라크안이 돌아오지 않았다.

"원래 차 마시는 게 이렇게 오래 걸리는 일이야?"

"아니지 않나?"

짧으면 10분. 길어 봐야 30분.

라크안이 초대받은 티타임은 대개 그 정도였다. 라크안은 차를 나눈 여인이 제 반려가 아니라는 걸 확인하면, 한시도 더 같이 있고 싶어 하지 않았다.

그나마도 예의를 차려 억지로, 억지로, 버티는 것일 뿐, 10분을 넘어가는 경우는 거의 없었다. 간혹 티 파티에서 마카레나 백작 영애 클레이엔을 만나 신경전을 벌이느라 30분 정도 소비하는 경우는 있었다.

그래 봤자 30분이었다. 그런데 지금은 반나절이었다. 해가 중천에 떴을 때 왔건만, 저녁노을이 질 때까지 라크안이 돌아오지 않았다.

무슨 일이 생긴 것이다. 기사들은 그제야 정신이 번쩍 들었다.

"우리가 지금 뭘 하는 거지?"

기사들은 검을 손에 쥐고 하인을 불렀다. 왜 아직도 티타임이 끝나지 않는 거냐고 따져 묻자 하인들은 영문을 모르겠다는 표정을 지으며 기사들을 보았다.

"무슨 말씀입니까. 바이켈드 공작 각하께서는 이미 오래전에 돌아가셨는걸요."

"뭐?"

"각하께서 우리를 놔두고 돌아가셨다고?"

"예예, 그렇습니다요."

라크안이 혼자서 저택을 떠났다는 것이었다. 보쉬엔 자작가에 말 한 마리를 빌려 달라 청해 그 말을 타고 갔다고 했다. 혹여나 제가 데리고 온 기사들이 자신을 찾으면, 산책 겸 근방을 좀 둘러보고 가겠으니 먼저 저택으로 돌아가 있으라고 전하라 했다고.

"그게 무슨 소리야, 라안 님이 우리를 놔두고 갈 리가 없잖아!"

성질 급한 철십자 기사 한 명이 하인의 멱살을 잡고 윽박질렀다.

"저, 저, 저는 아무것도 모릅니다요. 기사님. 그저 들은 대로 전한 것뿐입니다요. 사, 살려 주십시오. 분명 그리 떠나셨다고 했습니다."

"됐어, 하인이 뭘 안다고 그러는 거야. 진정해."

다른 기사들이 그 기사를 말렸다. 하인은 멱살이 풀리자마자 넙죽 인사를 하고는 도망쳐 버렸다. 기사들은 연신 줄을 당겨 다른 하인, 하녀들을 불렀다. 몇 번이고 물었으나 대답은 같았다.

바이켈드 공작 각하는 이미 저택을 떠난 지 오래다. 기사들이 찾거든 먼저 저택으로 돌아가 있으라 했다.

기사들은 보쉬엔 자작저의 마구간으로 갔다. 그들이 타고 왔던 말과 마차는 그대로 있었다. 말 등을 빗겨 주고 있던 늙은 마구간 지기는 흥분한 기사들에게 둘러싸였다. 그는 자신이 잠시 식사를 하러 간 새 자작가의 말 한 마리가 사라졌다고 더듬더듬 말했다.

"라안 님이 정말 혼자서 가셨다고?"

"그럴 리가 없잖아. 다른 사람도 아니고 라안 님이."

기사들은 빈 마구간 자리를 보고서도 믿지 못했다.

여러 다양한 비상 상황을 염두에 두고 훈련을 하였지만, 그건 언제나 발작이 일어나려고 하는, 혹은 발작 상태인 라크안을 어떻게 막고 피할 것인가에 대한 것이었다. 이렇게 라크안이 자신들의 보호, 혹은 감시를 피해 탈주하는 상황 따위는 염두에 두지 않았다. 기사들은 말 그대로 어찌할 바를 몰랐다.

"요즈음 라안 님 상태가 나쁘지 않았잖아. 그래서 그러신 거 아닐까?"

기사 중 한 명이 조심스럽게 의견을 냈다.

"요 몇 달 동안 거의 발작이 없었기도 하고, 요 며칠은 내내 기분이 안 좋으셨는데도 발작이 일어나지 않았어. 그러니까 좀 안정된 상태여서 라안 님도 마음을 놓으신 게 아닐까 싶은데."

"그렇다고 우리를 놓고 혼자 가 버렸다고? 어디로 가는지 말도 안 하고?"

옆에 서 있던 기사, 세나가 반박했다. 그녀의 목소리는 꽤 날이 서 있었다.

"화내지 마. 내가 라안 님께 혼자 가시라고 권한 것도 아니잖아. 그냥 내 추측일 뿐이야."

말을 꺼낸 기사는 뒤로 물러서며 바로 항복했다.

"세나, 진정해. 아주 틀린 말도 아니야. 요즈음 라안 님께서 계속 불편해하시긴 했잖아. 우리가 한둘도 아니고 대여섯씩 붙어 다녔으니, 오죽 답답하셨을까."

맞은편에 서 있던 기사가 세나를 달래듯 말했다.

"그렇다고 해도 갑자기 이렇게 행동하실 분은 아닙니다."

세나가 다시 반박했지만, 다른 기사들은 앞선 기사의 말에 동조했다. 지금 상황에서는 그렇게 믿는 수밖에 없었다. 세나가 거세게 반발했지만, 그녀로서도 뾰족한 수가 있는 건 아니었다.

'아직 이 저택 어딘가에 계실지도 몰라.'

세나는 그렇게 생각했다. 다른 기사들 역시 비슷한 의심을 품고 있었다. 하지만 입 밖으로 낼 순 없었다. 라크안은 이미 사라졌고, 그들은 바이켈드 공작저가 아니라 다른 곳에 떨어져 있었다.

그 장소도 평범한 곳이 아니었다. 황제파의 주요 가문 중 하나인 보쉬엔 자작가. 라크안도 없이, 철십자 기사 몇 명이 난동을 피우는 건 무리수였다. 라크안이 떠났다고 하인을 통해 전달받은 지금, 기사들은 무언의 축객령을 받은 상태나 마찬가지였다.

보쉬엔 자작도, 저택의 집사도 그들을 마중 나오지 않았다. 이미 하인들의 멱살을 잡고 억지를 부린 일이 알려져, 그들의 심기를 거스른 건지도 몰랐다. 기사들은 일단 바이켈드 공작 저택으로 돌아가자고 결론을 내렸다.

"지난번 티타임 때, 차를 마신 라안 님은 분명 소리쳐서 우리를 불렀어. 이번엔 그런 일이 없었으니까, 그러니까……."

마차를 끌어내는 기사의 얼굴엔 찜찜한 기색이 가득했다.

"제발 먼저 저택으로 돌아가 있으시기를 바랄 수밖에."

"그래, 라안 님이 남에게 해를 당하실 분은 아니니까."

기사들은 말에 오르며 서로에게 말을 건넸다. 화장실에 다녀와서 뒤를 안 닦은 듯한 느낌이 들었지만, 누구도 대놓고 말하지 않았다.

"절대 이러실 분이 아닌데."

세나만이 중얼거릴 뿐이었다. 그렇게 철십자 기사 다섯 명은 보쉬엔 자작저를 떠났다. 바이켈드 공작저로 돌아오는 내내 그들은 패잔병처럼 몸을 수그렸다. 빈 마차가 덜렁거리며 뒤따랐다.

그렇게 바이켈드 공작저로 돌아왔건만. 역시나 저택엔 라크안이 없었다. 밤늦게까지 기다렸지만 돌아오지도 않았다.

당연히 저택은 발칵 뒤집혔다. 라크안이 어디로 갔는가. 혹여 발작이 일어난 게 아닐까. 사방으로 하인들을 내보내 주변을 살폈지만 걱정하는 일은 일어나지 않았다.

수도 어딘가에 갑자기 커다란 늑대가 출몰해 사람들을 물어 죽였다든가. 바이켈드 공작의 모습을 한 살인귀가 나타나 사람들을 연쇄 살인했다든가 하는 소식은 들려오지 않았다.

라크안이 사라진 제국 수도의 밤은 그저 조용하고 고요했다. 바이켈드 저택의 사람들은 이걸 기뻐하거나 슬퍼할 생각조차 하지 못했다.

'라안 님은 도대체 어디 계신 거야?'

'수도에 계시긴 한 건가?'

'라안 님을 찾아야 해. 해가 뜨기 전에 무조건 찾아야 한다고.'

철십자 기사들은 제국의 수도와 그 인근 지도를 폈다. 라크안이 사람일 때, 그리고 늑대일 때의 이동 속도를 계산해 수색선을 잡았다. 아무리 넉넉히 셈하여도 오늘 하루 내에 수도 인근을 벗어나는 건 불가능했다.

당연한 말이지만, 라크안이 아직 수도에 있다는 결론이 났다. 그렇다는 건, 라크안이 아직 수도에 있고 발작이 일어나지도 않았는데 저택으로 돌아오지 않고 있다는 뜻이었다.

"도대체 어디에 있는 거야, 라안!"

연두색 머리 남자는 지도 위로 주먹을 내리쳤다. 쾅. 그의 얼굴은 다른 누구보다 절박했다.

'역시나 함께 갔어야 했나?'

오늘따라 느낌이 안 좋았다. 그래서 드물게 동행을 자처했건만. 진청색 정장을 늘씬하게 빼입은 그의 친우는 농담을 들은 듯 웃을 뿐이었다. 그 모습 어디에서도 발작의 기미는 보이지 않았다. 그래서 마음을 놓았건만. 아예 행방불명이 되어 버릴 줄이야.

"돌아오신 뒤로, 단 한 번도 저택 밖에서 밤을 보내신 적이 없는 분이신데. 어디에 계시든 잠자리가 불편하진 않으실까 걱정이 되는군요."

하녀장은 연두색 머리 남자에게 따뜻한 차를 권하며, 한숨을 푹 내쉬었다.

바이켈드 저택의 사람들은 밤새 수도의 거리를 떠돌았다. 하녀장은 카루나와 함께 저택에 남았다. 연두색 머리 남자와 철십자 기사 두어 명도 남았다. 세나가 그중 하나였다. 그녀는 철십자 기사단 내에서 꽤 서열이 높았다. 라크안을 찾으러 나가는 철십자 기사들 중 일부가 그녀에게 다가와 지시를 받았다.

평소, 라크안 앞에서도 기죽지 않고 자기가 하고 싶은 말은 다 하던 사람이 오늘만큼은 불만을 숨기지 못했다. 세나는 벽에 등을 기대서서는 한쪽 발을 계속 떨었다. 연신 짧은 머리를 뒤로 쓸어 넘기며, 제 앞에 선 기사들을 말로 갈궜다. 그녀의 지휘를 받는 기사들도 덩달아 바짝 긴장했다.

"에이씨. 젠장, 빌어먹을!"

저택에 남은 세나는 꽤나 초조해 보였다. 눈을 부라리며 주변을 둘러보던 중 카루나와 눈이 마주쳤다. 그 순간, 잔뜩 찡그려 있던 얼굴이 확 펴졌다.

"오, 우리 꼬마 아가씨."

세나가 카루나를 향해 두 팔을 뻗었다. 카루나는 잠시 머뭇거리다가, 제게 간절히 손을 흔드는 세나를 보고는 못 이기는 척 다가갔다. 세나는 카루나를 덥석 들어 껴안았다. 잠들기 전 곰돌이 인형을 껴안듯 카루나를 안고는 살짝 몸을 흔들었다. 좋아 못 견디겠다는 티가 팍팍 났다.

"도대체 무슨 일이 일어난 거예요? 공작 각하는 어떻게 되신 건가요?"

급박하게 돌아가는 상황 속에서 카루나는 혼자 동떨어져 있었다. 지금 상황이 얼마나 심각하고 무서운 상황인지, 차분하게 설명해 줄 사람은 아무도 없었다.

카루나는 바쁜 사람들을 함부로 붙잡고 무슨 일이냐고 묻지도 않았다. 조용히 구석에 앉아 그들이 나누는 말을 주워듣고는 상황을 대강 짐작했다. 세나에게 안겨서야 그간 참았던 질문을 입 밖으로 꺼냈다.

오랜 기다림의 결실은 달콤했다.

"놀랐지? 라안 님 상태가 그렇고 그렇다 보니까, 아무래도 우리가 좀 예민하게 구는 편이야."

세나는 얇은 모포를 가져와 카루나를 둘둘 싸매 감싸고는 불이 활활 타오르는 벽난로 앞에 주저앉았다. 카루나는 졸린 고양이처럼 얌전히 그 품에 안겨 눈을 깜박였다.

"어이. 세나, 거기서 뭐 하는 거야. 라안 님 오시나 보려면 문 앞에는 나와 있어야 하는 거 아냐?"

그녀와 함께 저택에 남아 있는 다른 철십자 기사가 세나를 불렀다.

"너나 지붕에 올라가서 라안 님 오는지 봐 봐. 혹시 알아? 늑대의 몸을 입은 라안 님이 남의 집 지붕에 올라가서 울고 있을지?"

세나는 퉁명스러운 목소리로 답하고는, 다시 카루나를 바라보았다. 동료를 대할 때와는 전혀 다른 표정이었다.

"낮에 무슨 일이 있으셨던 거예요? 보쉬엔 자작가에 차를 마시러 갔다고 했는데, 그다음에 무슨 일이 있었던 건가요?"

카루나는 양손으로 세나의 옷자락을 꽉 쥐고 매달렸다.

"다 말해 줄게. 카루나, 다른 사람도 아니고 너한테 못 해 줄 말이 뭐 있겠니. 너는 라안 님의 보좌 하녀인데."

세나는 평소와 달리 거리낌이 없어 보였다.

'나한테라도 말을 하고 싶은 거겠지.'

카루나는 그녀의 속내를 짐작해 보았다. 아까 다른 기사들이 나누던 대화가 언뜻 떠올랐다. 라크안이 사라졌을 때, 끝까지 보쉬엔 자작저를 뒤져서라도 라크안을 찾아야 한다고 주장한 게 그녀뿐이라고 했다.

'다른 기사들의 의견에 따라 돌아오긴 했지만, 그래도 마음이 무겁겠지. 내가 끝까지 우겨서 버텼다면, 그때 바로 바이켈드 공작을 찾을 수 있지 않았을까 자책감도 좀 들 테고.'

책임감 강하고, 무슨 일이 터졌을 때 그 원인을 남이 아니라 자신에게서 찾는 사람. 일이 일어나도 남을 탓하기보다는 어떻게 하면 일을 해결할 수 있을까 고민부터 하는 사람. 아군이면 든든하지만 적이면 참 피곤한 인재였다.

'지금 내겐 더없이 필요한 사람이지만.'

카루나는 도대체 무슨 일이 일어난 건지 자세한 상황을 알고 싶었다. 세나는 답답한 마음을 어쩌지 못하고, 그 속내를 카루나에게라도 털어놓으며 생각을 정리하고 싶을 터였다. 그러니 둘은 서로에게 이득이 되는 관계였다. 적어도 지금은.

세나는 낮에 보쉬엔 자작 저택에서 있었던 일을 자세히 말해 주었다. 카루나는 세나의 이야기를 귀 기울여 들었다. 두루뭉술하게 넘어가는 부분은 질문해서 좀 더 자세히 들으려 했다. 보쉬엔 자작 저택에서 달콤한 꽃향기가 났다는 말도 흘려듣지 않았다.

하녀장은 둘이 도란도란 이야기를 나누는 모습을 보고는 따뜻한 수프를 가져와 건넸다. 그리고 그 옆의 소파에 앉아 뜨개질거리를 손에 들었다.

하녀장의 손은 가늘게 떨리고 있었다. 라크안을 걱정하는 마음이 바늘코마다 대롱대롱 매달렸다. 자꾸 바늘 코가 빠졌다. 안 하느니만 못했다. 다음 번에 다시 코를 풀어내 고쳐야 할 것 같았다. 그래도 하녀장은 계속 손을 놀렸다.

카루나는 세나의 이야기를 들으면서 곁눈질로 하녀장을 보았다.

'마음이 진정이 안 되겠지.'

평정심을 찾으려 애쓰고 있으나 그게 쉽지 않은 듯했다. 하녀장이 라크안을 걱정하는 만큼 뜨개질은 엉망이 되었다. 보다 못한 카루나는 모포에서 한 손을 빼 하녀장의 손을 잡았다.

하녀장은 카루나가 손을 내미는 것도 몰랐다. 제 손등에 온기가 닿고야 흠칫, 놀랐다. 작고 하얀 손이 마디지고 투박한 마른 손을 꼭 잡아 주었다. 그걸 보는 주름진 눈가가 떨렸다.

카루나는 하녀장과 눈을 마주치며 싱긋 웃어 보였다. 걱정 따윈 하나도 없는 웃음이었다. 카루나가 라크안을 괴롭힐 때마다 보여 주었던, 저택 사람들이 사랑해 마지않는 그 미소였다.

'별일 없을 거예요. 있어 봤자 고작 보쉬엔 자작 영애 따위에게 당해서 그녀의 침실에 묶여 있는 정도? 뭐, 그 대단하신 반려를 위해 아껴 놓은 정절을 위협당하고나 있겠죠.'

위로의 말을 속으로 말했다. 그렇게 큰 저택에 남은 몇 안 되는 사람들은 서로의 온기를 나누며 밤을 지새웠다.

chapter 4
내 약혼자를 찾아서 (1)

동쪽 하늘에 샛별이 떠오를 때까지 사람들은 돌아오지 않았다. 라크안도 돌아오지 않았다.

기다리다 지친 하녀장은 소파에 기대 선잠이 들었다. 세나는 카루나를 끌어안은 채 꾸벅꾸벅 졸았다. 카루나는 세나의 품에서 잠든 척 눈을 감고 있다 주변 사람들이 모두 잠든 후에야 슬며시 눈을 떴다.

'바이켈드 공작은 보쉬엔 자작 저택에 있을 거야.'

긴 속눈썹엔 잠기운이 걸려 있지 않았다. 녹색 눈은 한낮처럼 반짝였다. 그 위로 벽난로의 불빛이 일렁였다.

'아마 오늘 밤이 지나면, 늦어도 이틀을 넘기기 전에는 다들 알아채겠지. 애초부터 바이켈드 공작은 그 영애의 저택에서 떠나지 않았다는 걸.'

세나의 말에선 이미 루린토프에 대한 의심이 묻어나고 있었다.

무슨 수를 쓴 건지 모르나 루린토프는 이번에도 성공했다. 지난번 실패를 반성 삼아서 이번엔 성공을 한 것이다.

그 자리에 없었기에, 세나가 말했던 '달콤한 향기'가 그 무슨 수가 아닐까 짐작할 따름이지만. 향기로든, 다시 한 번 약을 탄 차로든, 루린토프는 라크안을 손에 넣었다.

'그리고 바이켈드 공작은 한 번 살아남았으면 다음번엔 더 조심해야 했는데 안 그런 거고. 멍청이! 아주 신나게 가더니 꼴좋네.'

카루나는 낮에 보았던 라크안의 모습을 떠올려 보았다. 진청색의 정장을 차려입은 라크안은 아름다웠다. 중요한 사람을 만나러 가듯 힘을 빡 준 모습이었다.

'이렇게 당하려고 그렇게 예쁘게 빼입고 갔나 봐요, 공작 각하.'

갇혀 있는 곳으로 찾아가 한껏 비웃어 줄 수 없는 게 아쉬울 따름이었다.

'한 번 당했으면 알아서 조심해야지. 거기가 어디라고 또 기어들어 간 거야? 아무튼 조심성 없는 늑대 같으니라고.'

한 번 했는데 두 번이라고는 못 할까. 라크안은 아마, 한 번 들켰으니 두 번은 못 할 거라고 생각했을 테지만. 그건 루린토프를 몰라서 한 생각이다. 아니, 사랑에 빠져 눈이 돌아 버린 사람의 마음을 눈치채지 못해서 그런 것이다.

'이번에야말로 제대로 바이켈드 공작을 제압해서 가둬 뒀겠지. 저택에.'

루린토프에 대한 묘한 소문을 들은 적 있다. 동글동글 귀엽게 생긴 영애가 흉측한 수갑과 사슬을 모으는 취미가 있다는 소문. 어린 영애들 사이에서 알음알음으로 퍼졌으나 오래지 않아 사라졌다.

그리 재미있는 이야깃거리가 아니었다. 루린토프 영애의 모습과 어울리는 소문도 아니었다. 루린토프와 불타는 밤을 보내며 그 컬렉션의 위력을 경험해 봤다는 등, 귀족 영식들의 질 낮은 농담이 떠도는 것도 아니었기에 다들 뜬소문이라 생각해서 관심을 가지지 않았다.

소문은 난 듯 만 듯 하게 금세 가라앉았다. 하지만 카루나만은 그 소문을 잊지 않고 기억해 두었다. 라크안을 바라보는 루린토프의 열렬한 시선을 보노라면, 그 소문이 마냥 뜬소문으로 느껴지지 않았다.

루린토프는 카루나보다 키가 작고 몸집도 작았다. 동글동글하게 생긴 순한 얼굴은 개미 한 마리 못 죽일 것같이 보였다. 하지만 바이켈드 공작을 바라보는 그 눈만큼은 여린 모습에 어울리지 않을 만큼 뜨거웠다.

'라크안 정도 되는 남자를 가지려면, 적어도 그 정도 컬렉션은 준비해야 하지 않을까.'

루린토프의 준비성이 이해되기도 했다. 루린토프와 대화를 나눌 때마다 느낀 거지만, 그녀는 바이켈드 공작을 가지기 위해서라면 정말 무엇이라도 할 수 있을 것 같았다. 반년 사이에 그 마음이 식었을 리 만무했다.

'그렇다면 최근 바이켈드 공작의 모습이 곱게 보이지는 않았겠지.'

요 근래 라크안은 귀족가의 살롱엔 얼굴을 비치지 않았다. 대신 부유한 평민 가문을 찾아다니며 그 가문의 여인들과 티타임을 가졌다.

루린토프 영애로서는 애가 탈 일이었으리라. 귀족이 아니라 평민 여인에게 관심을 두고 있다니. 귀족 영애인 자신에게는 아예 기회조차 없어진 거라고 생각되었을 터.

'평민 여인에게 바이켈드 공작을 뺏기느니, 차라리 자신이 어떻게든 바이켈드 공작을 가지겠다고 마음을 먹었으려나.'

그런 마음으로 무슨 일이든 못 벌일까. 사랑의 묘약을 차에 타는 건 아무것도 아니다.

가령…… 바이켈드 공작에게 정신을 잃게 만들거나 몸을 움직이지 못하게 만드는 약을 먹이고. 옴짝달싹못한 바이켈드 공작에게 자신이 그간 모아 온 사슬과 수갑을 사용해 벌일 수 있는 온갖 일을.

'……짜증 나.'

생각하고 싶지도 않았다. 카루나는 애써 생각을 돌렸다. 라크안과 루린토프가 같이 있는 모습 따위는 생각하기도 싫었다.

'도망치자. 지금이 기회야.'

바이켈드 공작의 실종으로 엉망이 된 저택에서, 아무도 어린 하녀에게 신경 쓰지 못할 터. 이 틈을 노리면 무난히 몸을 빼낼 수 있으리라.

음냐, 음냐. 세나가 카루나의 머리에 제 턱을 얹으며 입맛을 다셨다. 꿈을 꾸는 듯했다. 카루나는 작게 숨을 내쉬며 가만히 있었다. 저를 소중히 끌어안은 채 졸고 있는 세나를 깨우고 싶지 않았다.

세나는 처음 만났을 때부터 카루나에게 호감을 보였다. 주인이 실종된 상황에서도 이것저것 묻는 카루나를 귀찮아하지 않고 밤새 상대해 줬다. 카루나를 안고 있는 팔은 단단했지만 따듯했다. 세상 위험으로부터 카루나를 지켜 줄 것처럼 든든했다.

그런 세나의 품은 라크안을 생각나게 했다. 라크안의 품은 세나와 비교가 안 될 정도로 딱딱했다. 저를 붙잡은 팔의 온기는 뜨거웠다. 소중하다는 듯이. 놓치지 않겠다는 듯이. 그렇게 카루나를 꽉 잡았다. 그간 카루나의 삶에는 없었던 온기였다.

'그리고 앞으로도 없겠지.'

뒷골목의 새끼 소매치기로 살았을 때도, 마카레나 백작저에서 클레이엔 대역으로 모질게 훈련을 받을 때도, 항상 이런 온기를 꿈꿨다.

'널 애타게 찾고 있었단다, 카루나. 여기에 있었구나.'

누군가 갑자기 나타나 이렇게 말해 주면 얼마나 좋을까.

'이제부터는 내가 널 보호해 주마. 앞으로는 절대 널 힘들게 하지 않으마.'

꿈속에서 얼굴이 보이지 않는 누군가는 항상 이렇게 속삭여 주었다.

'나쁜 일을 하지 않아도 돼. 그래도 살 수 있을 거야. 죽여 버리겠다는 위협을 당하지 않고 살게 해 주마. 내가 꼭 널 지켜 주마.'

그는 카루나가 얼마나 나쁜 아이인지 이미 다 알고 있었다. 그런데도 괜찮다고 해 주었다. 어쩔 수 없이, 살기 위해 했던 일이니 용서받을 수 있을 거라고 말해 주었다. 그리고 카루나를 안아 주었다. 그 온기가 고마워서 눈물짓노라면 꿈에서 깼다.

꿈이 아닌 현실에서 그녀는 언제나 혼자였다. 홀로 웅크려 있었을 뿐. 그녀를 구해 주기 위해 다가오는 온기 따위는 없었다. 뒷골목 소매치기일 때도. 클레이엔의 대역일 때도. 그래서 포기했건만. 전혀 기대도 하지 않았던 온기가 현실이 되어 나타났다. 바이켈드 공작저에서, 바이켈드 공작의 모습으로.

이곳에선 모두가 카루나에게 친절했다. 라크안은 카루나가 포도주통과 짱돌, 후추로 괴롭혀도 그녀의 뺨 한 번 내리치지 않았다. 채찍을 휘두르지도 않았다.

'오히려 후추통을 더 열심히 가지고 다니라고 해 줬지.'

카루나는 조용히 웃었다.

'평생 잊지 못할 거야. 여기에서 보낸 날들을.'

이 꿈같은 시절이 영원할 거라 생각해 본 적은 단 한 번도 없었다. 그런데 막상 이 꿈에서 스스로 걸어 나와야 한다고 생각하니, 아쉬움이 들었다. 조금 많이 섭섭했다. 어울리지 않게도.

'바이켈드 공작 각하, 부디 무사히 잘 빠져나오시길 바라요. 반려를 위해 지키겠다는 그 몸과 마음, 부디 잘 지킬 수 있었으면 좋겠네요.'

라크안이 걱정되지는 않았다. 그는 무사할 것이다. 반려를 위해 그동안 지켜 왔다는 순결은 어찌 될지 모르겠지만. 어쨌든 모든 게 잘 해결될 것이다. 시간이 좀 걸릴 뿐.

'그사이에 나는 도망을 가야 해.'

카루나는 자신에게 말했다.

"……."

자신을 찾는 듯 주변을 더듬거리는 세나를 보며, 카루나는 입술을 꾹 다물었다.

* * *

카루나가 미처 울지 못한 밤. 라크안을 찾아다니던 바이켈드 저택 사람들은 그 밤을 꼬박 지새웠다. 라크안은 저택으로 돌아오지 않았다. 사람들은 라크안을 찾지 못했다. 해가 뜨고야 사람들은 저택으로 돌아왔다.

저택의 분위기는 심각해졌다. 어떻게든 상황을 해결하기 위해, 머리라 할 만한 사람들이 한데 모였다. 연두색 머리 남자, 하녀장, 기사단장, 그리고 세나.

넷은 수도와 그 인근의 지도가 펼쳐진 테이블 주위에 빙 둘러섰다. 모두 쉽게 말을 꺼내지 못했다. 그저 테이블 위 지도만 노려볼 뿐이었다. 차라리 어디에선가 거대한 늑대가 사람을 물어 죽이고 있다는 소리가 들려오길 바라는 마음마저 들었다.

"저기……."

"라안 님은 아직 보쉬엔 자작 저택 어딘가에 있는 게 아닐까요?"

세나가 조심스럽게 운을 뗐다.

"……."

"……."

"……."

그럴 리 없다는 반박이 나오지 않았다. 모두들 슬며시 의심하던 중이었다.

'그렇지 않고서야 라크안이 이렇게나 감쪽같이 사라질 수가 있을까.'

연두색 머리 남자가 무심결에 고개를 끄덕였다.

그에 힘입어 세나가 말을 덧붙였다.

"보쉬엔 자작가에서 호위에 소홀했던 것에 대한 처벌이라면 얼마든지 달게 받겠습니다. 그러니까 보쉬엔 자작가를 뒤질 수 있게 해 주십시오."

"처벌은 일단 공작 각하께서 돌아오시면 받도록 하고. 중요한 건 그게 아니야. 일단 공작 각하를 찾는 데 집중하도록 하지."

철십자 기사단장이 손을 들어 세나를 제지했다.

"경은 당시 상황을 다시 한번 설명해 보게. 작은 거 하나도 빼놓지 말고 세세히."

"예, 단장님."

단장의 말에 세나는 당시 상황을 설명했다. 지난밤, 카루나에게 이야기를 들려주었기 때문에 말은 술술 이어졌다. 세나의 말은 새로울 것이 없었다. 그녀의 당시 상황 설명을 들으며, 연두색 머리 남자는 생각을 굳혔다.

'라크안은 아직 보쉬엔 자작저에 있어.'

보쉬엔 자작가는 라크안을 감당할 수 있을 기사단을 거느리지도 않았고, 따로 사병을 길러 두지도 않았다. 그러니 루린토프 영애가 어떤 방법을 써서 라크안의 손발을 묶어 가두고 있는 것이리라.

"당장이라도 쳐들어가서 라안 님을 구해야 하지 않겠습니까?"

"진정하게, 세나 경."

"기사단 전체를 동원하여 자작가를 쳐들어가시려나요? 자작가를 겁박하여 전쟁터에서처럼 싸우려 하십니까. 여긴 변경이 아니라 제국의 수도입니다. 그렇게 해서는 아무것도 해결되지 않습니다."

기사단장과 하녀장이 세나를 말렸다.

"그럼 어쩌면 됩니까."

세나는 이를 갈며 맞은편에 선 연두색 머리 남자를 바라보았다.

철십자 기사단 전체를 이끄는 건 기사단장이다. 하지만 바이켈드 공작저를 지키는, 숲의 일족 혼혈로 이루어진 철십자 기사들은 연두색 머리 남자의 명령을 우선으로 따랐다.

"명령을 주십시오. 라안 님을 위해서 무엇을 하면 됩니까. 저택에 머무는 철십자 기사들은 모두 당신의 명령에 따를 겁니다."

명령을 달라 말하는 세나를 두고, 연두색 머리 남자는 잠시 고민했다. 라크안을 위해 무엇을 해야 하는지는 정리가 되었다. 다만 그 안에서 자신이 어디까지 개입해야 하는지를 가늠하기 어려웠다.

'무정한 친우여, 너는 언제나 날 곤란하게 하는구나.'

손을 펴 보았다.

'내 능력을 사용한다면 단번에 널 구할 수 있을 텐데.'

하지만 숲 밖에서 능력을 사용하는 건 금기였다. 예외의 경우는 단 하나, 라크안의 발작을 막을 때뿐.

제약을 어기고 능력을 쓴다면 라크안을 구할 수 있다. 대신 그는 더 이상 숲 밖으로 나올 수 없게 될 것이다.

'난 아직 찾지 못했어. 어딘가에 있을지도 모를 내 반려를.'

몇십 년 동안이나 숲 밖 세상을 헤맸다. 오직 반려를 찾기 위하여. 숲으로 돌아가면 영영 반려를 찾을 수 없게 된다.

연두색 머리 남자는 라크안이 실종되던 날. 마지막으로 라크안과 나누었던 대화를 떠올렸다.

'이번엔 내가 같이 갈까?'

그는 물었다.

'아니, 됐어.'

라크안은 사양했다. 그리고 부탁했다.

'그보다 내가 말한 거나 잘 부탁해.'

열이 펄펄 끓어 침대에 누워 있는 소녀에 대한 당부를.

'그거야 전혀 염려 말고!'

그는 자신했다.

'그거면 돼, 너만 믿는다. 부탁해.'

라크안은 그렇게 그를 신뢰했다.

'나는 너를 보호하기 위해 여기에 있는 거야. 네가 부탁을 하면 그걸 위해 움직일 수 있어. 네가 발작을 일으키지 않으면 난 널 도울 수 없어. 대신 네 부탁을 들어주기 위해서 움직일 순 있겠지.'

연두색 머리 남자는 생각했다. 그리고 씁쓸히 웃었다. 아무도 모를 속엣말이지만 그마저도 자신만을 위한 변명이었다.

"그 능력을 써 주시면 안 됩니까?"

연두색 머리 남자가 고민하는 그 잠깐을 견디다 못한 세나가 불쑥 나섰다.

"세나 경."

기사단장이 그녀를 막아섰다.

"숲 밖에선 숲 밖 인간의 질서를 따라야 하는 법이야."

연두색 머리 남자가 겨우 입을 열었다.

"정말 안 되는 겁니까!"

세나가 아쉬워하며 다시 한번 물었지만 연두색 머리 남자는 고개를 저었다. 그러자 세나도 더는 매달리지 않았다.

"그 가문은 라안한테 큰 도움을 주고 있는 가문이라고 들었어요. 어차피 그 가문의 아가씨가 단독으로 저지른 일일 테니, 일을 크게 벌이지는 않는 것이 좋겠습니다."

"맞습니다. 보쉬엔 자작 가문을 그리 대한다면, 우리 황제파 세력 내에 분열이 날 겁니다."

기사단장이 연두색 머리 남자의 말을 받으며, 세나를 말렸다.

"경, 마카레나 백작에게 좋은 일을 시키려는 건가?"

"으으, 그러면 어쩌라고요! 분명 라안 님은 거기 있습니다. 확실합니다."

세나가 발을 구르며 소리쳤다. 답답한 마음은 매한가지였기에, 아무도 그녀를 탓하지 않았다.

"방법을 고민해 보지요. 분명 무슨 방도가 있을 겁니다."

"그전까지 일단 사람들을 풀어 보쉬엔 자작 저택 주변을 감시해 주세요."

연두색 머리 남자가 말했다.

"단지 감시만, 말이지요?"

철십자 기사단장이 확인하듯 물었다.

"네. 혹시라도 라안을 저택 밖으로, 그리고 아예 수도 밖으로 빼돌리지 못하도록."

"알겠습니다. 지난밤에 조심한다고 조심했지만, 아마 우리에게 무슨 일이 일어났는지 마카레나 백작의 귀에 들어갔을 겁니다. 이 이상 틈을 보여서는 안 되겠지요."

단장이 굳은 목소리로 말했다. 연두색 머리 남자는 웃으며 고개를 끄덕였다.

"그 부분은 알아서 신경을 써 주세요. 저는 필요 이상으로 숲 밖의 일에 관여할 수 없습니다. 제 한계는 라안의 보호와 부탁. 딱 거기까지이니."

"들어 알고 있습니다. 걱정하지 마십시오. 제가 개인적으로 보쉬엔 자작 님을 찾아뵙고 이야기를 나누어 보겠습니다."

"네, 부탁드립니다."

연두색 머리 남자의 입가에 희미한 미소가 어렸다. 그는 고개를 돌려 창밖을 바라보았다. 어느새 하늘이 환했다. 라크안이 저택에 돌아오지 않은 지 이제, 이틀이 되었다.

* * *

라크안이 저택에 돌아오지 않은 지 사흘째 되는 밤. 저택은 텅 비었다. 하인과 하녀들은 최소 인원만 남았다. 모두 평민 복장으로 갈아입고, 밤이나 낮이나 보쉬엔 자작저 근처를 어슬렁거렸다.

철십자 기사들 또한 그 근처에 대기하였다. 라크안이 저택에 없으니, 기사들은 밤새 보초를 서 가며 저택을 지키지 않았다. 오히려 보쉬엔 자작저 주변을 그렇게 지켰다. 보호와 감시가 소홀해지고, 그 상황이 익숙해져 갈 때.

카루나는 잠들지 않았다. 어둠 속에서 불도 켜지 않고 침대에서 일어났다. 하녀 여러 명이 잠들던 숙소엔 카루나 혼자만 남아 있었다. 덕분에 굳이 발소리를 죽이고 움직일 필요가 없었지만.

'조심해서 나쁠 건 없지.'

살금살금, 뒤꿈치를 들고 움직였다. 짐이랄 건 없었다. 바이켈드 공작저에서 받은 하녀복은 벗었다. 여관에서 일할 때 입었던 낡은 옷으로 갈아입었다. 그동안 모았던 돈을 허리춤에 차니, 모든 준비가 끝났다.

낮에 양초 토막을 미리 문 이음새에 문질러 두어 문을 열어도 소리가 나지 않았다. 카루나는 촛불 하나 없이 어두운 복도를 걸었다. 무섭진 않았다.

다만 계속 무언가가 뒤통수를 잡아당기는 기분이 들었다. 그 무언가의 이름은 '미련'이었다. 그걸 알기에 카루나는 절대 뒤를 돌아보지 않았다. 정문으로 당당히 나갈 용기가 없어 뒷문으로 갔다.

누구 한 명 마주치지 않고 뒷문에 도착하니 기분이 이상했다.

'이 문을 지나서 식료품 배달을 하러 오다가 만난 거였지. 늑대로 변한 바이켈드 공작을.'

그때는 그 늑대가 라크안이라고는 생각도 못 했다. 그저 라크안이 애완동물로 기르는 늑대라 생각했다. 늑대에게 물려 죽을까 무서워서 그 늑대를 포도주 통 더미에 묻어 버렸다.

그게 인연의 시작이었다. 뒷문 근처에는 그때와 비슷하게 포도주 통이 잔뜩 쌓여 있었다. 카루나는 그 포도주 통 더미를 지나기 전, 밧줄을 만져 보았다. 밧줄은 당장이라도 끊어지고 싶다는 듯 탱탱했다.

늑대를 파묻은 포도주 통 더미에서 걸어 나오던, 아무것도 안 입은 라크안이 생각났다.

'안녕히 계세요, 벌거벗은 공작님.'

카루나는 팅- 하고 줄을 손으로 한 번 튕겨 보았다. 그러고는 뒷문으로 조르르 걸어갔다. 커다란 나무 문 아래에는 조그만 덧문이 뚫려 있었다. 개나 고양이가 왔다 갔다 할 수 있을 정도의 작은 문이었다.

요즘은 사용하지 않아 항상 걸쇠를 걸어 두지만. 전대 바이켈드 공작 시절에는 항상 열려 있었다고 했다. 전대 바이켈드 공작의 남편, 라크안의 아버지는 정이 많았다. 길고양이나 길가를 떠도는 아이들을 항상 안쓰럽게 여겼다.

그래서 그 작은 문 앞에 길고양이의 먹이나 사람이 먹을 빵을 놓아두었다. 문 앞을 지나는 누구든 손을 넣어 먹을 걸 가지고 갈 수 있도록. 그 문은 카루나가 빠져나가기엔 충분한 크기였다.

걸쇠는 쉽게 풀렸다. 약간 녹이 슬어 있었으나 풀릴 때 큰 소리가 나진 않았다. 카루나는 덧문을 열고 머리를 들이밀었다. 깊은 밤, 바이켈드 공작의 저택 근처에는 쥐 한 마리도 얼씬거리지 않았다.

작고 가녀린 몸은 가뿐하게 덧문을 지났다. 카루나는 쪼그리고 앉아 걸쇠에 가느다란 실을 연결하고 잡아당겼다.

덜그럭. 덧문의 걸쇠가 다시 걸렸다. 그러고는 긴 실을 잡아당겨 걸쇠에서 빼냈다. 10년 전, 거리에서 소매치기할 때의 손놀림은 여전했다.

카루나는 두 발로 땅을 밟고 섰다.

석 달 만에 제 힘으로 바이켈드 공작저를 빠져나온 것이다. 성취감이 들지는 않았다. 여전히 약간의 미련이 남았다. 그 미련이 미련스러워서 카루나는 웃고 말았다.

'카루나. 석 달 동안 살 만했어? 정신 차려. 계속 여기 있으면 넌 죽어.'

바이켈드 공작저를 등지고 걸었다. 어째서인지 자꾸 고개가 수그러졌다. 카루나는 목을 가누지 못하고 제 발끝을 보고 걸었다.

'저기 있으면 언제 들켜도 들켰을 거야. 마카레나 백작에게든 바이켈드 공작에게든. 그때 목이 잘리거나 또 배때기에 칼이 박히고야 후회할 거야? 진작 도망갈걸, 하고?'

그렇게 자신을 타박할 때였다.

"드디어 나오시는군요. 나의 아가씨."

그녀가 나아가는 길 앞에서 누군가의 목소리가 들렸다. 감정이라고는 한 톨도 담겨 있지 않은 것 같은, 나직한 목소리였다.

어두운 밤거리에, 한 남자가 서 있었다. 그는 작은 등불을 하나 들고 있었다. 그 등불에 비친 얼굴은, 설사 등불이 없다 해도 몰라볼 수 없는 얼굴이었다.

어둠 속에서도 빛나는 은발에 짙은 남색 눈. 웃음기 하나 없는 하얀 얼굴. 구김 하나 없이 반듯한 차림새. 크라바트의 주름마저도 그의 계산대로 만들어졌을 듯 단정한 모습.

"루시온?"

마카레나 영애 클레이엔의 비서이자 지금의 카루나가 절대 만나서는 안 될 존재.

"어, 어떻게?"

내뱉을 수 있는 말이라고는 고작 이것뿐이었다. 그는 분명 말했다. '나의 아가씨'라고.

'나인 줄 알고 있었어? 언제? 어떻게?'

카루나는 주춤주춤, 뒷걸음질 쳤다.

"어떻게, 라니."

카루나가 도망친 만큼 루시온이 다가섰다. 인적 없는 거리에 그의 구둣발 소리가 울렸다. 그의 남색 눈이 집요하리만치 카루나를 바라보았다. 머리끝부터 발끝까지 집어삼킬 듯한 눈빛이었다.

"그, 그건. 읏."

카루나는 말을 하다 혀를 깨물었다.

루시온의 미간이 찌푸려졌다. 그는 겨우 다시 움켜쥔 그녀의 몸에 작은 상처라도 나는 걸 용납할 수 없었다. 그것이 그녀 스스로 낸 상처라 할지라도.

루시온은 손을 뻗었다. 그녀의 턱을 쥐고, 그 작은 입 안을 살펴 상처를 보려 했다. 카루나는 그의 손길을 피해 뒤로 물러섰다. 명백한 거부의 의사였다.

남색 눈이 차갑게 가라앉았다. 카루나에게 닿지 못한 손은 덧없이 떨어져 내렸다.

"정말 몰라서 묻는 말씀입니까?"

루시온은 고개를 한쪽으로 기울이며 물었다. 그 모습은 카루나에게 익숙한 모습이었다. 클레이엔이었던 그녀가 종종 얼토당토않은 말을 하면, 루시온은 무표정한 얼굴을 꼭 저만큼 기울였다.

'농담이야, 그냥 해 본 말이라고.'

그러면 그녀는 민망해서 이렇게 중얼거리곤 했다.

'그러셨어야 합니다. 제가 모시는 아가씨의 지능이 낮다는 건 비서로서 슬픈 일이니까요.'

'정말 슬프긴 해?'

따지듯 물으면 루시온은 웃는 듯 마는 듯한 얼굴로 그녀를 바라보곤 했다.

그렇게 실없는 대화를 나누던 때도 있었다. 이젠 원래 주인을 되찾은 사냥개와 사냥터에서 도망친 사냥감이 되어 마주 섰지만.

내 편이었을 땐 한없이 든든했건만 그의 반대편에 서자, 그 서늘한 남색 눈을 마주하는 것만으로도 몸이 떨렸다.

'그때 날 알아봤구나.'

라크안과 함께 외출했던 날. 마탑이 보이는 거리 앞에서. 잠깐, 아주 잠깐이었다. 곧바로 라크안이 나타나 그녀를 껴안았다. 카루나는 라크안의 품안에 숨어 루시온의 눈을 피했다고 믿었다. 아니, 믿고 싶었다.

루시온은 눈썰미가 좋았다. 감정의 높낮이가 없는 인간이기도 했다. 격한 감정에 구애받거나 주변 환경에 휩쓸리지 않으니 누구보다 봐야 할 것을 보고, 생각해야 할 것을 잘 생각했다.

지난 수년간, 클레이엔으로 살면서 그런 그의 성격과 능력을 마음껏 이용했다. 그랬으면서. 막상 그에게 쫓기는 사냥감이 되었을 땐, 그의 능력을 간과했다.

어째서 도망칠 수 있다고 생각했을까. 다른 누구도 아닌 루시온에게서.

'루시온을 마주쳤던 그날, 무슨 수를 써서라도 도망쳐야 했어.'

저택에 묶였다는 건 변명일 뿐. 온정에 취해 제가 죽는 줄도 모르고 시간을 흘려보냈다.

‘바이켈드 공작을 비웃을 수도 없네. 누가 누굴 비웃어.’

카루나는 이를 꽉 악물었다. 그러지 않으면 눈물이 나올 것만 같았다. 허세라 비웃음당해도 좋았다. 카루나는 웃고 싶었다. 클레이엔이었을 때처럼 그렇게 하고 싶은데.

“……노, 농담이야.”

목소리가 떨렸다.

“그냥 해 본 말이…….”

채 말을 잇지 못했다.

‘결국 루시온, 당신이 날 죽이러 왔어.’

인정해야 했다. 루시온이 자신을 죽이러 왔다는 것을.

“그러셨어야 합니다. 겨우 되찾은, 나의 아가씨의 지능이 낮아졌다는 건, 당신의 주인이 될 저로서는 매우 안타까운 일이니까요.”

“뭐가…… 된다고?”

순간, 카루나는 제 귀를 의심했다.

루시온은 같은 말을 두 번 하는 취미는 없었다. 하지만 오랜만에 만나 저를 낯설어하는 그녀를 위해서라면, 기꺼이 새로운 취미를 가질 마음이 있었다.

“그럼 무엇을 바라고 당신을 찾았겠습니까.”

“나를 죽이러 온 게 아니야?”

“물론 죽일 겁니다. 당신은 제게 죽어야 합니다.”

루시온이 망설임 없이 대답했다.

‘당신을 죽이고, 빼돌려야겠지요. 그래야 영원히 내 것으로 만들 수 있을 테니까.’

클레이엔의 대역이었던 여인은 오늘 여기에서 죽는다. 그 시체는 준비해 두었다. 눈앞의 작은 아이의 시체가 아니라, 이십대 초반 여인의 시체로.

갈색 머리에 짙은 녹빛 눈을 가진 여인의 시체였다. 얼굴은 엉망으로 만들어 두었다.

마카레나 백작 앞으로 가져가 바이켈드 공작저에 숨어 있던 걸 발견해 죽였다고 할 셈이었다. 변명도 준비해 뒀다.

그렇기에 루시온은 태연하게 그녀의 '죽음'을 입에 담았다. 그리고 그가 말하는 '죽음'은 카루나에게 다른 의미로 다가왔다.

'역시. 날 죽이러 온 거였어. 주인이 된다는 말은 날 잡아가서 죽이기 직전까지 노예로라도 부리겠다는 뜻인가? 그동안 천한 내 밑에서 일했던 치욕을 씻기 위해서?'

그렇게 생각하니 가슴 한구석이 욱신거렸다. 결국 루시온도 귀족이었다. 귀족은 귀족.

'고작 평민, 그것도 어디에서 어떻게 태어났는지도 모르는 거리의 고아를 상전으로 모시는 게 꽤나 끔찍했겠지.'

이미 뼈저리게 알고 있는 벽임에도 새삼 숨이 막혔다.

적어도 루시온만큼은, 어쩌면 자신의 편에 서 줄지 모른다고 생각했다. 정 붙일 곳 하나 없는 마카레나 백작저에서 유일하게 정붙였던 사람이니까.

물론 그는 정을 나누기엔 최악의 남자였다. 아예 감정이 없는 게 아닌가 의심이 들 정도였으니까. 하지만 그는 카루나가 내비치는 감정을 그대로 받아 주었다. 천하다고 경멸하지도, 쓸모 있다 이용하려 하지도 않았다. 그저 그녀가 보이는 감정을 있는 그대로 받아들일 뿐이었다.

그리고 가끔, 아주 옅은 미소를 보여 주었다. 암살자를 두려워해 잠 못 이루는 그녀의 곁을 지켜 주었다. 독약이 섞인 음식을 먹을까 걱정하며 함께 커다란 식탁에 앉아 주었다. 화려한 무도회가 끝난 후 퉁퉁 부은 발이 아파 끙끙대면, 그 차가운 손으로 감싸 주었다.

'그랬으면서, 왜?'

한쪽 눈에서 미지근한 눈물이 흘렀다. 그 눈물을 닦아낼 새도 없이 뒤로 물러섰다. 등이 벽에 닿았다. 그녀가 도망쳐 나왔던 바이켈드 공작저의 높은 벽이었다. 더는 도망갈 곳이 없었다. 루시온은 카루나의 바로 앞까지 다가왔다.

"이런, 어째서 우시는 겁니까?"

그는 한쪽 무릎을 꿇고 앉았다. 손에 든 등불을 들어 카루나의 얼굴을 비쳤다. 카루나의 눈물을 이해할 수 없다는 듯 바라보았다. 그러면서도 손을 내밀어, 손가락으로 그 눈물을 닦아 주었다. 차가운 손가락이 카루나의 창백한 볼을 쓸어 올렸다.

카루나는 피할 생각도 못 한 채 그를 올려다보았다. 일렁이는 등불에 비친 루시온의 얼굴은 무서울 만치 단정했다. 예민하게 아름다웠다. 그건 황태자의 태양같이 눈부신 미모나 연두색 머리 남자의 순한 웃는 얼굴과는 다른 아름다움이었다.

차갑도록 시렸다. 그는 잘못 손을 가져다 대면 그 냉기에 살갗이 찢기게 되는 얼음꽃이었다. 그 냉기가 뺨에 닿았다. 뺨이 얼어붙는 것 같았다. 카루나는 흠칫, 작은 어깨를 떨었다.

"나의 아가씨. 당신이 어디에 있든, 어떤 모습이든 나는 반드시 당신을 찾아낼 겁니다."

루시온은 눈물에 젖은 손가락에 살짝 입을 맞췄다. 두 눈은 카루나에게서 떼지 않았다.

"하물며 제가 한때 모셨던, 열두 살 때의 모습인데, 어떻게 몰라볼 수 있을까요."

루시온은 그녀의 신체 나이가 지금 몇 살인지조차 정확히 알고 있었다. 카루나는 그의 집요한 시선을 견디다 못해 눈을 질끈 감았다. 꽉 감긴 눈꺼풀 위로 그의 웃음소리가 닿는 듯했다. 카루나는 착각이라고 생각했다.

루시온은 그리 쉽게 웃는 남자가 아니니까.

"그래도 만에 하나, 제가 당신을 착각했을 수도 있겠지요. 당신을 아주 닮았을 뿐인 소녀를 본 것일 수도 있었겠지요."

"……."

"그래서 오늘 확인했습니다. 당신을 보호해 주는 바이켈드 공작이 위험에 처했을 때, 당신이 어떻게 나올지."

"그럼 이번 일을 꾸민 게!"

"네, 바로 저입니다. 나의 아가씨. 저 말고 누가 또 있으리라 생각했던 겁니까?"

루시온의 남색 눈이 순간, 날카로워졌다.

"그저 평범한 하녀였다면 바이켈드 공작을 걱정하며 찾으러 다녔겠지요. 하지만 만약, 그때 날 피해 돌아섰던 소녀가 당신이라면."

"……그 틈을 이용해 도망치려고 했겠지."

카루나는 그의 말을 잇듯 답했다.

"그렇지요."

루시온이 카루나의 왼손을 잡았다. 그가 기억하는 것보다 훨씬 작고 마른 손이었다. 하지만 그건 분명 그가 반년 동안 애타게 찾던 그 온기였다.

"역시 당신은 나의 아가씨가 맞군요."

루시온은 그녀의 보드라운 손등에 입을 맞췄다. 차가운 입술의 감촉에 카루나는 흠칫, 떨었다. 손을 통해 전달되는 그 떨림마저도 사랑스러워서 견딜 수가 없었다.

"자, 돌아가시지요. 나의 아가씨."

당신이 영원히 머물러야 할 내 품으로.

그렇게 그녀를 낚아채려 할 때였다.

"그건 좀 곤란합니다."

카루나와 루시온, 둘의 머리 위에서 밝은 목소리가 들렸다. 달마저 구름에 가려 어두운 밤거리에 어울리지 않게 쾌활했다.

"누구시죠."

루시온이 카루나의 손에서 입술을 떼며 물었다. 동시에 거리 곳곳에 숨어 있었던 듯 무장한 병사들이 나타났다. 루시온의 수족들이었다. 카루나는 고개를 꺾어 위를 쳐다보았다. 높다란 담장 위에 한 사내가 앉아 있었다.

완두콩이 생각나는 머리카락. 한밤에도 저녁노을을 생각나게 하는 옅은 색의 눈동자. 언제 봐도 순해 보이는 얼굴에 드리운 부드러운 웃음. 연두색 머리 남자였다.

"우리 소중한 꼬마 아가씨를 납치해 가려고 하다니요, 이 못된 마카레나 백작의 하수인! 달빛의 이름으로 당신을 용서하지 않겠습니다!"

그가 벽 위에 아슬아슬하게 서서 외쳤다. 참고로 연두색 머리 위 하늘은 달빛도 구름에 가린 깊은 밤이었다.

"……고작 저런 것들과 함께 계셨던 겁니까?"

"아……."

카루나는 쉽게 입을 열지 못했다. 연두색 머리 남자는 라크안의 최측근이다. 하지만 카루나도 이렇게 어려져 바이켈드 공작저에 들어온 다음에야 연두색 머리 남자의 존재를 알았다. 루시온이 연두색 머리 남자가 누군지 모르는 건 당연했다.

'굳이 말해 줄 필요는 없겠지.'

자신이 '고작 저런 것'과 함께 지냈다고 생각하게 두는 게 나으리라.

"봤어도 모르는 척 도망갔다면 살 수 있었을 것을. 어쩔 수 없군요."

루시온이 손짓하자 그의 수족 중 몇이 활에 화살을 메겼다. 날카로운 화살촉이 연두색 머리 남자를 향했다.

"루시온!"

카루나는 루시온의 팔을 꽉 잡았다.

"……."

루시온이 한쪽 눈썹을 들어 올렸다. 카루나가 알기로 그건, 매우 마음에 안 드는 일이 있을 때 그가 그나마 제 마음을 표현하는 버릇이었다.

"지금 뭐 하는 거야, 제정신이야? 여긴 바이켈드 공작저야. 저 사람은 바이켈드 공작의 사람이고!"

"절 걱정해 주시는 겁니까?"

"그걸 말이라고!"

"아니면 저 남자를 걱정하시는 겁니까."

"……."

말문이 턱, 막혀 버렸다.

"나의 아가씨."

루시온이 제 팔을 내려다보며 카루나를 불렀다. 카루나는 아차 싶어 루시온의 팔을 놓았다.

"당신 말대로, 아무것도 아닌 사람이야. 그냥 저 저택을 지키는 병사 중 한 명이라고. 그러니까……."

"그러니까 더욱 죽여서 입을 막아야 하지 않겠습니까. 아가씨? 늘 그래 왔듯."

루시온은 카루나의 두 손을 낚아챘다. 손 안에 잡힌 두 손은 작았다. 파르르, 떠는 떨림은 여전히 사랑스러웠다. 아직 날지도 못하는 작은 새를 손안에 움켜쥔 것 같았다.

"반년 동안 저딴 것들한테 정을 들이신 겁니까?"

"루시온."

"그럴수록 더더욱 저것을 가만히 둘 수 없다는 걸 모르시는군요."

쐐액- 다섯 대의 화살이 연두색 머리 남자를 향했다.

"안 돼!"

카루나는 눈을 질끈 감았다.

'나중에 바이켈드 공작이 알게 되면.'

라크안이 돌아와 연두색 머리 남자의 시체를 보게 된다면.

'슬퍼하겠지. 그리고 날 원망할 거야.'

루시온은 연두색 머리 남자의 시체에 흔적을 남길 것이다. 카루나가 한 짓이라고밖에 생각할 수 없도록 만들기 위해서. 그러면 라크안의 분노는 온통 카루나에게 쏟아질 터.

'사라진 날 찾지 않을 거야. 아니, 죽이기 위해 찾겠지. 이미 죽은 줄도 모르고.'

마지막까지 라크안에게 좋은 기억으로 남을 수 없게 되었다. 그것을 슬퍼할 겨를도 없이 연두색 머리 남자는 죽지 않았다. 비명 대신 화살대가 부러지는 소리가 났다.

'어?'

카루나는 다시 눈을 떠 연두색 머리 남자를 올려다보았다. 그는 멀쩡했다. 다만 균형을 잃었는지 비틀거릴 뿐이었다.

"어라? 어, 어어-."

떨어질락 말락 아슬아슬하게 움직이더니, 털썩 주저앉았다.

"하마터면 떨어질 뻔했네요. 모양 빠지게."

연두색 머리 남자가 빙긋 웃었다. 여전히 긴장감이라고는 하나도 없었다.

"대뜸 화살부터 날리다니. 역시 라안에게 듣던 대로 나쁜 사람들이군요."

"꼬마 아가씨, 걱정하지 말아요. 내가 구해 줄게요!"

카루나를 향해 손을 흔드는 여유까지 보였다.

"뭐 하는 거야, 얼른 도망쳐요!"

보다 못한 카루나가 소리를 빽- 질렀건만.

"음? 왜요?"

연두색 머리 남자는 고개를 갸웃 흔들며 되물었다.

'머리에 정말 완두콩만 들었나.'

카루나는 어이가 없어 할 말을 잃었다.

"오히려 도망쳐야 하는 건 그분인데요."

연두색 머리 남자가 단검으로 루시온을 겨눴다.

근처를 빙 둘러선 병사들은 검과 창을 빼 들어 연두색 머리 남자를 겨눴다. 일 대 다수의 대치 상황이었다.

"여전히 손이 많이 가는 분이시군요, 나의 아가씨."

루시온은 제게 칼을 겨누는 연두색 머리 남자가 아니라 카루나에게 말했다. 카루나는 녹색 눈을 데굴 굴렸다.

그때였다.

철컥, 철컥. 쇠 이음새가 서로 부딪치는 소리가 들렸다. 하나가 아니었다. 열, 스물, 혹은 백? 조용한 거리를 가득 채울 듯 소리는 점점 커졌다.

"루시온 님, 철십자 기사단입니다."

병사 중 하나가 루시온에게 속삭였다.

'철십자 기사단?'

카루나도 그 목소리를 들었다.

어둠 속에서 횃불이 나타났다. 하나, 둘, 그리고 열, 스물. 커다란 횃불 아래 강철의 기사들이 모습을 드러냈다. 가볍게 무장한 상태이지만 그 위압감은 대단했다. 족히 오십 명은 넘어 보였다.

그들은 루시온의 수족들이 빙 두른 방어선 앞에 멈췄다. 기사들이 들고 있는 횃불로 주변이 대낮처럼 환해졌다. 카루나는 제일 앞에 서 있는 기사를 알아보았다. 철십자 기사단의 단장이었다.

그는 한 손으론 횃불을 들고, 다른 한 손으론 허리춤에 찬 칼의 손잡이를 쥐고 있었다. 종종 바이켈드 공작저에 들르던, 항상 피곤하고 지쳐 보이던 기사는 거기 없었다.

"일동, 준비."

기사단장이 굵직한 목소리로 외치자 횃불을 든 기사들이 일제히 뒤로 물러서고 검과 창을 든 기사들 수십이 앞으로 나섰다. 그들은 선을 맞춰 사각의 진을 만들고, 창과 검을 앞으로 겨누었다.

카루나는 횃불 아래 드러난 기사들의 얼굴을 살펴보았다. 반 이상 익숙한 얼굴들이었다. 이들은 바이켈드 저택에 머무는 숲의 일족 혼혈의 기사들이 아니었다. 세간에 알려진 진짜 철십자 기사단이었다.

바이켈드 공작저에 충성을 맹세한 귀족 가문의 자제들로 이루어져 있으며, 실력과 충성심으로 똘똘 뭉친 집단.

그들은 감히 한밤중 바이켈드 공작저 근처에 나타난 마카레나 백작의 부하들을 죽일 듯 노려보았다. 수십 기사들의 살벌한 눈빛만으로도 분위기는 바뀌었다. 루시온의 수족들은 긴장하여 무기를 고쳐 쥐었다.

"루시온 님, 어째야 합니까."

아까 말을 걸었던 이가 또 루시온에게 속삭였다.

"어쩌긴, 당장 우리 귀여운 꼬마 아가씨를 놔두고 냉큼 도망을 가야지요."

답은 머리 위에서 들렸다.

"바이켈드 공작 각하를 찾느라 바쁘실 줄 알았는데, 빈 저택을 순찰하는데 이렇게 많은 인원을 쓰실 만큼 여유로우셨군요."

루시온은 카루나의 손을 놓고 일어서 철십자 기사단장을 마주했다.

"무슨 말을 하는 건지 모르겠군. 우린 야간 훈련을 하던 중 수상한 움직임을 발견하여 온 것이오. 각하의 단잠을 방해하는 쥐새끼들을 잡으러 왔건만. 경께선 왜 여기에 계신 것이오?"

"비슷하군요. 저희 또한 야간 훈련 중 바이켈드 공작저 근처에서 수상한 움직임이 보여 한번 와 봤을 뿐입니다."

"그대들이 그 수상한 움직임이 아니었다?"

횃불을 쥔 손에 힘이 들어갔다.

"무슨 그리 섭섭한 말씀을. 저희는 제국의 방패이자 기둥이신 바이켈드 공작 각하를 흠모하고 있습니다."

루시온은 입술에 침도 안 바르고 천연덕스럽게 말했다. 그것만큼은 자신보다 한 수 위로 느껴져서, 카루나는 멍하니 루시온을 바라보았다.

"몇 달간 제국 변경을 순찰하고 겨우 돌아오신 공작 각하 아닙니까. 아직 여독이 안 풀리셨을 텐데, 밤중에 소란이 일면 안 되겠지요. 그리하여 무례를 무릅쓰고 이 인근을 둘러보고 있었습니다. 말씀하시는 그 쥐새끼를 찾기 위해."

"그래서 찾았나? 찾았다면 우리에게 인계해 주었으면 좋겠군. 공작 각하를 모시는 건 우리들이니."

"안타깝게도. 저희가 왔을 땐 이미 사라지고 없더군요."

루시온이 고개를 저었다.

"그래서 대신 우리 귀여운 하녀 아가씨를 훔쳐가려 했던 건가요?"

가만히 대화를 듣고 있던 연두색 머리 남자가 대화에 톡, 끼어들었다. 그제야 기사단장은 루시온에게 가려져 있던 카루나를 보았다. 루시온은 카루나를 등 뒤로 숨기려 하였으나 기사단장은 그 전에 카루나를 알아보았다.

그는 종종 저택을 오가며, 라크안의 옆에 서 있던 카루나를 본 적 있었다.

"그 아인 분명, 공작 각하의 사람일 텐데. 감히 공작 각하의 사람에게 손을 대려 한 건가."

그래도 기본 예의는 지키고자 하던 기사단장의 입에서 노호성이 터져 나왔다. 철십자 기사들의 분위기가 흉흉해졌다.

누가 봐도 루시온 측이 명백히 불리했다. 그럼에도 루시온은 태연했다. 근처에 수십의 기사들을 숨겨 놓았기에 저리 당당한 게 아닐까 의심이 들 정도였다.

'아니야, 그럴 리 없어.'

그런 게 아니라는 건 카루나만 알았다. 루시온이 데려온 자들은 마카레나 백작의 사병이 아니라 그가 개인적으로 부리는 수족들이었다.

'어째서지? 백작의 사병을 끌고 오지 않았어. 왜? 루시온이 제 사람들을 움직이는 경우는 언제나, 백작에게 자기가 하는 일을 들키고 싶지 않을 때뿐인데.'

문득 어떤 생각이 머릿속을 스쳤다.

'설마 날 빼돌릴 생각이었던 걸까?'

말도 안 되는 생각이었다. 아까 루시온은 분명 그녀를 죽일 거라고 말했다. 하지만. 카루나는 그 생각에서 빠져나올 수 없었다. 10년, 자그마치 10년을 함께해 왔다. 그건 결코 짧은 시일이 아니었다.

"루시온."

카루나는 루시온의 옷소매를 잡고 흔들었다. 루시온은 그 손 위에 자신의 손을 얹었다. 언제나처럼 차가운 손이었다. 그 손이 카루나의 작은 손을 그러쥐었다. 깃털을 쥐듯 조심스럽게.

'내가 착각을 하는 걸지도 모르지만. 만약 그런 거라면. 마카레나 백작 몰래 날 빼돌려 살려 주려고 하는 거라면.'

어째서 루시온이 자신을 빼돌리려고 하는 걸까, 따위의 고민은 지금 할 게 아니었다.

'마카레나 백작은 지금 일어나는 일을 모르고 있다는 거야. 나에 대해서도.'

루시온의 변덕이든 뭐든 좋았다. 일단 지금, 루시온이 마카레나 백작을 속이고 여기에 찾아왔다는 게 중요했다. 끈끈하던 마카레나 백작과 루시온 사이의 관계에 틈이 생겼다. 그 틈을 파고드는 게 살아남을 수 있는 방법일지 모른다.

'지금 여기서, 일이 커지면 안 돼.'

카루나는 마음이 다급해졌다. 혹여나 철십자 기사단과 루시온이 부딪쳐 소란이 커지면, 어떻게든 마카레나 백작에게 소식이 전달될 것이다. 그렇게 된다면 루시온이 몰래 움직인 게 헛것이 되어 버린다. 이번 소동 때문에 마카레나 백작은 그녀의 정체를 알게 될지도 모른다.

'그것만은 막아야 해.'

카루나는 대뜸 루시온의 팔에 매달렸다. 그러고는 기사단장을 향해 큰 소리로 외쳤다.

"아, 아니에요! 담장에 올라갔다가 잘못해서 떨어진 저를 구해 주셨어요. 이분이요!"

더없이 겁에 질린, 어린아이의 목소리였다.

루시온은 남자치고는 선이 가느다랬다. 하지만 그래도 남자는 남자였다. 고작 열두 살짜리 여자아이가 제게 매달리는데, 그걸 감당 못 할 정도는 아니었다. 게다가 카루나는 보통의 아이보다 더 작고 가녀렸으니, 그가 부담을 느낄 이유는 없었다. 하지만 그럼에도 루시온은 보기 드물게도, 당황했다.

"……."

그는 무언가 말을 하려 입을 벌렸다가 다시 다물었다. 무표정한 얼굴에 제법 난감해하는 기색이 스쳤다.

그는 감히 카루나를 뿌리치지 못했다. 대신 다른 한쪽 팔을 내밀어 카루나의 다리를 받쳐 들었다. 혹시라도 카루나가 미끄러지면, 그래서 바닥에 엉덩방아라도 찧을까 봐.

"지금 뭐 하는……."

카루나는 말하는 루시온의 옆구리를 꽉 꼬집었다.

"……!"

급작스러운 공격에 루시온은 급히 입을 다물었다.

'진짜 죽고 싶어서 환장했나, 왜 이래? 한두 번 해 본 것도 아니면서.'

카루나는 곁눈질로 루시온을 째려보았다. 물론 머리카락에 가려진 눈과 달리 입술에선 흐잉, 울먹이는 목소리가 나왔다.

"제가요, 벽에 매달려서 밖을 내다보다가 떨어질 뻔했어요. 죄송해요."

기사단장에게까지만 들릴 정도로 웅얼거렸다. 보아하니 뒤따른 철십자 기사단은 아직 바이켈드 공작저의 상황을 모르는 듯했으니까. 그녀의 짧다면 짧은 인생에 있어 드문 배려심이었다.

"왜, 벽에 매달…… 음."

다행히도 기사단장은 금방 흥분을 가라앉혔다.

'공작 각하가 돌아오실까 보려고 했던 건가?'

기사단장은 혹여나 말이 새어 나갈까 싶어, 뒤를 돌아 기사들에게 손짓했다. 물러서라는 뜻이었다. 철십자 기사들은 의아해하면서도 기사단장의 명령에 따라 뒤로 물러났다. 그사이 카루나는 루시온의 긴 은발을 잡아당겼다.

"일단 여기서 물러나, 루시온."

"저를 순순히 돌려보내 주시는 겁니까?"

루시온 또한 입술을 거의 달싹이지 않고 말했다. 다른 사람들 눈엔, 겁에 질린 어린아이가 잘생긴 남자에게 덥석 매달려 울먹이고 있는 모습으로만 보였다. 물론 그 잘생긴 남자는 무표정한 얼굴로 우는 아이를 성의 없이 달래 주고 있는 걸로 보였다.

"그럼 여기서 개죽음당할 셈이야?"

"저를 안 죽이겠단 말씀이시군요."

"내가 안 죽여도 당신은 여기서 죽어. 마침 변명거리도 있고 좋잖아? 바이켈드 공작의 하녀에게 손을 대려다 들켜서, 반항하는 걸 어쩔 수 없이 죽였다고 하면 되니까."

"꽤 구체적인 죄명이군요."

"나중에 마카레나 백작에게 항의를 받더라도 여기서 당신을 죽이는 게 바이켈드 공작 쪽에 이득이야."

카루나는 숨 쉴 틈도 없이 말하고는, 뒤늦게 숨을 하- 토해 냈다. 바이켈드 공작, 라크안은 귀족 살해에 대한 면책권을 가지고 있었다. 황족조차 가지기 힘든 것을 5년 전 수도에 올라오자마자 황제에게 받았다.

마카레나 백작 같은 거물은 무리겠지만, 백작의 밑에서 움직이는 루시온 정도야. 적당한 비난을 감수하면서도 죽일 수 있다. 적당한 면책용 변명이 있다면 더할 나위가 없을 것이다.

가령 루시온이 바이켈드 공작 저택의 하녀를 납치, 살해하여 바이켈드 공작 가문의 비밀을 빼돌리려고 했다는 식의 모함.

지금이 그런 변명을 만들기 좋은 상황이었다. 카루나는 기사단장이 그런 식으로 상황을 몰기 전, 선수를 친 것이다.

"오늘은 일단, 당신을 뵙고 확인하는 거로 만족하라는 말씀이시군요. 하녀로 지내고 계시다기에, 되찾는 데 그리 손이 많이 가지 않을 거라 생각했는데…… 아니었군요."

작은 한숨 소리가 들렸다.

“역시 아가씨다우십니다.”

확실하지는 않았지만. 카루나는 루시온이 웃고 있는 것 같다는 느낌이 들었다.

“이런 갈색 머리셨군요. 본래 이름은 카루나였고요.”

루시온이 카루나의 짧은 머리카락을 손가락에 감아 그 끝에 입을 맞추었다.

“……루시온?”

“조만간 다시 찾아뵙겠습니다. 그리고 그때에는 반드시 당신을 놓치지 않겠습니다.”

루시온은 카루나를 내려주었다.

“벽에 아슬아슬하게 매달려 있기에 잠깐 도왔을 뿐입니다. 쥐새끼를 잡으러 왔다가 작은 고양이를 보게 되어 어찌해야 하나 고민이었는데, 마침 잘됐군요.”

카루나는 그의 손에 떠밀려 앞으로 한두 발자국 걸었다. 루시온의 손끝에 카루나의 머리카락이 스쳤다. 그는 그 머리카락을 흘려 보내고는 허리를 곧게 폈다.

기사단장은 불만스러운 눈초리로 그런 루시온을 바라보았다. 그때 연두색 머리 남자가 뛰어내렸다. 탁, 가벼운 소리를 내며 착지했다. 루시온과 기사단장 사이였다.

“그런 거라면 감사의 인사를 드리고 싶습니다. 요 꼬맹이 아가씨는 이 저택에서 정말 소중한 존재이거든요.”

연두색 머리 남자가 덥석 카루나를 잡았다. 길이 덜 든 들고양이를 잡듯, 양 겨드랑이에 손을 넣고 번쩍 들어 올렸다.

“뭐 하는 거예요!”

카루나는 곧바로 주먹을 쥐어 연두색 머리 남자의 팔을 퍽퍽 내리쳤다. 생각 같아서는 손톱으로 얼굴을 긁어 버리고 싶었다. 손톱을 말끔히 손질한 게 한이라면 한이었다.

"그럼 이제 일이 다 해결됐네요. 그쪽은 빈손으로 왔던 것처럼 빈손으로 가면 되고."

연두색 머리 남자가 루시온을 한 번 보고는.

"우리는 계속 이 저택을 열심히 지키면 되고요. 그렇죠?"

고개를 돌려 기사단장을 보았다. 기사단장은 마음에 안 든다는 눈치를 팍팍 주었지만, 연두색 머리 남자는 웃어넘겼다.

"……오늘은 어쩔 수 없군."

기사단장이 철십자 기사들을 물리자 무장한 양 세력이 긴장을 풀었다. 루시온은 기사단장을 향해 정중히 고개를 숙여 인사했다.

"늦은 밤, 뵙게 되어 영광이었습니다."

고개를 든 그의 시선 끝에 닿은 건 연두색 머리 남자의 손에 붙잡혀 있는 카루나였다. 아쉽지만 다음 기회를 노릴 수밖에. 일단은, 저 작은 소녀가 자신이 반년간 찾던 그녀라는 걸 확인한 것에 만족해야 했다.

루시온은 자신의 부하들과 함께 거리의 어둠 속으로 사라졌다.

"쳇, 언제 봐도 꺼림칙하단 말이야."

기사단장은 그의 뒤에 대고 침을 뱉었다.

"와 주셔서 감사합니다. 정말 딱 맞게 와 주셨어요, 하마터면 큰일 날 뻔했다니까요."

연두색 머리 남자가 싱글싱글 웃으며 말을 걸었다. 기사단장은 그의 어깨를 꽉 잡으며 이를 드러냈다. 웃는 건지 이를 가는 건지 모를 표정이었다. 연두색 머리 남자가 아프다고 엄살을 부려도 흥, 코웃음만 쳤다.

"아주 이참에 싹 쓸어버렸으면 좋았을 텐데."

여전히 그게 아쉬운지 입맛을 쩝쩝 다시고는, 카루나를 빤히 바라보았다.

“너 정말 담벼락에 매달려 있다가 엎어질 뻔한 걸 저 자식들이 구해준 게 맞는 거냐? 혹시 우리에게 붙잡히거든 그렇게 변명하라고 협박당하지는 않았고?”

나름 상냥하게 말한다고 말하는 거였으나, 말투가 그리 곱진 못했다. 기사단장은 클레이엔의 하수인인 루시온을 없앨 기회를 놓친 게 카루나의 탓인 양 굴었다.

저택에 자주 와도 잠시 들러 업무만 처리할 뿐, 바이켈드 공작저의 외부인인 그는, 아직 카루나의 성격을 잘 몰랐다. 그저 라크안의 옆에서 차를 따르고 셔츠를 나르는 어린 하녀 정도로 생각했다.

그걸 알기에 카루나는 억지로 우는 표정을 지었다. 연두색 머리 남자에게 잡혀 있지만 않았다면 허벅지를 꼬집어서라도 눈물을 뽑아냈으련만.

“밖에서 무슨 소리가 들리기에 공작 각하께서 오시나 싶어서…… 사다리를 타고 올라가서 밖을 내다보다가 그만 기우뚱해 버렸어요.”

“조심하거라. 가뜩이나 저택 안에 사람도 없는데. 괜한 짓 해서 시선 끌지 말고.”

기사단장은 목소리를 잔뜩 낮추어 말했다.

“공작 각하는 어른들이 꼭 찾아올 거니까, 괜히 또 벽에 올라서 밖을 내다본다거나 하지 마라. 그게 오히려 공작 각하께 폐를 끼치는 일이니.”

기사단장의 꾸짖음이 좀 길어지나 싶으니, 연두색 머리 남자가 톡 끼어들었다.

“제가 잘 타이를 테니, 염려 놓으세요. 아무튼 오늘 정말 감사했습니다.”

“인사는 됐네. 공작 각하께서 계시는 저택을 지키는 건 본래 우리의 역할이었어.”

기사단장은 가문 대대로 바이켈드 공작 가문에 충성을 맹세한 가신 가문의 자제였다. 그래서 라크안의 발작에 대해 두루뭉술하게 알고 있었다.

그랬기에 공석인 부단장 자리에 연두색 머리 남자를 앉혔다. 제 부하들 일부를 뽑아 그가 지휘하도록 허락했다. 머리로는 허락하였으되 간혹 마음이 퉁명스러워지는 건 어쩔 수 없는 노릇이었다.

"비록 지금은 잠시 경에게 맡겨 두고 있지만, 공작 각하께서 명을 거두실 때까지 잠시뿐이니, 오히려 내 쪽에서 인사를 해야지."

기사단장은 무뚝뚝이 말하고는, 제 휘하의 철십자 기사들을 이끌고 루시온이 간 길의 반대편으로 사라졌다. 어두운 거리에는 연두색 머리 남자와 카루나 둘만 남게 되었다.

"자, 그럼 우리도 돌아갈까요?"

연두색 머리 남자가 뒷문을 가리켰다.

"어떻게 아셨어요? 제가……."

카루나는 잠시 숨을 골랐다. 최대한 빙 둘러 말하고 싶었으나 다른 단어가 떠오르지 않아서 결국 생각난 대로 말해야 했다.

"제가 도망치려고 했던 걸요."

우연이라고 말하기엔 타이밍이 너무 절묘했다.

"이런. 모른 척해 주고 싶었는데요."

연두색 머리 남자가 난처하다는 듯 웃어 보였다.

"일단 들어가서 이야기를 계속 하면 어떨까요?"

연두색 머리 남자가 계속 뒷문을 가리켰다.

"그때에도 그렇고 지금도 절 저 저택에 어떻게 해서든 가둬 두려고 하시네요."

카루나가 퉁명스러운 목소리로 말했다. 그런데도 연두색 머리 남자의 목소리는 상냥했다.

"꼬마 아가씨를 안전하게 지키기 위해서지요."

'도망갈까?'

카루나는 녹색 눈을 굴려 주변을 살폈다. 루시온도, 철십자 기사단도 없다. 어두운 밤거리엔 오직 카루나와 연두색 머리 남자뿐.

'무리야. 불가능해.'

열두 살 몸으로 뛰어 봤자, 연두색 머리 남자가 그 긴 다리로 휘적휘적 걸으면 금방 따라잡힐 게 뻔했다. 게다가 연두색 머리 남자는 화살 여러 대를 피할 정도로 날렵했다. 아마 다섯 발자국을 떼기 전에 뒷목이 잡혀 달랑달랑 들릴 것이다.

'어차피 돌아가야 한다면 내 발로 돌아가자.'

에휴. 카루나는 한숨을 푹 내쉬고는 고개를 푹 숙였다.

"가요, 가."

타박타박, 걸었다. 이상하게 발걸음이 가벼웠다. 격렬하게, 너무도 격렬하게 마구마구 뜀박질하고 싶은 마음도 들었다.

"이런, 꼬마 아가씨?"

"왜요."

"반대로 걸어야죠?"

"네?"

멀리서 들리는 연두색 머리 남자의 목소리에 카루나는 걸음을 멈췄다.

'뭔 소리야, 가 주고 있잖아.'

카루나는 인상을 쓰며 고개를 들었다.

"……어?"

앞에 연두색 머리 남자가 보이지 않았다. 카루나는 뒤를 돌아보았다.

"여기요, 여기."

연두색 머리 남자가 카루나에게 손을 흔들고 있었다. 꽤 멀리에서.

"아, 하하하?"

카루나는 억지로 웃어야 했다. 발이 제멋대로 반대로 가고 있었다.

"흐음? 어디 가려고요?"

연두색 머리 남자가 팔짱을 끼고는 카루나를 보며 빙긋 웃었다. 굳이 말을 하지 않아도 알 수 있었다. '난 널 배려해 주고 있단다, 그런데 자꾸 이렇게 나오면 곤란하지?'라고 말하고 있다는 것을.

"아니요. 제가 가긴 어딜 가요."

카루나는 연두색 머리 남자에게 돌아갔다. 바이켈드 공작저와 가까워지면 가까워질수록 발이 무거워졌다.

'가기 싫다.'

원래도 가기 싫었지만 더더욱 격하게 가기 싫었다. 하지만 가야 했다. 카루나는 우울히 연두색 머리 남자 앞에 다시 섰다.

"잘했어요."

연두색 머리 남자는 상이랍시고 카루나의 머리를 쓰다듬어 주었다. 남이 멋대로 자신의 머리를 만지는 걸 싫어하는 카루나지만, 지금만큼은 성질대로 짜증 낼 수 없었다.

끼익- 뒷문이 열렸다. 나무의 비틀린 소리가 도로에 쩌렁하게 울렸다. 이 소리를 안 내고자 덧문을 열고 빠져나온 것이건만. 결국 이 소리를 듣고야 말았다.

'내 발로 다시 바이켈드 공작 저택으로 돌아오다니.'

에휴. 카루나는 한숨을 내쉬었다. 연두색 머리 남자는 꼼꼼히 문을 잠그고는 카루나의 뒤를 따랐다.

"같이 가요!"

"아, 네."

저보다 훨씬 큰 남자가 촐싹대며 뒤따라오는 게 별로 마음에 들지 않았지만, 뭐라 할 수 없었다.

"그러다 땅 꺼지겠어요."

카루나가 자꾸 한숨을 푹푹 쉬자, 연두색 머리 남자가 걱정스레 말했다.

"아, 네."

카루나는 뚱하게 대답하고는 또 한숨을 쉬었다. 에혀.

홀로 이 길을 나설 때만 하더라도 혹시나 발소리가 크게 날라, 혹시나 다른 누구를 마주칠까, 조심하고 또 조심했건만. 돌아가는 길은 전혀 그럴 필요가 없었다. 카루나는 발에 채는 돌멩이는 죄다 뻥뻥 차내며 걸었다. 그렇게 걸은 지 얼마 되지 않아 발걸음이 점점 느려졌다.

'졸려.'

지금 이 상황에서 졸린 게 자신도 믿어지지 않았지만, 그래도 졸린 건 졸린 거였다.

'피곤해. 자고 싶다.'

몸이 땅에 꺼질 듯 무거웠다. 허리춤에 맨 돈주머니를 어디로든 던지고, 푹신한 침대에 누워 자고 싶었다.

'내가 언제부터 잠을 꼭꼭 챙겨 가면서 펴 잤다고 이래? 고작 석 달도 안 지났는데. 그새 이렇게 되어 버리다니?'

졸린 와중에도 졸린 자신이 어이없었다.

'정신 차려, 카루나! 너 진짜 요즘에 살고 싶지가 않구나. 죽고 싶은 거야?'

카루나는 제 양 볼을 세게 꼬집었다.

"으히야……."

아팠다. 절로 눈물을 글썽일 만큼. 덕분에 잠은 달아났지만, 새삼 서러움이 몰려들었다.

'이렇게까지 해서 살아야 해? 잠도 못 자고?'

카루나는 두 손으로 양 뺨을 감싸고 코를 훌쩍였다.

'어, 살아야 해. 이제 와서 죽는 건 억울하다고.'

카루나는 속으로 자문자답하며 걸었다. 뒤따라 걷는 연두색 머리 남자의 발걸음 소리를 들으며, 정신을 차리려 애썼다.

'왜 도망가려 한 거냐고 물어보면 어떡하지? 왜 루시온과 함께 있었던 건지 물어볼 게 뻔한데. 혹시라도 루시온과 내가 말했던 걸 들었으면 어떡하지? 무슨 뜻이었냐고 물어볼지도 몰라. 내가 루시온한테 뭐라고 그랬지? 루시온이 나한테 클레이엔이라고 말했었나?'

생각은 꼬리에 꼬리를 물고 이어졌다.

'나보고 클레이엔이었냐고 물어볼까? 나랑 루시온이랑 했던 대화를 다 들었을까? 어디서부터 들었을까. 설마 전부 다 들은 건 아니겠지? 혹시 나랑 루시온이 말한 거 가지고 내가 클레이엔의 대역이었다는 걸 추측할까? 그럴 수 있을 만한 말을 했던가?'

카루나는 걸음을 멈추고 뒤를 돌아보았다.

"어떻게 알았어요. 제가 저택 밖을 나가는 걸요."

"어떻게 모를 수 있겠어요. 항상 지켜보고 있었던 걸요. 그나저나 우리 꼬마 아가씨는 그 은발 남자랑 아는 사인가요?"

연두색 머리 남자가 돌직구로 물어보았다.

"……어떤 근거로 그런 말을 하시는 거죠? 아니, 그보다 방금 뭐라고 말하신 거죠? 절 계속 지켜봤다고요? 왜요? 지금은 공작 각하 찾는 일만으로도 정신없이 바쁘잖아요."

"하지만 라안이 저한테 꼬마 아가씨를 지켜 달라고 부탁했는걸요. 그러니까 저는 우리 꼬마 아가씨를 신경 쓸 수밖에 없었지요."

"날, 부탁했다고요?"

"네, 계속."

연두색 머리 남자가 순하게 웃어 보였다. 그는 라크안이 자신에게 카루나를 '부탁'했던 그날을 떠올렸다.

어느 날, 라크안이 마탑의 마법사를 잡아 오겠다며 철십자 기사 몇 명을 내보냈다. 그걸로도 모자라 자신의 하루 일정을 미루고 카루나와 함께 저택 밖으로 나갔다. 돌아온 라크안은 열에 올라 끙끙대는 카루나를 안고 있었다.

카루나를 살려 내라며 난리 치는 라크안 때문에 한바탕 소동이 일어나고 난 후.

'당분간 이 꼬맹이를 좀 지켜봐 줘.'

라크안은 연두색 머리 남자에게 '부탁'했다.

'어째서? 열이 나는 게 걱정이라면…….'

연두색 머리 남자는 의아했다.

'아니, 그게 아냐. 뭔가 좀 그래. 좀 더 알아봐야겠지만, 일단 그 꼬맹이를 보호해야겠어.'

아픈 카루나에게 찾아가지도 않으면서, 라크안은 연두색 머리 남자에게 카루나를 걱정했다.

'그 꼬맹이가 루시온, 그 자식을 엄청 무서워했어.'

'자길 고용한 사람을 성과 없이 갑자기 마주쳐서 놀란 게 아닐까?'

'아니 그런 종류의 놀란 표정이 아니었어. 정말로 무서워하고 있었어. 자기의 존재를 숨기고 싶어 하듯이.'

라크안은 사람의 기척에 예민했다. 그가 그렇게 느꼈다면 분명 그럴 확률이 높았다.

'그렇게 두려워하는 데에는 분명 무슨 이유가 있을 거야. 혹시라도 마카레나 백작 측에서, 아니면 루시온 그 자식이 꼬맹이를 건드릴지도 몰라. 그걸 막아 줘.'

'라안, 내가 보호해야 하는 건 너야.'

'난 내가 알아서 해. 그러니까 내 부탁을 들어줘.'

붉은 눈은 차분했다. 발작을 일으킬 때처럼 핏빛으로 번들거리지 않았다. 발작이 일어난 후 절망과 후회로 흐려진 눈도 아니었다. 이런 눈을 보는 게 얼마 만이던가.

연두색 머리 남자는 새삼 감회에 젖었다. 하녀장의 말처럼 그 꼬마 아가씨가 너를 이렇게 바꿔 주고 있는 걸까? 어째서인지 괜히 가슴 한구석이 지끈해졌다.

'내가 꼬맹이랑 함께일 때는 괜찮아. 다만 내가 꼬맹이랑 떨어져 있을 때는, 혹시 모르니까 그 꼬맹이를 좀 지켜 줘. 네가.'

라크안의 목소리가 돌덩이처럼 가슴 위에 얹혔다. 무겁게.

그게 라크안의 '부탁'이었다. 그 부탁은 카루나가 라크안의 보좌 하녀 임무에서 제외된 다음에도 계속되었다. 그 때문에 연두색 머리 남자는 매일, 라크안이 저택에 없을 때마다 카루나를 찾았다.

그녀와 체스를 두고, 산책하면서 웃었다. 둘이서 함께 시간을 보냈다. 라크안의 '부탁'을 들어주기 위해서.

'그래, 나는 라안의 부탁을 들어주려고 그렇게 했던 거야.'

카루나와 함께 지내며 느꼈던 감정을 모른 척하며, 연두색 머리 남자는 그렇게 생각하려 애썼다. 그래서 자신을 빤히 바라보는 녹색 눈동자를 보며, 아직은 착하게 웃을 수 있었다.

"라안이 당신을 지켜 달라고 했답니다, 꼬마 아가씨."

안 그래도 크고 예쁜 눈이 더 동그래졌다. 깜짝 놀란 표정 위로 드리워지는, 라크안에 대한 마음이 보였다. 당연한 일이건만. 그걸 보는 게 어쩐지 아팠다. 왼쪽 가슴이 자꾸 지끈지끈했다.

카루나는 제 앞에서 씁쓸히 웃고 있는 연두색 머리 남자가 무슨 생각을 하고 있을지 궁금해 하지 않았다. 그녀의 머릿속을 채운 건 다른 사람이었다.

'어째서? 왜 당신이 날 지켜?"

두 손으로 제 허리춤의 돈주머니를 움켜쥐었다. 항상 목에 걸고 다니는 주머니 속에 든 브로치와 제법 묵직해진 돈주머니. 이것이 카루나가 가진 전부였다.

카루나는 이 둘 외에 저택에서 준 모든 것을 다 내려놓았다. 옷도 신발도, 저택 사람들의 관심과 애정도. 그렇게 도망치려고 했다.

'나는 도망치려고 했는데. 당신이 위험에 처한 지금이 기회라고 생각해서. 그래서 도망칠 궁리만 했는데.'

카루나란 여자는 본래 그런 사람이었다. 클레이엔의 대역이었던 카루나도, 어려져 바이켈드 공작의 하녀가 된 카루나도. 똑같았다. 본성은 바뀌지 않는다.

루시온은 그런 카루나를 알았다. 카루나가 은인인 라크안의 위험을 기회 삼아 도망치려 할 거란 것도 충분히 예상했다. 그래서 루시온은 오늘, 카루나를 붙잡을 수 있었다. 아니, 카루나가 그의 품으로 절로 굴러들어 갔다.

10년을 함께해 온 루시온조차 그녀를 그리 보았건만. 이제 만난 지 고작 석 달도 안 되면서. 라크안은 카루나를 지켜 주고자 했다.

'나는 다 포기하려고 했는데. 이래선 포기할 수가 없잖아.'

짜증이 났다. 그래서 눈물이 났다. 분명, 짜증이 나서 눈물이 나는 거였다. 카루나는 그리 생각하며 옷소매로 눈가를 꾹 눌렀다. 설익은 눈물을 닦는데,

"어이, 꼬맹이. 감동했냐? 역시 나밖에 없지?"

어디선가 라크안의 목소리가 들리는 것 같았다. 아니라는 걸 알면서도, 카루나는 뒤를 돌아보았다.

차가운 밤바람만 스칠 뿐, 라크안은 없었다. 다만 호수가 그녀를 향해 손짓하고 있었다. 어느새 호숫가까지 걸어와 있었던 것이었다.

달빛이 비치지 않는 호수는 밤거리보다 더 까맸다. 마치 라크안의 머리카락 같았다. 카루나의 기억 속 호수는 이처럼 어둡지 않았다. 지금처럼 달빛마저 구름에 숨은 밤 말고, 보름달이 커다랗게 빛나던 밤.

카루나와 라크안은 여기에 있었다.

라크안은 그녀를 알아보지 못했다. 대신 그 강한 두 팔로 끌어안고 속삭여 주었다. 내 반려, 라고. 귓가에 그 속삭임이 다시 들리는 것 같았다.

'됐어, 생각하지 마. 미련 따윈 버려, 난 바이켈드 공작의 반려가 아니야. 아닌 게 확실하잖아.'

카루나는 고개를 붕붕 저었다.

애써 생각을 털어 내고, 다시 연두색 머리 남자를 돌아보았다. 연두색 머리 남자는 그때까지 가만히 카루나를 바라보고 있었다. 카루나가 다시 저를 바라보자 빙긋 미소 지었다. 카루나는 그에게 말을 하기 전, 잠시 숨을 가다듬었다. 마음의 준비가 필요했다.

'빚을 갚아야겠어. 나는 빚지고는 못 사는 성미니까.'

루시온에게 정체를 들킨 이상 밖으로 도망치는 건 무리였다. 그렇다면 어떻게든 이 안전한 곳에서 보호를 받아야만 했다. 그러기 위해서는 신임을 얻고 공을 세워야 했다.

카루나는 고개를 들어 연두색 머리 남자를 올려다보았다. 나름의 각오를 다지고.

"저한테 묻고 싶은 게 있다면 지금 다 물어보세요."

"꼭 물어봐야 하나요?"

연두색 머리 남자가 영 엉뚱한 대답을 했다.

"물어보고 싶은 게 많으실 텐데요? 아까 담벼락 밖에서 다 들으셨잖아요."

카루나는 뾰족하게 대꾸했다.

'괜히 뜸들이지 말고 물어보라고. 다 대답해 줄 테니까.'

계속 지켜보고 있었다면, 자신과 루시온의 대화를 처음부터 끝까지 들었을 게 분명했다.

"뭐든 다 솔직하게 말할게요. 그러니까 물어보세요."

"솔직하게 다 말해 준다니……."

연두색 머리 남자가 손가락으로 제 입술을 문지르며 뜸을 들였다.

"좋아요!"

잠시 후, 연두색 머리 남자가 마음을 정하고는 입을 열었다.

'뭐라고 말할까? 나보고 클레이엔이냐고 물어볼까? 아니면 마카레나 백작의 첩자냐고 할까?'

카루나는 연두색 머리 남자의 입술을 바라보며 바짝 긴장했다. 보는 것만으로도 안쓰럽고 가여웠다. 또 귀여웠다. 그래서였다. 연두색 머리 남자는 속 편하게 말했다.

"아무것도 묻지 않을게요."

"네, 사실 저는 마카…… 네?"

카루나가 얼빠진 표정을 지었다. 하하, 연두색 머리 남자가 웃음을 터트렸다.

"지금 장난해요? 내 말이 말 같지 않아요?"

"아니요, 아니요. 그렇지 않아요. 나는 아주 진지한걸요."

"그런데 어째서 그렇게 말하는 건데요!"

"하나도 궁금하지 않으니까요."

"하나도?"

"하나도."

연두색 머리 남자가 힘을 주어 답했다.

"왜요!"

"전 숲 밖 세상의 일엔 관심이 없거든요."

"그게 당신의 친구, 바이켈드 공작에게 영향을 주는 일이라 할지라도요?"

"라안에게 영향이 간다면 그건 그의 몫이죠. 나와는 상관이 없는 일입니다."

"……."

'바이켈드 공작을 위해서라면 간도 쓸개도 다 빼 줄 것같이 굴지 않았나?'

새삼 연두색 머리 남자가 숲의 일족이라는 실감이 났다.

"그리고 당신이 진심으로 말하고 싶어 하지 않으니까요."

"전 각오를 했어요."

"그러니까요. 각오까지 하면서 해야 할 말이라면, 저는 듣지 않겠어요. 꼬마 아가씨."

연두색 머리 남자가 허리를 숙여 카루나와 눈을 마주쳤다.

"정말 라안에게 중요한 말이라면 라안에게 직접 해 주겠어요? 나는 들을 필요가 없거든요."

그의 목소리는 따스했다.

"……후회할지도 몰라요."

"얼마든지요."

"내가 앞으로 또 이렇게 각오할 수 있을지 없을지는 장담 못 해요. 영영 오늘 할 수 있었던 말을 안 하려고 할지도 모른다구요."

살 수 있는 또 다른 길이 생긴다면, 카루나는 기꺼이 입을 다물 것이다.

"그래도 좋아요."

경고해도 연두색 머리 남자는 카루나에게 아무것도 묻지 않았다. 맥이 빠져 버렸다. 실망인지 안도감인지 모를 감정에 휩싸여, 카루나는 털썩 주저앉았다.

"대신 우릴 좀 도와줄래요?"

"뭘요?"

"라안을 찾는 일을요."

"제가요? 진심이에요?"

카루나가 눈을 깜박이며 물었다. 제정신이라면 카루나에게 도와 달라는 말을 해서는 안 됐다. 당장 감옥에 가두어 고문하며 아는 걸 다 말하라고 해도 모자랄 판에.

"라안을 두 번이나 구해 줬잖아요. 한 번 더 구해 줄 순 없나요?"

연두색 머리 남자가 손을 내밀었다.

"……어차피 도우려고 했어요."

카루나는 그 손을 맞잡고 가볍게 흔들었다.

"제가 바이켈드 공작 각하를 구해 드릴게요."

* * *

연두색 머리 남자의 요청 아래, 서재에 사람들이 모였다. 하녀장과 연두색 머리 남자, 철십자 기사단의 단장, 기사 세나, 그리고 카루나.

다섯 명은 지도가 펼쳐진 테이블 주변에 빙 둘러서 있었다. 카루나는 서 있는 사람들과 눈높이를 맞추기 위해 평소 라크안이 앉는 의자에 올라서 있었다. 어제와 다르게 인원이 한 명 늘었다. 그 주인공은 어린 소녀였다. 모두 어리둥절해했지만, 모임을 요청한 연두색 머리 남자는 태연했다.

"이 하녀는 왜 이 자리에 부른 건가. 아까의 일 중에 더 설명할 게 남았나?"

기사단장이 불퉁한 목소리로 물었다.

"아까라니요? 무슨 일이 있었습니까?"

세나가 슬그머니 카루나의 옆에 섰다. 기사단장의 부리부리한 눈을 보고 카루나가 겁을 먹을까 편을 든 것이었다. 세나가 테이블 아래로 슬그머니 손을 내려 카루나의 손을 잡았다. 카루나는 제 손을 잡는 세나의 손을 쳐냈다.

"……?"

세나가 울먹한 표정을 지으며 카루나를 바라봤다. 이전이라면 카루나는 생글 웃으며 세나에게 안겼을 것이다. 그리고 세나의 귀에 소곤소곤, 자신이 왜 그럴 수밖에 없었는지 설명했을 것이다. 하지만 지금은 아니었다.

카루나는 허리를 곧게 펴고 고개를 들었다. 얇은 가면을 쓴 것처럼, 얼굴엔 은은한 미소가 감돌았다. 녹색 눈은 차분히 제 앞에 선 기사단장을 바라보았다. 조금도 흔들림이 없었다.

세나는 뛰어난 기사였다. 라크안만큼은 아니지만 감각도 예민했다. 때문에 세나는 카루나의 바뀐 분위기를 금방 알아챘다.

살짝만 손을 뻗어도 닿을 듯 가까이 서 있건만, 카루나와 자신 사이에 넓은 해자가 파인 듯했다. 함부로 건너가려다가는 해자에 떨어져 익사할 것만 같은 오싹함마저 느껴졌다.

'뭐지, 이거?'

세나는 자신이 그런 느낌을 받았다는 것에 놀랐다.

"저택에서 대기하고 있었으면서도 저택에서 무슨 일이 일어났는지 모른다니, 세나 경. 태만일세!"

기사단장은 목소리를 높여 세나를 질책했다.

"잠시만요, 단장님."

카루나는 세나의 손을 쳐낸 그 손을 들어 기사단장을 제지했다. 단지 작은 손짓이었지만, 모두 홀린 듯 카루나의 손에 시선을 모았다. 작은 손이었다. 궂은일을 해서 거칠어진 손. 그 고사리 같은 손을 보며 안쓰러워하면 했지, 위압감을 느낄 이유는 전혀 없었다.

그런데 기사단장은 커다란 방패로 막힌 듯한 기분을 느꼈다. 다른 사람들 또한 마찬가지였다.

고작 어린 하녀의 손짓이 아니었다. 고급 교육을 받고, 오랜 사교계 활동으로 몸에 예절이 익은 귀족 영애나 보일 수 있을 법한 태도였다. 우아하고 단호했다.

연두색 머리 남자라면 모를까, 기사단장이나 세나는 제국의 사교계에 어느 정도 몸을 담은 귀족들이었다. 하녀장 또한 오랫동안 바이켈드 공작가에서 일하며 최고위 귀족들의 삶을 곁에서 수발든 사람이었다. 그들은 카루나의 달라진 태도를 몸으로 느꼈다. 그건 말로 표현할 수 없는 변화였다.

오직 연두색 머리 남자만이 태평했다. 한 발 뒤로 물러서 관조적인 태도를 보이며 싱글싱글 웃었다. 평소와 다를 바 없는 실없는 웃음이건만, 유독 지금은 의뭉스러워 보였다.

'칫, 역시 나와 루시온의 대화를 다 들은 건가? 다 알고 있다 이거지? 뭐, 상관없어. 설사 내가 클레이엔이었다는 걸 알고, 바이켈드 공작에게

말한다 하더라도, 감히 날 건드릴 수 없게 만들 테니까.'

그러기 위해 지금 이 자리, 그 어느 때보다 중요했다. 그래서 카루나는 그동안 숨겨 왔던, 클레이엔이었을 때의 자신을 내보였다.

품격은 태도에서 나온다. 손짓 하나, 눈짓 한 번이면 충분하다.

카루나는 제 손짓에 놀란 기사단장과 하녀, 세나를 천천히 둘러보았다. 그 고갯짓마저도 평범한 하녀의 태도는 아니었다. 카루나는 저를 보는 이들이 느끼는 당혹감을 한눈에 꿰뚫어 보았다.

'가소롭네.'

카루나의 감상은 간단했다.

몸이 작아졌다고 정신까지 어려진 건 아니다. 클레이엔인 척하며 10년간 살아왔던 삶. 사교계를 휘어잡고, 귀족파 수장의 딸로서 살아왔던 나날들.

그 기억들은 고스란히 그녀의 안에 남아 있었다. 몸이 어려진들, 또 하녀 신분이라는 꼬리표를 달고 있든, 카루나는 언제든 클레이엔처럼 행동할 수 있었다.

오만하고 고고한 귀족 영애. 손짓 한 번으로 주변 분위기를 환기할 수 있는 권위. 그것이 자신에게 있음을 믿어 의심치 않는 자신감. 그것들로 똘똘 뭉친 고귀한 껍데기를 흉내내는 것 따위.

카루나에게는 숨 쉬는 것만큼 쉬웠다.

"제가 여러분을 뵙자고 한 건, 바이켈드 공작 각하를 루린토프 영애에게서 구출해 낼 수 있는 방법을 말씀드리기 위해서랍니다."

카루나는 오만할 정도로 단호하게 말했다.

"네가?"

"카루나?"

"정말?"

기사단장, 하녀장, 세나의 반응은 다 제각각이었다.

"어린아이가 뭘 안다고 나서는 게냐."

기사단장은 제 딸을 꾸짖는 듯한 소리를 했다.

"무슨 방법이 있는 거니?"

하녀장은 조심스럽게 기대감을 내비쳤다.

"역시! 포도주 통으로 라안 님을 파묻을 때부터 알아봤어!"

분위기가 확 달라진 카루나에게 놀란 것도 잠시, 세나는 무조건 카루나를 믿고 따랐다.

"일단 우리 꼬마 아가씨의 이야기를 들어 보시죠."

연두색 머리 남자가 소란해진 분위기를 정리해 주었다. 카루나는 고개를 살짝 까딱여 그에게 고마움을 전하고는 말을 이었다.

"제가 바이켈드 공작 각하의 약혼녀가 되겠어요."

"……."

"……."

"……."

"……."

사 인분의 침묵은 생각보다 무거웠다. 물론 그 침묵은 오래가지 않았다.

"지금 무슨 소리를! 네가 제정신이 아니고야, 어떻게 그런 말을!"

기사단장이 벌컥 화를 내었다.

"아, 안 돼. 도련님을 이대로 파렴치한으로…… 가, 가문의 명예가……."

하녀장은 충격을 견디지 못하고 비틀거렸다. 옆에 선 세나가 부축해 주지 않았다면 분명 쓰러졌을 것이었다. 먼저 간단히 설명을 들었던 연두색 머리 남자마저도 얼굴이 창백해졌다.

소란한 상황 속에서 카루나는 조금도 흔들리지 않았다. 입가에 띤 은은한 미소는 여전했다. 여유만만해 보이기까지 했다.

'당황하지 않으면 그게 더 이상하지.'

그들의 이런 반응 따위는 모두 예상한 바였다. 오히려 너무 예상대로만 굴러가서 따분할 지경이었다.

'순진한 건지 생각이 없는 건지.'

카루나의 말뜻을 알아듣고는 심각하게 고민을 한다든가, 오히려 웃으며 단박에 제안을 받아들인다든가. 그러면서 역으로 네가 원하는 게 있으니 그런 계획을 세운 게 아니냐고 묻는다든가. 그런 의외성이 생긴다면 재미있었을 텐데.

물론 좀 귀찮긴 할 것이다. 그에 맞춰 계획을 수정하거나 머리를 굴려 변명을 짜내야 할 테니까. 하지만 이렇게 마냥 자신의 뜻대로 굴러가는 건, 쉽지만 재미가 없었다.

'그런 면에선 바이켈드 공작이 좀 그립기도 한데?'

카루나와 루시온은 복잡한 계략을 잘 짰다. 라크안은 언제나 무식하리만치 단순하게 그 계략을 깨부수곤 했다. 그런 의외성이 짜증 나면서도 꽤 재미있었다. 언제까지 그렇게 버틸 수 있을지 궁금하기도 했고.

"저기, 그게 라안 님을 구하는 거랑 무슨 상관이 있는 건지, 난 잘 모르겠는데……."

세나가 뒷머리를 긁적이며 물었다.

"왜냐면 제가 바이켈드 공작 각하의 약혼녀가 되면, 보쉬엔 자작가에 쳐들어가서 내 약혼자를 내놓으라고 깽판을 칠 수 있을 테니까요."

카루나는 생긋 웃으며 대답했다.

라크안의 실종은 바이켈드 공작저의 사람들에게는 슬프고 끔찍한 비극이지만. 적어도 지금, 카루나에게는 최고의 기회였다. 라크안이 없는 틈을 타 저택의 주요 인물들을 포섭하고, 그들을 휘둘러 바이켈드 공작의 약혼녀로 인정을 받아야 한다.

그러고 나서 라크안을 구해, 라크안에게 잔뜩 빚을 지워야 한다.

'내가 바이켈드 공작의 약혼녀가 되면 루시온과 마카레나 백작은 결코 나를 함부로 건들 수 없어.'

라크안을 구하고, 자신도 안전해지고. 카루나가 바이켈드 공작의 약혼녀가 되는 건, 돌 하나로 용 두 마리를 잡을 수 있는 최고의 방법이었다.

"제가 보쉬엔 자작가로 쳐들어가서 바이켈드 공작 각하를 되찾아 올게요."

카루나는 정말 자신 있었다.

* * *

처음 눈을 떴을 때, 라크안은 침대에 대자로 누워 있었다.

'이게 뭐지?'

목을 가누기 힘들 정도로 구속구가 무거웠다. 라크안은 목을 다 덮은 구속구를 손으로 매만졌다. 절그럭. 손목에도 두꺼운 사슬이 감겨 있었다. 반대쪽 손에도 마찬가지였다. 양 발목은 물론이었다. 그야말로 사지가 묶여 있었다.

사슬은 길이가 애매했다. 침대에서 내려와 방에 딸린 작은 화장실을 다녀올 수는 있었지만 문까지는 갈 수 없었다.

"고작 이 정도로 나를 묶어 놓으려 들다니."

처음엔 가소롭게 여겼다. 보통의 사람이라면 몸을 가누기도 어려울 정도의 구속물이었으나 라크안에겐 해당 사항이 없었다. 이 정도 구속구야, 힘만 주면 몇 번이고 벗을 수 있었다. 벗기만 할 뿐인가, 아예 고철 덩어리로 만들 수도 있었다.

라크안은 자신만만하게, 두 손으로 제 목의 구속구를 붙잡았다. 그리고 손에 힘을 주었다. 콰직! 소리가 나며 구속구가 부서져……야 하건만. 놀랍게도 아무 일도 일어나지 않았다.

"말도 안 돼."

아무리 손에 힘을 줘도 구속구가 뭉개지지 않았다. 오히려 손가락이 아팠다.구속구를 움켜쥔 손가락이 삐끗, 미끄러졌다. 손가락이 뒤로 꺾이며 뼈가 비틀렸다.

"……!"

놀랍게도 아팠다.

"젠장."

라크안은 이를 악물고, 손가락뼈를 맞췄다. 고통은 한결 가라앉았지만, 뒤로 꺾였던 손가락은 팅팅 부어올랐다. 마치, 평범한 사람이 된 것 같았다.

"……설마?"

라크안은 일어서 보았다. 곧바로 기우뚱— 다시 침대 위로 쓰러졌다. 몸이 목과 팔다리에 찬 구속구의 무게를 버티지 못하고 고꾸라진 것이었다.

마치 평범한 사람처럼.

라크안은 제 팔다리의 구속구를 세세히 살폈다. 흉측하고 무지막지하게 튼튼할 뿐, 특별한 마법이 걸려 있지는 않았다. 사슬도 마찬가지였다. 그렇다면 남은 건 하나였다.

그를 정신 잃게 했던, 보쉬엔 자작저 후원의 짙은 향기.

'그 냄새가 단지 정신을 잃게 하는 정도가 아니란 건가?'

그 향의 독기가 언제쯤 빠질 것인지, 아니 영영 독기가 빠지지 않을 건지. 아무것도 가늠할 수 없었다. 라크안은 늑대의 몸으로 변해 보고자 했다.

"……."

모습은 변하지 않았다.

그다음엔 이마가 찢겨 피가 나도록 벽에 머리를 박았다. 차라리 발작이 일어나길 바랐지만, 평범에 가까워진 몸은 발작을 일으키지도 않았다.

할 수 있는 모든 방법을 다 시도해 봤지만, 모두 실패였다. 제 힘으로 이곳을 벗어날 수 없다는 것만 확인했을 뿐이었다.

"그렇다고 가만히 있을 순 없어."

라크안은 이를 갈며 닫힌 문을 노려보았다. 언젠가 저 문이 열리고, 자신을 이곳에 가둔 루린토프가 들어올 터였다. 정신을 잃기 전, 그녀가 제게 했던 말이 어렴풋이 기억이 났다.

"누가 그렇게 되게 놔둘 것 같아."

라크안은 구속구를 벗고자 몸부림쳤다. 의미 없는 짓이었다. 하지만 그마저도 하지 않는다면, 심장이 터져 죽어 버릴지도 몰랐다.

* * *

"언제까지 이러고 있어야 하는 거지?"

라크안은 천장을 올려다보며 멍하니 생각에 잠겼다. 사흘이 지났다. 물론 확실하지는 않았다. 체감상으로는 사흘이었다. 식사를 때맞춰 주니, 그것으로 계산해서 사흘이 지났다 생각하는 것이었다.

"평생 이러고 있어야 하는 건 아니겠지?"

한숨이 절로 나왔다.

그새 라크안은 많이 풀 죽어 있었다. 철컥. 라크안이 조금만 움직여도 들리는 쇳덩이 부딪치는 소리. 이것이 라크안을 기죽게 만든 원인이었다.

'아직 수도일까? 보쉬엔 자작의 저택? 녀석들이 내가 없어진 걸 일찍 알아챘다면 손을 썼을 테니 날 데리고 저택에서 나가진 못했겠지. 하지만 그게 아니라면…… 난 지금 어디에 있는 거지?'

자신이 어디에 있는지 가늠할 수조차 없었다. 숨 쉬듯 자연스럽게 썼던 모든 감각과 능력이 일순간 사라져 버렸다. 발작이 일어날지 모른다는 두려움마저. 하지만 조금도 기쁘지 않았다.

'차라리 발작이 일어났으면.'

평소라면 꿈에서도 바라지 않았을 생각을 하기에 이르렀다.

하하, 라크안은 크게 웃었다. 조용한 방 안에 웃음소리가 텅텅 울렸다. 하아. 웃음의 끝은 다시 한숨이었다.

철컥. 그를 위로하듯, 혹은 약 올리듯 사슬이 서로 부딪치며 쇳소리를 냈다. 십수 년 동안 전쟁터를 떠돌면서도 이런 지독한 것을 본 적이 없건만. 수도에 올라와서 그 지독한 것을 몸에 두르게 되었다.

"허, 참."

생각만으로도 어이가 없었다. 흉악한 사슬의 끝은 모두 침대 밑 돌바닥에 박혀 있었다. 사슬을 고정하기 위해 박은 쇠징은 보기만 해도 섬뜩할 정도로 커다랬다.

라크안은 슬슬 손을 움직여 제 턱과 목 사이를 긁었다. 상처에서 피가 나고, 살갗이 뜯겼지만 아랑곳하지 않았다. 생각 같아서는 손톱으로 제 멱을 따고 싶은 심정이었다.

피가 손을 타고 줄줄 흘렀다. 목과 목을 감싼 얇은 비단, 그리고 구속구는 피로 얼룩졌다. 손도 금세 피범벅이 됐다. 피가 흐르니 비로소 살아 있다는 실감이 났다. 라크안은 지혈할 생각도 하지 않고 그대로 가만히 있었다.

눈을 떴을 땐 이미, 비단 끈과 수갑이 다 채워진 후였다. 정신 못 차리고, 반려도 아닌 여자가 멋대로 제 몸을 만지게 놔둔 것이다. 그랬을 거라 생각하는 것만으로도 헛구역질이 났다. 반려도 아닌 여자가 멋대로 주물럭거린 몸 따위, 어떻게 되든 상관없었다.

이대로 죽을까?

아니, 왜 이렇게 죽어야 해?

두 생각이 계속 엇갈렸다. 그 생각의 끝엔 언제나, 조그만 소녀가 서 있었다.

'제정신 안 차리죠! 미쳤어요? 당장 그만두지 못해요?'

새침하면서도 당찬 목소리. 주먹만 한 후추통을 든 작은 손. 치맛자락을 휘날리며 씩씩하게 걸어오던 그 걸음 소리. 바람에 살랑살랑 흔들리던 단발머리. 모든 게 선명했다.

"젠장."

라크안은 제 손바닥으로 목의 상처를 꾹 눌렀다.

지혈이라도 해야 혼나지 않을 것 같았다. 지금은 이곳에 없는 꼬마 하녀님께.

식사 시간이 된 건지 하인들이 들어왔다. 하인들은 라크안의 처참한 모습을 보고는 바로 루린토프에게 연락했다. 달려온 루린토프가 손수 치료해 주겠다며 손을 내밀었으나 라크안은 이를 드러냈다. 강제로 목에 약초물을 바르려는 하인들의 손을 물어뜯었다.

"날 건드리기만 해 봐라, 손가락이 남아나질 않을 거다."

라크안은 하인의 피를 퉤, 뱉으며 씩- 웃었다. 웃고 싶어서 웃은 게 아니었다. 그 모습이 적에게 가장 큰 위협이 된다는 걸 알아서 억지로 만든 표정이었다. 과연, 그 뒤로는 누구도 라크안을 건드리지 못했다.

"왜! 겨우 모셔 왔는데, 건들질 못하게 된 건데, 왜! 저 사슬을 나한테 추천해 준 상인, 누구였지? 당장 불러와!"

루린토프는 발을 동동 구르며 안달 냈으나 그런다고 무슨 뾰족한 수가 생기는 건 아니었다. 할 수 있는 것이라고는 식사에 염증에 좋은 약을 으깨 넣는 것뿐이었다.

라크안은 루린토프가 제게 다가오려 할 때마다 팔에 연결된 사슬을 휘둘렀다. 라크안을 묶은 사슬은 역으로 루린토프를 떨어뜨려 놓을 수 있는 무기가 되었다. 그 사슬을 휘두를 힘 정도는 유지하기 위해서, 라크안은 꼬박꼬박 식사했다. 먹기 전에 식사를 들고 온 하인에게 한 입씩 먹도록 했다. 또 이상한 약이 들어 있을까 우려해서였다.

꽤 시간이 지난 뒤에도 하인이 멀쩡하면, 다 식은 음식을 먹었다.

루린토프는 툭하면 라크안을 찾아왔다. 특히나 뭘 먹으려 할 때마다 나타났다.

"맛이 어떠신가요? 좋아하는 음식을 알려 주시면 준비해 드릴게요."

그녀는 두 손을 꽃받침처럼 만들어 제 얼굴을 받치고는 라크안을 보았다. 라크안이 평소처럼 엉망으로 먹고 마시면, 술에 취한 듯 황홀하게 중얼거렸다.

"어쩜 저렇게 박력 있게 식사를 하실까. 역시 내 라안 님이야."

루린토프는 대놓고 라크안을 라안이라고 불렀다.

'너 따위에게 허락한 이름이 아냐.'

그때마다 라크안은 불편한 심기를 드러냈지만, 루린토프는 오히려 좋다며 깍깍댔다. 라크안은 차라리 침묵을 택했다. 루린토프가 뭐라고 하건 한 마디도 대꾸하지 않았다.

"아아, 정말 잘생기셨어요."

루린토프는 라크안을 물끄러미 바라보며, 배시시 웃었다. 그녀는 진심으로 즐거워 보였다. 루린토프가 즐거울수록 라크안의 기분은 점점 더 가라앉았다.

'이런 게 변태인 건가?'

라크안은 이해할 수 없었다. 보쉬엔 자작 같은 아버지 밑에서 이런 딸이 나올 수 있다니.

"날 이렇게 계속 가둬 둘 셈인가?"

"네, 라안 님. 당연하죠."

"그래서 영애가 얻는 게 무엇인데?"

"당연히 라안 님이죠. 영원히 가질 거예요."

"자작도 이 일을 알고 있나?"

"아버지께는 제가 라안 님을 이곳으로 모신 뒤 말씀드렸어요. 이미 일이 벌어졌는데 어쩌시겠어요."

루린토프가 얼굴을 붉히며 말했다.

"지금은 라안 님과 저, 둘의 행복을 바라고 계실 거예요."

"……."

차라리 마카레나 백작의 술수에 놀아나서 일을 벌였기를 바랐다. 금광이든 승작이든 뭐든, 그런 걸 원해서 자작 가문 전체가 배신한 거라면 좋았으련만. 차라리 마음이 편했으련만.

'정말 날 좋아해서 이 사달을 벌였다고?'

믿고 싶지 않은 현실이라고 언제까지 외면할 수는 없었다.

지금 그가 걱정해야 하는 건 권력과 정치적 입지의 손상, 혹은 생명에의 위협 따위가 아니었다. 그는 지금, 22년간 지켜온 자신의 순결을 위협받고 있었다.

라크안은 한숨도 자지 못했다.혹여라도 깊이 잠들었다가 루린토프가 다가오는 걸 눈치채지 못한다면? 루린토프가 제 몸을 주물럭거려도 눈을 뜨지 못하고 그대로 당한다면?

'절대 안 돼.'

그 생각은 공포에 가까운 감정을 피워 냈다. 한 줌밖에 안 되던 졸음 따윈 영영 달아났다.

"라안 님, 언제쯤 화를 풀고 제게 웃어 주실 건가요?"

루린토프는 찾아올 때마다 사랑이니 뭐니를 지껄이며 그의 신경을 거슬리게 했다. 삼깐도 눈 붙이지 못한 상태에서 고운 말이 나올 리 없었다. 라크안은 루린토프에게 침묵을 지키겠다는 생각은 잊고, 싸늘한 목소리로 대꾸했다.

"영원히 그럴 일은 없을 거 같은데. 세상에 모든 여자가 죽어 영애 혼자만 남는다 해도."

그러고 보니 언젠가 이와 비슷한 말을 했던 적이 있는 것 같았다.

'이 세상 모든 여자가 다 내 반려가 아니어도 내가 넌 안 건드려.'

그의 꼬맹이에게 그는 그렇게 말했었다.

'나도 안 건드려요! 나도 옷 안 입고 다니는 공작님 따위는 완전 별로거든요!'

잔뜩 화가 나서는 새침하게 쏘아붙이던 그 작은 모습이 눈에 선했다.

'아직도 많이 화가 났을까?'

루린토프는 자꾸 라크안에게 화가 났냐고 물었다. 라크안은 오히려 카루나에게 묻고 싶었다. 나 때문에 화가 많이 난 거냐고. 그러면 카루나는 팔짱을 끼고는 흥, 코웃음을 칠 것이다.

'그걸 말이라고 하세요? 당연히 화가 났죠. 어서 저한테 백번 천번 사과하세요.'

그렇게 씩씩하게 대꾸할 것이다. 변경의 전쟁터에서 잔뼈가 굵은 병사들도 감히 라크안에게 말 한마디 걸기 어려워했건만. 카루나는 라크안을 조금도 무서워하지 않았다.

라크안은 그런 카루나가 신기하고, 어이없고, 가끔 기가 차기도 하고.

……싫지 않았다.

'아직도 화나 있으려나?'

마지막으로 봤을 때 어색하게 굴어서일까. 자꾸 마지막으로 본 카루나의 모습이 떠올랐다. 그런데 그 뚱한 얼굴 위로 루린토프의 목소리가 덧입혀졌다.

'네, 조금 전 우수에 잠긴 눈으로 저를 바라보며 그렇게 웃어 주셨어요. 기쁘게, 그리고 행복하게요.'

루린토프는 분명 그렇게 말했다. 기쁘게, 그리고 행복하게.

"젠장."

정신이 번쩍 들었다.

'안 돼, 생각하지 마.'

라크안은 고개를 마구 저었다.

"어머나, 왜 그러세요. 제가 도와드릴까요?"

문 앞에 서서 라크안을 보고 있던 루린토프가 한 발, 다가오려 했다.

"멈춰."

라크안은 언제나처럼 침대 맡에 앉아 있었다. 구속구에 매인 팔다리를 힘없이 늘어뜨리고, 머리마저 벽에 기댄 채. 고개만 문 쪽을 향해 돌려 루린토프를 노려보았다.

옷은 레이스가 가득 달린 새하얀 셔츠와 까만 바지. 루린토프가 갈아입힌 대로였다. 단추를 반만 잠근 셔츠 사이로 탄탄한 가슴이 훤히 드러났다.

바지는 화장실을 드나들 때 구속구에 매인 손으로 다루기 불편한지, 벨트를 푼 채였다. 상처투성이인 몸은 보는 것만으로도 안쓰럽지만, 한편으로는 묘한 만족감을 주었다. 세상 그 어떤 여인도 하지 못했던 일을 해낸 것이다.

'나만이 라안 님의 몸에 이렇게 흔적을 남길 수 있어.'

생각만으로도 루린토프는 등줄기가 찌릿찌릿해졌다. 결코 꺾이지 않을 듯한 싸늘함이라니.

'저 눈이 결국 모든 걸 포기하고 날 바라보며 웃게 될 거야.'

그 언젠가를 생각하는 것만으로도 심장이 멎을 것 같았다. 루린토프는 마른침을 삼키며 라크안을 보았다.

"나에게 손을 댄다면."

라크안이 나직한 목소리로 말했다.

"네, 네네."

루린토프는 신을 영접하는 듯 두 손을 모아 쥐고 고개를 끄덕였다.

'그대로 목이라도 부러지면 좋으련만.'

라크안의 눈은 더욱 싸늘해졌다.

"이대로 혀를 깨물고 죽어 버리겠어."

할 수 있는 협박이라고는 이게 고작이었다.

"라안 님!"

루린토프가 비명을 지르듯 그를 불렀다. 고작 귀족 여식에게 붙잡혀서는 할 수 있는 협박이 이런 거라니. 처참했다. 처참한 심정과는 별개로 내뱉은 말은 그의 진심이었다. 반려가 아닌 여인과는 머리카락 한 올 닿고 싶지 않았다.

"다른 사람하고는 얼마든지 가까이 지내셨잖아요. 아무렇지도 않게 곁에 두셨잖아요! 그러면서 어떻게 저한테 그렇게 말씀하실 수 있으세요?"

루린토프가 울음을 터뜨렸다. 그녀는 라크안이 평생 동안 지켜온 각오를 단번에 거짓말로 만들었다.

"다른 사람이라니?"

"모른 척하지 마세요. 제 두 눈으로 똑똑히 봤으니까요."

루린토프는 손수건을 꺼내 눈가의 눈물을 닦았다.

"지난달, 우연히 라안 님의 저택을 지날 때였어요."

엄밀한 의미로는 우연히는 아니었다. 라크안이 변경 시찰을 마치고 돌아왔다는 소식을 듣고, 루린토프는 매일 마차를 타고 바이켈드 공작 저택 주변을 빙빙 돌았다. 그렇게 해서라도 라크안과 마주치고 싶었다.

아버지가 라크안의 최측근이면 뭐할까. 손톱만큼도 도움이 되지 않았다. 아버지, 보쉬엔 자작은 언제나 루린토프를 꾸짖었다. 오르지 못할 나무는 애초부터 쳐다보지도 말아야 한다고.

하지만 루린토프는 라크안이라는 나무를 오르고 싶었다. 그래서 나름 계획도 세웠다.

일단 라안이 탄 말에 자신의 마차를 들이박아 접촉 사고를 낸다. 그리고 사고 충격으로 기절한 척한다. 그러면 라크안은 그녀를 치료하기 위해 바이켈드 공작저 안으로 데리고 들어갈 것이다.

그때! 어떤 엄살을 피우든 하룻밤을 저택에서 보낸다. 그 밤에 몰래 라크안의 침실에 뛰어들리라. 도움이 될 만한 수갑과 사슬은 매일매일 치맛자락 속에 숨겨 가지고 들어가면 된다.

'곤히 잠든 공작님 옆에 누워 이렇게 저렇게 긴 밤의 역사를 쌓아야지.'

자신의 말에 치여 사고를 당한 가녀린 여인을 보고 사랑에 빠지는 라크안. 그런 라크안의 관심과 사랑을 받아 주는 듯 마는 듯 애타게 굴다 끝내 그의 침실에 뛰어드는 자신.

계획은 완벽했다. 그런데 그녀의 계획이 물거품이 되었다. 한 번 해보기도 전에.

기다렸던 라크안이 저택 밖으로 나왔을 때 루린토프는 마부석과 연결된 덧문을 열었다. 어서 뒤쫓아서 저 마차를 박으라고 마부를 재촉하려 했다.

덧문을 여는 그 순간, 라크안의 말이 마차 앞을 지나쳤다. 루린토프는 라크안을 보았다. 언제나처럼 까만 머리카락과 우수 어린 붉은 눈. 옆모습도 잘생긴 외모. 그리고 입가의 부드러운 미소.

황궁에서 처음 라크안을 만났던 날 이후로 지금까지, 단 한 번도 보지 못한 얼굴이었다.

'뭐가 그리 좋으신 걸까.'

그걸 모른 채로 라크안의 말에 마차를 박아선 안 된다는 생각이 들었다. 그래서 라크안이 돌아오기를 기다렸다. 즐겁게 말을 몰고 나간 그가 무엇을 가지고 돌아오는지, 어떤 모습으로 돌아오는지를 확인해야 했다.

한참 뒤, 라크안이 저택으로 돌아왔다. 나갈 때와는 영 딴판이었다. 라크안은 다급했다. 그리고 절박했다. 멀찍이 떨어져서 봐도 알 수 있을 정도였다. 손에는 함께 말을 타고 나갔던 여자아이가 들려 있었다. 그 소녀는 라크안의 품에서 축 늘어져 있었다. 라크안은 소녀가 소중한 보물이라도 되는 듯 품어 안고는 저택 안으로 달려갔다.

"미소?"

라크안이 떨떠름한 얼굴로 루린토프를 보았다. 그녀는 계속 라크안과 카루나를 엮었다. 카루나 옆에 있는 라크안이 웃고 있었다고 주장했다.

'내가 그 꼬맹이만 보면 웃고 있었다고?'

라크안은 루린토프가 말했던 그날을 떠올려 보았다.

카루나는 작았다. 그리고 약했다. 살짝 건드리기만 해도 어딘가 툭 부러질 것만 같았다. 그래서 머리를 한 번 쓰다듬어 줄 때조차 마음의 준비가 필요했다. 혹시 조금이라도 힘을 세게 주면 아플까 봐, 다칠까 봐.

정작 카루나는 본인이 그렇게 작고 약하다는 걸 모르는 듯했다. 라크안 앞에 선 그녀는 언제나 당당했다. 도통 라크안을 무서워하질 않았다.

그런 카루나와 함께 있으면 마음이 편해졌다. 어쩌면 자신도 다른 사람들과 다르지 않은, 평범한 사람이 된 것 같은 기분이 들었다. 꼬맹이와 투닥투닥 싸울 수 있는 평범한 사람. 언제 발작이 일어나 발광하게 될까 무서워하지 않아도 되는 그런 평범한 사람.

카루나는 라크안에게 그런 기분을 느끼게 해 준 사람이었다. 부모님을 제외하면, 그런 사람은 카루나가 처음이었다. 카루나를 생각하는 것만으로도 그의 입가에 미소 비슷한 것이 어렸다.

'저 얼굴. 또 그 아이를 생각하고 있는 걸까?'

루린토프는 아랫입술을 꾹 깨물었다.

'과거는 과거일 뿐. 그 정도는 봐줄 수 있어요. 중요한 건 앞으로, 라안님과 제가 함께 꾸려 나갈 미래니까요.'

이제 고작 사흘이 지났다. 앞으로 더 많은 나날이 둘의 앞길에 놓여 있었다. 사흘과는 비교도 안 되는 시간 동안 함께 지내다 보면, 라안은 점점 그 소녀를 잊고 자신을 사랑하게 되리라.

"그동안 다른 여자에게 한눈을 판 건, 그냥 봐줄게요. 젊었던 한때의 실수라고 생각하고요. 이제 다시는 그 아이를 만날 수 없을 테니까요."

루린토프는 이렇게 말하고는 휙하니 나가 버렸다.

"다시는 못 보게 된다, 인가."

루린토프는 아무렇지 않게 한 말이었겠지만, 라크안은 그 말이 제일 쓰렸다. 하나 계속 그 쓰라림만 끌어안고 있을 순 없었다. 라크안은 우울한 생각을 털어 냈다. 빈자리엔 또 슬그머니, 카루나가 고개를 들이밀었다.

"내가 웃고 있었다니."

웃고 있는 자신의 모습이 잘 기억나지 않았다. 애초부터 본 적 없는 걸 기억하려는 게 무리였다.

대신 카루나의 모습이 떠올랐다. 후추를 뿌린 와이셔츠를 붕붕 휘두르며 자신에게 뛰어오던 소녀. 밝은 햇살 아래에서 누구보다 환하게 웃던 그 얼굴. 자신을 똑바로 올려다보던 녹색 눈.

"……젠장."

라크안은 손을 들어 두 눈을 덮었다. 스륵, 스륵. 팔에 연결된 사슬이 흔들렸다.

사흘 동안 잘 참아 왔다고 생각했건만. 루린토프 영애가 그간 막아 놨던 둑을 터트리고 가 버렸다. 구멍 사이로 그간 담아 두었던 감정들이 콸콸 쏟아졌다. 머리끝부터 발끝까지, 한 사람에 대한 감정이 출렁였다.

"보고 싶어 미치겠네."

걱정도 됐다. 옆에 연두색 머리 남자를 붙여 놨으니 별일이야 없겠지만. 그래도 그 별일 없는 모습을 두 눈으로 직접 보고 싶었다.

'야, 이제 화 좀 풀어 줘라. 오해인 거 알았잖아.'

이렇게 말하고 싶었다.

밝은 햇살 아래에서 웃는 그 얼굴을 다시 보고 싶었다. 함께 있고 싶었다. 후춧가루를 뿌린 셔츠는 이제 익숙해졌으니까, 원한다면 몇 번이라도 계속 입어 줄 수 있을 것 같았다.

덕분에 식사 예절도 꽤 괜찮아졌다. 포크와 나이프를 제법 다루게 됐고 식탁 위에 올라가지도 않았다. 그러니까 함께 식사하면 어떨까.

카루나를 피해 호수에 나룻배를 띄우고 숨고도 싶었다. 나무 위로 올라가, 아래에서 저를 올려다보며 발을 동동 구르는 카루나를 보고 싶었다. 혹시나 제가 또 발작을 일으킨다면. 그래도 카루나는 무서워하지 않을 것이다. 오히려 용감하게 그를 유인해, 포도주 통 더미 앞으로 데려갈 것이다.

'그건 위험한데, 용감한 게 다 좋은 건 아니야.'

라크안은 생각을 바꿨다. 카루나는 조금, 아주 조금은—발작을 일으킨 자신을 무서워할 필요가 있었다. 많이는 말고 아주 조금만. 그래서 발작을 일으킨 자신을 보면 무서워서가 아니라 안전을 위해 숨어야 한다.

커다란 포도주 통 더미 뒤로 숨으면 되겠지. 철십자 기사단이 발작 중인 자신을 그 앞으로 유인하면 그때, 카루나가 도끼로 밧줄을 끊어 그를 포도주 통 더미 속으로 파묻어 버리면 된다. 그러고는 언제나처럼 환히 웃어 주면 된다.

'그러니까 누가 그러래요? 얼른 정신 차려요, 공작님! 아, 옷은 입고 일어나셔야 해요. 정신 들었다고 바로 벌떡 일어서지 마세요!'

그렇게만 된다면, 발작이 일어나도 예전처럼 무섭지 않을 것 같은데. 발작을 일으킨 자신을 무서워하지 않는 카루나가 있으니까. 발작을 일으킨 자신이 누군가를 죽이지 않아도, 카루나가 포도주 통으로 파묻어서 구해 줄 테니까.

"병이네, 중증이야."

생각은 꼬리에 꼬리를 물고 이어졌다. 모두 카루나에 대한 생각뿐이었다.

'언제부터 이렇게 된 거지?'

알지 못하는 새 카루나가 마음 안으로 들어왔다. 후춧가루 같았다. 처음엔 보기만 해도 재채기가 나고 어색했는데, 이제는 후춧가루가 들어 있지 않은 음식은 향이 안 나서 못 먹게 된 것처럼. 카루나가 곁에 없으면 이상해졌다.

'분명 내 반려는 보름달 밤에 만난 그 여인일 텐데.'

카루나를 닮은 여인. 그에게 짱돌로 눈앞이 핑- 도는 충격과 고통을 맛보여 준 여인. 달이 비친 호수 속에서 호수 물을 두 손에 담아 제 입가에 가져다 대던 그 모습을 잊은 건 아니었다.

하지만 지금 이 순간. 루린토프에게 붙잡혀 아무것도 못 한 채 누군가 구해 주기만을 바라야 하는 상황에서 생각나는 건, 카루나였다. 당장이라도 저 문을 열고 뛰어 들어오며 소리칠 것 같았다. 여기서 뭐 하고 있는 거냐고. 그래서 루린토프가 문을 열고 들어올 때마다 묘한 실망감이 그를 괴롭혔다.

스스로 생각하기에도 참 우스웠다. 그 작은 소녀가 자신을 구해 주기를 바라다니. 하지만 아무리 자신을 비웃어도, 그 마음은 사라지지 않았다.

"미치겠네."

이미 손으로 눈을 가렸지만, 그마저도 부족해서 라크안은 아예 눈을 감아 버렸다. 눈을 감아도 저를 쫄쫄 따라오던 카루나의 모습이 선했지만. 그래도 이건 참을 만했다. 눈을 떴을 때 제 옆에 카루나가 없는 걸 실감하는 것보다는.

* * *

며칠간 텅 비다시피 했던 바이켈드 공작저에 다시 사람들이 모였다. 철십자 기사들 몇몇이 교대로 보쉬엔 자작가를 감시하기로 했다. 나머지는 모두 저택으로 돌아왔다.

여전히 바이켈드 공작, 라크안은 저택에 없었다. 여전히 돌아오지 않은 그에 대한 걱정은 뒷전이 된 지 오래였다. 대신 카루나가 라크안의 약혼자 행세를 할 거란 이야기가 저택을 휩쓸었다. 저택 사람들은 삼삼오오 모여서는 두런두런 대화를 나누었다. 걱정 반, 의문 반이었다.

"정말 카루나, 그 아이를 라안 님의 약혼자로 만드는 거야? 농담이 아니고 진짜로?"

"이제 고작 열두 살이잖아. 아니, 신분은 둘째 치고라도 라안 님과 나이 차이가 열 살은 날 텐데. 안 되지 않나?"

"하녀장님 말로는 무슨 복잡하고 대단한 계획이 있다고는 하던데. 그래도 그건 좀 아닌 거 같긴 해. 그치?"

"카루나가 라안 님 발작을 두 번이나 멈추기도 했고, 그 나이답지 않게 당돌하고 똑 부러진 아이인 건 인정하지만. 그래 봤자 열두 살인데. 도대체 무슨 생각들인지, 원.”

저택 사람들은 대부분 말도 안 되는 계획이라고 생각했다. 이건 카루나를 좋아하는 마음과는 별개의 문제였다.

“아니, 그걸 누가 믿겠어? 응? 라안 님이 뭐가 아쉬워서 열 살이나 어린 애랑 약혼을 해, 약혼을 하긴? 나도 안 믿기는데 저택 밖의 사람들이 믿겠어?”

숲의 일족 혼혈이 대부분이지만, 숲 밖 제국에서 자라 크게 나이 차가 나는 결혼을 금기시하는 상식에 익숙했다. 그들은 열두 살짜리 카루나가 스물두 살 먹은 라크안의 약혼녀가 된다는 것을 낯설어했다.

“게다가 귀족들 눈을 속여야 한다잖아. 카루나가 귀엽고 예쁘긴 하지만, 귀족은 아니잖아. 어디 귀족 흉내를 잘 내겠어? 흉내 내는 연습만도 몇 달이 걸리지 않으려나?”

카루나가 귀족의 흉내를 잘 낼 수 있을지, 그 점에 대해서도 회의적이었다.

“그냥 기사단 끌고 쳐들어가면 안 되나?”

“안 된다잖아. 그래서 카루나를 라안 님의 약혼녀로 만들어야 된다는 거래.”

“거, 참. 라안 님이 나중에라도 아시면 난리 날 텐데. 라안 님 성격상 이런 거 진짜 싫어하실 거라고. 또 발작이라도 일으키시면 어째?”

“그런데 이거 누구 머리에서 나온 계획이야? 왠지 부단장님 같은데? 현실감 없기론 부단장님 따라갈 사람이 없잖아.”

“내가 카루나를 정말 아끼긴 하는데, 이건 진짜 아닌 거 같아.”

저택 사람들은 이건 아니라며 고개를 설레설레 저었다.

“카루나를 귀족 영애처럼 꾸미는 건 한번 해 보고 싶긴 해.”

“맞아, 예쁜 드레스를 입혀 보고 싶어. 우리 카루나가 예쁘잖아?”

"정말 카루나가 라안 님의 약혼녀가 되는 거라면, 머리도 길게 길러서 땋을 수 있으려나? 기대되네?"

"설마 되겠어. 다른 계획 있는데 새어 나갈까 봐 이런 말도 안 되는 이야기를 일부러 퍼트리려는 거 아닐까?"

그나마 하녀들이 긍정적이라면 긍정적이었다.

이제 바이켈드 공작저에서 가장 좋은 손님방이 카루나의 침실이 되었다. 카루나는 그곳에서 하녀장의 도움을 받아 옷을 갈아입었다. 어느새 몸에 익숙해진 하녀복을 벗고, 하녀장이 급히 마련해 온 드레스를 입었다.

카루나는 시중을 받아 드레스를 입는 데 익숙했다. 평생 화려한 드레스를 입고 벗으며 산 귀족 영애처럼 굴었다. 오히려 홀로 시중을 들며 미숙한 행동을 보인 건 하녀장이었다.

하녀장은 오랫동안 귀족 아가씨를 모시지 못했기에 시중을 드는 데 익숙하지 않았다. 하녀장이 버벅대면 카루나가 친절히 알려 주었다. 하녀장은 카루나의 지시를 받으며, 그녀에게 드레스를 입혔다.

가볍게 머리를 매만진 뒤 카루나는 창가에 섰다. 커튼에 몸을 숨기고, 창문을 살짝 열었다. 찬 바람을 타고 저택 사람들의 목소리가 흘러들어 왔다. 저택 사람들의 태도는 역시나 카루나의 예상대로였다. 그들은 카루나가 라크안의 약혼자가 된다는 사실을 믿지 못했다. 꺼리는 사람도 많았다.

"다들 아가씨를 보면 자신들의 생각이 틀린 걸 깨달을 겁니다."

듣다 못한 하녀장이 슬쩍, 카루나를 위로했다. 드레스 입히는 손길은 서툴렀으면서, 하녀장은 조금도 어색하지 않게 카루나를 귀족 아가씨 취급했다. 마치 처음부터 그랬다는 듯이.

"괜찮아요, 어차피 예상했던 바니까."

카루나는 하녀장에게 웃어 보였다. 하녀장의 걱정과는 다르게 카루나는 아무렇지도 않았다. 어떤 무심한 말도 그녀를 상처 입히지 못했다. 카루나는 창문에 비친 자신의 모습을 보았다. 가볍게 치장한 소녀가 웃고 있었다.

창문에 비친 두 눈은 깊은 호수처럼 잠잠했다.

눈에 담긴 마음처럼, 카루나는 저택 사람들의 태도를 두려워하지 않았다. 오히려 과연 오늘 밤 안에 자신을 인정하게 될 사람들은 얼마나 될까, 그 수를 가늠해 보았다.

'아쉽네, 루시온이 곁에 있었다면 내기라도 했을 텐데.'

그런 소소한 즐거움을 함께 나눌 수 있는 비서가 곁에 없다는 게 아쉬웠다.

'어차피 부딪쳐야 할 일. 연습하는 겸 해 보지 뭐.'

라크안의 약혼녀인 척하여 보쉬엔 자작가로 쳐들어가기로 한 이상, 사교계 모임 몇 곳에 얼굴을 디밀어 유명세를 떨쳐야 한다. 수십, 혹은 수백 명의 귀족 앞에서 자신을 선보이게 되리라.

사교계는 자그만 실수 하나도 거대한 산처럼 부풀려 떠드는 곳이다. 수백 쌍의 눈동자가 카루나를 머리끝부터 발끝까지 살필 것이다. 그녀가 사교계에 발을 들여도 되는 존재인지부터 신발 사이즈가 몇인지까지. 모든 걸 알아내려 집요하게 질문을 해 댈 것이다.

뒤에 서서는 들으라는 듯 험담도 할 것이다. 카루나가 어떻게 반응하는지 살피려 들 터. 잠깐만 방심해도 진짜 바이켈드 공작의 약혼녀가 아니라는 게 들킬지 모른다. 사람을 물고 씹고 뜯으며 즐길 준비 만반인 그런 귀족들을 속여야 한다. 그에 비하면 바이켈드 저택 사람들을 구워삶는 일이야, 땅 짚고 헤엄치는 것보다 쉬운 일이었다.

저택 안의 분위기가 적당히 무르익었을 때. 카루나는 하녀장과 함께 방을 나섰다. 사람들은 1층에 모여 있었다. 카루나는 하녀장의 부축을 받으며 계단을 내려갔다.

한 발, 한 발 내려갈수록 카루나의 모습이 저택 사람들에게 드러났다. 레이스가 잔뜩 달린 드레스를 입고, 짧은 단발머리를 단정히 빗어 내리고. 계단을 사뿐사뿐 내려오는 모습은 분명 하녀의 모습이 아니었다.

바로 오늘 낮까지 검댕 묻은 앞치마를 두르고 일하던 하녀였건만. 순식간에 아름답고 귀여운 귀족 가문의 영애로 탈바꿈했다. 저택 사람들은 넋을 잃고 카루나를 쳐다보았다.

"우와……."

"말도 안 돼."

"설마 카루나? 카루나 맞지?"

"갈색 머리에 녹색 눈인데. 그럼 카루나가 맞을 텐데?"

"혹시 카루나가 귀족인데 신분을 숨긴 거였어?"

여기저기 바쁘게 뛰어다니고, 폭삭 안기고, 쿠키를 입 안 가득 물고 오물거리고. 그런 카루나는 더는 여기에 없었다. 태어날 때부터 고귀한 존재였다는 양 우아하게 걷고 웃는, 그런 카루나만 있을 따름이었다.

카루나는 계단의 중간에 멈췄다. 난간을 짚고, 아래를 내려다보았다. 저택 사람들 한 사람 한 사람과 눈을 마주쳤다.

"오늘 하루도 내내 수고했네. 고생들 했어."

카루나가 싱긋 웃었다.

저택 사람들은 대부분 카루나가 자신들에게 하대한 것도 깨닫지 못했다. 몇몇만 알아듣고는 놀라 눈을 껌벅였다. 카루나는 그들이 난리를 치기 전 제가 먼저 선수를 쳤다.

"그런데 오랫동안 저택에 안주인이 없어서 그런가? 다들 목이 너무 뻣뻣해."

카루나가 하녀장에게 물었다.

"어떻게 생각하는지? 라임스 부인."

"송구합니다."

하녀장은 바로 카루나에게 고개를 숙였다. 그 모습은 저택 사람들에게 큰 충격으로 다가왔다. 카루나의 아름다운 자태에 넋을 잃고 있던 저택 사람들은 꿈에서 깨어나듯 화들짝 놀랐다.

다들 입을 쩍 벌리고 하녀장과 카루나를 바라보았다. 카루나는 제게 향하는 시선을 즐기며, 하나, 둘, 셋 마음속으로 숫자를 세기 시작했다.

열. 열이 넘어도 하녀장은 고개를 들지 않았다. 카루나도 하녀장에게 고개를 들라 말하지 않았다. 저택 사람들이 웅성대기 시작했다.

삼십. 웅성거림이 순식간에 사그라들었다. 바늘 하나만 바닥에 떨어뜨려도 그 소리가 크게 울릴 만큼 주변이 고요해졌다.

오십삼. 저택 사람들은 숨소리마저 죽인 채 카루나와 하녀장을 쳐다보았다. 카루나의 얼굴에서 웃음기가 가셨다. 카루나와 친하게 지냈던 하녀 몇몇이 카루나에게 말을 걸려 손을 흔들었다 지레 겁먹어 손을 내렸다.

"죄, 죄송합니다."

누군가 고함을 지르듯 말하며 고개를 숙였다. 카루나와 한방을 썼던 하녀였다. 바이켈드 공작저에 오기 전, 다른 귀족 가문의 저택에서 일한 적이 있다고 했다. 그래서인지 남들보다 눈치가 빨랐다.

그 하녀가 시작이었다. 저택 사람들은 누가 먼저랄 것 없이 하나둘, 엉거주춤 고개를 숙였다. 하녀장이 자신들 때문에 허리를 못 펴고 있다는 걸 깨달은 것이다.

카루나는 두 눈을 감았다. 귓가에 들리는 죄송하다는 사죄의 말이 메아리처럼 끝없이 이어졌다. 아흔여덟, 아흔아홉, 백. 눈을 뜨니 1층에 모여 있던 모든 저택 사람들이 허리를 깊이 숙이고 있었다. 카루나의 얼굴에 다시 미소가 어렸다.

군중이란 이처럼 휩쓸리기 쉽다. 고작 몇 명이었다면, 누구도 카루나에게 스스로 고개를 숙이지 않았을 것이다. 카루나가 채찍을 들어도 소용없다. 하녀장이 명령하거나 철십자 기사단장이 와서 윽박지르면, 마지못해 고개를 숙이기는 하리라. 하지만 수십, 수백이 몰려 있으면 다르다.

딱 한 명. 눈치가 빠른 사람 한 명이면 된다. 마른 장작에 튄 불티가 큰 불을 일으키듯, 사람들은 그 한 명이 만들어 낸 분위기에 휩쓸려 버린다. 바로 지금처럼.

"라임스 부인, 허리를 펴게. 계속 그렇게 있으면 내 마음이 너무 불편해."

"감사합니다."

하녀장이 그제야 허리를 폈다. 꽤 오랫동안 숙이고 있어 몸이 아플 텐데도, 내색하지 않았다. 카루나 또한 굳이 그녀의 몸 상태를 걱정하지 않았다.

"오늘, 도련님의 약혼녀이신 카루나 님께서 오셨네. 다들 부디, 아가씨를 향한 예의를 잊지 마시게."

하녀장이 아래를 내려다보며 말했다. 저택 사람들 사이에서 저마다 대답하는 소리가 쏟아졌다. 하녀장은 카루나의 신호를 받고야 사람들을 일으켜 세웠다. 사람들의 눈에는 경악, 혹 놀람, 혹은 당황함이 가득 담겨 있었다. 그 또한 얼마나 쉽게 내보이는지.

바이켈드 공작저 사람들의 순진하리만치 순수한 모습에 카루나는 마음이 답답해졌다. 마카레나 백작저와 자꾸 비교하게 된다. 그 삭막한 곳에 비하면 이곳은 얼마나 물러 터졌는지. 호구들만 한가득이었다. 카루나는 그 호구들을 벗겨 먹을 예정이었기에 좀 약게 굴라며 충고하지 않았다. 대신 그들이 지금 정말로 원하는 것에 대해 말했다.

"내가 이 자리에 서 있는 이유를 다들 잘 알겠지만, 내 입으로 분명히 말할게. 난 바이켈드 공작 각하, 내가 사랑하는 약혼자 라안 님을 찾으려고 해."

카루나의 목소리가 1층 구석구석까지 울렸다.

"다들 날 잘 도와줬으면 좋겠어. 대신 내가 라안 님을 꼭 그대들에게 되찾아 줄 테니까."

카루나가 두 손을 가슴에 얹고 살짝 고개를 숙였다. 그 모습이 더없이 자연스럽고 우아했다. 저택 사람들은 허리가 아픈 것도 잊고, 엉거주춤 다시 허리를 숙였다 폈다.

저택 사람들은 바이켈드 공작저에서 제법 편히 지냈다. 그들은 귀족인 바이켈드 공작이 아니라, 자신들과 같은 숲의 일족 혼혈인 라안을 모신다는 생각이 강했다. 자연히 분위기가 느슨해질 수밖에 없었다.

하지만 카루나는 아니었다. 라안과 달리 진짜 귀족의 모습을 보였다. 우아한 예법에 익숙한 손짓, 싸늘하거나 은은한 미소, 고용인을 제게 복종시키고자 하는 태도까지.

저택 사람들은 바짝 긴장했다. 카루나는 그들의 놀란 마음을 달래주듯 싱긋, 웃어 보였다.

"날 믿어. 곧 라안 님을 모셔 올 테니까. 그게 지금 내가 이 자리에 서 있는 이유야."

라크안을 잡으려 포도주 통을 고정한 끈을 끊어 냈을 때와 비슷한 미소였다.

〈다음 권에서 계속〉

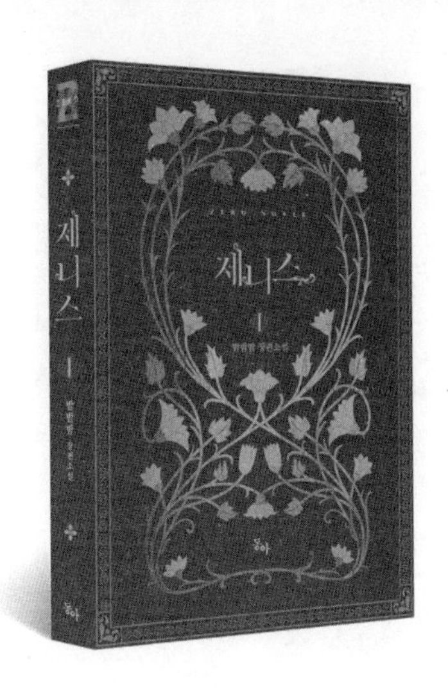

제니스

밤밤밤 지음

남다른 과거사 덕분에 세상만사 시큰둥한 제니스.
그런 그녀에게도 천적이 하나 있었으니
바로 긍정적 에너지로 가득한 소꿉친구 플로라.
그런데 아뿔싸!
잠깐 한눈을 판 사이 플로라에게 첫사랑의 열병이 찾아오고 마는데…….

에휴, 사랑 그게 뭐라고 그렇게 우는지.
"원하면 가지게 해 줄게. 그러니 그 흐리멍덩한 눈깔 좀 어떻게 해 봐."

유유상종이라고 했던가?
친구의 발칙한 사랑을 거들기 위해 망설임 없이 더 발칙한 계획을 세우는 제니스.
겁 없이 질주하는 두 소녀는 과연 원하는 결과를 손에 넣을 수 있을까?

화려하고 아름다운 하일리움에서 일어난
한 소녀의 죽음 뒤엔 또 어떤 비밀이 숨어 있을까?

제로노블(Zero Novel)은 판타지를 사랑하는 여성들을 위한 신감각 로맨틱 판타지 시리즈입니다.

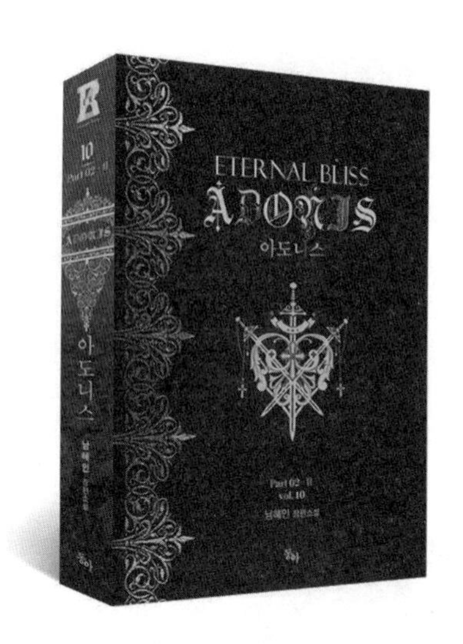

아도니스

남혜인 지음

"이아나 라이즈."

떨리는 목소리가 이아나의 새로운 이름을 불렀다.
목소리는 청량한 바람과 함께 이아나에게 닿았다.
심장이 검에 찔린 것처럼 퍼뜩 뛰었다.
낯선 그가 바람을 등지고 서 있었다.
널 좋아해서 어쩔 줄을 모르겠다는 달아오른 얼굴.
감추는 게 없는 날 것의 아르하드였다.
이상한 일이었다.
그가 이름을 불러 준 것만으로 세상이 반짝거리는 빛으로 환해졌다.
"나는 내 모든 것을 네게 주고 싶어. 그러니까……."
내 삶의 모든 것을 모아서 완성한, 내 나라.
로이긴도, 바하무트도, 칼리스토도, 세마스티어도 아닌, 진짜 성.
그 이름을 네 이름 뒤에 붙여 줄 수 있을 때.

"나랑 결혼해."

제로노블(Zero Novel)은 판타지를 사랑하는 여성들을 위한 신감각 로맨틱 판타지 시리즈입니다.